LILLI BECK

DIE FARBEN UNSERER TRÄUME

LILLI BECK

DIE FARBEN UNSERER TRÄUME

ROMAN

blanvalet

Sollte diese Publikation Links auf Webseiten Dritter enthalten, so übernehmen wir für deren Inhalte keine Haftung, da wir uns diese nicht zu eigen machen, sondern lediglich auf deren Stand zum Zeitpunkt der Erstveröffentlichung verweisen.

FSC www.fsc.org MIX Papier | Fördert gute Waldnutzung FSC® C014496

Klimaneutral* Druckprodukt ClimatePartner.com/14044-1912-1001

Penguin Random House Verlagsgruppe FSC® N001967

1. Auflage
Originalausgabe 2023 by Blanvalet in der Penguin Random House Verlagsgruppe GmbH, Neumarkter Straße 28, 81673 München

Redaktion: Gisela Klemt
Umschlaggestaltung: www.buerosued.de
Umschlagmotiv: mauritius images/ClassicStock/H. Armstrong Roberts
DK · Herstellung: sam
Satz: Vornehm Mediengestaltung GmbH, München
Druck und Bindung: GGP Media GmbH, Pößneck
Printed in Germany
ISBN 978-3-7645-0822-7
www.blanvalet.de

»Wo Liebe ist, wird das Unmögliche möglich.«

BUDDHA

Prolog

GLÜCKLICH SCHMIEGTE SIE sich in seine Arme. Sie legte ihre Hand auf seine Brust, um seinen Herzschlag zu spüren, wünschte, die Zeit bliebe stehen, wie jedes Mal, wenn sie sich geliebt hatten. Dann träumte sie davon, für immer bei ihm bleiben zu können. In dieser von Bomben verschonten Traumvilla, in der es keinen Hunger und keine Not gab. In der immer die Sonne für sie schien, selbst an trüben Tagen. Bis heute war es nur ein heimlicher Traum gewesen, nun konnte er Realität werden.

»Hast du was, Liebes? Du bist so still, sonst erzählst du mir doch immer von deinem Tag.« Zärtlich schob er eine Haarsträhne aus ihrer Stirn.

»Es ist alles in Ordnung …« Sie brach ab, blickte nachdenklich durch das Glasdach des Wintergartens nach draußen. Die Novembersonne hatte sich durch die graue Wolkenschicht gedrängt und die immergrünen Pflanzen zum Leuchten gebracht, war aber zu schwach, um zu wärmen. Vorhin hatte sie gefroren, doch unter seinen begehrlichen Berührungen war ihr heiß geworden.

»Dann bin ich beruhigt.« Er drückte sie kurz an sich, lockerte dann seine Umarmung und setzte sich auf den Rand des dick gepolsterten Biedermeiersofas. »Tut mir leid, ich muss an die Arbeit, auch wenn ich gern noch bei dir liegen bleiben und unsere Zeit ins Unendliche dehnen würde.«

Sie hielt seine Hand fest. »Warte, nur noch einen Moment, ich wollte …«

Er drehte sich zu ihr. »Bist du in Schwierigkeiten, brauchst du Geld?«

Sie erkannte ein unsicheres Flackern in seinen Augen, sein weicher Mund verhärtete sich fast unmerklich, ihr fiel es trotzdem auf. »Nein, nein, ganz im Gegenteil. Es ist etwas Wunderbares geschehen.«

»Das klingt ja aufregend.« Jetzt lächelte er wieder, nahm ihr Gesicht in seine Hände und küsste sie sanft. »Dann los, lass hören, ich bin gespannt.« Er griff nach der dunkelblauen Arbeiterhose, die er achtlos auf den kalten Betonfußboden hatte fallen lassen.

Sie suchte nicht länger nach passenden Worten, platzte einfach mit der Wahrheit heraus. »Wir bekommen ein Kind.«

Er reagierte nicht, schlüpfte in gewohnter Routine in seine Hose, als habe sie nicht diese lebensverändernden Worte ausgesprochen. Erst im Greifen nach dem gestreiften Oberhemd, das auf einem Stuhl hing, hielt er in der Bewegung inne und starrte sie wortlos an.

»Freust du dich nicht?« Kaum hatte sie die Frage ausgesprochen, spürte sie eine Welle der Angst, die sich von ihrem Magen aus bis in die Fingerspitzen wie ein Stromschlag ausbreitete.

»Freuen? Wie kommst du denn auf diese absurde Idee? Du kennst meine Situation, wusstest von Anfang an, worauf du dich eingelassen hast. Falls du beabsichtigst, mich mit einem Kind einzufangen, sage ich dir jetzt in aller Deutlichkeit, dass es ganz und gar unmöglich ist.« Seine blauen Augen verdunkelten sich.

»Aber … aber, wir lieben uns doch! Eben hast du es mir versichert …«

»Natürlich lieben wir uns, dummes kleines Mädchen, das ist aber noch lange kein Grund, sich das Leben mit einem Kind zu ruinieren. Du kannst es auf keinen Fall bekommen.«

Sie zuckte zusammen, als habe er sie geschlagen. »Was soll

das heißen … nicht bekommen? Es ist unser Kind, ein Kind der Liebe.«

»Bitte, rede keinen Unsinn, das passt nicht zu dir. Ich dachte, du bist eine moderne junge Frau und keines von diesen Mädchen, die unbedingt geheiratet werden wollen und versuchen, es mit einer Schwangerschaft zu erzwingen. Aber bei mir zieht diese Masche nicht. Du lässt es wegmachen, ich kenne jemanden, der das erledigen wird, und komme natürlich für die Kosten auf.«

1

München, Mitte Dezember 1948

ENTSCHLOSSEN KÄMPFTE SIE sich durch das Schneetreiben. Ignorierte die schneidende Kälte, die unerbittlich durch ihren dünnen Mantel drang, genauso wie das durchnässte Kopftuch, aus dem blonde Strähnen herausgerutscht waren, die an ihren Wangen klebten. Doch all die Widrigkeiten kümmerten sie nicht, ihre Sorge galt allein dem Henkelkorb an ihrem Arm. Von Zeit zu Zeit suchte sie Schutz in einem windstillen Hauseingang, zog das Wolltuch über dem Korb zur Seite, schaute hinein und setzte dann leise summend ihren Weg fort.

Endlich war sie dem Ziel nahe.

In der Amalienstraße blieb sie vor dem hell erleuchteten Schaufenster eines Friseursalons stehen. Über dem Ladeneingang fehlte ein S, das den Schriftzug »Salon Sonnlechner« vervollständigt hätte. Die an zwei dünnen Ketten im Wind baumelnde silbrige Barbierschale hatte das zwölf Jahre andauernde »Tausendjährige Reich« schadlos überstanden und reflektierte an schönen Tagen das Sonnenlicht wie ein Spiegel.

Der Blick in das Innere des Friseurladens wurde für einen Moment von den verlockenden Haarpflegeprodukten abgelenkt, die der besseren Wirkung wegen auf einem Stück roten Stoffs dekoriert waren: *Seborin*, das fettfreie Haarwasser für den gepflegten Herrn. Duftseifen von *4711* und verjüngende Hautcreme von *Mouson* für die Damen. Von einer Aufstelltafel strahlte dem Betrachter ein hübsches junges Fräulein entgegen, dessen goldblondes Haar in kunstvolle Wellen gelegt war. Am unteren Bildrand der Tafel war zu lesen, dass sie *Dauerwellen von Schwarzkopf* empfahl.

Sie umklammerte den Henkelkorb mit beiden Händen und beobachtete die dunkelhaarige Friseuse mit der gelockten Kurzhaarfrisur, die Handtücher in einen Waschkorb legte. Der hünenhafte Mann im blauen Friseurkittel fegte abgeschnittenes Haar zusammen, nahm es mit der Kehrschaufel auf und beförderte es in einen bereitstehenden Eimer.

Voller Wehmut betrachtete sie das harmonische Bild und bedauerte, nicht hören zu können, worüber die beiden sich unterhielten. Schließlich schritt sie zum Eingang des Salons und verharrte unentschlossen an der ersten Stufe. Das Geräusch eines heranfahrenden Autos ließ sie aufhorchen und ihren Entschluss ändern. Sie eilte auf die andere Straßenseite.

Eine der Ruinen, die noch an die letzten schweren Luftangriffe im April 1945 erinnerten, bot Schutz vor den tanzenden Eisflocken und davor, entdeckt zu werden. Sie duckte sich in eine windgeschützte Mauernische, von der aus sie den Salon im Blick hatte.

Aus dem Korb drang leises Wimmern. »Mein armer Liebling, gleich kommst du in ein warmes Zuhause, zu Menschen, die dich lieben. Die dich genauso lieben werden, wie ich dich liebe. Du wirst ein glückliches Leben führen, niemals Hunger leiden müssen und keine Erinnerung an diesen Schicksalstag haben. Du bist ja noch viel zu klein, um zu begreifen, was Mutterliebe vermag.« Wieder begann sie zu summen, bis das Wimmern verstummte.

Ängstlich schaute sie sich nach Passanten um, doch die spärlich erleuchtete Amalienstraße war menschenleer. Abermals eilte sie hinüber zum Salon. Tränen traten in ihre Augen, als sie das

Wolltuch zur Seite hob und einen letzten Blick auf das Baby im Korb warf, bevor sie ihn direkt auf der Stufe vor dem Ladeneingang abstellte. Schluchzend küsste sie es auf die zarte Wange und schluckte die aufkommenden Zweifel hinunter, als sie das Kind wieder mit dem Tuch verdeckte. Sie klopfte einmal kurz an den Glaseinsatz der Ladentür, drehte sich dann abrupt um und lief zurück in ihr Versteck. Während sie im Schutz der Ruine darauf wartete, dass die Tür sich öffnete, rannen Tränen über ihr Gesicht. Minutenlang quälte sie sich mit der Frage, ob sie das Richtige tat, presste die Hand auf den Mund, um ihr Schluchzen zu dämpfen.

War es nicht unmenschlich, das unschuldige kleine Wesen einfach vor einer Tür auszusetzen? Doch dann beruhigte sie sich mit der Gewissheit, keine Kurzschlusshandlung zu begehen. Das Baby im Korb würde nicht wissen, warum seine leibliche Mutter gezwungen war, es fremden Menschen zu überlassen und sich damit das Herz aus dem Leib zu reißen.

Ein leises Wimmern drang wieder aus dem Korb. Die junge Frau biss auf ihre Faust, um nicht schwach zu werden. Sie hatte sich diesen schweren Schritt lange überlegt und war nun fest entschlossen. Sie durfte nicht weich werden.

Das Wimmern wurde stärker, steigerte sich zu lautem Jammern und dann zu einem herzzerreißenden Weinen.

Sie hielt sich die Ohren zu, wollte nicht das Glück ihres Kindes gefährden. Doch das Baby schrie nach seiner Mutter. Schließlich löste sie sich aus ihrer Mauernische, um ihr Kind zurückzuholen.

In diesem Moment öffnete sich die Ladentür.

Traudl Sonnlechner betrachtete den Berg benutzter Handtücher, die sie am Sonntag waschen wollte. Wie jeden Sonntag würde sie zuerst die Frühmesse besuchen und dann den Rest des Tages mit der Wäsche beschäftigt sein, denn seit der Währungsreform im Juni liefen die Geschäfte täglich besser. Für Freitag und Samstag waren stets alle Termine bis zur letzten Stunde vergeben. Auch ihr Mann Xaver, der die Herren bediente, hatte keine einzige Minute, um mal eine Zigarette zu rauchen. Um wenigstens die Mittagspause einhalten zu können, mussten sie das Geschäft von zwölf bis eins schließen. Demnächst würden sie noch eine Kraft einstellen, die das Schamponieren und Auswaschen nach dem Färben übernehmen konnte. Aber Traudl störte die viele Arbeit nicht, lenkte sie doch von ihrer Trauer ab. Davon, dass sie und ihr Xaver auch dieses Jahr wieder nur zu zweit unterm Weihnachtsbaum sitzen würden.

Traudl hob den Kopf und strich sich eine Haarsträhne aus der Stirn, die sich während der Arbeit aus der sonst makellosen Kurzhaarfrisur gelöst hatte. War da draußen nicht ein Geräusch, das nach Babyweinen klang? Doch gleich darauf ermahnte sie sich im Stillen, sich besser auf die Schmutzwäsche zu konzentrieren, statt sich solchen Unsinn einzubilden. Xavers leises Pfeifen war gewiss nicht bühnenreif, es aber mit Babyweinen zu vergleichen, wäre gemein gewesen. Es gab auch im ganzen Haus keine Babys. Über dem Laden lag die Wohnung der Schwiegereltern, im zweiten Stock wohnten sie und Xaver in einer Dreizimmerwohnung. In den beiden Stockwerken darüber lebten zwar Familien mit Kindern, die waren aber im schulpflichtigen Alter.

Doch da hörte sie es schon wieder. »Xaver, horch!«

Xaver hatte soeben die abgeschnittenen Haare von Advokat Grubinger, einem Stammkunden, in den Abfalleimer befördert und pfiff leise *Man müsste Klavier spielen können* von Johannes Heesters. Traudl wusste, dass Xaver den berühmten Schauspieler und Sänger verehrte und davon träumte, ihm einmal die Haare schneiden zu dürfen. Die würde er aber nicht in den Abfall werfen, sondern in einer besonders schönen Schachtel aufbewahren und allen Kunden zeigen. Dann könnte man sogar die Preise anheben, und keiner würde sich beschweren, hatte Xaver gesagt.

Die Kehrschaufel noch in der Hand, drehte er sich jetzt Traudl zu und zwinkerte übermütig. »Hört mei Schatzilein am End schon das Christkind? Bald ist es so weit, dann ist Bescherung, und des Jahr ist die Kasse gut gefüllt, da werd bestimmt was Schöns unterm Baum liegen.«

»Ah, geh, alter Spinner … Aber horch doch mal, da weint ein Baby. Es muss von draußen kommen.« Traudl hörte es jetzt überdeutlich. Wenige Sekunden später war es so laut, dass sie es bis ins Mark spürte. Zum Gotterbarmen.

Xaver legte Schaufel und Handbesen auf dem Eimer ab. »Stimmt, jetzt hör ich was …«

Traudl ließ das letzte Handtuch einfach fallen und eilte zur Ladentür. Xaver hatte nach dem Advokaten sofort abgesperrt, weil es schon nach halb sieben und damit Ladenschluss gewesen war. Aber der Schlüssel steckte noch, sie musste ihn nur umdrehen, um die Tür zu öffnen.

Traudl stolperte beinahe über den Henkelkorb und wich in letzter Sekunde zurück. Eilig zog sie das Wolltuch weg. Sofort verstummte das Weinen.

Xaver war seiner Frau gefolgt.

Traudl ging instinktiv in die Hocke. »Oh mei, oh mei … was für ein liebes Bobberl …«

»Ein Kind? Ja, was für ein Unmensch setzt denn bei so einem Sauwetter ein kleines Kind aus? Ich geh gleich raus nachschaun. Wer immer das war, weit kann der noch nicht sein.«

Traudl kümmerte sich nicht um Xavers Empörung, nahm den Korb und brachte ihn ins Warme.

Xaver stürmte nach draußen in das »Sauwetter« und schaute sich suchend um. Ohne Erfolg. Wild entschlossen, den Wüstling zu finden, lief er in seinem dünnen Kittel zur nächsten Straßenecke an der Schellingstraße.

Alles menschenleer. Aber bei diesem Wetter ging niemand freiwillig vor die Tür, selbst die Kinder, die sonst in den Ruinen auch im Dunkeln nach Brauchbarem suchten, waren nicht zu sehen. Außerdem war in zwei Wochen Heiligabend, da hatten die Menschen jede Menge fürs Fest vorzubereiten. Xaver schlug den Hemdkragen hoch, obwohl das so unsinnig war wie Schuppen mit Trockenshampoo bekämpfen zu wollen. Den kantigen Kopf gegen den Flockenwirbel gesenkt, stapfte er zurück zu seinem Salon.

Dort angekommen glaubte er im ersten Moment, am falschen Ort zu sei. Traudl saß auf einem der schwarz bezogenen Friseurstühle, hatte das Baby im Arm und sang mit leiser Stimme *Hänschen klein, ging allein …* Allerliebst, einfach allerliebst. Dem Lied nach zu urteilen, musste das Kind ein Bub sein, weil es sonst ja ein Schmarrn gewesen wäre, dachte Xaver und dass er sich immer einen strammen Jungen gewünscht hatte. Einen Nachfolger für das von seinen Eltern gegründete Friseurgeschäft, einen kleinen Kerl, mit dem er am Sonntag auf den Fußballplatz gehen würde. Natürlich erst, wenn er alt genug war, so ab sechs oder sieben Jahren, das verstand sich von selbst. Im nächsten Moment wunderte er sich, wie er jetzt an Fußball denken konnte. Die ganze Situation war doch vollkommen verrückt. Und Traudl wohl nicht mehr ganz bei sich, auch wenn er sie gut verstehen konnte. So aufgeregt war sie 1943, als sie zum ersten Mal guter Hoffnung gewesen war! Doch sie hatte das Kind verloren und danach nur noch geweint. Im Jahr darauf war sie wieder schwanger, aber auch das hatte nicht gehalten. Schuld daran sei der Krieg, die Bombardierungen und die lebensbedrohliche

Situation, hatte der Frauendoktor gesagt. Und der musste es wissen, hatte schließlich darauf studiert.

Traudl blickte auf, als sie ihren Mann eintreten sah. »Xaver, schau sie dir an …«

»Sie?« Xaver schloss die Ladentür wieder ab.

»Ja, es ist ein Mäderl, das erkenne ich an den rosa Häkelsocken.«

»Hm …«, brummelte Xaver mit einer steilen Falte zwischen seinen Augenbrauen.

Traudl nahm dem Baby die Mütze ab, während ihr Ehemann sich auf Zehenspitzen näherte. »Na, was sagst?« Sie hielt das Kind in ihren Armen etwas hoch. »Schau nicht so grimmig, du machst dem Kind ja Angst … aber findst nicht, dass die dunklen lockigen Haare genau wie meine ausschauen und die blauen Augen auch?«

»Ja, vielleicht … Aber was machen wir denn jetzt damit?«

»Mei, Xaver, manchmal bist ein rechter Hirsch.« Kichernd gab Traudl ihm einen Klaps ans Bein. »Behalten werden wir es natürlich! Wer auch immer es vor unsere Tür gelegt hat, wusste genau, wie sehr wir uns ein Kind wünschen. Und der liebe Gott hat meinen sehnlichsten Wunsch erfüllt. Des glaube ich jedenfalls. Oder, was meinst du?« Sie wiegte das Baby, das sie aus großen blauen Augen neugierig anschaute und ganz ruhig war. »Wie alt mag es wohl sein?«

Xaver zuckte die breiten Schultern und schnaufte einmal tief ein und dann wieder aus. »Ich weiß ned, Traudelchen, süß is es ja, aber es wird gwiss verboten sein, ein Findelkind zu behalten? Wir sollten es zur Polizei bringen. Einfach so behalten geht ned. Am End bringt uns das in Teufels Küche.«

»Ja, freilich, unsere Ordnungshüter täten sich narrisch freun, wenn wir ihnen kurz vor Weihnachten ein ausgesetztes Kind auf die Wache bringen. Das wär ja fast so wie beim Jesuskind.

Nix da, wir behalten es, weil es ganz bestimmt nicht zufällig vor unserer Tür abgesetzt worden ist. Schau mal in den Korb, vielleicht ist ein Brief drin, der alles erklärt, oder sonst irgendein Hinweis auf die Umständ. Bestimmt war die Mutter in höchster Not, die Ausstattung ist nicht grad vom Feinsten. Das Mützerl hat Löcher, der Strampler is gflickt, und das Jackerl selber gstrickt. Und zwar mit aufgetrennter Wolle, des erkenne ich gleich.«

Xaver kniete sich vor den Korb und zog eine durch viele Wäschen grau gewordene Stoffwindel heraus, deren Ecken miteinander verknoten waren. »Wenn mich nicht alles täuscht, is da was Schweres eingepackt.«

»Schnell, schau nach, vielleicht is eine Nuckelflasche drin … die Kleine wird womöglich Hunger haben, nachert kann ich einen dünnen Mehlbrei kochen …«

Xaver richtete sich wieder auf und beugte sich über das Kind. »Schaust aber nicht verhungert aus, hast ganz runde Backerln. Gell, bist gut im Futter?«

»Jetzt mach schon das Windelpackerl auf«, drängte Traudl ihren Mann.

Vorsichtig löste Xaver den Knoten, faltete den Stoff auseinander und hatte ein weiteres Stoffpäckchen in der Hand. Als er dieses zu hastig öffnete, fiel etwas Glänzendes heraus. Perplex starrte er auf den mit dunkelrotem Linoleum belegten Fußboden, bevor er sich nach dem Fundstück bückte. »Jessas … was ist denn das jetzt?« Er hielt Traudl eine goldene Kette mit einem Herzanhänger vor die Nase.

»Ich werde verrückt! Das schaut aber nicht nach Talmi aus. Das rote Herz könnt ein echter Edelstein sein und die kleinen weißen Steine echte Brillanten.«

Das Baby betrachtete die Kette mit großen Augen und streckte die Hände danach aus.

»Also, ich bin ja nur ein einfacher Bader, aber wennst mich fragst, ist das echtes Gold. Und wennst mich weiter fragst, dann muss hinter der ganzen Gschicht ein großes Geheimnis stecken …« Xaver kratzte sich überlegend am Hinterkopf, bevor er weiterphilosophierte. »Des Gwand von dem Kind ist schäbig, aber das Schmuckstück wertvoll … da muss man sich doch fragen, wie das zusammenpasst. Vielleicht ist es Diebesgut. Traudl, ich bin dafür, dass wir es doch auf die Wache bringen.«

Traudl antwortete nicht, flüsterte dem Baby stattdessen zu: »Musst keine Angst haben, mein Schatzerl, wir werden Himmel und Hölle in Bewegung setzen, dass du bei uns bleiben kannst. Wer auch immer dich hierhergebracht hat, wollte es so.«

»Hm … vielleicht, vielleicht aber auch nicht«, wandte Xaver ein.

Traudl wies mit einer Kopfbewegung auf den Korb. »Schau halt noch mal nach, ob vielleicht doch eine Nachricht drin ist.«

Xaver kam der Bitte seiner Frau nach und angelte tatsächlich ein graugrünes Kuvert zwischen den Stoffresten hervor, mit denen der Korb notdürftig ausgepolstert war. »Da schau her, mei Traudelchen is eine Hellseherin. Und eine Nuckelflasche is auch da.« Er hielt das Fläschchen hoch und stellte es dann auf die Ablagefläche zwischen den Waschbecken.

»Hellseherin, von wegen, du mein geliebter Spinner!«, erwiderte Traudl mit zärtlichem Lächeln. »Vorlesen musst ihn mir trotzdem. Aber vorsichtig aufreißen …«

Xaver langte nach der Haarschneideschere, die noch in der Brusttasche seines Kittels steckte, und betrachtete sie nachdenklich.

Traudl ahnte, warum Xaver zögerte. Die Schere durfte nur zum Haareschneiden benutzt werden. »Nimmst halt eine von den dicken Nadeln … in der Schublade …« Sie wies abermals mit einer Kopfbewegung zu den Hängekonsolen, die direkt unten den Spiegeln angebracht waren.

Doch Xaver ignorierte Traudls Vorschlag und schlitzte das Kuvert mit der Schere auf. »Ausnahmsweise, weil es ein besonderer Tag ist. Womöglich einer dieser Tage, an denen das Schicksal einen Haken schlägt und alles kräftig durcheinanderwirbelt.«

»Kannst leicht recht haben, heut ist ein ganz bsonderer Tag. Ich spür so ein komisches Zwicken in der Magengegend«, entgegnete Traudl und musterte Xaver ungeduldig, während er zwei dicht beschriebene Schulheftblätter aus dem Umschlag nahm. »Also, was steht da?«

»›Hochverehrtes Ehepaar Sonnlechner …‹ – es ist mit Bleistift geschrieben …«

»Na, was hab ich g'sagt? Die Mutter … wenns die Mutter war, hat sich genau uns ausgsucht, weil …«

»Jetzt wart halt, was da noch steht«, unterbrach Xaver seine Frau.

»Schon gut, lies weiter …«

»Also, ›Hochverehrtes Ehepaar Sonnlechner, ich bitte Sie inständig, sich um meine kleine Anna zu kümmern, weil ich es nicht kann. Ich bin eine ledige Mutter und wurde von meiner Familie davongejagt, weil mein Kind ein Bankert ist. Ich wusste nicht, wohin, und auch nicht, wie ich mich und das Kind durchbringen sollte, wir wären verhungert oder erfroren. Ich wollte ins Wasser mit dem Kind gehen, aber dann hab ich mich an Sie erinnert und dass Sie gute Menschen sind. Das Schmuckstück ist das einzig Wertvolle, das mir noch geblieben ist, es hätte mich und meine kleine Anna vielleicht ein paar Wochen über Wasser gehalten, aber danach wären wir wieder vor dem Nichts gestanden. Deshalb flehe ich Sie an, sich der Anna anzunehmen und die Kette als Entlohnung für Ihre Mühe und Kosten anzusehen. Anna ist ein liebes Kind und kann schon Zwiebackbrei essen, auch ein Haferschleimflascherl mag sie gern …‹« Xaver ließ das Blatt sinken und schaute

Traudl mit feuchten Augen an. »Ins Wasser wollt sie gehen … So eine traurige G'schicht.«

Traudl nickte schniefend und drückte das Kind an ihre Brust. »Arme kleine Anna … arme kleine Anna … Steht da noch was?« Das Baby begann zu strampeln. »Oh weh, oh weh … brauchst vielleicht eine frische Windel und bestimmt auch bald ein Fläschchen? Wie das mit dem Wickeln und Füttern geht, weiß ich vom Baby einer Schulfreundin, da hab ich zuschauen dürfen«, redete sie sanft auf die kleine Anna ein und wandte sich dann an Xaver. »Jetzt möcht ich schnell nach oben in die Wohnung, um unser Kind zu wickeln und zu füttern.«

»Unser Kind«, wiederholte Xaver mit leichter Verwunderung. »Wie du das sagst. Hast wohl schon alles entschieden?«

»Bist ein schlauer Mann, deshalb hab ich dich auch genommen.« Traudl lächelte ihn liebevoll an, rappelte sich dann mit dem Baby im Arm aus dem Stuhl hoch und gab Xaver einen flüchtigen Kuss auf die Wange. »Nimm den Korb und schau nach, ob der Laden auch gut abgesperrt ist.«

2

DAS FENSTER IM zweiten Stock zur Wohnküche der Sonnlechners war an diesem Abend lange erhellt. Zudem hatte Xaver den gusseisernen Küchenherd mit einer doppelten Ladung Holz und Briketts zum Glühen gebracht, und schon nach kurzer Zeit war es in dem mit Eckbank, Holztisch, gepolsterten Stühlen und einem schönen Büfett recht heimelig eingerichteten Raum so warm, dass Xaver sein Hemd aufknöpfte und im Unterhemd dastand.

»Es ist heiß wie im Hochsommer, ich überleg, ob ich meine Badehose anziehen soll.«

»Willst das Kind verschrecken?« Traudl saß auf der Bank am Küchentisch, die kleine Anna auf dem Arm an ihre Schulter gelehnt, und klopfte ihr sanft auf den Rücken, damit sie aufstoßen konnte.

Vorhin hatte sie das Baby mit der angegrauten Windel, die um die Kette geschlungen war, frisch gewickelt und den Popo mangels *Penaten Creme* mit der im Salon vorrätigen *Nivea Creme* versorgt. Zum Glück waren der Strampler und das Jäckchen nicht durchnässt, sonst hätte sie die kleine Anna in eine Decke wickeln müssen. Xaver hatte derweil den Krimskrams aus der oberen Schublade der Kommode im Wohnzimmer geleert. Mit Handtüchern und einem Pullover wurde daraus eine provisorische Schlafstatt für Anna, die Traudl heute Nacht neben ihr Bett stellen wollte. Nach dem Wickeln hatte Anna ein Fläschchen mit Haferschleim getrunken, das ihr geschmeckt hatte, genau wie in dem Brief stand. Traudl hatte zum Glück Haferflocken im Haus, sonst hätte sie den Xaver zu den Nachbarn geschickt. Es war eine sehr hilfsbereite Nachbarschaft, wo man sich gern mit einem Ei, einer Tasse Zucker oder anderen Kleinigkeiten aushalf. Das Haus und der Laden waren offiziell noch im Besitz von Xavers Eltern. Überschreiben wollte die Alten aber erst, wenn Nachwuchs da wäre, und genau darüber dachte Traudl jetzt nach.

»Weißt, was ich mir grad überlege?«

»Dass wir frische Luft brauchen und ich das Fenster aufmachen soll?« Xaver wischte sich ein paar Schweißtropfen von der Stirn.

Traudl lachte. Sie war so unfassbar froh über das Baby in ihren Armen, dass jeder von Xavers Scherzen sie noch glücklicher machte. Auch wenn sie dieses Kind nicht geboren hatte, fühlte es sich doch schon ein klein wenig so an, als sei es ihr eigenes. »Nein, da liegst ganz falsch, ich hab an deine Eltern gedacht. Ob sie uns den Laden endlich notariell übergeben, wo wir jetzt den lang ersehnten Nachwuchs haben? Ich …«

»Jessas, die Eltern hab ich glatt vergessen«, unterbrach Xaver sie erschrocken. »Was sollen wir denn sagen, woher wir plötzlich ein Kind haben? Mei, oh mei, noch keinen Tag im Haus, und schon bringt so ein Baby alles durcheinander. Na, des kann ja was werdn …«

»Jetzt übertreibst aber …« entgegnete Traudl. »Wir werden die Wahrheit sagen, die ist so traurig, dass sie jeden erbarmt. Außerdem ist mit Lügen noch niemand weit gekommen.«

»Wennst meinst …«

Traudl war aufgestanden und lief mit Anna auf dem Arm durch die geräumige Wohnküche. »Aber zuerst haben wir noch andere Sorgen. Was machen wir mit meinen Terminen am morgigen Samstag? Mit dem Kind kann ich doch nicht arbeiten.«

»Ach, so kleine Kinder schlafen doch den ganzen Tag.«

Traudl schüttelte den Kopf. »Manche tun das, das Baby von der Frau Angermeier, die vorn am Eck wohnt, schläft angeblich rund um die Uhr, aber ob Anna auch so eine Vielschläferin ist, weiß ich doch nicht. Sie allein in unserer Wohnung liegen und dann schreien zu lassen, bringe ich nicht übers Herz. Wo sie doch gerade erst ihre Mutter verloren hat. Nein, nein, wir müssen uns was überlegen. Auch, woher wir Windeln, eine schöne Ausstattung, Spielsachen, ein Bettchen und einen Kinderwagen mit Kissen und Polster bekommen.«

Xaver zuckte hilflos mit den Schultern. »Du weißt doch, Traudelchen, wenns drauf ankommt, rasiere ich fünf Männer in einer halben Stund nach allen Regeln der Baderkunst. Aber bei Frauensachen kenn ich mich nicht aus.«

Traudl seufzte. Xaver war ein fleißiger Friseur und ein braver Ehemann, und sie liebte ihn immer noch genauso wie vor zehn Jahren, als er bei ihren Eltern um ihre Hand angehalten hatte. Er half ihr auch im Haushalt, da war er sehr modern, aber jetzt war er hilflos wie ein kleiner Bub und trotzdem einfach zum Küssen.

Aber Küsse halfen natürlich nicht weiter, deshalb würde sie das Kommando übernehmen. »Das macht nichts, Xaver, wir werden das Kind schon schaukeln, gell, meine kleine, goldige Anna?« Sie küsste das Baby auf die Wange, das genau in diesem Moment aufstieß und den letzten Schluck Haferschleim auf Traudls grünen Pullover spuckte.

»Oh mei, oh mei.« Xaver riss erschrocken die blaugrauen Augen auf. »Sie wird doch nicht krank sein?«

»Nein, nein, das ist ganz normal bei Babys, musst dir keine Sorgen machen. Und jetzt zieh dein Hemd wieder an, eine anständige Joppen darüber und geh hinunter zu deinen Eltern.«

»Es ist doch schon viel zu spät«, wandte Xaver ein.

»Gerade mal acht Uhr, wahrscheinlich sitzen sie vor dem Radio und hören die Abendnachrichten«, vermutete Traudl.

»Hm …« Xaver war in das Hemd geschlüpft und knöpfte es bis zum letzten Kragenknopf zu. »Und was soll ich sagen, was ich so spät noch will?«

»Dass eine Überraschung auf sie wartet.«

»Na, die werden Augen machen.« Händereibend verließ Xaver die Küche.

Zehn Minuten später kam er in Begleitung seiner Eltern zurück. Seine Mutter Fanny, eine resolute kleine Frau, die keine Arbeit scheute, hatte zusammen mit ihrem Mann Josef bis 1945 noch täglich im Salon gestanden. Josef, Xavers Vater, war wegen einer Rückenverletzung, die er sich im Großen Krieg an der Westfront zugezogen hatte, nicht eingezogen worden. Aber Xaver hatte in Frankreich gekämpft und war zu Traudls großer Erleichterung unbeschadet zurückgekehrt.

Als Fanny das Baby in Traudls Armen sah, blieb sie abrupt auf der Türschwelle stehen.

»Wie kommt ihr denn zu einem Kind?«, fragte Josef, der seine Frau in die Küche schob. »Geh bittschön hinein, damit wir die Tür zumachen können, sonst weht die teure Wärme in den kalten Flur hinaus.«

Fanny, den Blick auf die kleine Anna gerichtet, ließ sich auf einen Stuhl am Küchentisch fallen. »Also, jetzt bin ich gespannt, weil, deines kann es ja nicht sein«, stellte sie fest und musterte ihre Schwiegertochter misstrauisch, als habe diese das Kind aus einem Kinderwagen geraubt.

»Es wurde einfach vor dem Salon abgestellt! Vor einer Stund hab ich Babyweinen gehört, und als ich nachgschaut hab, war ein Korb mit dem armen Bobberl vor der Tür gestanden«, erklärte Traudl und wandte sich an Xaver: »Zeigst der Mutti am besten den Brief.«

Xaver nahm den Brief aus dem Umschlag und reichte ihn seiner Mutter. »Eine ganz traurige G'schicht.«

Fanny Sonnlechner holte ihre Lesebrille aus der Küchenschürze. Monoton murmelnd las sie den Brief, als würde sie einen Rosenkranz beten, wobei sich ihre Miene mit jeder Zeile verdunkelte und die steile Falte zwischen ihren Augenbrauen immer tiefer wurde. Am Ende angelangt, faltete sie die Blätter bedächtig zusammen, legte sie auf den Tisch und ihre Hände darüber, als wolle sie den Inhalt schützen. »So viel Schlechtigkeit auf der Welt … die arme Frau …«

»Und das da ist quasi Annas Mitgift.« Xaver legte die Kette mit dem Herzanhänger auf den Küchentisch.

Einige Minuten lang starrten Fanny und Josef schweigend auf das Schmuckstück, bis Anna sich unerwartet mit Gebrüll meldete.

Fanny tippte sofort auf Hunger und sprang auf, um einen Mehlbrei zu kochen. »Den hast du auch gern gegessen, Xaver, und schau dich an, wie groß und stark du geworden bist«, sagte sie mit mütterlicher Zufriedenheit in der Stimme.

»Dankschön, Mutti, aber Hunger kann sie nicht haben, sie hat grad ein Flascherl getrunken«, sagte Traudl.

Die Frauen rätselten ein wenig, warum Anna weinte, und kamen überein, dass es nur eine Blähung war, da sie sich schnell wieder beruhigte.

Als die kleine Anna erschöpft vom Trinken und Weinen in Traudls Armen einschlief, unterhielten sich die Ehepaare im Flüsterton weiter über die anstehenden Probleme. Allen voran Traudls Termine, und wer sie morgen übernehmen konnte.

Josef Sonnlechner war der Meinung, Findelkinder würden lebenslang nur Sorgen bereiten; daran änderten auch kostbare Juwelen nichts, Traudls Termine, nicht nur die für morgen, seien dagegen das kleinere Übel. Man wisse nichts über die Eltern, der

Vater könne ein Verbrecher sein und dem Kind die schlechten Eigenschaften vererbt haben. Sie sollten es der Polizei übergeben, die wüssten am besten, was zu tun sei.

Xaver hatte bei dem kleinen Vortrag seines Vaters den Kopf gesenkt, aber geschwiegen, und Traudl ahnte, dass er ihm insgeheim zustimmte.

Fanny schüttelte den Kopf, überhaupt nicht einverstanden mit der Meinung ihres Mannes. »So ein Schmarrn, Josef, nur weil unser Sohn auch ein begabter Friseur ist und damit dein Talent geerbt hat, ist das noch lange keine Garantie, dass sich alle Eigenschaften vererben. Außerdem schreibt die Frau doch, dass sie Traudl und Xaver ganz bewusst ausgesucht hat.« Fanny blickte von Schwiegertochter zu Sohn. »Hast du vielleicht eine Idee, wer sie sein könnte? Sie muss euch kennen, jedenfalls lese ich das heraus.«

»Vielleicht ist sie eine ehemalige Kundin, als es ihr noch besser ging. Dass wir Kinder wollen, weiß praktisch jeder«, meinte Xaver.

Fanny seufzte aus tiefster Brust. »Dann ist es fast unmöglich, das Rätsel zu lösen, aber deine Termine, Traudl, kann ich die nächsten Tage übernehmen, bis du dich arrangiert hast. Würde mir sogar Spaß machen, mal wieder ein paar Locken zu drehen.«

»Das ist lieb, Mutti.« Traudl schickte ihrer Schwiegermutter ein dankbares Lächeln. Fanny war wohl auch schon ganz vernarrt in Anna.

Josef zog die Stirn in Falten. »Und was mach ich in der Zwischenzeit?«

»Du gehst morgen früh auf den Dachboden, da steht noch ein großer Wäschekorb, der ist bestimmt staubig, den kannst in unserer Badewanne sauber schrubben, und wenn er trocken ist, können wir ihn als Schlafkörbchen herrichten«, bestimmte Fanny, die jetzt ganz in ihrem Element war.

»Wennst meinst«, sagte Josef.

»Ich meine … Opa!«

Der soeben zum Großvater ernannte Josef straffte nun doch ganz stolz die Schultern. »In Ordnung, ich kümmere mich morgen um den Korb. Ich tät auch sofort ins Dach hinaufsteigen, aber dort haben wir ja leider noch kein elektrisches Licht. Trotzdem, Xaver, ihr solltet es euch noch mal gründlich überlegen und zur Polizei gehen, oder zum Amt. Auch wenn ich grad nicht weiß, wer da zuständig wär«, versuchte er seine Bedenken erneut anzubringen.

»Wir haben es gründlich überlegt.« Traudl nickte gefällig. »Der liebe Gott hat mir nach den zwei Fehlgeburten die kleine Anna geschenkt.« Sie war fest entschlossen, für dieses Kind zu kämpfen wie eine Löwin, und ihre Schwiegermutter würde sie unterstützen, das spürte sie ganz deutlich.

Fanny hatte auch die Babysachen von Xaver aufgehoben, die sie noch vor dem Schlafengehen heraussuchte und Traudl brachte. Einige Hemdchen und Strampler waren noch gut erhalten, und Traudl nahm sie dankbar entgegen.

Josef bestand trotz allem Mitleid darauf, jemanden zu befragen, der sich mit Gesetzen auskannte. Auch wenn eine neue Zeit angebrochen war und man sich nicht mehr vor den hinterhältigen Schikanen der »braunen Bagage« fürchten musste – ein Findelkind zu behalten, konnte einem am Ende mächtige Scherereien einbringen.

Montag, als der Salon geschlossen war, marschierte Xaver am Vormittag in die Leopoldstraße, wo Anwalt Grubinger residierte. Er hätte ihn auch telefonisch kontaktieren können, im Geschäft stand ein Apparat, und der Anwalt besaß natürlich auch einen Anschluss. Aber Xaver war der Meinung, wichtige Dinge ließen sich besser von Angesicht zu Angesicht besprechen. Und oft konnte man aus dem Zucken eines Mundwinkels mehr entnehmen als aus dem längsten Vortrag, das hatte er schon als Lehrbub zu beobachten gelernt. Keine Stunde später war er wieder zu Hause, und zwar mit folgender Nachricht: Findelkinder müssen von Rechts wegen am Folgetag dem Jugendamt gemeldet werden.

Traudl zog gerade den Topf vom Feuer, in dem sie Annas Nuckelflaschen und den Sauger ausgekocht hatte. »Dem Amt melden?«, fragte sie nach, um sicherzugehen, sich nicht verhört zu haben. Als Xaver nickte, wurde sie blass, aber nur für einen Moment, dann stemmte sie die Fäuste in die zierlichen Hüften, reckte kämpferisch das Kinn vor und blitzte den Überbringer der schlechten Nachrichten zornig an. »Jugendamt?«, schnaufte sie. »Das Wort ›Amt‹ hat noch nie nicht was Gutes bedeutet. Hat der Herr Advokat auch gesagt, was die dann mit dem Kind anstellen? Im Büro werdens es ja wohl kaum behalten.«

»In ein Waisenhaus tät es kommen.«

»Heilige Jungfrau Maria.« Traudl bekreuzigte sich. »Unser Kind in ein Waisenhaus? Da tät ich mich ja versündigen. Bevor ich es melde, lass ich mich lieber einsperren.«

»Der Grubinger hat so was geahnt, weil er dich ja kennt und weil du dir noch nie nicht was hast gefallen lassen. Er hat sich an ein Vorkommnis erinnert, als er bei mir zum Haareschneiden war. Da ist eine neue Kundin ohne Termin hereinspaziert, stellt sich als Gattin eines Bankdirektors vor und möcht sofort bedient werden. Du hast ihr dann erklärt, dass sie leider warten müsse, weil du eben nur zwei Hände hättest, und nicht mal ein Koffer voller Geld daran etwas ändern könne.« Xaver betrachtete seine Frau bewundernd.

»An die erinnere ich mich genau, eine spinnerte Urschel war das, hat sich eingebildet, was Besseres zu sein. Da wars bei mir an der richtigen Adresse. Vor dem Herrgott sind alle Menschen gleich und im Salon Sonnlechner gleich zweimal.« Traudl drehte sich wieder zum Herd, fischte mit einer Holzzange eine Flasche aus dem heißen Wasser und stellte sie zum Abkühlen in eine Henkeltasse. »Hat der Herr Advokat sonst noch was gesagt?«

»Dass die Nachbarschaft sich wundern würde, wenn plötzlich ein Kind im Haus ist, und uns jemand hinhängen könnt. Dann hätten wir eine Anzeige am Hals, und das wär gar nicht gut fürs Geschäft. Wenn sich das rumspricht … du weißt, wie die Leut sind.«

»Hm …« Traudl schöpfte jetzt heißes Wasser aus dem seitlich im Herd eingelassenen Wassertank in einen Topf und setzte ihn auf die Herdplatte. »Dann koch ich uns erst mal einen echten Bohnenkaffee, da kann ich besser nachdenken. Und solange die Anna schläft, überlegen wir uns eine Lösung.«

»Wie ich dich kenn, wird dir schon was Raffiniertes einfallen.« Xaver streichelte ihr liebevoll die Wange, holte dann Tassen und die Zuckerdose aus dem Küchenschrank und deckte den Tisch vor der Eckbank. Das mit Vergissmeinnicht bestickte Leinentischtuch nahm er vorsichtshalber ab, Kaffeeflecken ließen sich nur schwer auswaschen, was seine Mutter ihm, der gern kleckerte, eingehämmert hatte.

Als Traudl den köstlich duftenden Kaffee servierte und Xaver genüsslich zwei Löffel Zucker in die Tasse rührte, fragte sie, ob er Grubinger von dem Brief erzählt habe, der im Körbchen gelegen hatte.

»Ja, schon, aber es war blöd, dass ich den nicht vorzeigen konnte.«

»Ja, des war nicht so gescheit. Magst vielleicht nach dem Mittagessen noch mal mit dem Brief hingehen? Ich tät ja mitkommen, aber wir haben leider noch keinen Kinderwagen für die Kleine …« Den Rest ließ sie ungesagt, Xaver würde die Botschaft verstehen.

Xaver nahm einen Schluck Kaffee, lobte das köstliche Aroma und erklärte, dass er gern noch mal loslaufe. Anschließend könne er mit der Trambahn in die Innenstadt fahren und sich nach einem Wagen für Anna umschauen.

Traudl beugte sich zu ihrem Ehemann und drückte ihm einen liebevollen Kuss auf die Wange. »Du bist der beste Ehemann der Welt und wirst auch der beste Vater der Welt sein.« Im Stillen dachte sie, wenn er bereit war, einen Kinderwagen zu besorgen, würde er auch mit ihr um Anna kämpfen.

Xaver hatte den Eindruck, als sei in diesen letzten Tagen vor Heiligabend die halbe Stadt auf den Beinen. In der Trambahn standen die Leute Schulter an Schulter. Rund um den Stachus ging es zu wie auf dem Oktoberfest, das ja während dieses verdammten Krieges ausgefallen war, aber nächstes Jahr endlich wieder stattfinden sollte, wie neulich in der Zeitung gestanden hatte. Und überall drängten sich die Münchner vor den festlich geschmückten Schaufenstern. Kinder drückten ihre Nasen an den Scheiben platt und betrachteten mit leuchtenden Augen die ausgestellten Spielsachen. Nach der Währungsreform waren die Läden wie durch ein Wunder wieder mit allem gefüllt, was vorher angeblich nicht zu kriegen war – ausgenommen auf dem Schwarzmarkt für die dort übliche Zigarettenwährung. Dieser längst verbotene Handel auf den einschlägigen Märkten in der Möhlstraße, rund um den Hauptbahnhof oder in den Hinterzimmern von Gaststätten fand weiterhin statt, obwohl die Polizei immer wieder Razzien durchführte. Anfang Juli waren über dreißig Händler festgenommen worden; ob sich die anderen dauerhaft davon abschrecken ließen, blieb abzuwarten.

Einen Kinderwagen hätte er dort vielleicht auch bekommen, aber er wollte einen legalen. Er musste ein wenig suchen und fand schließlich in der Nähe des Karlstors ein Geschäft, das einen hübschen Korbwagen samt der notwendigen Kissen und Polster ausgestellt hatte. Einen, der sich im Sommer, wenn das Baby sitzen konnte, zum Sportwagen umfunktionieren ließe, wie der Verkäufer erklärte.

»Gekauft!«, entschied Xaver kurz entschlossen. Ein besseres Weihnachtsgeschenk für seine Traudl würde er nicht mehr finden. Und während er schmunzelnd an der Kasse bezahlte, sah er im Geiste die kleine Anna in den Kissen sitzen und sich selber den Wagen durch den Englischen Garten schieben.

Der Verkäufer packte die Innenausstattung und das Zierkissen ein und verstaute beides im Wagen, den Xaver direkt »Probe fahren« wollte.

Der Heimweg zum Salon in der Amalienstraße führte über den Lenbachplatz und dann die Otto-, die Brienner und die Türkenstraße entlang. Ein Marsch von einer guten halben Stunde, aber das machte Xaver nichts aus. Er war mit seinen zweiundvierzig Jahren gut zu Fuß, und die irritierten Blicke der Passanten amüsierten ihn. Ein Mann mit Kinderwagen war für den normalen Spießbürger so unmöglich wie einer mit Dauerwelle. Doch ihn juckte das überhaupt nicht, er war ein fortschrittlicher, moderner Mann, der sich auch nicht zu schade war, seiner Traudl beim Abtrocknen zu helfen. Auch den Fußboden zu wischen fand er nicht unter seiner Würde, während seiner Lehrzeit beim Vater hatte er täglich wischen müssen. Bei den Sonnlechners, Friseure in fünfter Generation, gab es das Motto: Dem Friseur ist nichts zu schwör!

Zu Hause angekommen stellte er den Wagen samt Inhalt vorerst im Salon unter. Ihn hinauf in die Wohnung zu bringen, war zu umständlich, das Kind nach unten zu tragen war einfacher.

Als er den Schlüssel in die Wohnungstür steckte und »Ich bin zurück!« in den Flur rief, kam Traudl mit Anna im Arm aus der Küche. »Und, hast alles erledigen können?«

Sie mit dem Kind zu sehen, war ein neues, aber ganz wunderbares Gefühl. Nun, zu dritt, war die Familie komplett, das spürte er in diesem Moment bis in die Haarspitzen. Und wie die kleine Anna ihn mit ihren blauen Augen neugierig anschaute, machte ihn mindestens so froh, wie er damals gewesen war, als man ihm den Meisterbrief überreicht hatte.

»Der Grubinger lässt schön grüßen, er meint, wir hätten gute Aussichten. Die Jugendämter wären nämlich heilfroh, wenn jemand ein Findelkind behalten wolle, die Waisenhäuser seien überfüllt mit Kindern, die ihre Eltern auf der Flucht verloren haben. Er würde aber eine Meldung machen, damit alles seine Richtigkeit hat, und dann alles Weitere in die Wege leiten. Mit dem Brief sollte alles glattgehen, er würde jedenfalls sein Möglichstes tun, damit es mit einer kurzen Begutachtung von uns beiden und den Gegebenheiten getan ist. Ach, und herzlichen Glückwunsch zur Mutterschaft soll ich ausrichten.«

Traudl wartete, bis Xaver den graubraunen Wollmantel mit dem dezenten Glencheck-Muster, den braunen Hut und den grauen Schal an der Flurgarderobe abgelegt hatte. »Wie lange wird das dauern?«

»Das hab ich auch gefragt, aber er wusste es nicht, weil es Neuland für ihn ist, hat er gesagt. Wir müssen uns halt ein wenig gedulden, aber jetzt hab ich einen Mordshunger … was gibt's zum Abendessen?«

»Linsensuppe mit Kartoffeln und für dich ein Paar Wiener Würstl.«

»Die Würstl teilen wir uns«, entschied Xaver, legte den Arm um Frau und Kind und schob sie sanft Richtung Küche.

Drei Monate später, als die ersten Krokusse in den Gärten sprossen, und Klein Anna bei den Spazierfahrten schon im Korbkinderwagen sitzen konnte, überschlugen sich die Ereignisse.

Grubinger kam zu seinem monatlichen Haarschnitt und überbrachte gleichzeitig die Botschaft, dass Anna bald eine offizielle Sonnlechner sein würde. Bis der Papierkram mit den Ämtern über die Bühne sei, könne es aber noch ein paar Monate dauern.

Annas Geburtstag war wegen der fehlenden Geburtsurkunde für den 30. September festgeschrieben worden, ausgehend von der Annahme, dass sie ungefähr drei Monate alt war, als sie vor dem Salon gefunden wurde. Traudl, die sich Annas Betreuung inzwischen mit Fanny teilte, wurde vor Glück direkt schwindelig. Als sich am nächsten Morgen immer noch alles drehte und ihr auch noch speiübel wurde, suchte sie den Frauenarzt auf, der eine Schwangerschaft vermutete. Ob der Mediziner recht hatte, würde sich aber erst nach drei Tagen herausstellen. Traudl hatte eine Urinprobe für den Froschtest abgegeben, die dann im Labor einem Frosch eingespritzt wurde. Wenn der Frosch nach spätestens vierundzwanzig Stunden Laich absetzte, war der Verdacht bestätigt. Traudl hatte es nicht zu hoffen gewagt, obwohl ihre monatlichen Tage kaum spürbar gewesen waren. Es wäre ihr undankbar vorgekommen, wo der liebe Gott ihr doch ein Baby geschenkt hatte. Eines, für das sie nicht einmal Schmerzen hatte erleiden müssen.

Weihnachten 1949

Sie biss sich auf die Lippen, um das aufkommende Schluchzen zu stoppen, das beim Anblick ihres Kindes in den Armen von Frau Sonnlechner in ihre Kehle stieg. Wie die Frau es zärtlich an sich drückte, küsste und streichelte oder der letzten Kundin präsentierte, war kaum zu ertragen. Es war doch *ihr* Kind, *sie* sollte es wiegen und in den Schlaf singen und bewachen. Wieder und wieder sagte sie sich, dass Anna jetzt ein liebevolles Zuhause hatte, nicht hungern und auch nicht in einem Keller ohne Heizung und fließendes Wasser aufwachsen musste. Ihr Plan hatte also funktioniert. Doch die Sehnsucht nach ihrem Kind war stärker als jede Vernunft. Stärker als jedes andere Gefühl. Stärker als erklärende Worte, mit denen sie sich zu beruhigen suchte.

Seit sie Anna vor über einem Jahr auf den Stufen vor dem Salon abgestellt hatte, suchte sie bei Anbruch der Dunkelheit den Schutz der Ruine. Mit brennenden Augen starrte sie dann hinüber in den hell erleuchteten Salon, um sich jeden Abend aufs Neue zu vergewissern, das Richtige getan zu haben. Dass ihre süße kleine Anna geliebt wurde und ein wundervolles Leben haben würde. Eines Tages würde ihre Sehnsucht leiser werden und in ferner Zukunft vielleicht ganz verstummen. Nur ihr Herz würde für immer bluten.

3

Donnerstag, 30. September 1965

SIEBZEHN KERZEN FLACKERTEN auf der feinen Buttercremetorte und tauchten das Wohnzimmer in warmes Licht. Jedes Jahr nach dem Geburtstagsständchen durfte Anna die Torte zum Frühstück anschneiden und ein kleines Stück probieren. Vor einigen Jahren noch war es nur ein Gugelhupf gewesen, doch seit sie zehn geworden waren, gab es eine echte Buttercremetorte vom Konditor, auf die sich Anna jedes Jahr gefreut hatte. Heute fragte sie sich jedoch, wie alt sie eigentlich werden musste, um endlich eine eigene Torte zu bekommen und sie nicht wie jedes Jahr mit ihrer Schwester Elsie teilen zu müssen. Die Eltern waren doch nicht arm, der Salon hatte sich zu einem Geheimtipp entwickelt, aus dem Umland und sogar aus dem reichen Bogenhausen kamen Kunden. Bis heute hatte es Anna auch nie gestört, dass die Kerzenanzahl eigentlich für Elsie passte und die Mutter eine Kerze in die Mitte steckte, damit es dann auch für Anna stimmte. Am gleichen Tag geboren worden zu sein, war einfach nur gemein. Jetzt konnte sie nur hoffen, dass sich ihr sehnlichster Wunsch endlich erfüllte. Groß genug war eines der Päckchen, aber sie wollte sich nicht zu früh freuen. Letztes Jahr war sie auch enttäuscht worden. Da hatte sie sich eine Nietenhose gewünscht, bekommen hatte sie ein spießiges Hängekleidchen mit Blumenmuster.

»Wer möchte anschneiden?«

»Anna«, bestimmte Elsie leise.

Anna schüttelte stumm den dunklen Lockenkopf. Torten anschneiden war so langweilig wie gemeinsam Geburtstag feiern. Keinen Tag zu haben, an dem man ganz allein gefeiert wurde, an dem ausschließlich man selbst bedient und rundum verwöhnt wurde, war ungerecht. Schließlich waren sie keine Zwillinge, denn Elsie war ein Jahr später, aber eben blöderweise am gleichen Tag auf die Welt gekommen. Sehr zur Freude ihrer Eltern, die nicht müde wurden, es an jedem Geburtstag zu betonen.

»Willst du nicht doch ...« Elsie hielt ihr das Messer hin.

»Ich würde lieber gleich das Geschenk aufmachen.«

»Aber erst die Kerzen ausblasen und was wünschen«, erinnerte Elsie sie.

»Na klar, machen wir sofort.« Anna hielt mit beiden Händen die langen Locken im Nacken zusammen und beugte sich über die Torte.

Wer nur Elsies Stimme hörte, hätte vielleicht auf ein kleines zierliches Mädchen geschlossen, mit blonden Locken und einer niedlichen Nase, das gern hübsche Kleider trug. Elsie liebte Kleider und war tatsächlich blond, allerdings waren die Haare glatt und von Mutti zu einem kinnlangen Five-Point-Cut geschnitten, der zurzeit groß in Mode war. Anna fand, der von dem Engländer *Vidal Sassoon* kreierte Schnitt war viel zu eckig und kantig und passte nicht zu Elsie, aber ihre Schwester stellte sich nun mal gern als Modell zur Verfügung, wenn Mutti etwas Neues ausprobieren wollte. Annas Meinung nach würde Elsie mit Locken viel hübscher aussehen, denn sie war einen ganzen Kopf größer und mit ihren sechzehn Jahren schon voll entwickelt. Die kleine Schwester hatte alles, wovon Anna nur träumen konnte. Busen, Hüften und lange Beine, und alle Jungs gafften ihr nach. Doch Elsie benahm sich, als wäre sie gerade mal zehn, und spielte manchmal sogar noch mit den Puppen aus der Kindheit, die auf ihrem Bett saßen.

Während die Eltern auf dem letztes Weihnachten angeschafften Wohnzimmersofa mit dem moosgrünen Plüschbezug saßen und beobachteten, wie Elsie konzentriert schmale Tortenstücke auf den Tellern verteilte, wechselte Anna ungeduldig von einem Bein auf das andere. »Ich will jetzt endlich meine Geschenke aufmachen …«

»Das Fräulein Ungeduld kann es mal wieder nicht erwarten«, stellte ihr Vater fest und schaute sie gespielt streng an, was bedeutete, dass sie warten sollte.

Endlich legte Elsie das Messer weg, und Mutti deutete auf die Geschenkpakete. »Die mit den Streifen sind für dich, Anna, die mit den Blumen für Elsie.«

Achtlos zog Anna vom ersten Päckchen die gelbe Schleife weg und riss das dünne Geschenkpapier auf. Was dann aus dem Karton zum Vorschein kam, machte sie so wütend, dass sie das Einwickelpapier zusammenknüllte. Flache Stiefel aus weißem Lack, wie man sie jetzt in Paris trug.

»Und, was sagst du?« Ihre Mutter schaute sie erwartungsvoll an. »Hoffentlich bist du nicht so enttäuscht wie letztes Jahr.«

Anna zwang sich zu einem Lächeln.

»Wir wissen, dass du dir etwas anderes gewünscht hast«, sagte ihr Vater.

Anna nickt stumm, innerlich schrie sie jedoch auf. Sie hatte sich eine Staffelei, Ölfarben und eine Leinwand gewünscht, oder wenigstens eines davon, und den Eltern auch den Tipp gegeben, dass sie alles bei *Schachinger* in der Theresienstraße bekämen, die eine riesige Auswahl an Künstlerbedarf hatten.

»Sei vernünftig, Anna, du hast keine Zeit für ein Hobby, du musst dich für die Gesellenprüfung vorbereiten«, sagte er, wohl um sie zu trösten. »Du solltest auch viel öfter am Modellkopf arbeiten oder deiner Schwester das Haar föhnen, damit dir das flotter von der Hand geht. Bisher dauert das alles noch viel zu lange. Bei der Prüfung gibt es Zeitvorgaben für jede Aufgabe.«

Hobby! Anna schluckte einen dicken Tränenkloß hinunter. Die Eltern wussten doch, dass die Malerei kein Hobby für sie war, sondern ihr großer Lebenstraum. Die blöde Prüfung konnte ihr gestohlen bleiben. Die Lehre hatte sie nur begonnen, weil sie als Minderjährige nicht gegen die Eltern ankam. Es war ihr egal, ob sie die Prüfung bestand oder nicht, sobald sie eine Möglichkeit fand, würde sie ihren Traum verwirklichen. Denn nur wenn sie malte oder auch einfach mit dem Bleistift etwas skizzierte, war sie ganz und gar glücklich. Dann vergaß sie die Welt um sich herum, sah ausschließlich das Modell oder das Objekt vor ihren Augen. Und sie hatte Talent, sogar außergewöhnlich viel Talent, das hatte ihr schon die Lehrerin in der vierten Klasse bestätigt. Ihre Zeichnungen und später die Aquarelle waren regelmäßig im Flur des Schulhauses ausgestellt und von allen bewundert worden.

Aber die Eltern versuchten mit allen Mitteln, sie davon zu überzeugen, gemeinsam mit Elsie den Salon weiterzuführen. Ein Leben lang im Salon zu stehen, jeden Tag Haare schamponieren, schneiden, auf Wickler drehen und beim Auftragen der Dauerwellenflüssigkeit den Geruch nach faulen Eiern ertragen zu müssen, löste ein beklemmendes Gefühl in ihr aus, das sie nur schwer unterdrücken konnte.

Elsie hatte inzwischen ihr erstes Päckchen geöffnet und ein Minikleid herausgeholt, das sie verzückt an den Körper presste und sich damit einmal drehte.

Das nächste Geschenk konnte Anna auch nicht begeistern: ein Kosmetiktäschchen mit Lippenstift, Wimperntusche und Stift für den Lidstrich. Sie wusste nur zu genau, dass es ein Hinweis darauf war, sich zu schminken. Eine Friseuse hat nicht nur auf dem Kopf tipptopp auszusehen, sie sollte auch gepflegt und modisch geschminkt sein. Gehörte das doch ebenfalls zur Ausbildung und Prüfung, genau wie eine perfekte Maniküre, Augenbrauen und Wimpern färben und am Ende noch das große Abend-Make-up. Ihr selbst genügten Seife und Wasser und ein Deodorant.

»Und hier noch eine Kleinigkeit für euch beide.«

Die warme Stimme ihres Vaters holte Anna zurück zur Geburtstagsfeier. Lächelnd hielt er ihnen ein ziemlich großes Paket entgegen.

Anna schaute ihre Schwester an. »Magst du es aufmachen?«

»Au ja.« Elsies Wangen liefen rosarot an vor Aufregung.

Anna nahm ihren Teller mit dem Stück Torte und sank auf einen der hellblauen Cocktailsessel, der genau wie der zweite in Senfgelb zum neuen Sofa passte. Überhaupt war das Wohnzimmer komplett neu möbliert worden, mit einer Regal-Schrank-Wand aus hellem Holz und einer Fernsehkommode. Benutzt wurde der Raum dennoch nur an Sonntagen, Feiertagen und Geburtstagen.

Sie probierte einen kleinen Bissen von der Buttercreme. Lecker war sie ja, auch wenn ihr der Appetit vergangen war. Sagen würde sie das natürlich nicht, die Eltern meinten es nur gut. Für sie schienen Glück und Friseursalon zusammenzugehören wie Wasser und Shampoo. Anna hingegen war nur glücklich, wenn sie einen Stift in der Hand hielt.

Sie erinnerte sich noch ganz genau, als sie mit drei Jahren von Oma Fanny Buntstifte und einen Malblock geschenkt bekommen und dann tagelang nur Regenbögen gemalt hatte. Vati hatte ihr die Geschichte vom Goldtopf erzählt, der am Ende des Regenbogens zu finden sein sollte. Damals hatte sie sich versprochen, den Topf eines Tages zu suchen.

Elsie kämpfte mit zahlreichen Klebestreifen, ehe sie das einfarbige Geschenkpapier entfernen konnte. Hervor kam ein Karton, auf dem in schwarzen Buchstaben das Wort *DUAL* prangte.

»Ein Plattenspieler …« Elsies zarte Stimme überschlug sich vor Begeisterung.

Die Eltern lachten zur Bestätigung.

Anna dauerte das alles viel zu lange. »Ich helfe dir mal.« Sie nahm das Tortenmesser und schnitt vorsichtig an der längsten Linie entlang, damit Elsie den Deckel öffnen konnte.

»Ein Plattenspieler!«, wiederholte Elsie so andächtig und leise, als könne er sich beim kleinsten Laut in Luft auflösen.

Ihre Mutter überreichte Anna ein weiteres Päckchen. »Das gehört auch noch dazu.«

Anna ahnte, dass es Platten enthielt, denn ohne die wäre das Gerät natürlich nutzlos. Für sie war es mit oder ohne Platten nutzlos, auch wenn sie Songs der *Rolling Stones* mochte. Elsie gefielen die angeblich netteren *Beatles*. Streit würde es in ihrem gemeinsamen Zimmer dennoch nicht geben, Anna liebte ihre kleine, sanfte Schwester, und wenn Elsie die Schnulzen der Pilzköpfe hören wollte, bitte schön. Sie würde sich an ihren Zeichenblock setzen und Elsie dabei zeichnen, wie sie zur Musik tanzte. Der Gedanke an dieses Motiv ließ Anna lächeln.

»So, ihr beiden Geburtstagskinder, fürs Erste ist genug gefeiert, in einer Viertelstunde müssen wir den Salon aufschließen. Putzt euch die Zähne, vergesst nicht, Lippenstift aufzutragen und die Frisur zu kontrollieren.« Traudl Sonnlechner stand auf und musterte Anna möglichst unauffällig.

Anna wusste genau, was die Mutter ihr wortlos zu verstehen gegeben hatte: Haare hochstecken. Für eine angehende Friseurgesellin gehörte es sich nicht, mit ungezähmter Lockenpracht im Salon zu stehen. Anna bedankte sich bei den Eltern mit einer Umarmung, häufte sich Stiefel, Schallplatten, Kosmetiktäschchen und Elsies Kleid auf die Arme und folgte ihrer Schwester, die das schwere Geschenk trug.

Elsie blieb mitten im Kinderzimmer stehen und drehte sich um die eigene Achse. »Wo sollen wir ihn hinstellen?«

Anna zuckte mit den Schultern. »Wo du willst, nur nicht auf den Tisch am Fenster.« Der Tisch war ihr Platz zum Träumen – von einem Leben, auf das sie leider noch einige Jahre warten musste.

»Ich weiß, das ist dein Maltisch.« Elsie stellte den Plattenspieler auf ihrem Bett ab. »Jetzt reicht die Zeit eh nicht, um ihn anzuschließen, heute Abend können wir uns überlegen, wohin damit. Eine Steckdose sollte ja auch noch in der Nähe sein.«

Anna legte das Kleid und das Kosmetiktäschchen dazu und ihre Sachen auf ihr Bett. »Du bist immer so praktisch, was würde ich nur ohne dich machen?«

Elsie lachte. »Du übertreibst. Aber jetzt müssen wir uns sputen, sonst kommen wir noch zu spät. Setz dich, ich stecke dir die Haare hoch, dann kann ich gleich mal wieder die ›Banane‹ üben.«

Anna ließ sich nicht zweimal bitten. Elsie war eine echte Haarkünstlerin, wie geschaffen für diesen Beruf, und jede von ihr gelegte oder gesteckte Frisur war makellos. Mutti hatte jedenfalls noch nie etwas daran auszusetzen gehabt.

Während Elsie mit Bürste, Kamm und Haarnadeln und geübten Handgriffen ihre Locken zusammennahm, schaute Anna aus dem Fenster. Das Haus gegenüber war vor fünf Jahren noch eine Ruine und eines ihrer ersten Studienobjekte gewesen. Stets hatte sie das Gefühl gehabt, als stecke ein Geheimnis in diesen Mauerresten. Vati hatte einmal gesagt: »Diese Steingerippe sind eine Mahnung an uns Menschen, nie wieder Krieg zuzulassen.« Wann immer sie hier am Tisch saß und das Haus zeichnete, überkam sie eine unerklärliche Sehnsucht, der sie keinen

Namen geben konnte. Vielleicht hatte sie auch nur eine übertrieben bildhafte Fantasie, die in der Stunde zwischen Tag und Nacht, wenn das Licht an Kraft verlor und die Schatten länger wurden, besonders intensiv wurde. Als irgendwann die Bagger angerückt waren, um die »Mahnung an den Krieg« abzureißen, hatte sie sich zur Erinnerung einen der roten Ziegelsteine mitgenommen, in dessen Löcher sie ihre Buntstifte steckte.

»Anna, träumst du schon wieder?«

»Was? Nein, nein, ich hab nur …«

»Aus dem Fenster geguckt und von der großen Liebe geträumt.« Elsie breitete die Arme aus, drehte sich um die eigene Achse und sang *I Want To Hold Your Hand.*

Anna hielt sich die Ohren zu. Dieser schnulzige *Beatles*-Song war längst zum Gassenhauer geworden, sie konnte ihn nicht mehr hören und hielt mit dem Chanson *Frag' den Abendwind* von Françoise Hardy dagegen.

Es klopfte kurz an die Zimmertür, gleich darauf erschien das Gesicht ihrer Mutter im Türspalt. »Trödelt nicht rum, Mädchen, in fünf Minuten wird der Laden geöffnet.« Die mütterliche Mahnung beendete den Gesangswettstreit.

Seufzend ergab sich Anna ihrem Schicksal, und nicht zum ersten Mal hatte sie das Gefühl, in die falsche Familie hineingeboren zu sein. Als gehöre sie nicht hierher, als habe sich dieser dämliche Storch verflogen.

4

Oktober 1965

ANNA GELANG ES, den Telefonhörer bewusst sachte aufzulegen, obwohl sie ihn zu gern mit voller Wucht auf die Gabel geknallt hätte. Immer freundlich zu sein und sozusagen durch den Hörer zu lächeln, kostete unheimlich viel Kraft. Samstags schrillte der Apparat pausenlos, und vor allem den Damen aus »besseren Kreisen« fiel immer erst in letzter Sekunde ein, dass sie eine Abendeinladung hatten und ihre Frisur zum Fürchten aussah. Dann flehten sie um einen Termin bei Frau Traudl, die sie doch sicher irgendwo dazwischenquetschen könne. Das ging seit einem knappen Jahr so.

Angefangen hatte es vergangenen Dezember, als Heidi Brühl sich von Frau Traudl das blonde Haar hatte waschen und legen lassen. Frisch geföhnt erschien die Schauspielerin im *Mathäser Filmpalast* zur Premiere von *Old Surehand* und wurde mit Stewart Granger, dem Hauptdarsteller des Karl-May-Films, fotografiert. Irgendein Reporter hatte Frau Brühl gefragt, welchem Friseur sie ihre blonde Mähne anvertraue, und das war dann in allen Tageszeitungen und später auch noch in einigen Illustrierten nachzulesen. Seitdem konnten sie sich vor Anfragen kaum retten. Anfangs hatte Anna noch mitgezählt, wie viele Neukunden sie hatte vertrösten müssen, es aber bald aufgegeben und angenommen, dass sie sich ohnehin nicht wieder melden würden. Die Eltern waren anderer Meinung und hatten vorhergesehen, dass goldene Zeiten anbrachen. Anna hatte geahnt, was diese »goldenen Zeiten« für sie als Lehrling bedeuteten: Arbeit, Arbeit und noch mehr Arbeit und immer rote Hände vom Haarewaschen.

Mit Elsie zusammen war sie für das Telefon und das Terminbuch zuständig, sie mussten zudem die Mäntel abnehmen, schamponieren und abgeschnittene Haare aufkehren. Lehrjahre sind keine Herrenjahre, pflegte ihr Vater zu sagen, wenn sie erklärte, sich den Beruf der Friseuse anders vorgestellt zu haben.

»Herzlichen Dank, Frau Direktor, beehren Sie uns bald wieder.«

Die mit einem Direktor verheiratete Frau drückte ihr zwanzig Pfennige in die Hand und stolzierte mit hocherhobener Nase aus der Tür, die Anna ihr aufhielt. Es ist einfach nur demütigend, dachte sie beim Einstecken der beiden Münzen, wie ein Lakai dazustehen, diesen Damen die Tür aufzuhalten und sie damit in ihrer Überheblichkeit auch noch zu bestätigen. Mutti predigte stets, dass manch reiche Dame im Grunde sehr arm sei, denn sie könne sich in Notzeiten ihren Lebensunterhalt nicht mit ihrer Hände Arbeit verdienen. Eine talentierte Friseuse hingegen könne niemals brotlos werden, denn Haare hörten nicht einmal nach dem Tod auf zu wachsen. Das Friseurhandwerk sei eines der ältesten und beständigsten überhaupt, und die Sonnlechners eine ehrwürdige Dynastie von Friseuren. Der Ururgroßvater habe als sogenannter Bader noch Zähne gezogen und kleine Wunden versorgt. Anna empfand es trotz Dynastie und aller Ehre erniedrigend, wie ein zweitklassiger Mensch behandelt zu werden, und manchmal war es, als spucke ihr jemand ins Gesicht.

»Anna! Träumst du schon wieder?« Ihre Mutter klatschte in die Hände. »Los, los, Frau Mittermeier waschen und bei Frau Kercher muss die Pflegepackung ausgewaschen werden. Aber gründlich, sonst ist das Haar zu schwer und die Frisur fällt zusammen.«

Anna ballte die Fäuste in den Taschen ihres rosa Nyltest-Kittels und fluchte stumm in sich hinein. Schon wieder die Hände im Wasser. Was für eine Schinderei. Was sie ein klein wenig aufrecht hielt, war die Erlaubnis, heute Abend mit Elsie über die Leopoldstraße bummeln zu dürfen, wo Kunstmaler ihre Werke zum Kauf anboten. Sie freute sich riesig und überlegte schon den ganzen Tag, ob sie sich schick machen sollte. Minikleider oder -röcke waren ja der letzte Schrei, und die Eltern erlaubten ihr auch, sie zu tragen. Nicht alle Mädchen in ihrem Alter durften in diesen »unsittlichen« Kleidern das Haus verlassen, in denen man auf der Straße vielleicht belästigt wurde. Junge Männer pfiffen hinter einem her, alte Männer starrten einem unverschämt auf die Beine, und alte Frauen schimpften, dass es solche Unschicklichkeiten »bei Adolf« nicht gegeben hätte. Ihre Freundin Brigitte, mit der sie die Bank in der Berufsschule teilte, musste knielange Röcke tragen. Aber die Freundin wusste sich zu helfen, krempelte einfach den Bund einige Male um, und schon war's ein Minirock.

»Bitte schön, Frau Mittermeier, für die Augen.« Anna reichte der Fünfzigjährigen einen Frotteewaschlappen.

»Machen S' das Wasser schön warm, ich mag das«, sagte Frau Mittermeier, bevor sie das Frotteetuch auf ihre Augen legte und sich nach vorn über das vanillegelbe Waschbecken beugte.

Frau Mittermeier war eine Nachbarin, die in einer Wohnung ohne fließend warmes Wasser lebte und jede Woche zum Waschen und Legen kam. Haarwäsche nach vorn war total altmodisch, und die Eltern sprachen schon lange davon, das Geschäft zu vergrößern, komplett zu renovieren und dann die neuen, hochmodernen Rückwärtswaschbecken anschaffen zu können. Mutti träumte davon, den Lebensmittelladen der alten Frau Keller zu übernehmen, der wäre ideal, weil dann nur eine Mauer durchbrochen werden müsste. Tante Keller, wie sie von ihrer Stammkundschaft genannt wurde, war über sechzig und wollte sich bald aufs Altenteil zurückzuziehen. Sie wusste längst, dass die Hausfrauen ihren täglichen Einkauf inzwischen lieber in den Selbstbedienungsläden wie *Tengelmann* oder *Edeka* erledigten. Dort war die Auswahl weitaus größer als in dem altmodischen Laden, wo man warten musste, bis man bedient wurde. Nur die wenigsten vermissten den Schwatz mit der Nachbarin in der Warteschlange, den Austausch von Kochrezepten, Klatsch oder Tratsch. Anna würde Tante Keller auf jeden Fall vermissen, hatte sie doch bei ihr zum ersten Mal ganz allein die köstliche Schokolade mit der cremigen Kokosfüllung für zehn Pfennige das Stück gekauft.

Anna stand vor der Haustür und blickte besorgt in den düsteren Himmel. Hoffentlich fing es nicht an zu regnen. Sie wollte endlich los. Aber Elsie brauchte mal wieder stundenlang für ihr Make-up und um die Frisur zu föhnen. Die Schwester war trotz aller Vorzüge nie zufrieden mit ihrem Aussehen. Anna war auch nicht immer glücklich mit ihren widerspenstigen Locken, noch weniger mit der flachen Brust oder ihrer Größe. Sie tröstete sich aber, dass sie mit siebzehn noch nicht voll ausgewachsen war, vielleicht würde eines Tages doch noch eine »Sexbombe« aus ihr werden.

Bis dahin konzentrierte sie sich auf ihr Können und ihre Talente. Schönheit vergeht, hatte Oma Fanny einmal gesagt, doch was man gelernt hat, kann einem niemand nehmen. Die Oma hatte natürlich den Friseurberuf gemeint, war sie doch genau wie Mutti auch eine leidenschaftliche »Lockendreherin«, wie sie manchmal scherzte. Aber Oma Fannys Weisheit galt auch für jeden andern Beruf, für die Malerei sowieso. Bestimmte Techniken ließen sich natürlich erlernen, auch das Wissen über Farben konnte sie sich aneignen, doch die Begabung, die Leidenschaft und der Blick für ein Motiv mussten einem gegeben sein. Anna sah überall Motive, wenn sie mit offenen Augen durch die Stadt spazierte. Manchmal war es auch eine Kundin mit ausdrucksstarkem Gesicht, die sie viel lieber porträtiert hätte, als ihr die Haare zu waschen.

Endlich öffnete sich die Haustür hinter Anna. »Tut mir leid«, entschuldigte Elsie sich. »Der Lidstrich war heute irgendwie schwierig.«

»Schon in Ordnung«, winkte Anna ab und betrachtete Elsies perfektes Make-up, das jeden strengen Prüfer überzeugt hätte. Waren die Eltern in der Nähe, gab Elsie sich als braves Mädchen mit Puppen auf dem Bett, kaum verließen sie die Wohnung, verwandelte sich die kleine Schwester in eine junge Frau, die genau wusste, was sie wollte. »Ist dir aber gut gelungen, und die Frisur würde selbst der große Haarkünstler Vidal Sassoon nicht besser hinkriegen.«

»Meinst du?« Unsicher befühlte Elsie ihren bauschigen Hinterkopf.

»Ich meine es ganz ehrlich, aber jetzt los, sonst fängt es noch an zu regnen.«

Elsie schaute nach oben. »Vielleicht sollten wir dann gleich ins *Big Apple* gehen, da spielt heute eine neue Band, und ich kenne den Gitarristen, Günni, ein ganz süßer Typ. Er hat mir zwei Karten geschenkt, spart vier Mark Eintritt pro Nase.« Ihre Augen leuchteten, ihre Wangen liefen rot an vor Begeisterung.

»Es war ausgemacht, dass du mich zu den Künstlern begleitest und ich dafür mit dir in dieses Tanzlokal gehe«, protestierte Anna. »Du weißt, ich mache mir nicht so viel aus Musik, aber ich komme natürlich mit, wie versprochen. Die Band läuft uns ja nicht davon, aber falls es regnet, packen die Künstler ganz schnell alles zusammen.«

»Schon gut, gehen wir Bilder gucken.« Elsie lachte vergnügt.

»Manche davon sind ja irre schräg, teilweise weiß man gar nicht, was sie darstellen sollen, so was würde ich mir nie an die Wand hängen, aber zum Anschauen …«

»Du hast eben kein Kunstverständnis.«

Spazierte man durch das Siegestor Richtung Norden, begann dort die Leopoldstraße. Auf dem beidseitig von hohen Pappeln gesäumten Prachtboulevard hatten vor drei Jahren die Schwabinger Krawalle stattgefunden und zum Verruf des Viertels geführt. Anna erinnerte sich noch ganz genau an diese vier Tage, an denen sie beide, Mutti und auch die Großeltern nicht auf die Straße durften. Ihr Vater hatte sämtliche Einkäufe für sie erledigt, damit niemandem etwas passierte, so wild war es selbst in den Nebenstraßen zugegangen.

Angefangen hatte es ganz harmlos mit einer Gruppe Straßenmusiker am Wedekindplatz, die es in einer heißen Sommernacht nach halb elf noch gewagt hatten, zu musizieren. Ein geräuschempfindlicher Anwohner hatte sich bei der Polizei beschwert, ein paar Beamte rückten an und verhafteten die Musikanten wegen Ruhestörung. Am nächsten Tag wurden sie wieder entlassen, spielten an einer anderen Straßenecke, und weil es sich herumgesprochen hatte, war großes Publikum zugegen. Das Spiel begann von Neuem. Jemand beschwerte sich über die »Ruhestörung«, Polizei rückte an. Es kam zu Rangeleien, Pflastersteine flogen, die Situation eskalierte, und die Bullen gingen mit Gummiknüppeln gegen junge Menschen vor. Es kam zu regelrechten Straßenschlachten. Am nächsten Tag wurde dann gegen unverhältnismäßig brutale Polizeigewalt demonstriert. Vier Tage und vier Nächte lang war, bedingt durch die tropischen Temperaturen, »die halbe Stadt« auf den Beinen. Die Tageszeitungen schrieben, »40.000 Demonstranten« seien von berittener Polizei und Wasserwerfern bekämpft worden. Das Ende der Aufstände und die Abkühlung der erhitzten Gemüter brachte erst ein heftiges Gewitter.

Die wilden Tage waren längst vergessen, der Boulevard war wieder eine friedliche Kunstmeile, auf der Maler und andere Kunstschaffende ihre Werke zum Verkauf anbieten durften. Wie lange das aber noch möglich sein würde, war ungewiss. Im Februar 1965 war am Nordfriedhof mit dem Bau der U-Bahn begonnen worden, und demnächst würde die Leopoldstraße zu einer riesigen Baugrube werden. Aber noch war die Kunstwelt vom Siegestor bis zur nächsten großen Kreuzung an der Martiusstraße in Ordnung. Einheimische wie Touristen konnten sich nach einem Gemälde für die Wohnzimmerwand umsehen und direkt mit den Künstlern verhandeln. Angeboten wurde nicht nur abstrakte Kunst, wie mancher Spießer sie sich niemals an die Wand gehängt hätte, sondern auch idyllische Berglandschaften, Blumensträuße in Öl, Porträts von schönen Frauen oder Segelschiffe auf dem Ammersee. Wer nichts Passendes fand, dem boten einige Maler »Kunst auf Wunsch« an.

Anna war schon oft an Wochenenden mit Elsie hier gewesen, aber noch nie am Abend, wo es durch die unzähligen als Ersatzbeleuchtung fungierenden Kerzen richtig romantisch war. Niemand schien in Eile zu sein, jeder flanierte gemächlich dahin, ließ sich viel Zeit bei der Betrachtung und den Verhandlungen mit den Künstlern.

»Schau mal, das ist schön.« Elsie deutete auf ein Bild, das mit Wäscheklammern an eine zwischen den Pappeln gespannte Leine geklemmt war.

»Sonnenblumen, Acryl auf Pappe, frei nach Vincent van Gogh. Zwanzig Mark für dich«, erklärte der Maler, sah dabei aber nicht Elsie an, sondern lächelte in Annas Richtung.

Anna fand die Sonnenblumen sehr gelungen und hätte sie sofort gekauft, aber sie musste ihr Geld für eine sinnlose Aussteuer sparen, die sie gar nicht brauchte. Lieber hätte sie den Künstler unterstützt, der in einer schmuddeligen Strickjacke, mit den unordentlichen langen Haaren und dem leicht verwahrlosten Aussehen wirkte, als könne er jede Mark gebrauchen. Aber er gefiel ihr trotzdem. Er gefiel ihr sogar so sehr, dass ihr Herz einige Takte schneller schlug. Sie hob den Kopf, um ihn direkt anzusehen.

»Ich bin Clemens. Wie heißt du?« Sein schön geschwungener Mund verzog sich zu einem Lächeln.

»Anna.«

»Ich finde dich wunderschön, Anna, und ich würde dich gern porträtieren.«

Anna schluckte, spürte ein nervöses Kribbeln in ihrem Magen und überlegte, was sie antworten sollte. Sich von einem wildfremden Mann malen zu lassen, würden ihre Eltern niemals erlauben. Ihr Vater nannte die Straßenkünstler verkrachte Existenzen, Hungerleider, lichtscheues Gesindel, zu faul für echte Arbeit. Anna überlegte auch, ob es dem Mann tatsächlich um ein Porträt ging oder vielmehr um ein Aktbild, und er dann verlangte, sie solle sich ausziehen. Aktbilder wurden nämlich auch in Massen angeboten.

»Nicht jetzt sofort, irgendwann einmal, wenn du Zeit hast. Ich bin jeden Abend hier, komm einfach vorbei …« Lässig angelte er eine Packung Zigaretten aus der Hosentasche.

»Vielleicht.« Anna hakte Elsie unter und zog sie eilig weg, bevor sie selbst noch mehr herumstotterte wie ein dummes kleines Kind.

»Wenn du dich wirklich malen lassen willst, darfst du das aber den Eltern nicht erzählen«, sagte Elsie, als sie ein paar Schritte weitergegangen waren.

»Ich will doch gar nicht von einem wildfremden Kerl gemalt werden.« Anna gab sich bewusst desinteressiert, obwohl sie sich gern mit Clemens unterhalten hätte. Die quirlige Atmosphäre um die Künstler übte auf sie eine berauschende Faszination aus. Überall gab es bemerkenswerte Kunstwerke zu bestaunen, die einfach nur an die hohen Pappeln gelehnt oder auf zwischen den Bäumen gespannte Leinen geklemmt waren, wie bei Clemens, oder auch in bequemer Höhe auf einem Abfallkorb lagen. Inmitten dieser Fülle an Ölgemälden, oft auch in abstrakter Spachteltechnik gefertigt, an zarten Aquarellen oder Kohlezeichnungen fühlte sich Anna wie im Schlaraffenland.

Minuten später ärgerte sich Anna, dass der Typ hinter der provisorischen Kasse im *Big Apple* ihren Ausweis sehen wollte. Mit ihren ein Meter vierundsechzig, dem runden Gesicht und zu wenig Oberweite wurde sie nach wie vor für ein Schulmädchen gehalten. Das kurze Hängekleidchen, die neuen weißen Stiefel und ihre wilde Mähne ließen sie noch lange nicht wie eine »Erwachsene« aussehen. Auch nicht die extra dick aufgetragene schwarze Wimperntusche. Hätte sie mehr Busen gehabt, wären ihr dämliche Fragen nach dem Alter erspart geblieben. Ihre Schwester hätte auch in einem Sackkleid wie achtzehn ausgesehen, der ärmellose schwarze Rippenpulli und der weiße Minirock mit der schwarzen Bordüre betonten ihre Formen noch zusätzlich.

»Hier …« Sie hielt dem überheblich dreinblickenden Kerl mit den langen Haaren und dem albernen Kinnbärtchen ihren Ausweis vor die Nase. »Am Donnerstag bin ich siebzehn geworden.«

»Und ich bin sechzehn«, sagte Elsie und streckte ihren Busen nach vorn.

Der Kassenwart schaut nur flüchtig auf Annas Ausweis, starrte stattdessen Elsie an. »Okay, deine große Schwester ist ja dabei und passt auf dich auf.« Er grinste anzüglich und zwinkerte ihr auch noch zu.

Elsie knallte die Freikarten von Günni auf den provisorischen Kassentisch. »Bilde dir bloß keine Schwachheiten ein.« Sie hakte sich bei Anna ein und flüsterte: »So ein Depp.«

Während sie die steile Treppe hinunter in das Kellerlokal liefen, hörten sie, dass er ihnen »Viel Vergnügen« nachrief.

Anna benötigte ein paar Minuten, sich im dunstigen Halbdunkel zu orientieren. Rauchschwaden hingen unter der Holzdecke, verzogen sich in die Lüftungsschächte, gefolgt von der nächsten Rauchwolke. So gut wie jeder der anwesenden jungen Männer hielt eine brennende Zigarette in der Hand. In kurzen Abständen wurde daran gezogen, das Nikotin mehr oder weniger tief inhaliert und der Rauch möglichst lässig ins Halbdunkel geblasen.

Es war erst kurz vor acht, und die Band, eine unbekannte Vierergruppe aus München, hatte noch nicht angefangen. Keine Beatband war jemals pünktlich und ließ sich in lässiger Abgebrühtheit auf die Bühne »klatschen«. Elsie wusste von Günni, dass die Band oft Lampenfieber hatte und die Jungs noch ein extra Bier benötigten, um es zu dämpfen.

Aus den Lautsprechern erklang *Love Potion No. 9* von *The Searchers*, ein halbschneller Song. Auf der Tanzfläche wiegten sich eng umschlungene Pärchen, andere tanzten mit Abstand, schlenkerten mit den Armen, versuchten ihre Bewegungen zu harmonisieren, um dem anderen zu gefallen.

»Magst du tanzen?«

Ein dünner Kerl mit kurzen dunklen Haaren stand plötzlich vor Elsie und grinste ihr in den Ausschnitt.

Anna erkannte trotz des schwachen Lichts den ziemlich unmodischen Kurzhaarschnitt. Bei solch abstehenden Ohren wäre ein Pilzkopf, wie die Beatles und fast alle Jungs ihn trugen, eine echte Verbesserung gewesen. Jetzt denke ich schon wie eine Friseuse, stellte sie insgeheim fest und schwor sich, nie wieder

Frisuren zu bewerten. Schlimm genug, dass sie einen Beruf erlernen musste, den sie nicht mochte.

Elsie schubste sie leicht an. »Macht es dir etwas aus?«

»Nein, nein. Kannst mir deine Tasche geben.« Anna rechnete nicht damit, aufgefordert zu werden. Sie war zufrieden damit, der Musik zuzuhören, die tanzende Menge zu beobachten. Statt Nikotin inhalierte sie das Bild der Jungs in Schlaghosen, der Mädchen in Miniröcken und Rippenpullis. Einige Mädchen tanzten barfuß, wie Anna erstaunt beobachtete. Während sie einen Schluck von der Cola nahm, die unfassbare zwei Mark kostete, hielt sie die Szenerie in ihrem Kopf fest. Hätte sie Papier und Bleistift gehabt, hätte sie auch im Halbdunkel gezeichnet.

5

CLEMENS ZOG EINE weitere *Reval* aus der weichen Verpackung. Dass Anna seine Frage mit einem »Vielleicht« beantwortet und sich mit ihrer Freundin zum Gehen gewandt hatte, enttäuschte ihn zutiefst.

Fahrig zündete er die filterlose Zigarette an und inhalierte den Rauch tief in die Lunge. Die entspannende Wirkung, die dem Nikotin nachgesagt wurde, wollte trotzdem nicht eintreten. Er wusste, warum. Dieses bezaubernde Wesen hatte ihm sprichwörtlich »den Atem geraubt«.

Was für ein Gesicht.

Was für eine Ausstrahlung.

Einfach umwerfend.

Er wollte, nein, *musste* sie unbedingt näher kennenlernen. Wenn er sich beeilte, konnte er sie noch einholen. Entschlossen riss er die nicht verkauften vier Bilder von der Wäscheleine, warf sie nachlässig in die große Zeichenmappe und bat seinen Kumpel Jacob, der mit ihm ausstellte, die Mappe notfalls in sein recht geräumiges Zimmer mitzunehmen, in dem Jacob zur Untermiete wohnte. Dann hetzte er durch die dichte Menge, auf der Suche nach einem Mädchen, das er niemals würde vergessen können. Er war kein Romantiker, glaubte nicht an die Liebe auf den ersten Blick. Große Gefühle überließ er den Dichtern und Literaten, die sich darauf verstanden, von der alles überwältigenden Liebe, der Sehnsucht nach der Angebeteten zu erzählen. Als gäbe es Empfindungen für einen anderen Menschen, die stärker waren als alles andere, die Männer zu Helden machten und Frauen zu Göttinnen. Bis gerade eben hatte er diese Legenden stets belächelt, aber vor wenigen Minuten hatte er etwas gespürt, das ihn an seiner nüchternen Einstellung zweifeln ließ. Und das verwirrte ihn zusätzlich.

Von einer inneren Unruhe getrieben, lief er los, rannte an Freunden und Kollegen vorbei, die ihm zuwinkten, versuchten, ihn für ein wenig Fachsimpelei aufzuhalten, um sich über Trends in der Kunstwelt auszutauschen, wie sie es normalerweise taten. Er würde seine Eile bei Gelegenheit erklären. Jetzt musste er Anna wiederfinden, die er aber im abendlichen Gewühl nicht entdecken konnte. Trotz seiner Größe von einem Meter fünfundachtzig, mit der er die Menge gut überblicken konnte. Anna war klein, sie wurde von der Masse verschluckt. Sekunde … dort … nur wenige Schritte entfernt … zwei Mädchen, eine mit dunklen Locken, die andere blond und kurzhaarig …

Achtlos ließ er die Zigarette fallen, rannte los und hatte sie schnell erreicht. Erleichtert tippte er ihr auf die Schulter. »Anna, bitte warte einen Moment …«

Abrupt drehte sie sich um.

Ein fremdes Gesicht schaute ihn empört an. »Was erlauben Sie sich?«

»Verzeihung, eine Verwechslung.« Die Fremde hatte außer den dunklen Locken nicht die geringste Ähnlichkeit mit Anna.

»Na, der Spruch sitzt auch schon ewig im Keller und wickelt den Bart auf«, erwiderte sie spöttisch.

Er zuckte mit den Schultern und setzte sein freundlichstes Lächeln auf. »Es ist eben dunkel, da kann das doch mal passieren.«

»Na, klar, in der Nacht sind alle Katzen grau …«

»Und alle Kater blind«, ergänzte die Blondine vergnügt kichernd.

Die falsche Anna zwinkerte ihm keck zu. »Mach dir nix draus, wir sind nicht sauer, aber du musst uns auf ein Bier einladen. Dann verzeihen wir den verstaubten Anmachspruch.«

Clemens war schon wieder auf dem Sprung, konterte im Wegdrehen: »Ich komme ein anderes Mal drauf zurück« und setzte seine Suche fort.

Ungefähr eine Stunde lief er durch die Nacht, musterte die Gäste in sämtlichen Straßencafés, um Anna vielleicht bei einem Eisbecher zu entdecken. An der Ecke Feilitzschstraße gab er schließlich auf und wanderte frustriert zurück. Als es auch noch zu regnen begann, rutschte seine Laune in den Keller. Heute passte mal wieder alles zusammen. Er hatte das bezauberndste Mädchen der Welt einfach ziehen lassen, hatte nur ein Bild für fünfzehn Mark verkauft und würde heute nichts mehr verkaufen; sobald die ersten Tropfen fielen, verschwanden ernsthaft Interessierte wie auch Schaulustige schneller, als er und seine Kollegen sich ins Trockene verziehen konnten.

Jacob hatte seine eigenen Ölgemälde bereits in einem alten Leiterwagen verstaut und überreichte ihm die Mappe. »Dann kannst du sie ja selber mitnehmen.«

»Danke, Mann …«

Jacob schützte seine Werke noch mit einer alten Pferdedecke vor der Nässe. »Warum bist du eigentlich vorhin so abgerauscht? Ich war der Annahme, du müsstest pinkeln. Da du aber ewig nicht zurückkamst, gab es wohl irgendwo was zu gewinnen, oder?«

Clemens lehnte seine Mappe an eine Pappel, um sich noch eine Zigarette anzuzünden. »Ich dachte, eine Bekannte gesehen zu haben, hatte mich wohl getäuscht.«

»*Du* lässt dir das Samstagabendgeschäft entgehen, um *einer* Frau nachzurennen?« Jacob hielt in der Bewegung inne und starrte ihn an wie einen Fremden. »Dass ich das noch erlebe!

Die muss ja ne echte Granate sein. Wieder eine von den Aktmodellen?«

Unwillig zog Clemens die Stirn zusammen. Was wollte Jacob mit diesem »wieder« andeuten? Haftete ihm etwa das Image eines Weiberhelden an? Einer, der die Frauen wechselte wie andere ihre Oberhemden? Wenn es bedeutete, dass er nun mal kein Kostverächter war, Gelegenheiten gern nutzte, traf es wohl auf ihn zu. Aber er hatte sich nichts vorzuwerfen, noch nie eine Frau lange bitten müssen, sie zu irgendetwas genötigt oder wäre ihr nachgelaufen – bis heute! »Kein Aktmodell, es ist ihr Gesicht, das mich fasziniert. Ihre Augen, der Blick …«

»Eines Tages findet halt jeder seine Mona Lisa.« Jacob zog ein Taschentuch aus seiner Hosentasche und wischte sich die Regentropfen aus dem Gesicht. Dann verabschiedete er sich mit dem üblichen »Man sieht sich …« und zog mit seinem Leiterwagen los.

Clemens lief es kalt den Rücken hinunter. »Seine Mona Lisa finden« war unter den Kunststudenten die Metapher für feste Beziehungen, was einer Ehe und einem bürgerlichen Leben mit all den schrecklichen Konsequenzen gleichkam.

Nein. Ein Leben in einer spießigen Zwei- oder Dreizimmerwohnung mit Babygeschrei, Windelduft und Zwiebelgerüchen war nicht sein Traum. Allein die Vorstellung erschreckte ihn so sehr, dass ihm ein neuer Kälteschauer von den Schultern zum Steißbein hinunterrann. Nasskalt zu allem Übel. Offensichtlich war ihm der Angstschweiß ausgebrochen. Doch dann registrierte er, dass es inzwischen stärker regnete, und zwar direkt in seinen Hemdkragen. Die Strickjacke roch nach nassem Hund, die Hose klebte an seinen Beinen. Von seinen Schuhen ganz zu schweigen. In dieser Verfassung entsprach er endgültig dem Klischee des bedauernswerten Malers, der den Lebensunterhalt auf der Straße verdienen musste. Auch die Mappe mit den Bildern hatte etwas abbekommen. Das alles wegen eines undefinierbaren Gefühls in der Magengrube. Es war doch nichts weiter als das Aufwallen von Hormonen. Die Natur hatte versucht, sich seiner zu bemächtigen. Das würde ihm so schnell nicht wieder passieren.

Fluchend machte er sich auf den Heimweg in die Georgenstraße, wo seine Atelierwohnung lag. An der Ecke Friedrichstraße vor der Gaststätte Georgenhof blieb er trotz des Regens einen Moment stehen und dachte an Wassily Kandinsky, der in diesem Haus mit Gabriele Münter gelebt hatte. Die nächste Gedenksekunde gehörte Anton Ažbe, der in der Georgenstraße Nummer 18 um 1900 eine renommierte Malschule betrieben und berühmte Künstler wie Kandinsky, Fanny Gräfin zu Reventlow oder Felix Eisengräber unterrichtet hatte. Ziemlich genau da zu wohnen, wo seine Vorbilder gelebt und Unterricht genommen hatten, beflügelte ihn täglich.

Als er die vierundsiebzig Stufen unters Dach erklommen hatte, war er endgültig bedient. Normalerweise lief er leichtfüßig in die letzte Etage des Altbaugebäudes, ohne auch nur aus der Puste zu kommen. Heute hatte ihn jede Stufe und jeder Schritt erschöpft, als wäre er keine zwanzig, sondern achtzig Jahre alt.

Entschädigt wurde er vom leichten Geruch nach Ölfarben, diversen Malmitteln und Firnis, den er als belebend empfand. Ebenso das für Fremde undefinierbare Chaos aus halbfertigen Arbeiten auf der Staffelei oder dem langen Esstisch, der von Farbtuben, Paletten, Skizzenpapier, Kohlestiften, Stiften in Marmeladengläsern und Pastellkreiden bedeckt war.

Nachdem er die Bilder aus der Mappe genommen hatte, stellte er erleichtert fest, dass sich der Pappkarton zwar feucht anfühlte, sich aber nicht verzogen hatte und die Acrylfarben unversehrt waren. Vorsichtshalber breitete er saubere Bettlaken auf den Holzdielen aus und legte die Bilder darauf. Sie würden über Nacht trocknen, und wenn das Wetter morgen mitspielte, konnte er sie wieder anbieten.

Dann endlich durfte er an sein eigenes Wohl denken. Zuerst Musik, damit er auf andere Gedanken kam. Anna, Anna, Anna … wann würde er sie wiedersehen?

Ein heißes Bad und der große Edvard Grieg würden ihm aus diesem Stimmungstief heraushelfen. Die Musik zu Griegs Oper *Peer Gynt* gehörte zu seinen Lieblingsstücken. Fühlte er sich im Moment doch selbst wie der unstete Abenteurer Gynt auf der Suche nach dem Glück, auch wenn er keine genaue Vorstellung davon hatte. Vielleicht war es auch nur ein Mythos, wie der berühmte Topf voller Gold am Ende des Regenbogens.

Als er sich in der Wanne zurücklehnte, ein Glas Rotwein in der einen, eine Zigarette in der anderen Hand, löste sich die Anspannung endlich auf. Die Erinnerung an den Blick der betörenden Anna verblasste langsam wie ein Aquarell, das der Sonne ausgesetzt war.

Er ließ sich auch nicht vom Telefon stören, das einige Male schrillte. Sicher ein Freund, der ihn zu einer Sauftour verführen oder zu einer der unzähligen Feiern schleppen wollte, die an den Wochenenden in den Schwabinger Ateliers stattfanden. Auch er veranstaltete regelmäßig Treffen … abrupt richtete er sich auf. Wie dämlich, schalt er sich, warum habe ich Anna und ihre Freundin nicht zu einem meiner Atelierfeste eingeladen? Es wäre unverfänglich gewesen, und sie hätten sicher zugesagt. Ein fremdes Mädchen, über das er absolut nichts wusste, direkt zu fragen, ob er es porträtieren dürfe, war idiotisch und unsensibel. Und schon war es vorbei mit der Ruhe, sein Puls auf hundertachtzig, und seine Gedanken kreisten um Anna.

Seufzend stieg er aus der Wanne. Er war noch dabei, sich mit dem großen Badetuch kräftig abzurubbeln, als das Telefon erneut klingelte. Das Tuch um die Hüfte gewickelt, hetzte er an den Apparat. »Hallo! Wer stört?«

»Clemens, was ist das denn für eine Unart? Man meldet sich mit vollem Namen.«

Clemens ignorierte die Schelte. Hallo, Gesine, wie geht es dir?«

»Danke schön, nett, dass du fragst. Aber du sollst mich nicht Gesine nennen, ich bin deine Mutter.«

»Ja, Mama«, antwortete er nun wohlerzogen seiner stets auf gutes Benehmen bedachten Mutter. »Was gibt es Neues? Alle gesund und munter zu Hause? Hund und Katze noch am Leben? Das Personal benimmt sich ordentlich, und das Schloss am See ist auch nicht abgebrannt? Oder muss ich löschen kommen?«

»Hör bitte auf, das Schicksal zu versuchen. Ich wollte dich an den Geburtstag deines Vaters erinnern.«

Clemens musste niesen. In seinem Atelier war es zu kalt, als dass man lange halbnackt herumstehen konnte. Aber Heizmaterial für den Kanonenofen war teuer, und das leistete er sich erst ab November.

»Warst du etwa bei diesem Regen auf der Leopoldstraße? Eines Tages wirst du dir dort noch den Tod holen.«

»Hör bitte auf, das Schicksal zu versuchen.« Clemens verkniff sich ein Lachen, weil er wusste, wie abergläubisch seine Mutter war. Dass er nur mit einem Handtuch bekleidet war, würde er ihr nicht sagen, sonst musste er sich weitere Ermahnungen anhören.

»Ich verstehe ohnehin nicht, warum du dich auf die Straße stellst, das hast du doch gar nicht nötig.«

Clemens sah seine attraktive Mutter direkt vor sich, wie sie die sorgfältig geschminkten roten Lippen verzog und dabei die Augen verdrehte. Das war ihre Art, Abneigung zu zeigen. Sie war der freundlichste und friedfertigste Mensch, den er kannte.

Böse Worte hatte er noch nie von ihr gehört, ihrer Meinung nach folgte darauf nur Hass oder Wut. Eine Einstellung, der er seine liebevolle Kindheit und Jugend verdankte – während sein Vater schon mal strenge Worte ausgesprochen hatte, wenn die Zensuren in der Schule zu wünschen übrig ließen. Seine Mutter hatte sich auch gegen den Vater durchgesetzt, als es um die Frage seiner Zukunft ging, über die es lange Streitgespräche gab. Ihr hatte er drei Jahre »Schonzeit«, wie sein Vater sie nannte, zu verdanken.

»Verzeih, wenn ich dir widerspreche, ich habe es sehr wohl nötig. Oder hat Vater seine Meinung geändert?«

»Bitte, lass uns dieses unerfreuliche Thema nicht jetzt erörtern.«

»Wie du meinst«, lenkte Clemens ein, erleichtert, gerade noch die Kurve gekriegt zu haben. Er hatte nicht nachgedacht und aus seiner gereizten Stimmung heraus reagiert. Aufatmend fragte er, was sein Vater sich zu seinem fünfundfünfzigsten Geburtstag wünschte.

»Du weißt, was er sich am meisten wünscht.« Die Antwort war leise gekommen, als handle es sich um ein Geheimnis, das sie nicht aussprechen wollte.

»Ja.« Mehr vermochte Clemens darauf nicht zu antworten, denn es gab nur eine Antwort, die seinen Vater glücklich machen würde: das kostspielige Studium an der privaten Malschule aufzugeben, zur Betriebswirtschaft zu wechseln und möglichst schnell in die Firma einzusteigen. Aber darauf musste der alte Herr leider noch warten, denn er hatte ihm drei Jahre zugestanden, in denen er sich ausprobieren und beweisen durfte. Wenn er danach keinen Erfolg vorweisen konnte, zum Beispiel in Form eines Vertrags mit einer namhaften Galerie, war die Schonzeit vorbei. Dann hieß es, sich dem Willen des Vaters zu unterwerfen oder auf die monatlichen fünfhundert Mark zu verzichten. Davon etwas für ebendiese ungewisse Zukunft zurückzulegen war unmöglich, mit den Verkäufen in der Leopoldstraße kam er gerade so über die Runden. Kein Gedanke an ein Leben in Saus und Braus, obwohl er davon auch nie geträumt hatte.

Er versprach Gesine sein Kommen zur großen Feier am nächsten Samstag und auch, nicht wieder als »verwahrloster Gammler« wie bei ihrem Geburtstag zu erscheinen. »Ich freue mich auf zu Hause«, verabschiedete er sich möglichst freundlich. Den Hörer noch in der Hand, spürte er den Geschmack nach bitterer Medizin im Mund. Ein kühles Bier und eine deftige Mahlzeit konnten Abhilfe schaffen.

Doch der altersschwache Kühlschrank hatte nur gähnende Leere zu bieten. In der bescheidenen Küchenecke, die aus einer wackeligen Kommode fürs Geschirr plus Kaffeemaschine und Kochplatte bestand, war außer einer leeren Dose Ravioli und kaltem Kaffee vom Frühstück nichts zu finden. Er kostete einen winzigen Schluck und schüttelte sich. Ekelhaft. Den Rest schüttete er ins Klo und säuberte die Tasse im Waschbecken, wo alles Geschirr gespült wurde. Immerhin verfügte das Atelier über ein annehmbares Badezimmer mit Wanne, Duscharmatur, Waschbecken und Wassertoilette.

So appetitlich eine saubere Tasse auch war, satt wurde er nicht davon. Die Lebensmittelgeschäfte waren wie üblich am Samstag seit zwei Uhr geschlossen, also auf zur Studentenwirtschaft *Atzinger*, wo die Portionen billig und reichlich waren. Dann blieben von den heutigen Einnahmen vielleicht ein paar Mark für Material übrig. Noch wichtiger war, dass er in der Wirtschaft Freunde treffen und Anna vergessen würde.

Ein Blick in den Spiegel sagte ihm, dass er sich eigentlich rasieren musste, aber mit Schaum und Rasierhobel dauerte es zu lange, oder er verletzte sich, weil er es eilig hatte. Und Pflaster war keines im Haus. Er besaß zwar auch einen Elektrorasierer, aber nach einer Rasur mit diesem Teil hatte er jedes Mal rote Flecken. Im *Atzinger* würde er aber auch mit Stoppelbart kaum auffallen.

6

ANNA STELLTE DEN rechten Fuß auf den Rand der Badewanne, setzte das Rasiermesser am Knöchel an und führte die Klinge seitlich an der Wade langsam nach oben bis zur Kniebeuge. Puh! Das hatte geklappt. Ganz ohne Blutvergießen. Die schnurgerade Bahn im eingeschäumten Bein sah hübsch aus. Direkt ein Motiv, das sich zu zeichnen lohnte. Nicht schon wieder träumen, ermahnte sie sich, obwohl das eigene Bein unfallfrei zu rasieren keine große Kunst war, sie fühlte ja den leichten Druck des Messers, was die Aufgabe erleichterte. Dagegen war die klassische Nassrasur am lebenden Objekt eine Herausforderung, vor der sie mächtig Bammel hatte. Allein die Vorstellung, jemanden zu verletzen, trieb ihr stets den Schweiß auf die Stirn. Aber es half nichts, sie musste üben, üben und noch mal üben, denn die Rasur gehörte zu den Prüfungsaufgaben. In der Berufsschule hatten sie bereits an Luftballons geprobt. Keiner von *ihren* Ballons hatte überlebt.

Auch das richtige Aufschäumen der festen Rasierseife mit dem speziellen Dachshaarpinsel in einer Schale war eine Wissenschaft für sich, die ebenfalls zum Friseurhandwerk gehörte. Anna fand, die Branche lebte noch im letzten Jahrhundert, Nassrasuren waren doch völlig überholt und die Gewohnheit alter Männer. Der moderne Mann benutzte einen Elektrorasierer für seine Bartstoppeln, schnell, unkompliziert und ganz bestimmt ungefährlich. Da gab es keine Schnitte an Hals oder Wange, auf die sich die ewig gestrigen Nassrasierer dann je nach Größe der Verletzung Pflaster oder kleine Papierfetzen pappten.

Anna entfernte die Schaumreste an ihrer Wade mit einem nassen Waschlappen; die Haut war glatt wie ein polierter Apfel.

Das Messer, den Topf mit der Rasierseife und den Dachshaarpinsel packte sie in ein Handtuch. Das mit blumigen Ornamenten verzierte Schild *Modell für Herrenhaarschnitt gesucht* klemmte sie sich unter den Arm. Sie wollte es im Schaufenster aufstellen, in der Hoffnung, jemanden zu finden, der es wagte, sich von einer Anfängerin einen Haarschnitt verpassen zu lassen. Auch den klassischen Herrenhaarschnitt mit sauber akzentuiertem Nacken musste sie üben. Idealerweise an drei bis fünf verschiedenen Modellen. Das zu schaffen war vollkommen unrealistisch.

In Kürze kamen die Eltern vom Sonntagsgottesdienst zurück, dann wurde es ernst. Noch vor dem Sonntagsbraten wollte ihr Vater sich rasieren lassen; er war extra mit Bartstoppeln in die Messe gegangen. Elsie durfte den Haarschnitt an ihm üben. »Jedes meiner Mädchen bekommt ein Stück von meinem Kopf«, hatte er gesagt, und mit Streichhölzern war ausgelost worden, wer welches bekam. Das kurze Streichholz bedeutete Rasur, und das hatte sie gezogen. Die Tragik ihres Lebens. Oder hatte ihr Vater geschummelt? Wie so oft hatte sie sich ungerecht behandelt gefühlt, als sei Elsie das Lieblingskind. Sie musste an die zahlreichen Weihnachtsfeste denken, an denen sie der Mutter beim Abwasch helfen sollte und Elsie sich weiter mit ihren neuen Spielsachen beschäftigen durfte. Dabei war Elsie doch diejenige, die gern kochte und sogar putzen »lustig« fand.

Vielleicht irrte sie sich. Und trotzdem musste sie sich nun ein Modell für den Haarschnitt suchen. Sie hätte auch die Kunden ihres Vaters fragen können, doch das war ihr peinlich. Wenn sie den Fassonschnitt nicht schaffte und der arme Mann dann eine Weile mit einem verunstalteten Kopf herumlaufen musste, würde sie sich nie mehr in den Salon wagen. Sich an einem wildfremden Modell auszuprobieren, schien ihr weniger unangenehm.

Zehn Minuten später betrat Xaver Sonnlechner den Salon, zog die Jacke seines dunklen Sonntagsanzugs aus und setzte sich im Herrensalon auf den gepolsterten Stuhl mit der Kopfstütze. »Erzähle mir zuerst, wozu man überhaupt Rasierseife benutzt. Vielleicht tut es die gute alte Kernseife ja auch.«

»Nein, Kernseife geht nicht.« Anna legte ihm ein hellblaues Handtuch um die Schultern und einen dunkelblauen Umhang darüber. »Nur mit qualitativ guter Rasierseife lässt sich feinblasiger, dichter Schaum herstellen, der die Barthaare einweicht und aufrichtet. Erst dann kann man sie mit dem Messer möglichst tief abschneiden.«

»Sehr gut, Annakind«, lobte ihr Vater sie, lächelte ihr aufmunternd zu und lehnte sich an die Kopfstütze.

Anna war erleichtert. Etwas richtig gemacht zu haben beruhigte sie. Konzentriert begann sie mit dem Aufschäumen der Seife. Dann kam ein dicker Klecks Schaum auf das Gesicht ihres Vaters, den sie vorsichtig verteilte. Er kniff automatisch die Lippen zusammen, damit sie die Partie um Mund und Kinn mit Schaum bedecken konnte.

»Aufpassen, dass du die Nasenlöcher nicht zuschmierst«, mahnte er. »Das mögen die Kunden gar nicht. Dann müssen sie niesen oder fassen sich automatisch an die Nase und haben das Zeug dann an den Händen.«

»Kapiert, danke für die Erklärung, Vati. An solche Kleinigkeiten …«

»Das sind keine Kleinigkeiten«, unterbrach sie ihr Vater. »Jeder Mann ist empfindlich, wenn es um sein Gesicht und den Bart geht. Schreib dir das hinter die Ohren.«

Und schon hatte er wieder etwas zu meckern. Bei Elsie wurde nie etwas kritisiert, dachte Anna. »Ich werde es mir merken«, versprach sie dennoch, obwohl sie mit dem Fuß aufstampfen und brüllen wollte, dass sie nur einmal in ihrem Leben einen fremden Mann rasieren würde, und zwar in der Prüfung. Danach nie wieder. Und sobald es möglich war, würde sie den ganzen Krempel mit einem Freudenschrei hinwerfen.

»Und jetzt anfangen«, riss der Vater sie aus ihren Grübeleien. »Sonst trocknet der Schaum, dann musst du alles abwaschen und noch mal einseifen.«

Anna nickte, nahm das Rasiermesser zur Hand, spannte die Haut am Hals des Vaters zwischen den Fingern ihrer linken Hand und setzte den ersten Schnitt. Hochkonzentriert schaffte sie es, ihn nicht zu verletzen. »Hat sich das richtig angefühlt?«

Ihr Vater richtete sich auf, blickte in den Spiegel und fuhr mit einem Finger über die rasierte Stelle. »Gar nicht schlecht fürn Anfang, aber du musst fester drückn. Fühle mal, des ist noch nicht ganz glatt …«

Glatt, dachte Anna, er konnte froh sein, dass sie ihm nicht aus Versehen die Kehle durchgeschnitten hatte! »Ich bemühe mich, aber das Rasieren brauche ich eh nur für die Prüfung. *Du* bist doch der Chef im Herrensalon, und die Kunden kommen bestimmt lieber zu dir.«

»Woher willst du wissen, ob du es nicht eines Tages doch brauchst? Unser Beruf ist einer der wichtigsten der Welt, Haare und Bärte wachsen, solange wir leben, und besonders die Frauen sind doch selten zufrieden mit ihrer Frisur. Also, streng dich an, dann ist deine Zukunft gesichert.«

Anna gab ihr Bestes und begann sogar zu schwitzen, obwohl es kalt war. Der Salon wurde am Sonntag nicht geheizt, und durch das große Schaufenster drang die Kälte eines regnerischen Oktobersonntags.

Insgesamt dauerte die Prozedur viel zu lange, der Schaum auf der anderen Gesichtshälfte war schon fast trocken, als sie endlich fertig war, was ihr Vater zusätzlich bemängelte.

»Des warn jetzt gschlagene vierzig Minuten«, stellte er fest, als sie ihm schließlich ein feuchtwarmes Handtuch so über das Gesicht legte, dass die Nase frei blieb.

Anna freute sich heimlich, gab sich aber geknickt, als sie fragte: »Würde ich dann bei der Prüfung durchfallen?«

Der Vater nahm sich das Handtuch selbst vom Gesicht und schaute sie im Spiegel an. »So sicher wies Amen in der Kirch.«

Anna drehte sich von ihm ab und ließ den Kopf sinken. Ihr Vater sollte denken, dass es ihr leidtat. In Wahrheit war sie erleichtert; eine verpatzte Prüfung konnte ihre Rettung sein.

»Sei ned traurig, wir versuchens am nächsten Sonntag noch mal, aber nur, wenn ich wieder mit Stoppeln in die Messe gehn darf. Begeistert war deine Mutter nämlich nicht. Ich würde aussehen wie ein Lump und man müsst sich direkt schämen mit mir, hats gsagt. Ein unrasierter Friseur sei eine Schande fürs Geschäft, und nur dir zuliebe wars überhaupt einverstanden.«

»Danke, Vati.« Anna strich vorsichtig über die nach Rasierschaum duftende Wange. Leicht kratzig war sie tatsächlich noch.

Er stand auf und wandte sich Richtung Hinterausgang, über den man durch den Hausflur auf die Straße, aber auch zur Wohnung gelangte. »Dann pack zamm, mach alles sauber und vergiss des Waschbecken nicht. Gleich gibt's Mittagessen.«

»Ich beeile mich«, versprach Anna. Den Pinsel, die Schale und das Messer zu säubern war schnell erledigt. Noch das Waschbecken polieren, dann war der unerfreulichste Teil des Sonntags endlich vorbei.

Als sie sich zum Gehen umdrehte, fiel ihr Blick durchs Schaufenster auf die Straße. Dort im Regen stand ein junger Mann mit nassen Haaren, einem durchnässten Trenchcoat, einer Mappe unter dem Arm und lächelte sie an. Es dauerte einen Wimpernschlag, bis sie ihn erkannte – Clemens von der Leopoldstraße!

Anna blieb reglos stehen, als besitze Clemens' Lächeln eine geheime Kraft, die sie erstarren ließ und sie zwang, ihn anzuschauen. Bis zu dem Moment, als sie sich an ihr verschwitztes Gesicht und den rosafarbenen Nyltest-Kittel erinnerte, den sie anhatte – was ganz sicher kein schöner Anblick war. Eilig verließ sie den Salon.

Clemens war frustriert. Der anhaltende Regen hatte die Käufer regelrecht von der Leopoldstraße gespült und ihm einen Strich durch die Rechnung gemacht. Wegen der fehlenden Einnahmen herrschte Ebbe in seiner Kasse, und er musste sich entscheiden: Entweder er ließ sich den von seiner Mutter angeordneten Haarschnitt verpassen, oder er würde die nächste Woche von Nudeln mit einer Prise Salz leben. Nachdenklich war er über die Schellingstraße heimwärts marschiert, hatte ganz in Gedanken den Umweg über die Amalienstraße genommen und im Schaufenster eines Friseursalons das liebevoll mit Ornamenten verzierte Schild mit der Aufschrift *Modell für Herrenhaarschnitt gesucht* entdeckt. Ein kostenloser Haarschnitt wäre seine Rettung, solange ihm der Lehrling keine Löcher in die Frisur schnitt. Dass er als Übungskopf herhalten sollte, davon war auszugehen, doch er wollte das Risiko wagen und gleich morgen vorstellig werden.

Als er dann Anna an einem der Waschbecken stehen sah, glaubte er für einen Moment an eine Vision. Sein Herz schlug sofort einige Takte schneller. War das möglich? Gab es solche Zufälle tatsächlich? Ungläubig starrte er dieses Mädchen mit den dunklen Locken an. Doch es war Anna. Seine Freude war unermesslich, aber leider verschwand die junge Frau, ehe er ihr ein Zeichen hätte geben können.

Was war nur los mit diesem wunderschönen Mädchen? Wie bei der ersten Begegnung war sie weg, kaum dass er sie angesehen hatte. Aber jetzt wusste er wenigstens, wo er sie wiederfinden konnte. Und dieses Mal würde er sie nicht wieder entwischen lassen. Wer immer ihm diese Übungsfrisur verpassen wollte, Anna wäre sicher auch im Salon.

Montagmorgen erwachte Clemens unter einem dunklen Himmel, den er durch das Atelierfenster erblickte. Kurz vor sechs Uhr, sagten die Zeiger seines Weckers. Vor Aufregung, Anna wiederzusehen, konnte er nicht mehr schlafen. Normalerweise stand er nie vor neun Uhr auf, aber soweit er wusste, öffneten Friseursalons um acht, und er wollte der Erste sein, der sich als Modell bewarb.

Geduscht, rasiert und das Haar frisch gewaschen, schlüpfte er in die Klamotten, die für offizielle Anlässe reserviert waren: dunkelblaue Manchesterhose, hellblaues Hemd, Tweedjackett und Schnürschuhe aus schwarzem Leder. Handgearbeitete Modelle, die seine Eltern ihm zum Abitur geschenkt hatten und die angeblich ein Leben lang hielten. Zum Schluss band er noch eine Krawatte um. Auch wenn er sich mit Schlips und Kragen wie verkleidet vorkam, wollte er sich Anna diesmal nicht wieder in den ollen Künstlerklamotten präsentieren wie gestern im Regen vor dem Schaufenster.

Er brühte eine Tasse Pulverkaffee auf und wanderte damit unruhig im Atelier umher, die weiß grundierte Leinwand auf der Staffelei ignorierend, die ihn zur Arbeit mahnte. Eine Landschaftsstudie im abstrakten Stil war geplant, doch seit er Anna gestern Mittag wiedergesehen hatte, war es ihm unmöglich, sich auf die Arbeit zu konzentrieren. Momentan probierte er die Spachteltechnik aus, doch die Baumgruppe wollte nicht gelingen. Seine Versuche, wenigstens die Konturen mit Kohle vorzuzeichnen, waren kläglich gescheitert. Er sah nur Anna vor seinem inneren Auge, so real, als stehe sie wahrhaftig vor ihm.

Nach einer zweiten Tasse Kaffee und einer Zigarette war es Viertel vor acht. Der Trenchcoat war über Nacht getrocknet. Noch einen Schal um den Hals, und er konnte losmarschieren.

Auf den Straßen herrschte der übliche Montagsverkehr; Schulkinder trödelten auf den Bürgersteigen, Mütter schoben mit Kinderwagen zum ersten Einkauf – und ein überdrehter Maler hoffte, »seine« Mona Lisa wiederzusehen. Dazu blinzelte die Sonne durch eine dünne Schicht Schleierwolken und tauchte die Stadt und ihre Menschen in kühles Herbstlicht. Ein Licht, das die Welt frostiger erscheinen ließ, als Clemens sie empfand. Gleich würde er bei Anna sein, sonniger konnte ein Tag nicht werden.

Wenige Minuten nach acht stand er vor dem Friseursalon – vor verschlossener Tür. *Montag Ruhetag*, informierte das von innen mit Saugnäpfen am Glas der Ladentür befestigte Schild. Friseurläden waren am Montag geschlossen, wie hatte er das nur vergessen können?

Nach der ersten Enttäuschung hatte er sich wieder im Griff und prägte sich die vierstellige Telefonnummer ein, die unter den Öffnungszeiten stand. Es schadete sicher nicht, nachher anzurufen und sich für den kostenlosen Haarschnitt anzumelden.

Den Anruf hätte er sich sparen können, scheinbar benötigte auch das Telefon einen Ruhetag. Erst am Dienstagmorgen meldete sich eine Stimme mit »Salon Sonnlechner, Anna am Apparat«.

Clemens schluckte überrascht, damit hatte er nun wirklich nicht gerechnet. »Ähm … ich habe Ihr Schild gesehen … Sie suchen ein Modell«, stammelte er.

»Das stimmt, für einen klassischen Fassonschnitt. Wären Sie interessiert?«

»Ja, das bin ich«, antwortete er bemüht ruhig.

»Er ist selbstverständlich kostenlos«, informierte Anna ihn. »Allerdings gibt es keine Garantie für das Ergebnis. Wie Sie sich denken können, wird der Schnitt noch geübt. *Ich* übe noch, um genau zu sein.«

»Ich verstehe.« Clemens konnte sein Glück kaum fassen. Anna würde ihm die Haare schneiden, sie würde ihn berühren, sie würde ganz nahe bei ihm sein – das war jedes Risiko wert.

»Sind Sie trotzdem bereit?«

»Bin ich, und wenn der Versuch schiefgeht, kann ich mir immer noch eine Glatze scheren lassen«, sagte er locker und hörte als Antwort ein kleines Lachen.

»Das freut mich. Hätten Sie vielleicht heute Abend nach Ladenschluss Zeit?«

Das wurde ja immer besser. Nach Ladenschluss konnte bedeuten, dass sie allein im Salon waren. Er musste sich räuspern, so aufgeregt war er. »Das passt mir sehr gut. Und wann genau schließt Ihr Salon?«

»Um halb sieben. Würden Sie mir noch Ihren Namen verraten?«

Clemens überlegte einen Moment, nannte dann aber nur seinen Nachnamen: »Altmann, ganz einfach wie der alte Mann.«

»Ist notiert, dann bis heute Abend, Herr Altmann.«

»Bis heute Abend.«

Ich kann es kaum erwarten, seufzte er stumm.

7

CLEMENS BEHIELT DEN Telefonhörer noch eine Weile in der Hand und stellte sich vor, es wäre Annas Gesicht. Natürlich war das blanker Unsinn, dennoch durchströmte ihn ein wohliges Gefühl, das einige Sekunden anhielt. Erst als es nachließ, legte er den schweren Hörer des aus den 1920er Jahren stammenden Apparats sachte auf die Gabel und überlegte, warum er sich wie ein Pennäler fühlte. Nicht einmal mit sechzehn war er wegen eines Mädchens derart in Schwärmerei verfallen. Es war, als verbinde ihn etwas mit dieser Anna, obgleich sie bisher nur ein paar Worte gewechselt hatten.

Eigentlich hätte er sich jetzt auf die Arbeit konzentrieren sollen, aber die Aussicht, Anna bald wiederzusehen, machte ihn ungeduldig, ließ ihn nervös durchs Atelier laufen. Leider dauerte es noch über zehn Stunden, bis er für sie Modell spielen durfte, und zehn kostbare Stunden nichts zu tun, sondern nur auf die weiße Leinwand zu starren konnte er sich nicht leisten. Boris Wolkow, sein russischer Lehrer an der privaten Malschule, wäre wenig begeistert, wenn er die gestellten Aufgaben nicht erfüllte. »Warrrten Sie nicht auf irgäääandeine Musäää, die gibt äääs nicht, das ist was für Amateurääää, wir anderen machen uns einfach an die Arrrbeit«, predigte er regelmäßig mit kehligem Akzent. Ergo sei Untätigkeit der direkte Weg zum Nichterfolg, und mit Faulheit schade man sich nur selbst. Auch in finanzieller Hinsicht, denn der Besuch der Schule war schließlich nicht kostenlos. Clemens war sich bewusst, dass nichts zu tun hieß, Geld zu verschwenden. Er musste malen, malen, malen und noch mehr malen, um seinen eigenen, unverwechselbaren Stil zu finden, nur dann würde er eines Tages erfolgreich sein. Wolkow hatte am Beispiel einiger berühmter Maler Vorträge über deren Leben und Schaffen gehalten, wobei eines das andere bedingte.

Vincent van Goghs berühmteste Gemälde waren erst in Südfrankreich entstanden, untrennbar verbunden mit seinem Aufenthalt in einer Landschaft voll gleißendem Sonnenlicht.

Claude Monets Frühwerk umfasste vor allem realistische Bilder, seine bekannten impressionistischen Seerosengemälde entstanden erst später, als er seinen berühmten Garten in Giverny anlegte und bald darauf begann, die Seerosen in verschiedenen Lichtstimmungen zu malen.

Piet Mondrian, der zu den Begründern der abstrakten Malerei zählte, hatte sich zeitlebens als Landschaftsmaler gesehen. Aber seine streng grafischen Werke mit den schwarzen Linien im rechten Winkel, im Stil des Neoplastizismus und in den Primärfarben Rot, Gelb und Blau, hätte wohl kaum jemand als Landschaftsbilder bezeichnet.

Clemens überlegte, wo er seine »gleißenden Landschaften«, seine »Seerosen« oder seine »abstrakten Landschaften« finden konnte. Er war unschlüssig, wusste aber eines ganz sicher: Durchs Atelierfenster in den heute blauen Himmel zu starren und auf Inspiration zu warten genügte nicht. Selbst das monotone Wiederholen von Schwungübungen oder das freihändige Zeichnen gerader Striche war sinnvoller, als herumzusitzen und von Anna zu träumen.

Er schlüpfte in Schuhe und Mantel, steckte die schmale Holzschachtel mit den Kohlestiften in die Manteltasche, schnappte sich ein unbenutztes Skizzenbuch und machte sich auf den Weg in den Englischen Garten. Im größten und schönsten Park der

Stadt würde er lohnende Motive suchen und hoffentlich auch finden.

Die Glocken der Ludwigskirche in der Ludwigstraße läuteten zur Mittagsstunde, als er den breiten Boulevard an der Schellingstraße überquerte, Richtung Universität weiterlief und schließlich über die Veterinärstraße direkt in den Park gelangte.

Das milde Herbstwetter hatte die Menschen nach draußen gelockt, und Clemens nahm gierig das warme Licht der Oktobersonne in sich auf, das durch die bunten Blätter flimmerte. Viele waren bereits abgefallen, lagen halbvertrocknet im noch grünen Gras, der Rest schien sich mit letzter Kraft an den Zweigen festzuhalten.

Aufgeregt bellende Hunde durchwühlten die Laubhaufen mit ihren Nasen nach Beute. Halbwüchsige Jungs kämpften mit Papierdrachen, die nicht fliegen wollten. Ein Kleinkind, das eine Schar Enten im Kleinhesseloher See mit Brotkrümeln fütterte, wurde von der ängstlichen Mutter am Jackenkragen festgehalten. Alte Menschen auf Bänken reckten ihre Nasen in die Herbstwärme, hoffend, einen Rest vom Sommer einzufangen und über den Winter zu retten. Hier und da flitzte ein kastanienrotes Eichhörnchen von Baum zu Baum, auf der Suche nach Nüssen und einem Versteck für den Wintervorrat.

Trotz der Fülle an Impressionen sprang Clemens nichts direkt ins Auge, nichts schien ein lohnenswertes Motiv zu sein. Doch im Internat in Salem war ihm auch Disziplin beigebracht worden, und er hatte sich selbst versprochen, wenigstens ein paar Skizzen anzufertigen. Ob er sie jemals verwenden würde oder nicht, war unwichtig. Er musste die Zeit nutzen.

Er wählte ein sonniges Stück Rasen unter einem Baum als besten Aussichtsplatz, ließ sich nieder und verschränkte die Beine. Zur Lockerung schüttelte er die Hände aus und füllte dann die ersten Seiten des Skizzenbuchs mit einer Konzentrationsübung: gerade Striche, Ovale, Kreise, Schleifen, Schraubenlinien. Dann ließ er einige Minuten lang seinen Blick umherschweifen und wandte danach einen Trick an, den sein Kunstlehrer auf dem Internat empfohlen hatte: die Augen ein paar Sekunden schließen und zeichnen, was beim Öffnen zuerst ins Blickfeld kam. Es war ein Entenpaar, das den Rasen nach frischem Grün abknabberte. Clemens wusste nicht, ob je ein erfolgreicher Maler seine Karriere mit den Studien von Enten begonnen hatte, aber Franz Marc war berühmt für seine Tierstudien, schlafende Hunde und blaue Pferde. Wasservögel waren also bestimmt ein geeignetes Objekt, um sich zu erproben.

Die Sonne war schwach geworden, und der Park hatte sich merklich geleert, als Clemens die von schwarzem Kohlestaub bedeckten Finger am inzwischen feuchten Gras abwischte, das gut gefüllte Skizzenbuch zuschlug und sich aufrappelte. Im Stehen merkte er, wie unbequem der Sitzplatz gewesen war. Obwohl er seine Position mehrmals geändert hatte, schmerzte sein Rücken, die Knie knacksten, und er hatte Kaffeedurst. Und noch etwas wurde ihm bewusst: Die Konzentration während der letzten Stunden hatte dafür gesorgt, dass er die Welt um sich herum vergessen hatte. Den länger werdenden Schatten nach zu schließen war es ungefähr fünf. Wenn er Anna nicht versetzen, sich zu Hause noch die Hände waschen und eine Tasse Kaffee trinken wollte, musste er sich sputen.

Außer Atem, aber pünktlich um halb sieben erreichte Clemens den Friseursalon. Durch das Schaufenster sah er Anna, die konzentriert Handtücher zusammenfaltete. Ihr Haar war zu einer modischen Frisur gesteckt, was sie erwachsener erscheinen ließ. Ihm gefiel ihr offenes, wildes Haar besser. Ein älterer Mann im hellblauen Kittel fegte mit einem Besen Haarbüschel zusammen, und hinter der hüfthohen Glasvitrine stand Annas blonde Freundin an der Kasse beim Zählen von Geldscheinen.

Als er die erste der drei Stufen zum Eingang betrat, spürte er seine Nervosität steigen. Wie würde Anna reagieren? Sie wusste ja nicht, wer Herr Altmann tatsächlich war.

»Guten Abend«, grüßte er beim Eintreten.

Der Friseur hielt in der Bewegung inne und drehte sich in seine Richtung. »Wir haben leider schon geschlossen. Aber wenn Sie einen Termin vereinbaren möchten, Elisabeth erledigt das gern.« Mit einer Kopfbewegung wies er zur Kasse.

»Nein, nein, ich habe einen Termin«, entgegnete Clemens und lächelte Anna an, die ihn sichtlich verblüfft anstarrte. Hingerissen von ihren strahlend blauen Augen, die er im hellen Licht des Salons zum ersten Mal deutlich sah, blickte er sie direkt an. »Ich hatte mich heute Morgen telefonisch angemeldet. Altmann mein Name. Ich bin das Modell.«

»Ach, Sie sind das.« Der Friseur nickte wissend, offensichtlich hatte Anna davon gesprochen. »Dann setzen Sie sich am besten gleich hier hin.« Er deutete auf einen gepolsterten Stuhl mit Kopfstütze.

Clemens knöpfte seinen Mantel auf, zog ihn aus und schaute sich suchend um.

»Den dürfen Sie mir geben, wir haben eine Garderobe.« Anna stand nun direkt neben ihm, sie schien ihre Verblüffung überwunden zu haben.

»Danke schön.« Clemens legte den Mantel in ihre Hände, und für einen Moment berührten sich ihre Finger; leider war es genauso schnell vorbei. Er nahm auf dem Stuhl Platz und beobachtete über den Spiegel, wie Anna seinen Mantel an den Haken einer Hutablage hing. Zögernd schritt sie danach wieder auf ihn zu.

Clemens fragte sich, ob Anna Anfängerin war und sein Haarschnitt ihr allererster werden und diese »Übung« mit einer völligen Verunstaltung enden würde. Es wäre ihm vollkommen egal gewesen! Hauptsache, er war in Annas Nähe, konnte mit ihr reden und hoffentlich eine Verabredung treffen. Amüsiert stellte er sich vor, mit einem »schrägen« Haarschnitt zur großen Feier seines Vaters aufzutauchen. Bei seinem letzten Besuch hatte sein »verlottertes Aussehen« für mächtigen Ärger gesorgt.

Anna stellte sich direkt hinter seinen Stuhl, lächelte ihn im Spiegel an, und seine Bedenken verflüchtigten sich wie der Rauch einer Zigarette, die er sich jetzt gern angesteckt hätte, um seine vor glücklicher Aufregung zitternden Hände zu beschäftigen.

Anna konnte es fast nicht glauben, dass Clemens vor ihr saß und sich als Modell zur Verfügung stellen wollte. Durch den Hörer hatte seine Stimme fremd geklungen, und auf der Leopoldstraße hatten sie nur ein paar Worte miteinander gesprochen. Und jetzt schaute er sie aus graugrünen Augen erwartungsvoll an, und sie war so nervös wie noch nie in ihrem Leben. Sollte sie ihn warnen oder einfach mit dem Schneiden beginnen? Er war schließlich erwachsen und musste wissen, worauf er sich als Versuchskaninchen einließ.

Eigentlich war sie ja keine blutige Anfängerin mehr, hatte sie doch seit dem Beginn ihrer Ausbildung drei Kurzhaarschnitte absolviert. Bis zum Profi war es aber noch ein weiter Weg. Nervös machte sie vor allem ihr Vater, der immer noch den Besen durch den Salon schob, obwohl der Boden längst blitzsauber war. Wollte er sie etwa beaufsichtigen, weil ein junger Mann im Salon war? Unter seinen strengen Blicken zu schneiden würde sie nicht überleben, wo allein Clemens' langes Haar bereits eine Herausforderung war. Sie fragte sich, ob er es wirklich abschneiden lassen und mit einem spießigen Fassonschnitt herumlaufen wollte wie ein Bankangestellter. Es war ihr unmöglich, das zu glauben.

Würde er aufspringen und sagen, er habe es sich anders überlegt, sobald sie die Schere in die Hand nahm? Dann fiel ihr ein, dass man ihnen an der Berufsschule beigebracht hatte, zuerst mit den Kunden zu reden und herauszufinden, was gewünscht war.

Entschlossen legte sie ihre Hände auf sein Haar, spielte mit einer Strähne und lächelte ihn erneut an. »Sie haben sehr schönes Haar.«

»Ähm … heute Morgen frisch gewaschen«, entgegnete er.

»Wie praktisch, so können wir die Wäsche überspringen …«

»Dann musst die Haar aber nass machen«, mischte ihr Vater sich sofort ein, während er die Ladentür öffnete und auch noch die Stufen säuberte.

Anna schwieg. Ihm jetzt zu entgegnen, warum sie nicht einen Trockenhaarschnitt versuchen sollte, der ebenfalls zur Prüfung gehörte, würde ihn nur provozieren, und dann bliebe er garantiert, um jeden ihrer Handgriffe zu überwachen.

Als wären das noch nicht genug Hindernisse, tauchte plötzlich Elsie neben ihr auf und starrte Clemens im Spiegel an. »Sind Sie nicht der Maler von der Leopoldstraße?«

»Der bin ich«, sagte Clemens.

»Ach, ihr kennts euch?«

Die Frage kam von ihrem Vater, der die Tür absperrte und das *Geschlossen*-Schild am Glaseinsatz befestigte.

Anna blickte ebenfalls in den Spiegel und schaute Clemens unsicher an. Ein falsches Wort, und ihr Vater würde sich wieder die wildesten Geschichten ausdenken, wie am Samstagabend, als sie und Elsie nicht Punkt zehn Uhr zu Hause gewesen waren. Da hatte er sie beschimpft, als wären sie auf den Strich gegangen. Obwohl sie beide mit über sechzehn Jahren vom Gesetz her bis Mitternacht in Discos oder anderen Lokalen bleiben durften.

»Reiner Zufall«, sagte Clemens, und als sich ihre Blicke trafen, meinte Anna, ein kleines, komplizenhaftes Blinzeln zu erkennen.

»Elsie und ich waren doch am Samstag auf der Künstlermeile und da haben wir auch die Bilder von Herrn Altmann angeschaut«, fügte Anna hinzu.

»Und ich kam am Sonntag zufällig hier vorbei, sah das Schild im Schaufenster, und da mein Schopf in letzter Zeit doch ziemlich gewachsen ist, hat es gepasst.«

»Schwabing ist eben ein Dorf«, meinte Elsie, die sich nun mit einem verbindlichen Lächeln verabschiedete.

Anna schickte ein kleines Stoßgebet gen Himmel, dass sich auch der Vater verabschieden möge, aber es hatte nicht den Anschein. Ganz im Gegenteil, nun kam er zu ihr und forderte sie mit lehrerhaftem Tonfall auf, dem Kunden erst einmal zu erklären, wie ein Fassonschnitt aussehe, und zu fragen, ob er damit einverstanden sei.

Anna atmete tief ein, um ruhig zu bleiben. »Das habe ich bereits heute Morgen am Telefon getan.«

Ihr Vater betrachtete Clemens zweifelnd. »Hat sie das?«

»Doch, doch. Ich bin im Bilde.«

Sekundenlang schien Xaver nachzudenken. »Find ich trotzdem unwahrscheinlich, dass es plötzlich ein Kurzhaarschnitt sein derf. Ihr Langhaarigen fürchtet Friseursalons doch wie der Teufel des Weihwasser.«

Anna war fassungslos, wie unfreundlich ihr Vater redete. Es wäre nicht verwunderlich gewesen, wenn Clemens jetzt aufgestanden und einfach gegangen wäre. Aber er schien eher amüsiert, seinem vergnügten Schmunzeln nach zu deuten.

»Ich bin ein armer Student mit wenig Geld, nur deshalb sind meine Haare so lang.«

Die Antwort war wohl überzeugend genug, denn ihr Vater sagte: »Na dann, für arme Studenten ham wir immer ein Herz. Dann mach dei Sach ordentlich, Anna, damit der junge Mann zufrieden ist. Ich komme in einer halben Stund zur Kontrolle.« Damit drehte er sich um und verließ tatsächlich den Salon.

Anna war so erleichtert, dass sie unabsichtlich seufzte.

Clemens seufzte ebenfalls. »Das war knapp.«

Anna spürte ein angenehmes Kribbeln in ihrer Magengegend. Clemens hatte genau die richtigen Worte gefunden, um die Zweifel ihres Vaters zu zerstreuen. »Sie haben schnell geschaltet.«

»Eine meiner kleinsten Übungen.« Wieder trafen sich ihre Blicke im Spiegel. »Aber jetzt müssen Sie mir erklären, was genau Sie vorhaben, und wie dieser … ähm …«

»Fassonschnitt?« Anna nahm den breit gezinkten Kamm und die Schere aus ihrer Kitteltasche, legte letztere aber vorerst auf die Ablage neben dem Waschbecken und begann sanft, sein Haar am Hinterkopf durchzukämmen.

»Wird mich dieser Schnitt total verändern, und werde ich mich damit noch unter die Leute trauen?«

»Einen Moment, bin gleich zurück …« Sie legte den Kamm neben die Schere und ging in die Kammer hinter der Glasvitrine, in der Handtücher, Umhänge, Dauerwellenflüssigkeiten und die Mittel zum Färben, Pflegepackungen, Shampoos, Spülungen, Kämme, Bürsten, die unzähligen kleinen und großen Lockenwickler und nicht zuletzt das unerlässliche Haarspray aufbewahrt wurden. Einfach alles, was in einem Friseursalon benötigt wurde, um Frauen zu verschönern und Männer gepflegter erscheinen zu lassen.

Mit Handtuch und Umhang kam sie zurück zu Clemens. »Also«, begann sie beim Umlegen der beiden Teile. »Fassonschnitt bedeutet, dass das Haar im Nacken und an den Seiten kurz geschnitten und zum Deckhaar hin kontinuierlich länger wird. Der natürliche Wuchs der Haare soll berücksichtigt werden. Wenn Sie also Naturlocken oder irgendwo einen Wirbel haben, muss ich darauf achten.«

»*Wirbel* klingt sehr aufregend, Locken kann ich leider nicht bieten. Aber ehrlich gesagt kann ich mir immer noch nicht viel unter Fasson vorstellen«, sagte Clemens und lachte, als wäre das Ganze ein Riesenspaß.

Anna beschlich das leise Gefühl, ihr Vater hätte den richtigen Riecher gehabt, dass Clemens sich vor einer radikalen Veränderung fürchtete und sein langes Haar doch lieber behalten wollte. Wie konnte sie ihn davon abhalten? Ihr fiel das Fotobuch der Firma *Goldwell* ein, das in der Glasvitrine lag, vielleicht war eine passende Abbildung darin. »Mit etwas Glück kann ich Ihnen ein Foto zeigen … kleinen Moment …« Sie eilte zur Vitrine, blätterte in dem Buch und fand ein Bild, auf dem der Fassonschnitt gut zu erkennen war.

»Hier, so ungefähr würde es ausschauen.« Sie legte das Buch auf dem Waschbeckenrand ab. »Das Modell hat zwar schwarzes Haar, und Ihres ist eher kastanienbraun, aber die Haarqualität dürfte ähnlich sein.«

Clemens betrachtete das Foto ausgiebig, bevor er sagte: »So schaut der Kerl in der Sparkasse aus, und er hat auch so ein hässliches Kassengestell auf. Vielleicht ist er es ja. Ob ich mir dann auch so eine Brille anschaffen sollte? Ich sehe manchmal Punkte vor den Augen, wenn ich zu lange gearbeitet habe …« Er hob den Kopf und schaute sie fragend an. »Mögen Sie Männer mit Brille?«

»Hatte mein Vater doch recht?«, wechselte Anna das Thema, weil sie merkte, dass Clemens nach Ausflüchten suchte.

»Womit?«

»Dass der arme Student seine ›langen Loden‹ lieber behalten möchte.«

»Ja und nein.«

Anna hatte genug von dem Hin und Her. »Wenn das so ist …« Sie nahm die Haarschneideschere zur Hand und hob sie drohend hoch. »Dann sollten Sie besser gehen, bevor es zu spät ist.« Sie steckte die Schere in die Kitteltasche, öffnete den rückwärtigen Verschluss des Umhangs und zog ihn zusammen mit dem Handtuch von Clemens' Schulter. »Bitte schön.«

»Und was ist jetzt mit meiner Sparkassenfrisur? Sie wollen mich doch nicht mit diesen Loden wegschicken?« Er blickte sie so treuherzig an, dass Anna laut lachen musste.

»Wenn Sie Angst vor einer Veränderung haben, können Sie jetzt noch gehen.« Herausfordernd schaute sie ihm direkt in die Augen.

Clemens blieb sitzen und sagte nach einigen Sekunden des Schweigens: »Ein bisschen bange ist mir schon. Was machen wir jetzt?«

Anna zuckte mit den Schultern. »Keine Ahnung. Aber warum haben Sie sich überhaupt angemeldet?«

»Weil ...« Clemens seufzte. »Es ist so, mein Vater feiert am Samstag seinen Geburtstag, und meine Mutter hat angedeutet, wenn ich im Gammlerlook erscheine, werde ich enterbt. Das war praktisch ein Befehl, zum Friseur zu gehen. Verstehen Sie jetzt meine missliche Lage?«

Anna nickte. »Dann hätte ich eine Idee.« Diesmal schützte sie sein Jackett nur mit dem Umhang und griff dann nach dem Kamm in ihre Kitteltasche. »Ich suche zuerst Ihre Wirbel, dann überlegen wir weiter«, sagte sie und begann seinen Kopf zu massieren.

Clemens schloss die Augen und murmelte kaum hörbar: »Ich hatte ja keine Ahnung, wie angenehm ein Friseurbesuch ist.«

Anna verspürte eine wohlige Wärme, die sich von ihren Händen im ganzen Körper ausbreitete. Clemens schien ihr vollkommen zu vertrauen, und plötzlich wollte sie sein Gesicht streicheln, ihn liebkosen. »Ich hoffe, es ziept nicht ...«

»Nein ...« Abrupt öffnete er die Augen und drehte sich halb zu ihr. »Wie wäre es mit einem kleinen Handel?«

Überrascht zog Anna die Hände zurück. »Was für einen Handel? Ich verstehe kein Wort.«

»Ich lasse mir diesen Fassonschnitt verpassen, und dafür darf ich Sie malen.«

Anna trat einen halben Schritt nach hinten, drückte den Rücken durch und schaute ihn herausfordernd an. »Ach, deshalb sind Sie also hier? Die Geschichte mit dem Geburtstag Ihres Vaters war nur gelogen.«

»Nein, mein Vater wird fünfundfünfzig, und wenn ich gammelig erscheine, bin ich wirklich schneller enterbt, als ich ihm gratulieren kann.« Er griff mit beiden Händen in sein Haar und schüttelte es. »Aber in Wahrheit bin ich hier, weil ich Sie … weil ich dich unbedingt wiedersehen wollte, Anna. Seit Samstag muss ich dauernd an dich denken, und ich glaube, das hat etwas zu bedeuten.«

Anna wollte gestehen, dass auch sie ihn nicht vergessen hatte, doch stattdessen sagte sie: »Mein Vater kann jeden Moment auftauchen …«

»Dann schnell die Schere in die Hand, sonst kommen wir beide in Teufels Küche.« Er drehte sich wieder zum Spiegel, und als sich ihre Blicke dieses Mal trafen, musste Anna an den Topf voller Gold am Ende des Regenbogens denken.

8

CLEMENS BETRACHTETE SICH im Spiegel. Drei Tage waren seit dem Haarschnitt vergangen – und seit Anna ihm versprochen hatte, nach Ladenschluss Modell zu sitzen. Zum wiederholten Male kontrollierte er, ob das Badezimmer sauber, die Küchenecke aufgeräumt und das Bett ordentlich gemacht war. Er hatte sich dreimal umgezogen und zuerst sogar den für feierliche Anlässe reservierten dunklen Anzug angezogen. Am Ende war er bei dem weißen Oberhemd, der dunkelblauen Flanellhose, den schwarzen Lederschuhen und dem spießigen Tweedsakko geblieben. Die Spießerklamotten passten wenigstens zur Frisur, die zu seinem und auch Annas Erstaunen gut gelungen war. Sogar ihr Vater hatte sie gelobt. Seine Eltern würde der Fassonschnitt ebenfalls in Entzücken versetzen.

Er selbst erschrak noch, wenn er sich der Veränderung bewusst wurde, und murmelte dann beschwörend: Das wächst wieder, das wächst wieder, das wächst wieder. Anna hatte ihm versichert, dass jeder Schnitt in sechs Wochen rauswachsen und nach drei Monaten nicht mehr ganz so akkurat aussehen würde. Haare wuchsen monatlich um einen Zentimeter, bei manchen Menschen sogar noch mehr. Dieser strenge Stil, mit dem er tatsächlich wie ein Bankangestellter aussah, wäre dann nicht mehr zu erkennen. Hoffentlich behielt sie recht, denn so wagte er sich kaum noch auf die Künstlermeile. Dennoch bereute er nicht, Anna seine »Loden« geopfert zu haben. Auch wenn sie es nicht wusste, es war eine Liebesgabe. Ein lächerlich kleines Opfer, das ihm hoffentlich das ersehnte Porträt einbrachte, und vielleicht auch noch ein wenig mehr, hatte er doch auf diesem Friseurstuhl nicht nur sein Haar, sondern auch sein Herz verloren.

Den braven Haarschnitt würde er mit einem breitkrempigen Hut verdecken, mit dem er wieder wie ein Künstler aussah. Ein Strohhut, wie der geniale van Gogh ihn auf dem Selbstporträt und vermutlich auch bei der Arbeit in der Natur getragen hatte, würde zudem gegen die Sonne schützen. Auch Heinrich Zille war stets mit Hut unterwegs gewesen, wenn man den Berichten glauben durfte.

Einen Hut benötigte er aber nicht sofort, eine Flasche Wein hingegen schon. Egal, ob Anna Wein mochte oder nicht, etwas zum Anbieten sollte ein guter Gastgeber stets im Haus haben, war das Credo seiner Mutter, die man getrost als professionelle Gastgeberin bezeichnen konnte.

Wein bekam er im Kolonialwarenladen bei Ernestine Holzapfel in der Georgenstraße, Ecke Kurfürstenstraße, der wie alle Geschäfte um halb sieben schloss. Ein Blick auf seine Armbanduhr sagte ihm, dass er genau noch eine halbe Stunde Zeit hatte, um ihn zu besorgen.

»Guten Abend, Sie wünschen?« Tante Holzapfel musterte Clemens einen Moment, ehe sie ihn erkannt. »Jessas, was hams denn mit Ihnen angstellt?«

Clemens zuckte mit den Schultern, grinste die rundliche Ladenbesitzerin freundlich an und erzählte vom Fünfundfünfzigsten seines Vaters, zu dem er nicht als Gammler erscheinen durfte. »Und weil ich ja ewig pleite bin, habe ich mich als Haarschneidemodell zur Verfügung gestellt …« Er drehte sich um, damit Ernestine die Pracht von allen Seiten bestaunen konnte.

»Da war jemand gründlich. Aber ich finds ewig schad, mir ham Ihre Zotteln gfallen. Was ein echter Künstler ist, der braucht eine Extravaganz, das macht ihn doch erst richtig interessant.

Außerdem san S' kein Gammler, Sie malen doch so fleißig und vor allem schön. Des Bild vom Bodensee mit den Segelschiffen, des Sie mir als Pfand für Ihre Schulden gegeben haben, hängt bei uns im Wohnzimmer, und ich freu mich jeden Tag darüber. Deshalb dürfen S' auch bei mir anschreiben, solange es nötig ist. Künstler muss man unterstützen, des ham schon unsere Könige gemacht. Der eine … hach … wie hat der jetzt geheißen, der sich eine ganze Galerie von Schönheiten hat malen lassen, die heut noch im Schloss Nymphenburg hängen?«

»König Ludwig I.«

Ernestine nickte. »Genau der. Mein Egon und ich, wir warn schon ein paar Mal im Schloss …« Frau Holzapfel verdrehte schwärmerisch die Augen. »Die Lola Montez ist auch dabei, des war ja a rechtes Luder, aber schön wars halt auch. Mei, die *Männer* sind halt das schwache Geschlecht, nicht wir Frauen.«

»Sie sind noch schöner als die Montez«, sagte Clemens, und es war nicht einmal gelogen. Auch wenn Ernestine schon Ende Fünfzig sein musste, war sie eine attraktive Erscheinung und nicht zuletzt wegen ihrer strahlend hellgrünen Augen als junge Frau sicher eine betörende Schönheit gewesen.

»Ach geh, Sie alter Schmeichler.«

»Die reine Wahrheit, aber mit Schmeicheleien können Sie ja kein Geschäft führen. Ich verspreche, eines Tages alle meine Schulden auf einen Schlag zu bezahlen«, schwor Clemens.

»Ach, des hat keine Eile.« Frau Holzapfel winkte ab. »Immer wenn i des Bild anschau, will i es behalten, dann wär Ihr Konto wieder auf null. Ich muss nur noch meinen Egon überzeugen, wenn es nämlich um echte Kunst geht, da ist er ein Banause, da hat er keinen Verstand nicht. Der Egon hängt halt so an dem röhrenden Hirschen, ein Erbstück von seinen Eltern«, erzählte sie und wechselte dann abrupt das Thema: »Was derfs denn heut sein, Herr Clemens?«

Clemens bedankte sich erleichtert, seine Schulden waren eine drückende Last, die er lieber heute als morgen losgeworden wäre. »Eine Flasche Wein, weil ich Besuch bekomme, aber ich hab nur zwei Mark.«

Frau Holzapfel drehte sich zu dem dunkelbraunen Regal um, das die gesamte Wand hinter dem Ladentisch bedeckte und mit allem gefüllt war, was ein Haushalt benötigte – angefangen von Lebensmitteln über Konservendosen bis zu Hautcremes, Seife und Waschmittel. Sie bückte sich zu den unteren Fächern und kam mit zwei Flaschen Wein wieder zum Vorschein. »Ich empfehl gern italienische Weine, da können S' gar nix falsch machen, weil, die Italiener, die verstehn was von *Vino* und *Dolce Vita,* wenn S' verstehn, was ich mein …« Sie hielt ihm ihre Auswahl entgegen. »Des wär ein Lambrusco, ein lieblicher Tropfen, eher was für eine Dame, für einen Herren sollten S' den Chianti nehmen.«

Clemens griff nach der Flasche Lambrusco und legte die zwei Mark auf den Tisch. »Die junge Dame wird mir Modell stehen.«

Frau Holzapfel zog eine Schublade unter der Kasse auf, förderte ein Päckchen *Salzletten* zutage und legte es neben die Weinflasche. »Die spendier ich. Damit die Dame nicht gleich einen Schwips bekommt.«

»Das kann ich doch nicht annehmen«, protestierte Clemens wohlerzogen.

»Doch, doch, nehmen S' es nur, und ich tät mir das Gemälde gern anschauen … wenns fertig ist natürlich. Mögen S' mich vielleicht auch einmal malen?« Frau Holzapfel ließ ihren Blick durch den Laden wandern. »Des wär eine ganz besondere Erinnerung an mein Lebenswerk, weil ich ja irgendwann in Rente geh. Ob sich dann jemand findet, der den Laden übernimmt … Mein Sohn jedenfalls nicht, der studiert auf Lehrer und möcht sich die Plackerei nicht antun.«

»Sie zu porträtieren ist eine gute Idee. Sogar eine ganz hervorragende! Seit überall die Supermärkte wie die Pilze aus dem Boden schießen, könnte ich eine wichtige Ära verewigen. Wobei ich natürlich hoffe, dass Sie und Ihr Laden noch sehr lange bestehen bleiben, liebe Frau Holzapfel.«

»Totgesagte leben länger«, philosophierte die Ladnerin. »Und wenn S' dann eines Tages berühmt sind, wird mein Bild wertvoll sein, und am End komm ich noch in ein Museum. Na, des wäre was.« Ihre großen Augen glänzten vor Aufregung, und ihr glatten Wangen liefen rosig an.

»So machen wir's; ich male Sie hinterm Ladentisch, und dann werden wir beide berühmt«, entgegnete Clemens, griff nach seinem Einkauf und verabschiedete sich.

»Sagen S' mir aber rechtzeitig Bescheid, dass ich mir ein neues Kleid anschaff und eine frische Dauerwelle legen lass!«, rief sie ihm noch nach.

Zurück in seinem Atelier dachte er über die Unterhaltung mit Ernestine nach. Eine großherzige Frau, die er vom ersten Einkauf an gemocht hatte. Sie gehörte nicht zu denen, die den »guten alten Zeiten« nachtrauerten und über die tugendlosen Langhaarigen schimpften oder gleich den Untergang der guten Sitten vermuteten, wenn er als junger Mann Damenbesuch bekam. Sie war tolerant, weltoffen und wusste eine Menge über Lebensmittel und auch über gesunde Ernährung. Was ihn heute überrascht hatte, war die raffinierte Art und Weise, ihm Wein zu verkaufen und gleichzeitig zu entlocken, ob sein Besuch männlich oder weiblich war. Ernestine hatte es nicht nötig, neugierige Fragen zu stellen, sie erfuhr trotzdem, was sie gern wissen wollte. Und er hatte gleichzeitig eine Eingebung gehabt, die womöglich »sein Sujet« werden konnte wie bei van Gogh die flirrenden Sonnenbilder, Monets Seerosen oder Mondrians abstrakte Landschaften: eine Serie über Lebensmittelläden in der Nachbarschaft im impressionistischen Stil. Wenn der Trend anhielt, würden diese kleinen Kolonialwarenläden eines Tages von der Bildfläche verschwunden sein. Auch er hatte schon bei *Tengelmann* eingekauft, angelockt von der geradezu obszön großen Auswahl, und sich beim Schlendern durch die Regale gefragt, wer in aller Welt fünf Sorten Salatöl brauchte. Eines war doch wie das andere. Aber Salatöle waren nicht sein Thema, Boris Wolkow hätte ihn in scharfem Ton zur Raison gerufen: »Clääämäns, konzentrrrieren Sie sich auf das Wäsentlichäää!« Das war die Malerei in all ihren Aspekten, und heute war es ein Porträt von Anna.

Verunsichert fragte er sich, ob sie Wort halten oder die Verabredung platzen lassen würde. Probleme konnte auch ihr Vater machen, obwohl er den Haarschnitt gelobt hatte. Ein mulmiges Gefühl beschlich Clemens, wenn er an den Finger-weg-von-meiner-Tochter-Blick dachte, den der Mann ihm beim Verlassen des Salons zugeworfen hatte.

Kaum hatte er die Erinnerung verdrängt, schrillte die Türglocke.

Anna! Sie war tatsächlich gekommen.

Mit zwei Schritten war er am Türöffner, drückte kräftig drauf und hoffte, dass er ihn nicht im Stich ließ, wie schon so oft. Wieder läutete es, diesmal anhaltend, der Öffner funktionierte also nicht. Zwei Treppen auf einmal nehmend, raste er die vier Stockwerke nach unten, riss die schwere Haustür auf und blickte in das schönste Gesicht, das er jemals gesehen hatte. Annas blaue Augen leuchteten im letzten Tageslicht wie Edelsteine, und ihre helle Haut bildete einen reizvollen Kontrast zu dem fast schwarzen Haar, das in wilden Locken auf ihre Schultern fiel. Auf den ersten Blick war er wieder hingerissen von ihrer Schönheit, die so gar nicht zu ihrer momentan genervt wirkenden Miene passte. »Tut mir leid, der verdammte Türöffner ist Schrott …«, keuchte er bedauernd.

»Eine Sekunde länger, und ich wäre wieder gegangen«, sagte sie mit ernstem Blick, dem aber gleich ein vergnügtes Lachen folgte. »Immerhin empfängst du mich höchstpersönlich.«

Alles war gut, sie nahm es mit Humor, dachte Clemens erleichtert. Höflich hielt er die Haustür auf. »Ist mir ein Vergnügen. Wir müssen in den vierten Stock … aber weil ich dich so lange vor der Tür hab stehen lassen, könnte ich dich als kleine Wiedergutmachung nach oben tragen.«

9

ANNA VERKNIFF SICH ein Lachen. »Du willst mich tragen?« Er konnte das unmöglich ernst meinen.

»Bis ganz nach oben«, wiederholte Clemens. »Du bist doch leicht wie eine Feder.«

»Du wärst überrascht, aber danke, ich schaffe es allein.« Anna spürte seinen prüfenden Blick, der über ihre ungekämmten Locken bis runter zu den schwarzen Ballerinas wanderte, und schob die Hände in die aufgesetzten Taschen ihres Wintermantels, den sie aus reiner Vorsicht angezogen hatte. Sie fürchtete, dass Clemens nicht genug Geld hatte, um das Atelier zu heizen, deshalb hatte sie einen Rollkragenpulli, Jeans und dicke Socken in den flachen Schuhen angezogen. Es schien, als würde ihre Befürchtung zutreffen; zuerst kein elektrischer Türöffner, als Nächstes vermutlich kein Heizmaterial für den Ofen. Zentralheizungen waren in alten Häusern selten.

»Dann gehe ich mal voran.«

Anna folgte ihm über ausgetretene Holzstufen unters Dach. Sie nahm den stechenden Geruch nach Salmiakgeist war, der wohl zur Reinigung der Treppen verwendet worden war. Dann roch es nach Kohlsuppe und einen Stock höher nach ranzigem Fett. Oben angelangt stand die Eingangstür offen.

Clemens verharrte im Türrahmen und ließ ihr den Vortritt. »Bitte schön, mein Allerheiligstes.«

Anna ging ein paar Schritte, blieb in der Mitte des Raumes stehen und ließ die Atmosphäre auf sich wirken. Sie war noch nie in einem Künstleratelier gewesen, und doch träumte sie schon lange genau von solch einem Ort.

Anna bemerkte zuerst den langen Arbeitstisch, auf dem ein buntes Durcheinander aus Farbtuben, Stiften in Marmeladengläsern, Paletten und Skizzenpapier ihr Künstlerherz höherschlagen ließ. Darüber befand sich das nach Norden ausgerichtete Facettenfenster, durch das gleichbleibendes Nordlicht fiel, frei von störenden Schatten oder greller Sonneneinstrahlung. Genau so müsste es aussehen, ihr eigenes Atelier, in dem sie ungestört arbeiten konnte. Jetzt, um sieben Uhr am Abend, stand ein Halbmond am dunklen Abendhimmel, und als Lichtquellen dienten zwei uralte Stehlampen, deren Schirme mit hellgelbem Stoff bespannt waren. Von der Decke baumelte eine nackte Glühbirne. Ob Clemens diese spärliche Beleuchtung genügte? Oder wollte er sie gar nicht porträtieren, und es war nur ein Vorwand gewesen, sie in sein Atelier zu locken?

»Möchtest du ablegen und ein Glas Wein trinken?«

»Willst du mich betrunken machen?« Sie hob den Kopf und schaute ihn provozierend an. Wenn das sein Plan war, hatte er sich verrechnet. Sie war nur optisch klein und zierlich, aber keinesfalls hilflos und schon gar nicht auf den Mund gefallen.

»Ähm … nein, tut mir leid, wenn du das denkst.« Er ließ die Schultern sinken. »Ich wollte … ach, es war nur so eine Idee. Was kann ich dir sonst anbieten?«

»Heißer Tee wäre schön, es ist ziemlich kalt hier drin.« Anna verschränkte die Arme vor der Brust. Inzwischen spürte sie deutlich, dass nicht geheizt war.

»Tee ist leider keiner da, aber ich könnte den Wein heiß machen, dann haben wir Glühwein, da wird einem sofort richtig warm …«

Anna stutzte einen Moment, dann lachte sie laut auf. »Glühwein ist immer noch Wein, und heißer Alkohol wirkt doppelt schnell. Du willst mich also doch betrunken machen.« Sie suchte seinen Blick, aber er schaute betreten zu Boden, schien peinlich berührt zu sein. War er doch eher schüchtern und nicht der verwegene Künstler, für den sie ihn gehalten hatte? Gute Manieren hatte er, das war ihr schon im Salon aufgefallen. Er wusste sich gewählt auszudrücken, wie die reichen Kundinnen, die manchmal auch noble Trinkgelder daließen. Entstammte er einer wohlhabenden Familie, die ihren Gästen bei jeder Gelegenheit Alkohol anbot? Aber warum lebte er dann in solch bescheidenen Verhältnissen? Wenn sie sich umsah, fehlte es so ziemlich an allem.

»Das ist mir jetzt sehr peinlich, als Gastgeber ist kein Staat mit mir zu machen …«

»Davon geht die Welt aber nicht unter«, relativierte Anna und fragte, was er außer Wein zu bieten hatte.

»Leider nur Kaffee.«

»Nicht mal Kamillentee? Was trinkst du denn, wenn du krank bist?«

Clemens riss geschockt die Augen auf. »Ich bin nie krank, und wenn, würde ich niemals Kamillentee trinken, sondern heißen Grog.«

»Hm …« Anna drehte sich langsam um die eigene Achse. »Keinen Tee, aber Telefon.«

Clemens kniff die Augen zusammen, als benötige er eine Brille, um sie deutlicher zu sehen. »Nein, keinen Tee, aber ein funktionierendes Telefon, auch wenn das natürlich nichts miteinander zu tun hat.«

»Ist doch logisch, du kannst mir zwar keinen Tee kochen, aber wenn du frech werden solltest, könnte ich die Polizei rufen. Ich werde mich also direkt neben das Telefon setzen.«

Clemens wich einen kleinen Schritt zurück und legte die rechte Hand auf die Stelle, wo sein Herz saß. »Ich verspreche hoch und heilig, dass ich dir nicht zu nahe treten werde. Außerdem kann ich eine Packung Salzletten anbieten, damit du keinen Schwips bekommst.«

Zu nahe treten – sich so gekünstelt auszudrücken lernte man weder in einer Arbeiterfamilie noch in einer normalen Volksschule, so viel war sicher. Wenn sie an ihre Schulzeit dachte, fielen ihr zu diesem Thema eher Ausdrücke wie »auf die Pelle rücken« ein. So, wie er sie vorhin genau betrachtet hatte, musterte sie jetzt ihn, von den kurzen Haaren bis zu den blank geputzten Schuhen, und wie bei der ersten Begegnung beschleunigte sich ihr Pulsschlag. Noch nie war sie so einem außergewöhnlichen Mann begegnet, der sogar sein Haar für sie geopfert hatte. Dafür würde sie sich wie versprochen auch malen lassen, und gegen die Kälte wusste sie ein Rezept. »Dann will ich dir mal glauben, und die Salzstangen nehme ich gern an. Aber wie wäre es, wenn wir den Glühwein mit Wasser verdünnen? Dann ist weniger Alkohol im Glas oder in der Tasse, aber es ist zumindest etwas Heißes zu trinken.«

»Verdünnen?« Clemens' verzerrter Mund drückte Abscheu aus, aber er hatte sich schnell wieder im Griff. »Kein Problem. Frage mich nur, ob er dann noch schmeckt.«

»Lass es uns ausprobieren«, schlug Anna vor.

Wenig später hatte sie ihre Schuhe ausgezogen, es sich mit einer Tasse wässrigem Glühwein auf dem plüschigen dunkelroten Diwan bequem gemacht und knabberte an einer Salzstange. Das Getränk schmeckte besser als angenommen, und mit dem Knabberzeug war es fast eine richtige Mahlzeit. Vor Aufregung, Clemens wiederzusehen, hatte sie nur ein halbes Wurstbrot zu Abend gegessen. Ihr wurde auch langsam wärmer. Ausziehen würde sie sich trotzdem nicht, auch wenn Clemens bislang nicht gefragt hatte. Trotz seines Versprechens, sich anständig zu benehmen, fühlte sie sich ein klein wenig unsicher. Sie war zum ersten Mal mit einem noch ziemlich fremden Mann allein. Immerhin hatte er das Telefon an der langen Schnur direkt neben den Diwan gestellt und stand momentan ein Stück entfernt hinter einer hohen Staffelei, verborgen von der gerahmten Leinwand in der Größe der Spiegel über den Waschbecken im Salon.

»Bitte nicht bewegen.« Clemens schaute hervor und lächelte sie an.

»Und wie soll ich dann den Wasserglühwein trinken?«

»Schmeckt er denn?«

Anna kuschelte sich mit angezogenen Beinen in die halbrunde Lehne des Diwans. »Er macht warm, und darauf kommt es an.«

»Ja, das ist die Hauptsache, und das nächste Mal ist Tee im Haus, mindestens fünf Sorten, versprochen.«

»Soll das heißen, ich muss noch öfter kommen?« Anna hatte eigentlich gedacht, dass ein Künstler wie Clemens, der seine Werke bereits zum Verkauf anbot, nicht länger als einen Abend benötigte. Wenn sie Elsie zeichnete, dauerte das höchstens eine Stunde. Zugegeben, sie kannte das Gesicht ihrer Schwester besser als ihr eigenes und hätte es auch aus dem Gedächtnis malen können, aber Clemens war doch kein Anfänger. Oder doch?

»Heute schaffe ich nur Skizzen, du hast ja leider nur bis halb zehn Zeit«, antwortete Clemens, ohne hinter der Staffelei hervorzuschauen.

»Leider«, seufzte Anna.

Die Bevormundung ihres Vaters war für Anna kaum zu ertragen. Als wären sie noch Schulkinder, ließ er sie nur gemeinsam mit Elsie ausgehen, weshalb sie auch gemeinsam um zehn nach Hause kommen mussten. Oft schon hatte sie versucht, ihm zu erklären, dass sie alt genug war und offiziell bis Mitternacht ausbleiben durfte, es interessierte ihn nicht.

Elsie traf sich währenddessen mit Günni, dem Gitarristen dieser noch unbekannten Band, die letzten Samstag im *Big Apple* gespielt hatte. Die ganze Woche hatte Elsie von ihm geschwärmt und war überglücklich, dass sie den Abend mit ihm verbringen konnte. Anna hoffte, dass die kleine Schwester rechtzeitig aus ihrem Liebestaumel erwachte und wie vereinbart kurz vor zehn an der Ecke Schellingstraße erschien. Die Eltern durften nicht merken, dass jede ihren eigenen Weg gegangen war. Ihr Vater würde sie zwar nicht einsperren, dazu waren sie doch zu alt, aber im Salon entkämen sie seinen Schikanen nicht. Seit dem Tag ihrer ersten Periode hörten sie und Elsie immer wieder dieselben Mahnungen: Kommt ja nicht mit einem Bankert nach Hause! Vor allem ihre Mutter warnte sie praktisch täglich vor einem unehelichen Kind, dem schlimmsten Schicksalsschlag, der einem Mädchen zustoßen könne.

Anna hatte nicht vor, sich schwängern zu lassen, denn nur wenn sie »anständig« blieb, würde sie ihre Träume nicht aufgeben müssen. Einen Grund, sich jetzt vor diesem schrecklichsten aller Unglücke zu fürchten, hatte sie nicht, Clemens benahm sich vorbildlich, ja, er hatte nicht einmal versucht, sie zu berühren. Obwohl sie sich gegen ein paar unschuldige zarte Küsse gar nicht gewehrt hätte.

»Bleib so, nicht bewegen.«

Anna zuckte unwillkürlich zusammen und entgegnete: »Wenn man zu jemandem sagt, er soll sich nicht umschauen, tut er doch genau das.« Das kannte sie nur allzu gut von Elsie, die ebenso reagierte.

»Stimmt.« Clemens trat einen halben Schritt hinter der Leinwand hervor. »Es war eine impulsive Reaktion, weil du so nachdenklich und dabei so überirdisch schön aussahst. Du hast vielleicht schon mal eine ähnliche Situation erlebt.«

»Hm …« Anna zögerte, ihm von ihrer Leidenschaft für die Malerei, ihrem Traum von einem Künstlerleben zu erzählen. Würde auch er sie auslachen, es als Hobby bezeichnen, wie ihr Vater es regelmäßig tat?

»Darf ich dir noch Wein heiß machen?«

Anna nickte. »Ich brauch eh eine kurze Pause, anfangs war die Position sehr bequem, aber jetzt kribbeln die Füße. Ich glaube, sie sind eingeschlafen.« Sie stellte die Beine auf den Holzfußboden, schlüpfte in die Schuhe und wackelte mit den Füßen.

»Tut mir leid, wenn es anstrengend für dich ist, umso dankbarer bin ich dir …«

»Es war ja ausgemacht, Haarschnitt gegen Porträt. Darf ich gucken?« Sie wollte aufstehen, merkte aber, dass ihr schwindelig war. Der Glühwein war wohl doch nicht so wässrig gewesen, wie er geschmeckt hatte.

»Tut mir leid.« Abweisend hob er die rechte Hand, in der er einen Kohlestift hielt. »Unfertige Werke dürfen nicht besichtigt werden. Oberste Regel.«

Was kümmert mich seine oberste Regel?, dachte Anna, sie wollte sehen, wofür sie über eine Stunde fast unbeweglich dagesessen hatte. Wild entschlossen, sich nicht aufhalten zu lassen, schnellte sie hoch und musste sich an der Diwanlehne festhalten. Sie hatte einen Schwips. Eindeutig. Es war das gleiche schwummerige Gefühl wie zu ihrem Sechzehnten, als sie mit den Eltern zum ersten Mal einige Gläser Sekt getrunken hatte.

Mit drei Schritten war Clemens neben ihr. »Geht es dir gut?«

»Mir ist heiß …« Anna knöpfte ihren Mantel auf, ließ ihn von der Schulter gleiten und breitete die Arme aus. »Wenn du willst, kann ich mich auch ausziehen.« Kaum hatte sie es ausgesprochen, schlug sie sich mit der Hand auf den Mund. Das waren nicht die Worte eines anständigen Mädchens. Wenn er die Situation ausnutzen wollte, war sie selbst schuld. Aber das war jetzt auch egal, sie fühlte sich so angenehm schwindelig, und am liebsten wollte sie für immer in diesem Atelier bleiben, weit weg von dem Friseursalon und auch von ihren Eltern, die sie jeden Tag zwangen, Sklavenarbeit zu verrichten. Sie hatte so gar keine Lust, diese dämliche Gesellenprüfung zu bestehen und sich dann für alle Zeiten die Probleme von Frauen anhören zu müssen. Sie hatte auch keine Lust mehr, das brave Mädchen zu sein, das alles tat, um die Eltern zu erfreuen. Sie wollte ihr eigenes Leben führen und nie wieder das Wort »Haare« auch nur denken.

»Du hast ja einen kleinen Schwips.«

Anna suchte seinen Blick, doch irgendwie war alles verschwommen. »Klein ist untertrieben …« Sie kicherte aufgedreht, weil sie sich so wohl fühlte wie schon lange nicht mehr. Sie wollte einfach nur lachen und noch lieber wollte sie Clemens umarmen und ihn küssen, wenn das einem Mädchen erlaubt wäre. Aber Mädchen benahmen sich sittsam, warfen sich einem Mann nicht an den Hals. Warum eigentlich nicht?, fragte sie sich, schlang im nächsten Moment einfach die Arme um ihn und streichelte seinen kurz rasierten Nacken. »Stachelig wie ein süßer kleiner Igel«, flüstert sie.

Clemens schien nur einen Herzschlag lang überrascht zu sein, legte dann ebenfalls seine Arme um sie, zog sie fest an sich und küsste sie.

Anna schloss die Augen und ließ sich fallen. In Clemens' Arme. In den süßen Schwindel, der sie erfasste.

10

DIE WELT UM sich herum vergessen. Anna war dieses Gefühl zutiefst vertraut. Wenn sie ungestört an einem Bild arbeiten konnte, war sie glücklich. Auch in Clemens' Armen hatte sie nur den einen Wunsch, dass es nie enden möge. Doch genau das würde es, denn sie musste nach Hause. Jetzt sofort. Eigentlich schon vor einer Stunde. Oder vor zwei oder drei.

Sie hatte die Zeit einfach ignoriert, um für eine Nacht träumen zu können. Für eine Nacht vollkommen glücklich zu sein. Eine Nacht, die glitzerte wie ein kostbares Geschmeide, in der sie sich vorstellte, für immer mit Clemens in diesem Atelier zu leben, eine Nacht, in der sich die Welt in eine andere Richtung drehte.

Doch der süße Schwindel hatte nachgelassen, der schützende Nebel, in dem ihnen nichts geschehen konnte, verzog sich. Die Welt drehte sich wieder in die vorherige Richtung, sogar schneller als zuvor, und Anna erinnerte sich an die Verabredung mit Elsie. Die seit zehn Uhr an der vereinbarten Straßenecke auf sie wartete – oder auch nicht mehr, zehn Uhr war schon lange vorüber.

»Ich muss gehen«, flüsterte sie und wäre doch lieber geblieben, hätte bis zum Morgengrauen dem Song zugehört, der leise aus dem Radio erklang … *I got you babe.*

»Bitte bleib«, raunte Clemens.

»Ja«, sagte sie, um sich dann doch aus seiner Umarmung zu winden.

»Ich liebe diesen Song … Weißt du, was *Sonny and Cher* singen?«

»Nicht genau …« Anna war aufgestanden und zog den verrutschten Pulli glatt. Clemens hatte sie mit Zärtlichkeiten liebkost, aber zu nichts gedrängt, es war nichts geschehen, und sie war immer noch vollständig angezogen. Obwohl sie bereit gewesen wäre, sich hemmungslos diesem neuen Gefühl hinzugeben, das Leidenschaft genannt wurde.

»Der Text geht auf Deutsch ungefähr so … ich habe Blumen im Frühling, ich hab dich, auf dass du meinen Ring trägst; wenn ich traurig bin, bist du ein Clown, wenn ich Angst habe, bist du immer da … *I got you babe.*«

Anna rannte ins Badezimmer, wo sie ihre Tränen nicht länger zurückhalten musste. So glücklich, wie sie sich noch vor wenigen Minuten gefühlt hatte, so unglücklich war sie jetzt, als ihr bewusst wurde, dass die aufregendste Nacht ihres bisherigen Lebens vorbei war. Dass ihre liebe kleine Schwester sich bestimmt Sorgen gemacht hatte und längst ohne sie nach Hause gegangen war. Dass die Eltern wütend sein würden und sie nicht wusste, wie sie ihr Zuspätkommen erklären sollte.

Im Spiegel erblickte sie eine Anna mit roten Augen und zotteligen Haaren, die ihre Eltern zu einer der bekannten Beschimpfungen veranlassen würde: *Du bist eine Schande für den Salon. Als Tochter eines Salons kannst du nicht so ungepflegt herumlaufen. Was sollen unsere Kunden denken?*

Anna war es schon immer egal gewesen, was die Kunden von ihr dachten. Dummes Gerede kümmerte sie nicht, hatte sie noch nie gestört. Schon in der Schule war es ihr gleichgültig, wenn die Kameradinnen sie und Elsie wegen des unterschiedlichen Aussehens gehänselt hatten. »Ihr seid gar keine Geschwister. Bestimmt seid ihr nicht einmal verwandt. Annas Haar ist pechschwarz und Elsies ist fast weiß.« Wollten die Klatschbasen gar nicht verstummen, hatte Anna gern behauptet, sie stamme von Hausierern ab, die sie an die Sonnlechners verkauft hätten. Elsie hatte dann mit dem Fuß aufgestampft und weinend erklärt, dass sie nicht nur Geschwister, sondern auch am gleichen Tag auf die Welt gekommen seien, nur eben in einem anderen Jahr. Die Erinnerung an die Zuneigung ihrer Schwester ließ Anna lächeln. Sie wusch ihr Gesicht mit kaltem Wasser und putzte sich geräuschvoll die Nase, bevor sie das Badezimmer verließ.

»Du hast geweint«, stellte Clemens fest, der vor der Tür gewartet hatte.

»Weil ich gehen muss, aber bleiben möchte«, erwiderte sie leise und schluckte die erneut aufkommenden Tränen hinunter.

»Ich begleite dich nach Hause.«

»Wenn mein Vater dich sieht, bringt er dich um.«

»Und wie willst du dein Zuspätkommen erklären?«

Anna holte ihren Mantel von dem Diwan. »Ich weiß nicht, ich denke mir was aus.«

Clemens nahm ihr den Mantel ab, um ihr formvollendet hineinzuhelfen. »Ich bringe dich auf jeden Fall bis zur Ecke Amalien- und Schellingstraße. Es ist zu gefährlich für ein Mädchen, allein durch die Nacht zu laufen.«

Anna seufzte gerührt. Sie wusste inzwischen, woher seine guten Manieren stammten und wo er zur Schule gegangen, genauer, auf welchem Internat er bis zum Abitur gewesen war. In den letzten Stunden hatten sie sich nicht nur wieder und wieder geküsst, sondern einander von ihrem Leben, ihrer Kindheit und Schulzeit erzählt. Clemens hatte das Schlossinternat Salem am Bodensee besucht, von dem sie noch nie im Leben etwas gehört hatte. Eine stinkfeine Penne war es, oder wie er es bezeichnet hatte: ein vornehmes Institut. Aber nicht allein im Schlossinternat hatte man ihm beigebracht, sich gewählt auszudrücken oder einem Mädchen in den Mantel zu helfen. Auch in seinem Elternhaus wurde großen Wert auf gutes Benehmen gelegt. Vieles aus Clemens' Leben war fremd für sie, sie stammten aus völlig verschiedenen Welten. Sie musste sich ein kleines Zimmer mit ihrer Schwester teilen, Clemens hatte in seinem Elternhaus am Starnberger See eines für sich allein und obendrein noch ein eigenes Badezimmer. Clemens hatte nie geflickte Kleidung tragen müssen wie sie als kleines Kind, weil es neue nur zu Weihnachten gab. Clemens durfte lange Wunschlisten schreiben, und die Villa war erfüllt vom Duft frisch gebackener Plätzchen. Auf jeder Kommode und auf allen Tischen standen Schalen mit Schokolade, feinsten Plätzchen, Nüssen und Apfelsinen. Ihre Plätzchen waren abgezählt gewesen, und der Schokonikolaus stand auf einem Pappteller. Clemens war als ältester Sohn eines Likörfabrikanten mit dem »goldenen Löffel« im Mund geboren worden, doch er interessierte sich nicht für die Schnapsbrennerei. Er brannte für die Malerei, und genau das verband sie beide enger, als Armut oder Reichtum es gekonnt hätten. Er hatte sie auch nicht ausgelacht, als sie von ihren Zeichnungen erzählte und dass sie sich nichts sehnlicher wünschte, als dem Friseursalon zu entkommen. Er hatte ihr sogar prophezeit, dass ihr Wunsch sich eines Tages erfüllen würde, wenn sie nicht aufgab.

»Wir können los.« Clemens hatte sich Schuhe angezogen und stand in einer Tweedjacke vor ihr, aus deren Tasche er jetzt einen Schlüssel zog.

»Es macht mir nichts aus, allein zu gehen, und ich habe keine Angst«, versuchte Anna nochmals, ihn zurückzuhalten. Angst, auf dem Heimweg belästigt zu werden, hatte sie tatsächlich nicht, vielmehr fürchtete sie, dass er sie unbedingt bis zur Tür bringen wollte, und das konnte nur schiefgehen.

»Wer redet von gehen, wir fahren, dann kommst du auf jeden Fall sicher nach Hause.« Er klimperte mit dem Schlüssel. »Mein

Wagen steht vor der Tür, und so können wir noch ein paar Minuten länger zusammen sein.«

»Jetzt bin ich platt. Ich hab noch nicht mal einen Führerschein!« Anna stellte es sich paradiesisch vor, ungestört in einem eigenen Badezimmer baden zu können und mit achtzehn schon den ersten eigenen Wagen zu fahren. Für Clemens schien es so normal zu sein wie für sie ihr Fahrrad, das sie mit zwölf bekommen hatte.

»In Schwabing gehe ich alle Strecken zu Fuß, aber wenn ich großformatige Bilder transportieren muss, ist der Wagen ganz praktisch«, erklärte Clemens, nahm ihre Hand und zog sie für einen letzten Abschiedskuss in seine Arme.

»Dann fährst du einen Lastwagen, denn in einem normalen Pkw lassen sich große Bilder ja kaum verstauen«, mutmaßte Anna, als er sie wieder losgelassen hatte.

»So ähnlich.« Clemens lachte.

Staunend betrachtete Anna kurz darauf das rote Cabrio, während Clemens ihr die Beifahrertür aufhielt. »Schöner Lastwagen«, urteilte sie und sank auf den hellbraunen Ledersitz.

»Wenn ich das Verdeck aufmache, haben locker zwei, drei meiner Werke auf der Rückbank Platz. Der Wagen war ein Geschenk meiner Eltern zum Abitur. Ich hätte ihn lieber vom eigenen Geld gekauft, aber ich bin immer noch auf die monatliche Apanage meines Vaters angewiesen, und die Einnahmen in der Leopoldstraße reichen gerade mal fürs tägliche Leben.«

»Ziemlich großzügig von deinen Eltern«, sagte Anna, als Clemens hinterm Steuer Platz genommen hatte. Sie überlegte, welche Belohnung sie für die Gesellenprüfung bekäme – vermutlich eine neue Garnitur Bürsten und Kämme, und das Besondere daran wäre dann ihr eingravierter Name.

Clemens startete den Motor, trat aufs Gaspedal, und der Wagen fuhr mit dunklem Röhren los.

Die kurze Fahrt von der Georgenstraße zum Friseursalon in der Amalienstraße verlief schweigend. Anna wünschte, sie würden ewig fahren, um dem Donnerwetter, das sie erwartete, zu entkommen. Sich heimlich in die Wohnung zu schleichen, war unmöglich, gab die Wohnungstür doch bei der kleinsten Bewegung ein lautes Quietschen von sich. Ein Tropfen Öl in die Scharniere hätte das nervige Geräusch beendet, doch ihr Vater meinte, es erinnere ihn an seine Kindheit. Anna glaubte kein Wort von diesem Kindheitsmärchen, denn das Quietschen diente wunderbar zur Kontrolle. Es war unmöglich, sich heimlich hineinzuschleichen. Er würde sie hören, auch wenn er schlief. Die kommende Strafpredigt verursachte ihr vorab schon heftiges Magengrummeln, das beinahe schmerzhaft wurde, als Clemens in die Amalienstraße einbog und abrupt abbremste. Vor dem hell erleuchteten Friseursalon parkte ein Polizeiwagen mit laufendem Blaulicht.

Anna entfuhr ein kurzer Schrei. »Mein Vater hat die Polizei gerufen!«

Clemens griff nach ihrer Hand und drückte sie sanft. »Das muss nicht sein, es gibt doch noch mehr Parteien in eurem Haus.«

Anna schüttelte den Kopf. »Dann müssten doch irgendwo Lichter brennen; ich sehe aber nur dunkle Fenster. Dagegen ist es im Salon taghell, als wäre der Laden geöffnet.«

»Auch wenn es dir nicht gefällt, ich lass dich jetzt nicht allein gehen.« Clemens stellte den Motor ab. »Ich komme mit und werde die Situation erklären.«

Anna nickte stumm. Ihr Vater würde toben, so viel war klar, aber solange Clemens bei ihr war, würde er sich zusammenreißen.

Als sie ausgestiegen waren und Clemens die Wagentür zuschlug, hallte das Geräusch durch die nächtliche Stille wie ein Paukenschlag, der den Beginn einer Katastrophe ankündigte.

Clemens hatte das Cabrio umrundet, stand nun neben ihr und griff nach ihrer Hand. Beleuchtet vom rhythmisch kreisenden Blaulicht, gingen sie langsam auf den Salon zu.

Annas Unbehagen stieg mit jedem Schritt, und kurz vor dem Ziel blieb sie stehen. »Und wenn ich nicht nach Hause gehe, einfach für immer verschwunden bin?«

»Oh, Anna, ich wäre sofort dabei. Aber über die Folgen …« Er stöhnte. … »mag ich gar nicht nachdenken.«

In der Ferne schrillte eine Sirene, die auf Anna wirkte, als riefe ihr jemand zu, nicht länger zu zögern. Sie atmete tief durch, straffte die Schultern und ließ Clemens' Hand los. »Ich gehe jetzt da rein, und wenn er mich für den Rest meines Lebens drangsalieren will, dann soll er es tun.«

Als sie die drei Stufen zum Salon emporstieg, konnte Anna sehen, wer sich da alles versammelt hatte: die Eltern, Elsie und zwei Beamte in Uniform, mit Schildkappen auf dem Kopf und Waffen an den Hüften. Anna zuckte zusammen, auch weil die Metallklinke eiskalt war. Als sie die Tür öffnete, drehten sich alle Köpfe zu ihr.

Elsie saß mit roten Augen im Damensalon in einem der gepolsterten Armlehnstühle und drückte sich unablässig ein Taschentuch an die Nase. Natürlich hatte sie nicht ewig gewartet, sondern war irgendwann nach Hause gegangen. Heulend und vollkommen aufgelöst, wie Anna vermutete.

Die Beamten schauten sie nur erstaunt an.

Ihre Mutter presste die Hände vors Gesicht, ehe sie aufschrie: »Jesusmaria, du lebst!«

Ihr Vater drückte die fast bis zum Filter gerauchte Zigarette in einem halbvollen Aschenbecher aus und fragte mit gepresster Stimme: »Wo warst so lang?«

»Ich kann es erklären«, hörte Anna die Stimme von Clemens, ehe sie antworten konnte.

Einer der Beamten schob ihren Vater noch rechtzeitig zur Seite, als der sich auf Clemens stürzen wollte. Der zweite Polizist trat auf Clemens zu und verlangte seine Papiere.

Clemens zog eine braune Lederbrieftasche aus der Innentasche seines Tweedsakkos, entnahm den Führerschein und überreichte das graue Dokument. »Leider kann ich Ihnen nur meinen Führerschein zeigen, andere Ausweispapiere habe ich nicht bei mir.«

Der Uniformierte öffnete den Schein wortlos, musterte kurz das Foto und warf dann einen strengen Blick auf Clemens, bevor er ihm das Papier wieder zurückgab. »Sie sind also volljährig, wenn auch erst seit ein paar Wochen. In der Hinsicht wäre nichts zu beanstanden, aber das Fräulein Anna ist erst siebzehn, somit minderjährig und …«

»Wieso nehmen Sie eigentlich etwas Schlimmes an?«, unterbrach Clemens den Beamten. »Können Sie sich nicht vorstellen, dass wir uns nur unterhalten haben? Anna hat mir Modell für ein Porträt gesessen, und ich habe Skizzen angefertigt, die Sie sich gern anschauen dürfen. Vielleicht würden Sie mir dann glauben.«

Wutschnaubend mischte ihr Vater sich ein. »Unterhalten, soso! Über was könnt einer wie Sie sich schon unterhalten? Bienchen und Blümchen?«

Anna hörte gespannt zu, als Clemens ruhig erklärte, wie es zu der Vereinbarung für ein Porträt gekommen war und sie einfach die Zeit vergessen hatten. Er nahm alle Schuld auf sich, bat sehr höflich um Verzeihung und versicherte, dass nichts Unsittliches geschehen sei. »Ich gebe Ihnen mein Ehrenwort.«

»Ehrenwort? Da pfeif ich drauf! Sie können viel erzählen, wenn die Nacht lang ist. Aber wer könnts bezeugen? Na? *Na?* Niemand, habs mir schon gedacht. Deshalb glaub ich Ihnen kein Wort, Sie gschniegeltes Bürscherl! Ihresgleichen glaubt doch immer, was Bsonders zu sein, und die Anstandsregeln sind nur für andere gmacht.«

Anna hielt den Atem an, als ihr Vater den rechten Arm hob, als wolle er Clemens schlagen, doch er wies nur zur Tür. »Und jetzt raus, aber dalli, und lassen S' sich nie wieder blicken, sonst gibts a Anzeig wegen Verführung einer Minderjährigen!«

Clemens lächelte ihr zu und formte stumm die Worte *Bis bald,* bevor er den Salon verließ.

Anna blickte ihm mit Herzklopfen nach und registrierte nur aus dem Augenwinkel, wie die Beamten sich an ihre Mützen tippten und mit einem »Gut' Nacht« verabschiedeten.

Kaum hatten sie die Tür hinter sich zugemacht, kam ihr Vater auf sie zu und forderte zornig: »Hauch mich mal an.«

Anna ahnte, was er annahm, hob den Kopf und sagte: »Wenn du glaubst, ich bin betrunken, dann irrst du dich. Ich hab nur heißen Tee getrunken und Salzstangen gegessen.«

Er schnaufte, und zwischen seinen buschigen Augenbrauen bildete sich eine tiefe Falte, als er zu ihrer Mutter blickte und knurrte: »Wie mei Vater gsagt hat, mit *dem Kind* wirds immer Ärger gebn.« Er griff nach der Packung Zigaretten, die auf der Ablage neben einem Waschbecken lag, und zündete sich eine an.

»Versündige dich nicht, Xaver, und sage nix, wast nachher bereuen täts«, ermahnte die Mutter ihn rasch. »Lass uns lieber hinaufgehn, ist längst Schlafenszeit. Morgen ist Samstag, und die Terminkalender sind voll bis in die letzte Stund, auch ihr habts genug zu tun morgen.« Sie warf den Mädchen einen strengen Blick zu.

Anna war über die Worte ihrer Mutter zutiefst erleichtert, entkam sie doch damit der Strafpredigt. Zumindest für heute Nacht. Und morgen würde sie sich im Salon besonders anstrengen, um ihren Vater zu besänftigen.

11

WENIG SPÄTER SCHLICH Anna nach dem Zähneputzen leise in ihr Zimmer, zog sich eilig aus, schlüpfte ins Bett und löschte die kugelige Nachttischlampe.

»Ich hab gedacht, dir ist was Schlimmes passiert«, hörte sie Elsie wispern. »Bestimmt eine halbe Stunde habe ich an der Ecke auf dich gewartet. Ich hätte noch länger dort gestanden, aber irgendwann kam Vati raus und hat mich dann dort gesehen. Dann musste ich ja beichten, dass ich allein im *Big Apple* war.«

Anna knipste die Lampe wieder an. »Tut mir leid, Schwesterlein, aber es war der schönste, unglaublichste, verrückteste Abend meines ganzen Lebens …«

Elsie schaltete auch ihre Nachttischlampe an und rief entsetzt: »Habt ihr etwa …?«

»Nein, haben wir nicht, aber warum denkst du genauso wie die Eltern gleich das Schlimmste?«

»Weil …« Elsie holte Luft, als müsse sie nachdenken. »Weil Männer immer nur das Eine von uns wollen. Aber die Kinder kriegen wir, und wenn du sitzen gelassen wirst, findest du keinen Mann mehr. Wer will schon das Kind eines anderen aufziehen?«

»Wer sagt das?«

»Unser Vater.«

»Woher will er so genau darüber Bescheid wissen? Keine von uns ist doch das Kind eines anderen Mannes!« Anna musterte ihre Schwester herausfordernd.

»Natürlich nicht. Aber Vati könnte doch einen Kunden kennen, dem das passiert ist.«

»Schon möglich«, gab Anna zu. »Aber Clemens ist nicht wie andere Männer. Er hat mich zu nichts gedrängt, wir haben uns nur …«

»Was habt ihr *nur*?«

Anna zögerte, ihrer Schwester Einzelheiten zu erzählen. Es waren ja wirklich nur Küsse gewesen – wenn auch sehr heiße Küsse. Elsie davon zu berichten, war gefährlich, die Eltern mussten sie nur einmal streng anschauen, und schon verplapperte sie sich. Bereits in der Schule war sie die schlechteste Lügnerin der ganzen Klasse gewesen. Wollte die Lehrerin wissen, wer etwas angestellt hatte, brauchte sie nur Elsie nach der Übeltäterin zu fragen. Nein, sie würde ihr keine Geheimnisse anvertrauen, es war zu riskant.

»Wir haben uns nur unterhalten, wie ich schon gesagt habe, und dabei wurde mir bewusst, dass ich mein Leben nicht in einem Friseursalon verbringen will.«

Elsie hatte sich aufgesetzt, ein Kissen im Arm, und warf ihr einen irritierten Blick zu. »Wo denn dann?«

»In einem Künstleratelier, und ich will malen wie Clemens. Vom ersten Augenblick an wusste ich, das ist meine Welt. Ich möchte Malerin werden …«

»Was? Malerin! Das ist doch kein Beruf, höchstens ein Hobby! Wovon willst du denn leben?«

»Vom Verkauf meiner Bilder«, setzte Anna selbstbewusst entgegen. »Du weißt, wie gut ich zeichnen kann … ach, am liebsten wäre ich für immer bei Clemens geblieben, doch er hat mich vor den Folgen gewarnt, weil ich noch minderjährig bin. Vati hat ja auch sofort die Polizei alarmiert, obwohl ich nur ein paar Stunden überfällig war.«

Elsie presste ihr Kissen an die Brust, wie sie früher ihre Plüschtiere geknuddelt hatte, und schaute Anna vorwurfsvoll an. »Er hat sich halt Sorgen gemacht, weil ich nicht wusste, wo du bist.«

»Bei Clemens, das habe ich dir doch gesagt.«

»Die Adresse hast du aber nicht verraten, wo hätten wir also suchen sollen?«

Was für ein Glück, dachte Anna und konnte sich lebhaft vorstellen, wie die Polizei bei Clemens aufgekreuzt wäre und sie beide »abgeführt« hätte. »Ich hatte ja nicht geplant, zu spät zu kommen, es ist einfach passiert.«

»Versprich mir …«

»Na klar, alles, was du willst.«

»Du darfst diesen Clemens nie wieder sehen. Das ist kein guter Umgang für dich. Der bringt dich nur in Schwierigkeiten.«

Anna dachte gar nicht dran, solch ein albernes Versprechen einzuhalten. Elsie spielte nur mal wieder »gutes Kind«, das den Eltern alles recht machen wollte, um sich dann heimlich mit Günni zu treffen, damit es ja keine Diskussionen oder Streitereien gab. Wenn das ihr Glück war, bitte schön, ihres war es nicht. Für ihre Leidenschaft zur Malerei und ihre Liebe zu Clemens würde sie keine Auseinandersetzung scheuen.

Samstag blieb kein Stuhl unbesetzt, Kunden ohne Termin sorgten zusätzlich für Hektik, und weder Anna noch Elsie oder die Eltern konnten sich eine längere Pause gönnen, geschweige denn mal eine Minute hinsetzen. Es reichte gerade einmal für eine Tasse Kaffee im Stehen, in der Materialkammer hinter der Glasvitrine.

Normalerweise hasste Anna die Samstage, an denen sie um vierzehn Uhr ihre Beine nicht mehr spürte und ihre Hände von unzähligen Haarwäschen feuerrot waren. Doch heute schwebte sie durch den Tag, half den Damen mit einem Lächeln aus den Mänteln und verteilte sogar Komplimente, wenn sie einen exklusiven Pelzmantel in Händen hielt. Mit sanfter Stimme erkundigte sie sich, ob die Wassertemperatur und die Kopfmassage angenehm waren, die Wickler auch nicht zu fest säßen und ob es für die Zeit unter der Trockenhaube die neueste Illustrierte sein dürfe.

Die Arbeit ging ihr leicht von der Hand und machte beinahe Spaß, wie sie verwundert bemerkte.

Der Samstag war zur Hälfte vorbei, als sie Elsie in der Kammer antraf, die gierig eine Tasse Kaffee trank.

»Warum bist du eigentlich so gut gelaunt, fürchtest du dich denn gar nicht vor Vaters Zorn?« Ihre Schwester betrachtete sie so kritisch, als sei sie eine neue Friseuse, die heute ihren ersten Tag angetreten hatte. »Im Salon vor der Kundschaft wird er dir keine Strafpredigt halten, aber später garantiert, darauf kannst du Gift nehmen.«

Anna zuckte nur mit den Schultern. »Soll er doch, ist mir egal.« Sie nahm das Shampoo und die Spezialpackung mit der Aufschrift *Doktor Schuster* aus dem Regal. Frau Doktor Schuster war nur die Frau eines Arztes, aber eine von den besonders nervigen Kundinnen. Auch heute fand sie bestimmt etwas zu bemängeln; mal war das Wasser zu kalt, dann wieder zu warm, die Massage zu fest oder überhaupt lästig. Und wenn sie dann endlich unter der Trockenhaube saß, schnippte Frau Doktor unablässig mit den Fingern, weil ihr der Lesestoff nicht passte. Aber selbst das würde Anna heute nicht jucken.

Der Abend mit Clemens hatte alles verändert. Sie war zum ersten Mal verliebt, hatte ihren Goldtopf am Ende des Regenbogens gefunden. In seinen Armen hatte ihr das Schicksal einen Blick in die Zukunft gewährt. Wie sehr die Eltern auch davon träumten, dass sie und Elsie den Salon übernehmen und weiterführen würden, was sie anging, würde es niemals geschehen.

Letzte Nacht hatte sie beschlossen, nicht mehr für die Gesellenprüfung zu lernen und einfach durchzufallen. Elsie konnte den Salon sehr gern allein übernehmen. Vermutlich nicht mit Günni, der träumte von der großen Musikerkarriere, wie er damals im *Big Apple* erzählt hatte. Elsie würde sich in der Berufsschule einen netten Herrenfriseur anlachen müssen, um die Tradition der Eltern und Großeltern fortzuführen. Um nach der Hochzeit und erfolgreicher Übernahme eine Fotografie von sich und ihrem Ehemann im Salon aufzuhängen und darunterzuschreiben: *Salon Sonnlechner in sechster Generation, eine Dynastie von* Friseur*ehepaaren.*

Der Samstag verging überraschend schnell, und um fünfzehn Uhr versammelte sich die Familie in der Wohnküche auf der Eckbank und den gepolsterten Stühlen um den Tisch. Traudl Sonnlechner hatte wie jeden Samstag die traditionelle Leberkäsbrotzeit mit frischen Brezn aufgetragen, für Xaver ein Weißbier, für sie und die Mädchen Zitronenlimonade.

Schweigend nahm sich Xaver eine Brezn aus dem Brotkorb, brach sie auseinander und tunkte ein Ende in den dicken Klecks süßen Senf auf seinem Teller.

»Anna, du isst ja gar nicht. Bist leicht krank?«

Es war ihre Mutter, die sie besorgt ansah.

Anna schüttelte den Kopf. »Es ist alles in Ordnung.«

»Von wegen!«, brummte ihr Vater, griff nach seinem halbvollen Weißbierglas, leerte es mit einem Zug und knallte es dann auf den Tisch. »Nix is in Ordnung, weil unser Fräulein Tochter sich aufführt wie eine … ich sags lieber nicht. Aber sich mit wildfremden Männern rumzutreiben, damit macht sie uns zum Gespött der Leut.«

»Übertreib doch nicht so«, konterte Anna selbstbewusst und brach sich jetzt doch ein Stück von der Brezn ab. »Du hast den Clemens doch kennengelernt, er ist ein hochanständiger junger Mann, genau wie seine Familie. Er hat mich nach Hause gebracht, wie es sich gehört.«

»Hochanständige Leut, dass ich ned lach! Schnapsbrenner san die Altmanns, ich hab mich erinnert, woher ich den Namen kenn, und daran ist überhaupt nix anständig, weil Alkohol eine Geißel der Menschheit ist … immer schon … und wo Alkohol ist, da ist auch die Sittenlosigkeit nicht weit.«

Anna lachte. »Schnapsbrenner, so ein Schmarrn. Clemens' Familie besitzt eine Likörfabrik, das ist ein himmelweiter Unterschied. Und wenn du Angst vor dem Alkohol hast, was ist denn dann Bier? Ganz bestimmt nicht so harmlos wie Coca Cola.«

»Ned frech werden, Fräulein, sonst setzts was. Auf jeden Fall verbiete ich dir, diesen Schnapsbrenner-Sprössling noch amal zu treffen.«

»Du kannst mich zu nichts zwingen und mir auch nichts verbieten, wir leben nicht mehr im letzten Jahrhundert. Ich bin fast achtzehn, und außerdem ist nichts passiert. Es war alles völlig harmlos, und wenn du mir nicht glaubst, kann ich es auch nicht ändern.«

»Aber du bist noch minderjährig, ich dein Erziehungsberechtigter, und als solcher hab ich das Sagen. Wennst diesen Mann noch einmal triffst, wirst es bereun.«

Anna drückte den Rücken durch und blitzte ihn über den Tisch hinweg an. »Was willst du tun, mich einsperren?«

»Hörts doch auf mit der Streiterei«, flehte ihre Mutter mit leiser Stimme, während sie ein zweites Bier für den Vater einschenkte.

Ihr Vater nahm sofort einen großen Schluck davon und wischte sich mit dem Handrücken die Schaumreste von den Lippen, bevor er antwortete: »Schon mal was vom Heim für gfallene Mädchen ghört? Du warst mit einem älteren Mann unterwegs, niemand weiß, was da passiert ist …«

»Clemens ist lächerliche vier Jahre älter als ich.« Anna erschrak trotzdem, denn sie hatte tatsächlich von diesen Heimen gehört, und es waren keine lustigen Geschichten. Die Mädchen mussten schuften wie Sklavinnen, bekamen selten genug zu essen und wurden für jede Kleinigkeit geschlagen oder bei Wasser und Brot in ein Verlies eingesperrt.

»Sei vernünftig, Kind, du ruinierst dir doch die Zukunft«, flüsterte ihre Mutter ihr zu. »Der junge Mann ghört doch ganz anderen Kreisen an. Ihr passt doch gar nicht zamm. Solche Männer nutzen ein unschuldiges Mädchen nur aus, und wenn dann was Kleines unterwegs is, lassen sie's fallen.«

»Aufhören, sofort aufhören«, schluchzte Elsie. »Anna hat doch nichts verbrochen, und nur weil sie einmal zu spät nach Hause gekommen ist, könnt ihr sie doch nicht in so ein Heim stecken, dort ist es schlimmer als in einem Gefängnis!«

Ihr Vater zog die Stirn kraus und erklärte erneut: »Sie war bei einem älteren Mann in der Wohnung …«

»Es ist ein Atelier, und ich habe für ein Porträt Modell gesessen.«

»Meinetwegn is es ein Atelier, wir wissen trotzdem nicht, was dort passiert is. Ein anständigs Mädchen macht so was nicht, und damit Punkt.«

»Es ist nichts passiert, das war alles ganz harmlos«, versicherte Anna erneut, hob den Kopf und schaute ihren Vater so selbstbewusst an, dass er verstummte.

12

AM SELBEN SAMSTAGNACHMITTAG, während Anna die Strafpredigt ihres Vaters ertragen musste, brauste Clemens mit offenem Verdeck durch die Stadt Richtung Süden und Starnberger See.

Ein Präsent für seinen Vater hatte er nicht – was sollte er auch einem Mann schenken, der schon alles, wirklich alles besaß? Eine schöne, jüngere Frau, zwei gut geratene Kinder, eine Traumvilla mit eigenem Seezugang und eine Fabrik, die mehr Geld einbrachte, als er zu seinen Lebzeiten ausgeben konnte. Ein Mann, der rundum erfolgreich war und sogar sein Personal anständig behandelte.

Clemens schaltete die Heizung ein. Eigentlich war es zu kalt, um offen zu fahren, und die Sonne zu schwach, um seinen kahl rasierten Nacken zu wärmen. Aber die kühle Luft tat gut, und er brauchte einen klaren Kopf, um sich zu konzentrieren. Die gestrige Nacht steckte ihm noch in den Knochen, obwohl er weder betrunken noch sonst irgendwie benebelt gewesen war. Die Drohungen von Annas Vater hatten ihn vollkommen unvorbereitet getroffen. Noch nie war er grundlos verdächtigt worden. Und eine Szene wie die im Friseursalon hatte er ebenfalls noch nie erlebt, derart unkontrollierte Gefühlsausbrüche waren ihm vollkommen fremd. Seine Eltern hatten ihn niemals angeschrien und wären auch vor Fremden niemals ausfallend geworden. Anna war sichtlich verstört gewesen, und er sorgte sich um sie. Hoffentlich wurde dieser Despot Anna gegenüber nicht auch noch grob. So, wie der Mann gestern die Hand gegen ihn ausgestreckt hatte, war ihm alles zuzutrauen. Bei dem Gedanken, Anna könnte verprügelt werden, rebellierte Clemens' Magen. Gewalt war ihm zuwider, aber im Moment konnte er Anna nicht beschützen. Hoffentlich hatten sich die Wogen über Nacht geglättet, und nur seine Fantasie ging wieder mal mit ihm durch.

Nach vierzig Minuten über die Landstraße hatte er die Gemeinde Berg am Starnberger See erreicht. Nächstes Jahr sollte die im Bau befindliche Autobahn nach Garmisch fertig sein, dann würde er für die Strecke nur noch zwanzig Minuten benötigen.

Bis zum Anwesen seiner Eltern ging es noch ein paar Kilometer auf der Uferstraße direkt am See entlang. Er war seit einigen Wochen nicht mehr hier gewesen, und wie jedes Mal nach längerer Abwesenheit wurde ihm die Schönheit dieses bayerischen Sees bewusst. Daran änderte auch der tragische Tod von König Ludwig II. nichts, der hier ganz in der Nähe ertrunken war. Ein schlichtes Holzkreuz an der Unglücksstelle im See erinnerte an den rätselhaften Tod des Königs.

Der See leuchtete heute in Azur, ein Blau mit leicht grünlichem Touch, das durch den strahlend blauen Himmel zustande kam. Eine sanfte Brise kräuselte die Wasseroberfläche, blies die grau-weißen Segel der kleinen Boote auf und schob schneeweiße Wolken vor sich her.

Farben hatten ihn schon als kleiner Junge fasziniert, die schier unendlichen Nuancen von Blau. Der Himmel konnte pastellblau sein, ein wässriges Blau mit hohem Weißanteil, oder graublau, wenn sich Regen ankündigte. Er konnte auch mal in mystischem dunklem Indigoblau leuchten, als perfekter Hintergrund für Regenbogen. Aber in allen Farbabstufungen war der See eine Idylle und als Gemälde auf der Leopoldstraße garantierte er Einnahmen.

Diese Bilder waren keine große Kunst, mit der er berühmt

werden würde oder gar Museumsqualität hätte erreichen können. Doch sie brachten genug ein, um davon leben zu können, sollte sein Vater die Zuwendung tatsächlich streichen. Zudem machte es große Freude, den Menschen ein »Stück Starnberger See« in Aquarell, Acryl oder Öl zu verkaufen und im Gespräch zu erfahren, welchen Platz das Werk in ihrem Zuhause erhalten würde. Meist war es der über der Wohnzimmercouch, ins Schlafzimmer kam eher ein Akt und in die Küche ein Stillleben mit Obstschale.

Nach einigen Minuten auf der Uferstraße gelangte Clemens durch ein hohes Gittertor über die kiesbedeckte Zufahrt auf den Parkplatz neben der Villa. Hohe Rhododendren umgaben das parkähnliche Grundstück, schützten es vor direkten Blicken und hielten auch starke Winde ab. Er hupte dreimal, stellte den Motor ab und stieg aus.

»Clemens, mein Junge …«

Seine Mutter kam mit ausgestreckten Armen auf ihn zu und ließ sie noch unterwegs wieder sinken, als sie seinen neuen Haarschnitt realisierte. »Was für eine Überraschung, sehr gelungen.« Sie zupfte die Jacke ihres Chanel-Kostüms zurecht, die durch die überschwängliche Geste verrutscht war.

»Hallo, Gesine. Dann gefällt es dir?«

»Du siehst prächtig aus. Dreh dich mal.«

Gehorsam drehte er sich einmal um die eigene Achse. »Ich hoffe, Vater wird es goutieren. Ich habe nämlich nur dieses Geschenk für ihn.« Er deutete auf seinen Haarschopf.

»Daran besteht kein Zweifel. Und bitte, nenn mich vor den Gästen nicht Gesine, ich bin deine Mutter. Aber jetzt lass dich umarmen. Ich freue mich, dass du gekommen bist.« Ungestüm zog sie ihn an sich und küsste ihn herzhaft auf die Wangen. »Was hat deine Meinung bezüglich der langen Haare geändert?«

»Erzähle ich dir gern bei einem Imbiss …« Dass er wegen seiner prekären Finanzlage nicht gefrühstückt hatte, musste er nicht explizit erklären. Gesine verstand ihn auch so, wie er ihrem milden Lächeln entnahm.

»Dann lass uns zu Magda in die Küche gehen, dort sind wir relativ ungestört. In allen anderen Erdgeschossräumen wuselt die Mannschaft von *Feinkost Käfer* umher und bereitet alles für die große Feier vor.«

»Dann kommt wohl auch die Presse? Der Fünfundfünfzigste ist ja ein guter Anlass, um so ganz nebenbei ein bisschen die Werbetrommel zu rühren.«

»Sei nicht albern, es ist eine Feier im Kreise der Familie, der engsten Freunde und der wichtigsten Geschäftspartner.«

»Ich meine ja nur, wenn ihr schon den *Käfer* bestellt habt, fällt die Angelegenheit sicher etwas größer aus.« Clemens überschlug im Geiste, wie viel ein Büfett vom zweitteuersten Feinkostladen in München kostete und wie lange *er* davon sorgenfrei hätte leben können. Schätzungsweise ein ganzes Jahr.

»Dein Vater möchte nicht, dass ich mich in die Küche stelle und zu Beginn der Feier dann müde bin, er will eine ausgeruhte Frau an seiner Seite. Wie könnte ich mich gegen seine Wünsche wehren?«

»Du bist eben eine kluge Frau«, ging Clemens auf ihren Scherz ein.

Die Küche und die Wirtschaftsräume befanden sich im Souterrain der Villa und waren das Reich von Magda, Köchin und Hauswirtschafterin, seit Clemens sich erinnern konnte. Die zierliche Frau mit dem langen dunklen Zopf, der wie eine Krone auf ihrem Oberkopf festgesteckt war, gehörte zur Familie. Als kleiner Steppke hatte er beim Frühstück in der Küche auf ihrem Schoß gesessen, sie hatte ihm die Pausenbrote für die ersten Schuljahre dick mit Butter und Leberwurst bestrichen, Äpfel geviertelt und bitterlich geweint, als er nach Salem wechselte und nur noch in den Ferien nach Hause kam.

»Mein Bubele ist wieder einmal da«, begrüßte sie ihn nun mit feuchten Augen. »Hast Hunger, magst was essen? Es wär noch kalter Braten und ein frisches Bauernbrot da. Ein paar Essiggurkerln sind auch noch im Weckglas.«

Clemens lief das Wasser im Munde zusammen. Und nicht zum ersten Mal wurde ihm bewusst, wie viel einfacher sein Leben wäre und dass er ohne Existenzsorgen leben könnte, würde er den Wunsch seines Vaters erfüllen und die Nachfolge in der Likörfabrik antreten. Dann würde er nicht mehr in einem schlecht geheizten Atelier hausen und bei jedem Wetter seine Werke auf der Leopoldstraße anbieten müssen, und Geldsorgen wären kein Thema mehr. Er gestand es gern ein: Die Sorglosigkeit war verlockend. Doch dafür die Malerei aufgeben? Nichts auf der Welt konnte ihn dazu bewegen. Aber er sollte zumindest öfter nach Hause fahren.

»Danke, Magda, das klingt sehr verführerisch.« Er drückte ihr zwei Begrüßungsküsschen auf die Wangen. »Deine Haut ist glatt wie eh und je, überhaupt hast du dich kein bisschen verändert, schaust immer noch aus wie fünfundzwanzig. Eines Tages werde ich dich malen und dein schönes Antlitz verewigen.«

»Ach geh, du Süßholzraspler«, wehrte Magda lachend ab und schob ihn sanft zur Eckbank.

Clemens setzte sich. Magda servierte die appetitlich angerichtete Brotzeit und für Gesine einen italienischen Espresso statt des üblichen deutschen Kaffees.

Gesine rührte einen Löffel Zucker in das schwarze Getränk, während sie vor sich hinmurmelte: »Leider ist der Geschmack etwas anders als in Italien. Wir sollten uns eine dieser professionellen Kaffeemaschinen anschaffen.«

»Hoffentlich fliegt uns dann das Haus nicht in die Luft«, scherzte Magda, während sie für Clemens noch ein Glas Apfelsaft hinstellte.

»Sie sind doch schon mit ganz anderen Problemen fertiggeworden, liebe Magda«, entgegnete Gesine und wandte sich dann Clemens zu. »Also, was ist das für eine Geschichte mit deiner neuen Frisur?«

Clemens kaute noch am ersten Bissen und genoss den würzigen Geschmack des Bratens, bevor er von Anna erzählte: von der ersten Begegnung in der Leopoldstraße, als er fürchtete, sie nie wiederzusehen, und wie er dann dieses liebevoll verzierte Pappschild im Schaufenster des Friseursalons Sonnlechner entdeckt hatte. »Sie heißt Anna, ist wunderschön und kann mit der Haarschneideschere umgehen, wie du siehst.«

»Du bist ja Feuer und Flamme für diese *Friseuse.* Hast du dich etwa verliebt?«

So, wie Gesine das Wort Friseuse betont hatte, schien sie nicht mit der Bekanntschaft einverstanden zu sein. Kauend murmelte er etwas, das sie als Zustimmung, aber auch als Verneinung verstehen konnte.

»Ich merke schon, du weißt es selber noch nicht. Aber es freut mich, dass du dich auch ein wenig vergnügst und nicht nur auf der Straße rumstehst …«

»Bitte, Mutter, lass uns nicht wieder über dieses Thema streiten. Vater hat mir drei Jahre zugestanden, und die sind noch nicht vorüber.« Clemens schob den Teller zur Seite. Ihm war der Appetit vergangen.

Versöhnlich legte sie ihm eine Hand auf die Schulter. »Verzeih, aber ich mache mir eben Sorgen, wenn mein Sohn bei Wind und Wetter auf …« Sie stockte, nachdem er ihr einen mürrischen Blick zugeworfen hatte, und meinte, falls er sich bis zum Abend noch ausruhen wolle, sein Zimmer sei gerichtet.

Clemens bedankte sich höflich, auch für den Imbiss, und zog sich in seine »Bude« zurück, wie er den sonnigen Raum unterm Dach schon als Schüler genannt hatte. Schnaufend ließ er sich auf das vorbildlich gemachte Bett fallen. Es dauerte nur Sekunden, und er wünschte, Anna wäre bei ihm und er könnte sich mit ihr im Badezimmer einschließen. Wie ungläubig sie ihn angesehen hatte, als er von den vier Badezimmern im Hause erzählt hatte, wovon eines an sein Zimmer grenzte! Er sah sie vor sich – die weit aufgerissenen byzantinisch blauen Augen, die sogar im Halbdunkel des Ateliers geleuchtet und ihn verzaubert hatten. Als sie dann in seinen Armen lag und von ihrer Leidenschaft für die Malerei erzählte, hatte er etwas gespürt, das allgemein als Seelenverwandtschaft bezeichnet wurde. Diese tiefe innere Verbundenheit, nach der sich jeder Mensch sehnte.

Clemens erinnerte sich an Platons Sage vom Kugelmenschen – ursprünglich hatten alle Menschen vier Arme, vier Beine und einen Kopf mit zwei Gesichtern, aber zur Strafe für ein Vergehen zerteilte Zeus, der mächtigste aller olympischen Götter, die Kugelmenschen in zwei Hälfen. Seitdem sehnten sich die Menschen nach der verlorenen Hälfte. In Anna hatte er sie gefunden, seine zweite Hälfte. War sie bei ihm, fühlte er sich nicht mehr allein. Er wusste, sie würden glücklich miteinander sein, und wenn ihr Vater am Abend zuvor nicht so durchgedreht wäre, hätte er, Clemens, sie heute mit hierhergenommen und seiner Familie vorgestellt. Anna war die Frau seines Lebens, seine Mona Lisa, seine große Liebe, das spürte er überdeutlich, auch wenn sie bisher nur wenige Stunden beisammen gewesen waren. Nach gestern Abend war es sogar ungewiss, wann und wo er sie überhaupt wiedersehen würde. Einfach in den Friseursalon zu marschieren war vermutlich keine gute Idee; war der Salon geöffnet, war ihr Vater als Chef stets anwesend, und nach dem, was Anna erzählt hatte, litt er auch noch unter Kontrollzwang.

Ein Klopfen unterbrach seine Gedanken.

Clemens setzte sich auf. »Es ist offen ...«

Das rundliche Gesicht seiner zwei Jahre jüngeren Schwester Constanze erschien im Türspalt. »Hallo, Brüderchen, hab gehört, du beehrst uns.«

»So eine opulente Feier lasse ich mir doch nicht entgehen. Wie ich vernommen habe, wird nur Allerfeinstes aufgetischt. Allein deshalb lohnt sich die Anreise. Komm rein, setz dich zu mir, und erzähl, was bei dir so los ist.«

Constanze tänzelte auf ihn zu, hielt dabei den Saum ihres schwarz-weißen Minikleides fest und ließ mit einer schnellen Drehung ihr schulterlanges blondes Haar fliegen. »Heute Abend könnten wir zwei doch Beatplatten abspielen, eine kesse Sohle aufs Parkett legen und die Honoratioren schocken. Bist du dabei?« Lachend sank sie neben ihm auf die Bettkante und pustete sich die Fransen aus der Stirn.

»Revolution? Das sieht dir gar nicht ähnlich. Steckt dahinter vielleicht ein Mann?«

»Das ist doch mal wieder typisch. Nur mit Mann sind wir Frauen vollständig, allein bringen wir wohl gar nichts zustande, oder?« Provozierend gab sie ihm einen Schubs in die Hüfte. »Und bei dir? Immer noch auf der Straße?«

»Conny, bitte nicht du auch noch. Gesine hat mich schon genervt.«

»In Ordnung, kein Wort mehr über deine Passion. Aber erzähl, wie geht es dir im wilden Schwabing? Tourst du jede Nacht durch die sagenumwobenen Studentenkneipen? Dort soll der Teufel los sein, was ich so höre.«

Clemens wollte gerade von Anna und dem nächtlichen Drama im Friseursalon berichten, als Gesine auftauchte. Nach kurzem Anklopfen trat sie in den Raum – in ihrem langen orangeroten Abendkleid mit großem Dekolleté und dem Diamantschmuck an Hals und Ohren konnte sie es locker mit Grace Kelly aufnehmen. Geschminkt war sie nach der neuesten Mode mit falschen Wimpern, die ihr einen lasziven Blick verliehen, roten Lippen und gleichfarbigem Nagellack. »Euer Vater bittet euch in sein Arbeitszimmer.«

Clemens überfiel eine dunkle Ahnung. Auf einen Vortrag Marke »Komm endlich zur Vernunft« hatte er überhaupt keine Lust. »Doch nicht jetzt gleich?«

»In den nächsten Minuten, es sei wichtig, lässt er ausrichten.«

Constanze schnellte vom Bettrand hoch und wedelte mit den Armen, als tanze sie zu einem Song der von ihr verehrten *Kinks*. »Was gibt es denn so Wichtiges?«

»Tut mir leid, ich weiß es nicht.« Gesine strich sich über das dunkle Haar, das zu einer makellosen Hochfrisur gesteckt war, von der auch nicht das kleinste Härchen abstand. Sie drehte sich um, blieb aber in der Tür noch mal stehen und warf einen Blick zurück. »Wir sehen uns dann später. Und, Constanze, erscheine bitte nicht in diesem … diesem Strandkleid, sondern anständig angezogen.«

»Geht klar, ich komme in einer bodenlangen Kutte, als keusche Nonne verkleidet.«

Gesine beantwortete die ungehörige Bemerkung ihrer Tochter im Hinausgehen mit einem lässigen Winken.

Clemens und Constanze verabredeten, sich vor dem Arbeitszimmer des Vaters zu treffen, jeder wollte noch in die vorschriftsmäßigen Klamotten springen, um zumindest in dieser Hinsicht keinen Ärger zu bekommen.

In Vaters Arbeitszimmer zitiert zu werden, war für Clemens schon als Kind mit Bauchschmerzen verbunden gewesen, obwohl er niemals verprügelt, ja nicht einmal gescholten worden war. Aber sein Vater hatte sich stets mit ihm unterhalten, als wäre er schon erwachsen, was dazu führte, dass Clemens sich doppelt so klein oder unmündig gefühlt hatte.

Arnold Altmanns Arbeitszimmer lag im Ostflügel der Villa mit Blick auf die halbrunde Einfahrt, sodass er vom Schreibtisch aus alle eintreffenden Besucher sehen konnte. Er handelte nach der Maxime: Ein Familienoberhaupt sollte mit Liebe und Güte handeln und ein Unternehmer niemals die Kontrolle verlieren. Dass er die Kontrolle über seinen Sohn verloren hatte, war deshalb höchst ärgerlich, bedeutete es doch, die Firma im schlimmsten Fall an seine Tochter übergeben zu müssen. Aber eine Frau in der Alkoholbranche war seiner Ansicht nach ein Ding der Unmöglichkeit, und das galt es zu verhindern. Constanze sollte ihm Enkel schenken! Doch leider sah er bei ihr keine Fortschritte in Richtung Familiengründung. Deshalb hatte er regulierende Schritte unternommen.

Zufrieden lehnte er sich in dem dick gepolsterten Chefsessel zurück, in dem schon sein Vater gesessen hatte, und zündete sich eine *Lord Extra* an. Er war sehr gespannt, wie seine Kinder, die jeden Moment an die Tür pochen mussten, auf seinen Plan reagieren würden.

In freudiger Anspannung verfolgte er noch die Rauchwolke, die sich durch das gekippte Fenster schlängelte, als es auch schon klopfte.

Arnold Altmann erhob sich, schloss den mittleren Knopf seines Sakkos und sagte: »Herein.«

13

CLEMENS LOCKERTE SEINE Krawatte, während er vor dem Arbeitszimmer seines Vaters auf Constanze wartete. Nichts war ihm so zuwider wie diese Aufmachung. Der dunkle Anzug allein wäre noch erträglich gewesen, erst der »Strick« um den Hals machte daraus eine Kluft, die all das symbolisierte, was er ablehnte. Snobs, die sich verbissen gegen die sich verändernden Zeiten wehrten und stur an den verstaubten Werten festhielten. Die ewig Gestrigen, die den Beat als wildes Urwaldgetrommel bezeichneten, sich zum Abendessen groß umkleideten, den richtigen Wein zu wählen wussten und bei Tisch niemals über Religion und Politik sprachen. All das hatte man ihm auch in Salem beigebracht, und manches hatte sich im Umgang mit Unbekannten als nützlich erwiesen. Doch seit er die Freiheit in all ihren Facetten kennengelernt hatte, wurde ihm die Spießigkeit seiner Eltern mit jedem Besuch bewusster. Aber noch war er auf die Gunst seines Vaters angewiesen, eine Inkonsequenz, derer er sich durchaus bewusst war.

»Dann mal rein in die Höhle des brüllenden Löwen«, zischelte Constanze ihm übermütig zu, als sie in einem entzückenden rosa-weißen Cocktailkleid mit Blütenstickerei und auf halbhohen silbernen Pumps erschien.

Gemeinsam klopften sie an die schwere dunkelbraune Tür und warteten das »Herein« des Vaters ab, bevor Clemens die Klinke nach unten drückte und eintrat.

Clemens gratulierte seinem Vater mit festem Händedruck.

Constanze umarmte ihn innig; unter erwachsenen Männern waren Umarmungen verpönt.

Arnold Altmann bedankte sich mit einem knappen Nicken und einem gemurmelten »Dankeschön«, deutete auf die beiden bequemen Besuchersessel und bemerkte erst jetzt die neue Frisur seines Sohnes. Einem erstaunten Blick folgte ein zufriedenes Lächeln. »Alle Achtung, die Überraschung ist dir gelungen, deine Mutter hatte es bereits angedeutet. Darf ich daraus schließen, dass du deinen Irrtum eingesehen hast und bereit bist zu übernehmen?«

»Freut mich, dass dir mein Haarschnitt gefällt, Vater, aber ich muss dich leider enttäuschen. Die Frisur hat mit einem Mädchen zu tun. Reiner Zufall, dass dieses Ereignis mit deinem Geburtstag zusammenfällt …«

»Ein Mädchen, so, so …« Arnold schmunzelte wissend. »Als junger Mann habe ich auch die unglaublichsten Dinge angestellt … Aber lassen wir das. Warum ich euch hergebeten habe …« Er drückte die zur Hälfte gerauchte Zigarette aus.

»Ich bin sehr gespannt!«

»Unterbrich mich nicht, Constanze. Und setzt euch hin.«

»Verzeihung.«

Arnold lächelte Constanze an. »Ich wollte dich und auch dich, Clemens, um etwas bitten.«

Clemens gelang es, ein verblüfftes »Wie bitte?« hinunterzuschlucken und stattdessen höflich zu antworten: »Aber gern, schließlich hast du Geburtstag.«

Arnold Altmann sah ihn wohlwollend an. »Erinnert ihr euch an die Wiedemanns, unsere ehemaligen Nachbarn?«

Clemens nickte, Constanze schüttelte den Kopf.

»Nicht weiter tragisch, es ist sehr lange her. Frank Wiedemann war hier in der Getränkeindustrie beschäftigt, und wie das Leben so spielt, habe ich seit einiger Zeit geschäftlich mit ihm zu tun. Wie ist euer Englisch?«

»Ganz passabel, *Small Talk* klappt super. Warum?« Clemens war nach diesem abrupten Themenwechsel doppelt so gespannt auf die Pointe.

»Ich verstehe alle englischen Songtexte«, antwortete Constanze, die ihr Abitur so gerade eben geschafft hatte, aber nahezu jeden Song aus der Hitparade mitträllern konnte.

»Die Wiedemanns werden heute Abend unsere Gäste sein«, erklärte Arnold. »Die Familie ist damals mit den zwei kleinen Kindern nach Amerika ausgewandert. Der Sohn war knapp drei Jahre alt und hat über die Jahre sein Deutsch fast vergessen. Es wäre nett, wenn ihr euch ein wenig um die jungen Wiedemanns kümmert, ihr seid in etwa gleichaltrig und habt doch bestimmt ähnliche Interessen. Da müsste sich Gesprächsstoff ergeben.«

»Verstehe«, sagte Clemens wohlerzogen, verstand aber in Wahrheit nicht, was sein Vater mit dieser seltsamen Bitte bezweckte. Üblicherweise hätte er sie und die Wiedemanns samt deren Kindern einfach miteinander bekannt gemacht, das Verständigungsproblem angesprochen, und gut wär's gewesen. Es musste etwas anderes dahinterstecken, und das herauszufinden sollte nicht allzu schwierig sein.

Aber eine Nachfrage erübrigte sich, denn schon sagte sein Vater: »Meine Bitte hat natürlich einen speziellen Grund ...« Arnold trat hinter seinem Schreibtisch hervor, knöpfte die Jacke auf und lehnte sich an die Tischkante. »Wie ihr vielleicht wisst, versuche ich seit Langem, Fuß auf dem amerikanischen Markt zu fassen. Bisher ist es mir nur leidlich gelungen. Und hier kommt Frank Wiedemann ins Spiel, der ebenfalls in dieser Branche tätig ist – ich hoffe, durch ihn einen direkten Draht in die USA zu bekommen. Deshalb möchte ich, dass wir Frank und seiner Familie ›den roten Teppich ausrollen‹, wenn ihr versteht.«

»Selbstverständlich, ich werde mein schönstes Oxford-Englisch hervorkramen und charmant sein wie der Prinz von Wales«, antwortete Clemens und hoffte, dieser Gefallen würde sich auch für ihn rentieren.

»Geht klar, Papilein. Ich flirte mit dem Sohnemann, bis ihm die Augen tränen.« Constanze legte den Kopf leicht schief und lächelte süßlich. »Hab ich dann einen Wunsch frei?«

»Schon wieder ein neues Kleid?«

»Nein, ich möchte den Führerschein machen und dachte eher an einen eigenen Wagen, nur einen winzig kleinen.« Mit beiden Händen zeigte sie die Größe eines Spielzeugautos an.

Clemens wusste von Constanzes Wunsch, endlich unabhängig zu werden, allein nach München in die Discos zum Tanzen fahren zu können. Doch die Eltern hatten es bislang verhindert, sie sei mit neunzehn Jahren noch zu jung. Wie raffiniert von ihr, es jetzt zu fordern …

Entsprechend überrascht reagierte Arnold. Er nahm seine Brille ab, hielt sie gegen das Licht und setzte sie wieder auf die Nase – anscheinend war sie sauber genug. »Das klingt beinahe nach Erpressung.«

»*No,* Mister Altmann, das ist ein ganz normales Geschäft. Auch bekannt unter ›Eine Hand wäscht die andere‹«, entgegnete Constanze mit amerikanischem Akzent und nasalem Tonfall.

»Sehr clever, meine Kleine, aber darüber reden wir noch.«

Arnold löste sich von der Tischkante und knöpfte das Jackett wieder zu. »Jetzt gehen wir erst einmal feiern.«

Arnold Altmann hatte zum Cocktailempfang mit anschließendem Büfett geladen, wie es zurzeit *en vogue* war. Es wurden kleine Snacks serviert, die man mit den Fingern essen konnte. Auf einer langen Tafel standen Käseigel, Cocktailwürstchen auf Zahnstochern, hart gekochte Eier, mit einem Tomatenhut als Fliegenpilz hergerichtet, Pumpernickel mit Camembert in Würfeln geschnitten und mit Weintrauben garniert, dazu Unmengen an Salzbrezeln und riesige Schüsseln voller Kartoffelchips, die extra salzig waren. Eine Handvoll davon geknabbert, und man war so durstig, als habe man die Wüste durchquert. Er mied diese Dinger wie die Pest, beneidete aber den Erfinder dieser Chips. Wollte man seine Gäste fröhlich wissen, stellte man ihnen Chips vor die Nase, und sie tranken doppelt so viel und waren doppelt lustig. Eine derart bombastische Umsatzsteigerung war mit anderen Häppchen nur schwer zu erreichen. Normalerweise war er kein Freund von neuen Trends, aber die Zeit ließ sich nun mal nicht aufhalten, so erschien es ihm zumindest bei diesem Thema klüger mitzumachen. Wie er auch beobachtet hatte, war die Atmosphäre bei ungezwungener Selbstbedienung ungleich lockerer als bei einem förmlichen Essen.

Beim Betreten der repräsentativen Erdgeschossräume seiner Villa war er angenehm überrascht. Gerd Käfer hatte die breiten Flügeltüren der drei miteinander verbundenen Räume weit geöffnet und die entstandene Zimmerflucht im Stil eines Bauernhofs dekoriert. Seine einhundert Gäste konnten entspannt flanieren, und wer müde war, würde sich auf Strohballen niederlassen. Geschäfte wurden ja nicht nur am Schreibtisch getätigt, sondern auch *en passant* mit einem erfrischenden Cocktail in der einen und aufgespießten Würstchen in der anderen Hand. Die Würstchen wollte Arnold sich ersparen, stattdessen mit den Gästen plaudern und beobachten, wie seine Kinder sich benahmen. Mit etwas Glück erfüllte sich sein größter Geburtstagswunsch: Clemens würde dieses alberne Hobby aufgeben und sich für die Firma entscheiden, irgendwann heiraten und ihm Enkelkinder schenken. Das eilte aber nicht, sein Sohn sollte sich noch ein paar Jahre die Hörner abstoßen, umso ruhiger würde er dann als Chef der Firma und als Familienvater sein.

Zu später Stunde sollte heute auch noch getanzt werden, die

Musik dazu lieferte eine Drei-Mann-Combo, die ein gefälliges Repertoire beherrschte, wie es Gerd Käfer ausgedrückt hatte.

Clemens hatte seinen Vater durchschaut, als der über die ehemaligen Nachbarskinder sprach. Schon sie einzuladen roch doch meilenweit gegen den Wind nach einer Finte, die sich Arnold mal wieder ausgedacht hatte, um ihn endlich »zur Vernunft« zu bringen. Als er dann Julia, der achtzehnjährigen Tochter von Frank Wiedemann, die Hand schüttelte, sah er seine Vermutung bestätigt. Julia sprach nämlich sehr ordentlich deutsch, mit einem niedlichen Akzent. Sie war hübsch, hatte schulterlanges, glänzendes kastanienbraunes Haar, doch ihr fehlte das gewisse Etwas, das Anna besaß. In Julias blaugrünen Augen erkannte er kein Glitzern, keinen herausfordernden Blick und keinen Funken, der übersprang. Dennoch war sie ein bezauberndes Mädchen, das einen Mann glücklich machen würde. Wenn auch nicht ihn.

Anfangs unterhielten sie sich über den Kulturschock, den Julia nach ihrer Ankunft in Deutschland erlitten hatte – wie klein ihr in den ersten Wochen alles vorgekommen und wie erleichtert sie über die *water toilets* gewesen war. Clemens stimmte ihr höflich zu. Wassertoiletten seien tatsächlich eine segensreiche Erfindung.

Julia hatte die Ironie wohl bemerkt, lachte herzhaft und meinte: »Meine Eltern sagen mir, du bist *very nice.* Was du denken, ob sie wollen uns verkuppeln?«

Clemens schüttelte den Kopf. »Nein, das glaube ich nicht. Außerdem wissen meine Eltern, dass ich eine Freundin habe.«

»Me too«, entgegnete Julia und erzählte von Marvin, ihrem Freund, den sie in Amerika zurücklassen musste und dem sie täglich lange Briefe schrieb.

»Er ist *my big love*, wir haben uns auf dem College kennengelernt, aber …« Sie stockte und schaute sich nach unerwünschten

Lauschern um, bevor sie weitersprach. »Er ist *black*, sehr dunkel Haut, weißt du, was bedeutet das in Amerika? In Amerika wir haben noch Rassentrennung, trotzdem sie wurde letztes Jahr von Lyndon B. Johnson mit dem *Civil Rights Act* abgeschafft. Und wir haben Martin Luther King, ein Schwarzer, der hat im Dezember 1964 Friedensnobelpreis bekommen. *Bud* … würden meine Eltern niemals akzeptieren, wenn ich mit ein *black* ausgehe. Mein *Dad* hat den Job in Deutschland angenommen, damit ich soll Marvin *never ever* wiedersehen.«

Clemens ahnte, wie sehr Julia unter der Situation litt. »Das stelle ich mir grausam vor.«

»*Thanks.*« Sie zog die Nase hoch und nippte eilig an der Cola.

»Wie kann ich dich aufmuntern, vielleicht mit einem lustigen Tomaten-Fliegenpilz?«

»*Just* mit Alkohol, *but* ist nicht erlaubt.«

Clemens beugte sich zu ihr und flüsterte: »Wenn wir einen kleinen Cognac in deine Cola gießen, sieht es immer noch aus wie Cola, aber sie schmeckt *delicious.*«

Julias trauriger Blick hellte sich auf. »*Just* ein klein Schluck«, sagte sie und deutete mit Daumen und Zeigefinger an, was sie sich darunter vorstellte.

»Dann führe ich dich jetzt ein wenig im Haus herum«, sagte Clemens halblaut. »Nur für den Fall, dass wir beobachtet werden.« Unauffällig schlug er den Weg zum Büro seines Vaters ein und betrat mit Julia den Raum, in dem alle Liköre aus der eigenen Fabrik und eine Auswahl an Cognacs, Whiskeys und anderen Spirituosen vorhanden waren.

Julia blieb nach wenigen Schritten stehen, schnupperte und sagte: »*Man flavor*, oder wie heißt auf Deutsch?«

»Rasierwasser oder auch Eau de Toilette«, erklärte Clemens, öffnete den Glastürenschrank und holte eine Flasche Cognac heraus. »Hast du überhaupt schon mal Alkohol getrunken?«

»Hmmm …« Julia hielt ihm ihr halbvolles Glas entgegen, schaute ihn aber nicht an.

Clemens überlegte, ob sie die Wahrheit sagte. Er wollte nicht schuld daran sein, wenn sie Ärger bekamen. Der gestrige Abend mit Anna war ihm noch gut im Gedächtnis. Er hatte so wunderschön begonnen und so hässlich geendet. Versunken in die Erinnerung an seine Mona Lisa, zog er den Korken heraus und reagierte zu langsam, als Julia ihm die Cognacflasche aus der Hand riss und mit Schwung ihr Glas auffüllte. »So viel kannst du unmöglich trinken …«, warnte er entsetzt.

Julia lachte nur, nahm einen großen Schluck und ließ sich dann kichernd in einen der beiden Ledersessel fallen.

Clemens ärgerte sich über seine eigene Dummheit. Oder hatte er Julia unterschätzt? War sie gar kein unbedarftes Mädchen, sondern eher eine raffinierte junge Frau, trotz ihrer erst achtzehn Jahre? Mit dem kleinen Vortrag über die Rassentrennung hatte sie ihn schon verblüfft, dumm war sie keinesfalls.

»Wie heißt dein *girlfriend* und warum sie nicht hier?« Julia strich sich eine Haarsträhne hinters Ohr und schaute gespannt zu ihm auf.

»Lange Geschichte«, sagte er freundlich. Julia verstand hoffentlich, dass er keine Lust hatte, mehr darüber zu erzählen.

»Don't be sad.« Sie stand aus dem Sessel auf, kam zu ihm und küsste ihn auf die Wange. Scheinbar glaubte sie, er habe ebenfalls Liebeskummer.

»Oh, Verzeihung, ich wollte nicht stören …«

Es war Arnold, der in dem Moment sein Büro betrat.

Julia drehte sich um und grüßte freundlich: »Hi, Mister Altmann.«

Arnold nickte Clemens freundlich zu, er ging offensichtlich davon aus, dass es bereits zu Vertraulichkeiten gekommen war. »Ihr scheint euch ja sehr gut zu verstehen.«

Mist, fluchte Clemens insgeheim und wusste nicht, wie er sich aus diesem Dilemma befreien sollte. Gestand er, dass er Julia heimlich Alkohol angeboten hatte, bekam er Ärger.

»Julia wollte sich nur ein wenig ausruhen«, erklärte er.

»Ich versteh schon, und ich bin durchaus einverstanden ...« Arnold gab einen zufriedenen Grunzlaut von sich.

Alter Fuchs, dachte Clemens amüsiert, und dass diese Situation genau in den Plan seines Vaters passte. Widerspruch war im Moment zwecklos, Ausflüchte oder Erklärungen würden ihn nur bestätigen. Klüger war es, den Vater in dem Irrglauben zu lassen.

14

ANNA ZERKNÜLLTE DAS Zeichenpapier. Mist, wieder ein Blatt verschwendet, denn die Rückseite war auch schon benutzt. Wenn Mutti ihr nicht regelmäßig einen Fünfer extra zustecken würde, hätte sie jetzt anfangen müssen zu radieren, um weiterüben zu können. Es war unerwartet schwierig, gerade Striche zu ziehen, die sich zu einem Mittelpunkt vereinigen sollten, sich aber möglichst nicht überlagern durften. Als Clemens ihr diese Übung erklärt hatte, hatte sie gedacht, es sei kinderleicht, und sich gründlich getäuscht. Sehr schnell wurde daraus ein Wust aus schwarzen Strichen, und das Ergebnis sah aus, als habe eine Dreijährige herumgekritzelt. Und dann noch dieser Lärm, bei dem es fast unmöglich war, konzentriert zu arbeiten.

»Mach endlich die Musik leiser, sonst gibt's Ärger«, zischte sie Elsie zu, die sich wild zappelnd durch das gemeinsame Zimmer bewegte. Immer auf der Hut, sich nicht an irgendeinem Möbelstück blaue Flecke zu holen.

Zwischen den zwei Betten war noch Platz für je ein Nachtkästchen und sich umzudrehen gerade noch möglich. Am Fenster stand Annas Maltisch mit zwei Stühlen und neben der Tür noch der Kleiderschrank, in dem sie beide ihre Kleider und Schuhe unterbringen mussten. Wilde Tänze waren hier nicht vorgesehen.

Elsie verrenkte sich weiter, ohne zu reagieren. Vor und zurück im Wechselschritt zwischen den Betten, zum Fenster, zur Tür und wieder zurück.

»Elsie, die Musik ist zu laut!«

»Das ist *Tired of Waiting for You*, mein Lieblingslied von den göttlichen *Kinks*, das muss man laut hören, und sie singen genau das, was ich fühle. Günni hat mir den Text übersetzt …«

Anna hörte nicht mehr zu, was Elsie ihr zum bestimmt zehnten Mal erzählte; dass sie es nicht erwarten konnte, Günni wiederzusehen, genau darum ginge es auch in dem Song. Wie einfach gestrickt diese Lieder doch waren! Aber wenn sie Elsie beim Tanzen beobachtete, schienen sie tatsächlich gegen Liebeskummer zu helfen.

Sie selbst fühlte sich allerdings nicht getröstet. Hatte den Streit mit ihrem Vater noch nicht verdaut. Verstand einfach nicht, warum sich zwei Stunden zu verspäten so ein schreckliches Verbrechen war und er sie heute am Sonntag, bei traumhafter Oktobersonne, zu Hausarrest verdonnert hatte. Nach dem Frühstück hatte er sie und Elsie ins Zimmer eingesperrt und den Schlüssel zweimal umgedreht. Anna hatte sich nicht zurückhalten können und gezischt: »Du kannst mich nicht für alle Ewigkeiten einsperren. Wir leben nicht mehr im letzten Jahrhundert.« Diese herausfordernden Bemerkungen hätte sie besser unterlassen. »Nur weiter so, Fräulein, dann wirst du die ganze Woche in deinem Zimmer verbringen«, hatte er geraunt. Die Hoffnung, Clemens in der Leopoldstraße besuchen zu können, war geplatzt.

Die »göttlichen *Kinks*« verstummten, Elsie schaltete das Radio aus und ließ sich auf ihr Bett fallen. »Was würdest du machen, wenn du könntest, wie du wolltest?«

Anna musste nicht lange überlegen. »Nie wieder einen Friseursalon betreten, weder Kamm noch Bürste in die Hand nehmen und nur noch meinen eigenen Kopf waschen.« Sie legte den Bleistift zur Seite und schaute verträumt aus dem Fenster. Da draußen wartete ein anderes, ein aufregenderes Leben auf sie, das wusste sie seit dem Abend mit Clemens. In seinen Armen hatte sie sich noch deutlicher vorstellen können, was ein Künstlerleben bedeutete.

»Und was willst du stattdessen machen? Heiraten, Kinder kriegen und Hausfrau sein?«

Anna drehte sich auf dem Stuhl zu ihrer Schwester um. »Das wäre wirklich das Allerletzte. Ich will einfach nur malen, das weißt du doch.«

»Ja, das sagst du immer wieder, aber Bilder malen ist doch kein Beruf, sondern ein Hobby. Und wenn du nicht heiratest, hast du keinen Mann, der dich versorgt. Wovon willst du dann leben? Von der Malerei bestimmt nicht.« Elsie setzte sich auf, kramte in der Nachttischschublade, aus der sie Wolle und eine Häkelnadel herausholte. »Wenn ich an die Künstler in der Leopoldstraße denke – die schauen nicht gerade so aus, als würden sie satt werden. Reich sowieso nicht. Wer weiß, ob die überhaupt ihre Miete bezahlen können, und im Winter frieren sie bestimmt ganz arg. Touristen sind zu der Zeit auch keine in der Stadt, und die Künstlermeile ist wie ausgestorben. Niemand bietet dann seine Kunstwerke dort an, weil es einfach zu kalt ist.«

»Du redest dummes Zeug«, sagte Anna, obwohl Elsie mit ihrer Vermutung gar nicht so verkehrt lag. In Clemens' Atelier war es ziemlich kalt gewesen, doch in seinen Armen würde sie niemals frieren. Sie wären glücklich miteinander und würden ihre Bilder nicht nur in der Leopoldstraße verkaufen, sondern von einer Galerie vertreten werden. Aber davon verstand Elsie nichts.

Elsie kam zu ihr, setzte sich auf den zweiten Stuhl und legte die Handarbeit auf den Tisch. »Wirst du Clemens wieder treffen?« Ihre graugrünen Augen waren dunkel geworden.

»Ganz bestimmt.«

»Und wenn Vati davon erfährt?« Elsie wickelte etwas Wolle vom Knäuel, griff wieder nach der Häkelnadel und dem dünnen

Band aus Luftmaschen und schloss sie mit einer festen Masche zu einem Kreis.

Anna öffnete den neuen Zeichenblock, den sie sich von dem Extrageld bei *Schachinger* in der Theresienstraße gekauft hatte. »Demnächst werde ich achtzehn, dann bin ich schon fast erwachsen und lasse mir nichts mehr verbieten.« Zärtlich strich sie über das schneeweiße Papier.

»Demnächst! Das ist doch mal wieder typisch für dich, immer mit dem Kopf in den Wolken …« Elsie schüttelte ihren makellos geföhnten Bob, der rhythmisch wippte. »Wir haben im September Geburtstag, jetzt ist es erst Oktober, es dauert also noch elf Monate.«

Anna starrte auf Elsies flink arbeitende Hände. »Dafür bist *du* mit beiden Beinen auf der Erde, das gleicht sich aus. Und wenn es um die langweilige Realität geht, kann ich ja dich fragen.«

»Das musst du sogar, ohne mich gehst du nämlich vor die Hunde! Ich mag gar nicht nachrechnen, wie viel von deinem sauer verdienten Trinkgeld du schon für Papier verschwendet hast, das oft im Papierkorb landet.« Elsie fixierte den halbvollen Korb neben dem Tisch wie eine strenge Lehrerin. »Da liegt praktisch dein ganzes Trinkgeld drin, ich könnte weinen, wenn ich das sehe.«

Anna setzte einen Punkt auf das obere Drittel des Blatts. »Schau halt nicht hin, niemand zwingt dich nachzurechnen.«

»Doch, die Sorge um dich und dein vollkommen irres Verhältnis zum echten Leben zwingt mich dazu.« Elsie ließ die Häkelarbeit sinken und seufzte aus tiefster Brust.

»Ach, Elsie, ›echtes Leben‹ ist doch sooo langweilig! Ich will Abenteuer, was Neues ausprobieren, und wenn ich dafür hungern und frieren muss, denke ich an den Sommer, und schon ist mir warm.«

Elsie tippte sich mit dem Zeigefinger an die Stirn. »Du hast echt ne Meise! Wenn du so verrückte Sachen sagst, fallen mir die doofen Mädchen ein, die in der Schule immer behauptet haben, wir wären keine Geschwister.«

»Meine Güte, Elsie, das ist zehn Jahre her, vergiss die dummen Hühner endlich.« Anna schob das Blatt etwas von sich weg und betrachtete die unterschiedlich langen Linien, die sie während der Unterhaltung gezogen hatte. Sah gar nicht so übel aus, langsam hatte sie den Trick raus. Übung machte den Meister, wie Clemens gesagt hatte. Ihre Augen wurden feucht, als ihr bewusst wurde, dass sie ihn so bald nicht wiedersehen würde.

»Wie könnte ich das jemals vergessen? Die waren so gemein zu uns.« Elsie schniefte und rieb dann heftig am rot lackierten Daumennagel. »Und die schreckliche Geschichte von den Hausierern kann ich auch nicht vergessen.«

»Das war doch nur Spaß – welche Unmenschen würden ein Kind verkaufen?«

Leises Klopfen ließ die Schwestern aufhorchen. Ein Schlüssel drehte sich im Schloss, die Tür ging auf, und ihre Mutter trat ins Zimmer. »Gleich gibt's Mittagessen.« Sie strich über die Schürze ihres moosgrünen Sonntagsdirndls, das sie nur zum Kirchgang trug.

Anna blickte zornig von ihrer Zeichnung auf. »Es ist uns tatsächlich erlaubt, die Gefängniszelle zu verlassen?«

Die Mutter trat an den Tisch und streichelte sanft über Annas Haar. »Kleiner Wildfang. Dein Vater meints doch nur gut mit dir. Er macht sich halt Sorgen, wennst wegen einer depperten Männergeschicht ins Grede kommst. Und am End bringst auch den Salon in Verruf. Des musst verstehen …«

»Nie im Leben werde ich verstehen, warum ein bisschen Verspätung ein Verbrechen sein soll. Aber ich bin eben dumm.«

»Du bist ned dumm, des is ja des Problem. Aber lass uns ned streiten … ich hab eine Überraschung für euch.«

»Was denn, was denn?« Elsies graugrüne Augen leuchteten auf.

»Ein alter Schulfreund von Xaver hat uns am Nachmittag zu Kaffee und Kuchen eingladn.«

Anna fragte sich, warum sie das interessieren sollte, kam aber nicht dahinter.

Elsie klatschte in die Hände. »Und wir dürfen mit?«

»Leider ned.« Ihre Mutter langte in die unter der Schürze versteckte Rocktasche, zog einen Schlüssel heraus und legte ihn auf den Tisch. »Nachm Mittagessen wird er euch bestimmt wieder einsperrn, auch wenns vollkommen übertriebn is, er is halt noch stinksauer auf euch. Des is ein Zweitschlüssel fürs Zimmer. Vor fünf sind mia bestimmt ned zurück …«

Anna sprang vom Stuhl auf und umarmte ihre Mutter.

»Aber ihr müssts mir hoch und heilig versprechen, dass ihr lange vorher wieder zu Haus seids …«

Anna legte die Hand auf die Herzseite. »Versprochen, hoch und heilig, ich schwöre auf meine Buntstifte, Wasserfarben und aufs Zeichenpapier.«

»Ist schon recht, Anna, Hauptsach, du hältst dich an dein Versprechen. Und ihr dürft nicht in die Leopoldstraße, verstanden!«

Anna dachte gar nicht daran, solchen Unsinn zu versprechen.

»Anna, hast gehört?«

»Ja!« Anna war es egal, wenn die Mutter nun glaubte, sie habe es mit dem »Ja« versprochen.

»Ihr müsst zammbleiben und einen großen Bogen um die Leopoldstraße machen … Elsie … du achtest auf die Uhrzeit, verstanden?«

»Ja, Mutti, du kannst dich auf mich verlassen.«

»Gut, dann waschts euch die Händ und kommts ins Wohnzimmer. Es gibt Rouladen, Blaukraut und Semmelknödel, die magst du doch so gern, Anna.«

Anna nickte. Wie konnte sie jetzt an so etwas Unwichtiges wie ein Sonntagsessen denken? Sie überlegte bereits, wie sie Elsie austricksen konnte.

Nach dem »Guten Appetit« verlief die Mahlzeit schweigsam. Anna saß mit gesenktem Kopf am Tisch, um sich nur ja nicht durch ein vorfreudiges Grinsen zu verraten. Auf die leckeren Rouladen hatte sie gar keinen rechten Appetit, denn durch ihren Körper sprudelte das Glück. Selbstverständlich würde sie zur Künstlermeile gehen, sie musste nur Elsie irgendwie loswerden, die später, unter dem prüfenden Blick der Eltern, sofort verraten würde, wo sie gewesen waren.

»Anna, stocher nicht im Essen rum. Deine Mutter hat sich viel Müh mit dem Kochen gebn. Im Krieg wärn wir froh und dankbar über ein vollen Teller gwesn.«

Die vorwurfsvoll mahnende Stimme ihres Vaters riss Anna aus der Vorfreude. Eilig schob sie ein Stück Knödel in den Mund und versicherte kauend: »Es schmeckt sehr gut.« Sie überlegte, was sie noch Versöhnliches sagen könnte, außer sich zum hundertsten Mal zu entschuldigen, was sie gestern schon getan hatte. »Soll ich morgen alle Bürsten, Kämme und Lockenwickler gründlich reinigen?«

Ein knappes Nicken war die Antwort, kein versöhnliches Wort, kein Einlenken, auf das Anna so sehr gehofft hatte. Aber sie hatten den Zimmerschlüssel, und nur das zählte.

Auch Elsie lobte die Kochkünste ihrer Mutter und versprach, zusammen mit Anna den Abwasch zu erledigen. Damit war die Unterhaltung vorüber; es herrschte immer noch dicke Luft. Das Mittagessen war beendet, als ihr Vater sich eine Zigarette anzündete.

Nachdem die Küche blitzblank war, sperrte er sie tatsächlich wieder ins Zimmer ein. Als Anna nach einer gefühlten Ewigkeit endlich die Wohnungstür zufallen hörte, fragte sie Elsie, was sie unternehmen wollten.

»Weiß nicht.« Elsie saß auf dem Bett, hatte den angefangenen Topflappen wieder zur Hand genommen und blätterte nebenbei in der neuen *BRAVO*.

»Du könntest Günni anrufen.«

»Ich bin doch nächsten Samstag mit ihm *verabredet.*« Anna überlegte, wie sie Elsie umstimmen konnte. »Wie war das mit dem Song der *Kinks*, ›müde, zu warten‹, oder? Würdest du ihn nicht gern schon heute treffen?«

»Ja, schon ... aber wenn ich ihn anrufe, dann wäre das wie Nachlaufen, das macht kein Mädchen.«

»Sei doch nicht so spießig. Günni findet es bestimmt toll, wenn er merkt, dass du in ihn verknallt bist.«

»In der *BRAVO* steht, dass es Jungs nicht mögen, wenn ein Mädchen leicht zu haben ist. Aber ich weiß, warum du fragst, du willst mich loswerden, stimmt's?«

»Natürlich nicht! Es war nur so eine Idee ...«

»Du schwindelst, ich merke es genau. Du willst Clemens treffen. Aber wir haben versprochen, die verbotene Straße zu meiden.«

»Verbotene Straße, wie sich das anhört! Als wären wir Bordsteinschwalben, die für Geld ...«

Elsie hielt sich die Ohren zu. »Sag doch nicht so schreckliche Sachen.«

»Meine kleine Spießerin ...«

»Du bist gemein.«

»Tut mir leid, du bist nicht spießig, nur besonders anständig. Aber was wollen wir denn jetzt machen? Doch nicht den ganzen Nachmittag im Zimmer hocken. Die Sonne scheint, und wir sollten an die Luft gehen. Vielleicht in den Englischen Garten spazieren, das ist eine sehr anständige Beschäftigung.«

»Na gut, meinetwegen … aber nicht durch die … Du-weißt-schon-Straße!«

»Hab's kapiert, aber wie kommen wir dann in den Park?«

»Wenn wir vor dem Siegestor über die Ludwigstraße und an der Uni vorbeilaufen, sind wir nicht in Gefahr«, erklärte Elsie wie eine Fremdenführerin.

»In Ordnung, du bestimmst«, lenkte Anna diplomatisch ein. Insgeheim hoffte sie auf ein schicksalhaftes Hindernis, etwas in der Art eines Erdbebens, das ihnen keine Wahl ließ, als sich doch auf verbotene Wege zu begeben.

Aber zunächst musste sie sich noch ein wenig gedulden, denn Elsie wollte sich erst zurechtmachen.

»Übertreibst du nicht ein bisschen? Wir gehen schließlich nicht in die Oper«, sagte Anna, während sie Elsie zusah, wie sie zuerst die Wimpern tuschte und anschließend Lippenstift auftrug.

Elsie presste ihre frisch bemalten Lippen in ein Papiertaschentuch und legte eine weitere Schicht Farbe darüber. »Gutes Aussehen schadet nie.«

»Stimmt, aber was du mit dem Lippenstift machst, erscheint mir irgendwie unlogisch.«

»Hast du nicht aufgepasst im kosmetischen Unterricht? Er hält besser, wenn von der unteren Schicht nur die Farbpigmente auf den Lippen bleiben, ich tupfe also nur das Fett ab.«

»Aha …« Anna hatte tatsächlich nicht aufgepasst. Eigentlich achtete sie in der Berufsschule in den theoretischen Fächern höchst selten auf das, was erzählt wurde. Wozu auch? Der Stoff interessierte sie nicht, das Fach Make-up gleich zweimal nicht, ihr Leben würde sich weder um Lockenwickler noch um Lippenstifte oder Lidstriche drehen.

Endlich schien Elsie zufrieden, der Lidstrich hatte den perfekten Schwung, die Wimpern waren getuscht und die Lippen glänzten perlmuttrosa. Noch in das Lieblingsminikleid steigen, dazu die für den Park geeigneten flachen Absatzschuhe mit dem Fesselriemchen anziehen, eine Strickjacke über den Arm – und schon war sie ausgehfertig.

Anna musste sich nicht umziehen. Die Jeans waren bequem und der weite dunkelrote Pulli ebenso. Sie schlüpfte nur in schwarze Ballerinas, schüttelte einmal ihr Haar und war bereit.

An diesem sonnig warmen Oktobertag war die Welt im Englischen Garten voller herbstlich bunter Blätter, Kinder, die nach Kastanien suchten, und Hunde, die nach Enten jagten. Auf dem Kleinhesseloher See tummelten sich Ruderboote auf dem spiegelglatten Wasser. Decken und Handtücher waren auf den Grünflächen ausgebreitet worden, die Leute hofften wohl, sich ein letztes Mal in diesem Jahr sonnen zu können.

Anna zermarterte sich das Gehirn, wie sie Elsie auf den belebten Boulevard hinter dem Siegestor locken konnte. Frische Luft und das Treiben im Park zu beobachten war ja ganz nett und auch weitaus angenehmer, als im Zimmer eingesperrt zu sein, aber dieser Park war dennoch nicht der Ort, an dem sie sein wollte. Ihr Sehnsuchtsort war asphaltiert, gesäumt von hohen Pappeln und italienischen Eiscafés. Plötzlich wusste sie, womit sie Elsie überreden konnte. »Welche Sorte ist im Moment dein Lieblingseis?«

»Ähm … wie kommst du denn jetzt auf Eis?«

»Na ja, weil das heute der letzte warme Tag sein könnte, an dem wir ein Eis essen sollten. Bald wird es kalt, die italienischen Eiscafés schließen, und wir müssen bis zum nächsten Frühling warten. Wir sollten uns eine letzte Kugel Eis gönnen, und das Beste gibt's im *Venezia.*«

»Ich mag Schokolade, aber der Italiener ist leider in der verbotenen Straße!« Elsie runzelte die Stirn. »Und ich habe Mutti versprochen …«

»Wenn du ihr nichts sagst – ich kann schweigen. Und das *Venezia* liegt doch gegenüber dem ›verbotenen‹ Teil …«

»Gibt dir keine Mühe, Anna, ich durchschaue dich. Außerdem haben wir kein Geld dabei.«

Anna blieb stehen. »Warte …« Sie bückte sich und zog den rechten Schuh aus.

»Hast du einen Stein im Schuh?«

»Nein, eine Mark und fünfzig Pfennige. Dafür kriegen wir zwei Waffeln mit je einer Kugel Eis.«

»Hast du das schon zu Hause geplant und deshalb Geld mitgenommen?«

»Wieso denkst du dauernd so negativ? Ich habe immer Geld dabei, und wenn ich plötzlich Lust auf was Süßes verspüre, kann ich mir was kaufen.«

»Du hast echt ne Meise.«

»Kann schon sein, aber auch Geld für ein Eis«, triumphierte Anna, packte Elsie am Ärmel und zog sie mit sich. »Los, Beeilung … ich lechze nach Vanilleeis.«

15

NACHDEM ANNA UND Elsie den Englischen Garten verlassen hatten, gelangten sie über die Martiusstraße zur Ecke Franz-Josef-Straße und mieden auf diesem Weg die Künstlermeile. Anna liebte den »Almabtrieb«, wie die Münchner es nannten, wenn die halbe Stadt mit sämtlichen Dackeln und Pudeln unterwegs war und freie Tische in den Straßencafés sofort wieder besetzt wurden. Auf der nach Westen gelegenen Seite der Leopoldstraße war die Sonne um drei Uhr am Nachmittag noch warm genug, um einen Eisbecher, einen Eiskaffee oder ein Bananensplit an der frischen Luft zu genießen. Wer keinen Platz ergattern oder sich den kostspieligen Eisbecher am Tisch nicht leisten konnte, wie Anna und Elsie, begnügte sich mit einem Eis im Waffelhörnchen.

An der Straßenkreuzung versuchte Anna sich möglichst unauffällig nach links zu wenden, wo die Künstler ausstellten.

»Zum *Venezia* geht's nach rechts.« Elsie zog Anna am Ärmel.

Anna fügte sich, im Moment hatte sie keine Wahl. »Das war keine Absicht, ging irgendwie ganz automatisch.«

Auf dem Weg zum *Venezia* lag auch das *Picknick*, eine Bretterbude mit Straßenverkauf für Bier, belegte Brötchen, Suppen und Zigaretten.

Ein strubbelhaariger junger Mann in einer offenbar lange nicht gewaschenen Armeejacke stellte sich Anna in den Weg und hob die Hand mit gespreiztem Zeige- und Mittelfinger. »*Peace*, haste mal zehn Pfennige für mich?«

»Tut mir leid, heute bin ich selber knapp bei Kasse.« Anna gab gern von ihrem Trinkgeld ab, sie bewunderte diese jungen Leute, von den ach so anständigen Mitmenschen abfällig *Gammler* genannt, für ihren Mut. Einfach alles hinzuwerfen, auszusteigen aus dem Alltagstrott, war bestimmt ein aufregendes Abenteuer.

Das *Picknick* war zu einem Treffpunkt für diese Aussteiger geworden, die nicht wie »Spießer« leben, erst recht keiner Arbeit nachgehen wollten und ihre gesamte Habe in einer Stofftasche mit sich trugen. Wer konnte, übernachtete bei Freunden, die anderen schliefen weniger bequem in Hauseingängen oder im Englischen Garten oben auf dem Hügel am Monopteros. Von Mai bis Oktober schnorrten sie Spaziergänger um eine Zigarette oder etwas Kleingeld für eine Linsensuppe an, im Winter zogen sie nach Süden wie die Vögel.

»Bleib bloß nicht stehen, die haben alle Läuse und andere ekelige Krankheiten«, zischte Elsie ihr zu, hakte sich bei ihr ein und zog sie weiter.

Anna lachte laut auf. »Das wäre doch mal ein schöner Skandal, Läuse im Friseursalon.«

»Du bist unmöglich.«

Lachend schlenderten sie weiter zu dem italienischen Eiscafé, wo Eis in der Waffel durch ein Fenster verkauf wurde, und sie sich in eine lange Schlange einreihen mussten.

»Hast du eigentlich keine Angst, dass du von Clemens nur ausgenutzt wirst?«, fragte Elsie plötzlich, während sie in Minischritten vorwärtskamen.

»Was ist das denn für eine blöde Frage?« Anna hatte leise geantwortet, damit niemand ihre Unterhaltung mitbekam.

»Weil reiche Männer niemals ein Mädchen aus einer anderen Schicht zur Frau nehmen würden. Auch wenn wir nicht direkt arm sind, gehören wir nun mal zur Arbeiterschicht«, entgegnete Elsie flüsternd.

Sie waren an der Reihe, Anna kaufte das versprochene Eis, und mit den Hörnchen in den Händen spazierten sie auf der Sonnenseite den Boulevard entlang in die entgegengesetzte Richtung, die Anna eigentlich anstrebte.

»Mal abgesehen davon, dass ich keinen Mann zum Heiraten suche«, griff Anna das Thema wieder auf, »woher hast du diese Weisheit? Aus der *BRAVO*?«

»Nein, das ist doch allgemein bekannt. Männer wie Clemens halten sich eine Geliebte ›unter ihrem Stand‹, die Ehefrau kommt aus ihren Kreisen. Auch wenn du nicht heiraten willst, irgendwann hat er dich satt, lässt dich sitzen, und wenn du Pech hast, mit einem Kind. Wovor Mutti uns immer warnt. Ein uneheliches Kind ist schlimmer als eine biblische Plage. Und wenn dir das passiert, ehe du volljährig bist, kommst du vielleicht in ein Erziehungsheim, und das Kind wird weggegeben.«

»Ach Elsie, nur weil dein Traum aus Friseursalon, Ehemann und Kindern besteht, muss das noch lange nicht ...« Anna brach ab. Wenige Meter entfernt hatte sie das »Erdbeben« entdeckt, auf das sie gehofft hatte: Günni mit einem Mädchen. Elsie durfte ihn auf gar keinen Fall sehen. »Warte mal ...« Sie hielt Elsie an der Schulter fest. »Können wir nicht doch rüber zu den Künstlern gehen?«

»Nein, wir haben es Mutti versprochen.«

»Bitte, Elsie, nur ganz kurz, du kannst auch mein Trinkgeld vom nächsten Samstag haben«, bettelte Anna.

Elsie hörte auf, an ihrem Eis zu schlecken, und musterte Anna mit zweifelndem Blick. »Dein ganzes Trinkgeld?«

Anna nickte. Elsie schien weich zu werden, sparte sie doch seit ihrem sechzehnten Geburtstag auf den Führerschein. »Alles. Jeden Pfennig. Versprochen. Und du weißt, Samstag ist der beste Tag der Woche. Ich würde mir auch besonders viel Mühe geben, damit ordentlich was zusammenkommt.«

Elsie schaute nach links und dann nach rechts, als verhandelten sie etwas Illegales, riss plötzlich die Augen auf, drehte sich ohne Vorwarnung um und rannte los, als habe jemand einen Startschuss abgefeuert.

Anna folgte ihr und hatte sie nach wenigen Metern eingeholt. »Was ist denn jetzt passiert?«

Elsie stand keuchend da. »Ich … ich hab Günni gesehen … mit einem anderen Mädchen …«

Anna zog ihre Schwester an sich und drückte sie fest. »Es muss nichts bedeuten, vielleicht war das nur eine gute Bekannte oder Cousine, und sie wollten gemeinsam ein Eis essen, genau wie wir beide.«

»Meinst du?«

»Möglich ist alles. Sollen wir zurückgehen und Günni einfach fragen?« Anna war bereit, es für Elsie zu tun.

Aber ihre Schwester schüttelte bereits den Kopf. »Nein, ich habe es nicht nötig, die Eifersüchtige zu spielen, das ist würdelos. Ich werde ihn beim nächsten Treffen vorsichtig aushorchen.«

»Na gut, dann sage ich Clemens nur kurz Hallo, und anschließend laufen wir sofort nach Hause, damit wir keinen Ärger mit den Eltern kriegen.«

Anna bedauerte es kein bisschen, Elsie ihr Trinkgeld versprochen zu haben. Selbst für ein kurzes Wiedersehen mit Clemens war es ein kleines Opfer. Vor Freude fühlte sie sich ein wenig zitterig.

Doch die Vorfreude wich tiefer Enttäuschung, als sie nur Clemens' Kumpel Jacob antrafen, der zwischen den hohen Pappeln seinen Stand aufgeschlagen hatte. »Clemens ist bei seinen Eltern am Starnberger See, sein Vater hatte doch gestern Geburtstag, und da gab's eine mordsmäßige Feier. Ich nehme an, er muss sich noch erholen.«

Tapfer lächelnd schluckte Anna ihre Enttäuschung hinunter,

um keinesfalls wie ein kleines trauriges Mädchen auszusehen. In der Beziehung war sie Elsie sehr ähnlich. »Ja, ich weiß, er hat mir davon erzählt, ich dachte, er ist vielleicht schon wieder zurück.«

»Hm …« Jacob strich sich über sein bärtiges Kinn, als könne er ihr nicht recht glauben. »Soll ich was ausrichten?«

»Schönen Gruß von Anna.«

»Wird erledigt, Anna.« Jacob nickte ihr freundlich zu. Etwas übertrieben, wie sie fand, vielleicht hatte er Mitleid mit einem Mädchen, das einem Mann nachlief.

»Also dann …« Anna kämpfte gegen den Drang, ihre Frustration laut hinauszuschreien, jeder in der Nähe hätte sie für verrückt erklärt.

Den Rest des Heimwegs legten die Schwestern schweigend zurück. Kurz vor fünf Uhr steckte Anna den Zimmerschlüssel ins Türschloss und sperrte laut lachend von innen ab. Diese idiotische Aktion war zu komisch, dagegen aufzubegehren wagte sie dennoch nicht, zu groß war die Gefahr, noch länger eingesperrt zu werden.

Elsie schlüpfte aus ihrem Minikleid und hängte es ordentlich auf einem Kleiderbügel an die Schranktür, um es auslüften zu lassen. Dann zog sie den hässlichen knielangen Rock an, den sie auch zum Mittagessen angehabt hatte. Ihr Vater durfte ja nicht merken, dass sie sich umgezogen hatte. Abschminken würde sie sich nicht – sollte er ihr Make-up überhaupt registrieren, würde sie behaupten, nur den Lidstrich geübt zu haben, der vielleicht in der Berufsschule geprüft wurde. Das würde ihm sogar gefallen.

»Du solltest dich auch umziehen«, sagte sie zu Anna, die sich sofort an ihren Maltisch gesetzt hatte und schon auf einem Blatt Papier herumkritzelte.

»Warum das denn?« Anna hob nicht einmal den Kopf.

»Weil Vati fragen könnte, wieso du plötzlich andere Sachen

anhast, wo wir das Zimmer schließlich nicht verlassen haben und es keinen Grund gab, sich etwas anderes anzuziehen.«

Anna schaute sie mit großen Augen an. »Ich hatte mich doch gar nicht umgezogen, nur die Schuhe, aber darauf achtet er doch nie.«

»Nicht umgezogen, na dann …« Elsie hatte automatisch angenommen, Anna hätte sich für Clemens schön gemacht, obwohl es eigentlich egal war, alle ihre Sachen sahen gleich aus. Immer Hosen oder Jeans und irgendein Oberteil. Nur im Salon trug sie Röcke und hübsche Blusen, weil die Eltern es verlangten.

»Was sollte dieses ›*Na dann*‹?«

Elsie zuckte mit den Schultern; offensichtlich kümmerte sich Anna nicht um die Regeln der Gesellschaft. Oder hatte sie am Ende keine Ahnung? »Bestimmt lebt Clemens' Familie am Starnberger See in einer richtigen Bonzenvilla, mit eigenem Strand, Personal und dem ganzen Pipapo. Da geht es vornehm zu, die essen von Tellern mit Goldrand, mit goldenem Besteck und ziehen sich mindestens dreimal täglich um. Würde er dich zu seinen Eltern mitnehmen wollen, hättest du gar keine passenden Sachen! Allein daran kannst du sehen, dass ihr kein Traumpaar seid. Er wird dich ausnutzen, garantiert. Bitte, Anna, du darfst ihn nicht mehr treffen, wenn doch, wird es ein böses Ende nehmen.«

»Und du solltest aufhören, diese *BRAVO* zu lesen, da stehen nur Schauergeschichten drin. Aber wenigstens hast du seine Eltern nicht Schnapsbrenner genannt, wie Vati. Trotzdem bist du auf dem Holzweg, Clemens stammt zwar aus einem wohlhabenden Elternhaus, aber dafür kann er ja nichts. Er ist auch kein reicher Schnösel, sondern lebt ganz bescheiden …«

»Bescheiden!« Lachend ließ Elsie sich auf ihr Bett fallen. »In einer eigenen Wohnung! Mit gerade mal einundzwanzig. So viel Armut könnte ich auch gut ertragen. *Wir* müssen uns zu zweit in dieses winzige Kämmerchen quetschen, *das* nenne ich bescheiden.« Theatralisch breitete sie die Arme aus.

Anna starrte sie fassungslos an. »Das klingt, als wäre es schrecklich, mit mir zusammenzuwohnen. Ja, das Zimmer ist klein, und mein Maltisch nimmt auch noch Platz weg, aber bis jetzt sind wir doch immer gut miteinander ausgekommen.«

»Wirklich?« Elsie erinnerte sich noch überdeutlich an diesen einen Nachmittag, nach dem sie eine ganze Nacht lang geweint hatte, und fühlte auch jetzt noch einen Stich in der Herzgegend, wenn sie daran dachte.

Anna antwortete lange nicht, drehte sich schließlich zu ihr um und platzte heraus: »Die Puppe! Du bist immer noch sauer auf mich, weil wir mit dieser empfindlichen Käthe-Kruse-Puppe Unfall gespielt haben …«

Elsie nickte fast unmerklich. Sie sah ihr armes Puppenkind Susie vor sich, die aus dem Kinderzimmerfenster im zweiten Stock »gefallen« war und zerschmettert auf dem Gehsteig gelegen hatte. Es war eines dieser verrückten Spiele gewesen, die Anna sich oft ausgedacht und dem sie in naiver Erwartung eines lustigen Spiels begeistert zugestimmt hatte. Dass Susie den Sturz aus so großer Höhe nicht heil überstehen würde, hatte sie mit fünf Jahren nicht absehen können. Aber Anna wollte einfach nie mit Puppen spielen, das sei doch sterbenslangweilig, sondern lieber auf Bäumen oder in Ruinen herumklettern. Und wenn sie wegen des Wetters zu Hause bleiben mussten, erfand Anna eben waghalsige Spiele, die regelmäßig mit Tränen und manchmal auch mit kleinen Verletzungen endeten.

»Es war doch lustig.« Anna grinste sie an, als könne sie sich nach so vielen Jahren immer noch darüber amüsieren.

Elsie wedelte mit der Hand, sie hatte keine Lust, darüber zu reden. »Längst vergessen, wie eine Dauerwelle von vor zehn Jahren. Aber ich bin nicht sauer wegen der Puppe, sondern rege mich wegen deiner völlig falschen Vorstellung auf. Du willst einfach nicht einsehen, dass Clemens und du nicht zusammenpassen.«

Anna stand von ihrem Stuhl auf und kam zu ihr ans Bett. »Rutsch mal«, sagte sie und setzte sich neben sie. »Und *du* willst einfach nicht verstehen, dass ich die Welt mit anderen Augen betrachte. *Wir* zwei sind eben grundverschieden. Wie Himmel und Erde, wie Tag und Nacht, wie Licht und Schatten, wie Lachen und Weinen, wie Glück und Leid – und trotzdem geht das eine nicht ohne das andere, sie gehören zusammen.«

»Wieso Glück und Leid? Immer sagst du solche komischen Sachen, die ich nicht verstehe und bei denen ich denken muss, dass wir gar keine Geschwister sind.« Elsie kratzte an ihrem Nagellack, um sich nicht anmerken zu lassen, wie traurig sie war und kurz davor zu heulen. Aber in dem Moment kämen garantiert die Eltern, würden wissen wollen, was los sei, und sie als miserable Lügnerin würde ihnen verraten, dass sie doch in der verbotenen Straße gewesen waren.

»Ist doch ganz einfach, Elsie, wenn du nie unglücklich warst, wirst du auch nicht merken, wann du glücklich bist. Denk nur an Günni, eben warst du doch ziemlich unglücklich. Aber nur, weil du bei ihm schon mal Glück empfunden hast, oder nicht?«

Elsie schluckte die Tränen hinunter, die jetzt mit aller Macht ihre Augen füllten. Ehe sie antworten konnte, wurde sie vom Geräusch eines Schlüssels unterbrochen, der sich im Schloss drehte. Gleich darauf trat ihre Mutter ins Zimmer und blieb am Fußende ihres Bettes stehen.

»Na, warst auch schön brav?«, begann sie, verstummte aber gleich wieder und musterte sie mit diesem durchdringenden Blick, dem nichts entging. »Hast gweint, Elsie?« Sie strich die Schürze ihres Dirndls glatt, wie sie es oft tat, weil ihre Hände einfach nicht untätig sein konnten.

Elsie versuchte ein schüchternes Lächeln. »Ähm … nein …«

»Lüg ned, ich sehs doch an deine rotn Augen. Was is los? Habts gstritten? Anna, was hast angestellt?«

Anna schnellte von der Bettkante hoch, stemmte die Fäuste in die Hüften und schnappte nach Luft. »Das ist doch die Höhe! Warum bin ich immer die Böse? Elsie ist ja sooo ein Herzlilein, die macht natürlich nie was falsch!«

»Anna, was schreist denn?« Ihr Vater stand im Türrahmen.

Anna antwortete nicht, sondern ging um die Mutter herum an ihren Maltisch.

»Sogar wenn ich euch einsperr …«

Anna drehte sich zu ihrem Vater um und blitzte ihn zornig an. »Genau das ist ja das Problem, zu zweit in so einer winzigen Kammer, da geht man sich halt schnell auf die Nerven.«

»Andere Mädchen wärn froh, wenns so ein schönes Zuhause hättn«, seufzte ihr Vater.

»Lass gut sein, Xaver, ehest was sagst, was dir hernach leidtut. Den ganzn Sonntag in der Stubn hocken zu müssn, ist halt kein Spaß nicht.«

»Ja, ja, halte du nur zu ihr …«

Ihre Mutter schob den Vater sanft aus dem Raum und sagte im Hinausgehen: »In ner Stunde gibt's Abendbrot.«

»Was war das denn?«, wandte Anna sich an Elsie.

»Keine Ahnung, was du meinst«, entgegnete sie.

»Dass es ihm leidtun oder er etwas bereuen würde, hat Mutti vorgestern schon gesagt. Ist doch sehr eigenartig.«

Elsie zuckte mit den Schultern. »Mutti will halt nicht, dass er uns beschimpft.«

Dezember 1965

Zielstrebig eilte sie durch den feuchtkalten Nebel. Achtete weder auf entgegenkommende Passanten, noch schaute sie nach links oder rechts und hatte auch keinen Blick übrig für die weihnachtlich glitzernden Schaufenster der kleinen Geschäfte. Die liebevoll mit künstlichen Bäumchen und Watte arrangierten Winterlandschaften, die Puppenkinder und Teddybären in den Spielzeugläden oder die aufgestellten Krippen konnten ihren Kummer nicht dämpfen. Erst wenige Schritte vor dem Friseursalon Sonnlechner hielt sie inne. Zögerte kurz, trat auf die erste Stufe zum Salon, wandte sich dann abrupt ab, überquerte die Straße und drückte sich gegenüber in einen Hauseingang, von dem aus sie den hell erleuchteten Friseurladen im Blick hatte.

Siebzehn Jahre waren vergangen, seit sie die kleine Anna auf den Stufen des Salons abgestellt hatte. Seit siebzehn Jahren kehrte sie jeden Dezember an diesen Ort zurück, durchlebte wieder und wieder diesen Moment, in dem sie die schwerste Entscheidung ihres Lebens hatte treffen müssen. Siebzehn Jahre, immer wieder voller Tränen und Trauer. Siebzehn lange Jahre, in denen sie ihren Entschluss bereut hatte und doch wusste, dass sie das Richtige für ihr Kind getan hatte.

Dieses Jahr war Anna also siebzehn geworden, so alt wie sie selbst damals gewesen war, als sie von einer Sekunde zur anderen vom höchsten Glück in den tiefsten Abgrund stürzte. Als ihre große Liebe sie verächtlich angesehen und ihr ein Schmuckstück vor die Füße geworfen hatte, um sich mit diesem Almosen von jeglicher Verantwortung freizukaufen. Mochte Anna ein ähnliches Schicksal erspart bleiben.

Doch es erschien ihr, als würde Anna von den Sonnlechners geliebt und wäre glücklich bei der Arbeit im Salon.

Oft hatte sie überlegt, hineinzugehen und sich als Annas

Mutter zu erkennen zu geben, es aber nie gewagt. Wer hätte ihr geglaubt? Sie hatte Anna als Hausschwangere im Klinikum in der Maistraße zur Welt gebracht, wo mittellose Frauen kostenlos entbinden konnten, wenn Studenten dabei zusehen durften. Einen Tag nach der Geburt war sie mit dem Kind bei Nacht und Nebel geflohen, weil die Säuglingsschwester mit der Heimunterbringung für das Baby gedroht hatte. Eine ledige Mutter ohne Familie und noch nicht einmal volljährig sei unfähig, ein Kind großzuziehen, es fehle ein Vater als Ernährer und die erzieherische Hand, hatte die Frau gesagt. In ihren langen Berufsjahren als Säuglingsschwester habe sie erlebt, dass Frauen wie *sie* auf der Straße landeten, das Kind verwahrloste, und am Ende stünde meist eine kriminelle Laufbahn. Ein anständiges Heim sei der richtige Ort für vaterlose Kinder, die dort von frommen Frauen zu gottesfürchtigen Menschen erzogen wurden.

Sie hatte auch von diesen Heimen gehört – von »glücklichen Kindern« war nie die Rede gewesen. Die Kleinen lägen stundenlang in nassen Windeln, man ließe sie schreien, weil das gut für die Lungen sei. Sie würden nicht ausreichend gefüttert, von liebevoller Betreuung gar nicht zu reden.

Noch während die herzlose Schwester den Ort des Grauens als Paradies schilderte, hatte sie sich geschworen, ihrem Kind eine liebevolle Mutter zu sein, jede Arbeit anzunehmen und jemanden zu finden, der Anna in dieser Zeit betreute. Sie schwor sich, nicht auf die schiefe Bahn zu geraten und mit ihrer Tochter ein anständiges Leben zu führen.

Wie unbarmherzig Mitmenschen gegenüber einer unverheirateten Mutter sein konnten und dass eine Putzstelle nicht für den Lebensunterhalt ausreichte, hatte sie nicht geahnt.

16

September 1966

ANNA ZWANG SICH, ruhig sitzen zu bleiben, schloss die Augen und genoss die Septembersonne. Es war einer dieser hellen Bilderbuchtage, die sie schon als Kind über alles geliebt hatte. Die Sonne war ihr erstes Motiv und auch im Kindergarten ihr liebstes gewesen. Auf ihren Kritzelbildern damals drängte sich die Sonne oft durch dicke schwarze Wolken und erhellte die Erde. Elsie hatte oft mit einem belehrenden »Das geht doch gar nicht« protestiert, worauf sie ihrer unwissenden Schwester erklärte: »Ohne Regen mit Sonne kein Regenbogen.«

Ein unangenehmes, beinahe schmerzhaftes Kribbeln kroch durch ihre Zehen. Noch war es auszuhalten, aber bald würde es sich über den Fuß in die Wade ausbreiten, und dann würde ihr Bein einschlafen. Verhindern ließe es sich nur durch Aufstehen und Bewegung, aber damit würde sie Clemens in seiner Konzentration stören. Und ihr Porträt sollte besonders schön werden.

Nachdem Elsie und sie letztes Jahr im Oktober an jenem Sonntag eingesperrt worden waren, hatte sie befürchtet, Clemens für lange Zeit nicht wiedersehen zu können. Ihr Vater war gegen Bitten und Betteln immun gewesen. Für einen letzten Versuch war sie im Salon übereifrig gewesen. Ihr Vater hatte es bemerkt und wohl gedacht, sie sei wegen ihres schlechten Gewissens so fleißig, und erlaubte ihnen dann bald wieder, samstagnachmittags nach Ladenschluss wegzugehen und am Abend bis zehn Uhr die Disco zu besuchen. Wozu hätte sie ihm den wahren Grund für ihren Einsatz verraten sollen?

Von da an hatte sie vorgegeben, alles richtig machen zu wollen, und war an den Samstagabenden stets gemeinsam mit Elsie nach Hause gekommen. Elsie traf ihren Günni, und sie war bei Clemens. *Nur* die Gesellenprüfung hatte Anna *leider* verpatzt. Es hatte direkt Spaß gemacht, die Fragen möglichst falsch oder ungenau zu beantworten, damit sie garantiert nicht bestand – auch wenn sie natürlich Gewissensbisse plagten. Doch es gab nur diesen einen Ausweg. Mit einer bestandenen Prüfung wäre sie dem Leben als Friseuse vielleicht niemals entkommen. Aber auch ohne Gesellenbrief musste sie weiterhin Haare waschen und auf Wickler drehen.

Nun dauerte es nur noch zehn Tage, dann wurde sie achtzehn. Der Tag, an dem ihr Traum wahr werden würde. Der Tag, den sich kaum erwarten konnte.

Anna bemerkte durch halb geöffnete Lider, wie sich eine beachtliche Menschentraube angesammelt hatte, die jeden einzelnen Strich, den Clemens tat, verfolgte und auch sie beobachtete. Vermutlich überlegte mancher Zuschauer, wie lange sie es wohl auf der schmalen Holzleiste des Leiterwagens noch aushielt. Weder sie noch Clemens hatten daran gedacht, einen Klappstuhl zu organisieren, deshalb musste Jacobs Transportwägelchen als Sitzgelegenheit herhalten. Wie unbequem es werden würde, damit hatte sie nicht gerechnet.

Es war Annas Idee gewesen, sich vor Publikum malen zu lassen. Zahlreiche Künstler auf dem Boulevard verdienten recht ordentlich mit Porträtmalerei. Bei milden Temperaturen wie am heutigen Samstag waren jede Menge Touristen in der Stadt, die nicht ohne Souvenir abreisen wollten. Schwabings berühmter Boulevard mit den unzähligen Eiscafés und natürlich der Künstlermeile wurde in allen Reiseführern empfohlen, und durch die mächtigen Baugruben des kürzlich begonnenen U-Bahn-Baus wurde das als Künstlerviertel berühmte Schwabing noch interessanter. Unlängst war sogar ein Kamerateam vom Bayerischen Rundfunk angereist, hatte zuerst die Bauarbeiten und dann einige Porträtmaler bei der Arbeit gefilmt. Der Beitrag war allerfeinste Werbung für die Künstler und das als »nördlichste Stadt Italiens« bekannte München gewesen.

Wer durch das berühmte Viertel flanierte, blieb gern stehen, wenn es etwas zu bestaunen gab. Es konnte ja der nächste Wassily Kandinsky, Franz Marc oder Alexej von Jawlensky sein, der seine Karriere hier auf der Straße begann. Dessen Bilder wie die der berühmten Vorbilder und Gründer der Vereinigung *Der Blaue Reiter* eines Tages in den Museen hängen würden – und dann hätte man etwas Bedeutendes miterlebt.

Anna suchte Clemens' Blick, lange würde sie es auf dieser Holzleiste nicht mehr aushalten. Er nickte ihr lächelnd zu, schien zu signalisieren, dass er bald fertig sei. Bei Sitzungen im Atelier durfte sie sich bewegen, aber heute wollte sie durchhalten, auch wenn die Position unangenehm war.

Bis vor Kurzem hatte Clemens es abgelehnt, in der Öffentlichkeit zu malen, um den noch weniger begüterten Kollegen nicht den Verdienst wegzunehmen. Aber nun saß ihm das Ultimatum seines Vaters im Nacken. Entweder er übernahm nach Ablauf dieses Jahres die Likörfabrik, oder er musste sich auf harte Zeiten einstellen. Die reinste Erpressung. Aber auch Anna erging es ähnlich, ihr Vater drängte sie, die Prüfung zu wiederholen und mit Elsie die Tradition weiterzuführen. Was nie passieren würde; Elsie würde eines Tages die Chefin werden und konnte es kaum erwarten, als Alleinherrscherin zu schalten und zu walten. Es war eine geheime Vereinbarung zwischen Elsie und ihr, von der die Eltern noch nichts wussten.

Nach dem Streit wegen des kleinen Zimmers hatte Elsie tagelang nur das Nötigste mit ihr gesprochen. Anna hatte schon befürchtet, sie würde ihr für alle Zeiten zürnen, und versprochen, auch bei der praktischen Prüfung durchzufallen, was überhaupt kein Problem sei. »Ich schneide ein bisschen daneben, setze die Wickler zu locker, und beim Föhnen lasse ich die Bürste fallen«, hatte sie ihren Plan erklärt. Elsie hatte sie angesehen, als sei sie reif für die Klapsmühle. »Ist das wieder einer deiner verrückten Einfälle? Absichtlich durchfallen, das kannst du den Eltern nicht antun.« Das war typisch für Elsie, die mit Leidenschaft Topflappen häkelte und ihr mindestens einmal die Woche erklärte, ein Leben als Malerin bedeute Hunger und frieren im Winter. Warum sonst hieß es »brotlose Kunst«? Man müsse sich nur die Maler, Bildhauer und Schmuckbastler auf der Leopoldstraße anschauen, wohlgenährt und ordentlich gekleidet war kein Einziger. Irgendwie sähen die alle nach Wassersuppe, trockenem Brot und eiskalten Behausungen aus.

Heftiger Applaus drang in Annas Gedanken. Für kurze Zeit hatte sie tatsächlich vergessen, wo sie saß und dass ihr Bein inzwischen völlig taub geworden war. Aber für das Glück, mit Clemens zusammen zu sein, wollte sie es klaglos ertragen. Tage wie heute waren die Erfüllung ihrer Träume, und den ganzen Sommer über hatte sie Clemens beim Verkauf seiner Bilder unterstützt. Er hatte sie auch ermutigt, ihre eigenen Aquarelle oder Zeichnungen auszustellen, doch ihr fehlte der Mut. Irgendwann würde sie es wagen, ihre Bilder anzubieten, hoffentlich eines oder zwei verkaufen und die Einnahmen anschließend ihrer ungläubigen Schwester unter die Nase reiben – dann musste Elsie ihre Einstellung zur Malerei überdenken.

»Applaus für mein geduldiges Modell«, hörte sie Clemens sagen. Gleichzeitig streckte er ihr seine Hand entgegen, zog sie mit einem Ruck in die Senkrechte und flüsterte ihr zu: »Das war heute unsere Premiere, ich liebe dich.«

Anna lächelte die Zuschauer an, und als Clemens ihre Hand zärtlich drückte, war es wie eine innige Umarmung.

»Ich biete zehn Mark für das Kunstwerk!«, rief jemand aus der Menge.

»Fünfzehn!«

»Zwanzig!«

»Verkauft!«, rief Anna, ohne genau zu sehen, woher das Angebot gekommen war. Es war unwichtig. Zwanzig Mark waren kein schlechter Preis für eine Kohlezeichnung, die Clemens in kürzester Zeit angefertigt hatte, und weit mehr als die Trinkgelder, die sie an einem Samstag erhielt.

»Täten Sie mich auch malen?«

Eine zierliche Zwanzigjährige im kurzen Minikleid stand plötzlich vor ihnen und erklärte, es solle ein Geschenk für ihren Verlobten werden, der morgen fünfundzwanzig Jahre alt würde. Ihr glattes blondes Haar fiel bis auf die Schultern, ihre Augen waren von extrem langen Ponyfransen bedeckt. Heller Perlmuttlippenstift betonte ihren kleinen Mund, der Anna an eine von Elsies Puppen erinnerte.

Clemens rieb sich mit beiden Händen kurz übers Gesicht. »Eigentlich ist es schon zu dunkel …«

Anna schaute ihn prüfend an. Unter seinen graugrünen Augen lagen dunkle Schatten, die ihn müde aussehen ließen.

»Hier unter den Pappeln kommt weniger Licht durch«, fügte er hinzu und massierte sich mit dem Zeigefinger die Nasenwurzel.

»Es ist doch erst fünf, vor sechse wirds nicht Nacht …«, sagte das Fräulein enttäuscht. »Bittschön, probiern S' halt. Ein gmaltes Bild wär pfundig. Da tät sich mein Verlobter sakrisch freun. Und ich hab sonst noch kein Geschenk für ihn.«

»Meine Augen sind von den weißen Flächen übermüdet, aber wenn Sie sich von Anna malen lassen wollen …«

Anna wunderte sich, warum Clemens die junge Frau nicht porträtieren wollte, es wären noch einmal zehn oder zwanzig Mark gewesen. Aber sie wusste auch, wie anstrengend die Konzentration auf eine von der Sonne erleuchtete weiße Fläche war.

»Hm … ich weiß nicht … Sind Sie auch eine Malerin?« Erwartungsvoll schaute die Blondine Anna an.

»Sie zeichnet besser als ich«, antwortete Clemens, noch ehe Anna etwas sagen konnte, und flüsterte ihr zu: »Ich brauche dringend eine Pause … und du kannst dein Talent beweisen.«

Anna war ein wenig mulmig zumute. Elsie hatte sie schon unzählige Male gezeichnet, und das war ihr stets gut gelungen. Doch es war einfach, ohne Zeitdruck und Zuschauer zu arbeiten – vor versammelter Menge zu malen, erhöhte ihren Herzschlag. Aber hatte sie nicht genau davon geträumt? Fürs Malen bezahlt zu werden und von der Kunst leben zu können? Einen Rückzieher zu machen wäre nicht nur feige, sondern auch inkonsequent gewesen. »Natürlich, ruh dich aus, hol dir vielleicht ein Eis.«

Clemens küsste sie sanft auf die Wange. »Danke … ich werde mich da hinten auf den Grünstreifen legen, die Augen schließen und eine Zigarette rauchen.«

Ein Gefühl der Stärke durchströmte Anna. Dass Clemens ihr so sehr vertraute, gab ihr Zuversicht. Sie lächelte die junge Frau an. »Vorschlag«, sagte sie. »Ich zeichne Sie, und wenn Ihnen das Bild nicht gefällt, müssen Sie nichts dafür bezahlen, dürfen es aber mitnehmen und nach Belieben verschenken, zerreißen oder auch in die Mülltonne werfen.«

»Bravo!«, rief jemand aus der ersten Reihe, der alles mitangehört haben musste.

Annas Hand zitterte ein wenig, als sie ihrem Modell den Platz zeigte, wo sie sich positionieren sollte, und sie dann bat, sich möglichst wenig zu bewegen. Erst an der Staffelei, als sie den

Kohlestift in die Hand nahm und den ersten Strich setzte, fiel die Nervosität von ihr ab. Es war nicht mehr wichtig, ob sie von zwei, drei oder vierzig Menschen beobachtet wurde. Sie sah nur noch die junge Frau, die, in mildes Herbstlicht getaucht, Mühe hatte, ruhig stehen zu bleiben. Die ihre Finger knetete, sich eine Strähne aus dem Gesicht strich oder mehrmals das Standbein wechselte. Anna ließ sich von ihrem Gezappel jedoch nicht stören, auch Elsie saß selten lange still, häkelte Topflappen, feilte die Nägel oder zupfte ihre Augenbrauen. Elsies Hände waren immer in Bewegung.

Es ging gut voran, und Anna verwischte gerade die noch zu harten Konturen der Wangenknochen, als jemand so laut und panisch ihren Namen schrie, dass man meinen konnte, alle Pappeln stünden in Flammen.

Vor Schreck verpatzte Anna die Linie, und noch ehe sie sich umgedreht hatte, stand plötzlich ihr Vater da.

»Was treibst du hier auf der Straße?« Drohend, mit der typischen Zornesfalte zwischen den buschigen Augenbrauen, blickte er über die Brille, die er seit einigen Monaten trug, von oben auf sie herab.

Anna hob das Kinn. Selbstbewusst schaute sie ihn an. »Ich porträtiere eine junge Frau, das ist ja wohl offensichtlich, und du hast mit deinem Gebrüll das Bild ruiniert.«

»Du kommst auf der Stelle mit! Wenn Kundschaft dich hier sieht …«

Ihre Mutter tauchte nun ebenfalls aus der Menge auf. »Xaver, lass sie doch, schau … so ein schöns Bild! Wir waren Eis essen, im Eiscafé Capri«, fügte sie an Anna gerichtet hinzu.

Anna fand das Benehmen ihres Vaters einfach nur lächerlich und dachte gar nicht daran zu gehorchen. »Würdest du bitte gehen, du vergraulst die Kundschaft.« Das stimmte allerdings nicht, ganz im Gegenteil, einige Zuschauer fanden die Situation wohl spannend und rückten näher heran, um ja nichts zu verpassen.

»Wennst nicht sofort … dann brauchst nie wieder …!«

»Xaver, mach nicht so einen Aufstand.« Ihre Mutter zog ihn am Ärmel aus der Menge.

Verblüfft schaute Anna ihnen nach. So schnell hatte er ja noch nie nachgegeben. Dass sie Ärger bekommen würde, damit war zu rechnen. Trotz ihres Fleißes im Salon hatte es in den letzten Wochen immer wieder Streit gegeben, wenn sie und Elsie mal ein paar Minuten zu spät nach Hause kamen. Eingesperrt hatte er sie zwar nicht mehr, mit Beschimpfungen hielt er sich aber nicht zurück. Die permanente Spannung, die zwischen ihnen herrschte, hatte in den letzten Monaten noch zugenommen. Im Salon war er wegen der Kunden professionell freundlich, zu Hause herrschte meist dicke Luft. Gab sie Widerworte, eskalierte die Situation, und Anna ging an manchen Abenden freiwillig ohne Essen in ihr Zimmer, nur um der Zankerei zu entkommen. Oft war es kaum noch zu ertragen, und sie sehnte den Tag ihres achtzehnten Geburtstags herbei.

»Täusche ich mich, oder habe ich gerade deinen Vater gesehen?« Clemens war zurückgekommen.

Erschöpft strich Anna sich eine Strähne aus der Stirn, ohne an die schwarzen Finger von der Zeichenkohle zu denken. Auch wenn sie eben nicht klein beigegeben hatte, fühlte sie sich trotzdem wie die missratene Tochter, die stets für Ärger sorgte. Die den Eltern nur Verdruss bescherte und auch noch den Betrieb in Verruf brachte. Sie wusste nur zu gut, wie sehr ihr Vater sich um das Ansehen des Salons sorgte. Untadelig sollte er sein und bleiben, dafür hatte jeder in der Familie einzustehen. Warum ihre Ambitionen dem guten Ruf des Friseursalons schaden konnten, hatte er nur lapidar erklärt. Die Malerei sei kein anständiger Beruf, und sich auf der Straße herumzutreiben höchst anstößig.

Das müsse sie ihm einfach glauben, er habe schließlich mehr Lebenserfahrung als sie mit ihren siebzehn Jahren. Anna teilte seine Ansicht nicht, und je älter sie wurde, umso mehr spürte sie, wie rückständig die Meinungen ihres Vaters waren. Er schien nicht zu begreifen, dass die Welt sich drehte und ein Wind der Veränderung die verstaubten Moralbegriffe aufwirbelte.

»Gab's Ärger?«

»Nicht der Rede wert, aber die Zeichnung ist verpatzt.«

Clemens warf einen Blick darauf. »Das lässt sich leicht beheben.«

»Dauerts noch lang?« Die junge Frau wurde ungeduldig.

»Nur dreimal Luft holen«, versprach Clemens, zwinkerte ihr zu und übernahm dann die Korrekturen.

Es dauerte drei Minuten, doch die junge Frau war unzufrieden mit dem Ergebnis. »Des is ja nur ganz langweilig schwarzweiß«, schimpfte sie und rannte mit wehenden Haaren davon, als habe sie in eine fremde, abscheuliche Fratze geblickt.

Die umstehenden Zuschauer waren anderer Meinung.

»Die spinnt doch!«

»So a schöns Bild, und gut getroffen ist sie auch.«

»Die hat die Zeichnung doch kaum gsehen, weils ned aus die Augen hat rausschauen können.«

»Wenn Sie es mir verkaufen wollen, ich tät fünf Mark dafür zahln«, sagte ein älterer Herr im steingrauen Anzug mit brauner Krawatte und braunem Hut. »So ein hübsches junges Madl macht sich bestimmt gut über meiner einsamen Bettstatt.«

Anna nickte erfreut und sprühte noch Fixativ über die Kohlezeichnung, das nicht nur eine Schutzschicht für die Kohle war, sondern auch gegen schädliches UV-Licht schützte. »Bitte ein paar Minuten trocknen lassen, dann erst einrollen. Zu Hause wieder aufrollen, damit es glatt bleibt. Sie können das Blatt auch gern mit Büchern beschweren. Dann aber etwas Zeitungspapier dazwischenlegen.« Sie überreichte es dem Herrn im Anzug, der ihr ein Fünf-Mark-Stück gab.

Das Publikum applaudierte, als Anna das Geldstück entgegennahm, und ein Spaßvogel wünschte dem einsamen Herrn »Viel Vergnügen mit der neuen Freundin«.

Anna umschloss den Fünfer in ihrer Hand. Der erste Künstlerlohn fühlte sich großartig an.

17

ANNA NAHM EINEN tiefen Zug aus der Zigarette, inhalierte genüsslich und blickte beim Ausatmen der Rauchwolke nach. Sie hatte sich wieder auf den Leiterwagen gesetzt, die harte Holzstange spürte sie jetzt kaum noch. Die ersten selbst verdienten fünf Mark wirkten wie eine Glücksdroge, obwohl sie im Vergleich zu den Samstagstrinkgeldern natürlich ein Almosen waren. Doch der ideelle Wert war erheblich größer. Ihr Traum war Realität geworden. Jemand war bereit gewesen, für ihr Werk zu bezahlen. Damit war sie offiziell eine Malerin. Elsie würde staunen.

Im ersten Impuls hatte Anna Clemens und Jacob auf ein Eis einladen wollen. Doch Clemens lehnte ab, sie solle das erste eingenommene Geldstück in Ehren halten, es würde Glück bringen, solange sie es bei sich trug. Er hatte ihr ein Zwei-Mark-Stück gezeigt, das er für sein erstes verkauftes Werk, eine Miniatur in Postkartengröße, erhalten hatte und stets in der Hosentasche dabeihatte. Niemals sei er in so große Not geraten, dass er es hätte ausgeben müssen. Er glaube fest daran, dass diese Münze ein zuverlässiger Glücksbringer war.

Ihren eigenen Glücksbringer fest umschlossen, saß sie also genüsslich rauchend auf dem Leiterwagen und fühlte sich als echte Künstlerin, die ihren Lebensunterhalt mit der Malerei verdienen konnte.

Langsam wurde es wirklich dunkel, die ersten Kerzen wurden angezündet, auf Tellern mit Wachs festgeklebt oder mit improvisierten Kerzenhaltern aus gebogenem Draht an den Pappeln befestigt.

Anna beobachtete Clemens, der mit einem älteren Ehepaar über den Preis eines Aquarells verhandelte. Es zeigte den Monopteros in herbstlichen Tönen, verewigt auf extra dickem Aquarellkarton.

»Wie lang haben Sie daran gemalt?«, wollte der etwa Fünfzigjährige mit dem schütteren Haupthaar wissen, dessen dunkelgraue Anzugjacke über dem Bauch spannte.

»Zuerst fertige ich Skizzen vor Ort an, die einzelnen Schichten der Wasserfarben verlangen Zwischentrocknungen. Alles in allem also zwei Tage, inklusive der Zeit für das Schneiden des Passepartouts«, rechnete Clemens vor.

Die Gattin im geblümten Sonntagskleid, das nicht nur einen weißen Bubikragen, sondern auch reichlich Knitterfalten aufwies, strich vorsichtig über den Rand des Werks. »Es würde sich ganz ausgezeichnet in unserem Esszimmer ausmachen, meinst nicht, Dieter? Auf der neuen Tapete, die hat doch dieselben Farben.«

Dieter fasste sich ans Doppelkinn, überlegte einige Atemzüge lang und nickte schließlich. »Könnte passen. Was ham S' gsagt, soll es kosten?«

»Fünfzig Mark, und für zwei Arbeitstage von jeweils zehn Stunden ist das ein gerechter Lohn. Finden Sie nicht?«

Anna konnte sehen, wie Clemens sich der Frau des dicken Mannes zugewandt hatte und sie anlächelte, damit sie ihre Meinung nicht änderte.

»Zwofuffzig pro Stunde ist obere Verdienstklasse«, behauptete der Dicke, dem der Preis nicht zu gefallen schien.

»Davon gehen aber noch die Kosten für das Material ab«, wandte Clemens ein. »Dann bleiben nur etwa vierzig Mark übrig, denn der handgeschöpfte Aquarellkarton und auch das Passepartout sind nicht billig.«

»Handgeschöpft? So, so … Ein normales Blatt tät es nicht? Ist ja auch kein Großformat.«

»Es misst genau achtundvierzig mal sechsunddreißig Zentimeter.« Geduldig erklärte Clemens, dass dieser spezielle Karton die Langlebigkeit eines Aquarells garantierte, und es doch darauf ankomme. Schließlich wolle man doch lange Freude an dem Bild haben.

»Es reicht, ich werde mal eingreifen, bevor Clemens noch einen Malkurs geben muss«, flüsterte Jacob Anna zu, der dem Handel aufmerksam gefolgt war.

Jacob stellte sich breitbeinig neben Clemens und vergrub die Hände in den großen Taschen seiner blaugrauen Latzhose. »Sie sollten zugreifen, werter Herr, denn bald wird der Künstler weltberühmt sein … Vor einer Stunde war ein Galerist hier und hat diesen begnadeten Maler unter Vertrag genommen. Heute ist die letzte Gelegenheit, noch Bilder auf der Straße zu kaufen, und ich verwette meinen rechten Arm, dass dieses Aquarell eine echte Wertanlage ist.«

Ein Argument, das den Dicken endlich zu überzeugen schien. Er holte eine schwarze Geldbörse aus der Innentasche seiner Anzugjacke, zog einen Fünfzig-Mark-Schein heraus und überreichte ihn Clemens.

»Manche Menschen muss man einfach zu ihrem Glück zwingen.« Jacob lachte über den gelungenen Trick, als sie die heruntergebrannten Kerzen gegen neue austauschten.

Anna hatte schon mehrfach erlebt, wie Clemens und Jacob sich gegenseitig mit der Story von einem Galeristen unterstützten. Und beide waren hundertprozentig überzeugt, dass es nur eine Frage der Zeit war, bis tatsächlich ein Galerist vorbeikäme und ihre kleine Geschichte Wahrheit wurde. Dann würden die Tage auf der Straße und auch das endlose Schachern vorbei sein. Vielleicht waren fünfzig Mark für ein relativ kleines Bild tatsächlich gutes Geld, aber an manchen Tagen liefen die Geschäfte schleppend bis gar nicht, was sie vor der Kundschaft natürlich niemals zugegeben hätten.

Kurz vor zehn Uhr verabschiedete sich Anna. Wie jeden Abend wollte Clemens sie bis zur Ecke Schelling-/Amalienstraße begleiten.

»Dann können wir noch ein bisschen länger zusammenbleiben, und ich kann dir einen richtigen Abschiedskuss geben, nicht nur ein braves Küsschen.«

»Du weißt, Clemens, ich würde am liebsten die ganze Nacht bei dir bleiben.« Anna umarmte ihn und drückte ihm einen harmlosen Kuss auf die Wange. »Morgen ist ja Sonntag, und wenn das Wetter so bleibt, komme ich hierher. Wenn nicht, hat mich mein Vater mal wieder eingesperrt.«

Ohne sich noch einmal umzudrehen, hetzte Anna nach Hause. Offiziell hatte sie bis zehn Uhr Ausgang, wenn sie pünktlich war, fragte ihr Vater normalerweise nicht, wo sie den Abend verbracht hatte. Aber auch nur eine Minute Verspätung führte zu hässlichen Auseinandersetzungen. Nach der heutigen Begegnung würde er toben, darauf verwettete sie all ihre Farben, Pinsel und Papiere.

Clemens folgte Anna mit sorgenvollen Blicken, als sie unbekümmert die breite Leopoldstraße überquerte und sich auch nicht von hupenden Autos abschrecken ließ. Erst als sie hinter dem Siegestor verschwand, zündete er sich die nächste Zigarette an. Eigentlich hatte er weniger rauchen, dieses Laster sogar ganz aufgeben wollen, um zu sparen. Die Schachtel mit zwölf Stück kostete im Automaten eine Mark, ein Laib Brot nur zwanzig Pfennige mehr. Doch im Moment war er extrem nervös und musste sich an diesen Sargnägeln festhalten. Dass Annas Vater sie beim Malen erwischt hatte, war wohl unvermeidlich gewesen, Schwabing war halt immer noch das nördlich von München gelegene Dorf *Svapinga*, anno 782 erstmals urkundlich erwähnt, in dem man sich zwangsläufig über den Weg lief.

Drei letzte tiefe Züge aus der Zigarette, dann warf er den Stummel auf den Gehsteig und trat die Glut mit dem Absatz aus. Er konnte nicht aufhören, an Anna und den Ärger zu denken, den sie bekam. Davor hätte er sie gern beschützt. Aber wie? Er durfte sie ja nicht einmal nach Hause begleiten, höchstens bis zur Straßenecke. Ihr Vater sollte nicht wissen, dass sie sich nach wie vor trafen, bei gutem Wetter auf der Künstlermeile, bei Kälte im Atelier. Nach dem heutigen Zusammentreffen wäre es albern, alles abzustreiten.

Manchmal war Anna ein großes Rätsel für ihn. Er liebte diese zierliche junge Frau mit dem wunderschönen Gesicht, der zarten Haut und den langen Wimpern so sehr! Die ihre magischen blauen Augen nicht mit dicken schwarzen Strichen umrandete, wie es ihre Schwester tat. Tage ohne Anna waren vergeudete Tage, zwischen ihnen hatte vom ersten Augenblick an eine schicksalhafte Verbindung bestanden. In Anna hatte er seine zweite Hälfte wiedergefunden. Nichts und niemand konnte sie trennen, doch jedes Mal, wenn sie nach Hause ging, überfiel ihn eine diffuse Angst, ihr könnte etwas geschehen.

Erzählte er Anna davon, lachte sie nur. »Ich bin kein kleines Mädchen mehr, das beschützt werden muss, obwohl meine Eltern mich wie eine Erwachsene schuften lassen.« Wie sehr sie unter den Spannungen in ihrer Familie litt, versuchte sie vor ihm zu verbergen, doch er spürte ihre intensiven Atemzüge, wenn sie in seinen Armen lag. Atemzüge, die mehr waren als Luft holen nach einem anstrengenden Arbeitstag. Als habe sie seit Stunden unter Atemnot gelitten. Als fühle sie sich befreit, sobald sie dem Friseursalon entkommen war.

Nach dem ersten Zusammentreffen mit ihrem Vater hatte

Clemens befürchtet, Anna würde geschlagen. Doch sie hatte ihm geschworen, dass ihre Eltern sie noch nie verprügelt hätten, nicht mal Ohrfeigen hatte sie bekommen. Warum beruhigte ihn das nicht? Nun, weil nicht nur Schläge schmerzten.

Gegen elf wurde es merklich kühler. Der Sommer war eindeutig vorbei, daran änderten auch die teils hohen Temperaturen nichts, die tagsüber noch herrschten. Seit Anna fort war, waren auch die Flaneure deutlich weniger geworden, die Geschäfte gingen zurück. Sie war seine Muse, seine Mona Lisa und sein Glücksbringer – nicht nur das Zwei-Mark-Stück.

Clemens und Jacob löschten die Kerzen, zogen die nicht verkauften Werke von der Wäscheleine, verstauten sie in Jacobs Transportwägelchen und machten sich schweigend auf den Heimweg. Nach annähernd zwölf Stunden unermüdlichen Redens und leider auch oft erfolgloser Verhandlungen mit den Kunden waren sie meist zu müde, um sich noch zu unterhalten. Nur an den Ausnahmetagen, wenn sie einmal alle Werke verkauft und die Taschen voller Geld hatten, kehrten sie auf ein Bier und einen »Strammen Max« beim *Atzinger* ein. Heute waren die Geschäfte so lala gewesen, nicht wirklich schlecht, aber auch nicht gut genug, um in der Studentenwirtschaft einen Zehner auf den Kopf zu hauen. Wenn Clemens an das Ultimatum seines Vaters dachte, war es ohnehin fraglich, ob er sich jemals wieder ein Bier oder eine nächtliche Mahlzeit in der Kneipe würde leisten können. Ihm wurde übel, wenn er realisierte, dass es nur noch ein paar Wochen bis zum Jahresende waren.

Im Atelier kümmerte sich Clemens zuerst um seine Bilder. Überprüfte sie auf kleine Risse durch unachtsames Abnehmen von der Leine oder durch nachlässiges Betatschen der Kunden. Danach schaffte er es gerade noch, sich die Zähne zu putzen und auszuziehen, bevor er ins Bett fiel.

Geweckt wurde er von einem Geräusch, das er im ersten

Moment nicht genau einordnen konnte. Versuchte da jemand, mit einem Presslufthammer die Wand einzureißen? Am heiligen Sonntag. Heute war doch Sonntag, oder? Doch, doch, er erinnerte sich, und auch an den Moment, als Annas Vater wie der Rachegott persönlich … nein, lieber nicht daran denken. Das Hämmern hatte aufgehört.

Er war schon fast wieder eingeschlafen, da fing es erneut an. Und jemand rief seinen Namen.

Anna?

Mit einem Satz war er auf den Beinen und an der Tür.

»Clemens, wach endlich auf!«

Gesine?

Unmöglich!

Er drehte den alten Bartschlüssel um und öffnete einen Spalt. Es war tatsächlich seine Mutter, die aussah, als sei sie direkt von der Titelseite einer Modezeitschrift gesprungen: Das dunkle Haar war auf modische Kinnlänge geschnitten und glänzte wie lackiert, die braunen Augen strahlten ihn an, als wolle sie seine Meinung zu ihrem Kleid hören – schmal geschnitten, rote Farbfelder auf weißem Grund, getrennt durch schwarze Borten, eindeutig von Mondrian inspiriert. So berühmt, dass die Modewelt sich von seinen Werken anregen ließ, wollte er auch einmal werden.

»Hallo, Gesine. Wie bist du denn ins Haus gekommen?«

»Eine ältere Frau kam gerade heraus.«

»Aha. Und was ist passiert, dass du so an meine Tür trommelst?« Es musste etwas geschehen sein, warum sonst tauchte sie ohne Vorwarnung auf? Normalerweise überfiel sie ihn höchstens telefonisch.

»*Noch* nichts.« Ohne lange Erklärung drängte sie sich an ihm vorbei und steuerte auf seine kleine Kochecke zu, wo sie ihre Handtasche abstellte und dann den schwarzen Mantel ablegte, den sie über dem Arm getragen hatte. »Zieh dir etwas an, ich möchte mit dir frühstücken.«

Diese seltsame Betonung von *noch* verdarb ihm sofort den Appetit. Als Entschuldigung würde Gesine das aber nicht gelten lassen – wenn sie sich etwas in den Kopf gesetzt hatte, zog sie es durch. So hatte sie sich auch seinen Vater geangelt.

Nach dem Krieg hatte Gesine mit fünfundzwanzig Jahren als Vorzimmerdame bei ihm angefangen, und als seine erste Frau an Brustkrebs verstarb, hatte sie den neunzehn Jahre älteren Likörfabrikanten getröstet. Ziemlich erfolgreich, denn daraus war dann der kleine Clemens entstanden.

Was auch immer sie jetzt im Schilde führte, *er* war kein trauernder Witwer und auch kein kleiner Junge mehr, den sie mit Versprechungen gefügig machen konnte. Er hatte ein klares Ziel vor Augen, und die Fabrik zu übernehmen kam nicht darin vor, falls das der Grund für den frühmorgendlichen Überfall war.

»Bitte, Clemens, sei so lieb und zieh dir was an. Es geziemt sich nicht, den Besuch im Adamskostüm zu empfangen.«

»Sei doch nicht so spießig, du bist meine Mutter.«

Gesine drehte sich um und betrachtete ihn ungeniert von oben bis unten. »Aber du bist kein Kind mehr. Und nun genug philosophiert, geh ins Bad, ich koche inzwischen Kaffee.« Sie schnappte sich die Kanne der Kaffeemaschine, füllt sie im Badezimmer mit Wasser und machte sich dann in der Küchenecke zu schaffen.

»In Ordnung«, gab Clemens nach. Es war zu früh für einen Streit und er noch zu müde.

»Und wenn irgend möglich, bitte nicht diese Straßenkluft!«, rief sie ihm zu, ehe er die Tür zum Badezimmer schloss.

Dieser letzte »Befehl« weckte nun doch den trotzigen kleinen Jungen in ihm, und er schlüpfte genau in diese »Kluft«.

Gesine registrierte es mit hochgezogenen Brauen, die sich in perfektem Schwung über hellgrün gefärbten Lidern wölbten. Allerdings ohne seinen Aufzug zu kommentieren, diese Blöße gab sie sich nicht.

Clemens amüsierte sich im Stillen und freute sich auf das belegte Brot, das er auf dem wackeligen Tisch entdeckte. »Alle Achtung, Gesine, als Köchin macht dir so schnell niemand was vor. Wie hast du das nur in so kurzer Zeit gezaubert? Ich hab mich nicht mal rasiert.« Er strich über sein stacheliges Kinn, darum würde er sich später kümmern. Aus dem Schlaf gerissen zu werden, war unangenehm genug, einen frisch rasierten Sohn konnte Gesine so früh am Morgen nicht erwarten.

Als er sich setzte, schenkte sie ihm Kaffee ein. »Greif zu, Magda hat dein Lieblingsbrot für dich eingepackt, sie lässt schön grüßen.«

»Grüße zurück an die beste Haushälterin und Köchin der Welt.« Er schob sich ein Stück dick mit Butter und Leberwurst bestrichenes Brot in den Mund. Gesine hatte es in mundgerechte Häppchen geschnitten und auf einem der Hutschenreuther-Teller mit dem blauen Zwiebelmuster arrangiert; es war die »Ausstattung«, mit der er damals von zu Hause in das Abenteuer »Künstlerleben« aufgebrochen war.

»Ich soll dich auch recht herzlich von Julia grüßen.«

Er kaute noch: »Hmm … wer?«

Gesine rührte eine Prise Zucker in ihren Kaffee. »Die hübsche Wiedemann-Tochter, du hast sie bei der großen Geburtstagsfeier deines Vaters kennengelernt.«

»Ach, die … das ist doch schon ewig her, aber ja, ich erinnere mich dunkel.«

»Das ist schade …« Gesine nahm ihre Handtasche auf den Schoß, holte eine Schachtel *Lord Extra* und ein goldenes Feuerzeug heraus. »Stört es dich, wenn ich rauche, während du noch isst?«

Clemens verneinte. »Warum *schade*?«

»Ich dachte, du wärst vielleicht mal mit ihr ausgegangen. Dein Vater hatte dich doch gebeten, dich ein wenig um sie zu kümmern.«

»Arnold wollte uns verkuppeln, aber Julia und ich haben euch durchschaut.«

»Triffst du immer noch diese kleine Friseuse?«, wechselte Gesine das Thema.

»Bist du deshalb mitten in der Nacht hier aufgetaucht? Um mich über mein Liebesleben auszuhorchen?«, fragte Clemens provozierend.

Gesine nahm einen Zug aus der Zigarette und pustete eine dicke Rauchwolke an ihm vorbei, ehe sie antwortete. »Erstens ist schon Mittagszeit, und zweitens will ich dich nicht aushorchen, sondern interessiere mich eben für dein Leben. Wir sehen uns viel zu selten, und am Telefon bist du oft kurz angebunden. Wie auch immer, wir sind der Meinung, du solltest die Beziehung zu dieser Anna überdenken. Sie ist unpassend und behindert dein Vorankommen.«

Clemens lachte auf. »Mit *überdenken* meinst du wohl *beenden.* Aber das könnt ihr vergessen. Anna und ich gehören zusammen, für immer. Und was das Vorankommen angeht, in diesem Punkt ergänzen wir uns ideal.«

»Für immer? Soll das etwa heißen, ihr wollt heiraten?«

Clemens betrachtete seine Mutter grinsend. »Wenn man dich so ansieht, in deinem supermodischen kurzen Kleid, glaubt man, eine moderne Frau zu sehen. In Wahrheit bist du richtig altmodisch. Niemand heiratet heute noch, das ist irre spießig und außerdem keine Garantie, dass die Verbindung hält. Nicht zuletzt kosten Hochzeiten meist eine Stange Geld, das ich lieber in Farben, Leinwände, Pinsel oder speziellem Papier anlegen würde.«

Gesine zuckte lässig mit den Schultern. »Deine Meinung zur Ehe ist mir bekannt, aber deshalb bin ich nicht hier. Ich wollte noch einmal mit dir über die Nachfolge sprechen. Nächsten Monat gehen deine drei Jahre zu Ende, dann …«

»Stopp!«, unterbrach Clemens sie. »Es ist zwecklos. Ich werde Arnolds Nachfolge nicht antreten, ganz egal, wie oft ihr Sanktionen androht. Ich eigne mich nämlich nicht zum Fabrikanten.«

»Dein letztes Wort?«

»Mein allerletztes!«

18

»**ZUM LETZTEN MAL**, ich werde die Prüfung auf keinen Fall wiederholen.« Anna stellte den abgetrockneten Teller bewusst geräuschlos in den Küchenschrank, obwohl sie ihn lieber in die Ecke gepfeffert hätte, damit ihre Mutter endlich verstand, dass sie ihre Meinung nicht ändern würde. Die Unterhaltung dauerte nun schon den ganzen Abwasch lang, und sie drehten sich im Kreis.

Nach dem sonntäglichen Mittagessen – Rouladen, Semmelknödel und Blaukraut – hatte ihre Mutter sie gebeten, beim Spülen zu helfen. Das allein wäre nicht so ungewöhnlich gewesen, war es doch stets sie, die helfen sollte und deren schreckliche Haare aus dem Gesicht gebunden werden mussten, damit auch nur ja kein Härchen ins Spülwasser fiel. Als ihre Mutter dann aber Elsie sogar hinausgeschickt hatte, war Anna alarmiert. Gespräche unter vier Augen waren selten und bedeuteten Ärger.

»Warum denn ned, Anna? Es ist ein krisensicherer Beruf, Haare …«

»… wachsen immer weiter und weiter …« Anna nahm den nächsten Teller in Empfang. »Bitte nicht schon wieder die alte Leier. Drei Jahre Friseursalon haben mir gereicht, ich bin einfach nicht geeignet für diesen Beruf. Ich würde mein Leben lang unglücklich sein.«

»Kind, Kind, Kind …« Ihre Mutter schrubbte einen Topf so kräftig, dass Anna Gänsehaut von dem fiesen Kratzgeräusch bekam. »Wie solls denn weitergehen? Ich mach mir große Sorgen um dich. Deine Ansichten zu unserm Beruf san weltfremd, es geht doch ned nur ums Glücklichsein. Man braucht sein Auskommen, muss für Miete, Essen und auch Kleider zahlen. Wennst ins Kino willst, dir ein Eis oder Schokoladen kaufen magst, für all das brauchst Geld. Deine Farben, Papier und was du sonst noch bei *Schachinger* kaufst, kriegst auch nicht kostenlos. Da hilft auch kein Talent.«

»Ach, Mutti«, seufzte Anna, während sie aufpasste, das Trockentuch nicht mit dem scharfen Messer zu beschädigen. »Kleider sind doch unwichtig, ich bin nicht wie Elsie, die ihren gesamten Lohn für Klamotten ausgibt.«

»Es schadet nicht, sich a bissl zrechtzumachen, um einen …«

Anna wusste, warum ihre Mutter den Satz nicht beendete, und auch, wie er geendet hätte: … um einen Ehemann zu finden. Das Thema heiraten und Kinder kriegen war seit ihrer Pubertät eins der Lieblingsthemen ihrer Eltern und natürlich das von Elsie. Es schien, als sei es ein ungeschriebenes Gesetz, das unbedingt einzuhalten war. In der Berufsschule hatten einige Mädchen mit gerade mal siebzehn Jahren Verlobungsringe an den Fingern, die sie stolz herumzeigten. Dabei strahlten sie übers ganze Gesicht, als seien sie eine heiß begehrte Trophäe. Anna konnte nichts an der Ehe finden; wenn sie die ihrer Eltern betrachtete, wurde ihr angst. Diese Verbindung bestand nur aus einer endlosen Aneinanderreihung von Pflichten, zu denen unter anderem auch der sonntägliche Kirchgang gehörte. Der Friseursalon war täglich von acht bis achtzehn Uhr dreißig geöffnet, sogar die gemeinsame Mittagspause war inzwischen gestrichen worden, und jeder ging abwechselnd in die Pause. Geschlossen war nur an den Sonntagen, den großen Feiertagen und montags, wobei dieser Tag dem Papierkram gehörte. Unterbrochen wurde die eintönige Wochenroutine von Ostern, Weihnachten und ähnlichen Feiertagen, vor denen jeweils doppelt so viel Arbeit im Salon anfiel, weil sich manche Kundin nur zu besonderen Anlässen einen Friseurbesuch gönnte. Waren die Festtage dann endlich da, saßen alle Sonnlechners vollkommen erschöpft auf dem Sofa und wollten nichts anderes als sich ausruhen. Während der großen Schulferien im August wurde der Salon zwei Wochen zugesperrt, und sie unternahmen Ausflüge an die bayerischen Seen. Mehr Urlaub genehmigte der Vater nicht.

Solange Anna denken konnte, waren die Eltern noch nie ausgegangen. Nur der obligatorische Ausflug zum Oktoberfest war eine Ausnahme, die Kunden redeten in der Zeit über nichts anderes, und die Sonnlechners wollten da nicht zurückstehen. Aber für Kino, Theater oder Konzerte hätte man sich schick zurechtmachen müssen, falls man Kunden begegnete. Letztes Jahr zu Weihnachten war ein neuer James-Bond-Film angelaufen, und im Salon war nur darüber geredet worden, wie spannend der Film war. Die Eltern hatten jedem versichert, ihn sich unbedingt ansehen zu wollen. Besonders ihr Vater war angeblich ganz wild darauf gewesen. Nach Geschäftsschluss zerplatzte die Begeisterung dann wie die Seifenblasen bei der Haarwäsche, und sie saßen doch nur wieder vor dem Fernseher, verfolgten *Dr. Kimble auf der Flucht,* die Geschichte eines Arztes, der nach dem Mord an seiner Frau zu Unrecht zum Tode verurteilt wurde, fliehen konnte und dann selbst den Mörder suchte. Oder die Westernserie *Bonanza* um einen Witwer mit drei Söhnen. Ab und an besuchten sie befreundete Friseure, wo dann wieder nur das ewig gleiche Thema durchgekaut wurde: Haare, Haare, Haare. Elsie begleitete die Eltern manchmal und war immer begeistert zurückgekommen; so interessante Gespräche seien ein Genuss, behauptete sie. Dass sich Friseure dermaßen für Haare und das ganze Drumherum begeisterten, war natürlich logisch, aber in Anna brannte ein anderes Feuer. Und das wollten die Eltern einfach nicht akzeptieren.

»Wie solls also jetzt weitergehn?«, fragte ihre Mutter erneut, als säßen sie in einem Karussell, das sich bis in alle Ewigkeiten drehte.

Anna presste ihre Fingernägel in die Handinnenfläche, um nicht vor Wut laut aufzuschreien. »Für mich geht es jedenfalls nicht im Salon weiter«, sagte sie bewusst leise, fast drohend. »Und zum letzten Mal: Ich werde die Prüfung *nicht* wiederholen.«

Ihre Mutter schüttete das Wasser aus der Spülschüssel in den Ausguss, säuberte die Schüssel mit etwas klarem Wasser und stellte sie kopfüber zum Abtropfen ins Becken. Dann drehte sie sich zu Anna um und durchbohrte sie förmlich mit tränenfeuchten Blicken.

Anna hatte genug von diesem Gespräch. Ihre Mutter hörte ihr einfach nicht zu und erwartete, dass *sie* nachgab, endlich »vernünftig« wurde. »Auch nicht, wenn du glaubst, deine Tränen könnten mich umstimmen. Ganz egal, was ihr von mir verlangt, ich habe mich entschieden. Ich werde mein Geld als Malerin verdienen.«

»Anna, bittschön, wach auf, des sind nichts als Träumereien, von denen du nie nicht satt werden wirst.« Traudl kramte ein Taschentuch aus der geblümten Kittelschürze und schnäuzte sich kräftig, bevor sie weiterredete. »Auch wenn du gestern fünf Mark eingnommen hast, Elsie hats mir erzählt, is des noch lang kein Beweis, dasst mit dieser Spinnerei deinen Lebensunterhalt verdienen könnst. Nimm endlich Vernunft an, ich bitte dich.«

»Das könnte ich auch zu dir und Vati sagen. Ihr seid genauso unvernünftig, es hat nämlich überhaupt keinen Sinn, mich überreden zu wollen.«

»Ist das dein letztes Wort?«

»Mein allerletztes! Diese ewig gleichen Gespräche stehen mir nämlich bis hier.« Anna hielt sich die flache Hand unters Kinn.

Dann schleuderte sie das Geschirrtuch auf den Küchentisch und rannte hinaus.

Schnaufend kam sie im Kinderzimmer an, wo Elsie auf dem Bett saß und bei ihrem Eintreten von der Illustrierten aufschaute, in der sie blätterte. »Was war so geheimnisvoll, dass ich es nicht hören durfte?«

Anna ließ sich auf das ordentlich gemachte Bett fallen. Sie war so wütend, dass sie die Schuhe anbehielt und dadurch Ärger riskierte. »Nichts Neues, es ging wieder mal um die blöde Gesellenprüfung.«

»Also, ich finde …« Elsie warf einen strafenden Blick auf Annas Schuhe, bevor sie weiterredete. »Du solltest sie auf jeden Fall wiederholen. Nur so zur Sicherheit, man weiß nie, was das Leben einem bringt.«

»Noch eine Weisheit aus der *BRAVO*?«

»Das sagt einem doch der gesunde Menschenverstand. Wenn du mal in Not gerätst, würdest du mit einer abgeschlossenen Ausbildung schnell Arbeit finden und etwas verdienen können.«

»Das mag schon sein, aber ich würde lieber irgendwo Toiletten putzen, als meine Hände jemals wieder mit Färbemittel in Berührung kommen zu lassen, einen Lockenwickler anzufassen oder Zeitschriften zu verteilen. Aber das könnt ihr natürlich nicht verstehen, für euch ist der Salon ja das Paradies. *Mein* Paradies sind Farben.«

»Warum musst du immer so übertreiben? Legst dich mit schmutzigen Schuhen ins Bett, frisierst dein Haar nicht und schaust aus wie eine Wilde. Komm, ich mach dir eine schöne Frisur, dann fühlst du dich gleich besser.«

»Ach, Elsie, meine Laune ändert sich auch nicht mit einer anderen Frisur, im Gegenteil …«

»Was heißt im Gegenteil, das verstehe ich nicht …«

»Wie läuft es denn mit Günni, nachdem ihr euch wieder versöhnt habt? Hat er dir schon einen Antrag gemacht?« Anna rutschte vom Bett und ging zu ihrem Zeichentisch. Sie hatte ein Bild im Kopf, das sie unbedingt skizzieren wollte.

»Wie kommst du denn auf die Idee?« Elsie klappte die Illustrierte zu und lachte laut auf. »Ich verstehe mich wirklich gut mit Günni, wir mögen dieselbe Musik, gehen gern tanzen oder ins Kino. Er hat auch keine andere mehr angeschaut, aber er ist kein Mann zum Heiraten, weil … Er will immer …«

»Was?« Anna drehte sich auf ihrem Stuhl zu Elsie um. »Jetzt bin ich aber gespannt.«

»Er will nur das Eine …« Elsie wurde rot. »Du weißt schon …«

»Mit dir ins Bett?«

»Hm …«

»Und du willst nicht?«

»Nein, es ist doch viel zu gefährlich, ich könnte schwanger werden, und wenn er mich sitzen lässt … nein, nein, ich spare mich für die Ehe auf. Wenn man verheiratet ist, können die Männer nicht weglaufen.«

Anna lächelte ihre Schwester liebevoll an, von Scheidung hatte Elsie wohl noch nie etwas gehört. Aber Elsies Traum begann eben mit einem weißen Kleid und Schleier auf dem Kopf, und sie schien es kaum erwarten zu können, sich diesen in die Frisur zu stecken, so verträumt, wie sie ins Leere blickte.

In Annas Traum kam kein Hochzeitskleid vor, er war farbenfroh und strahlend wie ein Regenbogen vor dunklen Gewitterwolken. Dachte sie an Weiß, dann nur in dem Zusammenhang mit dem, was sie von Clemens über die hellste aller Farben wusste. Dass in der Antike weiße Haut das absolute weibliche Schönheitsideal war und die Frauen sich mit hochgiftigem Bleiweiß geschminkt und vergiftet hatten. Sie dachte an weiß wie Schnee, wie Wolken oder die Gischt des Meeres. Weiß wie Lilien, Flieder oder Rosen. Weiß wie Eisbären, Mäuse oder Kaninchen.

Und weiß wie die Unschuld, die sich Elsie bis vor den Altar bewahren wollte. Auch sie war unschuldig gewesen – bis vor einigen Wochen, als sie Clemens an einem verregneten Sonntagnachmittag im Atelier besucht hatte …

Dicke Regentropfen fielen aus schwarzen Gewitterwolken, und Anna war klatschnass geworden, seitdem sie vor wenigen Minuten von zu Hause losgelaufen war.

»Du siehst aus wie die Meerjungfrau, die keine Lust mehr auf ihr nasses Element hat und einen trockenen Unterschlupf sucht«, scherzte Clemens, als sie vor seiner Tür stand, der Regen aus ihren Haaren tropfte und sich eine kleine Pfütze um ihre Füße bildete.

»Vielleicht bleibe ich besser hier draußen stehen, bis ich trocken bin, bevor ich irgendwelche Bilder oder Zeichnungen ruiniere«, erwiderte Anna.

»Nichts da, du musst die nassen Klamotten ausziehen, sonst holst du dir noch den Tod.«

Ihr war tatsächlich kalt, sie bibberte, und ihre Lippen waren bestimmt leicht blau. Nur zu gern zog sie die nassen Sachen aus und ließ sich von Clemens in ein großes Badehandtuch wickeln, das herrlich weich war und nach ihm duftete. Dann kuschelte sie sich in sein Bett, Clemens kochte Tee, und während sie kleine Schlucke davon trank, nahm er sie in die Arme und wärmte sie zusätzlich.

Der Tee wirkte schnell, und richtig heiß wurde ihr, als Clemens sie küsste. Zuerst waren es nur kleine, zärtliche Küsse und sanftes Streicheln, wie sonst auch. Aber Anna spürte, wie ihr nackter Körper diesmal in nie gekannter Weise reagierte, ihr Atem schneller wurde und sie unter seinen Berührungen aufstöhnte. Als er sich nebenbei auszog, wusste sie, was geschehen würde, wenn sie ihn gewähren ließ. Es würde ihr erstes Mal sein. Angst hatte sie nicht, auch wenn es angeblich wehtat und oft behauptet wurde, es würde allein den Männern Vergnügen bereiten. Aber mit einem Mann zu schlafen bedeutete auch, sie konnte schwanger werden. Selbst schon beim ersten Mal. Der Gedanke ängstigte sie ein wenig, und ohne es zu wollen, hörte sie die mahnende Stimme ihrer Mutter.

»Ich liebe dich«, flüsterte Clemens, als er sich nackt neben sie legte und sie in seine Arme nahm.

»Ich liebe dich auch.« Anna zitterte vor Erregung, als sie seine Erektion spürte.

»Soll ich aufhören?«

»Nein …« Sie drängte sich an ihn, wollte mehr von diesem Brennen und Pochen, das seine Zärtlichkeiten entfachten. Das stärker war als die Mahnungen ihrer Mutter, die sie jetzt mit aller Macht verdrängte.

Als er die empfindliche Stelle zwischen ihren Beinen berührte und vorsichtig in sie eindrang, stöhnte sie auf. Hielt den Atem an, als ein kurzer Schmerz sie durchfuhr.

»Sag, wenn ich aufhören soll«, flüsterte er.

Der Schmerz ebbte ab und machte Platz für ein Empfinden, das sie vor Lust aufstöhnen ließ.

Nie hatte sie sich vorstellen können, wie es sein würde, mit einem Mann zu schlafen. Das »Unaussprechliche« zu tun, über das nur geflüstert wurde und das ein anständiges Mädchen nur seinem Ehemann erlaubte. Nie hatte sie geglaubt, dass ihr Körper beben und zittern würde und sie sich wünschte, es würde niemals aufhören.

Später lag sie verschwitzt in Clemens' Armen, atmete mit ihm im gleichen Rhythmus und beobachtete, wie die Tropfen jetzt auf das Atelierfenster fielen und langsam nach unten rannen. Draußen setzte die Dämmerung ein, und nur das grün leuchtende Auge des alten Röhrenradios war im dunklen Raum zu sehen. Clemens hatte AFN eingestellt, den amerikanischen Sender, der seit 1945 in der Kaulbachstraße residierte und fast rund um die Uhr die neuesten Hits brachte. Gerade lief *Paint it Black* von den *Rolling Stones*; kein Song hätte besser zu der melancholischen Stimmung eines Regennachmittags gepasst.

»Welche Farbe hat der Regen?«, flüsterte Anna, als könne jedes laute Wort den Zauber zerstören.

»Die Farbe der Trauer, wenn du nicht bei mir bist. Die Farbe der Sehnsucht, wenn ich nachts nicht schlafen kann. Die Farbe der Trennung, wenn du gehst. Die Farbe der Ungeduld, wenn ich auf dich warte. Die Farbe unserer Träume, wenn du in meinen Armen liegst.« Clemens zog sie enger an sich und küsste sie zärtlich.

Anna spürte ein Kribbeln aus dem Bauch aufsteigen, das ihren ganzen Körper erfasste und einen angenehmen Schwindel verursachte. Sie liebte Clemens so sehr, dass es sich anfühlte, als sei sie betrunken, dass es körperlich schmerzte, wenn sie nicht bei ihm war. An Tagen, an denen sie sich nicht sehen konnten, war sie wie in Trance, fieberte dem Tag, der Stunde des Wiedersehens entgegen. Als existiere sie nur in seiner Nähe. Jede Sekunde mit ihm war reines Glück. Dass er sie so sehr liebte und genauso empfand, machte sie unendlich glücklich. Und in Momenten wie diesen wusste sie, dass sie ihr Leben an seiner Seite verbringen wollte. Ganz egal, ob in Reichtum oder Armut.

19

ANNA VERSUCHTE KONZENTRIERT zu atmen – tief Luft zu holen und bewusst langsam wieder auszustoßen. Doch sooft sie es auch wiederholte, ihre Nervosität ließ sich damit nicht bekämpfen. Dass diese Atemtechnik beim Einschlafen helfen würde, stand in einer der Frauenzeitschriften, die im Salon für die Kundinnen bereitlagen. Sie selbst hatte den Artikel nicht gelesen, eine Kundin hatte ihn während des Auskämmens gelesen, ihr gezeigt und gestöhnt: »Ach, Fräulein Anna, wenn Sie wüssten, wie oft ich schlaflos in den Kissen liege!« Anna interessierte es nicht besonders, sie konnte sich aber gut vorstellen, dass eine wohlhabende Arztgattin mit Personal einfach nicht genug zu tun hatte, um abends müde zu sein.

Normalerweise schlief sie selbst problemlos ein, nur heute drehte sie sich wie eine Katze im falschen Körbchen. Es lag nicht an zu wenig Arbeit, die Kundinnen hatten sie den ganzen Tag auf trab gehalten, nicht einmal die halbstündige Mittagspause war erholsam gewesen. Es war die Aufregung vor dem morgigen Tag, die sie nicht einschlafen ließ.

Morgen war ihr achtzehnter Geburtstag.

Die Eltern hatten auf Elsies Bitten und Betteln eine große Party mit allen Freunden und Bekannten aus der Schule und mit Günnis Beatband genehmigt, ziemlich übertrieben, wie Anna fand. Sie selbst hätte sich über eine Staffelei oder einen Gutschein von *Schachinger* gefreut. Aber wie immer wurden Elsies Wünsche erfüllt und ihre als Spinnerei abgetan. Zuerst war sie traurig, dann wütend gewesen und hatte schließlich erkannt, dass es der letzte gemeinsame Abend mit Elsie und der Familie sein würde. Immerhin hatten sie erlaubt, dass sie nach dem Geburtstag machen durfte, wonach ihr der Sinn stand. Mit achtzehn war sie zwar noch nicht volljährig, konnte aber bereits einen Reisepass beantragen und auch allein verreisen. Es hatte sie viel Überredungskunst gekostet, die Eltern davon zu überzeugen, dass sie nicht auf die schiefe Bahn geraten würde. Schließlich waren sie einverstanden, dass sie sich der Malerei widmete, vorausgesetzt, sie tat nichts Unrechtes oder Verbotenes. Sie wussten nur noch nicht, dass sie bei Clemens einziehen würde.

Heute würde also ihr letzter Abend mit der Schwester sein, die sie lieb hatte, auch wenn sie so unterschiedlich waren wie Feuer und Wasser, wie Tag und Nacht, wie Sonne und Mond.

Anna probierte es erneut mit der Atemtechnik. Gleich darauf hörte sie Elsie leise flüsternd fragen: »Bist du krank?«

»Nein, wie kommst du denn darauf?«

»Weil du schnaufst wie die Frau Kranz, die schwarze Zigaretten raucht und deswegen Asthma hat.«

Anna erklärte, was es mit den tiefen Atemzügen auf sich hatte, dass sie wegen des Geburtstags aufgeregt war und sich freute, endlich achtzehn zu werden.

Elsie hatte still zugehört, erwiderte zuerst nichts, und schluchzte plötzlich: »Ich will nicht, dass du weggehst!«

»Sei doch froh, dann hast du das Zimmer ganz für dich allein, und wenn du mein Bett rauswirfst, hast du mehr Platz zum Tanzen.«

»Immer sagst du so verrückte Sachen …«

»So verrückt ist das gar nicht, überleg doch mal … in einem Jahr wirst du auch achtzehn, hast bis dahin garantiert den Mann fürs Leben gefunden und kannst ihn dann in dein Zimmer ohne Schwester …« Anna wurde von Elsies deutlich hörbarem Schluchzen unterbrochen. Sie schlug die Bettdecke zurück und war mit einem Schritt an Elsies Bett. »Rück mal …« Sie schlüpfte unter die Decke und nahm sie in den Arm.

Elsie seufzte. »Ich verstehe einfach nicht, warum du unbedingt mit einem Mann zusammen sein willst, der überhaupt nicht zu dir passt.«

»Und ich verstehe nicht, warum du den Salon weiterführen willst. Aber wir sind eben sehr verschieden, wie wir schon oft genug festgestellt haben. Sei nicht traurig, ich bin ja nicht aus der Welt, wenn mir nach einer neuen Frisur ist, dann besuche ich dich.«

»Versprochen?«

»Versprochen! Und jetzt sollten wir schlafen, wir wollen doch fit sein für die Party.«

Elsie brummelte zustimmend, und Anna merkte, dass die Schwester jede Sekunde einschlafen würde.

Vorsichtig zog sie ihren Arm hervor und schlich in ihr Bett zurück, wo sie abermals in die Dunkelheit starrte und sich aufs Atmen konzentrierte; diesmal fast lautlos, um Elsie nicht zu wecken, doch es wirkte einfach nicht. Ihre Gedanken kreisten um Clemens und dass sie morgen um Mitternacht in seinen Armen liegen würde.

Die Beatparty würde sie noch mitfeiern, Elsie zuliebe und auch wegen der Eltern, die viel Geld dafür ausgegeben hatten. Sie wollte nicht undankbar erscheinen und auch nicht im Zwist gehen. Das sei kein glücklicher Anfang für ihr neues Leben, hatte Clemens gemeint, und sie hatte ihm zugestimmt.

Innerlich seufzend entschied sie, nicht länger auf den Schlaf zu warten, sondern sich ein Glas Milch warm zu machen. Das alte Hausmittel war hoffentlich zuverlässiger als jede Schlaftablette.

Barfuß verließ sie das Zimmer und tapste durch den langen Flur, vorbei am Wohnzimmer zu der am Ende liegenden Küche.

Die Wohnzimmertür war nur angelehnt, durch den schmalen Spalt drang Licht. Die Eltern waren noch wach, sie hörte ihre Stimmen. Hoffentlich wollten sie nicht die Party absagen, weil die Kosten für Günnis Beatband, die Miete fürs Nebenzimmer einer Wirtschaft, Currywürstchen, Pommes und Cola für über siebzig Gäste doch zu hoch waren. Elsie hatte sich nichts weiter als eine Party gewünscht und wäre am Boden zerstört gewesen, wenn sie nicht stattfand.

Anna blieb stehen, lehnte sich an die Wand, um keinesfalls auf sich aufmerksam zu machen; die alten Holzdielen knarzten gern mal im falschen Moment.

»Xaver, es hilft nix, wir müssens dem Kind sagen …« In der gedämpften Stimme ihrer Mutter war Besorgnis zu hören.

»Und was genau willst ihr sagen? Wo wir doch genauso schlau san wie damals …«

»Am besten wärs, wenn wir ihr den Korb zeigen, in dem sie glegen ist …« Sie seufzte. »Ich hab mir oft gwünscht, die verzweifelte Mutter wäre einfach in den Laden kommen und hätt nach ihrer Tochter gfragt!«

Anna stockte der Atem. Vorsichtig spähte sie durch den Türspalt und erkannte einen ziemlich ramponierten Henkelkorb auf dem Schoß ihrer Mutter, aus dem sie eine zerschlissene Decke nahm.

In dem Korb war ein Kind gefunden worden?

Etwa Elsie?

War ihre Schwester ein armes Waisenkind?

Ein Findelkind, ausgesetzt bei Nacht und Nebel?

Wie grausam.

Anna wurde schwindelig, ihr Herz begann so heftig zu schlagen, dass sie glaubte, die Eltern müssten es hören. Und ihr war so mulmig zumute, dass sie sich fest gegen die Wand drückte, um nicht zusammenzusacken.

Nein, was sie da gehört hatte, konnte nicht stimmen.

So etwas gab es doch nur in Romanen oder Filmen.

Oder war es doch möglich? Sie selbst hatte eindeutig die dunklen, lockigen Haare ihrer Mutter geerbt, und mit der immer leicht gebräunten Haut sahen sie sich auch sonst recht ähnlich; viele Kundinnen hatten das bemerkt und ihrer Mutter dabei zugenickt. Dagegen schien Elsie mit ihren hellblonden Haaren und der hellen Haut aus der Art zu schlagen; vom Vater konnte das nicht stammen, er war brünett, ehe er über die Jahre grau geworden war.

Wenn Elsie ein ausgesetztes Kind war, war es auch normal, dass die Eltern sie stets verwöhnen wollten, um das grausame Schicksal zu mildern. Dass sie Mitleid mit dem armen Findelkind hatten.

Anna musste an die Hänseleien während der Schulzeit denken. Wie viele Tränen Elsie deshalb vergossen hatte … sie vermochte es nicht zu sagen. Aber wenn ihre Schwester tatsächlich von den Eltern aufgenommen worden war, konnte sie das vielleicht immer noch fühlen? Womöglich spürte Elsie noch unbewusst, dass sie ausgesetzt worden war. Womöglich hatte es lange gedauert, bis die Eltern sie gefunden hatten. Vielleicht hatte das arme Würmchen weinend im Korb gelegen, und niemand hatte es gehört. Oder spielte ihre Fantasie ihr einen Streich? Was du dir immer für verrückte Sachen ausdenkst, hatte Elsie oft genug zu ihr gesagt. Ja, sie hatte eine blühende Fantasie; das hatte in der fünften Klasse sogar im Zeugnis gestanden. Ihr Vater hatte das mit einem trockenen »Wennst dieses Talent für den Salon verwenden täts, wär ich zufrieden« kommentiert und natürlich Haareschneiden, Lockendrehen und Frisieren gemeint.

»Also, Xaver, was mach ma?«, hörte Anna ihre Mutter fragen und den Vater antworten: »Wir warten die Party ab. Wer weiß, wies auf so eine Neuigkeit reagieren tät. Am End ist sie vollkommen durcheinander und stellt irgendeinen Blödsinn an … Jetzt versteck die Sachen wieder, und dann hopp ins Bett. Morgen is Freitag, da herrscht Hochbetrieb.«

Der Befehl des Vaters holte Anna aus ihrem konfusen Gedankenspiel. Eilig löste sie sich von der Wand und schlich so geräuschlos wie möglich zurück in ihr Zimmer.

Im Dunkeln tastete sie sich zu den Betten und setzte sich der Schwester gegenüber auf ihr eigenes.

Fasziniert beobachtete sie die schlafende Elsie, die sie bis eben für ihre leibliche Schwester gehalten hatte, die aber ein bedauernswertes Findelkind war.

Wie würde Elsie reagieren, wenn sie davon erfuhr? Und warum wollte die Mutter das Geheimnis ausgerechnet jetzt lüften? Siebzehn Jahre lang hatte Elsie keine Ahnung von ihrer Herkunft gehabt und sehr gut damit gelebt. Wenn sie es jetzt hörte, änderte sich doch nichts, außer dass sie einen Schock erleiden würde. Dann war der Geburtstag noch nachträglich ruiniert.

Anna kamen die Tränen. Sich Elsie als ausgesetztes Kind in diesem Korb vorzustellen war so unendlich traurig! Elsie durfte niemals davon erfahren. Sie würde es verhindern. Aber wie?

Nach kurzem Grübeln wusste sie eine Lösung: den Korb verschwinden lassen, einfach in einen Mülleimer werfen! Irgendwo weit weg, wo die Eltern ihn nicht mehr finden konnten. Ohne diesen Korb gab es keine Beweise. Ohne den Korb war das Ganze nichts weiter als eine verrückte Geschichte. Gleich morgen würde sie danach suchen. Wenn die Eltern das Geheimnis erst nach der Party lüften wollten, hatte sie noch genügend Zeit, ihren Plan in die Tat umzusetzen.

Dieser Entschluss war so beruhigend, dass sie einschlief, sobald sie unter die Decke geschlüpft war.

Anna wachte mit Herzklopfen auf. Heute wurde sie achtzehn. Lächelnd schlug sie die Bettdecke zurück, setzte sich hin und erschrak, als ihr Blick auf Elsie fiel und sie sich an die vergangene Nacht erinnerte. An diesen Korb und diese unfassbare Geschichte.

Elsie war ein Findelkind.

Das war so unglaublich, dass sie jetzt, wo die Sonne durch den Vorhang blitzte, alles für einen bösen Traum hielt.

Unwillkürlich musste sie lachen. Es war ganz sicher ein verrückter Traum gewesen, ihre Fantasie war mal wieder mit ihr durchgegangen.

Elsie schlug die Augen auf und schaute sie verwundert an. »Warum lachst du?«

Anna zuckte mit den Schultern. Bloß nicht das Wort Findelkind aussprechen, auch Korb oder Decke waren hochgefährlich. Eilig dachte sie sich eine Notlüge aus. »Ach, mir wurde nur gerade bewusst, dass ich heute tatsächlich achtzehn Jahre alt werde. So lange habe ich darauf gewartet, und plötzlich ist der Tag da. Seltsamerweise fühle ich mich aber überhaupt nicht anders als gestern. Ich bin ein bisschen enttäuscht.«

Elsie reckte die Arme nach oben, streckte sich noch im Liegen und gähnte dabei herzhaft. »Du bist aber immer noch so verrückt wie gestern und sagst komische Sachen, die ich nicht verstehe.«

»Ist doch ganz einfach: Man wird nur einmal achtzehn, und ich finde, das sollte man spüren. Es sollte Konfetti regnen, die Welt sollte in bunten Farben schillern und glitzern wie der allerschönste Regenbogen! Auf allen Wegen sollten sich Luftschlangen kringeln, und alle Menschen sollten einem gratulieren. Ach … übrigens … alles Gute zum Geburtstag!« Anna sprang auf, war mit zwei Schritten bei Elsie, umarmte sie herzlich und drückte ihr unzählige Küsse auf die Wangen. Vielleicht war das heute ihr letzter gemeinsamer Geburtstag und vielleicht auch ihr letztes Beisammensein.

Elsie schlang ihre Arme um Annas Hals. »Dir auch alles Liebe zum Achtzehnten. Und obwohl ich erst siebzehn werde, fühle *ich* mich schon ein bisschen anders, und zwar so aufgeregt wie überhaupt noch nie, weil ich die erste Party meines Lebens feiern werde …«

Ein sanftes Klopfen an der Tür unterbrach das Gespräch. Ihre Mutter erschien im Türrahmen. »Guten Morgen, ihr zwei Geburtstagskinder! Und alles Liebe zu eurem Ehrentag.« Sie ging zu ihren Kindern, umarmte zuerst Anna, dann Elsie und setzte sich zu ihrer Jüngsten ans Fußende. »Na, habts gut geschlafen und seids schon recht aufgregt?«

Anna nickte.

»Wolltest du heute Nacht eigentlich noch mal in die Küche, Anna?«

Anna erschrak. Sie hatte also nicht geträumt, das Gespräch zwischen den Eltern hatte stattgefunden, und Elsie war tatsächlich ein Findelkind. »Ähm … ich war nur auf der Toilette.«

»Dann kommts frühstücken«, wechselte die Mutter das Thema, ohne auf Annas Antwort einzugehen. »Rühreier und frische Semmeln. Euer Vater ist extra früh aufgstanden und war beim Bäcker.«

Elsies graugrüne Augen glänzten begeistert. »Das ist ja ein richtiges Sonntagsfrühstück!«

Liebevoll strich die Mutter über Elsies glattes Haar, das auch direkt nach dem Aufwachen so ordentlich aussah, als habe sie es frisch geföhnt. »Ja, mein Schatzerl, es is ja auch ein ganz bsonderer Tag heut.«

Anna wurde heiß, ihre Hände schwitzten, und sie fühlte ein heftiges Pochen in den Ohren. Besonderer Tag? Damit war nicht nur ihrer beider Geburtstag gemeint, wie sie wusste. Die Eltern waren offensichtlich wild entschlossen, Elsie die erschütternde Wahrheit über ihr Schicksal zu eröffnen.

September 1966

Sie hatte es sich so einfach vorgestellt, den Salon wie eine ganz normale Kundin zu betreten und zu fragen, ob Anna ihr die Haare schneiden könne. Einmal ihr geliebtes Kind ganz aus der Nähe zu betrachten, sich mit ihr über eine neue Frisur und andere unverfängliche Themen zu unterhalten. Anna ganz nebenbei über ihr Leben ausfragen, herausfinden, ob sie über ihr Schicksal Bescheid wusste.

Sie hatte überlegt, was sie anziehen, ob sie Make-up auflegen und sich vorher die Haare waschen sollte. Alles kam ihr falsch vor, was vermutlich daran lag, dass ihr nicht die richtigen Worte einfallen wollten. Einerlei, ob sie geschminkt, mit sauberen Haaren im Kostüm oder im Mantel, ohne Farbe im Gesicht und mit fettigen Haaren den Salon betreten würde, es gab keine passende Erklärung für ihre Schuld. Wie sollte sie Armut und Not erklären? Wie glaubwürdig versichern, dass sie Angst gehabt hatte, sie würden verhungern, oder man würde ihr Kind in ein Heim stecken? Wie einer fast erwachsenen jungen Frau von heute die katastrophalen Verhältnisse der Nachkriegsjahre begreiflich machen? Würde Anna ihr glauben, ihr Handeln verstehen, ihr verzeihen? Nächtelang hatte sie sich Formulierungen überlegt. Sie aufgeschrieben, auswendig gelernt, wieder verworfen und schließlich entschieden, spontan zu sein. Auf die entspannte Atmosphäre im Friseursalon gehofft, in der sie herausfinden konnte, was Anna von ihrer leiblichen Mutter wusste.

Ohne Termin und ohne genauen Plan betrat sie schließlich in der Mittagszeit den Salon Sonnlechner, der inzwischen durchgängig bis 18:30 Uhr geöffnet war, und hoffte, von Anna bedient zu werden.

Frau Sonnlechner nahm ihr den Mantel ab und musterte sie eindringlich. »Waren Sie schon einmal bei uns? Sie kommen mir so bekannt vor.«

Sie schluckte, hatte sich aber schnell wieder im Griff. »Nein, leider nicht, ich bin von auswärts, kam nur zufällig hier vorbei. Ob Sie mich trotzdem bedienen könnten?«

»Ach so … ja, bittschön, nehmen S' Platz.« Frau Sonnlechner deutete auf einen freien Stuhl. »Ich werde nachschaun, wer von den Mädchen für die Haarwäsche frei ist.«

Sie bedankte sich lächelnd, setzte sich und beobachtete Anna, die am Frisierplatz gegenüber einer Dame das Haar auf Wickler drehte, möglichst unauffällig im Spiegel.

Nach etwa zehn Minuten begleitete Anna die Dame zu den Trockenhauben, setzte sie darunter, stellte die Zeit ein und verschwand durch den Hinterausgang.

Sie geduldete sich noch weitere zehn Minuten, doch als Anna nicht zurückkehrte, entschuldigte sie sich bei Frau Sonnlechner, sie könne leider doch nicht warten und würde es an einem anderen Tag noch einmal versuchen.

20

ANNA KONNTE NICHT aufhören, an diesen Korb zu denken, und war schrecklich unkonzentriert, während sie Frau Bredows kurz geschnittenes Haar auf Drahtlockenwickler drehte.

»Aua, der da zwickt!« Frau Bredow deutete auf den Wickler über ihrem rechten Ohr und kniff dabei die Augen zusammen.

»Ich bitte um Verzeihung.« Anna lockerte die Nadel, die sie mal wieder zu steil gesteckt hatte, was ziemlich schmerzhaft sein konnte. Einer der Fehler, mit denen sie erfolgreich durch die Gesellenprüfung gerasselt war.

»Wo sind Sie nur heute mit Ihren Gedanken?« Frau Bredow verdrehte genervt die Augen.

»Tut mir sehr leid, muss am Wetter liegen«, entschuldigte Anna sich ein zweites Mal und versprach, vorsichtiger zu sein. Nicht nur die Gedanken an ihr Vorhaben machten sie nervös, sie fühlte sich auch von dieser unangemeldeten Kundin beobachtet, die sie im Spiegel fixierte und scheinbar von ihr bedient werden wollte. Aber dafür hatte sie keine Zeit. Ärger mit einer Stammkundin wie der Bredow musste sie dennoch vermeiden, denn das hätte unweigerlich zu einem Streit mit den Eltern geführt, und das war hoch riskant. Wie schnell überlegten die Eltern es sich womöglich anders und entließen sie doch nicht in die ersehnte Freiheit! Dann wäre sie weitere drei Jahre bis zur Volljährigkeit in diesem verhassten Friseursalon gefangen wie ein Vogel in einem Käfig.

Endlich waren alle Wickler gesetzt, die kurzen Härchen mit

Clips in Form gebracht, und Frau Bredows Miene nach zu schließen, war sie zufrieden. Anna war auch zufrieden, die dauergewellte Vorkriegsfrisur würde nach dem Auskämmen und mit Haarlack besprüht wie betoniert sitzen. Höflich geleitete sie die Kundin zu den Trockenhauben und brachte ihr noch die neueste *BUNTE*.

»Ja, ist das denn zu fassen?« Ein entrüstetes Schnaufen folgte dem Ausruf. »Jetzt kriegt diese Mary Quant von der Queen auch noch einen Orden für die Erfindung des Minirocks. Dabei kann man so ein Stückchen Stoff doch gar nicht als *Rock* bezeichnen.« Sie hielt Anna die Illustrierte entgegen, auf deren Titelseite ein Foto von Mary Quant prangte. »Ein Skandal ist das! Nie im Leben würde ich so was tragen. Mein Mann wäre schockiert.«

»Wirklich unfassbar«, stimmte Anna der Kundin diplomatisch zu und verkniff sich ein Lachen, als sie sich Frau Bredow mit der spießigen Dauerwelle im Minirock vorstellte. Freundlich nickend stülpte sie ihr dann die Trockenhaube über den Kopf, stellte auf fünfundzwanzig Minuten ein, und endlich war der letzte Handgriff getan.

Ohne die wartende fremde Kundin weiter zu beachten, hetzte sie durch den Hinterausgang aus dem Salon nach oben in die Wohnung. Und sie würde nicht aufgeben, ehe sie ihn gefunden hatte, um die Schwester vor einer bitteren Erfahrung zu schützen.

Den ganzen Vormittag hatte sie darüber gegrübelt, wo der Korb sein konnte, wo sie selbst etwas verstecken würde, das niemand finden durfte, und war zu dem Schluss gekommen, dass die Wohnung der falsche Ort dafür wäre. Die drei Zimmer, Küche, Bad und ein langer Flur boten keine Kammern oder Nischen, die sich für ein Versteck eigneten. Außerdem war die Mutter eine extrem ordentliche Hausfrau, alles hatte seinen Platz, nichts durfte herumstehen, und sogar die Schuhe, die im Flur ausgezogen werden mussten, standen in Reih und Glied wie die Soldaten beim Appell. Der Dachboden hingegen, wo bei Regenwetter und im Winter die Wäsche getrocknet wurde und sich außerdem abgetrennte Verschläge befanden, war eher ein Ort voller geheimer Möglichkeiten. Zu jeder Wohnung gehörte so ein Verschlag, in dem man Koffer, den Schlitten oder die Weihnachtskugeln lagern konnte. Zwischen all dem selten benötigten Kram ließe sich locker ein Korb verstauen.

Der Schlüssel für den Trockenboden hing im Flur am Schlüsselbrett, und solange Elsie und die Eltern im Salon zu tun hatten, war sie dort oben ungestört – vorausgesetzt, niemand war dabei, Wäsche aufzuhängen.

Sie hatte Glück; keine Nachbarinnen, nur ein vergessener Wäschekorb und einige Wäscheklammern an den Hanfseilen, die zwischen den Stützpfeilern gespannt waren.

Als sie den zierlichen Bartschlüssel in das Vorhängeschloss steckte, mit dem die Holzlattentür des Bretterverschlags gesichert war, stieg ein mulmiges Gefühl in ihrer Magengegend hoch, als begehe sie einen Einbruch. Ein wenig traf es auch zu, aber sie wollte ja nicht direkt etwas stehlen, sondern nur ihre Schwester schützen. Und dafür verdiente sie, gelobt werden.

Entschlossen straffte sie die Schultern, drehte den Schüssel um, hakte das Schloss aus und öffnete die Lattentür.

Auf den ersten Blick hätte sie nicht sagen können, wo zwischen dem alten Holzschlitten, den großen Pappkartons mit den Christbaumkugeln, dem eisernen Christbaumständer und noch anderen Kisten dieser Korb versteckt war. Womöglich steckte er auch in einem Karton, damit er nicht sofort zu sehen war. Aber er musste hier sein, im Kohlenkeller mit den Briketts und den eingelagerten Kartoffeln war es dafür viel zu schmutzig.

Sorgsam, um nichts zu beschädigen, räumte sie alles aus, schaute in jede Pappschachtel, die groß genug für einen Korb war, und wurde doch nicht fündig.

Enttäuscht verstaute sie den ganzen Krempel wieder im Verschlag, ging zurück in ihr Zimmer, legte sich aufs Bett und starrte nachdenklich an die Decke.

Wo hätte sie diesen Henkelkorb, den die Kinder auf keinen Fall finden durften, versteckt? Vermutlich an einem Ort, der für sie verboten war.

Natürlich! Das verbotene Schlafzimmer! Anna klopfte sich mit der flachen Hand auf die Stirn. Warum war sie nicht sofort darauf gekommen?

Das Schlafzimmer der Eltern zu betreten, war streng untersagt. Dieser Raum mit dem wuchtigen Doppelbett, den Nachtkästchen und dem dunkelbraunen viertürigen Schrank war oberste Verbotszone. Elsie hatte es einmal gewagt, sich an der Frisierkommode mit dem dreiteiligen Spiegel zu schminken, weil sie sich da von allen Seiten betrachten konnte, und hatte prompt Ärger bekommen. Anna hatte sich noch gewundert und gefragt, was so schlimm daran gewesen war, schließlich hatte Elsie nichts kaputt gemacht. Aber jetzt wusste sie, warum. Der Korb war dort versteckt, vermutlich im Schrank, und Elsie hätte ihn finden können. Deshalb waren die Eltern so wütend gewesen.

Anna sprang auf und stürmte ins Schlafzimmer. Alle vier Schranktüren waren verschlossen. Die Schlüssel fand sie in den Schubladen der Nachtkästchen. Kein gutes Versteck, dachte sie schmunzelnd und wunderte sich über den Leichtsinn ihrer Mutter. *Sie* würde solch wichtige Schlüssel immer bei sich tragen, nur dann wären sie sicher. Aber nun war es kinderleicht, die Türen zu öffnen.

Hinter den beiden mittleren befand sich der Teil mit der Kleiderstange, darunter stapelten sich ein paar Schuhschachteln, ausrangierte Sofakissen und zwei zerschlissene Decken, die etwas Rundliches verdeckten. Auffälliger ging es eigentlich nicht, dachte Anna, und zwei Sekunden später hielt sie den Henkelkorb in Händen.

Ein normaler Weidenkorb mit einem gebogenen Tragehenkel; ein ähnlicher stand in der Speisekammer, mit dem waren sie schon als Kinder einkaufen gegangen. Ihre Hände zitterten, als sie die gestrickte Decke herausnahm, die so zerschlissen war, dass sie kaum noch zusammenhielt. Was Wunder, das olle Ding war mindestens siebzehn Jahre alt. Darunter lagen sehr ordentlich zusammengefaltet eine genauso schäbige Babygarnitur mit löcherigem Mützchen, eine Nuckelflasche und ein fleckiges graugrünes Kuvert, das aufgeschlitzt worden war.

Anna zögerte nicht lange, holte ein Blatt heraus und begann die handgeschriebenen Zeilen zu lesen.

Hochverehrtes Ehepaar Sonnlechner, ich bitte Sie inständig, sich um meine kleine Anna …

Anna starrte den Namen an. Kein Irrtum, da stand ihr Name.

Vor ihren Augen begann es zu flimmern, ihr Herz fing an zu rasen, und in ihren Ohren dröhnte es, als würde jemand darin hämmern. Wieder las sie den Namen. Anna. Kein Zweifel, es war ihrer.

Wie war das möglich? Sie sah ihrer Mutter doch so ähnlich! Dieselben dunklen Locken, derselbe stets leicht gebräunte Teint, und sie hatten beide blaue Augen, auch wenn ihre wesentlich heller waren. Elsie war doch das aus der Art geschlagene Kind mit hellblonden Haaren, das rein äußerlich nicht in die Familie passte …

Anna fing noch einmal von vorn an zu lesen.

Hochverehrtes Ehepaar Sonnlechner, ich bitte Sie inständig, sich um meine kleine Anna zu kümmern, weil ich es nicht kann. Ich bin eine ledige Mutter und wurde von meiner Familie davongejagt, weil mein Kind ein Bankert ist. Ich wusste nicht, wohin, und auch nicht, wie ich mich und das Kind durchbringen sollte, wir wären verhungert oder erfroren. Ich wollte ins Wasser mit dem Kind gehen, aber dann hab ich mich an Sie erinnert und dass Sie gute Menschen sind. Das Schmuckstück ist das einzig Wertvolle, das mir noch geblieben ist, es hätte mich und meine kleine Anna vielleicht ein paar Wochen über Wasser gehalten, aber danach wären wir wieder vor dem Nichts gestanden. Deshalb flehe ich Sie an, sich der Anna anzunehmen und die Kette als Entlohnung für Ihre Mühe und Kosten anzusehen. Anna ist ein liebes Kind und kann schon Zwiebackbrei essen, auch ein Haferschleimflascherl mag sie gern …

Anna ließ den Brief sinken. Sie wollte, *konnte* es einfach nicht fassen, und doch stand es da Wort für Wort. Es musste die Wahrheit sein, warum sonst hätten die Eltern letzte Nacht darüber geredet?

Sie. War. Das. Findelkind.

Die Ähnlichkeit mit ihrer Mutter war nichts weiter als ein glücklicher Zufall. Ihre leibliche Mutter hatte sie nicht gewollt, nicht geliebt, einfach weggegeben. In einen Henkelkorb gepackt und ausgesetzt. Wie ein lästiges Tier.

Schluchzend las sie den Brief ein drittes Mal, und langsam krochen die Erinnerungen wie giftige Schlangen in ihr hoch: die Gefühle, keine richtige Sonnlechner zu sein. Wie oft sie und Elsie im Schulhof von Kameradinnen gehänselt worden waren, weil sie sich so gar nicht ähnlich sahen. Wie sie, Anna, sich darüber lustig gemacht und behauptet hatte, von Hausierern abzustammen, und damit unbewusst der Wahrheit sehr nah gekommen war. Wie ihre Mutter den Vater gerügt hatte, er solle sich nicht versündigen und still sein, bevor er es bereue. Dass der Opa geglaubt hatte, mit ihr gäbe es immer nur Ärger. Wie oft hatte der Vater sie als Widerspenstige gerügt, die nicht zu bändigen sei. Stets hatte er *sie* und niemals Elsie zu extra Putzarbeiten im Salon verdonnert. Und egal, wie sehr sie sich bemühte, es ihm recht zu machen, ein Lob bekam sie trotzdem nie.

Seit sie denken konnte, hatte sie das Gefühl, dass irgendetwas mit ihr nicht stimmte. Immer war da diese Ahnung, dass es in ihrem Leben ein Geheimnis gab, sie nicht zu dieser Familie passte.

Es war keine verrückte Idee gewesen, den Beweis dafür hielt sie jetzt in Händen.

Tränen rannen über ihre Wangen. Der Hals wurde ihr eng, sie bekam kaum Luft. Und endlich, tief aus ihrer Brust, stieg ein kehliger Schrei nach oben.

21

CLEMENS ZÖGERTE, AUF den Klingelknopf zu drücken. Er hasste es, um etwas zu bitten, aber gleich würde er sogar betteln müssen, denn es war die einzige Alternative.

Also los, mach schon, raunte er in den düsteren Hausflur und drückte endlich auf den Knopf neben Alois Rupperts Namensschild.

Er hatte lange überlegt, welche Uhrzeit wohl die günstigste für den Gang nach Canossa wäre, und sich für Vormittag um halb elf entschieden. Um diese Zeit war der Hauswirt doch garantiert wach, saß nicht mehr beim Frühstück und würde sich nicht gestört fühlen.

Clemens atmete durch, straffte die Schultern und klingelte kräftig. Es dauerte lange, bis sich schlurfende Schritte näherten. Bis die dunkle Holztür einen schmalen Spalt geöffnet wurde und er zuerst Rupperts knollige Nase und ein faltiges Auge zu sehen bekam.

»Da schau her, der Herr Künstler.« Die Tür ging zu, eine Sicherheitskette wurde aus der Verankerung gelöst und die Wohnungstür geöffnet.

Clemens deutete eine halbe Verbeugung an. »Guten Morgen, Herr Ruppert. Ich hoffe, ich störe nicht.«

»Nicht, wenns die Miete dabeiham.«

»Es ist so … mein Galerist … also, ich wollte …«

Ruppert wich einen halben Schritt zurück und hob abwehrend die Hand. »Verschonen S' mich mit der saudummen

Gschicht von einem Galeristen, die kommt mir schon zum Hals raus. Den ham S' doch nur erfunden. Seit einem halben Jahr sind S' immer wieder im Verzug, es langt. Wenn S' nicht zahlen können, müssen S' heut noch ausziehn. Um Mitternacht ist der September vorbei, dann san S' draußen.« Ruppert knallte die Tür so heftig zu, dass die blank geputzte Messingklappe des Briefschlitzes leise schepperte.

Minutenlang stand Clemens im Hausflur, bis er die Endgültigkeit der Aussage begriff. Dieser geldgierige Mann hatte ihn nicht einmal ausreden lassen. Müde schleppte er sich die vier Stockwerke nach oben. Zu blöd, dass er sich damals darauf eingelassen hatte, das Atelier auf Handschlag für 250 Mark statt offiziell und für 300 Mark zu mieten, inklusive des Telefons, das bei Einzug bereits installiert und auf den Hauswirt eingetragen war. Den kleinen Nachteil, dass Clemens Altmann nicht im Telefonverzeichnis zu finden war, hatte er in Kauf genommen. Jetzt wünschte er sich, dass er einen ordentlichen Mietvertrag hätte, der ihn vielleicht vor einer fristlosen Kündigung schützen konnte. Aber 50 Mark waren viel Geld. Ruppert steckte die 250 natürlich schwarz ein, deshalb war ja auch Barzahlung vereinbart worden.

Es war also vorbei.

Er musste das Atelier räumen.

Ausgerechnet heute, wo sein Leben mit Anna beginnen sollte, wurde er obdachlos und ohne Atelier arbeitsunfähig.

Wo sollte er malen? Wo schlafen? Es blieb ihm wohl keine andere Wahl, als sich zu den Gammlern am *Picknick* zu gesellen. Ins gemachte Nest zu seinem Vater würde er jedenfalls nicht zurückgehen. Niemals. Dass dieser verdammte Hauswirt aber auch den Hals nicht vollbekam! Kein Herz für die Kunst. Und nicht die geringste Vorstellung, wie hart es war, seine Leidenschaft zu leben, wenn alle gegen einen waren. Sogar die eigene Familie.

Sein Vater hatte wie angedroht die finanzielle Unterstützung eingestellt. Und die Geschäfte auf der Künstlermeile liefen sehr mies. Das Wetter war in den letzten Wochen ständig wechselhaft gewesen, und die Wochenenden hatten er und Jacob ziemlich einsam unter Regenschirmen verbracht. Bei Nieselregen und kaltem Wind blieben sowohl Schaulustige als auch ernsthafte Interessenten lieber zu Hause. Obendrein sorgten die Vorbereitungen für den U-Bahn-Bau auf der Leopoldstraße zusätzlich für Behinderungen. Die Einnahmen gingen folglich gegen null, und so waren seine spärlichen Rücklagen schneller geschmolzen als ein Stück Butter in der Pfanne, trotz des Verzichts auf Zigaretten. Hätte er nicht seinen Wagen verkauft, stünde er schon längst auf der Straße. Und dieser »Galerist«, den er versuchte herbeizureden, wollte einfach nicht auftauchen.

Als Clemens die Tür zum Atelier aufschloss, hörte er das Telefon schrillen. Vielleicht ein letztes Mal, wenn er tatsächlich hier rausflog. Die Stromrechnung würde auch bald im Briefkasten liegen. Zusätzlich waren seine Schulden bei der lieben Frau Holzapfel beachtlich. Die geschätzte Kramerin nicht bezahlen zu können, war ihm besonders peinlich. Er hatte ihr sogar seine Zwei-Mark-Münze angeboten, die sie jedoch nicht nehmen wollte. »Ich weiß doch, wie Sie an dem Glücksbringer hängen, und der Zwickel macht des Kraut a ned fett«, hatte sie lakonisch gesagt und dass *sie* nicht bankrottginge, wenn er nicht gleich bezahlen könne.

Träge nahm er den Hörer ab. Wenn noch jemand Geld von ihm wollte, hätte er hysterisch aufgelacht.

»Hallo?«

»Na, endlich! Wo warst du denn so lange? Ich versuche seit einer halben Stunde, dich zu erreichen. Wollte hören, ob wir uns am Abend auf der Meile treffen. Im Moment ist das Wetter ja nicht so doll.«

Clemens schnaufte erleichtert auf, kein Gläubiger, sondern sein Freund Jacob. »War beim Hauswirt …«

»Ah, wieder mal die Miete. Und?«

»Hart wie Granit. Lässt sich nicht erweichen. Ich muss heute noch ausziehen. Und ich habe keine Ahnung, wohin. Vor allem weiß ich nicht, wohin mit den großformatigen Bildern.«

»Du weißt, ich würde dich ja gern bei mir aufnehmen, aber meine Wirtin ist grundsätzlich gegen Übernachtungsbesuche. Deine Bilder kannst du im Gartenhaus meiner Eltern unterstellen«, bot Jacob an. »Das ist zwar kein gleichwertiges Atelier, aber es ist dort trocken.«

»Danke, damit hilfst du mir sehr. Ich hoffe, dass ich alle bald wieder abholen kann.«

»Hat keine Eile. Gegen Abend komm ich gern mit dem Leiterwagen vorbei und helfe dir beim Transport. Gemeinsam ist das schnell erledigt. Bis zu den Schrebergärten ist es nicht so wahnsinnig weit. Vielleicht eine halbe Stunde.«

»Bist ein echter Freund.« Clemens schluckte. Er war noch nie in solch einer beschämenden Notlage gewesen.

»Lass gut sein, irgendwann werde ich vielleicht mal deine Hilfe brauchen.«

»Jederzeit«, versicherte Clemens, und sie verabschiedeten sich.

Kaum hatte er den Hörer auf die Gabel gelegt, klingelte das Telefon erneut.

Constanze war am Apparat. »Seit wann führst du Dauergespräche am Telefon?«, fragte seine Schwester.

Clemens berichtete, mit wem er gesprochen hatte, dass er um Mitternacht auf der Straße stünde und keine Zeit für lange Unterhaltungen habe, es sei denn, sie wüsste eine kostenlose Unterkunft für ihn. »Ich muss alle Freunde anrufen, ob mich jemand für ein paar Tage beherbergen kann.«

»Eine Wohnung habe ich leider nicht für dich, aber ich kann dir anderweitig helfen.«

»Wie das?«

»Mit einer Finanzspritze. Ich habe erst heute beim Frühstück von Gesine erfahren, dass du kein Geld mehr von Papa bekommst, und wollte nachfragen, wie die Lage ist. Und wie ich jetzt heraushöre, bist du pleite.«

»Bankrott trifft es genauer.«

»Dann komme ich ja genau im richtigen Moment.«

»Nur, wenn du heute noch mit Bargeld auftauchst, um das Unheil abzuwenden.«

»Wie viel brauchst du?«

»Du willst mir wirklich helfen?«

»Na klar, ich war doch schon immer auf deiner Seite, denn nur wenn du die Firma nicht übernimmst, steigen meine Chancen, Chefin zu werden«, erklärte Constanze.

»Danke, danke, danke! Das vergesse ich dir nie, und ich garantiere dir, dass die Likörbranche ohne mich auskommen muss«, versprach Clemens und nannte eine Summe, mit der er die nächsten drei Monate über die Runden kommen würde.

»Nimmst du auch einen Scheck?«

»Ich schon, aber wenn ich nicht mit Scheinen wedeln kann, wird der Ruppert mich trotzdem auf die Straße setzen.«

»In Ordnung, dann musst du bis nach der Mittagspause warten. Die Bank öffnet um zwei, ich könnte dann gegen drei bei dir sein.«

Clemens war so erleichtert, dass er einen kleinen Juchzer ausstieß. Das Schicksal hatte ein Einsehen.

Eilig telefonierte er mit Jacob, um den Transport für seine Bilder abzublasen.

»Freut mich, dann werde ich mich an unseren Stand begeben,

meine Kasse ist nämlich auch leer. Sehen wir uns heute Abend wie üblich? Das Wetter soll ja angeblich besser werden, wie vorhin in den Nachrichten behauptet wurde.«

»Geht klar, heute Abend«, stimmte Clemens zu, um sich im nächsten Moment zu verbessern: »Stopp, es klappt doch nicht. Anna und ihre Schwester haben heute Geburtstag, und gefeiert wird mit Beatband. Vielleicht magst du auch kommen. Es gibt was zu futtern.«

»Bin dabei, wenn Anna nichts dagegen hat.«

»Wird sie nicht, wenn ich ihr von deiner Hilfsbereitschaft erzähle. Dann bis später.«

Nachdem Clemens sich verabschiedet hatte, konnte er sich endlich überlegen, wie er an die Flasche Sekt kommen sollte, die er mit Anna um Mitternacht trinken wollte. In seiner Geldbörse waren gerade noch eine Mark und dreißig Pfennige, dafür bekäme er Milch – nicht gerade passend, um auf den Achtzehnten anzustoßen. Ein Geschenk hatte er auch nicht. Anna hatte zwar ausdrücklich gesagt, er solle ihr nichts schenken, aber mit leeren Händen wollte er nicht gratulieren, sondern wenigstens eine kleine Überraschung überreichen. Zur Erinnerung an den Tag, an dem ihr gemeinsames Leben begann.

Ob es in irgendeiner Hosen- oder Jackentasche noch einen vergessenen Fünfer gab? Ja, in einem anderen Leben, als er noch hauptberuflich Sohn war, hätte er ein Fünf-Mark-Stück gefunden oder sich einfach im Weinkeller seines Vaters bedient. Heute war er ein armer Künstler mit leeren Taschen und ohne Wein im Keller, damit musste er sich abfinden. Denn wie es aussah, würde es das noch lange bleiben.

Noch während er den vergangenen Zeiten nachtrauerte, fiel ihm ein, dass Constanze doch eine Flasche aus dem Weinkeller stibitzen konnte. Er blickte auf seine Armbanduhr. Mit etwas Glück erreichte er sie noch zu Hause.

Sie hatte die Villa bereits verlassen, erfuhr er von Magda – und ihn hatte das Glück schon wieder verlassen.

Um nicht untätig herumzusitzen, bis Constanze mit dem Geld eintrudelte, wollte er das schmutzige Geschirr abwaschen und das Bett frisch beziehen, um das Leben mit Anna wenigstens in einer sauberen Behausung zu beginnen. Er konnte es kaum erwarten, Tag und Nacht mit ihr zusammen zu sein. Abends mit ihr einzuschlafen, morgens mit ihr aufzuwachen. Pläne zu schmieden. Träume zu verwirklichen. Sie zu lieben, immer nur mit Kondomen, damit es keine böse Überraschung gab. Und für den Rest ihres gemeinsamen Lebens für sie zu sorgen, auch wenn es im Moment nicht gerade aussah, als würde es ein Leben in Saus und Braus werden. Doch an ihrer Seite hatte er keine Angst vor einem Dasein in einem ungeheizten Atelier bei Wasser und trockenem Brot, wobei er alles daran setzen würde, Letzteres zu verhindern.

Anna war nach der Entdeckung einige Minuten vollkommen verstört, hatte dann aber überlegt, was sie tun sollte. Zuerst umziehen, den unbequemen Bleistiftrock und die weiße Hemdbluse gegen eine Jeans und einen alten Pullover tauschen. Die spießigen halbhohen Pumps ausziehen, in die geliebten Ballerinas schlüpfen und die Haarnadeln aus der Hochsteckfrisur lösen. Dann war sie aus der Wohnung gerannt und lief seitdem wie in Trance mit gesenktem Kopf durch Schwabing. Normalerweise ging sie mit wachem Blick durch die Straßen, immer auf der Suche nach motivierenden Impressionen, wie Clemens es ihr geraten hatte. Lohnende Motive gebe es an jeder Straßenecke, sie müsse nur die Augen aufmachen. Es könne ein kleiner Spatz sein, der sich in einer Wasserpfütze vergnügte. Ein Kind, das einem Ball nachlief, ein alter Mann am Stock, der sich mühsam durch den Tag schleppte, ein Pärchen auf einer Parkbank, eine

Mutter mit Baby. Doch heute hatte sie keinen Blick für ihre Umgebung, konnte einfach nicht aufhören zu weinen, und niemand sollte ihre Tränen sehen, sie vielleicht auch noch ansprechen und Hilfe anbieten.

Ihr konnte niemand helfen. Zu verstörend war der Brief gewesen, den sie mit dem Schmuckstück an sich genommen hatte. Die Beweise dafür, dass sie achtzehn Jahre lang im falschen Leben gefangen gewesen war. Gerade in den letzten drei, vier Jahren hatte es sich noch intensiver so angefühlt, und jetzt wusste sie, warum. Sie war nicht das leibliche Kind eines Friseurehepaars wie Elsie. Sie war ein Findelkind, dessen Herkunft im Dunkeln lag.

Findelkind … Findelkind … Findelkind …

Dieser Gedanke kreiste in ihrem Kopf wie eine von Elsies Schallplatten mit Sprung, die sie trotzdem auflegte, bis die endlose Leier unerträglich wurde. Das bösartige Wort war wie mit der Wellenbrennschere in ihrem Gehirn eingeätzt. Und die goldene Kette mit dem Herzanhänger in ihrer Hosentasche fühlte sich an wie Diebesgut. Wie aber passten dieser armselige Korb, die Babyausstattung und dieses wertvolle Schmuckstück zusammen? Was für ein Geheimnis umgab ihre Herkunft? War ihre leibliche Mutter eine Diebin, der Gefängnis gedroht und die sie deshalb einfach vor dem Friseursalon abgestellt hatte?

Nachdem Anna den Brief dreimal gelesen hatte, hatte sie die Eltern im ersten Moment sofort darauf ansprechen wollen. Aber direkt im Salon, der an einem Freitag voller Kunden war, ihr trauriges Schicksal ausbreiten? Nein, das hätte ganz sicher mitleidige Blicke bedeutet. Lieber zuerst mit Clemens darüber reden, er war klug und gebildet und würde wissen, was sie tun, wie sie sich verhalten sollte.

Verheult wie ein kleines Kind wollte sie ihm aber nicht gegenübertreten, und deshalb wanderte sie so lange kreuz und quer durch das Künstlerviertel, bis ihre Tränen versiegten. Dann steuerte sie die Leopoldstraße an; Clemens hatte am Nachmittag ausstellen und sie abends in seinem Atelier treffen wollen, von wo sie gemeinsam zur Party aufgebrochen wären.

Auf der Künstlermeile war wenig los, die U-Bahn-Baustelle war mittlerweile ein echtes Problem geworden. Seitdem die Straße immer mehr zu einer mächtigen Baugrube und der Verkehr teilweise umgeleitet wurde, mussten die Fußgänger den Lärm von Baumaschinen, Lastwagen und Presslufthämmern ertragen und sich durch Absperrungen oder provisorische Bretterübergänge schlängeln. Gemütliches Flanieren wie vorher war kaum noch möglich.

Anna erblickte Jacob schon aus einigen Metern Entfernung; aber er war allein am Standplatz.

»Clemens hatte … ähm … einen wichtigen Termin«, erklärte Jacob, noch ehe Anna fragte. Angeblich wusste er nichts Genaueres.

»Verschweigst du mir etwas? Hat Clemens Schwierigkeiten?«, hakte sie dennoch nach.

»Nö.« Jacob steckte die Hände in die Taschen seiner schmuddelig wirkenden braunen Cordhose, zog eine Packung *Lord* heraus und zündet sich etwas umständlich eine Zigarette an. »Übrigens …«

Ein Presslufthammer übertönte den restlichen Satz. »Tut mir leid, ich habe dich nicht verstanden«, sagte Anna in eine Lärmpause.

»Herzlichen Glückwunsch zu deinem Achtzehnten.«

Anna bedankte sich mit freundlichem Lächeln, spürte aber deutlich, dass Jacob nur ablenken wollte. »Hat er von unserer Geburtstagsparty erzählt?«

»Hm …« Jacob nahm einen tiefen Zug aus der Zigarette.

Anna hätte gewettet, dass er mehr wusste, als er sagen wollte.

»Kannst gern auch kommen, bist hiermit eingeladen.« Sie nannte ihm die Adresse.

Jacob bedankte sich und versuchte mit der freien Hand eine Staubwolke zu vertreiben, die aus der Baugrube aufstieg.

Anna musste kräftig husten.

»Verdammter Baustellendreck, vertreibt die Kundschaft, und wir können sehen, wo wir bleiben. Bis 1972 zur Olympiade, wenn die Unterirdische endlich fertig ist, sind wir längst alle pleite oder an einer Staublunge krepiert.«

Anna nickte und verabschiedete sich gleich darauf. Über verschlungene Bretterstege gelangte sie zum Siegestor, wo sie auf die andere Seite wechseln konnte und nach einigen Metern Richtung Norden in die Georgenstraße einbog. Den Kopf gesenkt, die Schultern hochgezogen, stemmte sie sich gegen den aufkommenden Wind, der kräftig Staub aufwirbelte und ihre Augen wieder tränen ließ.

Sie beschleunigte ihre Schritte, hetzte achtlos an der Gaststätte Georgenhof vorbei.

Der Himmel verdunkelte sich, Regenwolken zogen auf. Wenn sie nicht nass werden wollte, musste sie sich beeilen.

Mit den ersten Tropfen erreichte sie Clemens' Atelier. Dick und eiskalt fielen sie auf ihren Kopf und liefen langsam über ihr Gesicht. Sie fröstelte. Während des kurzen Wegs von gerade mal zehn Minuten war die Temperatur empfindlich gesunken. In den Jeans, dem Pulli und ohne Socken in den Ballerinas war sie definitiv falsch angezogen. Hoffentlich war Clemens in seinem Atelier.

Die Haustür öffnete sich, noch bevor Anna geklingelt hatte. Die ältere Nachbarin aus dem ersten Geschoss trat heraus und musterte sie feindselig. »Wenn S' zum Künstler wollen, sind S' zu spät, der hat schon Damenbesuch.«

Anna glaubte ihr kein Wort und lächelte extra freundlich. Die

Frau war bekannt als Hüterin von Anstand und Moral und giftete sie nicht zum ersten Mal grundlos an. Für sie waren junge Menschen grundsätzlich verkommen.

Einen kleinen Stich hatte die Bemerkung ihr aber doch verpasst, und auch wenn sie nicht an Clemens' Treue zweifelte, hetzte sie in die vierte Etage.

Atemlos kam sie oben an und schon auf der vorletzten Treppe hörte sie helles Lachen. Eindeutig eine Frauenstimme. Kam sie aus dem Radio? Clemens drehte gern laut auf, das motiviere ihn beim Malen, hatte er ihr erklärt.

Anna legte ihr Ohr an die Tür … nein, kein Radio. Er hatte tatsächlich Besuch von einer Frau. Eine andere Freundin? Oder ein neues Modell, mit dem er sich vergnügte?

Hatten sich gerade alle Mächte gegen sie verschworen?

Aus ihrem Magen stieg Übelkeit nach oben. Sie überlegte zu klingeln, pochte dann aber mit beiden Fäusten an die Tür.

»Wer ist da?«, hörte sie Clemens fragen, aber die Tür blieb zu.

Anna bündelte all ihre Wut, hämmerte weiter und schrie: »Aufmachen, sofort aufmachen!« Ruckartig wurde die Tür geöffnet – sie taumelte, konnte sich im letzten Moment noch an der Wand abstützen, bevor sie gefallen wäre.

22

CLEMENS ZUCKTE ZUSAMMEN. Welcher Irre trommelte da an die Tür, als stehe das Haus in Flammen? Vor Schreck verschüttete er die Hälfte des heißen Kaffees auf seine Füße, den Rest aufs Hemd. Das Trommeln ging weiter. »Wer ist da?«, rief er beim Ausziehen des Oberhemds. Als niemand antwortete, tippte er auf Ruppert, der Angst hatte, dass er sich ohne Bezahlung aus dem Staub machen würde, und für die ausstehende Miete ein Pfand haben wollte.

Als er schließlich öffnete, stand Anna vor der Tür. Sie hatte er nicht erwartet. Schon gar nicht derart aufgelöst und vollkommen verändert, wie die panische Stimme zeigte, mit der sie »Aufmachen!« geschrien hatte. Einen Moment lang starrte er sie verblüfft an, bis ihm klar wurde, dass etwas passiert sein musste. »Anna, Himmel, du siehst ja völlig verstört aus! Was ist los?«

Schnaufend drängte sie sich an ihm vorbei und baute sich vor Constanze auf, die ihre Schuhe ausgezogen hatte, auf dem Bett lümmelte und mit den Zehen wackelte.

»Ich wollte nur sehen, mit wem du mich betrügst. Und die Situation ist ja wohl eindeutig.« Zornig starrte sie auf seinen nackten Oberkörper.

»Aber, das ist doch nur …«, setzte Clemens an, aber da stürmte Anna auch schon aus dem Zimmer. Entgeistert schaute er ihr nach. Was war das denn?

»Du solltest ihr nachlaufen und die Situation aufklären«, rief Constanze ihm zu.

Clemens stürmte die Stufen hinunter und holte Anna vor dem Haus ein. Sie stand auf der Treppe zum Hauseingang, geschützt durch die schmale Überdachung, und blickte ratlos in den Himmel.

Mittlerweile regnete es in Strömen. Noch hatten nur Annas wilde Locken, die er so liebte, ein paar Tropfen abbekommen, aber einen Schritt weiter, und sie würde in wenigen Minuten wie aus dem Wasser gezogen aussehen.

Vorsichtig berührte er sie an den Schultern. »Anna, das da oben ist meine Schwester Constanze. Ich würde dich niemals betrügen, ich liebe dich, und nur dich! Dir gehört mein erster Gedanke am Morgen und mein letzter, bevor ich einschlafe. Du bist meine zweite Hälfte. Meine Mona Lisa. Meine große Liebe. Ohne dich wäre meine Welt leer und farblos.«

Zögerlich wandte sie den Kopf ein wenig. »Deine Schwester?«

»Meine jüngere Schwester Constanze«, versicherte er abermals.

Anna drehte sich nun zu ihm um, und erst jetzt, im Tageslicht, konnte er sehen, dass sie geweint hatte. Das strahlende Blau ihrer Augen leuchtete vor dem geröteten Weiß des Augapfels in einem dunklen Saphirblau.

»Aber was macht sie auf deinem Bett, und warum hast du kein Hemd an?«

»Weil jemand wie verrückt an die Tür gehämmert hat, ich heißen Kaffee in der Hand hatte und ihn vor Schreck verschüttet habe. Conny war mir in einer wichtigen Angelegenheit behilflich, und sie liebt es, auf Betten rumzulümmeln, das hat nichts zu bedeuten. Alles wieder gut?«

Anna schlang wortlos ihre Arme um seinen Hals und legte ihren Kopf an seine Brust.

Clemens spürte ihren schweren Atem und wie sie sich an ihn presste. Und er fühlte, dass etwas Schwerwiegendes geschehen sein musste. Etwas, das über den normalen Streit mit den Eltern oder Elsie hinausging. So aufgelöst, ja beinahe panisch hatte er Anna noch nie erlebt.

»Lass uns nach oben gehen … ich bin nicht ganz passend angezogen …« Sanft zog er sie in den düsteren Hausflur, in den heute nur wenig Helligkeit durch die bleiverglasten Oberlichter fiel.

»Warte.« Anna kramte in der Tasche ihrer Jeans.

Staunend musterte Clemens die goldene Kette und den Herzanhänger aus eingefassten Rubinen, die sie ihm entgegenhielt. Dass die Steine echt waren, dafür hätte er seine Staffelei verwettet. »Das ist ein sehr wertvolles Schmuckstück … ich versteh nicht …«

»Können wir uns einen Moment auf die Treppe setzen? Ich möchte dir das unter vier Augen erzählen.«

Sie setzten sich dann doch oben vor dem Atelier auf den Treppenabsatz. Direkt im Hauseingang hätte sich jeder Hereinkommende über das verheulte Mädchen und den halbnackten jungen Mann gewundert und wäre auf wer weiß was für absurde Ideen verfallen.

Anna holte den Brief aus der Hosentasche. »Lies zuerst das hier …«

Clemens las die Worte, vermochte die Bedeutung aber nicht recht zu glauben. Ratlos blickte er auf. »Das Ganze klingt für mich vollkommen absurd, wie ein Drama aus der Nachkriegszeit oder aus einem Groschenroman.«

»Das trifft es ziemlich genau. Aber auch wenn es dir absurd vorkommt, diese Anna, das bin ich. *Ich* bin das Findelkind«, flüsterte sie aufgebracht.

»Ja, das steht hier, soweit habe ich es verstanden, obwohl ich nicht kapiere, wieso du es jetzt erst erfährst – ausgerechnet an deinem achtzehnten Geburtstag.«

Anna zog die Nase hoch, wischte sich die letzten Tränen aus dem Gesicht und begann zu erzählen. »Gestern Abend konnte ich lange nicht einschlafen …«

Clemens legte seinen Arm um ihre Schultern und hörte aufmerksam zu, ohne sie mit Fragen zu unterbrechen. Als sie geendet hatte, schwiegen sie beide einige Sekunden.

»Das ist ein ziemlicher Hammer. Allerdings sehe ich auch einen positiven Aspekt …«

»Welcher soll das denn sein?«

»Du bist keine Sonnlechner! Erklärt das nicht deine Abneigung gegen den Friseursalon und dieses Umfeld generell?«

Anna schmiegte sich eng in seine Umarmung. »Das ging mir auch schon durch den Kopf. Aber wer sind meine wahren Eltern? Warum hat mich meine Mutter einfach in einem Korb ausgesetzt? War mein Vater damit einverstanden, oder hatte er keine Ahnung davon? Bin ich vielleicht das Kind einer Affäre, und mein Vater weiß bis heute nichts von mir? Oder noch schlimmer, war meine Mutter eine …« Der Gedanke war unerträglich, sie musste tief Luft holen, um die Tränen zurückzudrängen, bevor sie weiterreden konnte. »Eine, die sich für Geld an Männer verkauft hat und …«

Clemens hielt sie einfach nur fest, streichelte sie und küsste sie sanft auf die Stirn.

Schließlich hatte Anna sich beruhigt. »Wer bin ich?« Mit einem Mal wurde sie zornig. »Ein Bastard bin ich! Steht ja auch schwarz auf weiß in dem Brief.«

»Du bist kein Bastard; außerdem bedeutet dieses Wort übersetzt nichts anderes als *Kind ohne Vater*. Aber ganz egal, ob mit oder ohne Vater – ob der Brief wahr ist oder nicht: Du bist die Liebe meines Lebens, und ich bin immer für dich da, einerlei, wer dich ausgesetzt hat und warum. Für mich zählt nur, dass wir zusammen sind.«

Anna schienen seine Worte wenig zu trösten. »Aber was mache ich denn jetzt?«

»Willst du mit deinen Eltern reden? Ähm … Adoptiveltern, denn sie müssen dich adoptiert haben, schließlich heißt du ja Sonnlechner. Wie auch immer, du solltest mit ihnen darüber sprechen, vielleicht wissen sie mehr, als in diesem Brief steht, und war es nicht das, was sie in der vergangenen Nacht angedeutet hatten? Soll ich dich begleiten und dich unterstützen?«

Anna schüttelte unschlüssig den Kopf. »Ich weiß nicht, ob ich ihnen jetzt in die Augen sehen kann … ich bin so unendlich wütend, die haben mich doch mein ganzes Leben lang belogen! Ob sie mir jetzt die Wahrheit sagen würden?«

Clemens rappelte sich auf und reichte Anna die Hand. »Du hattest so lange keine Ahnung von deinem Schicksal, also kann das auch noch ein paar Tage warten, und wir feiern erst deinen Geburtstag. Achtzehn wird man nur einmal im Leben, das ist etwas ganz Besonderes. Alle Menschen sollten dir gratulieren, dich mit Blumen überschütten, und über dir sollte den ganzen Tag lang ein Regenbogen leuchten.« Dann zog er sie mit festem Griff in seine Arme. »Alles, alles Gute zu deinem Geburtstag, mein Liebling. Möge das Glück immer mit dir sein.«

Anna spürte ein angenehmes Kribbeln im Bauch. »Solange wir zusammen sind, bin ich glücklich.«

Nach einem zärtlichen Kuss löste Clemens seine Umarmung und nahm ihre Hand. »Wenn du magst, stelle ich dir jetzt meine Schwester vor. Es sei denn, du hast andere Pläne.«

»Was soll *ich* denn für Pläne haben? Ich bin ein armes Findelkind, ohne Familie, und weiß nicht, wohin.« Anna konnte wieder lächeln, die Angst, ein Niemand zu sein, war der Gewissheit gewichen, dass Clemens immer für sie da sein würde.

»Ach so, stimmt ja, das arme Findelkind. Hat das nicht vorhin wie wild an meine Tür gehämmert? Dann muss ich es wohl aufnehmen und adoptieren.«

Anna lachte, plötzlich war ihr angenehm schwindelig, als würde sie durch die Welt schweben. An Clemens' Hand war das Gefühl doppelt so stark. An seiner Seite verschwand die Angst vor der Ungewissheit wie vom Regen weggewaschen.

Er hatte ihr schließlich auch von Anfang an Mut gemacht, ihren Traum nicht aufzugeben. Weiter an ihren Skizzen zu arbeiten, auch einfache Übungen mit demselben Fleiß durchzuführen, um sich zu verbessern, mit jedem Strich der Meisterschaft einen winzigen Schritt näher zu kommen.

Für ein Studium an der Akademie der Bildenden Künste war zwar das Abitur Voraussetzung, und für Unterricht an einer privaten Malschule fehlte ihr das nötige Geld. Doch Clemens war bereit, sie ein wenig zu unterrichten.

Geduldig hatte er bereits ihre figürlichen Zeichnungen verbessert und immer wieder erklärt, es seien nur Winzigkeiten nicht ganz korrekt, nicht der Rede wert. Im Grunde sei sie ein Rohdiamant, der auch ungeschliffen alle anderen überstrahlen würde. Einmal hatten sie gemeinsam den Kleinhesseloher See mit Kohle gezeichnet, jeder für sich aus fast identischer Perspektive. Als er ihre fertige Skizze betrachtete, hatte er leise gepfiffen und »Mein lieber Schwan« geflüstert. Dabei war gar kein Schwan zu sehen gewesen. Lachend hatte er ihr dann erklärt, dass es ein »geflügeltes Wort« sei, das aus der Oper Lohengrin stamme. So ganz hatte Anna das nicht verstanden, was schade war, denn in dieser Oper ging es wohl auch um die große Liebe.

Bevor Clemens die Tür zum Atelier aufstieß, schaute er ihr zärtlich in die Augen. »Leider bin ich kein Fachmann in Sachen ausgesetzte Kinder, aber ich habe gehört, wenn man eines findet, muss man es füttern und lieben und für immer bei sich behalten. Wäre das wohl akzeptabel?«

Anna fand es lustig, wenn Clemens so umständlich redete, inzwischen hatte sie aber gelernt, entsprechend darauf zu antworten. Es war wie ein geheimes Spiel zwischen ihnen. »Das will ich wohl meinen«, antwortete sie näselnd.

Anna fand Constanze auf Anhieb sympathisch, und die noch sehr präsente Friseuse in ihr bemerkte das wunderschöne blonde Haar, das auf Constanzes Schultern fiel und trotz des fahlen Lichts golden glänzte. Lange Ponyfransen berührten die schwarz getuschten Wimpern. Und die Lippen schimmerten hellrosa. Ein bisschen sah sie so aus, als hätten sie und Elsie Make-up-Tipps ausgetauscht.

Anna entschuldigte sich für ihr unhöfliches Benehmen und erzählte auch Constanze schließlich, warum sie kurzfristig nicht bei klarem Verstand gewesen war. Vor Clemens' Schwester wollte sie keine Geheimnisse haben, hatte sie spontan beschlossen – was Heimlichkeiten auslösen konnten, hatte sie am eigenen Leib erfahren.

Die nächste Stunde verging mit Fragen und Rätseln über Annas Schicksal – ohne dass mehr dabei herauskam, als in dem Brief stand. Dass die Sonnlechners das Schmuckstück als Gegenwert für ihre Güte hatten annehmen sollen und Anna sich wunderte, warum sie es nicht verkauft hatten. Anna erinnerte sich an ihre frühe Kindheit, als ihr Vater, den sie jetzt nur noch Xaver nennen wollte, oft geklagt hatte, dass die Mittel zur Renovierung des Salons fehlten. Dass er an den Abenden und Sonntagen noch in Altersheimen Haarschnitte für Senioren anbot.

»Warum sie die Kette nicht verkauft haben, ist wirklich eigenartig«, sinnierte Anna.

»Genau genommen ist dieses Rubinherz an der schweren Goldkette doch dein Erbe«, merkte Constanze an.

»So habe ich das noch gar nicht betrachtet«, stimmte Clemens seiner Schwester zu. »Sehr anständig von deinen … von den Sonnlechners, das Geschmeide nicht zu versilbern. Ist es doch auch ein Beweis deiner Abstammung … nehme ich mal an.«

»Wieso Abstammung?«

»Das steht doch im Brief: ›Das einzig Wertvolle, das mir noch geblieben ist …‹«, ergänzte Constanze. »Deine leibliche Mutter war keine einfache Arbeiterin oder, wie du befürchtet hattest, ein Flittchen, das sich für Geld verkauft hat. Wenn ich diese Kette betrachte, muss sie aus einer sehr wohlhabenden Familie stammen. Warum sie dann doch sozusagen auf der Straße gelandet ist, bleibt noch ein Geheimnis. Du solltest mit den Sonnlechners reden, irgendwas müssen die doch wissen. Irgendeine Idee haben, warum diese arme Frau dich ausgerechnet vor ihrem Friseursalon abgelegt hat. Das kann unmöglich ein Zufall sein. Sie muss das Ehepaar gekannt haben, sonst hätte sie dich doch auch in einer Kirche oder in einem Flüchtlingsheim abstellen können. In diesen chaotischen Nachkriegszeiten wäre ein Baby in einem Henkelkorb doch aufgefallen. Irgendjemand hätte sich bestimmt darum gekümmert. Also, warum vor dem Friseursalon?«

Clemens hatte seiner Schwester mit erstaunter Miene zugehört. »Stimmt, das alles kann kein Zufall sein. Anna, rede mit den Sonnlechners, wenn sie noch Einzelheiten wissen, werden sie es dir erzählen. Wo sie dir das Geheimnis doch ohnehin verraten wollten. Und Conny, wenn unser Vater dich hätte hören können, müsste er zugeben, dass du über einen messerscharfen Verstand verfügst und absolut zur Führung der Likörfabrik qualifiziert bist. Aber das nur nebenbei.«

»Heißen Dank für die Lorbeeren, Bruderherz, wäre schön, wenn die unseren Vater überzeugen könnten. Ich würde den Laden gründlich aufmischen und erneuern und lauter tolle Spezialitäten entwickeln … apropos, du hast nicht zufällig was

Hochprozentiges im Haus? Wir sollten auf Annas Geburtstag anstoßen.«

Clemens hob bedauernd die Schultern. »Ist lange her, dass ich mir so was leisten konnte.«

Anna zog den rechten Schuh aus und holte ein Fünf-Mark-Stück heraus. »Für eine Flasche müsste es reichen.«

23

DAS ANWESEN AUS dem vorigen Jahrhundert in der Leopold-, Ecke Herzogstraße wirkte aus zehn Metern Entfernung wie ein ganz normales Altbaugebäude, in dem der *Egger Wirt* untergebracht war. Eine traditionelle bayerische Gaststätte, wo die Nachbarschaft an Sonntagen nach der Vormittagsmesse zu Schweinebraten, Knödeln und Blaukraut einkehrte.

An diesem nebligen Abend blieben die Passanten beim Vorbeigehen ruckartig stehen und glaubten, ihren Ohren nicht zu trauen. Aus ihrer Stammkneipe, dem Ort, wo sie sich nach einer Stunde mit anstrengendem Beten, Gesängen und Fürbitten ein Weißbier verdient hatten, war plötzlich das Tor zur Hölle geworden. Von dort, wo regelmäßig an den Samstagabenden der Schafkopfverein die Karten auf den Stammtisch geklopft und im Hinterzimmer die Kegelbrüder eine ruhige Kugel geschoben hatten, drang ohrenbetäubender Lärm.

Herr Bittner, der sich mit Dackelhündin Susie auf der abendlichen Gassirunde befand, schüttelte konsterniert den Kopf. »Ja, verreck, was ist denn da los? Bei der Lautstärke platzt mir gleich das Trommelfell«, beschwerte er sich bei Susie. Als er an der Eingangstür das Schild »Heute geschlossene Gesellschaft« erblickte, war ihm sofort klar, dass es sich um keine ehrenwerte Gesellschaft handeln konnte. Kein anständiger Christenmensch würde sich so ein Geschrei und Getrommel anhören oder am End noch danach tanzen, wie die Jungen. Der Pfarrer hatte unlängst von der Kanzel darüber gepredigt. Überhaupt, die Jugend heutzutage! Die Haare der Burschen wucherten bis auf die Hemdkragen, die Mädchen trugen verboten kurze Röcke und eine Kriegsbemalung, als wäre jeden Tag Fasching. Pfui Teufel!

»Komm, Susie, gehma schnell weida, bevor wir noch ganz taub werdn.«

Knurrend zogen Herr und Hündin von dannen. Den drei jungen Menschen, die lachend »das Tor zur Hölle« stürmten, schickte Bittner noch schnell einen Fluch und das Versprechen hinterher, die Polizei zu verständigen, sollte der Lärm nicht Schlag zehn Uhr verstummen.

Anna hatte den alten Mann mit dem Dackel im Vorbeigehen als Kunden ihres Vaters erkannt, dessen Lieblingsthema die verkommene Jugend war und der alle in ein Erziehungsheim stecken wollte, wo man ihnen den Ernst des Lebens schnellstens beibrächte. Für diesen Griesgram war die kleinste Feier ein Verbrechen. Ob er wenigstens an seinen Geburtstagen mal lachte? Oder wurde dann geschimpft, weil man schon wieder ein Jahr älter geworden war?

Ihren achtzehnten Geburtstag hatte Anna noch sehnsüchtiger erwartet als das Ende der Friseurlehre. Es wäre also schade gewesen, diesen Tag mit Grübeleien über ihre Vergangenheit zu verderben. Traudl und Xaver würden nicht bei der Party erscheinen, das hatten sie Elsie fest versprechen müssen; mit ihnen und den Großeltern war ein sonntäglicher Kaffee-und-Kuchen-Nachmittag geplant. Anna war es nur recht, wollte sie doch wenigstens heute Abend alle Geheimnisse um ihre Herkunft vergessen. Und bei *der* irren Musik, die trotz Doppeltür und Windfang bis auf die Straße schallte, war Denken ohnehin fast unmöglich.

Den Traum von einer Party in einem schummerigen Keller hatte Elsie aufgeben müssen; entweder Keller, dann aber mit Eltern, oder in einer Gaststätte, wo die Wirtsleute dafür sorgen konnten, dass kein Alkohol getrunken wurde und sich niemand danebenbenahm. Elsie hatte das kleinere Übel gewählt – im Nebenzimmer unter »halber Aufsicht« zu feiern war allemal besser als mit den Eltern, das wäre wie ein Kindergeburtstag gewesen.

Am Eingang zum Nebenzimmer wurde Anna von dicken Rauchschwaden umhüllt, die wie feingesponnene Gardinen unter den Deckenbalken hingen. Leicht verschwommen erkannte sie Ursel, die Freundin aus Kindertagen, die im Nebenhaus wohnte und in Begleitung ihres Bruders Harald gekommen war. Auch eine von den jüngeren Kundinnen erspähte sie in der tanzenden Menge. Und dort das hübsche Mädchen im Minikleid mit den halbhohen Stiefeln, das sich für Elsie als Schnittmodell zur Verfügung gestellt hatte. Die Jungs trugen fast alle Jeans oder die neuesten Schlaghosen, die oben knalleng und unten sehr weit waren, und traten lässig von einem Bein auf das andere. Dazwischen tummelten sich ein paar Langweiler in grauen Flanellhosen und weißen Oberhemden auf der Tanzfläche, einige davon mit meisterhaften Haarschnitten, vermutlich Schulkameraden von Elsie. Nicht wenige tanzten eng umschlungen, ohne sich um die schnelle Musik zu kümmern, andere knutschten selbstvergessen, viele hatten Zigaretten in den Händen – die Rauchgardinen würden sich noch lange halten.

Anna entschuldigte sich bei Clemens, um Elsie zu suchen, die irgendwo in der Menge sein musste und bestimmt nicht still auf einem Stuhl saß, wo gerade *Yesterday,* einer ihrer Lieblingssongs von den *Beatles,* gespielt wurde. Schlängelnd bewegte sie sich durch die Gäste, begrüßte einige Kameraden aus der Berufsschule, konnte Elsie aber nicht entdecken. Sie stand auch nicht vor der Bühne, an der Stirnseite des Raumes, wo *Günni and the Birds,* wie sie sich nannten, auf die Instrumente eindroschen und begeistert angefeuert wurden. Und dunkle Ecken, wo man sich zum Knutschen verstecken konnte, gab es hier nicht. Höchstens auf der Toilette.

Anna ging nachsehen. Keine Elsie, nur ein paar Mädchen, die konzentriert ihre Lippenstifte und Lidstriche erneuerten.

Wo war ihre Schwester? Hoffentlich war ihr nichts passiert. Sie würde doch niemals ihre Geburtstagsparty versäumen, die sie sich so sehr gewünscht hatte!

Anna ging zurück zu Clemens, der sich mit Constanze unterhielt. »Elsie ist wie vom Erdboden verschluckt.«

»Sie wird schon wiederauftauchen, vielleicht ist sie mit einer Freundin raus, frische Luft schnappen, ist ziemlich verqualmt hier drin«, mutmaßte Clemens, der mit Constanze in einer Ecke auf sie gewartet hatte.

Anna lehnte sich an seine Schulter. Genau wie in dem Song waren auch *ihre* Sorgen *gestern* noch weit weg gewesen. Gestern hatte sie noch geglaubt, ihr einziges Problem wäre es, dem Friseursalon zu entkommen.

»Magst du tanzen?« Clemens hatte die Arme um Annas Taille gelegt.

»Aber Constanze kennt doch hier niemanden und würde dann ganz allein bleiben.«

»Würde sie nicht«, antwortete Constanze, die schon im Rhythmus mit dem Kopf wackelte und ihr langes blondes Haar schüttelte. »Wir leben in modernen Zeiten, wir Frauen müssen nicht mehr auf den Märchenprinzen warten, wir können selbst jemanden auffordern oder sogar allein tanzen. Wir können überhaupt alles machen, wozu wir Lust haben.«

Clemens klopfte seiner Schwester freundschaftlich auf die Schulter. »Du bist die geborene Chefin, nur unser rückständiger Vater will das einfach nicht erkennen.«

Constanze wedelte lachend mit den Händen. »Der olle Patriarch wird keine Wahl haben, nachdem du deinen Traum vom berühmten Maler einfach nicht aufgeben willst. Allein deshalb habe ich dir gern aus der Patsche geholfen. Bis später ...« Damit tauchte sie in der Menge unter.

Günnis Band beendete gerade den Song, so konnte Anna zumindest die letzten Worte deutlich verstehen, und die genügten, um sie hellhörig werden zu lassen. Clemens hatte also doch Probleme.

»Was hat Constanze mit ›aus der Patsche geholfen‹ gemeint?«, flüsterte Anna, als sie sich später auf der Tanzfläche zu einem langsamen Song aneinanderschmiegten.

»Heute feiern wir nur deinen Geburtstag und den Beginn unseres gemeinsamen Lebens, alles andere ist unwichtig.«

Anna war nur zu gern bereit, alles zu vergessen, wenigstens für ein paar Stunden, doch so recht wollte es ihr nicht gelingen. Als sitze ein kleines Teufelchen auf ihrer Schulter, das sie einfach nicht in Ruhe lassen wollte. Das ihr unablässig zuflüsterte: *Findelkinder haben kein Glück.*

Günni kündigte den nächsten Song an, *Friday on my mind* von der australischen Band *Easybeats*, und nach nur wenigen schnellen Takten verspürte Anna, wie sich ihre Stimmung besserte. Die Band hatte sich seit damals im *Big Apple* sehr verbessert, und die Jungs waren fast so gut wie die echten *Easybeats*, fand Anna. Mitsingen, wie es ringsum plötzlich alle taten, wollte sie trotzdem nicht. Aber mit Armen und Beinen zu wackeln, wie sie es von Elsie kannte, war nicht schwierig und es kam ihr vor, als würden dadurch ihre trüben Gedanken kräftig durcheinandergeschüttelt. So sehr, dass nichts mehr einen Sinn ergab. Seltsam, was so ein bisschen Rumspringen mit einem anstellen konnte!

Sie lächelte Clemens an, der ihr zuzwinkerte und ein stummes *Ich liebe dich* schickte.

Der Song endete mit einem Luftsprung von Günni, was ihm tosenden Applaus einbrachte. Danach bat er um Aufmerksamkeit, er habe etwas zu verkünden. Empörte Buhrufe wurden skandiert, aber von einem Trommelwirbel übertönt. Dem folgte die strenge Ansage »Ruhe bitte, Ruhe bitte!«, nach der es tatsächlich still wurde. Günni gratulierte Elsie und Anna zum Geburtstag und stimmte *Happy Birthday* an. Anna duckte sich hinter Clemens, damit Günni sie nicht sah und womöglich auf die irre Idee kam, sie und Elsie auf die Bühne zu bitten. Denn ihre Schwester war immer noch nicht aufgetaucht.

Das *Happy Birthday* begann zögerlich, doch am Ende sangen alle mit. Anschließend erklärte Günni, die Band mache nun eine Pause, und vorn in der Gaststube gäbe es was zu futtern.

Anna aß mit großem Appetit, sie war ausgehungert, da sie seit dem Frühstück nichts mehr gegessen hatte, vor lauter Schock und Tränen über die Entdeckung.

Nun hatte sie doch wieder daran gedacht! Sie war einfach immer noch zutiefst schockiert und schaffte es nicht, sich davon zu lösen.

Sie musste mit Traudl und Xaver reden, wie Clemens vorgeschlagen hatte, scheute sich aber davor. Tat sie es jedoch nicht, würde sie ewig im Ungewissen bleiben. Es war die einzige Möglichkeit, mehr zu erfahren, als in dem Brief stand.

Während *Günni and the Birds* die Stimmung nach Würstl und Pommes mit weiteren Hits zum Kochen brachten und an den Fensterscheiben der feuchte Dunst herunterlief, verständigte Herr Bittner Punkt zehn die Polizei. Man werde sich darum kümmern, hieß es, doch sämtliche Beamten dieses Reviers waren just dabei, im *PN Live Club* in der Leopoldstraße eine Schlägerei in den Griff zu bekommen. Eine englische Band hatte die Jugendlichen erst zum Kreischen und bald zum kompletten Durchdrehen gebracht, was in einer zünftigen Rauferei gipfelte.

Zwanzig nach zehn beschwerte Bittner sich zum zweiten Mal, und als er um Viertel vor elf von der letzten Runde mit Susie nach Hause kam, riss ihm der Geduldsfaden. Im dritten Telefonat mit den Ordnungshütern erklärte er, vor der bewussten Lokalität stünden junge Menschen, grölten und lachten und rauchten seltsam süßlich riechende Zigaretten. Seiner Meinung nach sei das kein normaler Tabak. Die Nachfrage, ob es sich um Marihuana handle, beantwortete Bittner mit einem schroffen: »Davon habe ich keine Ahnung, ich bin nur ein unbescholtener Bürger, der nachts um elf gern schlafen würde, es aber nicht kann, weil die Musik so laut ist, dass sie Tote aufweckt.«

Der Hinweis auf möglichen Drogenkonsum zeigte Wirkung, ein paar Kollegen würden sofort hinfahren, hieß es.

24

IM WOHNZIMMER DER Sonnlechners passte die düstere Stimmung an diesem Abend so gar nicht zu der neuen pastellfarbenen Dreisitzercouch, den zwei passenden Cocktailsesseln und dem niedrigen Couchtisch mit der schwarzen Glasplatte, die Traudl sich zur Silberhochzeit gewünscht hatte.

Nach Ladenschluss hatten sie und Xaver den Henkelkorb im Schlafzimmer auf der flauschigen hellgrünen Bettumrandung gefunden. Die zerschlissene Babydecke und die Babygarnitur waren herausgerissen und einfach liegen gelassen worden. Auf den ersten Blick wusste Traudl, dass Anna das Geheimnis entdeckt haben musste, denn Elsie hatte bis Geschäftsschluss noch Kunden bedient und war direkt zu ihrer Beatparty gelaufen.

»Mein armes Kind, mein armes Kind …«, seufzte Traudl zum wiederholten Male mit besorgter Miene. »Ganz bestimmt hat Anna in der Nacht gelauscht, im Flur hab ich noch einen Schatten gsehn. Ich hab sie zwar gfragt, aber sie hat's abgstrittn. Jetzt mach ich mir große Vorwürf, dass wir die Wahrheit so lang verheimlicht habn.«

»Vielleicht hast recht. Aber was wär anders gwesen, wenns die ganze Gschicht schon ein paar Jahr früher erfahrn hätt?« Xaver blickte seine Frau durch die Brille an, die er sich nach ausgiebigem Putzen wieder auf die Nase geschoben hatte.

Traudl hob hilflos die Hände. »Meinst nicht, Anna hätts verstanden und es hätt weniger Streit gebn?«

»Nein!«, behauptete Xaver. »Dann wärs genauso davongerennt. Sie ist ein Hitzkopf und ein Wildfang, wollt immer schon mit dem Kopf durch d' Wand. Was war das für ein Kampf, bis sie endlich in die Friseurlehre eingwilligt hat! Wie mei Vater in jener Nacht gsagt hat: mit einem Findelkind gibts nur Ärger. Wie recht er doch gehabt hat.«

Traudl schoss das Blut in die Wangen, als sie mit der flachen Hand auf den Couchtisch schlug. »Wennst noch einmal so einen Schmarrn sagst, verlass ich dich auf der Stell! Anna ist halt keine Friseuse, trotzdem hab auch ich versucht, ihr den Beruf schmackhaft zu machn. Aber mit Gewalt ist halt kein Bulle zu melken. Dann wird Elsie das Geschäft eben allein übernehmen, des ist kein Weltuntergang. Anna hat eine künstlerische Ader, und das ist was Seltenes und was Schönes, wir sollten uns über ihr Talent freuen.«

»Ja, mit so einer bsonderen Ader kann man *selten* seinen Lebensunterhalt verdienen. Oder warum schaun diese Künstler auf der Leopoldstraße alle so verhungert aus? Ich mach mir doch genauso Sorgn wie du, weil dieser Clemens sie nur auf verrückte Ideen gebracht hat! Auch wenn ich damals nicht dafür war, dass wir sie behaltn, ist sie doch unser Kind gewordn.« Xaver erhob sich aus dem für ihn etwas zu kleinen Cocktailsessel. »Ich brauch ein Bier, zur Beruhigung.«

»Bringst mir auch eins mit? Und dann gibt's Abendessen, is ja schon eine Stunde überfällig, und langsam ist mir ganz übel vor Aufregung. Der Kartoffelsalat ist fertig, die Würstl muss ich nur warm machen.«

Xaver kam mit zwei Gläsern frisch eingeschenktem Bier zurück. »Wo wird sie denn jetzt sein? Bestimmt nicht auf der Party, wahrscheinlich bei diesem Clemens …« Er nahm einen großen Schluck, wischte sich mit dem Handrücken über den Mund und rülpste leise, bevor er sich wieder Traudl zuwandte. »Wo wohnt denn der Herr Maler? Und wie heißt er mit Nachnamen? Dann frag ich die Telefonauskunft nach der Nummer.«

»Wenn ich das wüsst, wär ich schon längst unterwegs.«

Xaver schüttelte den Kopf. »Eine Schand ist es, dass wir so wenig über den Umgang unserer Tochter wissn.«

»Ja, schäm dich nur, bist nicht ganz unschuldig an dem Drama. Hättst den jungen Mann nicht ausm Haus gejagt damals …« Traudl stand auf und begab sich in die Küche, um das Abendessen zuzubereiten. Xaver hatte ihre Andeutung gewiss verstanden. Er war ja nicht dumm, nur stur wie ein alter Esel. Und leider auch ziemlich altmodisch, wenn es um seine Kinder ging. Am liebsten hätte er den Mädchen auch noch den Ehemann ausgesucht. Das hatte er in jener Nacht gesagt, nachdem Elsie allein nach Hause gekommen war und er unbedingt die Polizei verständigen musste.

Resigniert holte Traudl den Kartoffel-Gurken-Salat aus der Speisekammer und die Wiener Würstl aus dem Kühlschrank. Seit Annas sechstem Geburtstag war es das traditionelle Abendessen für die Mädchen. Zum Nachtisch dann ein Stück Buttercremetorte, und wenn sie am nächsten Tag nicht in die Schule mussten, durften sie länger aufbleiben und fernsehen. Natürlich war ihr bewusst, dass die Mädchen nicht ewig kleine Kinder blieben, aber dass dieses schöne Ritual mit einem Schlag vorbei sein sollte, war doch zu traurig. Schniefend füllte Traudl den Würstltopf mit Wasser und stellte ihn auf den Herd.

»Traudl, ich habs!« Xaver stand plötzlich neben ihr und strahlte sie an, als sei er gerade Weltmeister im Fassonschnitt der Männer geworden. »Wir gehn auf die Leopoldstraßn, da steht er doch mit seinen Kunstwerken, und wenn wir ein Glück habn, ist Anna auch da …«

»Meinst nicht, dass sie eher auf der Beatparty sind? Ist schließlich auch ihre Geburtstagsparty.«

Xaver kratzte sich am Kinn. »Aber da dürfn wir doch nicht

hinein. Haben wir hoch und heilig versprechn müssn. Elsie wird uns ewig böse sein, wenn wir auftauchen.«

Nachdenklich und auch ein wenig traurig wartete das Ehepaar darauf, dass die Würstl warm wurden. Doch plötzlich hob Traudl den Kopf und schaute Xaver mit leuchtenden Augen an. »Altmann! Clemens heißt Altmann mit Familiennamen! Ich weiß noch genau, dass er damals der Polizei seinen Führerschein zeigt hat. Weißt noch, du hast sie doch gerufen, weil die Anna nicht heimgekommen ist?«

Xaver stutzte und grinste seine Traudl dann an. »Genau, und der Polizist hat den Namen vorgelesen. Bist eine schlaue Frau. Jetzt ruf ich gleich die Auskunft an, da erfahr ich bestimmt die Telefonnummer und auch gleich die Adress.«

Xaver marschierte in den Flur, wo der Telefonapparat auf einer Kommode neben der Garderobe stand. Doch leider brachte der Anruf weder die erhoffte Telefonnummer noch die Adresse; ein Clemens Altmann stünde nicht im Verzeichnis, erklärte das Fräulein von der Telefonauskunft.

»Tja, was so ein armer Künstler ist, der kann sich kein Telefonanschluss leisten, der muss in die Zelle marschiern, wenn er wen anrufen möcht«, resümierte Xaver.

»Dann ruf beim Egger Wirt an«, schlug Traudl vor. »Den Wirt kennst doch, und Anna ist garantiert die Einzige ohne Minikleid, also wird er sie leicht finden oder sowieso schon gsehn haben. Oder frag nach Elsie, die weiß bestimmt, wo ihre Schwester ist.«

Xaver nickte zustimmend, schritt abermals in den Flur und war wenig später zurück.

Traudl war dabei, eine frische weiße Tischdecke aufzulegen. Ein bisschen feierlich wollte sie es doch haben, wenn sie schon allein mit Xaver essen musste. »Und?« Sie blickte kurz zu ihm auf, strich eine Falte glatt und stellte dann den dreiflammigen silbernen Kerzenleuchter in die Mitte.

»Es hebt niemand ab, habs ewig klingln lassn.« Xaver holte eine Tube Senf aus dem Küchenbüfett, Gabeln und Messer aus der Besteckschublade und brachte alles an den Tisch.

»Dann versuche es halt in ein paar Minuten noch mal, bestimmt ists recht laut, wenn die Band von dem Sänger ... wie heißt der noch mal ...«

»Ich glaub, Günni ...«

»Genau, also, wenn der Günni mit seine Kumpels spielt, ist es bestimmt so laut, dass die Telefonklingel nur noch ein Glöckerl ist. Setzt dich, jetzt essen wir zerst was.«

Auch nach den traditionellen Geburtstagswürstln hatte Xaver kein Glück. Entweder veranstaltete Günni tatsächlich so einen Höllenlärm, dass alle anderen Geräusche nicht mehr zu hören waren, oder das Telefon war kaputt. Was auch immer der Grund war, er beunruhigte Xaver so sehr, dass er sich entschloss, doch höchstpersönlich nachzuschauen. Versprechen hin oder her, das zählte im Moment nicht. Annas Verschwinden war ein Notfall. Er würde sich bei Elsie entschuldigen und es erklären, und sie würde ihn verstehen, sie war sehr vernünftig, kein Wunder, sie war schließlich sein Fleisch und Blut.

»Ich begleite dich. Wenn ich hier rumsitz, werd ich verrückt«, sagte Traudl.

Sie warf nur einen kurzen Blick in den Spiegel; die am Morgen frisch gewaschene und geföhnte Kurzhaarfrisur saß noch tadellos, genau wie das leichte Make-up, nur den Lippenstift musste sie auffrischen. Als Mitinhaberin eines Friseursalons sah sie jederzeit vorzeigbar aus, genau wie Xaver. Sein Haarschnitt war wie eine Visitenkarte, ein ordentlich rasierter Nacken und saubere Koteletten gehörten zur Basis, wie auch der Glanz, den er mit einer erbsengroßen Portion Frisiercreme zustande brachte.

»Wir nehmen den Opel, dann sind wir in drei Minuten da. Zu Fuß dauert's zu lange«, entschied Xaver.

Wegen der U-Bahn-Baustelle mussten sie einen Umweg über die Schleißheimer Straße fahren, von wo aus sie direkt in die Herzogstraße einbiegen konnten und so zur Lokalität an der Ecke Leopoldstraße gelangten.

»Du kannst im Auto warten«, sagte Xaver, als er unweit des Lokals einparkte.

»Warum soll ich im Auto warten?«

»Weils gfährlich werdn kann, und für eine Wirtshausschlägerei bin ich schon ein bissl zu alt.«

»Spinner!« Traudl lachte und stieg aus.

In dem Moment kam ein Einsatzwagen der Polizei mit laufender Sirene und überhöhter Geschwindigkeit angerast und stoppte mit quietschenden Reifen direkt vor dem Gasthaus.

Vier Beamte stiegen aus, ließen die Türen offen, das Blaulicht an und begaben sich eilig in die Wirtschaft.

»Hab ichs ned gsagt, es riecht direkt nach Gefahr, steig wieder ein«, zischte Xaver, der auf der Fahrerseite in der offenen Tür stand, seiner Frau zu.

»Bleib du doch im Auto, wennst dich fürchtst.« Traudl hob den Kopf und drückte den Rücken durch, sodass sie um mindestens drei Zentimeter größer wirkte. »Ich geh jedenfalls jetzt da rein und such meine Kinder.«

»Traudl, bittschön, sei halt vernünftig!«, versuchte Xaver sie zurückzuhalten. Vergeblich. Vielleicht hatte sie ihn nicht gehört, die Musik war sakrisch laut, bestimmt hatte deshalb jemand die Polizei verständigt. Kopfschüttelnd schloss er den Wagen ab. »Genauso stur wie die Anna, wenn ichs nicht genau wüsst, würd ich denkn, du bist doch die leibliche Mutter.« Dann folgte er seiner Frau.

Traudl atmete vor dem Eingang einmal kurz durch, gespannt,

was sie da drinnen erwartete. Die Musik war hier draußen schon so laut, dass es schmerzte. Dennoch war sie ganz froh, eine glaubwürdige Erklärung für ihr Auftauchen zu haben. Von der eigenen Tochter ausgeladen worden zu sein, hatte sie doch ziemlich gewurmt. Vor allem wollte sie diesen Günni mal unter die Lupe nehmen; ein Musiker war einfach kein passender Umgang für Elsie. Solange es bei ein paar harmlosen Treffen geblieben war, hatte sie nichts dagegen gehabt und Elsie geglaubt, als sie schwor, es sei nichts Ernstes. Als Ehemann für Elsie war dieser Günni nämlich so geeignet wie ihr Xaver zum Sänger. Ein Musiker konnte keinen Salon führen, höchstens noch die Kunden abkassieren. Besonders hilfreich wäre so ein Mann aber nicht.

Die Band verstummte, als Traudl die Wirtsstube betrat. Manchmal war doch Verlass auf die Polizei, dachte sie ganz eigennützig.

Xaver tauchte neben ihr auf. »Reden wir zuerst mit dem Wirt.«

»Mach nur, i such die Mädchen.« Traudl eilte direkt in den Nebenraum, wo sich die Gästeschar um einiges reduziert hatte. Die geschätzten dreißig Teenager umringten vier Polizeibeamte, waren aber lauter als zweihundert.

Traudl überkam ein mulmiges Gefühl; sie musste an die Krawalle im Sommer 1962 denken. In einem Land, in dem die Polizei gegen fröhliche Jugendliche vorging, war etwas nicht in Ordnung.

»Ruhe, verdammt noch mal, Ruhe, sonst landet ihr alle für eine Nacht auf dem Revier!«, brüllte einer der Uniformierten.

Die Warnung hatte den gewünschten Effekt, sofort war es mucksmäuschenstill.

Traudl schritt auf die Ansammlung zu, und mit dem Blick einer besorgten Mutter betrachtete sie in Windeseile die Gesichter der Geburtstagsgäste. Doch ihre Mädchen waren nicht darunter. Hatten sie sich verpasst? Waren sie inzwischen längst zu

Hause? Nein, sie hatten Ausgang bis Mitternacht. Traudl richtete ihren Blick auf den dicken Uniformierten, der vermutlich der Wortführer war. »Gibt's Probleme, Herr Wachtmeister?«

»Oberwachtmeister«, korrigierte der Angesprochene.

»Verzeihung, ich kenn mich nicht so aus mit die Dienstgrade.«

Der Dicke nickt gnädig. »Und Sie sind?«

»Traudl Sonnlechner, die Mutter der beiden Geburtstagskinder.«

»I bin der Vater der Mädchen.« Xaver kam mit großen Schritten auf sie zu. »Sonnlechner«, stellte er sich den Beamten vor.

»Sind Sie ned der Friseur aus der Amalienstraße?«

Xaver nickte. »San Sie Kunde bei mir?«

Der Beamte fasste sich an den Nacken. »Das nicht, aber ein Schnitt wäre mal wieder fällig.«

»Jederzeit«, entgegenete Xaver verbindlich und erkundigte sich dann, bemüht, nach der Schrift zu sprechen: »Darf man erfahren, was hier los ist? Funkstreife mitten in der Nacht! Der Wirt sagt, es hätte anonyme Hinweise auf Drogen gegeben.«

»Das überprüfen wir gerade, deshalb muss ich Sie bitten, sich nicht in die Ermittlungen einzumischen.«

»Na, jetzt übertreiben S' aber. Das ist eine harmlose kleine Feier, weil meine Töchter heute beide Geburtstag haben.«

»Harmlos? Dann bin ich der Uwe Seeler. Glauben Sie mir eines, in diesem Alter sind sie niemals harmlos. Schon gar nicht, wenns im Rudl auftreten. Ich war im Zirkus Krone dabei, als diese Langhaarigen aus London … diese *Beatles* aufgetreten sind, so was hab ich überhaupt noch nie erlebt. Kreischende und heulende Mädchen, Burschen, die halb durchgedreht sind, wegen ein paar Langhaarigen. Das Datum werde ich mein Lebtag nicht vergessen: 24. Juni 66. Aber das nur nebenbei. Welche der Madln sind Ihre?« Sein Blick wanderte über die Köpfe der Mädchen, die schweigend an ihm vorbeischauten.

»Die sind schon nach Hause gegangen«, meldete sich Traudl in dem freundlichen Tonfall, mit dem sie unsichere Kundinnen von einer neuen Haarfarbe überzeugte.

»Verstehe«, entgegnete der dicke Polizist, wobei er Traudl ungläubig fixierte. »Und was machen Sie dann hier?«

»Wir?«, wiederholte Xaver, als sei es die dümmste aller Fragen, fügte noch ein ratloses »Ähm« hinzu und erklärte dann gelassen: »*Wir* sind nur zum Bezahlen hier. Und weil die Party ein Geburtstagsgeschenk war, sollten die Mädchen natürlich nicht wissen, was sie gekostet hat.«

»Deshalb haben wir sie nach Hause geschickt«, bestätigte Traudl.

Die Erklärung schien logisch. Der Oberwachtmeister nickte knapp und wandte sich an die noch immer ruhig wartenden Teenager. »Jetzt möchte ich eure Ausweise sehen. Und zwar dalli und ohne Geschrei, kapiert?«

Stummes Nicken von den Eingeschüchterten, die keinen Ärger bekommen wollten.

Traudl schubste Xaver leicht an, als Zeichen, dass sie sich verabschieden sollten. Reaktionsschnell sagte er: »Sie brauchn uns wohl nicht mehr?«, hakte sie unter und zog sie aus dem Lokal.

»Das hätt ma gschafft«, sagte Traudl kichernd. »Aber wo sind die Mädchen?«

25

ANNA WAR PANISCH zusammengezuckt, als die Polizeisirene ertönte. »Schnell weg hier«, raunte sie Clemens zu, und sie entwischten in dem Moment über den Seiteneingang in den Hinterhof, als sie noch sahen, wie Xaver und Traudl die Wirtschaft betraten.

Schnaufend setzte Anna sich auf einen Stapel Bierkästen. »Nicht zu fassen, dass die Eltern mich mit der Polizei suchen lassen.«

»Bist du sicher, dass die Bullen deinetwegen hier sind?«

»Warum sonst?« Anna verschränkte die Arme und zog die Schultern hoch, um ihr Zittern in den Griff zu kriegen. Ihr ganzer Körper reagierte auf die Vorstellung, dass sie polizeilich gesucht wurde.

»Ich könnte mir denken, dass jemand die Bullen wegen der Lautstärke gerufen hat. Die Band hat ziemlich aufs Blech gehauen, und es ist schon nach zehn.« Clemens setzte sich neben Anna auf ein hölzernes Bierfass. »Du glaubst gar nicht, wie oft ich das bei Atelierfesten erlebt habe. Auch wenn es nicht extrem laut war, aber feiernde junge Menschen bringen manchen Spießer auf die Palme.«

»Vielleicht hast du recht. Heute Vormittag hatte ich auch eine von diesen Ewiggestrigen vor mir; trägt immer noch die Locken von vor zwanzig Jahren und hat sich aufgeregt, weil Mary Quant von der englischen Königin einen Orden bekommen hat. Leider muss ich im Salon wadenlange Omaröcke tragen, aber wer weiß, ob sie sich überhaupt von mir bedienen ließe, wenn ich einen Minirock anhätte. Ob ich mir doch einen anschaffe, um die Kundschaft ein bisschen zu schocken?« Anna stockte, sprang von ihrem ziemlich unbequemen Platz auf, lachte laut, hielt sich aber gleich die Hand vor den Mund, um den Anfall zu ersticken. »Ich bin ja doof«, urteilte sie, nachdem sie wieder zu Atem gekommen war. »Heute war doch mein letzter Tag!« Übermütig fiel sie Clemens um den Hals. »Ich muss nie wieder in diesen Salon. Mir wird ganz schwindelig vor Glück.«

Clemens drückte sie fest an sich. »Dann hast du den Schock über den Henkelkorb verwunden?«

Anna löste sich aus seiner Umarmung, breitete die Arme aus und drehte sich einige Male. »Das dauert bestimmt noch eine Weile, aber ich merke, wie befreit ich mich fühle, endlich zu wissen, warum ich mich oft so fremd in dieser Familie gefühlt habe. Dass dieses permanente Gefühl der Unzufriedenheit einen Grund hatte. Dass ich zwar Anna bin, aber eben nicht Anna Sonnlechner, sondern Anna ...« Sie brach ab, blieb stehen, dachte einen Moment nach und sagte dann leise lachend: »Anna Findelkind. Wäre das nicht ein toller Künstlername?«

»Warum nicht? Aber deine Werke haben so viel Charme und Aussagekraft, die verkaufen sich auch ohne besonderen Namen. Einfach *Anna,* das genügt.«

»Einfach Anna?« Zweifelnd schaute sie ihn an, suchte in seinem Blick nach Bestätigung, was nicht so einfach war in diesem düsteren Hinterhof, in den nur ein wenig Licht aus einem Fenster im ersten Stock fiel.

»Die wunderbare, unvergleichliche, süße Anna, die ich unendlich liebe. Wenn ich reich wäre, würde ich einen Privatdetektiv engagieren, um deine leiblichen Eltern ...«

»Psst!« Anna küsste ihn stürmisch. »Solange wir zusammen sind, ist mir alles andere egal. Versprich mir, dass du mich nie verlässt. Ich hab doch sonst niemanden mehr.«

»Versprochen. Ab heute sind wir unzertrennlich, zusammen für alle Zeiten. Wir gegen den Rest der Spießerwelt.«

Nach einem langen Kuss schlug Clemens vor, den Wirt nach einem Glas Sekt zu fragen. »Wir haben noch nicht auf deinen Geburtstag angestoßen. Lass uns noch einen Moment warten und dann wieder reingehen. Die Polizei ist bis dahin bestimmt wieder weg.«

»Und Elsie möchte ich auch noch suchen, um mich wenigstens von ihr zu verabschieden und zu erzählen, was passiert ist. Bei unseren Gesprächen hat sie oft den Kopf geschüttelt und gemeint, ich würde seltsame Dinge sagen, die sie nicht verstehe, jetzt wird sie es verstehen.«

Als Anna und Clemens die Gaststätte wieder betraten, schlug ihnen feuchte, von kaltem Rauch getränkte Luft entgegen. Taghelle Neonlampen blendeten, der Wirt hatte das »Putzlicht« eingeschaltet. Die Party war eindeutig vorbei. Die Polizei war doch noch vor Ort. Ein Beamter hatte an einem Tisch in der hinteren Ecke Platz genommen und redete auf ein blondes Mädchen ein, das mit gesenktem Kopf vor ihm auf einem Stuhl saß.

Anna erkannte das glänzende Haar und den sauber akzentuierten Courreges Bob sofort. »Elsie!« Sie ließ Clemens' Hand los, der sich beim Wirt nach dem Sekt erkundigen wollte, und war mit wenigen Schritten bei ihr. »Da bist du ja, ich hab dich gesucht.«

Elsie rührte sich nicht, schaute nicht einmal auf, blieb unbeweglich sitzen.

Anna schnappte sich einen Stuhl und setzte sich neben ihre Schwester.

Der Polizist legte den Stift zur Seite. »Das geht nicht«, schnauzte er Anna an. »Du störst die Ermittlungen.«

Anna bedachte den Mann mit einem zornigen Blick. Wie

kam dieser Bulle dazu, sie einfach zu duzen? »Ermittlungen? Warum denn? Was hat meine Schwester angestellt? Wir haben hier nur unseren Geburtstag gefeiert. Wir sind nämlich am selben Tag geboren, wenn auch in einem anderen Jahr.«

»Ausweis!«, verlangte er mit unbewegter Miene.

Anna lehnte sich zurück, verschränkte die Arme vor der Brust und grinste frech. »Hab ich nicht dabei.«

»Dann muss ich dich leider aufs Revier mitnehmen, zur Feststellung der Personalien.«

»Das ist ja wohl reine Schikane.« Anna wurde laut. »Ich habe nichts verbrochen. Und meine Schwester bestimmt auch nicht. Elsie, so sag doch was.« Sie gab ihr einen sanften Schubs.

»Da wirst du kein Glück haben, die ist entweder stumm oder total betrunken. Jedenfalls sagt sie kein Wort und antwortet auch auf keine Frage.«

»So ein Blödsinn …«

»Nicht frech werden, Fräulein, das ist Beamtenbeleidigung und steht unter Strafe.«

Anna senkte den Blick, mimte Reue und entschuldigte sich.

Zu spät. Der Polizeibeamte winkte seinem Kollegen und rief ihm zu: »Die beiden Damen kommen mit auf die Wache!«

Clemens erschien mit zwei Gläsern Sekt in der Hand, die er Anna entgegenhielt. »Der Wirt war so freundlich, uns noch was zu spendieren.«

Der Polizist musterte ihn abschätzend, ehe er sagte: »Den werden Sie wohl allein trinken müssen.«

»Bitte verzeihen Sie, ich verstehe nicht«, sagte Clemens freundlich, aber nicht unterwürfig.

»So schwer ist das doch nicht zu verstehen: Die Damen kommen zur Feststellung der Personalien und weiteren Ermittlungen mit auf die Wache. Die Party ist vorbei. Jetzt kapiert?«

Clemens schluckte, stellte sich dann aber besonders aufrecht hin und wirkte noch ein wenig größer als einen Meter fünfundachtzig. »Moment, so einfach geht das nicht«, protestierte er. »Was wird meiner Freundin vorgeworfen? Wir sind doch erst vor wenigen Minuten hier reingekommen, was soll sie denn in dieser kurzen Zeit getan haben?«

Der Uniformierte griff nach der Schildmütze auf dem Tisch und erhob sich, wohl um nicht zu Clemens aufsehen zu müssen, während er die Mütze aufsetzte. »Es geht Sie zwar nichts an, aber weil Sie so nett gefragt haben: Beamtenbeleidigung. Und jetzt schleichen S' sich, Sie behindern eine Amtshandlung.«

Clemens beugte sich zu Anna, flüsterte: »Ich hole dich wieder raus« und rannte zum Telefon.

Impulsiv wollte Anna ihm folgen, wurde aber von dem bereitstehenden Kollegen mit harter Hand an der Schulter gepackt und zurückgehalten.

»Aua, Sie tun mir weh!«, rief Anna absichtlich laut. Sie hatte sich bis jetzt beherrscht, obwohl der Tag dramatisch genug gewesen war, aber für ein lächerliches Wort aufs Revier gebracht zu werden war eine Unverschämtheit und bestimmt nicht zulässig.

Elsie zuckte zusammen und schnellte vom Stuhl hoch, als habe Annas Schrei sie aufgeweckt. »Aufhören, lassen Sie meine Schwester los!«

»Ruhe, ihr zwei Wildkatzen, sonst wird's unangenehm. Und jetzt los, Abmarsch.« Der Kollege mit dem Klammergriff packte nun auch Elsie an der Schulter und schob sie gemeinsam mit Anna aus dem Lokal.

Anna fasste an ihre Hosentasche, doch dann fiel ihr ein, dass sie die Halskette im Atelier liegen gelassen hatte. Sie schnaufte erleichtert auf. Hätte sie sie bei sich gehabt und die Polizei sie gefunden, wer hätte ihr die Geschichte vom Findelkind und der Herkunft des Schmuckstücks geglaubt?

Zwanzig Minuten später wurden Anna und Elsie unsanft eine

Kellertreppe hinunterbugsiert und in einen winzigen Raum eingesperrt, den man zurecht als Verlies bezeichnen konnte. Er bot gerade mal Platz für zwei Feldbetten, dazwischen ein uralter rechteckiger Schemel, darauf zwei Wassergläser und eine Flasche Wasser. In der anderen Ecke ein Eimer mit Deckel für die Notdurft, daneben eine Rolle Toilettenpapier. An den Wänden kaum zu entziffernde Kritzeleien. Und die von der niedrigen Decke baumelnde Glühbirne verbreitete gerade mal so viel Licht, dass man alles erkennen konnte.

Kaum hatte sich die dünne Metalltür geschlossen, trommelte Anna dagegen und schrie »Aufmachen«, auch wenn ihr die Unsinnigkeit bewusst war. Aber sie wollte einfach nicht akzeptieren, dass ihr achtzehnter Geburtstag in einer Arrestzelle enden sollte. Die Aussicht war dermaßen frustrierend, dass sie irgendetwas tun musste. Erst als ihre Fäuste schmerzten, drehte sie sich um und murmelte fassungslos: »Was für ein Rattenloch! Würde mich nicht wundern, wenn gleich ein paar dieser Viecher über unsere Füße huschen.«

Elsie hatte sich auf eines der seitlich aufgestellten Feldbetten gesetzt und ihr Gesicht mit den Händen bedeckt. Sie weinte, wie Anna an den zuckenden Schultern erkennen konnte.

Anna setzte sich neben ihre Schwester und legte den Arm um ihre Schultern. »So schlimm ist es doch auch nicht. Clemens hat versprochen, uns rauszuholen, und das tut er garantiert. Bestimmt braucht er nicht lange. Wo warst du übrigens die ganze Zeit? Ich hab dich gesucht.«

»Ich war sauer … auf Günni … stocksauer und bin draußen rumgelaufen …«, schluchzte Elsie.

Anna wich ein wenig zurück, als ihr säuerlicher Atem entgegenschlug. »Hast du getrunken?« Eine dumme Frage, denn auch Elsies Aussprache war ziemlich schleppend.

»Wegen … wegen Günni«, jammerte Elsie.

Anna überwand ihre Abscheu vor der Alkoholfahne und nahm die Jüngere wieder in den Arm. »Was ist passiert? Erzähl mir alles, dann geht es dir gleich besser.«

Unterbrochen von Weinkrämpfen erzählte Elsie, dass Günni sie heute an ihrem Geburtstag zum ersten Mal geküsst habe. Nicht nur ein Küsschen auf die Wange, ein leidenschaftlicher Zungenkuss sei es gewesen. »Dadurch waren wir doch ein richtiges Paar, oder?«

»Hm ...« Anna erinnerte sich an den ersten Kuss mit Clemens. An jenen Sonntagnachmittag, als sie bei ihm war, um sich porträtieren zu lassen, an das aufregende Kribbeln, das sie erfasst hatte, als ihre Lippen sich berührten. An den leichten Schwindel, der sie wie auf einer Wolke aus Glückseligkeit in eine neue Welt hinübertrug. An diesem Tag hatte sie sich in Clemens verliebt.

»Und dann ... dann hat er ...«, setzte Elsie wieder an, wurde jedoch abermals von Schluchzen unterbrochen.

Anna füllte eines der Gläser mit Wasser, verdrängte den Gedanken, ob das Glas wohl sauber oder das Wasser ekelig abgestanden war, und reichte es Elsie. »Trink das erst mal, dann atme tief durch und erzähle den Rest.«

Folgsam leerte Elsie das Glas. Nach ein paar Seufzern versiegten endlich ihre Tränen, und sie sagte mit klarer Stimme: »Ich hab ihn erwischt, wie er ein Mädchen geküsst hat.«

Im ersten Impuls wollte Anna Elsie trösten, doch dann fragte sie nach. »Bist du auch ganz sicher? Du hast ziemlich viel getrunken. Bestimmt war es nur eine seiner Verehrerinnen, die ihn mal umarmen wollte. Wenn man sich in einen schnuckeligen Sänger verliebt, muss man immer mit Konkurrenz rechnen. Kein Grund, sich zu betrinken.«

»Ich war einfach wütend«, brauste Elsie auf und knallte das leere Glas auf den Hocker. Es geriet ins Wanken, fiel auf den Steinfußboden und zerbrach klirrend.

Ein Klopfen an der Tür erschreckte sie.

»Hee, wird dadrin randaliert? Das würde ich euch nicht raten.«

Jemand steckte einen Schlüssel ins Schloss, es wurde aufgeschlossen, und die Tür öffnete sich.

»Mitkommen.«

Anna verdrängte den Impuls, ebenso unfreundlich zu antworten, und warf dem ruppigen jungen Mann in der dunkelgrünen Polizeiuniform stattdessen einen vernichtenden Blick zu. Viel bewirkte das nicht, denn der Polizist schubste sie beide die Treppe nach oben, über die sie erst vor etwa einer halben Stunde nach unten gescheucht worden waren. Dann ging es durch einen halbdunklen, muffig riechenden Hausflur und unter dem militärischen Kommando »Nicht einschlafen« durch eine ziemlich ramponierte Holztür mit der Aufschrift: *Wach.* Das e war verblasst und kaum noch zu erahnen.

Kaltes Neonlicht blendete Anna, als sie die Wachstube betrat. Sie benötigte einen Moment, um sich zu orientieren in dem Raum mit dem Absperrtresen, dessen dunkelgrüne Oberfläche so oft geputzt worden war, dass gelbliches Holz darunter zum Vorschein kam. Hinter der Absperrung saßen die Polizeibeamten an Schreibtischen, hackten auf Schreibmaschinen ein und hoben nur kurz die Köpfe, als sie eintraten. Einen Herzschlag später erblickte Anna Clemens.

Er hatte Wort gehalten.

Lächelte sie liebevoll an.

Nickte ihr aufmunternd zu.

Anna schluckte, es war, als habe sie einen dicken Kloß im Hals, so gerührt war sie. Tränen stiegen in ihre Augen, und sie versuchte nicht, sie zurückzuhalten.

Wer ihre Tränen sofort versiegen ließ, waren Traudl und Xaver, die neben Clemens auf einer langen Holzbank saßen und sie ebenfalls anlächelten. Bevor sie etwas sagen konnte, öffnete der junge Polizist eine Durchgangsklappe in dem Tresen und schob sie und Elsie hindurch zu einem der Schreibtische.

»Was wird das jetzt? Ich hab gedacht, wie könnten unsre Töchter mitnehmen. Sie habn uns doch angrufn«, meldete sich Xaver zu Wort, der aufgesprungen und an den Tresen getreten war.

»Haben wir, die da …«, er deutete auf Elsie, »hat uns Ihre Telefonnummer genannt. Aber erst noch das Protokoll.«

Umständlich holte er fünf Blatt Papier aus einer Schublade, legte Kohlepapier dazwischen und spannte das Ganze mit konzentriert zusammengepressten Lippen in eine schwarze Schreibmaschine. »So, dann fangen wir mal mit der Blonden an: Name, Alter, Adresse …«, wandte er sich an Elsie.

Anna sprang vom Stuhl auf. Jetzt hatte sie endgültig genug. »Wir sagen nichts, bevor wir nicht wissen, was wir verbrochen haben sollen.«

»Vorsichtig, junges Fräulein, ganz vorsichtig. Wir sind nicht verpflichtet, dazu Auskunft zu geben, aber weil ich heute meine sozialen fünf Minuten hab, will ich mal nicht so sein. Drogenmissbrauch!«

Das letzte Wort wirkte wie ein Kübel Eiswasser auf die Anwesenden. Alle schnappten nach Luft. Die drei jenseits des Tresens standen von ihren Plätzen auf. Und stürmten geschlossen nach vorn.

Traudl beugte sich über die Holzabsperrung. »So eine gemeine Lüge!«

»Wer hat des behauptet?«, wollte Xaver wissen.

Und Clemens sagte mit ruhiger Stimme: »Ich kann bezeugen, dass nur normale Zigaretten geraucht und nicht ein Tropfen Alkohol getrunken wurde. Nicht einmal die zwei Gläser Sekt konnten wir trinken, weil Sie das verhindert haben.«

Der Beamte sagte nichts zu alldem, blickte nur unwillig von seiner Schreibmaschine auf und knurrte nun: »Wenn Sie den Ablauf stören, dauert's umso länger. Also setzen Sie sich wieder hin.«

»Das is aber jetzt reine Schikane«, setzte Xaver nach.

»Des is mir wurscht. Und jetzt verbitte ich mir jede weitere Unterbrechung, sonst sind wir morgen früh noch da.« Um seinen Unmut zu verdeutlichen, schlug er mit der flachen Hand auf die einzige freie Ecke seines Schreibtisches voller Aktendeckel und Papiere.

Es waren nur wenige Fragen, aber der Beamte drosch mit zwei Fingern auf die Tastatur ein, suchte oft nach Buchstaben, tippte auch schon mal versehentlich auf zwei Tasten gleichzeitig, wodurch sich diese verklemmten und er sie fluchend aushaken musste. Anna und Elsie antworteten willig, Traudl, Xaver und auch Clemens hielten sich zurück. Das alles dauerte eine gute Stunde, in der sich die Laune des Polizisten nicht verbesserte.

Schließlich hatte er es geschafft, die Formulare waren von den Erziehungsberechtigten unterschrieben, und da weder Anna noch Elsie polizeilich bekannt waren, durften sie gehen.

Draußen atmete Anna erst einmal tief durch und genoss den leichten Nachtwind, der den Schweiß auf ihrer Haut trocknete. Am indigoblauen Himmel erkannte sie ein paar Sterne, und an Clemens' Hand hätte sie diese Septembernacht beinahe romantisch nennen können, wenn sie nicht vor einem Polizeirevier gestanden hätten.

»So, Kinder, das hätt ma überlebt, jetzt aber schnell heim, der Opel steht da vorn.« Xaver wies mit dem ausgestreckten Arm auf die gegenüberliegende Straßenseite.

Anna hob den Kopf, um den fast zwei Köpfe größeren Xaver direkt ansehen zu können. »Ich komme nicht mit.«

»Aber Anna-Kind, warum denn ned?« Traudls Augen füllten sich mit Tränen.

»Ihr habt mich ein Leben lang belogen, das reicht!«

»Aber …«, stammelte Traudl. »Wir täten dir gern erklärn.«

»Es stand alles in diesem Brief – ich bin nicht eure Tochter. Mehr muss ich nicht wissen. Ich werde mein eigenes Leben führen, was ihr ja im Übrigen schon erlaubt habt. Ich werde bei Clemens wohnen, es wird mir gut gehen, ihr müsst euch nicht mehr um mich kümmern.«

Dezember 1966

Sie bedauerte zutiefst, den Salon Sonnlechner von der anderen Straßenseite nicht mehr ungestört beobachten zu können. Sich nicht mehr aus dem Dunkeln der Ruine am Treiben im Salon erfreuen zu können, ihr geliebtes Kind bewundern zu können, wie geschickt es mit den Kundinnen umging. Momentan war Anna aber nicht im Salon, sie musste sich gedulden.

In den Erdgeschosswohnungen konnte sie aufgesprühte Schneeflocken an den Fensterscheiben, gebastelte Papiersterne, Nikoläuse aus Filz oder kunstvolle Weihnachtspyramiden betrachten, die auf den Fensterbänken dekoriert waren. Auch das Schaufenster des Friseursalons war wie jedes Jahr im Dezember weihnachtlich geschmückt. Dicke Wattebäusche täuschten eine winterliche Landschaft vor, dazwischen bunte Glitzerkugeln, Tiegel mit Hautcremes, Haarspray für den perfekten Sitz der Frisuren, Frisiercreme für den Herren. Und ein etwa zehn Zentimeter kleiner künstlicher Weihnachtsbaum, mit winzigen Watteflocken auf den Zweigen.

Sie zog die Schultern hoch, schlug den Kragen ihres abgetragenen Mantels nach oben und hielt ihn mit einer Hand zu. Ihr war kalt, obwohl es nicht einmal Minusgrade hatte und auch kein eisiger Ostwind durch die Straßen wehte, wie sonst oft in den Wintermonaten. Es war frühlingswarm, das für München so typische Föhnwetter stellte mal wieder die Jahreszeiten auf den Kopf.

Eine Mutter mit einem Mädchen und einem Jungen an den Händen, beide schon Schulkinder, steuerte auf den Salon zu und ging mit ihnen hinein.

Sie wandte sich zum Gehen. Ohne aufzufallen, konnte sie eigentlich höchstens ein paar Minuten stehen bleiben und so tun, als warte sie auf jemanden. Dem Schlagen einer Kirchturmuhr nach war aber schon eine halbe Stunde vergangen. Es hatte keinen Sinn, noch länger zu warten, Anna war nicht im Salon. Vielleicht war sie krank, eine Grippe, um diese Jahreszeit nicht ungewöhnlich. Um das herauszufinden, gab es nur eine einzige Möglichkeit. Den Salon noch einmal zu betreten und sich mutig nach Anna zu erkundigen. Nicht als ihre Mutter, die sich nach achtzehn Jahren plötzlich besann und nach ihrem ausgesetzten Kind fragte.

Sie hob den Kopf, fuhr sich durch das kinnlange Haar, das zum letzten Mal vor knapp einem Jahr geschnitten worden war, und überquerte die Straße.

An den Stufen vor der Eingangstür holte sie noch einmal tief Luft – und wagte es doch nicht.

26

JEDEN MORGEN, WENN Anna die Augen aufschlug, vermochte sie kaum zu glauben, dass ihr Traum wahr geworden war. Dass Clemens neben ihr oder sie in seinen Armen lag. Dass er ihr zuflüsterte: »Wenn du bei mir bist, kann das Leben mir nichts anhaben«, und niemals einschlief, ohne ihr vorher zu sagen, wie sehr er sie liebte.

Seit ihrem achtzehnten Geburtstag im September letzten Jahres, den sie insgeheim auch den Findelkindtag nannte, lebten sie zusammen in seinem Atelier. Ruppert hatte natürlich auch bemerkt, dass sie nicht nur zu Besuch kam wie vorher, und lauernd gefragt, ob sie eingezogen sei. Clemens hatte ihm erklärt, er arbeite an einer Porträtserie, Anna säße dafür Modell und käme eben täglich.

Zu Traudl und Xaver war sie nicht mehr zurückgegangen. Einmal hatte sie angerufen, aber nicht, um sich das große Drama noch mal anzuhören – der Brief, den sie zusammen mit der Kette in einem leeren Kreidekarton verwahrte, war informativ genug gewesen. Vielmehr hatte sie den Sonnlechners noch einmal erklärt, dass sie nicht zurückkäme, sondern bei Clemens bleiben würde. Traudl weinte und bettelte am Telefon, Xaver bat um Entschuldigung dafür, das Geheimnis um ihre Abstammung viel zu lange verheimlicht zu haben. Etwas beruhigten sich die beiden erst, als Anna versprach, sich in Krankheit und Not zu melden.

Elsie war eines Sonntags am Verkaufsstand aufgetaucht. Hand

in Hand mit Günni! Das Liebesdrama war ein Missverständnis gewesen. Günni hatte keine neue Freundin, das Mädchen war nur eine aufdringliche Exfreundin, die sich ihm an den Hals geworfen habe. Er hatte Elsie um Verzeihung gebeten und ihr versprochen, niemals wieder eine andere auch nur anzusehen. Vielleicht war er doch kein so übler Frauenheld, wie Anna vermutet hatte, und am Ende eignete er sich sogar zum Chef eines Friseursalons. Auch wenn er nicht selbst frisieren oder schneiden würde, könnte er zumindest den Papierkram, die Warenbestellungen und natürlich die Kasse übernehmen. Stammte Günni doch aus einer Familie von Elektrikern, sein Vater war Elektromeister, mit eigener Firma in Sendling. Seit Elsie das den Eltern erzählt hatte, waren sie nicht mehr vollkommen gegen diese Freundschaft. Bevor Elsie dann mit Günni wieder abzog, hatte auch sie Anna das Versprechen abgenommen, wann immer sie Sorgen plagen würden, sich an sie zu wenden.

Doch das würde niemals eintreffen. Sie vertraute Clemens' Zusicherung, für sie zu sorgen, und sobald der große Reichtum über sie hereinbräche, bekäme sie privaten Malunterricht.

Das Leben mit Clemens, seine Liebeserklärungen, die gemeinsame Arbeit und ihre Selbstständigkeit lösten bei Anna oft solche Glücksgefühle aus, dass sie laut singend durchs Atelier tanzte. Dann wieder stand sie euphorisch an der Staffelei und übertrug Skizzen, die sie in der freien Natur angefertigt hatte, auf Leinwand. Solange die finanziellen Mittel für den Malunterricht fehlten, vermittelte Clemens ihr die Grundbegriffe der Farbenlehre, erklärte ihr die Tücken der Perspektive oder wofür man eher Pastellkreide statt Wasserfarben verwendete. Sie durchstreiften Museen, und während sie die alten Meister, die Impressionisten oder die Modernen bestaunte, erklärte ihr Clemens die unterschiedlichen Maltechniken, wovon Anna die Spachteltechnik am spannendsten fand. Spachteln kannte sie bisher nur von Xaver, der ein begabter Handwerker war und Reparaturen selbst erledigte.

Hatte Clemens Bilder verkauft und genug für Miete und das tägliche Leben eingenommen, besuchten sie *Schachinger*, ihr ganz persönliches Farbenparadies.

Doch es gab auch die Nächte voller Albträume, aus denen Anna mit Herzklopfen erwachte. Träume, in denen sie in die völlige Mittellosigkeit fielen, die Miete nicht bezahlen konnten und die Schulden für die Lebensmitteleinkäufe bei Ernestine Holzapfel ins Uferlose gewachsen waren. Nach solchen Nächten packte Anna die lähmende Angst und legte sich wie Fesseln um ihre Handgelenke. Stundenlang war sie dann unfähig, auch nur einen Bleistiftstrich zu setzen. Doch sobald Clemens sie in den Arm nahm, ihr zärtlich zuflüsterte, wie glücklich er sei, seine Mona Lisa bei sich zu haben, waren die Albträume vergessen und alle Sorgen zerflossen wie Wasserfarben auf saugfähigem Papier.

Immer öfter fand auch eines ihrer Werke auf der Künstlermeile einen Käufer, und sie konnte etwas zur Miete und den Einkäufen beitragen. Dann schillerte der große Traum von einem erfolgreichen Künstlerleben in den schönsten Farben.

Clemens und Jacob verloren nie ihre Zuversicht, sie diskutierten oft über Stunden, welches ihrer Bilder den ersehnten Galeristen überzeugen würde. Mit welchem sie den Durchbruch erlangen würden, der ihnen ersparte, für den Rest ihres Lebens die Lebensmitteleinkäufe anschreiben, im Winter frieren und den Vermietern aus dem Weg gehen zu müssen.

Der Galerist würde bald kommen, sehr bald, er sei praktisch schon auf dem Weg zu ihnen, Anna wirke nämlich wie ein Glücksbringer. Seit sie bei ihnen war und sich mit den Kunden unterhielt, liefen die Geschäfte besser denn je. Anna hatte nicht sofort verstanden, woran es lag, doch dann war es ihr eingefallen. Sie hatte Talent zu zwangloser Unterhaltung, ohne den Menschen das Gefühl zu geben, sie wolle ihnen um jeden Preis etwas verkaufen. *Etwas* Nützliches hatte sie im Salon also doch gelernt. Denn das war es, was sie während dieser drei quälenden Jahre gemocht hatte: Sich zu unterhalten, Neues zu erfahren, und selbst Geschichten von Ehestreitigkeiten konnten kurzweilig sein.

Daran erinnerte sich Anna auch, als sie an einem Sonntag im April die Unterhaltung eines jungen Paares hörte, das ein Aquarell von Clemens aus der Englischer-Garten-Serie kommentierte.

Die Frau war sehr dünn, das Haar kurz geschnitten, die Augen stark geschminkt mit aufgemalten Wimpern am Unterlid, und sie erinnerte Anna in ihrem extrem kurzen Minikleid an Twiggy. Dieses spindeldürre Fotomodell aus England, das einen seit Monaten mit riesengroßen Augen von sämtlichen Modezeitschriften anschaute.

»Weißt du, was ich denke, wenn ich dieses Bild betrachte?«, fragte sie ihren Begleiter, der seine Hände in die Taschen seiner braunen Cordhose gesteckt hatte und eher desinteressiert wirkte.

Er war einen Kopf kleiner als sie, hatte längeres krauses Haar in der Farbe von reifen Kastanien und trug eine braune Hornbrille auf der kräftigen Nase. So stellte Anna sich einen Professor vor.

»Nein, aber ich brenne darauf, es zu erfahren.«

»Du nimmst mich nicht ernst.« Sie schürzte die rosafarbenen Lippen zum Schmollmund.

»Selbstverständlich nehme ich dich ernst. Würde ich mich sonst für deine Meinung interessieren? Also, was denkst du, wenn du dieses Werk betrachtest? Es ist übrigens ein Aquarell.«

»Ich möchte im Englischen Garten spazieren gehen.«

»Das heißt, wir machen jetzt einen Spaziergang?«

»Nein, du Banause, das heißt, ich möchte dieses Bild kaufen.«

»Das musst du mir erklären.«

Anna war ebenfalls gespannt.

»Wenn ich es zu Hause hätte, könnte es mich motivieren, an die frische Luft zu gehen. Das wäre doch ein positiver Nebeneffekt, außerdem passt es perfekt über mein Sofa und überhaupt … es würde das ganze Zimmer aufwerten.«

Anna lächelte, Clemens strahlte und sagte galant: »Treffender hätte ich es auch nicht ausdrücken können. Vielen Dank für Ihre Beurteilung. Das Bild stammt übrigens von mir … Clemens Altmann.« Er deutete eine Verbeugung an. »Ich habe es an einem sonnigen Augustmorgen direkt am Fuße des Monopteros gemalt.«

»Angenehm.« Schüchtern senkte das Twiggy-Double kurz den Blick, bevor sie ihn anlächelte.

»Genug der Tändelei …« Der »Professor« schien nicht begeistert von den Höflichkeiten und wandte sich an Clemens. »Was soll das Werk denn kosten?«

»Fünfzig Mark«, antwortete Anna eilig, ehe Clemens wieder nur dreißig verlangen würde. Oft verkaufte er seine Bilder viel zu preiswert. Aber zehn oder auch zwanzig Mark nachzulassen war immer möglich und erfreute die Kunden. Fing man dagegen bei dreißig Mark an, konnte man kaum teurer werden, es sei denn, es gab einen zweiten Interessenten, was selten vorkam. Nicht zuletzt hatte Clemens noch drei weitere Englischer-Garten-Aquarelle in der großen Mappe, die in Jacobs Leiterwagen lagerte. Früher hatten Clemens und Jacob alle Blätter gleichzeitig mit den Wäscheklammern an die Leinen gehängt. Anna hatte sie überzeugt, dass weniger mehr war und nicht den Eindruck von Massenproduktion erweckte.

»Ist doch richtig günstig«, befand die junge Frau, als ihr Begleiter nicht reagierte.

Er trat näher an das Bild heran und beäugte es ein paar Sekunden. »In Ordnung«, sagte er dann, was ein wenig gönnerhaft klang, zog eine Geldbörse aus der Innentasche seiner graubraunen Wolljacke und fischte etwas umständlich drei Scheine heraus, zwei Zwanziger und einen Zehner, die er Anna reichte und grinsend meinte: »Stimmt so.«

Anna empfand die Bemerkung ziemlich respektlos, doch überhebliche Menschen wie diesen Herrn kannte sie zur Genüge aus dem Salon; die drückten einem zehn Pfennige mit Scherzen wie »Aber nicht alles auf einmal ausgeben« in die Hand. Für solche Zeitgenossen hatte sie eine Retourkutsche parat. »Sehr großzügig, der Herr. Beehren Sie uns bald wieder.«

An diesem Abend war die Kasse so gut gefüllt, dass sie sich im *Atzinger* ein paar Bier, Bratkartoffeln mit gebräuntem Leberkäse und Spiegeleier leisten konnten. Erfolgreiche Tage ließen Anna ohne Angst in die Zukunft schauen. Solange sie malen konnte und Clemens sie liebte, schillerte das Leben wie ein farbenprächtiger Regenbogen. So lange gab es keinen Grund, sich Gedanken um Not und Sorgen zu machen.

»Ich habe mir etwas einfallen lassen, um noch mehr Aufmerksamkeit zu erreichen«, sagte Jacob an einem nasskalten Sonntagvormittag im Mai, als sie die Wäscheleinen zwischen den Pappeln aufspannten und die Aquarelle und Zeichnungen mit den Holzklammern befestigten.

»Lass hören.« Clemens stellte eines der gerahmten Bilder aus der Kramerladen-Serie, die er im impressionistischen Stil angefertigt hatte, gegen den Stamm einer Pappel.

Jacob antwortete nicht, sondern zauberte stattdessen ein Transistorradio aus seinem Leiterwägelchen.

Anna verstand nicht, was Jacob damit vorhatte, aber fragen wollte sie nicht, Jacob hatte mal Betriebswirtschaft studiert, und bestimmt wusste er jede Menge über Geschäfte und Kunden und wie man erfolgreich wurde.

Clemens lachte. »Mit diesem Ding da?«

»Ganz genau, wir werden die Leute mit Musik anlocken!« Jacob erklärte selbstsicher, es sei ganz einfach. »Wir müssen die Leute dazu bringen, bei uns stehen zu bleiben. Und wenn Musik läuft, werden das einige bestimmt tun. Das ist schon mal die halbe Miete, und währenddessen fällt ihr Blick auf unsere Bilder …«

»Gar nicht mal so dumm«, gestand Clemens ein.

»Und welche Musik soll laufen? Nicht so einfach, das Richtige zu finden.« Anna dachte an Elsie, die süchtig nach dem *Beat-Club* war, der einmal monatlich samstagnachmittags im Fernsehen lief; letztes Jahr waren sogar die *Beatles* in dieser Sendung aufgetreten. Die Eltern hatten ihren guten Willen gezeigt, sich diese Jungs mit anzuschauen, dann aber die Augen verdreht und nach wenigen Minuten die Flucht ergriffen.

Jacob schaltete das Radio an und drehte am Einstellknopf. »Logisch, dass die Musikgeschmäcker verschieden sind, wir probieren es einfach aus. Mal die Hitparade, dann wieder ein bisschen Klaviermusik oder auch mal Schlager.«

Einige dumpfe Töne, die von einem Blechinstrument stammen konnten, drangen aus dem kleinen Transistorradio, und ein Sprecher verkündete: »Sie hören gleich *Puppet on a String* von Sandie Shaw, die mit diesem Song für das Vereinigte Königreich beim Eurovision Song Contest haushoch gewonnen hat. Die Veranstaltung hat dieses Jahr im April in der Wiener Hofburg stattgefunden, wo man etwas pikiert über die barfüßige Sängerin war. Und nun viel Spaß mit *Puppet on a String*!«

»Barfuß, das ist ja mal ein Gag«, sagte Jacob und überlegte gleich, ob sie nicht auch alle ohne Schuhe antreten sollten.

Anna musste lachen. »Damit die Leute denken, wir sind so arm, dass wir uns nicht mal mehr Schuhwerk leisten können?«

»Bei sommerlichen Temperaturen kein Problem, aber im Winter? Also abgelehnt.« Clemens betrachtete nachdenklich das am Baumstamm lehnende Werk. »Sonst noch Vorschläge? Wie wäre es, wenn ich zwei meiner Bilder mit Schnüren so zusammenbinde, dass ich sie mir über die Schultern hängen kann, eins vorn und eins auf dem Rücken, und damit die Straße rauf und runter laufe?«

Jetzt lachte Jacob. »Verrückte Idee, aber durchaus brauchbar, wenn du dazu ›Spenden‹ einsammelst. Doch Scherz beiseite, wir müssen uns wirklich etwas einfallen lassen. Ist euch mal aufgefallen, dass die Künstlerdichte beinahe jeden Tag wächst? Mir kommt es vor, als würde inzwischen die ganze Welt malen und das Ergebnis dann hier verkaufen wollen.«

Anna zuckte leicht zusammen.

Clemens schien es bemerkt zu haben, er legte den Arm um ihre Schulter und musterte seinen Freund mit leicht zusammengekniffenen Augen. »Anna hast du hoffentlich nicht gemeint.«

»Selbstverständlich nicht, Anna hat bis jetzt die Kundschaft eher angelockt, außerdem beherrscht sie dieses launige Geplauder, dagegen sind wir Waisenknaben. Und wenn Anna jemanden porträtiert, bleiben jede Menge Leute stehen. Sie ist unsere Glücksbringerin.«

Der Radiomoderator kündigte den nächsten Song an: »*Let's Spend the Night Together* von den *Rolling Stones*.«

Ein älteres Ehepaar flanierte in dem Moment vorbei und blieb stehen. »Jetzt muss man sich dieses gottlose Geheule auch schon auf der Straße anhören! Eine Zumutung ist das, grenzt direkt an Körperverletzung.«

Jacob drehte das Radio auf volle Lautstärke. »*Jetzt* kann man eventuell von Körperverletzung reden.«

»Sie unverschämter Kerl, Sie unverschämter!«, schrie der Mann so aufgebracht, dass kleine Spucketröpfchen flogen.

Jacob drehte leiser. »Extra für Sie, Zimmerlautstärke.«

Der Mann musterte Anna. »Wissen Sie überhaupt, was diese langhaarigen Kerle da singen?«

»Sie sind bestimmt ein *Stones*-Fan, wenn Sie so gut über die Haarlänge Bescheid wissen«, antwortete Anna und lächelte den rechtschaffenen Bürger extra freundlich an.

»Frechheit! Komm hier weg, Karoline.« Damit zerrte der Mann die Gattin außer Hörweite.

Während dieser hitzigen Auseinandersetzung waren einige Passanten kurz stehen geblieben, hatten die Köpfe geschüttelt und schnell das Weite gesucht.

Clemens warf Jacob einen provozierenden Blick zu. »Na, wie ist dein Resümee bezüglich der musikalischen Untermalung?«

Jacob winkte ab. »Mach dir nicht ins Hemd, Kumpel. War ein Versuch, hätte ja auch funktionieren können. Aber die Spießer sind leider immer noch in der Übermacht, wird noch dauern, bis die aussterben.«

»Wäre ja auch zu schön gewesen, wenn es geklappt hätte.« Clemens seufzte. »Aber ich muss dir zustimmen, die Geschäfte laufen in den letzten Wochen schon wieder verdammt bescheiden, wir sollten wirklich etwas unternehmen, um Kunden anzulocken, wenn wir nicht …«

Anna wusste, warum Clemens den Satz abgebrochen hatte. Die Miete war bald wieder fällig. Er bemühte sich, finanzielle Probleme vor ihr zu verbergen, was jedoch unmöglich war, da sie genau wusste, was sie einnahmen und wann die Miete bezahlt werden musste. Zwei Möglichkeiten hatte Anna aber in petto: die Kette mit dem wertvollen Herzanhänger oder notfalls auch den Friseursalon. Dort würde sie bestimmt jederzeit etwas verdienen und dadurch das Schlimmste abwenden können.

Clemens war regelrecht schockiert gewesen, als sie es vorgeschlagen hatte. »Auf keinen Fall! Eher stelle ich mich auf die

Straße und halte den Hut auf, für dich würde ich jederzeit betteln gehen.«

Seine Liebeserklärung rührte Anna zu Tränen; auch sie hätte jederzeit für Clemens um Almosen gebeten oder den letzten Ausweg beschritten, bevor es zur Katastrophe käme. Es wäre eine bittere Pille, denn sie hatte sich von den Sonnlechners abgenabelt, war erwachsen und zur Künstlerin geworden. Das spürte sie, wann immer sie ein Bild vollendete. Doch die Möglichkeit, die Miete im Salon problemlos zu verdienen, beruhigte Anna.

Der Mai brachte weiterhin kühle Tage, mit wenigen Spaziergängern und Touristen. Dazu die U-Bahn-Baustelle, die längst keine Schaulustigen mehr anzog, sondern nur noch ein Ärgernis war. Niemand interessierte sich mehr für die aufgeschlitzte Leopoldstraße, alle Welt schien sehnlichst darauf zu warten, dass die fürchterliche Baustelle endlich verschwand. Dass der Verkehr wieder wie gewohnt über die Straße rollte und die Trambahn durch das Siegestor fuhr.

Zum Monatsende, als Anna sich innerlich schon wappnete, wieder in den rosa Nylonkittel schlüpfen und schmutzige Haare waschen zu müssen, tauchte plötzlich eine wohlhabend aussehende junge Frau auf. Eine, von der Anna annahm, dass sie Kunstwerke eher in Galerien erstehen würde und nicht überlegen musste, ob sie sich ein Gemälde leisten konnte. Anna bewunderte das perfekt sitzende Kleid mit Mantel aus feiner Seide, das Goldcollier um ihren Hals und die dazu passenden Ohrringe. Im Salon hatte sie gelernt, edle Kleider von Stangenklamotten und billigen Talmischmuck von echten Juwelen zu unterscheiden. Das kinnlange dunkle Haar der Dame war frisch gewaschen und geföhnt und die Fülle am Hinterkopf mit einem halben Haarteil verdoppelt – ein Hinweis auf eine kostspielige Frisur.

Die junge Frau überreichte Anna eine Visitenkarte, wandte

sich aber an Clemens. »Alles, was ich hier sehe, ist einfach wunderschön, und ich würde gern einiges davon erwerben.«

Anna fielen sofort die gepflegten Hände mit den rot lackierten Nägeln auf, und sie schämte sich für ihre stets farbverschmierten Nägel, bevor sie auf die Adresse schaute: Pienzenauerstraße, im vornehmen Bogenhausen. Und als die junge Frau »erwerben« gesagt hatte, fühlte sie sich in ihrer Annahme bestätigt. Vornehme Ausdrucksweise kannte sie zur Genüge von Clemens.

Clemens lächelte die Dame freundlich an. »Lassen Sie sich Zeit mit der Auswahl, wir sind bis Mitternacht hier.«

»Genau das ist mein Problem, ich bin in Zeitnot, deshalb meine Frage: Würden Sie mich am Wochenende in meinem Haus besuchen und mir dort Ihre Werke präsentieren? Vielleicht am Samstagnachmittag?«

Clemens zögerte keinen Moment und sagte zu. »Es wäre uns eine Ehre.«

Sie bedankte sich, fügte »Ich kann es kaum erwarten« hinzu und stöckelte dann eilig davon.

Lachend las Clemens den Namen auf der Visitenkarte: »Verena von Lichtenberg«. Er warf die Karte übermütig in die Luft und fing sie geschickt wieder auf. »Wir werden reich!«

Aber nur, wenn sie etwas kauft, dachte Anna, behielt ihre negativen Gedanken aber lieber für sich und hoffte auf etwas Glück.

27

CLEMENS BLICKTE IN den graublauen Himmel, an dem dunkle Wolken Regen ankündigten. Ein kühler Wind ließ ihn frösteln, und Annas Hand in seiner fühlte sich kalt an. Es war einer dieser Tage, an denen man sich am besten unter der Bettdecke verkroch, weil ohnehin nichts Aufregendes geschehen würde. Doch sie standen vor der Lichtenberg-Villa, und er hoffte so sehr, dass sich das Glück ihnen heute endlich zuwandte. Er überlegte, wie er Anna möglichst feinfühlig erklären konnte, dass er die Verhandlungen lieber allein führen wollte. Sie sollte nicht denken, er hege romantische Gefühle für die Dame.

Frauen wie diese von Lichtenberg tummelten sich unzählige im Freundeskreis seiner Eltern. Dieser Typ Frau liebte es, zu flirten, umschwärmt zu werden und sich begehrt zu fühlen. Waren sie in solch einer euphorischen Stimmung, konnte man sie zu jeder Schandtat überreden, von jeder noch so irren These überzeugen oder ihnen auch eine grundierte Leinwand als letzten Schrei verkaufen. Aber in Annas Beisein wollte er nicht mit einer anderen Frau flirten, wenn sie bei ihm war, hatte er nur Augen für sie.

»Irgendwie ungerecht, dass manche einfach alles haben«, sagte Anna leise.

Clemens legte den Arm um sie, zog sie an sich und küsste sie zärtlich. »Ich weiß genau, was du meinst, aber das, was wir beide haben, kann man nicht mit dem größten Vermögen der Welt kaufen … Für deine Liebe würde ich sofort alle Reichtümer dieser Welt verschenken, wenn ich wählen müsste.«

»Du hast dich ja schon einmal entschieden, als du dein Erbe nicht antreten wolltest.«

»Ach, das war leicht«, winkte Clemens ab. »Ich mag einfach keinen Likör. Aber dieser Dame dadrin würde ich gern viele Bilder verkaufen, und ich überlege, wie ich das am raffiniertesten ...« Er brach ab, ihm war immer noch keine harmlos klingende Formulierung eingefallen.

»Ist doch ganz einfach, du machst ihr Komplimente zum Haus, der Einrichtung oder ihrem Aussehen, und ich fresse einen Besen, wenn sie uns dann nicht alle Bilder abkauft.«

»Anna! Ich flirte doch nicht mit fremden Frauen, schon gar nicht in deinem Beisein. Das wäre beleidigend für dich. Wie kommst du überhaupt auf so eine Idee?«

Anna lachte. »Es würde mich nicht stören, wenn wir zum Ausgleich ein paar Bilder verkaufen. Deshalb sind wir doch hier, es wäre also nichts weiter als Verkaufstaktik. Und hat Jacob nicht gesagt, wir müssen uns was einfallen lassen? Im Salon hat Xaver auch oft mit Kundinnen geflirtet, was er ›anschmusen‹ genannt hat, damit die Damen wiederkommen. Traudl hat es nie gestört, sie hat ihn manchmal sogar gelobt, wie raffiniert er es wieder angestellt hatte. Hiermit erteile ich dir den offiziellen Auftrag, Frau von Lichtenberg anzuschmusen, bis sie butterweich ist und dir aus der Hand frisst.«

Clemens betrachtete Anna einen Moment, und wenn er nicht schon unsterblich in dieses wunderschöne Mädchen verliebt gewesen wäre, wäre es jetzt, genau in dieser Sekunde, geschehen. »Ich wusste immer, dass wir Seelenverwandte sind, und mit diesem Vorschlag hast du es bestätigt.«

»Wie das?«

»Weil ich vorhin überlegt habe, ob ich die Dame nicht mit Komplimenten überschütten soll, um sie positiv zu stimmen, aber ich wollte deine Gefühle nicht verletzen.«

Anna umarmte und drückte ihn fest. »Ich verspreche, dass es mir nichts ausmacht, ich werde einfach an das Geld denken, das wir dringend brauchen.«

»In Ordnung, dann los.« Clemens drückte auf die blank polierte Messingklingel.

Wenige Sekunden später ertönte ein Summton, und das schmiedeeiserne schwarze Tor öffnete sich.

Ein schmaler gepflasterter Weg führte zur Villa und fünf Treppen zu einem seitlichen überdachten Hauseingang. Die Haustür stand bereits offen, als sie die oberste Stufe erreicht hatten. Ein Mann in schwarzen Hosen und einer schwarz-weißgestreiften Weste lächelte sie freundlich an.

»Bitte, treten Sie ein, die gnädige Frau erwartet Sie im Salon.«

»Dankeschön.« Clemens musste an seinen Vater denken, der ebenfalls einen Butler beschäftigte, ihn aber nicht in solch eine alberne Uniform steckte. Herr Franz, wie er genannt wurde, trug dunkle Anzüge und hatte den Titel »Assistent des Likörfabrikanten« inne.

Der Bedienstete schloss die Tür hinter ihnen. »Möchten Sie ablegen?«

»Gern.« Clemens nickte und half Anna aus dem dunkelgrünen Popelinemantel, den sie über ihrer »Spießerkluft« anhatte, wie sie den schmalen Rock mit Gürtel, die weiße Hemdbluse und die halbhohen Pumps statt ihrer üblichen Ballerinas nannte. Nur das Haar fiel wie gewohnt in wilden Locken auf ihre schmalen Schultern.

Clemens fand es albern, sich in Klamotten zu werfen, die man sonst nie trug, aber Anna glaubte, eine Einladung in eine Villa verlange nach angepasster Kleidung. Damit lag sie natürlich nicht ganz falsch, und so war er bereit gewesen, sich ebenfalls mit einem dunkelgrauen Anzug zu »verkleiden«, obwohl er viel lieber in seinen leicht abgerissen wirkenden Künstlerklamotten provoziert hätte. Schlussendlich waren sie aber hier, um ihre Werke an die Frau oder auch an die Wände dieser Villa zu bringen.

Der Butler hatte Annas Mantel in einen Garderobenschrank gehängt, dessen tapezierte Tür nur für Bewohner zu finden war. Dann deutete er mit leicht ausgestreckter Hand auf eine doppelt breite Kassettentür. »Wenn Sie mir bitte in den Salon folgen wollen.« Er durchschritt das weitläufige Entree und öffnete die Flügeltür. »Die Herrschaften wären eingetroffen.«

Clemens erblickte Verena von Lichtenberg auf einer weißen Wohnlandschaft sitzend, vor der ein rot-schwarzer Teppich lag. Das ganze Ensemble wirkte kühl, ein wenig, als stamme es aus der Science-Fiction-Serie *Raumpatrouille Orion*, die seit September letzten Jahres im zweiwöchigen Rhythmus über den Bildschirm flimmerte. Jacob hatte ihm davon erzählt, seine Zimmerwirtin besaß einen Fernseher.

»Danke, Johann.« Die Dame des Hauses, in einem schmalen Hosenanzug à la Emma Peel, erhob sich geschmeidig aus der fast bodentiefen Sitzgelegenheit und kam ihnen mit einem Lächeln entgegen. »Wie schön, dass Sie es einrichten konnten.«

»*Wir* bedanken uns für die Einladung.« Clemens ergriff die ausgestreckte Hand, und zum ersten Mal, seit er das Eliteinternat Salem verlassen hatte, wusste er die dortige extrem konservative Erziehung zu schätzen. Damals hatte er sie als absolut altmodisch und überflüssig empfunden, doch nun war sie ihm sehr nützlich. Solange er nichts von dieser Frau wusste, keine Ahnung hatte, wie modern sie war oder wie viel Wert sie auf Benimmregeln legte, war es klüger, sich »anständig« zu benehmen.

»Ich würde vorschlagen, wir wechseln ins Esszimmer …« Sie musterte die übergroße Mappe, die Clemens an beiden Griffen in der linken Hand trug. »Dort können Sie Ihre Arbeiten auf dem Tisch ausbreiten. Wenn ich mich recht erinnere, misst er drei mal zwei Meter, da kommen Sie bestimmt gut zurecht.«

Butler Johann, der abwartend im Zimmer geblieben war, ging nun voraus zu einer Schiebetür, die er geräuschlos öffnete.

Besagter Tisch entpuppte sich als beeindruckendes Möbel aus tiefschwarz lackiertem Holz. Er stand auf einem Teppichboden in der Farbe von knallroten Chilischoten, umringt von schneeweißen Armlehnstühlen mit blitzenden Chrombeinen, deren gelbe Sitzpolster für Bequemlichkeit sorgten. An den Wänden erblickte Clemens eine Reihe schwarz gerahmter, handgeschöpfter Papiere mit japanischer Kalligrafie.

»Mein Kompliment zu diesem außergewöhnlichen Design. Sehr wirkungsvoll die Farbkombination, als hätte Mondrian persönlich Hand angelegt.« Clemens war ehrlich beeindruckt, fragte sich aber, was Frau von Lichtenberg an seinen oder Annas Werken gefallen hatte. Eigentlich passten sie nicht hierher. Oder wollte sie sich nur einen abwechslungsreichen Samstag mit zwei mittellosen Künstlern verschaffen und sich als Mäzenin fühlen?

»Danke, meine Innenarchitektin wird sich freuen.«

Wie konnte ich nur annehmen, sie hätte die Villa selbst eingerichtet?, dachte Clemens amüsiert. Auch seine Mutter hatte schon Profis engagiert, um eine Sitzgarnitur auszusuchen, und sich dann gewundert, dass sie zwar todschick aussah, aber schrecklich unbequem war. Umso mehr war er nun gespannt, welche von Annas und seinen Werken der Hausherrin gefielen.

Ohne Hektik legte er die Mappe auf den Tisch. Öffnete das über die Jahre speckig gewordene

Stoffband zwischen den Tragegriffen und schaute zu Anna, die neben ihm stand und bis jetzt noch kein Wort gesagt hatte.

»Wie wäre es, wenn wir eine erste Auswahl auf dem Tisch präsentierten?«, fragte Anna nun zu Clemens' Überraschung.

»Bitteschön … Während Sie auswählen, könnte uns Johann

eine Erfrischung bringen. Etwas zu trinken, vielleicht einen kleinen Imbiss?«

Clemens lief sofort das Wasser im Mund zusammen. Essen konnte er immer, an Appetit fehlte es ihm nie. Das zuzugeben wäre zwar ganz und gar außerhalb jeglicher Etikette gewesen, doch es gab die Möglichkeit, das Angebot indirekt anzunehmen. »Bitte, keine Umstände.« So blieb es der Hausherrin überlassen, ob sie »Ach, das macht keine Umstände« erwiderte.

Frau von Lichtenberg bat Johann, in der Küche Bescheid zu geben, man möge eine Kleinigkeit herrichten und kalte Getränke heraufschicken.

Johann zog sich mit einem »Sehr wohl, gnädige Frau« zurück.

Offensichtlich wusste der Mann auch ohne detaillierte Anweisung, was zu tun war, dachte Clemens, und wie so oft in den letzten kargen Monaten wünschte er sich einen Geldregen. Einen, mit dem sie bei Ernestine Holzapfel ganz groß einkaufen und die Schulden bezahlen konnten. Der ihnen etwas mehr Freiheit bescherte. Und der ihm erlaubte, Anna mit Geschenken zu verwöhnen.

Die Chance dazu lag vielleicht heute vor ihnen, und er würde nichts unversucht lassen, sie zu ergreifen.

Gemeinsam mit Anna suchte er die eher kleinformatigen Objekte aus der Mappe, die sich auf dem Tisch attraktiv präsentieren ließen.

Er hatte drei Bilder aus der impressionistischen Kramerladen-Serie, die in Acryl angefertigt waren, mehrere Englischer-Garten-Aquarelle und auch einige abstrakte Werke dabei. Abstrakte Arbeiten verkauften sich auf der Leopoldstraße leider nur schleppend, womöglich waren die deutschen Wohnzimmer einfach noch nicht bereit für moderne Kunst. Seiner Ansicht nach hatten die Nationalsozialisten das Kunstverständnis der Deutschen gründlich ruiniert.

Anna hatte Porträts und die impressionistischen Straßenansichten in Spachteltechnik eingepackt.

»Beeindruckend« war der erste Kommentar der Dame des Hauses, als sie an den Tisch trat und die Auswahl betrachtete.

Nichtssagend fand Clemens diese Aussage, wollte sich aber in Bezug auf ein genaueres Urteil gedulden, denn im selben Moment kam Johann mit einem Servierwagen herein. Darauf eine Kanne Tee, Kaffee, eine Karaffe mit Orangensaft, Mineralwasser sowie eine dreistufige Etagere mit dreieckigen Sandwiches und Kuchenstückchen. Dazu Tassen, Teller, Gläser, Besteck und Stoffservietten.

»Danke, Johann. Wir bedienen uns selbst.«

»Sehr wohl.« Johann neigte den Kopf ein wenig und zog sich geräuschlos zurück.

Verena von Lichtenberg trat an den Servierwagen. »Was darf ich Ihnen geben, Kaffee, Tee, Sahne und Zucker oder lieber ein kaltes Getränk?«

Clemens bat um schwarzen Kaffee mit drei Stück Zucker, Anna um ein Glas Orangensaft.

Während Clemens in seiner Tasse rührte, hoffte er, dass sie nun endlich zum geschäftlichen Teil übergehen konnten. Doch eine innere Stimme sagte ihm, dieser Besuch würde nichts weiter einbringen als einen vollen Bauch, was selbstredend auch nicht zu verachten war. Doch sie hätten diese Villa lieber mit ein paar hübschen Scheinen verlassen. Sollte der Plan scheitern, mussten er und Anna unbedingt noch das Abendgeschäft auf der Leopoldstraße mitnehmen. Deshalb wollte er sich hier nicht länger als unbedingt nötig aufhalten.

»Sie wirken so nachdenklich.«

»Verzeihen Sie, Frau von Lichtenberg, ich habe mich nur gefragt, warum Sie uns eingeladen haben. Meiner Meinung nach passt keines unserer Bilder in Ihr Haus«, antwortete Clemens unverblümt. Sich noch länger mit Höflichkeiten aufzuhalten, war seinem Gefühl nach Zeitverschwendung.

Er suchte Annas Blick, die sich auf einen der weißen Stühle gesetzt hatte; Annas weiße Bluse in Kontrast zu dem schwarzen Tisch, die schwarzen Locken, deren Enden sich auf dem blütenweißen Blusenstoff dekorativ kringelten. Wie immer war sie ungeschminkt, ihre Wimpern waren von Natur aus lang und schwarz, und ihr Mund leuchtete in einem klaren Rotton. Als wäre Schneewittchen aus dem Märchenbuch gestiegen, um in dieser Villa ein Glas Orangensaft zu trinken, das wiederum der perfekte Farbtupfer war, der das Sujet lebendig wirken ließ. Was hätte er darum gegeben, sie jetzt malen zu können; sie sah so wunderschön aus. Ölfarben auf Leinwand mussten es sein, nur das würde ihr in dieser Szenerie gerecht werden.

»Sie haben mich ertappt.« Verena von Lichtenberg lächelte verbindlich. »Den tatsächlichen Grund zu erklären wäre zu kompliziert gewesen, und vielleicht hätten Sie mir auch nicht geglaubt. Deshalb …« Sie wurde von Johann unterbrochen, der wie ein Geist wieder in der Tür erschien.

»Herr Mazur ist eingetroffen.«

»Entschuldigen Sie mich einen Moment«, sagte Frau von Lichtenberg zu Clemens und eilte dem eintretenden schlanken Mann um die fünfzig entgegen. »Victor! Wie schön, dass du Zeit hast.«

»Tut mir leid wegen der Verspätung«, entschuldigte sich der Gast und blickte von Anna zu Clemens.

Verena von Lichtenberg übernahm die offizielle Vorstellung, und während sie sich die Hände schüttelten, erfuhr Clemens den wahren Hintergrund der Einladung.

Victor Mazur war Galerist!

Clemens glaubte im ersten Moment an einen schlechten Scherz. Doch es war keiner, der in einen Maßanzug gekleidete

Mazur war tatsächlich Inhaber einer Galerie in der renommierten Maximilianstraße. Dort, wo die exklusivsten Geschäfte der Stadt ansässig waren, wo man die luxuriösesten Waren erwerben konnte, wo die Millionäre ihr Geld ausgaben. Clemens spürte seinen Herzschlag in den Fingerspitzen und hoffte, nicht vor Nervosität irgendeine Dummheit von sich zu geben. Er wollte keinesfalls wie der unbedarfte Maler von der Künstlermeile wirken, den sich eine reiche Frau vielleicht aus Langeweile als Protegé erkoren hatte.

»Ich werd verrückt«, stieß Anna plötzlich hervor. »Auf Sie warten wir doch schon ewig!«

Mazur zog die dunklen Augenbrauen hoch und schaute Anna überrascht an. »Tatsächlich?«

Anna nickte. »Seit Monaten, aber wir wussten immer, dass Sie eines Tages kommen würden. Allerdings dachten wir, Sie kämen auf der Leopoldstraße vorbei. Hier ist es natürlich sehr viel angenehmer.«

Annas unbekümmerte Art, mit der Wahrheit herauszuplatzen, lockerte sofort die Stimmung auf.

Clemens griff nach einem Sandwich, um seine Nervosität und das Magengrummeln zu bekämpfen. Wovon er immer geträumt hatte, passierte jetzt gerade. Ein Galerist begutachtete seine Arbeiten. Er hätte natürlich auch selbst von Galerie zu Galerie pilgern können, doch die Chancen waren weitaus größer, wenn man sich »finden« ließ. Die Galeristen brüsteten sich gern damit, ein neues Talent entdeckt zu haben, dem sie dann das Etikett »mein Künstler« verpassten und Vernissagen organisierten. Und je berühmter der Entdeckte wurde, umso mehr Ruhm fiel auch für den Galeristen ab. Das waren zumindest seine Erfahrungen, die er über die Jahre bei Ausstellungen von anderen Malern gemacht hatte.

So weit war es aber noch nicht, zuerst musste Mazur von seinen Arbeiten überzeugt sein. Das zu forcieren, indem er sich selbst lobte oder alles, was da auf dem Tisch lag, ungefragt kommentierte, versagte er sich. Er zog es vor, den schweigsamen Künstler zu geben, nur auf Fragen zu reagieren.

Victor Mazur kaute inzwischen auch an einem Sandwich und trank Tee, während er, an den Rand des Tisches gelehnt, seinen Blick über die Bilder schweifen ließ.

Nach einer Weile, die Clemens als unendlich quälend empfand, drehte er sich zu der Gastgeberin um. »Du hast nicht übertrieben, Verena, ich bin äußerst angetan.«

Clemens dauerte das alles schon viel zu lange, er musste an sich halten, um Mazur nicht aufzufordern, nicht weiter um den heißen Brei herumzureden, sondern ein deutliches Urteil abzugeben. Mit äußerster Kraft gelang es ihm, unbeteiligt das Sandwich zu vertilgen und kleine Schlucke Kaffee zu trinken, als Mazur sich ganz unerwartet an ihn wandte.

»Sind Sie bereits bei einer Galerie unter Vertrag?«

28

CLEMENS WAR WIE berauscht, als er am Sonntag mit Anna die Galerie Mazur in der Maximilianstraße verließ.

Er hatte es geschafft!

Das Kuvert mit dem Vertrag in seiner Hand war der Beweis. Der große Erfolg würde nicht lange auf sich warten lassen, hatte Mazur prophezeit, seine Stammkunden seien stets an neuen Talenten interessiert. Zusätzlich habe er eine Ausstellungswand im gegenüberliegenden *Hotel Vier Jahreszeiten* angemietet, die er wöchentlich mit einem neuen Gemälde bestückte, das zusätzlich Käufer anlockte. In diesem Luxushotel logierten nur Menschen, die sich bei der Abreise nicht nach der Höhe der Rechnung erkundigten, sondern beim Concierge einfach ihre Kreditkarten abgaben. Derart betuchte Menschen erwarben auch Kunstwerke schon mal im Vorbeigehen.

Clemens legte seinen Arm um Annas Schultern und küsste sie sanft auf die Stirn. »Sobald wir die ersten Tausender verdient haben, nehmen wir uns dort drüben eine Suite und feiern mit Hummer, Kaviar und Champagner.«

Anna schmiegte sich lachend an ihn. »Daran merkt man, aus was für einem Stall du kommst.«

»Was meinst du?«

»Du denkst an Luxus und Vergnügen, weil du im Luxus aufgewachsen bist. Ich überlege, wovon wir die Miete bezahlen, die gestern fällig war. Vielleicht hätten wir Mazur um einen Vorschuss bitten sollen.«

»Unter gar keinen Umständen, dann hätte er vielleicht noch mehr Prozente verlangt. Es genügt, wenn er die Hälfte bekommt.«

»Das hat mich richtig schockiert, der Mann steckt sich fünfzig Prozent vom Verkauf in seine Tasche! Ich hatte ja keine Ahnung, wie gierig er ist.«

»Ich kenne Galerien, die nehmen sogar sechzig Prozent, und auch das ist völlig normal. Fürs Erste bin ich einfach glücklich, überhaupt einen Vertrag zu haben. Lange genug hat es gedauert.«

»Und was machen wir jetzt wegen der Miete?«

»Ich rufe meine Schwester an und wedle mit dem Vertrag, dann leiht sie mir genug, um damit bis zur Vernissage über die Runden kommen.«

»Ich könnte auch die Kette verkaufen.«

»Nein«, wehrte Clemens entschieden ab. »Die Kette ist das einzige Andenken an deine Mutter. Und ganz egal, ob du sie verfluchst …«

»Hör sofort auf«, unterbrach Anna ihn zornig. »Du weißt genau, dass ich nicht drüber reden will. Für mich ist dieses Kapitel beendet, und deshalb würde ich die Kette auch ohne Zögern verkaufen. Dann müsste ich mich gar nicht mehr daran erinnern.«

»Tut mir leid, ich wollte dich nicht verärgern, ich dachte einfach … ach, egal.« Clemens brach ab und kramte ein paar Münzen aus der Hosentasche. »Wenn wir uns schon keinen Schampus leisten können, dann wenigstens eine Packung Zigaretten. Da wir bald reich sein werden, können wir uns auch wieder erlauben zu rauchen. Was meinst du?«

»Einverstanden, lass uns zwei Mark verprassen.«

»Und weißt du auch, wo?«

»Im Tabakladen?«

»Nein, gegenüber.« Clemens deutete auf das *Vier Jahreszeiten.* »Dann haben wir die heiligen Hallen zumindest schon mal betreten und können uns ein bisschen wie Millionäre fühlen. Wenn wir das Hotel in naher Zukunft mit den Taschen voller Geld betreten, erinnert sich das Personal und begrüßt uns wie Stammkunden. Na los …« Er entdeckte eine Lücke im fließenden Verkehr und zog Anna über die Straße.

»Moment …« Anna hielt ihn vor dem Hotel zurück, als er direkt hineinspazieren wollte. »Warum sollen sie sich an uns erinnern, wenn wir gerade mal ein paar Minuten da waren? Länger dauert es doch nicht, eine Packung Zigaretten zu kaufen.«

»Weil ich der Mann mit dem schönsten Mädchen der Stadt an meiner Seite bin, allein deshalb werden sie uns nicht vergessen.«

Eine schwarze Limousine hielt dicht neben ihnen, ein junges Paar, etwa im Alter von Anna und Clemens und sehr exklusiv gekleidet, stieg aus. Ohne sich umzublicken, steuerten die beiden den Eingang der Luxusherberge an, wo ein livrierter Angestellter die breite Glasflügeltür für sie aufriss.

Anna blickte dem jungen Paar nach. »Hast du die beiden gesehen? An die wird sich das Personal garantiert erinnern, falls sie nicht sowieso Stammgäste sind und vom Direktor persönlich mit Handschlag begrüßt werden.«

»Was zu beweisen wäre. Aber dazu müssten wir natürlich reingehen.« Clemens grinste Anna auffordernd an.

Vor der Glastür wurden sie von einem hünenhaften Türhüter aufgehalten. »Wohin möchten Sie?«

»Wir möchten eine Packung Zigaretten kaufen«, antwortete Clemens höflich.

Der Mann stellte sich breitbeinig hin. »Es tut mir sehr leid, aber das ist nicht möglich.«

»Ein Witz, oder?« Clemens lachte kurz auf. »In diesem Luxushotel soll es keine Zigaretten geben? Das kann ich nicht glauben.«

»Nun, in unserem Haus herrscht eine gewisse …« Er musterte Anna und Clemens von den lässigen Klamotten bis zu den nicht blitzblank geputzten Schuhen und sagte dann von oben herab: »Kleiderordnung.«

Ungläubig starrte Clemens den Mann in der dunkelblauen Livree an, als habe der ihm einen Schlag in den Magen verpasst. Das berauschende Gefühl, es geschafft zu haben, das der Vertrag in seiner Hand noch bis eben bewirkt hatte, fiel von ihm ab wie getrocknete Farbe von seinen Fingern.

Anna zerrte an seinem Arm, flüsterte: »Lass uns gehen.«

Clemens dachte gar nicht daran, holte tief Luft und wurde laut. »Das ist doch lächerlich! Sehen wir etwa aus wie Landstreicher, nur weil wir keine teuren Klamotten tragen? Wir sind Künstler, berühmte Künstler. Unsere Werke hängen in der renommierten Galerie Mazur.«

»Mäßigen Sie sich!« Der Türhüter straffte die Schultern. »Andernfalls muss ich den Sicherheitsdienst verständigen.«

Anna versuchte erneut, Clemens mit einem sanften Schubs zum Gehen zu bewegen.

Clemens gab nach. Momentan brachte es nichts, den irren Künstler zu geben. Ein zorniges »Scheißspießer!« knurrte er dennoch im Umdrehen. Als er außer Hörweite war, schimpfte er frustriert vor sich hin. Noch nie war er so gedemütigt worden.

»Warum regst du dich so auf, der Mann ist doch unwichtig, nur ein armer Kerl, der sich den ganzen Tag die Beine in den Bauch stehen und Befehle ausführen muss.« Anna konnte es dem Livrierten gut nachfühlen, sie erinnerte sich noch sehr genau an ihre schmerzenden Beine am Anfang ihrer Lehrzeit.

»Weil ich so was von wütend bin auf diese verkrustete Gesellschaft, die Menschen nur nach ihrem Äußeren beurteilt, nach dem, was offensichtlich teuer war. Du kannst der größte Gangster sein – sobald du Maßanzug, eine goldene Uhr und feine Lederschühchen trägst, bist du ein ›gnädiger Herr‹, egal, wie viele Leichen du im Keller hast. Es zählt nur, ob du reich bist oder arm. Wie ich das hasse!«

Sie waren an der Bayerischen Staatsoper angelangt. Anna streckte den Arm aus und deutete über den Platz. »Da drüben bei *Zechbauer* kriegen wir Zigaretten.«

»Tut mir leid, dass ich eben so ausgeflippt bin, aber diese Situation hat mich an meine Spießerfamilie erinnert. Denen geht es auch nur um den äußeren Schein …« Clemens blieb stehen und schaute sie voller Entsetzen an. »Ich bin ein Idiot! Warum wollte ich dieses ach so respektable Hotel überhaupt betreten? Das wäre ja genauso, als würde ich zurück zu meiner Familie wollen. Und das ist das Allerletzte, was ich will. Eigentlich sollte ich dankbar sein für die Ablehnung.«

Anna lächelte ihn zärtlich an. »Wieder etwas, bei dem wir uns einig sind. Und jetzt kaufen wir uns endlich Zigaretten und setzen uns vor die Oper …«

»Zu den Gammlern, das ist eher unsere Welt«, ergänzte Clemens und schwor sich, in Zukunft einen riesigen Bogen um diese Luxusherberge zu machen.

Wenige Minuten später saßen sie auf dem in der Sonne liegenden Sockelvorsprung der Residenz. Clemens öffnete die Packung *Stuyvesant,* zog zwei Zigaretten heraus, zündete sie an und reichte Anna eine davon.

Entspannt lehnte er sich zurück an die Mauer, schloss die Augen und genoss die wärmende Sonne.

Sekunden später fühlte er einen Schatten über seinem Gesicht. Er öffnete die Augen. Vor ihm stand ein dünner Kerl in Schlaghosen und einer bestickten Schaffelljacke, von dem ein strenger Geruch ausging. Ob der Typ oder die schmutzig aussehende

Jacke derart penetrant rochen, konnte Clemens auf die Schnelle nicht sagen.

»Haste mal ne Fluppe für mich?« Der Kerl strich sich eine Strähne seiner speckigen Haare hinters Ohr und starrte ihn aus dunklen Augenhöhlen an.

Clemens holte die Packung aus seiner Hosentasche und fischte eine der Filterzigaretten heraus. »Kann dir nur eine geben, wir sind selber klamm«, erklärte er, als ihm der gierige Blick des Bittstellers auffiel.

»Okay …« Er nahm die Zigarette mit der linken Hand, hob die rechte, Zeige- und Mittelfinger zum Peace-Zeichen gestreckt, und marschierte zurück zu seinen Freunden auf den Eingangsstufen.

»Ob die nur den Tabak benötigen?«, überlegte Clemens halblaut, während er dem Kerl nachschaute.

»Du meinst, für einen Joint, und den rauchen sie dann hier in aller Öffentlichkeit? Das wäre doch wahnsinnig. Wenn eine Streife vorbeikommt, landen die alle *im Gefängnis.*«

Clemens lehnte sich wieder an die Mauer. »Oder sie fühlen sich einfach freier als wir sogenannten anständigen Bürger, weil ihnen gesellschaftliche Regeln egal sind und sie ohne Zwänge leben. Weil sie genug davon haben, brave Bürger zu sein, und lieber auf der Straße leben, um tun und lassen zu können, wozu sie Lust haben. Sogar, wenn es ein Joint ist, den sie rauchen möchten.«

»Wenn ich so darüber nachdenke …« Anna nahm den letzten Zug aus der Zigarette und zertrat die Kippe mit dem flachen Absatz ihrer Ballerinas. »Wir verachten gesellschaftliche Regeln doch genauso wie die Gammler, kümmern uns nicht um das Gerede der Nachbarn, weil wir unverheiratet zusammenleben, haben keine Krankenversicherung, und wenn wir die Miete nicht pünktlich bezahlen können, stehen wir mit einem Bein auf der Straße.«

»Mal bloß nicht den Teufel an die Wand. Los, schnell nach Hause, damit ich Constanze anrufen kann.« Clemens sprang auf, reichte Anna die Hand und zog sie hoch. »Hoffentlich ist sie zu Hause. Außerdem muss ich mich an die Arbeit machen, du hast die Fotos gesehen, die Mazur in New York im Museum of Modern Art gemacht hat. Die Kunstsammler suchen keine Landschaften oder Blumenbilder. Der Trend ist: großformatig. Abstrakt. Modern. Aktuell kann ich höchstens drei Werke in dieser Richtung für eine Vernissage anbieten. Je schneller ich also male, umso schneller kommen wir an Geld. Zu blöd, dass wir nicht nach einem Vorschuss gefragt haben, das hätte unser Leben enorm erleichtert.«

»Stimmt«, seufzte Anna. »Damit wären wir der Sonnenseite des Lebens schon ein wenig näher gerückt …«

Clemens umarmte sie innig. »Du *bist* meine Sonne.«

29

ANNA WISCHTE MIT dem feuchten Schwamm über das angeblich verpfuschte Bild, um es für die Grundierung vorzubereiten und auch vom Staub zu befreien. Dazu hatte sie die ein Meter mal ein Meter große Leinwand in die Badewanne gestellt, was die Arbeit vereinfachte. Nach einigen Minuten war die gesamte Fläche angefeuchtet und bereit für den nächsten Arbeitsschritt.

Widerwillig tauchte sie den breiten Pinsel in den Topf mit dem wasserverdünnten *Gesso,* der speziellen weißen Grundierung für Leinwände, hielt dann aber in der Bewegung inne. Es war, als habe jemand ihre Hand gepackt, um zu verhindern, dass sie Constanzes Porträt übermalte. Sie fand es sehr gelungen, nur Clemens war unzufrieden, wie momentan mit fast jeder Arbeit.

Drei Monate waren vergangen, seit er bei der Galerie Mazur den Vertrag unterschrieben hatte. Gleich am nächsten Tag hatte er begonnen zu malen, und sie unterstützte ihn, wo immer es möglich war, verrichtete Hilfsarbeiten wie grundieren oder Einkäufe erledigen. Vom späten Nachmittag bis in den Abend bot sie dann ihre eigenen Bilder in der Leopoldstraße an. Da Clemens momentan keine Zeit hatte, war Jacob froh, dass er nicht allein am Stammplatz stehen musste.

Aus dem Radio ertönte das Zeitzeichen für elf Uhr. Es folgten die Nachrichten und danach hoffentlich wieder Musik, bei der Anna jede Tätigkeit leichter von der Hand ging. Nur mit halbem Ohr hörte sie den neuesten Meldungen zu; wieder ging es um den Staatsbesuch von Schah Mohammad Reza Pahlavi von

Persien, der am 30. Mai auch München besucht und mit seiner Anwesenheit Demonstrationen ausgelöst hatte. Die halbe Stadt war abgesperrt gewesen, und Jacob hatte unablässig geflucht, weil wegen dieses üblen Diktators der Betrieb auf der Künstlermeile gleich null war. Von der bayerischen Hauptstadt war der Schah nach Westberlin weitergereist, wo es erneut zu Demonstrationen gekommen war. Ein gewaltiges Aufgebot an Polizei hatte Demonstranten eingekesselt, wahllos auf Einzelne eingeprügelt und schließlich den Studenten Benno Ohnesorg erschossen. Ein Skandal, der seit Tagen alle Nachrichten und sämtliche Titelseiten beherrschte.

Anna erinnerten die Berichte wieder an die Schwabinger Krawalle im Sommer 1962, sie hatte genug von prügelnden Polizisten, toten Studenten und deprimierenden Nachrichten überhaupt. »Clemens, kannst du bitte Musik einstellen? Ich kann hier gerade nicht unterbrechen!«, rief sie ihm zu.

»Wird erledigt.«

Anna setzte den Pinsel am oberen Rand an. Ausgerechnet Constanze, die sie so großzügig unterstützte. Ohne Conny, wie Clemens seine Schwester nannte, wären sie vor drei Tagen tatsächlich auf der Straße gelandet. Der Hauswirt hatte schon ein Räumkommando engagieren wollen, das den ganzen »Plunder« auf die Straße schaffen sollte.

Sie fühlte jetzt noch einen Stich in der Magengegend, wenn sie an Rupperts düsteren Blick und seine Drohung dachte, die Miete zu erhöhen. Eigentlich hätte er das längst tun müssen, hatte er gesagt, wo das Atelier doch nun von zwei Personen bewohnt würde, was er aus reiner Güte dulde, obwohl es ungesetzlich sei. Weil sie unverheiratet wären und er als Kuppler bestraft werden könne. Es gäbe immer noch diesen entsprechenden Paragrafen, und wenn ihm jemand Böses wolle, könne er ihn anzeigen.

Clemens hatte flugs behauptet, sie wären verlobt, ihnen fehle nur das nötige Kleingeld für die Ringe. Nach der Vernissage sei er wieder flüssig, dann wolle er auch freiwillig monatlich zwanzig Mark mehr bezahlen. Als er Ruppert dann den Vertrag von Mazur unter die Nase hielt, war der alte Gierschlund tatsächlich beeindruckt und gab ihnen noch drei Monate Zeit, dann wollte er Bares sehen.

Ein Radiosprecher kündete den Song *San Francisco* an.

Anna liebte dieses romantische Lied von Scott McKenzie und summte leise mit, während sie den Pinsel zum dritten Mal ansetzte. Es war einfach jammerschade um dieses wunderschöne Gemälde – Acryl auf Leinwand, Constanze in ihrem Zimmer auf dem Bett, lesend. Aber sie würde sich überwinden müssen, denn es war nicht eine Mark übrig, um neue große Leinwände anzuschaffen. Der von Constanze geliehene Betrag war bis auf den letzten Pfennig genau eingeteilt, und was sie auf der Künstlermeile mit dem Verkauf ihrer eigenen Bilder oder dem Porträtieren von Passanten dazuverdiente, wurde in Farben investiert.

»Wird es dir zu anstrengend?« Clemens stand im Türrahmen.

»Sei nicht albern. Es ist nur …« Anna war der irritierte Blick aus seinen stets wachen graugrünen Augen nicht entgangen.

»Ich weiß, du findest, dass es eine Untat ist, aber Conny mag dieses Bild überhaupt nicht, es stammt noch aus meiner Zeit an der privaten Malschule und ist ziemlich dilettantisch. Sie hat mir offiziell erlaubt, es zu übermalen.« Er ging drei Schritte auf Anna zu – größer war das Badezimmer nicht – und stand dann direkt neben ihr. »Hab ich dir schon erzählt, dass auch Picasso in den Anfangszeiten so arm war, dass er seine ersten Werke übermalen musste, um weitermachen zu können?« Er schob ihre dunklen Locken zurück und küsste sie auf den Hals. »Aber der arme Pablo hatte keine so zauberhafte Assistentin wie ich.«

Anna drehte sich zu ihm und schaute ihn kritisch an. »Hast du das gerade erfunden, um mich zu motivieren?«

»Nein, Meister Wolkow, mein Lehrer an der Malschule, hat es erzählt. Wolkow war während des Zweiten Weltkriegs in Paris und hat Picasso persönlich kennengelernt.«

»Ganz ehrlich?«, vergewisserte sich Anna.

»Bei meiner unendlichen Liebe zu dir, ich schwöre.« Clemens legte die rechte, ziemlich farbverschmierte Hand auf seine Brust. »Und wenn ich schon mal dabei bin, schwöre ich dir noch etwas: Sobald wir der Armut entkommen sind, machen wir Urlaub in Vallauris.«

»Wo ist das denn?«

»In Südfrankreich, Picasso hat dort einige Jahre gelebt. Ich war auch noch nie dort, aber es ist gewiss der richtige Ort für uns beide. Was hältst du davon?«

»Das wäre wundervoll, und ich werde dich daran erinnern.«

»Wirst schon sehen, vielleicht liegen wir nächstes Jahr um diese Zeit am Strand und wackeln mit den Zehen.« Er küsste sie zärtlich auf den Mund und verzog sich wieder ins Atelier.

Anna stellte es sich traumhaft vor, mit Clemens am Strand zu liegen, sich von der Sonne wärmen zu lassen und im Meer zu schwimmen. War sie doch noch nie im Ausland gewesen und auch noch nie am Meer, abgesehen vom Chiemsee, der wegen seiner Größe als bayerisches Meer bezeichnet wurde. Aber die Vorstellung, tatsächlich in echten Meereswellen zu schwimmen, war aufregend.

Ob es wirklich dazu kommen würde?

Wie konnte sie nur zweifeln?, war ihr nächster Gedanke. So lange schon hoffte Clemens auf den großen Erfolg, und nun war er durch den Vertrag zum Greifen nahe. Ihre kurze Skepsis behielt sie für sich, um Clemens nicht zu demotivieren. Er hatte sich mit großem Eifer in die Arbeit gestürzt, und je länger diese

Euphorie anhielt, umso eher würde die Ausstellung bei Mazur stattfinden. Wenn sie ihn dabei unterstützen konnte, wollte sie es tun – und sogar Constanze übermalen. Ohne noch länger zu grübeln, verteilte sie das *Gesso* mit horizontalen Pinselstrichen auf der Leinwand, gleichmäßig von links nach rechts und zurück.

Als sie fertig war, schimmerte Constanze noch ein kleines bisschen hindurch, als läge ein Nebelschleier über ihr. Und einen winzigen Moment hatte Anna den Eindruck, als schaue Clemens' Schwester sie durch den Schleier vorwurfsvoll an und gebe ihr zu verstehen, dass sie doch nicht übermalt werden wolle, was natürlich albern war. Es war nur ein Bild, und Bilder hatten keine Empfindungen. Nach der zweiten Grundierung würde Constanze vollständig verschwinden. Doch zuerst musste die feuchte Leinwand mindestens eine Stunde trocknen, danach würde sie die unebenen Stellen mit feinem Schmirgelpapier abreiben, ehe sie die finale Schicht auftragen konnte. Das Ergebnis sollte eine sehr glatte Oberfläche sein, die weniger saugfähig und dadurch leichter zu bearbeiten war und über die der Pinsel ohne den kleinsten Widerstand gleiten konnte. Zudem hatte diese sehr aufwendige Bearbeitung den Effekt, dass die Farben besser zur Geltung kamen, intensiver leuchteten und strahlten als ohne diese Vorbereitung.

Anna stellte den Pinsel in den bereitstehenden Behälter mit Wasser, damit er nicht austrocknete und sie ihn für den nächsten Schritt wieder verwenden konnte. Eine kurze Pause mit Kaffee und dazu eine der drei Zigaretten, die sie und Clemens sich pro Tag genehmigten. Ein kleiner Luxus, in der Hoffnung auf bessere Zeiten. Noch die Hände waschen und die Nägel mit der kleinen Bürste schrubben, richtig sauber wurden sie ohnehin nicht. Das war im Salon anders gewesen, die Hände waren jeden Tag x-mal im Wasser, da waren die Fingernägel automatisch klinisch rein, dachte Anna beim Abtrocknen und erinnerte sich an ihre Schwester. Elsie wäre niemals auch nur mit dem kleinsten Schmutzrand unter die Menschen gegangen. Wie es ihr wohl ging? Ob sie noch in Günni verliebt war? Bestimmt bereitete sie sich auf die Gesellenprüfung vor, die sie mit Bravour bestehen würde, das war so sicher wie Wasserstoffperoxid Haare bleichte. Ab und zu kam Elsie in der Leopoldstraße vorbei, das letzte Mal vor ungefähr sechs Wochen, damals mit Günni an der Hand.

»Lust auf Kaffee?«, fragte Clemens, als Anna aus dem Badezimmer trat.

»Und dazu eine Zigarette. Aber ich kann mich auch darum kümmern, wenn du weiterarbeiten willst«, bot sie an und ging zu der Küchenecke mit der wackeligen Kommode, dem altersschwachen Kühlschrank, der nachts gern laut wurde und auf dem die Kaffeemaschine stand.

»Danke.« Clemens lächelte, doch unerwartet veränderte sich seine Miene, und sein Blick wurde sehr ernst. »Aber versprich mir, dass du mich nie bemuttern wirst.«

»Bemuttern? Ich verstehe nicht …« Anna hatte Wasser aus dem Bad geholt, füllte es in die Kaffeemaschine, noch das Kaffeemehl in den Filter und stellte sie an. Während das Wasser in den Filter tropfte, nahm sie zwei der Tassen mit dem blauen Zwiebelmuster aus der Kommode.

Auch wenn die Ecke, in der sie kochten, nur mit gutem Willen Küche genannt werden konnte – von der Kommode war gestern eine Tür abgefallen –, wogen das kostbare Geschirr von Hutschenreuther und das versilberte Besteck alle Unzulänglichkeiten auf. Dank solch feinem Porzellan schmeckten selbst trockenes Brot und der dünnste Kaffee.

»Werde bitte niemals zu einem Hausmütterchen, das mich bekochen und bedienen will. Du sollst nicht meinen Dreck wegputzen, eher tue ich das für dich. Manchmal fürchte ich, dass wir in diese althergebrachten Rollen schlüpfen, die aus uns ein Paar machen, das sich irgendwann fragt, warum es noch zusammen ist. Verstehst du, was ich meine?«

»Jedes Wort. Falls du glaubst, ich möchte unbedingt so ein spießiges Leben führen wie meine Elt... ähm, wie Traudl und Xaver, dann bist du gewaltig auf dem Holzweg. Ich habe dieses geregelte Leben gehasst, ein Tag war wie der vorherige, ein Sonntag glich dem anderen. Zum Glück sind die Zeiten, in denen sich eine Frau unbedingt nach Kindern und Familie sehnt, endgültig vorbei. Für mich auf jeden Fall. Lieber führe ich ein Leben in Armut und kann dafür tun und lassen, wozu ich Lust habe.« Sie blitzte ihn zornig an und stellte die Tassen unsanft auf dem niedrigen Tisch ab, der ein wenig wackelte.

»Für mich gilt das schon lange«, stimmte Clemens ihr zu.

Anna ließ sich auf den dunkelroten Diwan fallen, auf dem Clemens sie bei ihrem ersten Besuch porträtiert hatte, kickte ihre Ballerinas von den Füßen und zog die Beine an. »Damit du sieht, wie ernst es mir damit ist: Für den Rest des Tages rühre ich keinen Finger mehr. Genug gearbeitet. Die Leinwand wird heute leider nicht mehr fertig, dafür ist aber das Wasser durchgelaufen.«

»Jetzt bist du sauer auf mich ...« Clemens stand mit der Kaffeekanne vor ihr.

»Nein, ich bin wütend auf *mich.*«

»Das musst du mir erklären.« Clemens füllte die Tassen, setzte sich neben Anna, zündete zwei Zigaretten an und reichte ihr eine davon. »Für dich, mein Liebling.«

»Danke ...« Anna schniefte, ihr kamen die Tränen.

»Anna, was ist los?« Clemens klang besorgt. »Bitte rede mit mir, und wenn ich etwas Falsches gesagt habe, verzeih mir.«

»Nein, es liegt nicht an dir. Ich musste an den Hauswirt denken ...« Sie zog die Nase hoch. »Hast du ein Taschentuch?«

Clemens angelte eines aus der Hosentasche. »Du weinst hoffentlich nicht wegen Rupperts Drohung, uns auf die Straße zu setzen, dieser Unmensch ist keine einzige Träne wert.«

Anna legte die Zigarette in den Aschenbecher und putzte sich lautstark die Nase. »Nein, nicht wegen Ruppert, sondern was *du* zu ihm gesagt hast.«

»Dass ich freiwillig mehr Miete bezahle?«

Anna griff nach der Zigarette, nahm einen tiefen Zug und sagte beim Ausatmen: »Dass wir verlobt sind. Nur um mich zu schützen. Als du jetzt die althergebrachten Rollenklischees erwähnt hast, musste ich an meine leibliche Mutter denken. Weil sie nicht verheiratet war, wurde sie von der Gesellschaft ausgestoßen und hat mich dann …« Aufschluchzend drückte sie die Zigarette aus.

Clemens legte den Arm um sie, zog sie an sich und streichelte über ihr Haar. »Es tut mir so leid.«

Anna wand sich aus seiner Umarmung. »Du kannst doch nichts dafür … aber … mich umgibt ein Geheimnis, und daran erinnert zu werden macht mir Angst. Jetzt haben wir auch noch Ruppert angelogen. Wer weiß, wie er reagiert, wenn er erfährt, dass wir gar nicht verlobt sind. Wenn er uns rauswirft, was machen wir dann?«

»Wir heiraten einfach, dann kann er uns mal kreuzweise.« Clemens legte seine Zigarette ab, rutschte vom Diwan auf die Knie, nahm Annas Hand und schaute sie mit ernster Miene an. »Willst du meine Frau werden?«

Anna entzog ihm ihre Hand. »Nein!«

»Warum denn nicht?« Clemens erhob sich mit gespieltem Ächzen und setzte sich wieder neben Anna.

»Weil diese verdammten Spießer dann gewonnen hätten. *Deine Frau,* das klang für mich schon immer so, als wären Ehefrauen das Eigentum des Mannes. Bei Traudl und Xaver ist es ja auch so. Obwohl es bestimmt aufregend wäre, *dein* Eigentum zu sein, möchte ich lieber mit dir in Sünde leben. Ich will ein Lotterleben führen, ohne Regeln, ohne Zwänge, ohne von irgendeinem Amt dafür die Genehmigung zu erhalten!«

»Und wie klingt *Nichtehefrau*?« Clemens setzte seinen schmachtenden Blick auf, mit dem er sie schon immer zum Lachen hatte bringen können.

Anna versuchte ernst zu bleiben. »Da ist immer noch ›Ehefrau‹ enthalten.«

»Ich hätte eine Idee: Wir kaufen Ringe und lassen Anna und Clemens nebst einem Datum eingravieren. Wenn Ruppert das Thema noch einmal erwähnt, halten wir ihm die Ringe unter die Nase. Das Problem ist gelöst, und nur wir kennen das Geheimnis.«

»Das wäre wunderschön, und ich würde den Ring auch tragen, aber die Idee hat leider einen Haken. Wir haben kein Geld für Ringe mit Gravur. Jeder Pfennig ist verplant, Extraausgaben sind nicht vorgesehen.«

Clemens nahm Annas Gesicht in beide Hände und schaute sie zärtlich an. »Meine geliebte kleine Buchhalterin, ich besorge das Geld für Ringe, versprochen.«

»Du hast doch schon genug getan, ich werde es in der Leopoldstraße verdienen. Die postkartengroßen Bilder für fünf Mark, die ich letzten Sonntag dabeihatte, fanden nämlich sofort Abnehmer. Die Touristen lieben kleine Souvenirs, die nehmen nicht viel Platz weg und sind relativ preiswert. Davon werde ich noch ein paar mehr fabrizieren, vielleicht habe ich das Geld für die Ringe ja bald zusammen.«

Aus dem Radio drang die Stimme von Mick Jagger, der *Let's Spend the Night Together* brüllte.

Clemens stand auf, streckte Anna die Hand hin und wies mit einer Kopfbewegung zum Bett. »Was hältst du von Mick Jaggers Vorschlag? Es sind auch noch ›Verhüterli‹ da.«

Nun musste Anna doch kichern und ließ sich zu gern zu dem Bett führen, das wie an den meisten Tagen immer noch so zerwühlt aussah wie nach dem Aufstehen. Wozu sollten sie es ordentlich abdecken? Besuch, vor dem sie sich hätten schämen müssen, kam höchst selten. Außerdem hassten sie beide jede Art von Hausarbeit und erledigten nur, was unbedingt nötig war. Betten zu machen gehörte nicht dazu. »Es ist zwar helllichter Tag, aber genau das bedeutet Lotterleben …«, raunte Anna, als sie in die zerwühlten Laken sanken.

30

ANNA STARRTE UNSCHLÜSSIG in den Badezimmerspiegel. Das gelbliche Licht der Jugendstillampe mit dem Sprung in dem Glasblütenschirm verlieh ihrer Haut eine leichte Sommerbräune, obwohl sie über den Winter ziemlich blass geworden war. Die dunklen Schatten unter ihren Augen, die von der nächtelangen Arbeit in den letzten neun Monaten herrührten, hatte sie mit Make-up kaschieren können, nur die spießigen rosa Nelken in den Haaren zu befestigen wollte ihr einfach nicht gelingen. Sie war schon den ganzen Tag extrem nervös, ihre Hände zitterten vor Anspannung, und in ihrem Magen grummelte es leise.

In einer halben Stunde begann Clemens' erste Vernissage.

Anna war fast übel vor Angst, dass entgegen Victor Mazurs Überzeugung kein einziges Bild verkauft werden würde. Dass niemand etwas anfangen konnte mit den modernen Werken eines völlig unbekannten Malers. Dass sie endgültig auf der Straße landeten. Denn statt von dem mühsam in der Leopoldstraße verdienten Geld die Miete dieses Monats zu bezahlen, hatte sie sich ein bodenlanges buntes Kleid bei *Sweetheart* geleistet. In der irre schicken Boutique in der Leopoldstraße 54 war jedes Kleid ein Unikat und so begehrt, dass man sich in einer Warteliste eintragen musste.

»Du siehst einfach unglaublich aus, atemberaubend, überirdisch schön … ich liebe dein Haar, wenn es so wild und unordentlich ist, als wären wir gerade noch im Bett gewesen … niemand wird sich für meine Bilder interessieren. Alle werden nur dich ansehen.« Clemens lehnte lässig im Türrahmen und betrachtete sie mit glänzenden Augen.

»Ich stelle mich ganz dicht an deine Werke, dann bleibt den Leuten gar nichts anderes übrig, als sie anzusehen.« Anna musterte den Mann, in den sie sich vor zwei Jahren während eines Haarschnitts unsterblich verliebt hatte. Sein Haar war längst nachgewachsen, reichte bis auf die Schultern, und da er selten einen Kamm benutzte, sich oft nur mit den Fingern durch die Mähne fuhr, sah er ein wenig wie ein Gammler aus. In Kombination mit den Schlaghosen, dem Hemd mit Blumenmuster und der bestickten Schaffellweste bediente er perfekt das Klischee eines Künstlers.

Victor Mazur war nicht ganz unbeteiligt an ihrem und Clemens' Aussehen. Mazur hatte angedeutet, wie wichtig es sei, sich optisch von den geladenen Gästen zu unterscheiden. Ob Clemens im gestreiften Schlafanzug oder in einer Uniform mit Epauletten, Quasten und Goldknöpfen erscheinen wolle, sei vollkommen egal, Hauptsache nicht in einem normalen Anzug mit Hemd und Krawatte. Zuerst war ihre Wahl tatsächlich auf Schlafanzug und Negligé gefallen, doch dann war eines Sonntags ein Hippiepärchen am Stand in der Leopoldstraße vorbeigelaufen, das alle Aufmerksamkeit auf sich zog. Passanten waren stehen geblieben und hatten die beiden ungeniert angestarrt. Auch Anna hatte sich dabei ertappt, wie sie dem ungewöhnlich gekleideten Paar gebannt nachschaute. Als sie Clemens davon erzählte, entschieden sie sich spontan, als Blumenkinder aufzutreten.

Anna hielt die rosa Nelken ans Haar. »Mit oder ohne?«

»Der farbliche Kontrast ist zwar sehr schön, aber Nelken sind irre spießig«, antwortete Clemens, ohne nachzudenken.

»Stimmt, hab ich vorhin auch schon gedacht. Irgendwie erinnern sie mich auch an einen Friedhof …« Anna legte die Blüten auf dem Waschbecken ab, warf einen letzten Blick in den Spiegel und befand, sie hatte genug Zeit davor verbracht. »Ich bin fertig, wir können gehen.«

»Perfekt, dann kommen wir weder zu früh noch zu spät, nichts wäre peinlicher.«

»Hast du Constanze und deine Eltern eingeladen?«

»Hab ich. Gesine und meine Schwester haben versprochen zu erscheinen, mit meinem Vater rechne ich eher nicht.«

»Ich freue mich, Constanze wiederzusehen, und bin sehr gespannt auf deine Mutter«, sagte Anna. Den Zusatz, dass sie auch seinen Vater gern kennengelernt hätte, schluckte sie im letzten Moment hinunter. Womöglich litt Clemens doch unter der Funkstille, die schon so lange anhielt.

Wegen der leeren Kasse fuhren sie, bestaunt von allen Passanten, mit der Straßenbahn in die Innenstadt, hetzten dann über den Odeonsplatz und die Maximilianstraße entlang.

»Wenn heute Abend der große Geldregen auf uns herniederprasselt …«

»Auf dich«, verbesserte Anna.

»Auf uns«, wiederholte Clemens, als sie nur noch ein paar Meter von der Galerie entfernt waren. »Dann schaffen wir uns wieder einen Wagen an oder steigen zukünftig nur noch ins Taxi.«

»Das wäre wundervoll …« Anna hoffte sehr, dass sich ihre Wünsche erfüllten. Hauptsächlich aber, dass die Jahre der Entbehrungen endlich ein Ende hatten, dann wäre sie schon glücklich gewesen. Die Senfbrote, die sie in den letzten Wochen abends zu oft hatten verspeisen müssen, hingen ihr langsam doch zum Hals raus.

Vor der Tür zur Galerie wurden sie von Victor Mazur erwartet, der, eine Zigarette rauchend, die Schultern hochgezogen, dem kalten Aprilwind trotzte. Ein breites Lächeln huschte über sein kantiges Gesicht, als er Anna und Clemens erblickte und sie sichtbar erfreut musterte. »Das perfekte Künstlerpaar«, urteilte er, nachdem sie sich per Handschlag begrüßt hatten.

Clemens erkundigte sich voller Sorge, ob überhaupt jemand der Einladung gefolgt wäre.

»Jemand?« Mazur lachte kurz auf. »Die Leute reißen sich um jede meiner Ausstellungen, weil ich sie noch nie enttäuscht habe. Von den einhundertfünfzig verschickten Einladungen wurden alle mit dem Vermerk zurückgesandt, dass man in Begleitung käme. Vor allem die Sammler sind brennend interessiert an meinen neuen Künstlern, die sich alle nach den Ausstellungen in der Kunstwelt etablieren konnten.«

»Sie scheinen Ihr Geschäft zu verstehen«, sagte Anna.

»Nach guten fünfzehn Jahren in der Branche bekommt man ein Gespür für Qualität und vor allem dafür, in welche Richtung sich die Kunst seit den 1950er Jahren entwickelt. Ein Gemälde kann handwerklich noch so perfekt sein, wenn es in der Technik und im Stil seiner Zeit nicht ein klein wenig voraus ist, wird es im Atelier verstauben. Genug gefachsimpelt, lasst uns hineingehen.« Mazur drehte sich um, öffnete die Tür, ging aber voraus.

Clemens spürte zuerst die warme Luft, die ihm entgegenschlug, bevor er die Menschenmenge realisierte.

Der Laden war brechend voll.

Clemens atmete tief ein und drückte Annas Hand. Als Mazur die Bilder hatte abholen lassen, war er noch zufrieden und sicher gewesen, sein Bestes gegeben zu haben. Auf dem Weg hierher war er nur etwas aufgeregt, jetzt ein einziges Nervenbündel. Wenn Mazur nicht übertrieben hatte, drängten sich in den unterschiedlich großen, ineinander übergreifenden Räumen dreihundert geladene Kunstinteressierte. Dreihundert Menschen, die den Daumen heben oder senken konnten. Von diesen Leuten hing also seine Zukunft ab.

Vor seinen Augen begann es zu flimmern, die Gesichter der Anwesenden verschwammen zu einer fleischfarbenen grinsenden Masse. Irgendwo ragte ein Arm heraus, winkte ihm zu. Gesine, Conny oder Verena von Lichtenberg? Er konnte das dazugehörige Gesicht nicht erkennen. Ihm war heiß, die Schaffelljacke war viel zu warm. Er begann zu schwitzen, spürte, wie sich auf seiner Stirn Schweißperlen bildeten. Es war fast unmöglich, die aufsteigende Angst zu bezwingen.

Angst vor dem Scheitern.

Angst davor, nicht ein einziges Bild zu verkaufen.

Angst vor seinem gnadenlosen Hauswirt.

Am liebsten wäre er geflohen, zurück in die Einsamkeit seines Ateliers, und hätte sich morgen von Mazur erzählen lassen, wie das waghalsige Experiment mit dem unbekannten Künstler ausgegangen war. Aber leider war das unmöglich, denn in diesem Moment erhob Mazur seine Stimme und kündigte an, mit Erscheinen des jungen, vielversprechenden Künstlers sei die Vernissage nun offiziell eröffnet. Clemens Altmann freue sich auf den Abend und sei sicher gern bereit, alle Fragen rund um seine Arbeiten zu beantworten.

Applaus brandete auf.

Auch das noch, seufzte Clemens lautlos und hoffte, genauso ungezwungen mit den Menschen plaudern zu können wie auf der Künstlermeile.

Ein Blitzlicht flammte auf.

Gemurmel breitete sich aus.

Die Menge setzte sich in Bewegung.

»Schauen Sie nicht so skeptisch«, wandte Mazur sich an Clemens. »Genießen Sie den Abend, er ist der Beginn einer großen Zukunft. Aber bevor Sie sich unters Volk mischen und die Ovationen entgegennehmen, möchte ich Sie zuerst meinem wichtigsten Sammler vorstellen.«

Clemens nickte. »Bitte bleib an meiner Seite«, flüsterte er Anna zu.

Er klammerte sich an ihre Hand wie ein Ertrinkender, während er Mazur folgte, der die Menge teilte wie einst Moses das Rote Meer. Warum ihm dieser absurde Vergleich einfiel, vermochte er nicht zu sagen, vermutlich war dieser Wirbel einfach zu viel für ihn, der die letzten acht, neun Monate nur in Annas Gesellschaft verbracht hatte. Nachts allein vor den großformatigen Leinwänden gestanden und sich oft blockiert gefühlt hatte. Doch irgendwann war der Marathon vorbei gewesen, und siebzehn neue Arbeiten waren fertiggestellt. Auf das Ergebnis dieser ungeheuer anstrengenden Schaffensperiode war er am Morgen noch stolz gewesen und sicher, es in die Riege der anerkannten Maler geschafft zu haben. Jetzt spürte er nur noch den Erwartungsdruck und war zutiefst verunsichert.

Victor Mazur blieb vor einem Paar in den vierzigern stehen. »Darf ich vorstellen: Herr und Frau Steinberger aus der Schweiz. Verehrter Herr Steinberger … Frau Steinberger … Clemens Altmann!«

Herr Steinberger, ein kleiner, korpulenter Mann mit grauen Schläfen und wachem Blick durch eine erdbraune Hornbrille, streckte Clemens die Hand entgegen. »Ich freue mich außerordentlich«, sagte er mit klangvollem Schweizer Akzent. »Meine Frau hat sich schon in einige Bilder verliebt.«

»Wie …« Clemens musste sich räuspern. »Wie freundlich …«

»Nur nicht so bescheiden, Herr Altmann, einige Werke haben mich an Lee Krasner erinnert. Kennen Sie die amerikanische Künstlerin, Gemahlin von Jackson Pollock? Erst vor zwei Jahren sahen wir *Paintings* von Lee Krasner in der *Whitechapel Art Gallery* in London.«

Clemens musste schlucken. Natürlich hatte er schon von Lee Krasner gehört, wenn auch noch keines ihrer Werke gesehen, doch allein mit ihr in einem Atemzug genannt zu werden, empfand er als große Ehre.

»Das Pastellfarbene, das mich ein wenig an einen Blumenstrauß erinnert, will ich unbedingt haben. Gell, Urs, das schenkst du mir zum Geburtstag?«

»Aber sicher, Schatzi«, antwortete Urs Steinberger, und an Mazur gewandt, fügte er hinzu: »Du hast es gehört, Victor, der pastellige Blumenstrauß ist unser.«

Ehe der Galerist etwas erwidern konnte, donnerte eine dunkle Männerstimme dazwischen: »Für dieses abscheuliche Geschmiere hast du jahrelang studiert und eine gesicherte Existenz ausgeschlagen!«

Fragende Gesichter wandten sich in die Richtung, aus der die Stimme kam. Clemens kannte sie nur zu gut. Sein Vater hatte sich also herabgelassen, die Ausstellung zu besuchen.

»Und wie siehst du überhaupt aus?«

Arnold Altmann stand wie das Jüngste Gericht vor seinem Sohn, musterte ihn und auch Anna durch sein dickes schwarzes Brillengestell mit sichtlicher Abscheu.

Clemens wollte zurückbrüllen, aber sich ausgerechnet vor dem wichtigen Schweizer Sammler mit seinem Vater zu streiten war sicher keine gute Idee. Es war besser, die Contenance zu wahren, damit konnte er seinen wütenden Erzeuger am ehesten in die Knie zwingen.

»Darf ich vorstellen?« Er blickte lächelnd in die Runde. »Arnold Altmann, mein Vater, der offensichtlich einen ganz anderen Kunstgeschmack hat. Vater, das sind Herr und Frau Steinberger, Kunstsammler aus der Schweiz … und Victor Mazur, mein Galerist.«

»Verehrter Herr Altmann, es freut mich sehr, dass Sie uns die Ehre geben«, übernahm Mazur nicht weniger eloquent. »Aber ich darf Sie in aller Höflichkeit berichtigen – was wir hier zeigen, ist kein ›Geschmiere‹, Ihr Sohn ist hochbegabt, ich prophezeie ihm eine große Zukunft, sonst hätte ich ihn niemals unter Vertrag genommen.«

»Wie Sie meinen«, entgegnete Arnold versnobt und schaute sich suchend um. »Hast du deine Mutter gesehen?«

»Noch nicht. Aber da du nach ihr fragst, nehme ich an, sie ist hier. Conny auch?«

Arnold Altmann nickte. »Wenn sie dir über den Weg laufen, ich warte im Wagen auf sie.« Er drehte sich um und eilte mit großen Schritten Richtung Tür, als sei ihm ein Aufenthalt in der Nähe seines Sohnes unerträglich.

Clemens schämte sich sehr für das rüpelhafte Benehmen seines Vaters. Wenn ihm die Bilder nicht gefielen, war das seine Sache, aber musste er es unbedingt vor allen Gästen hinausposaunen? »Nehmen Sie meinem Vater diesen Auftritt bitte nicht übel, als Likörfabrikant versteht er etwas von Spirituosen, Kunst war nie seine Passion.«

»Bitte einmal hierherschauen!« Ein Fotograf hielt seinen Apparat in die Höhe.

Ein Mann mittleren Alters, gepflegt gekleidet, das brünette Haar mit Frisiercreme zurückgekämmt, sprach Clemens an. »Wenn ich kurz stören darf … Hunter, Kolumnist bei der *Abendzeitung* …«

»Du störst doch nie, Hannes«, versicherte Mazur und lächelte verbindlich, er war offensichtlich gut bekannt mit dem bekannten Klatschkolumnisten der größten Münchner Boulevardzeitung.

Das Ehepaar Steinberger verabschiedete sich. »Hat uns sehr gefreut.«

»Nein, bitte bleiben Sie«, hielt Hunter die beiden zurück. »Wenn Sie erlauben, würden wir Sie gern mit dem jungen Künstler aufnehmen.«

Steinbergers fühlten sich geschmeichelt, und der Fotograf

schoss ein paar Bilder. Anschließend stellte Hunter Fragen nach Clemens' Werdegang. »Die gute Verena ist also unter die Förderer der Kunst gegangen. Und ich sollte mein Jagdgebiet auf die Straßen ausweiten«, witzelte Hunter, als er hörte, wie lange Clemens seine Arbeiten schon auf der Künstlermeile anbot.

»Hunter, mein Lieber, wie schön, dich hier zu treffen …« Verena von Lichtenberg, in einem feuerroten Satinkleid und auf hohen silbernen Absätzen, tauchte mit ausgebreiteten Armen aus der Menge auf.

»Eben habe ich deinen Namen erwähnt, Bussi, schönste aller Kunstmäzene. Guter Fang, deine Entdeckung.«

»Mäzenin, wenn ich bitten darf!«

Während die beiden sich auf die Wangen küssten und dabei Komplimente austauschten, überlegte Clemens, wie er entkommen konnte. Er hatte genug von diesem übertriebenen Gehabe, und ob das seinen Bildern nutzte, wagte er zu bezweifeln.

»Und jetzt noch ein Foto mit Verena«, forderte Hunter in diesem Moment den Fotografen auf, schob Frau von Lichtenberg zwischen Clemens und Anna, die er lächelnd musterte. »Ihre Freundin? Ausgesprochen hübsch …«

Victor Mazur zwinkerte Clemens zu. Wenn das eine Botschaft war, wusste Clemens sie nicht zu entschlüsseln. Er war verwirrt, man redete über ihn, als sei er gar nicht anwesend. War das normal? Zum ersten Mal in seinem Leben war er unsicher, wie er sich benehmen sollte. Hatte er nach der monatelangen Isolation in seinem Atelier verlernt, Signale zu deuten und mit Menschen zu plaudern, oder musste er sich einfach nur wieder an die Öffentlichkeit gewöhnen?

»Clemens, mein Junge, endlich!« Gesine und Conny standen plötzlich vor ihm, strahlten ihn an. »Ich bin tief beeindruckt von deinen Werken, und so viel Publikum! Das riecht geradezu nach Erfolg.«

»Echt irre«, pflichtete Constanze ihrer Mutter bei.

Clemens umarmte Conny und Gesine, machte seine Mutter mit Anna bekannt und stellte sie dann dem Galeristen vor. So lächerlich es auch war, aber die Anwesenheit seiner Mutter beruhigte ihn in diesem Moment.

»Wie schön, dass wir uns endlich kennenlernen, liebe Anna.« Gesine umarmte sie herzlich. »Ich liebe deine Bilder und werde eines erwerben«, sagte sie dann zu ihrem Sohn und wandte sich schließlich Victor Mazur zu: »Welches ist nach Ihrem Urteil das künstlerisch wertvollste?«

»Jedes Einzelne ist große Kunst, gnädige Frau. Sie können sich gar nicht falsch entscheiden. Nehmen Sie einfach das, was Ihnen auf Anhieb am besten gefallen hat. Es wird auf jeden Fall im Wert steigen, sofern Sie eine Wertanlage suchen.«

»Das wäre ein netter Nebeneffekt, spielt für mich aber keine Rolle.« Gesine lächelte Clemens so liebevoll an, als seien seine Werke bereits Millionen wert.

Clemens ahnte, was Gesine vorhatte: seinen Vater zu ärgern, war sie doch immer schon von seinem Talent überzeugt gewesen. Er war gespannt, ob Gesine das Gemälde überhaupt aufhängen durfte.

Den Ausgang der Ausstellung hatte Victor Mazur so genau vorhergesagt, als besitze er eine gläserne Wahrsagekugel, die ihm einen Blick in die Zukunft gewährte.

Als der Galerist um zehn die Ladentür absperrte und Clemens anschließend Hand in Hand mit Anna durch die menschenleere Galerie wanderte, klebte an fast allen Bildern der Vermerk »Verkauft!«. Nur ein Schwarz-Weiß-Werk mit dem Titel *No Rainbow* hatte offensichtlich niemandem gefallen. Er würde es behalten, als Erinnerung an seine erste Vernissage.

Clemens mochte es immer noch nicht recht glauben

und schaute Anna fragend an. »Haben wir es tatsächlich geschafft?«

Anna lächelte. »Lass mich nachdenken … von siebzehn Werken wurden sechzehn verkauft … doch, du hast den Goldtopf am Ende des Regenbogens gefunden.«

Clemens legte seinen Arm um Annas Schultern und zog sie sanft an sich. »*Wir* haben ihn gefunden.«

31

ANNA SETZTE DIE neue Sonnenbrille auf und ließ sich auf die Decke fallen. Sie lagen an der *Plage du Soleil,* die Sonne schien ihr auf den Bauch, Palmen rauschten im Wind, und das Meer schwappte in gleichmäßigem Rhythmus ans Ufer.

Seit sie in Südfrankreich angekommen waren, fühlte sie sich wie in einer Traumwelt, die sie nie wieder verlassen wollte. Sie »vergammelten« die Tage, ließen sich von Stunde zu Stunde treiben, nahmen das *petit déjeuner* – einer der französischen Begriffe, die sie inzwischen gelernt hatte – in Straßencafés ein, wo Clemens in fließendem Französisch *Café au Lait* und *Croissants* bestellte. Abends speisten sie in romantischen Restaurants, und die Nächte waren voller Leidenschaft.

Wie lange diese Glückseligkeit anhalten würde und was danach kam, daran wollte Anna nicht denken, lieber den Moment genießen. Nicht über ein Vielleicht grübeln, das oft auch mit Gedanken an ein unschuldiges Baby in einem Korb zu tun hatte, die manchmal unerwartet aufblitzten, wie ein Licht, das kurz angeschaltet wurde, aber nach einer Sekunde wieder erlosch. Niemand war in der Lage, die Zukunft vorherzusagen. Und niemand konnte ihr sagen, ob sie jemals die Wahrheit über ihr Schicksal erfahren würde. Wozu also darüber nachdenken?

Anna griff in den warmen Sand und ließ ihn dann durch die Finger rieseln. »Was meinst du, ob Picasso sich hier auch gesonnt hat?«

Clemens drückte einen Klecks Sonnenmilch in seine Hand

und rieb sich die Beine ein. »Eher nicht. Er war ja bereits berühmt, als er von 1948 bis 1955 hier in der *Villa Galloise* gelebt hat. Dergleichen Anwesen verfügen normalerweise über eigene Gärten, damit die Bewohner aus der *High Society* sich nicht unters gemeine Volk mischen müssen.«

»Als kleines Mädchen aus dem gemeinen Volk fühle ich mich jetzt trotzdem, als wäre ich auch was Besseres.«

Clemens legte die Sonnenmilch zur Seite, beugte sich über Anna und küsste sie ungeniert, ohne sich um die anderen Sonnenbadenden zu kümmern, ehe er sagte: »*Du* bist das Beste in meinem Leben. Meine Muse. Meine Geliebte. Ich liebe dich so sehr, dass ich mir ein Leben ohne dich nicht mehr vorstellen kann. Versprich mir, dass du mich niemals verlassen wirst.«

»Versprochen.« Sie küsste ihn zärtlich. »Ich liebe dich genauso sehr, du bist meine zweite Hälfte, ohne die ich nicht existieren könnte.«

Clemens legte sich neben Anna und griff nach ihrer Hand. »Weißt du, was wir morgen machen?«

»Morgen ist unser vorletzter Tag, vielleicht schon mal Koffer packen? Das Taxi nach Nizza kommt übermorgen schon um sieben, beinahe mitten in der Nacht.«

»Ich dachte eher daran, nach Cannes zu fahren und dort Ringe zu kaufen. Du erinnerst dich?«

Anna richtete sich auf, schob die Sonnenbrille ins Haar und schaute Clemens an. »Aber ja, das Täuschungsmanöver für Ruppert. Wenn ich daran denke, wie fassungslos er die Geldscheine für die ausstehenden Mieten und zwei im Voraus angestarrt hat, muss ich wieder lachen.«

»Ruppert sprachlos zu erleben war das Ereignis des Jahres.«

»Nein«, widersprach Anna und ließ sich wieder in den Sand fallen. »Das war deine Vernissage. Und als wir am Ende durch die Galerie spaziert sind, und alles war verkauft, dieses Gefühl war einfach unglaublich, der absolute Wahnsinn … als wären wir reich und berühmt!« *Berühmt,* wiederholte sie ganz leise, als sei es ein extrem unanständiges Wort.

Irgendwie war es das auch, also, das Berühmtsein. Dieser Hunter, der Klatschkolumnist von der *Abendzeitung,* hatte nicht nur über Clemens, sondern auch über sie geschrieben. Anna konnte den Artikel auswendig, so oft hatte sie ihn gelesen.

> Ein neuer Stern am Himmel der Kunstwelt, war er übertitelt. Der Galerist Victor Mazur zeigte am vergangenen Samstag Werke von Clemens Altmann, einem jungen, noch unentdeckten Maler, der sich mit seinen abstrakten Arbeiten nicht hinter Größen wie Jackson Pollock oder dessen Frau Lee Krasner verstecken muss. An der Seite des aufstrebenden Künstlers seine Muse Anna, deren Schönheit die der Gemälde fast noch übertrifft. Wer sich für moderne Malerei interessiert, sollte sich die Werke von Clemens Altmann in der Galerie Mazur, Maximilianstraße 72, nicht entgehen lassen.

»Also, was meinst du zu einem Ausflug nach Cannes?«, wiederholte Clemens seinen Vorschlag.

»Ich folge dir auch bis ans Ende der Welt«, scherzte Anna übermütig. »Wenn mir vor einem Jahr jemand erzählt hätte, dass ich mit meiner großen Liebe an der traumhaften Côte d'Azur Urlaub mache, hätte ich an einen Scherz gedacht.«

Clemens angelte die Schachtel *Gitanes* unter den Handtüchern hervor und zündete zwei der französischen Zigaretten an. »In einem Atemzug mit Größen wie Pollock oder Krasner genannt zu werden, hätte ich auch niemals für möglich gehalten. Und doch ist es geschehen. Harte Arbeit wird immer irgendwann belohnt, das hat uns jedenfalls Meister Wolkow in der Malschule eingetrichtert.«

»Harte Arbeit nützt nichts, wenn man kein Talent hat«, relativierte Anna und nahm einen Zug aus der Zigarette, die Clemens ihr gereicht hatte. »Ich glaube …« Sie hustete beim Ausatmen. »Das war die letzte von diesen schwarzen Dingern, die sind mir einfach zu stark. Sonst kriege ich noch Asthma, wie die Frau Kranz, die auch diese Zigaretten raucht.«

»Ich hab auch genug davon«, sagte Clemens und strahlte sie mit seinen graugrünen Augen an, die im späten Nachmittagslicht intensiv leuchteten. Er streckte die Hand aus, nahm ihr die Zigarette ab und drückte sie mit seiner in den Sand. »Weißt du, was ich an uns beiden so wunderbar finde?«

»Dass wir uns immer einig sind«, antwortete Anna, und ein Kribbeln lief über ihren Rücken.

Diese Übereinstimmung hatte sie von Anfang an davon überzeugt, füreinander bestimmt zu sein. Ihre Begegnung war unausweichlich gewesen, ihre Herzen schlugen im selben Rhythmus, die Geschichte der Kugelmenschen aus dem griechischen Olymp war vielleicht doch nicht nur eine Sage.

Zwei Tage später landeten Anna und Clemens wieder in München. Die Stadt empfing sie mit strahlendem Sonnenschein, als wolle sie ihnen die Umstellung vom milden Südfrankreich auf das kühlere München erleichtern.

Als sie in der Georgenstraße aus dem Taxi stiegen und in den Hausflur traten, bedauerte Anna, dass Ruppert ihnen nicht sofort begegnete, zu gern hätte sie ihm den Ring an ihrer rechten Hand vor die Nase gehalten. Sie hatten tatsächlich in Cannes einen Juwelier gefunden, der ihre Namen innerhalb einer Stunde in ein Paar schlichte Weißgoldringe gravierte.

Das Vergnügen, den Hauswirt ein weiteres Mal zu schockieren, musste also warten, dafür fischte Clemens einen Umschlag aus dem Briefkasten, der sie beide nicht weniger erfreute.

Victor Mazur hatte geschrieben. Er hoffe, Clemens sei gut erholt zurückgekommen und könne sich schnellstens wieder an die Arbeit begeben. Seit der Vernissage häuften sich Anfragen nach neuen Werken, das Interesse müsse ausgenutzt werden. Jedes neue Gemälde verfestige sein Renommee und sichere damit auch seine Zukunft. Er würde sich freuen, bald von ihm zu hören. Gern könnten er und seine Muse auch in der Galerie vorbeikommen.

»Sehr schmeichelhaft«, kommentierte Clemens und fügte lachend hinzu: »Der gute Victor hat vergessen zu schreiben, dass auch *er* von meinen Werken profitiert. Aber ich will nicht undankbar sein, ohne ihn und seinen zahlungskräftigen Kundenstamm hätten wir die letzten Monate wie gewöhnlich in der Leopoldstraße verbracht …«

»Und wir wären niemals nach Vallauris gekommen, um auf Picassos Spuren zu wandeln«, ergänzte Anna.

Clemens schleppte ihre beiden Koffer in den vierten Stock, ließ sie im Atelier einfach am Eingang stehen und schaute sich lächelnd um. »Ein wenig habe ich mein Atelier schon vermisst.«

Anna warf sich in den lässigen Schlaghosen mit der bestickten Folklorebluse aufs Bett, das immer noch so zerwühlt war, wie sie es in der Hektik des Abreisemorgens verlassen hatten. Sie breitete die Arme aus und schaute nach oben. »Ich habe den Blick durchs Atelierfenster vermisst; wenn es regnet, ist es hier besonders gemütlich.«

»Wenn du da liegst, ist das bei jedem Wetter mein absoluter Lieblingsplatz …« Clemens ließ sich neben Anna in die Kissen fallen. Erst gab es einen lauten Knacks, und dann krachte das Bett zusammen.

Lachend befreiten sie sich aus den Kissen und Laken und kamen schließlich auf die Füße.

»Wir sind doch echte Glückskinder«, befand Clemens, zog die sandfarbene Wildlederjacke mit den langen Fransen an den

Ärmeln aus, die er in Cannes erstanden hatte, und warf sie auf den Haufen aus Bettzeug, Kissen und Laken.

»Glückskinder, wie das?«

Er griff nach Annas Hand. »Weil wir jetzt genug Geld haben, um ein neues Bett anzuschaffen. Es hat ja schon lange gequietscht und geächzt, wenn wir uns darin gewälzt haben. Stell dir vor, es wäre vor ein paar Monaten passiert, als wir noch bettelarm waren.«

»Dann hätten wir auf dem Fußboden schlafen müssen. Würde mir nichts ausmachen, solange du neben mir liegst.«

Clemens zog sie in seine Arme. »Mir auch nicht. Aber würdest du nicht gern ein neues Bett haben?«

»Lieber einen neuen Kühlschrank, einen etwas größeren, der hier ist viel zu klein für zwei Personen. Eigentlich wäre eine komplett neue Küchenzeile schön, aber das ist ja leider nicht möglich, weil in der Ecke kein Wasseranschluss vorhanden ist. Jedes Mal, wenn wir Kaffee kochen …«

»Gutes Stichwort«, befand Clemens.

Auch Anna hatte Appetit auf Kaffee, den Clemens zubereitete und der so ganz anders schmeckte als in Frankreich.

Kurz darauf saßen sie auf dem Diwan, unterhielten sich darüber und kamen zu dem Ergebnis, dass es vielerlei Gründe dafür geben konnte, warum der Kaffee in Frankreich besser war: das Kaffeepulver oder das Wasser, die Luft, die kleinen Cafés oder die Kellner mit ihren charmanten Begrüßungen. Möglicherweise waren es auch die schwarzen Zigaretten gewesen, die zwar viel zu stark waren, aber doch dazugehört hatten. Sie rauchten wieder die »Blonden«, von denen noch eine Packung in der wackeligen Küchenkommode deponiert war. Letztlich waren die Gründe aber unwichtig, denn schon bald würde die Erinnerung an die Zeit in Frankreich vermutlich schwächer werden und irgendwann verblassen.

Anna wurde plötzlich ganz still. Das Wort »Erinnerung« lenkte ihre Gedanken einmal mehr auf die Goldkette mit dem Rubinherz, die zwischen ihrer Unterwäsche versteckt war, und sie fragte sich zum x-ten Mal, wie dieses kostbare Schmuckstück mit den armseligen Babysachen zusammenpasste. Es war wie ein tiefer Schnitt, der nicht heilen wollte, der niemals heilen würde. Der sie für alle Zeiten daran erinnerte, dass sie ein ungewolltes Kind war.

»Was hast du?«

»Ich musste an die Kette denken und daran, dass ich vermutlich niemals erfahren werde, was damals passiert ist.«

»Wie wäre es, wenn ich jetzt, wo wir zu Geld gekommen sind, einen Detektiv engagiere, der nachforscht? Ich meine, wenn du kein neues Bett willst, dann vielleicht jemanden, der dein Geheimnis lüftet.«

Anna schüttelte den Kopf. »Wo sollte er denn suchen, wenn ich ihm keine Hinweise geben kann?«

»Hm …«, brummelte Clemens nachdenklich. »Und wenn du doch noch mal mit deinen Eltern … also, mit Traudl und Xaver redest?«

»Nein!« Anna schoss vom Diwan hoch. »Sie hätten zur Vernissage kommen können, ich habe Elsie eine Einladung geschickt, aber sie haben es vorgezogen, nicht zu erscheinen. Das ist wohl deutlich genug. Sie sind froh, mich losgeworden zu sein.« Anna drehte sich um und brachte ihre Tasse ins Badezimmer, um sie gleich auszuwaschen. »Übrigens …«, wechselte sie das Thema, als sie mit der sauberen Tasse zurückkam. »Wenn du wieder arbeitest, werde ich mich bei gutem Wetter zu Jacob an den Stand gesellen und versuchen, mit Porträts eigenes Geld zu verdienen. Oder brauchst du mich?«

»Ich brauche dich immer, solange ich atme, aber als Assistentin kann ich dich entbehren, für die nächsten Werke werde ich mir neue Leinwände anschaffen, die bereits grundiert sind. Und Jacob wird sich freuen, wenn er Gesellschaft bekommt.«

»Dann ist es abgemacht?«

»Abgemacht.« Clemens ging ebenfalls ins Bad, um seine Tasse auszuspülen. »Aber *ich* werde dich vermissen, und ob ich ohne dein konstruktives Urteil etwas Brauchbares zustande bringe, weiß ich noch nicht!«, rief er Anna zu.

Anna stellte sich in den Türrahmen. »Vormittags bin ich ja da und kann an deiner Arbeit herummeckern. Vielleicht ist es auch ganz spannend, wenn wir nicht mehr vierundzwanzig Stunden zusammen sind.«

Clemens griff nach dem Geschirrtuch, das an einem Haken unter dem schmalen, schrägen Dachfenster hing, um die Tasse abzutrocknen. »Spannend kann man es auch nennen. Ich weiß aber jetzt schon, dass es mir nicht gefallen wird, wenn ich ohne mein geliebtes Meckerlieschen arbeiten muss.« Er trat zwei Schritte nach vorn, stand jetzt ganz dicht vor Anna und küsste sie zärtlich auf den Mund. »Selbstverständlich akzeptiere ich deine Entscheidung, dass du auch wieder malen willst. Und jetzt gehen wir zu *Hertie* in der Leopoldstraße, wo auch Kühlschränke verkauft werden …«

Anna liebte das vierstöckige Kaufhaus an der Ecke Feilitzschstraße, in dem es von A wie Aschenbecher bis Z wie Zigaretten alles gab, was man für ein angenehmes Leben benötigte.

Ein Verkäufer um die fünfzig musterte Anna und Clemens mit kritischem Blick.

Anna strich sich ihr unfrisiertes Haar aus dem Gesicht und lächelte den Mann an. Vermutlich überlegte er gerade, ob dieses bunt gekleidete, nach Hippies aussehende Pärchen überhaupt genug Geld hatte für den Kühlschrank, den Clemens so eingehend betrachtete. Erst als Clemens sich erkundigte, ob man in diesem Tiefkühlfach auch Eiscreme aufbewahren könne, wurde der Angestellte freundlich.

Nachdem sie sich für ein Markengerät entschieden hatten, kamen noch eine neue Kaffeemaschine dazu, ein Nudeltopf und eine von diesen neumodischen Teflonpfannen, in denen angeblich nichts mehr anbrannte. Was Anna und Clemens niemals für möglich gehalten hatten, war, dass sie sich in dieser Abteilung für Haus- und Küchengeräte amüsierten, als seien sie zu einer ungewöhnlichen Party eingeladen.

Dem angegrauten Verkäufer schien es inzwischen ähnlich zu gehen, denn er grinste unablässig, als habe er einen Schwips. »Wenn ich das erwähnen darf«, sagte er, als er ihnen ein schickes Mixgerät in knalligem Orange erklärte, »junge Ehepaare, die einen Hausstand gründen, bediene ich besonders gern. Der Beginn eines gemeinsamen Lebens ist doch immer voller Hoffnung und Träume.«

»Wenn Sie wüssten«, entgegnete Clemens, legte den Arm um Annas Schultern und fuhr fort: »Was brauchen wir denn noch zu unserem jungen Glück, Schatz?«

»Wie wäre es mit einem Toaster? Den kann ich Ihnen im selben Orange wie den Mixer anbieten. Auch ein Eierkocher wäre im Programm.« Der Mann deutete auf die erwähnten Geräte, die nebeneinander in einem Regal präsentiert wurden.

Anna unterdrückte einen Lachanfall. Sie brauchte im Grunde nichts von all diesem Kram, der nur herumstand und einstaubte. Ein Kühlschrank war wichtig, vor allem im Sommer konnte es unter dem großen Atelierfenster ziemlich heiß werden. Ungekühlte Lebensmittel hielten sich dann kaum einen Tag lang. Aber dieser Verkäufer war einfach zu niedlich in seinem Eifer, dem »jungen Ehepaar« etwas zu verkaufen.

»Orange Küchengeräte habe ich mir schon immer gewünscht«, zwitscherte sie deshalb wie eine frisch Angetraute, die nichts anderes im Sinn hatte, als ihre Küche mit buntem Zeug vollzustopfen. Wenn der Mann gewusst hätte, dass sie gar keine richtige Küche besaßen, wäre er sicher nicht so eifrig gewesen.

»Packen Sie einfach alles …« Clemens stockte. »Oder nein, könnte der gesamte Einkauf geliefert werden?«

Der Verkäufer nickte beflissen, während er die jeweiligen Geräte in den Originalverpackungen aus dem Regal nahm. »Das lässt sich bestimmt einrichten, gemeinsam mit dem Kühlschrank bringen wir alles an Ort und Stelle. Wenn ich Sie dann an die Kasse bitten darf.«

Auf dem Weg dorthin entdeckten sie noch Bettwäsche und Handtücher und Geschirrtücher und ein chinesisches Teeservice und Salatschüsseln, und das Ganze endete in einem wahren Kaufrausch.

Clemens stellte einen Scheck aus, notierte die Lieferadresse und reichte dem Verkäufer die Hand. »Besten Dank für die Beratung, ohne Ihre Fachkenntnisse wären wir verloren gewesen.«

»Es war mir eine Freude.« Der Mann buckelte übertrieben. »Beehren Sie uns bald wieder.«

Anna und Clemens nickten ihm freundlich zu, und übermütig wie Kinder, die einem Erwachsenen einen Streich gespielt hatten, eilten sie davon. Auf der Rolltreppe nach unten konnte Anna sich nicht länger beherrschen und lachte laut los. »Was sollen wir denn mit diesem ganzen Zeug machen? Ein Toaster! Wir essen doch gar keinen Toast. Und vor allem, wohin damit? Unsere Küche besteht aus einer wackeligen Kommode, in die nicht mal mehr eine extra Tasse passen würde.«

Clemens zuckte mit den Schultern und schaute sie unschuldig wie ein ahnungsloses Kind an. »Notfalls schenken wir alles Ruppert. Aber weißt du, was wir jetzt machen?«

»Keine Ahnung, mein frisch Angetrauter«, antwortete Anna

und musste wieder laut loslachen. Niemals hätte sie es für möglich gehalten, welche Wirkung ein paar alberne Ringe auf Menschen hatten.

»Wir gehen zu *Schachinger* und schauen einmal nicht auf die Preise. Kaufen nach Lust und Laune ein, so viel wir wollen. Meinetwegen den ganzen Laden!«

»Du bist vollkommen verrückt.«

32

ANNA GAB SICH große Mühe, ihre Konzentration auf die elegant gekleidete Dame und ihren monströsen Strohhut zu richten. Sie saß etwas zappelig auf dem bei *Schachinger* erworbenen Dreibeinhocker und wollte in Pastellfarben porträtiert werden; eine Herausforderung bei diesem ganz in Schwarz-Weiß gekleideten Modell, dessen Strohhut mit schwarzen Rosen verziert war und das nicht einmal roten Lippenstift zu bieten hatte. Außerdem war es um halb zehn bereits dunkel, und auch der unerträgliche Lärm erschwerte die Arbeit.

Es wurde mal wieder demonstriert, und bei angenehm mildem Wetter wie an diesem Maitag schien die halbe Stadt mitzumarschieren und so lautstark wie nur irgend möglich zu schreien: »Unter den Talaren der Muff von tausend Jahren!«

Anna hatte nicht gewusst, was damit gemeint war, bis Clemens es ihr erklärte. An den Universitäten herrschten überholte Traditionen und autoritäre Strukturen. Ein System aus Unterdrückung, in dem die Studenten keine eigene Meinung haben sollten, weshalb sie Reformen, Mitbestimmung und eine Zerschlagung der überkommenen Bildungspolitik der CSU forderten.

Ganz egal, ob es einen interessierte oder nicht, man wurde von allen Seiten mit dem Thema bombardiert. Ob man mitdemonstrieren wollte oder nicht, man wurde mitgerissen. Erst vor einigen Tagen war sie in der Leopoldstraße in einen Aufmarsch geraten und hatte sich nur mit Mühe und Not aus der beängstigend dichten Masse befreien können. Als sie Clemens davon erzählte, hatte er voller Sorge um sie versprochen, sie ab sofort jeden Abend abzuholen.

»Dauert es noch lange? Dieser Hocker ist ungemütlich«, meldete sich die Dame auf dem tatsächlich nicht sehr bequemen Dreibeinhocker zu Wort.

Anna zuckte zusammen. »Nur noch ein paar Sekunden Geduld«, versprach sie schuldbewusst, verwischte routiniert die Konturen an der Halslinie, damit das Doppelkinn kaum noch zu erahnen war. Ein zartes Rosé auf die Lippen und zum Schluss noch einen Lichtreflex in den Pupillen. »Sie haben es geschafft.«

»Endlich!« Schnaufend glitt die Kundin vom Hocker. »Und? Wie ist es geworden?«

»Sehr schön«, urteilte Jacob, der in dem Moment vom Zigarettenholen zurückkam, und zwinkerte Anna zu. »Gnädige Frau sind aber auch ein ausgesprochen zauberhaftes Modell.«

Geschmeichelt lächelnd rückte die Dame den Hut zurecht und trat an die Staffelei. »Oh! Ähm …« Schweigend starrte sie das Porträt an. »Doch, ja, ich erkenne mich kaum … aber wirklich sehr hübsch. Und wie …«

»Einen Moment noch, ich fixiere es, dann muss es zwei Minuten trocknen und kann danach unbeschadet zusammengerollt werden.«

»Das wäre gut, sonst verschmiert es vielleicht. Und was bin ich Ihnen schuldig?«

»Fünf Mark, wie vereinbart«, sagte Anna und drehte sich weg, damit das Fixativ beim Aufsprühen nicht auf dem Kleid der Kundin landete. Diesen Fehler hatte sie einmal begangen, da wehte der Sprühnebel in die falsche Richtung, zwar ohne Schaden anzurichten, aber sie hatte trotzdem einen wütenden Redeschwall über sich ergehen lassen müssen – was sie denn für eine dämliche Person sei, die keine Ahnung habe.

Die Dame reichte ihr einen Zwanzig-Mark-Schein. »Leider habe ich es nicht kleiner.«

Anna nickte. »Schon in Ordnung, ich kann wechseln.« Sie hatte genug eingenommen, auch wenn es im Vergleich zu den fünfhundert oder sogar eintausend Mark, die Clemens für ein Bild bekam, natürlich Kleingeld war. Sie reichte der Frau einen Schein und ein Fünf-Mark-Stück. »Fünfzehn zurück. Herzlichen Dank.«

Jacob hatte das Blatt bis zur endgültigen Trocknung festgehalten, rollte es nun vorsichtig zusammen und überreichte es der Dame. »Viel Freude damit, empfehlen Sie uns gern weiter, Gnädigste. Und seien Sie vorsichtig auf dem Heimweg, im Moment ist doch reichlich los auf den Straßen, und nicht nur nette Menschen sind unterwegs.«

»Dankeschön, junger Mann, das haben Sie aber sehr höflich ausgedrückt.« Sie nahm die Rolle entgegen und lächelte breit. »Ich würde sagen, das sind alles Wilde, die sich sogar mit Polizisten prügeln.« Damit drehte sie sich um und stöckelte auf hohen Absätzen davon.

»Sollen wir auch nach Hause gehen?« Jacob schaute Anna fragend an. »Es ist schon zehn, und bei diesem Krawall wird in der letzten Stunde kein Geschäft mehr zu machen sein. Die Leute fürchten sich vor diesen wild gewordenen Banden, was mich überhaupt nicht verwundert. Wenn über Mikrofone Parolen wie ›Amis raus aus Vietnam‹ oder ›Haut dem Springer auf die Finger‹ skandiert werden, die noch etliche Straßen weiter zu hören sind, und bei einer Demo sogar ein Student ums Leben gekommen ist, wird mir auch ganz anders.«

Anna und Jacob bekamen an ihrem Platz nahe des Siegestors nicht nur das Gebrüll von der nahen Universität, sondern überhaupt jegliche Ansammlungen, Tumulte und auch die Einsätze der Polizei mit. Mehrfach war versucht worden, die Demonstranten mit Wasserwerfern auseinanderzutreiben. Doch nicht alle waren davon beeindruckt und hatten standgehalten.

»Jetzt schau sich das einer an …« Jacob hatte sich eine Zigarette angezündet und blies eine dicke Rauchwolke in die Nachtluft. »Da rennt eine schreiende Horde Protestler die Leopoldstraße entlang und kümmert sich einen Scheiß um den fließenden Verkehr. Als würden sie von einer eigenen Gottheit geschützt.«

Anna klappte die Staffelei und den Dreibeinhocker zusammen und fixierte sie mit den Lederbändern. »Ich bekomme von diesen Ansammlungen regelrecht Beklemmungen«, gestand sie, und als vier fremde junge Männer mit langen Haaren ganz knapp am Standplatz vorbeiliefen, war sie besonders froh, heute von Clemens abgeholt zu werden.

Wenige Schritte später blieben die Männer stehen und kamen wieder zurück. Der Größte unter ihnen starrte Anna jetzt so eindringlich an, dass Jacob sich erkundigte, ob er helfen könne.

»Ähm, nein … ich glaube nicht … aber das Mädchen … du bist doch die Anna. Anna Sonnlechner. Meine Fresse, du bist ja noch schöner geworden! Erkennst du mich nicht?«

Anna schüttelte den Kopf. »Tut mir leid. Sie müssen mich verwechseln.«

»Ulli. Ulli Wegener, Mensch … wir kennen uns doch aus der Berufsschule. Ich verwechsle dich nicht, so eine Schönheit wie dich gibt es kein zweites Mal in München. Dich würde ich unter Millionen erkennen.« Er strich eine Strähne seiner braunen Haare zur Seite, als könne er sie jetzt noch besser betrachten. »Ist ja irre. Und was machst du hier?«

»Los, Ulli, weiter«, drängte einer seiner Freunde.

»Gleich, geht schon mal vor, ich komme nach …«

Auch das noch, dachte Anna. Sie verspürte wenig Lust auf eine Unterhaltung mit dem ehemaligen Schulkameraden, aber wer konnte schon sagen, ob nicht doch ein kleines Geschäft dabei heraussprang. »Ich male.«

Ulli deutete auf die Aquarellblätter, die noch mit Wäscheklammern auf der Leine zwischen den Pappeln hingen. »Das da? Alle Achtung. Find ich klasse.«

»Danke.« Anna zwang sich zu einem Lächeln, sie vermochte sich zwar immer noch nicht an diesen schmierigen Typen zu erinnern, aber unhöflich wollte sie auch nicht sein. »Wir sind gerade am Zusammenpacken, diese blöden Demos verschrecken die Kundschaft.«

»Blöde Demos? Wie kannst du so was sagen?« Ulli schaute sie an, als habe sie gedroht, ihm jetzt sofort die schulterlangen Haare abzuschneiden. »Wir protestieren gegen die geplanten Notstandsgesetze, die Einschränkung der Grundrechte, das ist praktisch oberste Bürgerpflicht! Wir sind gerade auf dem Weg zu einer Kundgebung, komm doch mit.«

Anna hatte nicht die geringste Absicht, gegen was auch immer aufzubegehren, außerdem fühlte sie sich extrem unwohl in einer Menschenmenge. Einmal geschoben, geschubst und bedrängt zu werden, hatte ihr gereicht. Trotzdem erkundigte sie sich höflich: »Wo trefft ihr euch denn?«

»Am Brunnen, bei der Uni, kannst gar nicht verfehlen, sind bestimmt eine Menge Leute da.«

»Vielleicht, ich muss erst noch alles einpacken, und falls doch noch jemand kommt …« Sie zuckte mit den Achseln.

»Versteh schon.« Ulli grinste sie an, als rechne er nicht mit ihrem Erscheinen. »Besuch mich doch mal, ich wohne immer noch in der Ohmstraße 3, meine Eltern sind in unser Haus am Staffelsee gezogen und haben mir die große Altbauwohnung überlassen. Ist immer genug zu trinken und zu rauchen da, manchmal backen wir auch ganz spezielle Kekse.«

Anna hatte die Pastellkreiden in den Karton gelegt und

klappte ihn zu. »Wir sehen uns«, sagte sie lässig, was übersetzt bedeutete: hoffentlich niemals wieder.

Im Weggehen winkte Ulli ihr noch mal zu und verschwand dann in der Dunkelheit.

Erst als Anna ihn nicht mehr sehen konnte, fielen ihr Einzelheiten ein. Dass sie zusammen die Schulbank gedrückt hatten, stimmte nur teilweise, denn er war zwei Jahre älter als sie und bereits in der Abschlussklasse, als sie die Friseurlehre und damit auch die Berufsschule gerade begonnen hatte. Im Pausenhof war sie ihm zum ersten Mal begegnet, als er ihr ziemlich großkotzig eine Packung Zigaretten vor die Nase hielt: »Fluppe gefällig?« Sie hatte dankend abgelehnt, was ihn aber nicht entmutigte. Stattdessen schlug er vor, an einem Samstag zusammen ins *Big Apple* zu gehen. Auch das hatte sie abgelehnt und sich auch nicht von ihm mit Angebereien wie »Du machst einen Fehler, ich bin der Sohn reicher Eltern« beeindrucken lassen. »Wir sind selber reich, und zwar stinkreich«, hatte sie behauptet und ihn dann stehen lassen. Irgendwann hatte er es kapiert und sich das nächste Opfer gesucht. Später hatte sie von einem der Mädchen gehört, dass Ulli tatsächlich aus einem sehr wohlhabenden Elternhaus kam, seiner Familie gehörte ein ganzer Wohnblock. Ob er dagegen wohl auch auf die Barrikaden ging?

»Wo Clemens nur bleibt, es ist schon elf vorbei, so spät kommt er doch sonst nicht.«

Jacobs besorgte Frage riss Anna aus den Gedanken an eine Zeit, die sie längst vergessen hatte. An ein vergangenes Leben, mit dem sie nichts mehr zu tun haben wollte.

»Er wird sicher gleich auftauchen. Bestimmt hat er eine besonders kreative Phase und die Zeit vergessen, das sagt er jedenfalls oft«, entgegnete Anna, um sich selbst zu beruhigen.

Jacob packte seine Bilder ein, verpackte die in Glas gerahmten Arbeiten in Zeitungspapier und verstaute sie in seinem Leiterwagen, den er unverändert zum Transport benutzte. »Wir warten höchstens noch eine Viertelstunde. Wenn Clemens bis dahin nicht aufgetaucht ist, begleite ich dich nach Hause.«

Anna nickte. »Dafür hast du mindestens ein Bier bei mir gut.«

»Darauf komme ich gern zurück.« Jacob grinste sie zufrieden an und scherzte: »Dafür darfst du auch deinen Kram in meinen ›Mercedes‹ laden.«

»Du bist einfach ein netter Mensch«, gab Anna lachend zurück, während sie ihr Zeug im Leiterwagen verstaute. Sie war sehr froh über die lockere Unterhaltung, lenkte sie das Geplänkel doch von ihrer Furcht ab, Clemens könnte etwas passiert sein. Was ziemlich unwahrscheinlich war, was sollte ihm an einer Staffelei schon geschehen? Da müsste er sich aus Versehen schon mit dem Pinsel ins Auge stechen – was noch unwahrscheinlicher war, als dass sie erfahren würde, wer sie vor dem Friseursalon ausgesetzt hatte und welches Geheimnis hinter der goldenen Kette steckte.

»Kann's losgehen?« Jacob warf einen Kontrollblick auf die Fuhre. »Eigentlich wäre auch noch Platz für dich, du müsstest nur die Papierrollen auf den Schoß nehmen.«

Anna bückte sich nach der Jeansjacke im Gras, die sie in Frankreich gekauft hatte, und zog sie an.

»Annaaa!«

Erschrocken drehte sie sich Richtung Siegestor um. Die Stimme hatte nach Clemens geklungen. Ja, es war Clemens, der plötzlich aus der Menge auftauchte und auf sie zusteuerte. Sehr langsam, als sei er todmüde, oder …

Anna presste die Hand auf den Mund, sonst hätte *sie* bei seinem Anblick laut geschrien. Eine Gesichtshälfte war mit Blut verschmiert. Über dem rechten Auge schien er verletzt zu sein, er hatte die helle Lederjacke mit den Fransenärmeln an, die ebenfalls voller Blut war.

Als Clemens sie erreicht hatte, ließ er sich auf den Rasenstreifen fallen.

Anna ging sofort in die Hocke. »Was ist passiert?«

»Ich war bei einer Demo … und da flogen Steine«, antwortete er keuchend.

Jacob hatte die Hände in den Taschen seiner Latzhosen vergraben und schaute perplex auf seinen Freund hinunter. »Mann, Kumpel, Demo! Was machst du denn bei diesen Irren?«

»Ein alter Freund aus dem Internat hat mich angerufen, er studiert Politikwissenschaften … und hat mir erklärt, wie wichtig es wäre, gegen die geplanten Notstandsgesetze zu protestieren. Die wollen unser Grundgesetz angreifen! Das ist doch das Letzte. Ich hielt es einfach für meine Pflicht, dagegen aufzubegehren.« Clemens hatte sich in Rage geredet.

Anna hatte nur mit halbem Ohr zugehört, sie starrte besorgt auf die klaffende Wunde über Clemens' Augenbraue. »Wir müssen sofort nach Hause, das muss ausgewaschen werden, oder noch besser wäre, es mit Jod zu desinfizieren.« Sie suchte ein Taschentuch in ihrer Jeansjacke, aber da war keines. Auch bei ihrem Arbeitsmaterial befand sich nur ein mit Pastellkreide verschmiertes Baumwolltuch, auch ihre Hände waren noch leicht verschmutzt. Sie wagte nicht, die Haarsträhne zur Seite zu streichen, die durch das Blut über seinem Auge klebte.

Jacob beugte sich nun auch über Clemens. »Wie groß war denn der Stein?«

Clemens zuckte mit den Schultern. »Keine Ahnung. Kann nur ein Pflasterstein gewesen sein, er kam von der Seite. Gesehen habe ich ihn nicht, nur den Schlag gespürt, und der war nicht ohne. Es ging rund, die Polizei drosch mit Knüppeln auf jeden ein, der nicht schnell genug ausweichen konnte, und wir haben uns mit Steinen revanchiert. Finde ich nur gerecht.« Er ließ den Kopf sinken und atmete schwer.

»Hast du Schmerzen?« Anna legte ihre Hand auf seine Schulter.

»Nein, nein, mir ist nur ein bisschen schwindelig. Hab zu viele Parolen gebrüllt.«

»Du musst sofort zu einem Arzt … vielleicht hast du eine Gehirnerschütterung«, vermutete Jacob.

»Quatsch, es ist bald Mitternacht, alle Ärzte schlafen jetzt. Und seit wann bist du Mediziner? Du hast Betriebswirtschaft studiert und keine Ahnung von Verletzungen.«

»Dass diese Wunde genäht werden muss, erkennt doch jedes Kind. Außerdem ist Schwindel ein typisches Zeichen für Gehirnerschütterungen, das sollte untersucht werden. Ich würde vorschlagen, du steigst mit Anna in ein Taxi und fährst ins Schwabinger Krankenhaus, die haben eine Notaufnahme. Anna, dein Zeug nehme ich erst mal mit zu mir.«

»Quatsch mit Soße, ich brauche nur ein Pflaster, und das haben wir zu Hause, oder, Anna?« Clemens stemmte sich mit den Fäusten hoch, sank aber sofort wieder zurück ins Gras.

»Na bitte, dir geht es nicht gut, ab in die Klinik! Wenn du nicht freiwillig gehst, schleife ich dich hin. Kapiert, alter Freund?«

Anna war inzwischen auch Jacobs Meinung. Die Wunde blutete zwar nicht mehr, aber sie war doch ziemlich groß und musste bestimmt genäht werden. Ein bisschen Jod und ein Pflaster genügten da nicht mehr. »Ich finde, Jacob hat recht. Und du willst doch keine hässliche Narbe behalten?«

»Warum nicht? Vincent van Gogh hat sich ein Ohr abgeschnitten, mit einer Markierung über der Augenbraue hätte ich vielleicht was Verwegenes.« Er blickte Anna fragend an. »Oder würdest du mich mit Narbe nicht mehr lieben?«

»Ich werde dich immer lieben, aber nur, wenn wir jetzt ins Schwabinger Krankenhaus fahren.«

»Das ist Erpressung.«

»Nein, das nennt man Liebe.«

33

ANNA SCHRECKTE SCHREIEND aus dem Schlaf hoch. Es dauerte ein, zwei Sekunden, ehe sie realisierte, dass sie neben Clemens im Bett lag. Dass es nur wieder dieser Albtraum gewesen war, der sie seit fast einem halben Jahr regelmäßig gegen sechs Uhr morgens quälte.

»Was ist los?« Schlaftrunken hob Clemens den Kopf und drehte sich zu ihr, ohne die Augen zu öffnen.

Sie streichelte ihm über die Schulter. »Ich hab nur schlecht geträumt. Schlaf weiter.«

Murmelnd ließ er sich ins Kissen fallen und war gleich darauf wieder eingeschlafen, wie sie an seinem gleichmäßigen Atem hören konnte.

Anna stand leise auf, holte sich ein Glas Wasser aus dem Badezimmer und setzte sich mit der Bettdecke auf den Diwan. Sie fürchtete sich vor dem Wiedereinschlafen, davor, erneut im Traum diesen Moment zu durchleben, als Clemens mit blutüberströmtem Gesicht auf dem Rasenstreifen gesessen und darüber gescherzt hatte, ob sie ihn auch noch mit einer Narbe lieben würde.

Die Narbe war inzwischen das kleinste Problem. Es war die Diagnose, die sie Tag und Nacht verfolgte, die ihr Nächte voller Angst und Schweißausbrüche bescherte und die mittlerweile auch ihre Existenz bedrohte.

In diesen Albträumen sah sie Clemens und sich im Wartezimmer der Notaufnahme des *Städtischen Krankenhauses* am Kölner

Platz sitzen und auf einen Arzt warten. Ab und zu marschierte eine gestresste Krankenschwester vorbei und warf einen flüchtigen Blick auf den blutenden Clemens. Doch offensichtlich war sie Schlimmeres gewohnt. Anna hatte mehrmals eine von ihnen angesprochen, um Hilfe gebeten und ewig die gleiche Antwort bekommen: »Sie müssen sich gedulden, nachts ist nur die halbe Belegschaft im Haus, und solange der junge Mann noch aufrecht sitzen kann, gehört er nicht zu den lebensgefährlichen Notfällen.«

Um Clemens' willen hatte Anna ihre Wut hinuntergeschluckt, hatte sich verbeten zu schreien, laut zu werden, es hätte niemandem geholfen.

Endlich wurden sie in einen Behandlungsraum geführt, wo sie dank der Eheringe aus Cannes glaubwürdig behaupten konnten, verheiratet zu sein, denn die erste Frage des Arztes war, ob Anna eine Verwandte sei. Dazu musterte er sie ziemlich unfreundlich von den zerzausten Locken über die farbverschmutzte Jeans bis zu den ungeputzten Ballerinas.

Trotzdem durfte sie nur bleiben, solange die Wunde gesäubert wurde, dann musste sie den Raum verlassen und im Wartezimmer Platz nehmen, während Clemens einer gründlichen Augenuntersuchung unterzogen wurde.

Solange sie denken konnte, war sie noch nie so nervös gewesen. Noch nie so unruhig in einem Raum hin und her gerannt, als sei sie seit Monaten eingesperrt. Aus lauter Verzweiflung hatte sie die Fotos vom Aufbau der Schwabinger Klinik an den Wänden betrachtet und die Informationstafel so oft gelesen, dass sie den Inhalt immer noch auswendig wusste: Die Klinik war 1909 eröffnet worden und hatte damals als modernstes Krankenhaus Deutschlands gegolten. So ziemlich alle Patientenzimmer waren nach Süden ausgerichtet, damit das natürliche Licht, die freundliche Atmosphäre und ein Park mit altem Baumbestand, in dem sich heimische Vögel eingenistet hatten, die Patienten schneller gesund werden ließen.

Doch auch die Erinnerung an diesen eigentlich positiven Text löste bei Anna sofort wieder das Gefühl der Bedrohung aus, die sie in jenen zwei Stunden empfunden hatte. Und ihre Angst war begründet, denn als sich endlich die Tür zum Wartezimmer öffnete und Clemens eintrat, wusste sie, dass seine Augenklappe nicht nur ein harmloser Schutz über einer Verletzung war.

Einige Sekunden stand er im Türrahmen, als habe er Schwierigkeiten, sich zu orientieren.

Anna stand auf und ging auf ihn zu. »Was hat der Arzt gesagt?«

Seufzend senkte er den Kopf. »Ich muss vielleicht operiert werden.« Seine Stimme war so leise, dass sie ihn kaum verstand.

»Was soll das heißen?«

»Können wir uns einen Moment setzen? Ich bin erschöpft.«

Anna war sofort alarmiert. Erschöpfung und Clemens passten nicht zusammen, er war vierundzwanzig Jahre alt, nie krank, immer fit und gesund. Zum Atelier im vierten Stock nahm er oft zwei Stufen auf einmal, ohne anschließend nach Luft zu schnappen. Er stand stundenlang an der Staffelei, ohne müde zu werden, und jetzt wollte er sich unbedingt setzen?

»Klar, warum nicht«, sagte sie, obwohl sie diesen Raum kaum noch länger ertragen konnte. »Aber bitte sag mir endlich, was bei der Untersuchung herausgekommen ist.«

Nachdem er sich auf einen der neumodischen Plastikstühle hatte fallen lassen, begann er schleppend von einer möglichen Netzhautablösung zu erzählen. Der Steinschlag habe einen Riss in der Netzhaut verursacht, der wiederum zu einer totalen Ablösung und Erblindung führen könne.

Anna hatte den Atem angehalten, als sei solch eine Horrornachricht dann leichter auszuhalten. Wie unsinnig.

»Und wie geht es weiter? Wann soll die Operation stattfinden?

Bekommst du Medikamente? Wie lange musst du die Augenklappe tragen?«, überhäufte sie Clemens mit Fragen.

»Ich soll mich ins Bett legen, ausruhen, nicht anstrengen. Augentropfen werden erst mal helfen.« Er zeigte ihr ein kleines Fläschchen, das er in der Hand hielt.

Anna schluckte den dicken Angstkloß hinunter. »Dann lass uns schnell nach Hause fahren, damit du dich hinlegen kannst.«

Über fünf Monate waren seitdem vergangen, aber ihre Angst war seit diesem schicksalhaften Erlebnis nicht kleiner geworden. Durch die Cortison-Tropfen hatte sich der Zustand des Auges zwar etwas gebessert, die Operation war dennoch unumgänglich. Leider hatte Clemens keine Krankenversicherung und musste die Operation selbst bezahlen, dazu fehlte aber das Geld. Die Einnahmen aus der Vernissage hatten sie zum großen Teil in Südfrankreich und für alles Mögliche, unter anderem auch für einen gebrauchten VW Käfer, ausgegeben. Anna schämte sich, wenn sie daran dachte, wie unbekümmert sie gewesen waren. Und doch war es ein großer Spaß, einmal aus dem Vollen zu schöpfen und nicht an die Miete oder den leeren Kühlschrank denken zu müssen – der ihr jetzt einfiel. Auch ein schicker neuer Kühlschrank füllte sich nicht wie von Zauberhand auf.

Anna fror trotz der Bettdecke, die sie fest um sich gewickelt hatte.

Sie ging zurück ins Bett, drückte sich eng an Clemens und überlegte lange, was sie unternehmen konnten, um das Geld für die Operation zu beschaffen. Schließlich fällte sie eine Entscheidung. Sie musste sich nur noch einen plausiblen Grund überlegen, warum sie überhaupt und auch noch ohne ihn aus dem Haus gehen wollte.

»Hast du was?«, grummelte Clemens schlaftrunken.

»Nein, aber es regnet in Strömen, da bleiben wir einfach den ganzen Tag im Bett. Es ist kein Wetter für die Leopoldstraße.«

Was Anna sehr bedauerte, denn normalerweise wäre das die glaubwürdigste Begründung gewesen.

Clemens schlang seine Arme um Annas Körper. Nichts hätte er lieber getan, als mit Anna unter der Decke zu kuscheln und alle Sorgen zu ignorieren.

Seit ihm dieser dämliche Stein an den Kopf geflogen war, gab es immer wieder Tage, an denen er sich kraftlos und zerschlagen fühlte. An denen er verzweifelte und sich fragte, warum er sich unbedingt unter die Demonstranten hatte mischen müssen. An denen er die Staffelei anstarrte, nicht wusste, wie er die nächste Stunde überstehen sollte, und jeder Strich vor seinen Augen flimmerte. Dann wurde ihm bewusst, wie wichtig sein Augenlicht war. Dass einfach alles davon abhing. Die Ärzte hatten ihm ganz genau erklärt, wie absolut notwendig eine Operation war, auch wenn sich sein Zustand zwischenzeitlich besserte – die Gefahr, vollständig zu erblinden, bestand nach wie vor. Irgendwann sei der Punkt erreicht, an dem der Eingriff nicht mehr aufzuschieben wäre.

Deshalb musste er arbeiten, neue Werke schaffen, Geld verdienen. Auch für seine mutige Anna, die jedem Wetter trotzte, um auf der Künstlermeile etwas zu verdienen. Noch nie hatte sie sich darüber beklagt, und dafür liebte er sie noch mehr, wenn das überhaupt möglich war. Ohne Anna hätte er die letzten Monate nicht überlebt. Ohne Anna würde die Sonne in seinem Leben fehlen. Ohne Anna würde nur Dunkelheit um ihn herrschen. Er hatte ihr verschwiegen, dass er ohne Operation in nicht allzu ferner Zukunft erblinden konnte. Es genügte, dass sie momentan das meiste Geld nach Hause brachte. Ändern konnte er das nur, wenn er Mazur die nächsten Bilder lieferte.

Der Galerist meldete sich fast jede Woche telefonisch; die Kundschaft verlange nach neuen Kunstwerken. Aber er konnte höchstens eine Stunde am Tag malen, dann musste er sich ausruhen. Vorschuss zahlte Mazur prinzipiell nicht, und ihm die Problematik zu erklären, war gefährlich. Unter Umständen würde Mazur nicht abwarten wollen, bis seine Verletzung ganz verheilt war, und inzwischen einen anderen Künstler bevorzugen. Also war es dringend erforderlich, sich zu disziplinieren, an die Staffelei zu stellen und egal, wie sehr das Auge schmerzte, etwas zustande zu bringen, denn ohne Bilder kein Geld.

Anna rekelte sich. »Hörst du das?«

Clemens drückte sie fester an sich. »Das ist der Regen, der von meiner unendlichen Liebe zu dir flüstert.«

Anna seufzte wohlig. »Ich liebe dich auch, aber ich meinte eigentlich meinen Magen, der knurrt …«

»Dann stehe ich auf, gehe kurz ins Bad und mache dann Frühstück. Es müssten noch zwei Eier da sein …« Clemens schlug die Bettdecke zurück und war mit einem Satz auf den Beinen. Wenigstens das funktionierte noch. »Du bleibst aber liegen.«

Er war gerade mit der morgendlichen Routine fertig und in die Jeans geschlüpft, als es zwei- oder dreimal an der Wohnungstür klopfte und kurz danach ein ungeduldiges Hämmern unüberhörbar war.

Clemens ahnte, wer das war.

Eilig zog er den schwarzen Pulli über, den er gestern Abend einfach auf den Fußboden geworfen hatte, und ging öffnen.

Wie erwartet stand Ruppert vor der Tür und blitzte ihn mit düsterer Miene an.

»Guten Morgen«, grüßte er den Hauswirt freundlich und fragte, ob es ein Problem gebe.

Ohne den Gruß zu erwidern, schnauzte Ruppert: »Ihr Auto blockiert die Ausfahrt!«

»Das kann nicht sein, ich war seit Tagen nicht mit dem Auto unterwegs, und zuletzt habe ich ein Stück weiter weg geparkt.«

Ruppert stemmte die Fäuste in die rundlichen Hüften. »Sie fahren doch einen VW, oder?«

Clemens nickte.

»Sag ich doch!«

Clemens war hundertprozentig sicher, dass es nicht seiner war. »Welche Farbe hat denn der Wagen vor der Einfahrt?«

»Farbe?« Ruppert stutzte kurz und schüttelte dann den Kopf. »Darauf achte ich doch nicht, aber es ist Ihrer. Wenn Sie also jetzt bitte runterkommen und die Karre wegfahren würden.«

»Herr Ruppert, ich bin ganz sicher, dass es nicht meiner ist, aber ich komme trotzdem mit, um es zu beweisen. Muss nur noch den Schlüssel holen.«

Ruppert hatte sich bereits wortlos umgedreht und den Weg nach unten angetreten.

Clemens schlüpfte in ein Paar Slipper und fand den Autoschlüssel auf dem niedrigen Tisch vor dem Diwan zwischen schmutzigen Tassen und Tellern.

»Was war das denn für ein Radau?« Anna war über dem Lärm munter geworden.

»Bin gleich zurück!«, rief Clemens ihr über die Schulter zu und rannte die Treppen hinunter.

Vor der Einfahrt stand ein dunkelgrüner VW, der natürlich nicht seiner war und noch dazu nagelneu glänzte.

Ruppert wartete direkt am Wagen auf ihn und empfing ihn mit einem: »Na endlich!«

Es regnete immer noch, und Clemens blieb dicht am Haus stehen, um wenigstens nicht nass zu werden. »Tut mir sehr leid, Herr Ruppert, aber mein Wagen ist hellblau, und der hier ist grün, wie man unschwer erkennen kann.« Er hielt dem Hauswirt den Schlüssel entgegen. »Bitte, das ist mein Wagenschlüssel, versuchen Sie, diesen damit aufzusperren, dann werden Sie sehen, dass er nicht passt, mir der Wagen also nicht gehören kann.«

»Und wem gehört die Karre dann?« Ruppert schien seinen Irrtum einzusehen, aber nicht willens zu sein, sich zu entschuldigen.

»Das weiß ich leider nicht.« Clemens drehte sich um.

»Übrigens, die Miete ist in drei Tagen fällig!«, rief der Hauswirt ihm nach.

Clemens hätte diesen ungehobelten Querschädel am liebsten angebrüllt, was ihm denn einfiele, jetzt auch noch mit dieser unverschämten Bemerkung daherzukommen. Aber er beherrschte sich und antwortete stattdessen: »Rufen Sie einfach einen Abschleppdienst.«

Auf dem Weg nach oben beschloss Clemens spontan, sein Auto wieder zu verkaufen. Wenn sie eine anständige Summe dafür bekamen, hatten sie in den nächsten Monaten weniger Sorgen. Für neue Ölfarben blieben bestimmt auch ein paar Mark übrig, ein nicht unwichtiges Detail. Und sollte Ruppert noch einmal Probleme mit einem parkenden Wagen haben, konnte er ihm sagen, er besäße keinen mehr. Auf das dumme Gesicht des Hauswirts freute er sich schon jetzt.

34

ANNA BLICKTE DURCHS Atelierfenster und seufzte wohlig, während sie Regentropfen zählte.

»Bist du glücklich?«, flüsterte Clemens.

»Überglücklich …« Sie kuschelte sich eng an ihn, wollte dieses Gefühl der Verbundenheit bewahren, für immer in ihrem Gedächtnis verankern. Sie wünschte sich, einfach liegen bleiben zu können, nie wieder aufstehen zu müssen, auch wenn sie wusste, dass es unmöglich war. Die Zeit ließ sich nicht anhalten, sie rannte unaufhörlich weiter, und jeder neue Tag brachte momentan neue Sorgen.

Nach dem Frühstück hatten sie sich geliebt, und obwohl sie noch mit keinem anderen Mann geschlafen hatte und keinen Vergleich anstellen konnte, war sie sicher, dass Clemens der zärtlichste Mann der Welt war. In seinen Armen bestand sie nur aus Empfindungen, nichts zählte mehr, nur noch er und sie. Ihr Bett war wie eine sichere Insel im Meer der Probleme, von der niemand die Lage kannte. Auf der sie sich lieben konnten, ohne an ein Morgen denken zu müssen. Hier wuchs ihre Liebe, ihre Vertrautheit und die Kraft, dem Schicksal zu trotzen.

Leider hatte sie immer noch keinen Grund gefunden, warum sie bei diesem fiesen Wetter das Bett verlassen wollte.

»Heute wird es wohl nichts werden mit der Leopoldstraße«, begann sie im Plauderton. »Sehr schade, wo sich die kleinen Acrylbilder in Postkartengröße so super verkaufen. Damit habe ich in letzter Zeit am meisten verdient, und besonders schnell gehen die weg, die ich direkt vor Ort male. Wenn ich die Trambahn skizziere, wie sie durch das Siegestor fährt, bleiben die Leute automatisch stehen, und irgendjemand kauft das Bild vom Fleck weg.«

Clemens küsste sie zärtlich auf die Schulter. »Meine süße fleißige Anna denkt immer nur an die Arbeit. Ich finde, wir können uns mal einen Faulenzertag erlauben. Davon wird der Himmel über uns nicht gleich einstürzen.«

»Der nicht, aber der miese Hausdrache wird sich auf uns stürzen, wenn ...«

»Psst, meine Schöne, vergiss den Drachen, ich werde ihn für dich töten.«

»Danke, mein starker Held«, scherzte sie. Was hätte sie auf so eine verrückte Liebeserklärung auch sonst antworten sollen?

Gegen Mittag, Anna rekelte sich noch im Bett, wurde es heller, und der Regen ließ nach. Clemens stand seit einer Stunde an der Staffelei, um an einem großformatigen Bild weiterzuarbeiten, das er vor einigen Wochen angefangen hatte, das sich aber »sperrig« verhielt, wie er es ausdrückte. Zuerst waren es die Farben, dann das Motiv, dann wieder die Farben. »Ich *sehe* es irgendwie nicht«, antwortete er, wenn sie ihn fragte, was genau denn das Problem sei. Zweimal hatte er es bereits übermalt, nun musste es gelingen, eine dritte Schicht Grundierung würde die Leinwand nicht verkraften.

»Ich mach einen Spaziergang zu *Schachinger*, das *Ultramarin* ist ausgegangen. Und ein bisschen frische Luft kann nicht schaden.«

»Soll ich mitkommen?« Anna hoffte auf ein Nein, denn er schien es eilig zu haben.

Clemens war bereits in die Schuhe geschlüpft und nahm den Regenmantel vom Garderobenhaken neben der Tür. »Bleib liegen, ich muss nachdenken, vielleicht fällt mir auf dem Weg ein, woran es liegt und warum es einfach nicht läuft. Bis später, mein Liebling.«

»Bis nachher.« Anna war erleichtert, dass sie ihn wegen ihres Vorhabens nicht direkt anlügen musste. Sie würde ihm einfach eine Nachricht hinterlassen. Die Wahrheit konnte sie ihm später noch gestehen, wenn sie mit einem dicken Geldbündel in der Tasche zurückkehrte. In ihren besten Jeans, einem dunkelblauen Rollkragenpulli, den geliebten Ballerinas und einem uralten Trenchcoat, den sie auf einem Flohmarkt erstanden hatte, marschierte sie los.

Leider hatte sie noch keinen Führerschein, deshalb konnte sie nicht den Wagen nehmen und musste mit der Trambahn in die Innenstadt fahren. In der Altstadt, in den Gassen rund um den Viktualienmarkt, hatten sich Antiquitäten- und Trödelläden angesiedelt, die Nachlässe, Schmuck und Raritäten ankauften. Hier wollte sie zuerst versuchen, die Kette in Bargeld umzutauschen.

Ein Laden in einer Gasse namens Radlsteg, dessen Schaufenster größtenteils mit antikem Schmuck dekoriert war, erschien ihr passend.

Ein Glöckchen an der Tür kündigte sie an, doch als sie im Halbdunkel des mit Stühlen, Regalen und Tischen reichlich überfüllten Geschäfts niemand entdecken konnte, grüßte sie ein wenig lauter, als es höflich gewesen wäre.

Aus einem schmalen Durchgang zwischen zwei hohen Regalen, angefüllt mit ledergebundenen Büchern, Figurinen, Bilderrahmen und sonstigem Schnickschnack, erschien ein älterer Herr in dicker graubrauner Strickjacke. Darunter schaute ein blau-weiß gestreiftes Hemd hervor, unter dessen Kragen eine rote Fliege gebunden war.

Langsam schlurfte er auf Anna zu, musterte sie kritisch und fragte knapp: »Suchst was Bestimmtes?«

Anna drückte den Rücken durch. Sie hasste es, geduzt zu werden. Normalerweise hätte sie dagegen protestiert, aber im Moment gab es Wichtigeres, als sich mit einem unhöflichen alten Mann anzulegen. »Ähm, nein, ich würde Ihnen gern etwas anbieten.«

»So, so … anbieten … na, dann zeig mal her.«

Sie fischte die schwere Goldkette mit dem Rubinherz aus der Manteltasche, und ihre Hand zitterte ein wenig, als sie das Schmuckstück auf den Ladentisch legte. Es war das einzige Andenken an ihre Mutter, aber sie konnte es sich nicht leisten, deshalb sentimental zu werden. Clemens musste operiert werden.

Der Händler nahm die Kette zur Hand und starrte sie mit großen Augen an. Er schien mächtig beeindruckt zu sein und musste schlucken, wie Anna an seinem hüpfenden Adamsapfel sehen konnte.

Dann griff er in die Tasche seiner braunen Cordhose und förderte eine kleine, runde Lupe zutage, die er sich ins rechte Auge klemmte. Damit begutachtete er die Kette von allen Seiten, schaltete eine zusätzliche Tischlampe ein, hielt den Anhänger gegen das Licht, und endlich, endlich schien die Prüfung beendet. Lächelnd schaute er Anna an. »Woher hast du die?«

Anna war so überrascht, dass sie nur ein »Wie bitte?« herausbrachte.

»Na, so wie du ausschaust, hast du die geklaut und willst sie verkaufen, damit du dir Drogen beschaffen kannst. So was rieche ich auf zehn Kilometer Entfernung, ihr Junkies seid doch alle gleich, klaut wie die Raben und wollt uns dann das Diebesgut unterjubeln.«

Anna begriff sofort. Egal, was sie jetzt vorbringen würde, der Mann bliebe bei seiner Meinung. Nur weil sie keine teuren Klamotten anhatte, ihr Haar eine wilde Mähne war, und sie auch sonst nicht aussah, als käme sie aus einer wohlhabenden Familie, war er der Überzeugung, sie sei eine Herumtreiberin, Drogenabhängige und Diebin.

»Also gut, hundert Mark, und ich melde dich nicht der Polizei.«

Anna musste nicht lange überlegen, sie riss ihm die Kette aus der Hand, rannte aus dem Laden und den Radlsteg entlang Richtung Westenriederstraße.

Als sie sicher war, nicht verfolgt zu werden, blieb sie keuchend stehen.

Was für ein verdammter Mist, dachte sie wütend. Sie hätte sich eine Geschichte ausdenken sollen, warum sie den Schmuck verkaufen wollte. Das würde ihr nicht noch einmal passieren.

Auch in der Westenrieder gab es mehrere Raritätenhändler, hier wollte sie es noch einmal versuchen. Aber nicht ohne rührselige Geschichte. Eine, die jedem Händler sofort die Augen wässrig werden ließ und mit der sie einen ordentlichen Preis für dieses wertvolle Erinnerungsstück erzielen konnte. Dass es wertvoll war, daran bestand kein Zweifel, auch wenn sie über den tatsächlichen Wert nur spekulieren konnte.

Oder wäre es klüger, sich direkt in eines der edlen Juweliergeschäfte in der Maximilianstraße zu begeben, deren Preise sich nur Millionäre leisten konnten, und dort eine fachmännische Meinung einzuholen? Aber ohne glaubwürdige Tränenstory würde sie da auch keinen Erfolg haben.

Unschlüssig spazierte sie an den Antiquitätenläden vorbei, die ausnahmslos Ankauf-Schilder an den Eingangstüren oder in den Schaufenstern hängen hatten. Unterwegs begegnete ihr eine ältere Frau, die frisch vom Friseur kam, was Anna an der mit Haarspray betonierten Frisur erkannte. Diese Begegnung löste die Erinnerung an ihr früheres Leben im Salon Sonnlechner aus. Eine Stammkundin hatte regelmäßig dramatische Geschichten von ihrer Flucht aus Ostpreußen erzählt – *das* war sie, die traurige Geschichte zu ihrer Kette. Die Wirkung wollte sie auf der Maximilianstraße ausprobieren, wo es zwei oder drei Juweliergeschäfte gab, wenn sie sich richtig erinnerte. Die exklusivste Straße der Stadt war nicht gerade die Gegend, in der sie sich normalerweise aufhielt, ausgenommen, wenn sie mit Clemens zu Mazur in die Galerie ging.

Zügig marschierte sie die Westenrieder entlang Richtung Isartor und erreichte bald die Maximilianstraße. *Juwelier Jahnke* war der Erste, an dem sie vorbeikam. Im Schaufenster lag ein roséfarbenes, dreireihiges Perlencollier mit passendem Armband und Ohrringen. Die Kombination auf einem Untergrund aus hellgrauem Samt wirkte sehr elegant und vor allem sehr, sehr teuer. Seitlich des Eingangs auf einer ovalen Tafel mit Ornamenten war zu lesen, dass der Juwelier im Jahre 1888 zum *Königlich Bayerischen Hoflieferanten* ernannt worden war.

Annas Herzschlag erhöhte sich vor Nervosität um mindestens das Doppelte, als sie ihre Hand auf die goldglänzende Türklinke legte.

Der Verkaufsraum war mit cremeweißen Verkaufsvitrinen ausgestattet, die nicht wie gewöhnliche Ladentische, sondern eher wie antiquarische Kommoden aussahen. Davor standen zierliche, mit taubenblauem Samt bezogene Hocker, und zwei Kristalllüster tauchten alles in weiches Licht.

Eine junge Dame, die ihr goldblondes Haar zu einem Nackenknoten gesteckt hatte, war gerade dabei, auf einem samtbezogenen Tablett Diamantringe zu ordnen. Sie hob den Kopf und schaute Anna neugierig an.

Anna war erleichtert, dass sie nicht wieder feindselig taxiert wurde, und grüßte freundlich.

Die Goldblonde nickte lächelnd. »Guten Tag. Sie wünschen?«

»Ich habe nur eine Frage«, begann Anna und fischte die Kette aus der Manteltasche.

»Bitteschön.«

Anna öffnete ihre Hand und hielt der jungen Frau das Schmuckstück hin. »Können Sie mir sagen, wie wertvoll die Kette ist?«

Wieder konnte Anna beobachten, wie das Geschmeide ungläubig angestarrt wurde. »Darf ich?«

Anna hielt ihr das Schmuckstück hin. »Die gehört meiner Oma, sie ist im Krieg aus Ostpreußen geflohen, hatte den Schmuck im Mantel eingenäht vor den Russen retten können und immer als Andenken an bessere Zeiten behalten. Aber jetzt ist sie gebrechlich, muss in ein Altersheim und würde …«

»Wenn ich Sie unterbrechen darf?«

»Ähm … ja?«

»Woher haben Sie dieses Collier?«

Anna musste schlucken und sich kräftig räuspern, bevor sie mit fester Stimme antwortete: »Von meiner Oma!«

»Sehen Sie hier …« Die junge Frau deutete auf ein winziges eingraviertes J am Verschluss. »Das ist unser Firmenzeichen. Es ist also sehr unwahrscheinlich, dass Ihre Großmutter den Schmuck aus Ostpreußen mitgebracht hat.« Ein stechender Blick traf Anna.

Sie reagierte genauso schnell wie bei dem Händler am Radlsteg, schnappte sich die Kette und verließ den Laden, bevor diese Frau ebenfalls mit der Polizei drohte. Voller Angst rannte sie über die Straße Richtung Staatsoper und dann zum Odeonsplatz, wo sie in die gerade anfahrende Trambahn springen konnte.

Außer Puste sank Anna auf eine der Holzbänke und versuchte ruhig zu atmen. Ihr Herz raste und hämmerte bestimmt genauso laut wie die ratternde Trambahn. Und in ihrem Kopf kreiste nur ein Gedanke: Die Kette war von einem Hofjuwelier angefertigt worden!

Sie konnte es noch nicht recht fassen. Das Andenken an ihre Mutter war also sehr wertvoll. Wieder fragte sie sich, wie ein ausgesetztes Baby und ein derart kostbares Collier zusammenpassten. Warum hatte ihre Mutter das Schmuckstück nicht verkauft? Davon hätten sie beide doch bestimmt gut leben können. Oder hatte ihre Mutter es tatsächlich gestohlen?

Anna flimmerte es vor den Augen. War sie als unschuldiges Baby mit Diebesgut irgendwo abgestellt worden? Die Möglichkeit fiel ihr nicht zum ersten Mal ein.

»Siegestor! Nächster Halt, Siegestor!«, brüllte die Schaffnerin. Gleichzeitig ertönte eine Glocke.

Anna schrak hoch. Das war ihre Station. Erschöpft stieg sie aus und schleppte sich die Straße entlang Richtung Georgenstraße. Was für eine Enttäuschung. Sie hatte ein Vermögen in der Tasche, das ihr überhaupt nichts nützte. Im Gegenteil, das Andenken an ihre Herkunft verkaufen zu wollen beinhaltete die Gefahr, im Gefängnis zu landen – und die war größer als die Chance, auf der Straße einen Hundert-Mark-Schein zu finden.

Ziellos und mit gesenktem Kopf lief sie durch die kleinen Straßen, sie konnte jetzt unmöglich nach Hause gehen, musste sich erst beruhigen. Musste nachdenken, was sie mit dieser eigentlich unfassbaren Neuigkeit anfangen sollte.

Je länger sie darüber nachdachte, umso weniger glaubte sie an einen Diebstahl. War es nicht wahrscheinlicher, dass ihre Mutter aus einer sehr wohlhabenden, womöglich geachteten Familie stammte und wegen ihr, dem unehelichen Kind, verstoßen worden war? Constanze hatte diesen Gedanken auch schon ausgesprochen. Ein Bankert hätte in diesen prüden Nachkriegszeiten nicht nur den guten Ruf einer Frau, sondern auch den ihrer Familie zerstört. Wenn das zutraf, war sie kein armes Mädchen, sondern eine reiche Erbin, die nur niemals erfahren würde, welches Vermögen auf sie wartete. Wie sollte sie auch etwas über ihre Abstammung herausfinden? In diesem Brief war kein Familienname erwähnt worden. Kein einziger Hinweis, mit dem sie etwas hätte anfangen können. Nur der Vorname des Findelkindes: Anna!

Leider veränderte sich die Situation dadurch aber nicht. Dass der Vorname von ihrer Mutter bestimmt worden war, würde bei Nachforschungen nicht weiterhelfen. Anna war ein weit verbreiteter Name, allein in ihrer Schulklasse hatte es drei Annas gegeben, und die Lehrerin hatte sie deshalb stets als *Anna Sonnlechner* aufgerufen.

»He, haste fünfzig Pfennig übrig?«

Einer der Gammler sprach sie an der Ecke Ainmillerstraße vor dem *Picknick* an.

Anna schüttelte den Kopf und lächelte den Typen entschuldigend an. Oder war es ein Mädchen? Schwer zu sagen; das Haar war schulterlang, schmutzig und verfilzt, das bartlose Gesicht mit dem vollen Mund wirkte weiblich.

Anna wechselte die Straßenseite, um nicht noch einmal angesprochen zu werden. Sie hatte Mitleid mit diesen Lebenskünstlern, zu dieser Jahreszeit auf der Straße zu leben und dort vielleicht auch zu schlafen war bestimmt kein Spaß, aber sie konnte nicht mal zehn Pfennige entbehren, denn in ihren Taschen befanden sich mehr Löcher als Kleingeld. Und das musste sich schnellstens ändern, auch wenn sie keine Ahnung hatte, wie sie es anstellen sollte.

Am Kurfürstenplatz bog sie links ein und marschierte die Nordendstraße entlang. Mit einem Mal hatte sie es sehr eilig, nach Haus zu kommen, sich in Clemens' Arme zu werfen und trösten zu lassen.

Ein Stück weiter in südlicher Richtung kam sie am *Chez Margot* vorbei, einer Kneipe, die erst abends öffnete. Jacob hatte ihr erzählt, dass sich im April und Mai die Mitglieder der Studentenbewegung dort versammelt hatten, um ihre Protestaktionen zu planen. Wenn sie an diese Ausschreitungen dachte, wurde sie sofort wütend. Ohne jene ausufernden Krawalle wären sie jetzt nicht in dieser Notlage, aus der es keinen Ausweg zu geben schien.

Ihr Blick fiel auf ein weißes Pappschild, das an der Tür zu der Revoluzzerkneipe klebte, darauf in schwarzer Schrift: *Bedienung gesucht!*

35

TRAUDL SONNLECHNER DREHTE den Regler der Trockenhaube auf null und schob die Haube vorsichtig nach oben, um die dicken Lockenwickler der Kundin nicht zu berühren.

»Puh, länger hätte ichs nicht mehr ausgehalten«, stöhnte Frau Ludwig.

»Aber bei dem gruseligen Herbstwetter is es doch unter der Haube schee warm«, entgegnete Traudl leutselig. Sie war unkonzentriert und hatte wenig Lust auf eine der üblichen Plaudereien, die sie sonst sehr liebte. Klatsch und Tratsch gehörten in einen Friseursalon wie der Weihrauch in eine Kirche. Aber heute konnte sie nur an den Briefumschlag denken, der in der linken Tasche ihrer rosa Kittelschürze steckte.

»Ja, es ist überraschend kalt geworden«, stimmte Frau Ludwig zu. »Vielleicht komme ich ja auch in den Wechsel, weil mir oft so heiß ist.« Sie fächelte sich mit der Hand Luft zu. Ihr rotes Gesicht konnte aber ebenso gut von der Trockenhaube aufgeheizt sein.

»Ach gehen S', Sie san doch noch viel zu jung«, protestierte Traudl sofort, während sie begann, die Lockenwickler aus den halblangen Haaren zu lösen. »Sie ham auch keinen Haarausfall, was ein Zeichen für den Wechsel wär. Ganz im Gegenteil, Ihr dickes Haar begeistert mich jeds Mal.« Die unzähligen grauen Haare, die sie dabei entdeckte, verschwieg Traudl lieber. Irgendwann würde sie ganz vorsichtig das Thema *Färben* einfließen lassen, was wiederum die Kasse klingeln ließe.

»Dankschön.« Frau Ludwig lächelte. »Mein Mann sagt auch immer, dass ich tolle Haare hab und ich mich …«

Traudls Konzentration wanderte zurück zu dem Briefumschlag in ihrer Kitteltasche. Der Briefträger hatte vor fünf Minuten drei Kuverts gebracht, die er wie gewöhnlich auf dem Ladentisch abgelegt hatte. Normalerweise blätterte sie die Post erst in der Mittagspause durch, und wenn es nur Briefe von der Bank mit Kontoauszügen waren, ließ sie die zunächst liegen. Aber dieser grünliche Umschlag hatte sie sofort alarmiert. Es lag an der Schrift, die ihr bekannt vorkam, aber sie erinnerte sich nicht, woher. Es war zum Aus-der-Haut-Fahren, sie kam einfach nicht dahinter.

»Auaaa!«

Frau Ludwigs Beschwerde ermahnte Traudl, vorsichtiger zu sein. »Oh, tut mir sehr leid«, entschuldigte sie sich mit betretener Miene. »Da ham sich wohl ein paar Haar im Wickler verdreht.«

»Na, zum Glück habe ich ja genug.« Frau Ludwig grinste versöhnlich.

Traudl widmete sich ab sofort mit voller Hingabe ihrer Stammkundin, bürstete das Haar mit einer weichen Bürste aus, föhnte noch einige Strähnen zurecht und besprühte das fertige Kunstwerk am Ende mit Haarlack.

»So, des wird übers Wochenend halten«, versprach sie Frau Ludwig und strich mit einer abschließenden, beinahe zärtlichen Geste ein letztes Mal mit flachen Händen über die fertige Frisur. Dann hielt sie den ovalen Handspiegel so hinter die Kundin, dass sie sich von allen Seiten betrachten konnte. Anschließend nahm sie ihr den kurzen Frisierumhang ab.

Frau Ludwig nickte zufrieden. »Sehr schön, wie immer, Frau Sonnlechner«, sagte sie, erhob sich aus dem Frisierstuhl und folgte Traudl zur Kasse.

Nachdem das Finanzielle erledigt war, half Traudl ihr noch in den Mantel, brachte sie zur Tür und verabschiedete sie mit dem üblichen »Bis zum nächsten Mal, Frau Ludwig«.

Da die nächste Kundin erst in ein paar Minuten kommen würde, konnte sie sich endlich in die Kammer hinter dem Ladentisch verdrücken, um herauszufinden, wer diesen Brief geschickt hatte. Ein Absender fehlte nämlich.

Traudl kramte eine Haarnadel aus der Kitteltasche. Sie warf noch einen Blick auf die krakelig aussehende Schrift, doch sie wusste einfach nicht, woher sie ihr bekannt vorkam.
Mithilfe der Haarnadel und einer schnellen Bewegung war das Kuvert geöffnet, und Traudl fischte zwei gefaltete linierte Blätter heraus, zwischen denen das Schwarz-Weiß-Foto einer jungen Frau lag.

Traudl las zuerst die Unterschrift auf der zweiten Seite der dicht beschriebenen Blätter.

Franziska Bauer

»Nie gehört«, murmelte Traudl fast tonlos vor sich hin. Auch die junge Frau auf dem Foto, die auf einer Chaiselongue saß und in die Kamera lächelte, war ihr nicht bekannt. Gespannt begann sie zu lesen.

Liebe Frau Sonnlechner, lieber Herr Sonnlechner,

wenn Sie diesen Brief erhalten, weile ich nicht mehr unter den Lebenden. Eine Krankenschwester war so freundlich, ihn erst nach meinem Tod an Sie zu schicken.

Traudl schaute sich nach einem Stuhl um. Post von einer Toten zu bekommen war einfach zu viel für sie. Aber außer der niedrigen Trittleiter gab es in der kleinen Kammer nichts, worauf sie sich hätte niederlassen können. Notgedrungen sank sie auf die schmale oberste Stufe und las mit klopfendem Herzen weiter.

Sie werden sich nicht mehr an mich erinnern, es ist über zwanzig Jahre her, dass ich einige Wochen als Putzfrau bei Ihnen beschäftigt war. In dieser Zeit waren Sie, liebe Frau Sonnlechner, zweimal guter Hoffnung und jedes Mal haben Sie das Kind verloren.

Jessas, die hübsche Putzfrau, erinnerte sich Traudl nun. Xaver hatte extra eine junge Frau eingestellt, die kräftig und gesund war, um ihr während der Schwangerschaft das anstrengende Bodenwischen und die anderen Putzarbeiten abzunehmen. Lange war diese Franziska aber nicht geblieben, hatte gekündigt, weil sie eine besser bezahlte Arbeit gefunden hatte. Zwanzig Jahre waren seitdem vergangen, ein halbes Leben. Sie war gespannt, warum diese Franziska ihr diesen Brief geschrieben hatte. Allein diese Tatsache war schon ungewöhnlich genug.

Ein knappes Jahr war ich bei Ihnen, dann wurde ich Modell bei dem Maler Gustav Kruger. Später hat er mich zu seiner ganz persönlichen Muse erkoren, was ich bitter bereut habe, denn das hat mich ins Unglück gestürzt. Zuerst hat er mir das Blaue vom Himmel versprochen, aber als ich schwanger wurde, wollte er mich zu einer Engelmacherin schicken, weil er verheiratet war. Geld hat er mir gegeben und gesagt, ein Bankert würde meine Zukunft ruinieren. Aber ich habs nicht übers Herz gebracht. Wie hätte ich ein Kind der Liebe abtreiben können? Sie werden es sicher schon ahnen: Anna ist das Kind, das ich auf die Welt gebracht habe. Drei Monate lang habe ich versucht, Arbeit und eine Wohnung für mich und Anna zu finden, aber ich hatte kein

Glück. Manchmal fand ich eine Unterkunft für ein paar Tage, Arbeit fast nie. Als das Geld für die Engelmacherin aufgebraucht war, wollte ich in meiner Verzweiflung mit dem Kind ins Wasser gehen. In letzter Sekunde erinnerte ich mich an Sie und Ihren Mann, und wie freundlich Sie immer waren und wie sehr Sie sich Kinder gewünscht haben.
Mehr muss ich nicht schreiben. Sie haben meine kleine Anna bei sich aufgenommen, und ich hoffe, die wertvolle Kette, die ich von Gustav zum Geburtstag bekommen hatte, war eine kleine Entschädigung für Ihre Mühe.
Oft habe ich überlegt, Ihnen zu schreiben, Sie wissen zu lassen, wer Annas Eltern sind, aber vielleicht hätte das Annas glückliches Leben, das sie bei Ihnen hat, zerstört. Einmal habe ich mich sogar in den Salon gewagt, um mit meiner Anna zu sprechen, doch dann hat sie den Raum verlassen, und ich bin gegangen. Nun, in meinen letzten Stunden, will ich mein Herz erleichtern und Anna wissen lassen, dass ihr leiblicher Vater kein Geringerer ist als der berühmte Gustav Kruger, dessen Werke von allen Kunstkennern hoch geschätzt werden und die in Museen hängen.

Traudl musste erst einmal tief Luft holen ob dieser unfassbaren Neuigkeit. Ihr wurde heiß, und ihr Puls schnellte in bedenkliche Höhe, als ihr bewusst wurde, dass Annas Vater ein Maler war. Ein berühmter noch dazu, wie diese unglückliche Franziska schrieb. Nun wunderte sie sich nicht mehr über das Talent ihrer Tochter, das sie eindeutig von ihrem Vater geerbt hatte. Wenn Xaver und sie das nur früher gewusst hätten. Die Adoption nicht verschwiegen hätten. So viel Streit wäre ihnen allen erspart geblieben! Bedrückt las sie weiter.

Als letzten Wunsch möchte ich Sie herzlich bitten, Anna das Foto zu geben, damit sie weiß, wie die Frau ausgesehen hat, die ihr nur ein Leben in Armut hätte bieten können. Die sie aus großer Liebe zu einer Familie gebracht hat, die besser für sie sorgen konnte. Ich weiß, dass es meinem geliebten Kind bei Ihnen sehr gut ergangen ist. Jedes Jahr im Dezember habe ich von außen in den Salon geschaut und gesehen, wie gut Anna sich entwickelte. Und ich war stets beruhigt, die richtige Entscheidung getroffen zu haben. Vielleicht kann Anna das heute verstehen und mir verzeihen.
Annas Vater ist inzwischen verwitwet, wohnt noch in seiner Villa in der Mauerkircherstraße Nummer 7 im Herzogpark und weiß nichts von seiner Tochter. In den ersten Wochen nach der Geburt war ich oft so ratlos, dass ich mit dem Kind zu ihm gehen wollte, in der Hoffnung, das unschuldige Baby möge sein Herz erweichen. Doch zugleich hatte ich Angst, er würde mich aus dem Haus jagen oder mich eine Lügnerin nennen und am Ende sogar die Polizei holen. Vielleicht ist Anna mutiger und wagt es, ihn aufzusuchen. Auch dafür habe ich das Foto beigelegt. Wenn sie ihm das Foto zeigt und meinen Namen nennt, wird er sich an mich erinnern, das ist gewiss.
Ich danke Ihnen sehr herzlich für alles, was Sie für Anna getan haben, und wünsche Ihnen und Ihrer Familie alles Glück dieser Erde.

Ihre sehr ergebene
Franziska Bauer

PS: Begraben werde ich in unserem Familiengrab auf dem Ostfriedhof, wo auch meine Eltern, Therese und Hans Bauer, und meine Großeltern, Maria und Robert Gruber, liegen, die in den letzten Kriegsmonaten ums Leben kamen. Das nur in der Hoffnung, meine Anna möge mich dort eines Tages besuchen.

Traudl wischte sich die Tränen aus dem Gesicht. Was für ein trauriges Schicksal! Die arme Frau, wie verzweifelt sie damals gewesen und wie viele Tränen sie vergossen haben musste, konnte sie aus jeder Zeile lesen. Und jetzt weinte sie um Anna, die sie verloren hatte.

»Mutti, deine nächste Kundin wartet.«

Elsies Stimme unterbrach Traudls Gedanken. Und als sie ihre geliebte zweite Tochter ansah, die im schmalen Durchgang zum Kammerl stand, fragte sie sich, ob sie es jemals übers Herz gebracht hätte, Elsie wegzugeben. Niemals, niemals, niemals hätte sie das fertiggebracht. Allein die Vorstellung löste einen Stich in der Herzgegend aus. Wie sehr musste die arme Franziska gelitten haben! Das eigene Kind, das man unter Schmerzen geboren hatte, in fremde Hände zu geben, war sicher die qualvollste Entscheidung für eine Mutter. Selbst wenn sie wusste, dass es dem Baby dann besser ginge.

»Danke, Elsie, kannst du ihr bittschön was zu lesen gebn, ich komm gleich …«

»Schon erledigt. Hast du geweint?« Elsie trat auf sie zu und schaute sie prüfend an. »Deine Wimperntusche ist verschmiert. Was ist denn los, Mutti?«

Traudl hielt ihr den Brief hin. »Lies selber, dann wirst bestimmt auch weinen. Und wir müssen Anna finden! Weißt, wo sie ist? Noch bei diesem Clemens? Wo wohnt der? Oder hast sie mal auf der Leopoldstraße gsehen? Es ist lebenswichtig.«

Elsie schaute sie verwirrt an. »Ist schon ein paar Wochen her, immer, wenn ich sie vermisse, gehe ich an den Stand, wo sie und Clemens ihre Bilder verkaufen, da habe ich sie zuletzt gesehen, aber mit einem anderen Mann … Wir haben nur ein bisschen geplaudert, es ging ihr gut und sie hat auch gesund ausgeschaut …«

Traudl riss erschrocken die Augen auf. »Welcher andere Mann? Mein Gott, das Kind wird doch nicht auf die schiefe Bahn geraten sein.« Traudl kamen wieder die Tränen.

»Hier …« Elsie reichte ihrer Mutter ein Taschentuch. »Wenn du willst, übernehme ich die Kundin.«

»Nein, nein, es geht schon wieder.« Traudl putzte sich die Nase, nahm einen Handspiegel aus dem Regal und wischte die verlaufene Tusche weg. »Lies den Brief, und überleg, wo wir deine Schwester finden.«

Um acht saßen die drei Sonnlechners wie jeden Wochentag nach Ladenschluss beim Abendessen in der Küche. Elsie hatte den Tisch gedeckt, Traudl hatte Aufschnitt, Käse und Essiggurken, dazu frisches Brot und für Xaver eine Brezn serviert. Sie stellte noch eine Kanne mit schwarzem Tee dazu, den sie und Elsie gern süß tranken. Xaver schenkte sich ein Weißbier ein.

Gewöhnlich drehten sich ihre Gespräche um die Kundschaft, die neuesten Haarmoden, um anstehende Bestellungen oder die leidige Buchhaltung; heute war der Brief von Annas leiblicher Mutter das Hauptthema.

»Nie im Leben wär ich draufkommen, dass Anna von einem Künstler abstammt«, grummelte Xaver, der den Brief mittlerweile auch schon zweimal gelesen hatte.

Elsie strich Butter auf ihr Brot und belegte es dick mit Salami. »Eigentlich ist es nur logisch, so ein Talent muss doch irgendwo herkommen, oder?«

»Hm, da hast recht. Unsereiner kann gar nicht anders, als mit

Kamm und Schere sein Geld zu verdienen. Und die Anna …« Xaver schaute nachdenklich ins Leere und nahm einen großen Schluck Bier, ehe er weiterphilosophierte: »Die Anna hat halt Künstlerblut in den Adern. Wenn wirs nur früher gwusst hättn, wär bestimmt alles anders verlaufen. Jetzt tuts mir leid, dass ich oft so streng mit ihr war.«

Elsie schaute ihre Mutter an. »Obwohl sie unseren Beruf nicht mochte, wenn es ums Frisieren ging, war sie trotzdem sehr geschickt und bei der Kundschaft war sie auch beliebt.«

Traudl kippte zwei Teelöffel Zucker in die Tasse. Heute war ihr nach einer Extraportion Süße, die den Schock vielleicht etwas abmilderte. »Das stimmt, Elsiekind, einige Kundinnen fragn heut noch nach Anna.«

»Nach dem Essen gehen wir zu den Künstlern und suchn Anna«, bestimmte Xaver, der sich zur Beruhigung ein zweites Bier einschenkte. »Wenns nicht dort ist, weiß leicht jemand, wo sie ist, oder kennt die Adress von dem Clemens. Zu blöd, dass der kein Telefon hat.«

Traudl seufzte erschöpft. Dieser Brief hatte sie mehr mitgenommen als fünf Dauerwellen an einem Vormittag. »Gute Idee, Xaver, so mach mas. Des Wetter ist auch gar ned so übel, obwohls schon ein bissl herbstelt. Wenigstens regnets ned. Wir nehmen aber Schirme mit …«

»Schon gut, Traudlchen, nur die Ruhe, ich bin ja bei dir.« Xaver griff nach dem noch halbvollen Bierglas und leerte es in einem Zug.

Traudl schnaufte tief, als säße eine schwere Last auf ihren Schultern. Dieser traurige Brief würde sie bestimmt auch noch im Schlaf verfolgen. Sie konnte an nichts anderes denken als an die arme Franziska und wie sie gelitten hatte. Sie musste tagelang mit sich gerungen haben, ehe sie Anna vor dem Friseursalon abgestellt hatte. Sie als Mutter wusste genau, welche Überwindung es sie gekostet haben musste, auch wenn sie selbst nie in solch einer entsetzlichen Situation gewesen war.

Eine Stunde später war die Wohnküche wieder aufgeräumt; das Geschirr stand sauber im Schrank, auf dem Tisch lag die gestickte Tagesdecke, ein Hochzeitsgeschenk von Xavers Mutter, und die grüne Glasvase mit den Trockenblumen stand in der Mitte neben dem Kristallaschenbecher.

Wetterfest verpackt in Übergangsmäntel, Schals, Laufschuhe und mit zwei Regenschirmen marschierte die Familie los. Es war ein zehnminütiger Abendspaziergang von der Amalien- über die Schelling- und Ludwigstraße zum Siegestor. Nur wenige Meter später hatten sie die Künstlermeile erreicht, auf der an diesem feuchtkühlen Herbstabend kaum Betrieb herrschte.

Inzwischen hatte es auch angefangen zu nieseln und Traudl ihren Schirm aufgespannt. »Elsie, wo ist dieser Platz, an dem Anna und der Clemens immer gestanden sind?«

Elsie schaute sich ratlos um. »Im Dunkeln sieht alles ganz anders aus, aber es war ein Abfalleimer in der Nähe, da bin ich mir ziemlich sicher.«

»Jetzt laufen wir mal ein wenig hin und her, dann werden wir schon sehen«, übernahm Xaver das Kommando.

Nach etwa einer halben Stunde gaben sie die Hoffnung auf, Anna zu finden. An diesem trüben Novemberabend waren kaum Künstler anwesend, und jeder hatte verneint, als Elsie sich nach Anna erkundigte.

»Wenn am Sonntag besseres Wetter ist, komme ich noch mal bei Tageslicht her, dann ist auch mehr los«, sagte Elsie, die es jetzt bedauerte, die Einladung zu Clemens' Vernissage einfach weggeworfen zu haben. Sie hätte hingehen sollen. Aber allein hatte sie keine Lust gehabt, und Günni fand »Bilder anschauen«

todlangweilig. Den Eltern hatte sie nichts davon gesagt, um Streit zu vermeiden.

»Das ist eine gute Idee, Elsiekind.« Traudl war von der ganzen Aufregung entsetzlich müde und freute sich auf ihr Bett. Auch wenn sie sich vor den Albträumen fürchtete, die bestimmt über sie kommen würden.

36

ANNA LAG IN Clemens' Armen auf dem Bett und schaute besorgt in den Himmel. Der Anblick gefiel ihr aber gar nicht, wieder nur grau. Fast den gesamten Dezember hatte es geregnet oder geschneit, wie heute. Kein Wetter, um ihre Werke in der Leopoldstraße anzubieten.

Was für eine Erleichterung, dass sie im *Chez Margot* als Kellnerin oder auch hinter der Bar arbeiten konnte! Und an manchen Tagen war sogar das Trinkgeld recht anständig. Von ihren Erfahrungen, das Collier zu verkaufen, hatte sie Clemens nichts erzählt. Im Überschwang der Geschehnisse wollte sie zuerst alles haarklein berichten, hatte es dann aber gelassen. Er hätte sich wieder nur aufgeregt, und das war Gift für seine Augenverletzung. Im Krankenhaus hatte es ja geheißen, er solle sich ausruhen, und das bedeutete auch: keine Aufregung. Schlimm genug, dass er tatsächlich verlangt hatte, sie solle nicht im *Chez Margot* arbeiten. Im ersten Moment dachte sie, er würde scherzen, doch es war ernst gemeint. Sie hatte lachend erwidert: »Ich gehe nicht auf den Strich, sondern bringe nur Getränke an die Tische.«

Anfangs kam er ein paar Mal mit Jacob ins Lokal, um »nur« ein Bier zu trinken. Natürlich wollte er wissen, ob sie mit den Gästen flirtete, was sie wiederum sehr rührte. Er war eifersüchtig, und dafür liebte sie ihn umso mehr.

Das Geld für die mögliche Augenoperation hatte sie trotzdem noch nicht zusammen. Ein paar tausend Mark waren nicht so einfach zu verdienen. Clemens hatte auch versucht, sich privat versichern zu lassen, war aber überall abgewiesen worden; die Augenverletzung mit Aussicht auf eine Operation war ein Risikofaktor, den kein Versicherer übernehmen wollte. Wenigstens mussten sie bei Ernestine Holzapfel nicht mehr anschreiben lassen, die Telefonrechnung war bezahlt, der Kühlschrank immer gut gefüllt, und die Miete durch den Verkauf des VW gesichert. So würden sie durchhalten bis Ende März, Anfang April, wenn der Frühling mit warmen Föhntagen einzog und das Wetter die Menschen zum Flanieren nach draußen lockte.

Clemens zog seinen Arm unter ihrem Kopf hervor. »Ich gehe ins Bad, danach mache ich Frühstück.«

Anna küsste ihn zärtlich, bevor er die Bettdecke zurückschlug und aufstand. »Soll ich schon mal Kaffee aufsetzen?«

Clemens richtete sich auf und verweilte noch einen Moment auf dem Bettrand. »Du bleibst schön liegen und ruhst dich aus. In dieser Spelunke zu bedienen ist anstrengend genug.«

»Ach was, es macht Spaß, und ich bin umherlaufen gewohnt, im Salon war ich auch den ganzen Tag auf den Beinen«, erwiderte Anna, um ihn zu beschwichtigen.

Clemens wollte es einfach nicht akzeptieren, dass sie in einer der übelsten Kneipen von ganz Schwabing als Bedienung arbeitete. Aber sie ignorierte seine Abscheu, denn seine Verletzung war nicht verheilt. Die Hoffnung, dass die Operation unnötig werden könnte, schwand von Tag zu Tag. Hinzu kam, dass in den letzten Wochen keines der angefangenen Bilder fertig geworden war. Was vielleicht nicht so tragisch gewesen wäre, wenn sie nicht bemerkt hätte, wie unsicher er auf den Beinen war. Auch jetzt, wenn sie ihm auf dem kurzen Weg ins Badezimmer nachschaute, sah sie, wie er schwankte. An der Tür angekommen, hielt er sich einen Augenblick lang am Rahmen fest, ehe er sie von innen schloss.

Anna spürte, wie ihr Hals ganz eng wurde, sie kaum noch Luft bekam und wieder die Angst erwachte, Clemens würde tatsächlich blind werden. Dieses bedrohliche Gefühl hatte sie zum ersten Mal verspürt, als Clemens sich beim Rasieren geschnitten hatte und sie es seitdem jeden zweiten Tag übernahm. Zuerst hatte er sich dagegen gewehrt, wollte nicht bemuttert werden wie ein kleines Kind. Dann hatte er sich jedoch gefügt und nur noch gescherzt: »Aber bitte ganz vorsichtig, stell dir einfach vor, ich wäre ein Luftballon«, weil er die Geschichte natürlich kannte. Deshalb würde sie weiter im *Chez Margot* arbeiten, die Operation wurde von Tag zu Tag dringender.

Als er fertig angezogen aus dem Bad kam, fragte sie, ob er gestern hatte arbeiten können.

»Es lief ganz passabel«, war die lapidare Antwort, die alles und nichts bedeuten konnte.

»Wann darf ich es anschauen? Ich bin neugierig, was du geschaffen hast.« Sie hätte gern gefragt, wann es fertig war, damit Mazur es abholen konnte. Aber das hatte sie nur einmal gewagt. Er lasse sich nicht drängen, das täte keinem Werk gut, und Mazur müsse eben warten. Und auch da hatte er sich verbeten, bemuttert zu werden.

Clemens war an die Küchenkommode getreten und griff nach der Glaskanne der Kaffeemaschine. »Bald, ganz bald darfst du einen Blick darauf werfen«, antwortete er, als er mit der Kanne am Bett vorbei ins Bad ging, um dort Wasser einzufüllen.

Anna wusste, was das bedeutete: Er hatte vielleicht ein paar Striche gesetzt, wirklich gearbeitet hatte er nicht.

Als er mit der vollen Kanne zurückkam, schlug sie eine neuerliche Untersuchung bei einem Augenarzt vor, um den Verlauf der Heilung zu erfahren. Immerhin war ein halbes Jahr vergangen, womöglich hatten die Augentropfen doch Wunder bewirkt und es wäre unnötig, dass er sich unters Messer legte.

»Auf keinen Fall, ich bin ja nicht blind geworden«, fuhr er sie wütend an. »Also, was soll das bringen?«

Anna erschrak. Dass er so wütend werden konnte, kannte sie gar nicht von ihm, und das war ein Alarmzeichen. Aber sie kannte ihn auch gut genug, um zu wissen, dass weiteres Drängen keinen Sinn hatte. Und sie hasste Streit.

Als sie es sich mit dem Frühstück auf dem Diwan gemütlich gemacht hatten, entschuldigte er sich. »Tut mir leid, dass ich dich vorhin so angefahren hab. Verzeihst du mir?«

»Schon vergessen.« Anna lehnte ihren Kopf an seine Schulter, schloss die Augen und flehte im Stillen um ein Wunder. Sie konnte ihm ohnehin nicht böse sein, er wusste ja selbst, wie es um ihn stand, und jedes Wort dazu empfand er als Angriff.

»Wenn wir ein paar Mark übrig haben, lasse ich mich noch mal untersuchen, versprochen.«

Anna freute sich über seine Einsicht und beschloss, heute ganz besonders freundlich zu den Gästen zu sein. Manchmal entlockte sie damit dem größten Geizhals noch fünfzig Pfennige extra.

Als sie in dieser Nacht mit über zwanzig Mark Trinkgeld nach Hause kam, war sie so gut gelaunt wie lange nicht. Mit den gesparten sechzig Mark aus der letzten Woche konnten sie eine weitere Untersuchung bezahlen.

Übermütig stürmte sie die vier Stockwerke nach oben ins Atelier und blieb erschrocken an der Tür stehen.

Clemens saß auf dem Diwan, die Arme auf den Knien, den Kopf in die Hände gestützt. Seine Körperhaltung wirkte nicht so, als würde er nachdenken, eher, als hätte er Schmerzen.

Mit drei Schritten war sie bei ihm. »Clemens, was ist los?« Sie versuchte, die aufsteigende Panik zu unterdrücken, so recht wollte es ihr aber nicht gelingen.

Clemens hob den Kopf. »Nichts, ich bin nur müde und wütend, weil ich heute wieder nichts geschafft habe.«

Anna knöpfte den altmodischen Wintermantel aus dickem Bouclé auf und zog die wadenhohen Lederstiefel aus. »Vielleicht ist es längst fertig. Manchmal meint man, immer weiter arbeiten zu müssen, dabei ist der ideale Punkt längst erreicht. Habe ich oft genug erlebt. Am nächsten Tag fand ich es dann perfekt.«

»Schön wärs. Aber schau es dir an, dann wirst du feststellen, dass es noch ein weiter Weg bis ›perfekt‹ ist.«

»Darf ich wirklich?«, vergewisserte sich Anna. So lange schon wartete sie darauf, dieses Endloswerk begutachten zu dürfen, und plötzlich erlaubte er es.

Mit banger Vorahnung trat sie an die großformatige Leinwand, die mit einem alten Bettlaken verhängt war. Sie hob es vorsichtig an und schlug es über den oberen Rand zurück.

Irritiert starrte sie auf die Leinwand. Wie war das möglich? Er arbeitete doch schon seit Wochen daran. Aber außer ein paar Strichen in unterschiedlichen Blautönen vermochte sie nichts zu erkennen. Weder ein gegenständliches noch ein abstraktes Gemälde, das nach Kandinskys Ansicht »die Gefühlswelt des Malers auf der Leinwand in abstrakten Farben und Formen widerspiegeln« sollte. Auf den ersten Blick war es nur ein wildes Durcheinander aus diesen Strichen. Ob es tatsächlich ein Abbild von Clemens' Gefühlswelt war?, fragte sich Anna, oder nur eine Übung, eine Studie in seiner absoluten Lieblingsfarbe Blau? Oder ein Versuch, sich dem expressionistischen Ölgemälde *Blaues Pferd I* von Franz Marc anzunähern, das sie in der Städtischen Galerie im Lenbachhaus bewundert hatten? Anna wusste, wie sehr Clemens den Maler der Künstlergruppe Der Blaue Reiter verehrte, und mit sehr viel Fantasie waren die Umrisse eines Pferdes zu erkennen. Einige Sekunden später glaubte sie, ein paar Häuser im schwindenden Licht der blauen Stunde zwischen Tageslicht und Dunkelheit zu sehen. Doch was auch immer es werden sollte, es war nicht fertig, und im Vergleich zu Clemens' bisherigen Arbeiten, die Mazur in die Vernissage genommen hatte, war es dilettantisch. Und weit entfernt von den Einnahmen, die sie sich so dringend erhofften.

Anna vermochte Clemens' Verzweiflung nachzufühlen und ihre Tränen nicht zurückzuhalten. Wie sollte es nur weitergehen? Lautlos weinend betrachtete sie die Leinwand, und plötzlich entstand ein Dorf in der Dämmerung vor ihrem inneren Auge. Noch verschwommen durch die Tränen, aber sie sah auch deutlich, was fehlte. Nicht viel; einige Striche in Rosatönen, dazu weiße und gelbe Lichter setzen, und es würde ein Werk im abstrakten Stil sein. Aber wie sollte sie Clemens beibringen, dass sie es für ihn fertigstellen konnte? Mit welchen Argumenten konnte sie ihn von der Notwendigkeit überzeugen? Oder würde er sie anbrüllen und fragen, was sie sich erlaube?

»Hast du dir ein Urteil gebildet?«, wollte er wissen.

Sie schluckte. Was sollte sie antworten? Die Wahrheit, oder lügen? Sie ging zu ihm und setzte sich neben ihn auf den Diwan.

Er hob den Kopf und schaute sie müde an. »Anna … du musst mir nicht schmeicheln, ich weiß, dass es großer Mist ist.«

»Du übertreibst, die Farben sind wunderschön, ich liebe es, wie du mit Blau arbeitest«, relativierte sie diplomatisch.

»Haha«, lachte er trocken, sank erneut in sich zusammen und stützte den Kopf in die Hände.

Sorgenvoll betrachtete sie ihn; sein fast schulterlanges Haar musste gewaschen werden, die graue Drillichhose, die er ausschließlich zu Hause trug, war voller Farbkleckse, und auch der weinrote Pullover hatte einiges abbekommen. Alles an ihm war Verwirrung, ein Maler, der schon zu lange auf die erlösende Inspiration wartete.

»Vielleicht brauchst du einfach eine Pause, ein paar Tage

nichts tun, mal nicht an die Arbeit denken, und danach wirst du wissen, wie du das Problem lösen kannst. Sich immer wieder vor die Leinwand zu stellen, wenn es nicht gut läuft, kann auch blockieren«, versuchte sie ihn aufzubauen.

Minutenlang reagierte er nicht. Blieb unbeweglich in dieser Haltung, um dann, wie aus einer Starre erwacht, hochzuschnellen, die Fäuste in den Hosentaschen vergraben, und schweigend umherzulaufen.

Nach einer Weile blieb er abrupt vor ihr stehen, sank auf die Knie und legte seinen Kopf in ihren Schoß. »Ich bin ein Versager, du solltest mich verlassen. Such dir einen besseren Mann, oder geh zurück zu deinen Eltern. Mit mir wirst du nur unglücklich und landest am Ende noch mittellos auf der Straße.«

Anna schnappte nach Luft. »Dich verlassen, wegen so einer Kleinigkeit? Vergiss es! Und bevor uns der Hausdrache rauswirft, den du übrigens für mich töten wolltest, habe ich einen Vorschlag.«

»Drachentöten fällt aus, ich bin auf einem Auge fast blind, ich würde garantiert danebenstechen.«

Anna atmete vorsichtig auf. Wenn Clemens schon wieder zu Scherzen aufgelegt war, gab es Hoffnung. »Willst du meinen Vorschlag hören?«

Er stand auf, zuckte mit den Schultern und setzte sich wieder. »Und der wäre?«

Anna drückte den Rücken durch, hob den Kopf und schaute Clemens geradeheraus an. »Ich könnte es für dich vollenden!«

»Du meinst ... du willst ... für mich ...« Er atmete schwer, als stehe er unter Schock.

»Es wäre ein Versuch. Und wenn es dir nicht gefällt, können wir es noch mal mit einer letzten Grundierung versuchen, und nichts ist verloren. Was meinst du?« Gespannt schaute sie ihn an.

»Ist eine ziemlich verrückte Idee, die uns retten könnte, aber … wenn ich meinen Namen daruntersetze, wäre es eine Fälschung.«

Daran hatte Anna nicht gedacht. Sie wollte sich aber nicht entmutigen lassen. »Hm«, murmelte sie nachdenklich, und dann fiel ihr eine Lösung ein. »Oder es ist eine Gemeinschaftsarbeit. Deine Signatur ist doch CA, dann steht das A eben für Anna.«

»Ich weiß nicht … wenn es rauskommt, bin ich ruiniert. Mazur könnte mich wegen Täuschung verklagen, und dann sind wir richtig im Eimer.« Clemens fuhr sich durch sein ungewaschenes Haar, das ihm danach wirr ins Gesicht hing.

»Ja, schon«, gestand Anna ein und suchte nach neuen Argumenten. »Aber wenn es gelingt, sind wir gerettet. Du kannst operiert werden und, sobald du ganz gesund bist, wieder alle Bilder selber malen, und niemand wird jemals davon erfahren. Es bleibt unser Geheimnis.«

Clemens antwortete nicht, schien nach wie vor nicht überzeugt.

»Nenne mir einen triftigen Grund, warum ich es nicht wenigstens versuchen sollte«, redete Anna weiter.

Es dauerte lange, ehe Clemens antwortete: »Na gut, versuch es. Wir müssen es ja niemandem zeigen und schon gar nicht an die Galerie geben.«

Übermütig fiel sie ihm um den Hals. »Du wirst es nicht bereuen.«

37

ELSIE ZOG DIE Schultern hoch. Ihr war kalt, wärmer wurde ihr trotzdem nicht, der Minimantel war zu kurz und einfach kein echter Wintermantel, aber todschick, und sie fühlte sich darin wie ein Modell aus der *Brigitte.* Eine Mütze hätte geholfen, doch dann wäre ihre frisch geföhnte Frisur futsch gewesen. Und mit einer ruinierten Frisur wollte sie Günni, mit dem sie in ein paar Minuten verabredet war, nicht treffen. Lieber ertrug sie den eisigen Ostwind, der in Nase und Ohren biss und ihre Beine zu Eis erstarren ließ. Die wadenhohen Lackstiefel waren auch nur bedingt für dieses Wetter geeignet. Wenn der Wind wenigstens die Wolken vertreiben und die Sonne hervorkommen würde, wäre diese sibirische Januarkälte leichter auszuhalten, die der Wetterbericht mit fünf Minusgraden vorhergesagt hatte.

Elsie vergrub die Hände tief in den Manteltaschen und stemmte sich gegen die unangenehmen Böen. Nur noch einmal bis zum Siegestor und wieder zurück, vielleicht begegnete sie ja doch einem der Künstler, den sie nach Anna fragen konnte. Sie war schließlich nicht wegen der frischen Luft unterwegs. Seit sie im November den Brief von Annas Mutter erhalten hatten, waren sie an unzähligen Sonntagen allein oder zu zweit auf der Suche nach Anna gewesen. Leider schienen die Spuren ihrer großen Schwester unsichtbar zu sein, und im Winter fand die Künstlermeile nicht statt, was alles noch viel schwerer machte. Trotzdem war die Leopoldstraße die einzige Verbindung zu Anna, und sie wollte die Hoffnung nicht aufgeben, ihr zufällig in dieser Straße zu begegnen. Oder diesem Jacob, der mit Sicherheit wusste, wo Clemens wohnte. Anna hatte leider nie erwähnt, wo sich Clemens' Atelier befand, falls doch, hatte sie nicht zugehört, weil sie immer gegen diese Beziehung gewesen war.

Am Siegestor drehte Elsie um und lief Richtung Norden und Münchner Freiheit, wo Günni in dem gleichnamigen Café, das erst vor zwei Jahren eröffnet hatte, auf sie warten wollte.

Normalerweise marschierte sie die rechte Straßenseite entlang, heute entschloss sie sich zu einem Seitenwechsel. Wegen der U-Bahn-Baustelle musste sie Behelfsbrücken aus Holz überqueren und Absperrungen umgehen, ehe sie hinübergelangte. Der Weg führte vorbei am *Big Apple,* dem *PN Live Club*, in dem regelmäßig Bands auftraten, dem *Picknick,* vor dem sich bei der Kälte nur wenige dieser Freigeister aufhielten, der Eisdiele *Venezia* und dem *Eiscafé Capri,* die beide bis März geschlossen waren.

Als sie an der Ecke Herzogstraße war, kam plötzlich die Sonne hinter den Wolken hervor, und Elsie reckte ihr glücklich die eiskalte Nase entgegen. Wenn ich jetzt noch Anna finde, wäre es der perfekte Wintersonntag, dachte sie wieder ganz vergnügt. Aber das war wohl zu viel verlangt. Oder … Moment … ein Stückchen weiter vorn, kurz vor der Clemensstraße … das war sie … eindeutig … klein, zierlich – und solche dunklen wilden Locken hatte nur Anna. Befand sich Clemens' Atelier etwa in der Clemensstraße? Nein, das hätte sie sich gemerkt. Elsie rannte los und rief: »Anna, Anna … warte doch … Anna …« Außer Atem erreichte sie ihre Schwester, tippte ihr auf die Schulter und sagte vorwurfsvoll: »Anna, hast du mich nicht rufen gehört?«

Anna drehte sich um – und war es nicht.

Elsie entschuldigte sich. »Tut mir sehr leid, ich habe Sie verwechselt.«

Die Fremde grummelte nur und ging weiter.

»Vielen Dank auch, du dämlicher Zufall«, knurrte Elsie leise, während sie der fremden Frau nachschaute.

Tja, es war also kein perfekter Sonntag. Hoffentlich saß Günni bereits im Café, sonst würde sie nicht auf ihn warten. Diese falsche Begegnung hatte ihr gründlich die Laune verdorben.

Doch Günni saß an einem Fensterplatz und winkte ihr zu, als er sie erblickte.

Lächelnd winkte Elsie zurück, und wie immer, wenn sie Günni anschaute, durchströmte sie ein Gefühl, das zuerst nur ein bisschen warm war und sich dann zu einer Hitze steigerte, die sie als tropisch bezeichnete. Günni begegnet zu sein war für sie das größte Glück überhaupt, und eines Tages wollten sie heiraten. Einen Antrag hatte er ihr schon gemacht, allerdings waren sie sich einig zu warten, bis er die Prüfung zum Elektromeister geschafft hatte und sie Friseurmeisterin war. Günni spielte zwar noch in der Band, aber nicht mehr so häufig wie noch vor zwei Jahren. Jetzt war der Beruf wichtiger, und zusammen hatten sie große Pläne.

Günni stand auf, nahm ihr den Mantel ab und begrüßte sie mit Küsschen auf die Wangen. »Hallo, meine Schöne.«

»Hallo, mein geliebter Handwerker«, flüsterte Elsie ihm ins Ohr.

Seit er ihr vor etwa einem Jahr gestanden hatte, schon als kleiner Bub im Laden seiner Eltern Glühbirnen verkauft und an Tischlampen herumgeschraubt zu haben, wusste Elsie, dass sie ihn heiraten wollte. Wie sich ein Friseursalon und ein Elektroladen vereinbaren ließen, darüber wollten sie nachdenken, wenn es so weit war. Das Geschäft seiner Eltern lag zwar in einem anderen Stadtteil, aber irgendeine Lösung würde sich bestimmt finden lassen. Handwerk hatte goldenen Boden, und das schon seit Jahrhunderten, sie mussten sich nicht um die Zukunft sorgen.

Günni bestellte Kaffee und ein Stück Käsesahnetorte für Elsie. Auch das war etwas, das sie sehr an ihm liebte. Er merkte sich all ihre Vorlieben, schloss genießerisch die Augen, wenn sie ihm die Haare schnitt, und brachte ihr regelmäßig Blumen mit. Nie würde sie das »erste Mal« vergessen. Er war ja ihr Erster, und sie hatte sich ein wenig davor gefürchtet, doch Günni hatte sie zuerst nur gestreichelt und gesagt, dass sie es sich noch überlegen könne, dann würden sie sich sofort wieder anziehen und es auf ein andermal verschieben. Heute wusste sie, dass das ziemlich raffiniert von ihm gewesen war, denn durch seine Zärtlichkeiten war sie bereit für alles, was kam. Es würde ein bisschen wehtun, hatte er sie gewarnt, aber nur anfangs, und er wäre sehr vorsichtig. Es war ein kurzer Schmerz gewesen, den sie gut hatte ertragen können, und seither war es jedes Mal schöner geworden. Und weil sie auch mit Kindern noch warten wollten, hatte er die Antibabypille besorgt, die nur verheirateten Frauen mit mindestens zwei Kindern verschrieben wurde. Aber als Handwerker hatte er auch zu Ärzten beste Kontakte. Schnell mal eine extrahelle Leuchte im Behandlungszimmer montiert, und schon bekam er ein Rezept für das begehrte Verhütungsmittel.

»Hast du Anna gefunden?« Günni kannte natürlich das ganze Drama um das Findelkind Anna, die sie ja auch schon gemeinsam gesucht hatten.

»Nein, aber fast«, sagte Elsie und erzählte von der Verwechslung. »Ich dachte wirklich, es wäre meine Schwester. Unfassbar, dass ich mich so getäuscht habe.«

»Ist ja auch schon eine Weile her, dass du sie zuletzt gesehen hast«, gab Günni zu bedenken.

Elsie nickte nachdenklich. »Sie hat sich bestimmt verändert, obwohl ich mir nicht vorstellen kann, dass sie ihr Haar abschneidet. Das war immer ihr ganzer Stolz.« Die Bedienung servierte das Bestellte, und Elsie nickte ihr dankend zu, bevor sie weitersprach. »Einfach schade, dass ich sie nicht finden kann. Dabei ist Schwabing doch so ein Dorf, alle naselang laufen mir Kundinnen über den Weg. Weißt du noch, als wir uns diesen Aufklärungsfilm von Oswald Kolle, ›Deine Frau – das unbekannte Wesen‹, angeschaut haben?«

Günni nickte schmunzelnd. »Ganz genau, da hat uns eine ältere Frau mit ihrem Mann entsetzt angestarrt, und dir war es ziemlich peinlich.«

Elsie schob ein Stück Käsesahne auf die Kuchengabel. »Das war die Frau Böttner. Zum Glück hat sie kein Wort gesagt, als sie das nächste Mal zum Termin kam. Vermutlich war es ihr genauso peinlich. Aber der Film war toll, oder?« Sie ließ sich die Sahnetorte schmecken.

»Der war irre«, stimmte Günni ihr zu und schaute ihr tief in die Augen. »Ich hab jede Menge gelernt.«

»Stimmt.« Elsie kicherte leise und musste an die Hauptfigur des Films denken: eine unbefriedigte, verheiratete Frau, die ihren Körper entdeckt und sich von den verklemmten Vorstellungen der Gesellschaft über sexuelles Verlangen löst. Dafür war der Regisseur auf offener Straße von wildfremden Menschen angepöbelt und beleidigt worden. Der Film sei pornografisch, weil nackte Körper zu sehen waren, und verstoße gegen Sitte und Moral, hatten die Zeitungen berichtet. Körperliche Liebe war immer noch pfui Teufel. Vollkommener Quatsch, fand Elsie, dieser Film war lehrreicher als das verstaubte medizinische Aufklärungsbuch, das sie mit vierzehn zu Hause im Regal hinter anderen Büchern gefunden hatte. Und Günni streichelte sie jetzt an ganz anderen Stellen als zuvor. Bevor sie rot anlief, wechselte sie das Thema. »Hast du nicht noch eine Idee, wie ich Anna finden könnte?«

»Hab ich.« Günni nickte. »Ich könnte mir vorstellen, dass eine Suchanzeige in einer Tageszeitung Erfolg hätte. Allerdings wissen wir nicht, ob Anna und Clemens überhaupt Zeitung lesen, und wenn, welche? Ob Freunde oder Bekannte von Anna die Annonce sehen und sie informieren, ist auch ungewiss. Die zweite Möglichkeit wäre, Suchzettel an die Bäume zu heften. Das kostet nichts, und der Erfolg ist genauso sicher oder ungewiss wie ein Inserat in der Zeitung, das aber was kosten würde.«

Elsie hatte sehr aufmerksam zugehört, während sie ihr Tortenstück mit Genuss verspeiste. »Das mit den Zetteln ist eine tolle Idee, das ist kostenlos, und die Straße entlangzulaufen und dabei die Suchzettel an die Bäume zu pinnen, ist kein großer Aufwand.«

Günni bot an, ihr beim Schreiben der Zettel und auch beim Verteilen zu helfen.

Elsie wurde ganz warm ums Herz. Günni war ein Schatz, und sie hätte ihn gern leidenschaftlich geküsst, aber das Café war voll besetzt, und irgendjemand von den älteren Herrschaften hätte sich garantiert beschwert. So drückte sie ihm nur ein schnelles Küsschen auf die Wange. Die meisten Menschen waren immer noch schrecklich prüde, daran hatten weder die Demonstrationen der Studentenbewegung noch Oswald Kolles freizügiger Aufklärungsfilm etwas geändert.

38

SEIT DER ABMACHUNG zwischen Anna und Clemens im Dezember waren drei Monate vergangen, in denen Anna tagsüber an der Staffelei und abends im *Chez Margot* gearbeitet hatte.

Nachdem ihr »Dorf in der Dämmerung« Clemens' strengem Urteil standgehalten hatte, begab sie sich mit großem Eifer an den nächsten Versuch. Clemens' anfängliche Skrupel schwanden mit dem Fortschreiten ihrer Arbeit und mit jedem Gemälde, das er signieren konnte, wozu er »Clemens und Anna« flüsterte.

Während dieser intensiven Schaffenszeit bekam Anna wenig Schlaf, was sie aber nicht kümmerte; sobald sie Pinsel und Palette in die Hand nahm, war sie hellwach. Wie im Rausch erschuf sie mittlerweile das vierte Gemälde, kopierte aber nicht etwa Clemens' frühere Werke. Ihre bevorzugten Farben waren heller, die Sujets teilweise konkreter, und insgesamt wirkte alles freundlicher. Je nach Empfinden hätte man auch »weiblicher« sagen können.

»Mazur wird sich wundern, wie sehr sich mein Stil verändert hat«, stellte Clemens fest, als er seine Initialen unter das vierte Bild setzte.

»Und wenn schon, alle Künstler haben sich doch im Laufe ihrer Schaffensperiode verändert. Das ist überhaupt nicht ungewöhnlich.« Anna wusste, dass sich Clemens vor dem untrüglichen Gespür des Galeristen fürchtete.

»Stimmt schon ...«

»Hast du mir nicht selbst erzählt, dass Piet Mondrian als junger Mann impressionistische Landschaften gemalt hat, ehe er nach und nach moderner und schließlich abstrakter wurde? Seine berühmten farbigen Linien und Streifen gehören zwar zu seinen wichtigsten Werken, aber auch alles davor trägt seinen Namen. Wichtig ist nur, ob Mazur *dein* neuer Stil gefällt, alles andere kann uns egal sein.«

»Ich weiß, trotzdem ist es möglich, dass Mazur die neuen Arbeiten ablehnt. Was machen wir dann?«

»Das wird er nicht tun, vertrau mir, und denke immer daran, warum wir so handeln. Du willst doch nicht erblinden! Erinnere dich, was der Arzt gesagt hat, der Riss in der Netzhaut ist nicht verheilt, und irgendwann wird das verletzte Auge nichts mehr sehen, dann bist du blind und dafür gibt es keine Operation.« Sie hatte lange vermieden, das Wort »blind« auszusprechen, aber es verfehlte nie seine Wirkung, deshalb nannte sie das Problem mittlerweile beim Namen und traf damit Clemens' empfindlichste Stelle.

Obwohl bei der ärztlichen Untersuchung im Dezember keine Veränderung zum Schlechten festgestellt worden war, wurde die Operation deshalb nicht unnötig. Der Spezialist hatte sogar dringend geraten, den Eingriff nicht länger hinauszuschieben, die Folgen könnten unter Umständen gravierend sein, da sich die Netzhaut von einem Tag auf den anderen vollständig und irreparabel ablösen könnte. Der Arzt hatte tunlichst vermieden, es »völlige Erblindung« zu nennen, doch Anna hatte ihn trotzdem verstanden, und ihrer Beobachtung nach ging es Clemens in den letzten drei, vier Wochen eher schlechter. An sonnigen Tagen, wenn durch das große Atelierfenster gleißendes Frühlingslicht hereinfiel, griff er sofort nach dem Aufwachen zur Sonnenbrille, die neben dem Bett lag; Tageslicht schien ihn zu schmerzen. Ein Alarmzeichen – und für Anna ein Grund, noch härter zu arbeiten.

In der Kneipe versuchte sie so oft wie möglich hinter der Bar zu bedienen, dort musste sie weniger rennen und konnte sich stattdessen mit den Gästen an der Theke unterhalten. Ein Talent, das sie im Salon zur Genüge trainiert hatte. Doch was sie im *Chez Margot* für ein bisschen freundliches Geplapper an Trinkgeldern kassierte, war mit denen im Salon nicht zu vergleichen. Alle Gäste waren freigiebiger, wenn sie freundlich lächelte, auch mal auf einen Scherz einstieg oder sich von den männlichen Gästen zu einem Schnaps einladen ließ. Einen Haken hatte das Ganze dennoch: Clemens besaß eine feine Nase, und wenn er roch, dass sie etwas getrunken hatte, reagierte er extrem eifersüchtig und drängte sie, das Kellnern endlich aufzugeben. Aber noch hatte Mazur keines der Bilder gesehen, erst wenn sie diese Hürde genommen hatten, würde sie aufhören, Getränke zu servieren.

Ende März hatte Anna fünf Bilder geschaffen, und Clemens telefonierte mit dem Galeristen, um ihn ins Atelier einzuladen.

Anna stand wild gestikulierend daneben, um zu signalisieren, dass er Mazur für einen Abend einladen sollte, wenn es bereits dunkel war.

Als Clemens aufgelegt hatte, schaute er sie fragend an. »Warum das denn?«

»Damit du ihn ohne Sonnenbrille empfangen kannst und er nicht auf die verrückte Idee kommt, du hättest was an den Augen.«

Clemens umarmte sie, zog sie an sich, und weil sie ihm nur bis zur Schulter reichte, küsste er sie zärtlich auf die Stirn. »Weißt du, warum ich dich so liebe? Weil du nicht nur wunderschön bist, sondern auch noch klug und vorausschauend und wir immer einer Meinung sind … na ja, bis auf wenige Ausnahmen. Aber Mazur hat ohnehin nur nach Galerieschluss Zeit; es würde halb acht werden, meinte er.«

Den Nachmittag verbrachte Anna damit, das Atelier aufzuräumen, und eine Tagesdecke, die gewöhnlich ungenutzt über der Diwanlehne hing, über das Bett zu legen. Sie putzte das Badezimmer, und Clemens schrubbte den Holzfußboden. »Das schaffe ich auch noch als Blinder«, meinte er gut gelaunt.

Gemeinsam marschierten sie dann zu Frau Holzapfel.

Die Kramerin strahlte sie beim Betreten ihres Ladens freundlich an. »Na, ihr zwei Turteltauben … hach, wenn ich euch so anschau, muss ich immer an meinen Erwin denken. Er ist ja vor einem Jahr von mir gegangen … wir waren auch so verliebt und bis zu seiner letzten Stund glücklich.« Sie blickte durch das Schaufenster auf die Straße, als könne sie dort draußen ihren Erwin sehen. »Was derfs denn sein? Was zur Brotzeit auf d' Nacht?«, wechselte sie dann abrupt das Thema.

»Wir erwarten wichtigen Besuch«, antwortete Clemens und berichtete, wer sie aufsuchen würde.

»Jessas, der Galerist! Sie ham mir ja schon oft von dem Mann erzählt, Herr Clemens, so einer ist für Maler ja wichtiger als der liebe Gott. Da tät ich unbedingt ein Glaserl Sekt empfehlen, damit liegt man immer richtig. Dazu ein Salzstangerl, wenn's nur ein kurzer Besuch ist. Oder soll's ein Büfett geben für den hohen Besuch?«

»Sekt und Salzstangen sind perfekt. Ich will ihn nicht füttern, sondern meine Bilder verkaufen.«

»Da ham S' recht.« Frau Holzapfel lachte. »Zu viel des Guten wird schnell was Ungutes.« Sie langte unter die Ladentheke und kam mit einer Flasche *Deinhard Riesling trocken* hervor. »Den spendier ich euch, damit er Glück bringt.«

»Das ist doch nicht nötig, Frau Holzapfel, Sie haben mir schon so oft etwas geschenkt, das kann ich nicht annehmen«, protestierte Clemens gerührt.

»Das müssen S' sogar annehmen, damit ich mich auch mal

als Kunstmäzenin fühlen darf.« Ernestine warf sich in die üppige Brust und musterte Clemens mit großen Augen.

»Ja, wenn das so ist, nehme ich die Flasche gern an. Vielen Dank.«

»Und sagen S' mir Bescheid, wie der Handel ausgegangen ist. Ich drück beide Daumen«, sagte sie.

»Selbstverständlich werden wir unsere Mäzenin auf dem Laufenden halten«, versprach Anna, hakte sich bei Clemens ein, und mit Sekt und Salzstangen marschierten sie nach Hause.

Clemens war schon um sieben Uhr so nervös wie damals vor der Vernissage und konnte es kaum erwarten, dass Mazur endlich eintraf. Als letzte Vorbereitung füllte er eine Handvoll Salzstangen in ein hohes Glas und ließ frisches kaltes Wasser über die Sektflasche laufen, die er seit dem Nachmittag im Waschbecken kühlte. »Du bist also sicher, dass wir ihn täuschen können?«

»Nicht *wir,* du wirst das allein schaffen, ich werde im *Chez Margot* kellnern wie jeden Abend«, entgegnete Anna, die ihm vom Türrahmen aus zuschaute.

»Nein, bitte nicht, ich brauche dich an meiner Seite, du musst mir beistehen.« Panisch schaute er sie an. »Wenn Mazur seltsame Fragen stellt, hast du viel eher eine plausible Erklärung parat. Ich bin nicht gut im Vortäuschen.«

»Was heißt hier vortäuschen? Es sind deine Werke, Clemens, vergiss das nicht, ich würde dich nur ablenken. Außerdem rechnet Margot mit mir, und sie soll mich nicht als unzuverlässig in Erinnerung behalten.«

»Du könntest dich krankmelden«, versuchte er sie umzustimmen.

Anna schüttelte den Kopf. »Ich gehe arbeiten, werde aber unablässig an dich denken. Das hilft dir auch, wirst schon sehen. Du musst einfach an dich glauben, dann kannst du jeden überzeugen. Diesen Rat hast du mir mal gegeben, erinnerst du dich?«

Clemens beobachtete Anna, wie sie einen dünnen roten Pulli anzog und dann in Jeans und ein Paar Turnschuhe schlüpfte, in denen sie hoffentlich keine schmerzenden Füße haben würde.

Er sorgte sich jeden Abend um sie, wenn sie in dieser Spelunke Gläser durch die Gegend schleppte. Sie war doch so zierlich und in seinen Augen auch sehr zerbrechlich und hatte nur seinetwegen diese schwere Arbeit angenommen. Wie konnte er das jemals wiedergutmachen?

»Du willst mich also wirklich verlassen?«, startete er einen letzten Versuch, als er sie zur Tür brachte.

Anna stellte sich auf die Zehenspitzen, umarmte ihn und verabschiedete sich fröhlich. »Sei schön brav und mach keinen Unsinn, mein Liebster.«

»Der Rat gilt ja wohl eher für dich.« Ein mulmiges Gefühl machte sich in seiner Brust breit, als er Anna nachschaute, wie sie leichtfüßig die Treppe hinunterlief.

Kurz darauf klingelte es. Clemens drückte auf den Türöffner, doch bis der Galerist bei ihm oben ankam, verging noch eine Weile.

»Vier Stockwerke Altbau sind eine halbe Bergbesteigung«, entschuldigte sich Clemens indirekt, als sie sich die Hände schüttelten und er Mazurs Keuchen wahrnahm.

»Um Ihre neuen Arbeiten sehen zu dürfen, ist mir keine Anstrengung zu viel«, entgegnete der Galerist.

Clemens schluckte ob dieser Vorschusslorbeeren. »Erwarten Sie nicht zu viel, sonst sind Sie vielleicht enttäuscht«, versuchte er Mazurs Euphorie zu dämpfen.

»Nicht so bescheiden, das haben Sie nicht nötig. Was immer Sie mir zeigen, es wird mir bestimmt gefallen. Ich weiß einfach, dass auch Ihre neuesten Arbeiten wundervoll sind, mein Gespür für einen Künstler hat mich noch nie getäuscht.«

Clemens beließ es bei einem freundlichen Nicken und bot Sekt und Sitzplatz an. »Leider nur auf dem Diwan.«

»Danke, ich bleibe erst mal stehen, aber einen Schluck Sekt nehme ich gern.«

Sobald dieser in den Gläsern perlte und sie angestoßen hatten, führte Clemens den Galeristen in den hinteren Teil des Ateliers, wo die fertigen neuen und einige angefangene Werke an der Wand aufgereiht waren. Über allen hingen weiße Tücher, um sie vor Licht zu schützen, aber auch wegen des Effekts, der sich automatisch ergab, wenn er jedes einzeln enthüllte.

Zum Auftakt zog er das Tuch von Annas Dorf in der *Dämmerung*.

Mazur musterte das Bild mit hochgezogenen Augenbrauen. Für Clemens ein Zeichen des Staunens, und doch wartete er auf ein verbales Urteil, ein paar Worte, die ihn aufatmen ließen.

Mazur leerte sein Sektglas. »Hat es einen Titel?«

»*Dorf in der Dämmerung*.«

Mazur wiederholte den Titel leise, trat dann etwas näher an das Bild und berührte vorsichtig einen magentafarbenen Strich, als wolle er sich vergewissern, ob die Farbe schon getrocknet sei. Trat dann drei Schritte zurück, um das Bild erneut aus größerer Entfernung zu betrachten. »War am Telefon nicht die Rede von fünf Bildern, oder habe ich Sie missverstanden?«, sagte er dann.

Clemens zog das Tuch von einem expressionistischen Bild in Blautönen, Rotabstufungen und Effekten in Weiß und Gelb. »Der Titel: *Boulevard um Mitternacht*.« Die Leopoldstraße bei Nacht, Autoverkehr im Regen; rote Rücklichter und gleißende Scheinwerfer spiegelten sich in der regennassen Straße. In der Mitte eine Straßenbahn, mit nur einem einzigen Fahrgast.

»*Tempelberg*«, erklärte Clemens bei der Enthüllung des nächsten Werks. Der Monopteros, ein runder Säulentempel mit Kuppeldach im Englischen Garten, den König Ludwig im Jahr 1836 zu Ehren des Kurfürsten Karl Theodor erbauen ließ.

Dieses Bild war tatsächlich eine Gemeinschaftsarbeit; Anna hatte es nach einer Skizze von Clemens angefertigt. Der weiße Tempel mit den zehn Säulen auf dem von hellgrünen Sträuchern bewachsenen Hügel ragte in einen lichtblauen Frühlingshimmel. Ein einsamer Betrachter am Fuße des Hügels schaute hinauf.

Das nächste Werk, ein Landschaftsbild, hatten Anna und er *Isarflimmern* genannt; es zeigte den Fluss an der Museumsinsel in der Mittagssonne, die das Wasser an einigen Stellen zum Flimmern brachte. Kaum zu erkennen die Sonnenhungrigen auf den Steininseln.

»Und zuletzt mein Lieblingsbild«, verkündete Clemens und zog schwungvoll das weiße Tuch zur Seite. »*Anna.*«

Es war das Porträt, das er damals bei Annas erstem Besuch in seinem Atelier mit Kohlestift gezeichnet hatte. An diesem Abend hatten sie sich ineinander verliebt. Später hatte er es auf Leinwand übertragen und mit Ölfarben vollenden wollen, es aber nie geschafft. Anna hatte es nun selbst fertiggestellt, und somit war auch das ein echtes Gemeinschaftsprojekt.

Nach der Enthüllung von *Anna* war Clemens' Anspannung auf dem Höhepunkt, und er wartete ungeduldig auf Mazurs Kommentar, der seit der Frage bezüglich der Anzahl der Bilder kein einziges Wort mehr gesagt, zwischenzeitlich aber zwei Gläser Sekt getrunken hatte. Clemens wertete das als positives Zeichen, dennoch wäre ihm eine eindeutige Beurteilung weitaus lieber gewesen. Um seine Nervosität zu kaschieren, begann er, die Bettlaken zusammenzufalten. »Das wars.«

»Großartig!«, urteilte Mazur endlich. »Die Farbgebung, die Sujets, die Themen – atemberaubend.«

Clemens war unendlich erleichtert, hakte aber doch lieber noch nach: »Sie sind nicht enttäuscht?«

»Enttäuscht? Machen Sie Witze? Jedes Einzelne ist verdammt großartig. Ganz anders als die vorherigen Werke, und doch einzigartig wie jedes *Clemens Altmann.* Die Kunden werden sie lieben, keines davon wird lange an der Wand hängen.« Mazur klopfte ihm auf die Schultern. »Wann kann ich mit mehr rechnen, damit es für eine weitere Einzelausstellung reicht?«

Einzelausstellung! Das Wort, das jedes Künstlerherz höherschlagen ließ, doch Clemens' Herz setzte für eine Minisekunde aus, zumindest fühlte es sich so an, denn er brauchte keine neue Vernissage, sondern schnelles Geld. Noch mehr Bilder zu schaffen würde Monate dauern, und das konnten sie sich nicht leisten. Clemens griff nach seinem Glas, das er nach dem Anstoßen und einem kleinen Schluck zur Seite gestellt hatte, und leerte es in einem Zug. Dann besann er sich auf die Nachfragetaktik, die sie in Salem während eines Rhetorikkurses geübt hatten – den Verhandlungspartner so lange mit Fragen zu konfrontieren, bis man die gewünschte Antwort erhielt und der Partner am Ende das Gefühl hatte, es wäre alles seine Idee gewesen. Den erwünschten Ausgang zu erreichen hing davon ab, wie geschickt die Fragen gestellt wurden.

»Wäre eine zweite Ausstellung nach so kurzer Zeit nicht verfrüht? Ihre Kunden könnten gelangweilt sein.«

»Es gibt keine Regel für Künstler, was die Pausen zwischen den Ausstellungen betrifft. Und da sich diese neuen Arbeiten eklatant von den vorherigen unterscheiden, wäre es meines Erachtens überhaupt kein Problem. Man könnte von einer neuen Periode sprechen, einer Weiterentwicklung, die doch jeder Künstler durchlebt. Auch Picasso hat nicht immer abstrakt gemalt. Von Kandinsky existiert ein Ölgemälde aus dem Jahr 1898 mit dem Titel *Hafen von Odessa*, das man realistisch nennen kann. Wenn Kandinsky es nicht signiert hätte, würde niemand es ihm zuschreiben. Also vergessen Sie Ihre Bedenken, schaffen Sie noch mehr von diesen absolut fantastischen Bildern, und wir werden beide reich.«

Die Fragenstelltaktik war gründlich danebengegangen. Aber »reich« war ein Stichwort, auf dem sich aufbauen ließe. Wenn ihm jetzt nur schnell eine clevere Antwort dazu einfallen würde! Anna hätte sie gewusst. Aber es half nicht, lange darüber zu sinnieren.

»Um noch mehr Bilder liefern zu können, muss ich zuerst ein kleines Problem lösen«, begann er vage.

»Das da wäre?«

Clemens hob den Kopf, drückte den Rücken durch und überragte Mazur jetzt um einige Zentimeter. Wenn er dieses heikle Thema schon ansprechen musste, wollte er nicht fordernd wirken, aber auch nicht, als bettele er. Er war es nicht gewohnt, über Geld zu reden. In seiner Familie war nie über finanzielle Dinge gesprochen worden und auch nicht im Internat. Auf der Künstlermeile zahlten die Kunstliebhaber, was er verlangte; Geld gegen Ware, das war ein ehrliches Geschäft, und gehandelt wurde selten. Nur mit Anna war es ihm ein Leichtes, darüber zu reden oder sich lustig zu machen, steckten sie doch beide im selben Schlamassel.

»Mein leeres Bankkonto zu füllen, damit ich in der Lage bin, ohne finanzielle Sorgen weiterzuarbeiten.«

Mazur langte in die Innentasche seines Anzugjacketts. »Wenn es weiter nichts ist, da kann ich helfen.« Er förderte eine lederne Brieftasche hervor und klappte sie auf. »Wie viel brauchen Sie?«

Clemens musste sich zusammenreißen, um das Bündel Geldscheine nicht mit offenem Mund anzustarren. »Schwer zu sagen, aber …« Er blickte an Mazur vorbei, als wolle er im Stillen nachrechnen.

Mazur nahm den gesamten Packen Scheine heraus und reichte sie ihm. »Das sind dreitausend Mark. Würden die vorerst genügen?«

»Ich denke schon«, antwortete Clemens und bedankte sich mit einem Lächeln.

Mazur schlug vor, die fünf fertigen Werke gleich in den nächsten Tagen abholen zu lassen. »Wenn ich mich hier so umsehe, mangelt es an Platz, und im Hinterzimmer der Galerie wären sie sicher verwahrt. Außerdem kann ich mich dann an ihrem Anblick erfreuen, wann immer mir danach ist.«

»Damit wäre uns beiden geholfen«, scherzte Clemens und konnte es kaum erwarten, dass Anna nach Hause kam, um sie mit dieser freudigen Nachricht zu überraschen.

Anna hatte an diesem Abend den Service an den Tischen übernommen, wo sie bis Kneipenschluss zwar mehrere Kilometer laufen würde, sie aber nicht durch lange Gespräche von positiven Gedanken an Clemens abgelenkt wurde. Sie zweifelte nicht eine Sekunde daran, dass Mazur begeistert sein würde. Alle Bilder waren sehr gelungen, und sie hätte nicht sagen können, welches ihr Favorit war. Clemens mochte natürlich ihr Porträt am liebsten, aber er war nicht objektiv. Sie hoffte nur, dass er es Mazur gezeigt und nicht zurückgehalten hatte. Zugetraut hätte sie es ihm, so, wie er es jedes Mal verliebt betrachtete.

Endlich war Sperrstunde. Anna räumte die letzten Gläser weg, wischte die Tische ab und stellte die Stühle umgedreht darauf, damit sie der Putzfrau nicht im Weg waren.

Dann rechnete sie mit Margot ab und begab sich so schnell nach Hause, wie sie es nach mehreren Stunden kellnern noch schaffte.

In der Georgenstraße lief sie die vier Stockwerke hoch und kam schnaufend oben an. Noch ehe sie den Schlüssel ins Schloss gesteckt hatte, wurde die Tür aufgerissen, und Clemens stand mit ausgebreiteten Armen da – für Anna ein deutliches Indiz, dass Mazur begeistert gewesen war. Trotzdem wollte sie es genauer wissen, schließlich war es zum großen Teil ihre Arbeit, die der Galerist beurteilt hatte. »Und? Was hat er gesagt?«

Clemens grinste breit. »Komm rein, dann siehst du es.«

Annas Blick fiel zuerst auf das noch vor dem Frankreichurlaub gekaufte Bett, und was sie da sah, verschlug ihr die Sprache. Es war über und über mit Geldscheinen bedeckt.

»Und das ist nur die Anzahlung«, erklärte Clemens, als sie stumm davorstand. Ausführlich erzählte er dann, wie die Begutachtung verlaufen und dass Mazur vollends begeistert war.

Anna fiel Clemens um den Hals und begann vor Glück laut zu lachen. Sie hatte es geschafft. Clemens konnte operiert werden.

»Danke, dass du mich nie im Stich gelassen hast, danke, dass du bei mir geblieben bist, danke, dass du an mich, an uns glaubst.« Er zog sie eng an sich, und Sekunden später liebten sie sich auf den Früchten ihrer Gemeinschaftsarbeit.

39

CLEMENS BEMÜHTE SICH, das Zimmer im *Klinikum rechts der Isar* zu erfassen, was mit der Augenklappe auf einem Auge schwierig bis unmöglich war. Er probierte es dennoch immer wieder, als sei er ein bockiger Fünfjähriger, der den Erwachsenen beweisen wollte, dass er sich von einer Augenklappe nicht behindern ließ.

Schließlich gab er auf, schloss das sehende Auge und konzentrierte sich auf das Vogelgezwitscher, das mit der milden Mailuft durchs offene Fenster hereindrang.

Er müsse geduldig sein, hatte ihm der Arzt bereits mehrmals erklärt, um den Heilungsprozess nicht zu gefährden. Aber Geduld war eine Tugend, die er nicht besaß. Er wartete schon so lange auf die Genesung und wollte endlich wieder malen! Momentan aber wartete er auf Anna, die ihren Besuch versprochen hatte und ihm von den Fortschritten an der Staffelei berichten würde. Dieses Rumliegen raubte ihm den letzten Nerv, und ohne Annas tägliches Erscheinen wäre er vor Langeweile durchgedreht. Was konnte er auch anderes tun, als im Bett zu liegen und vor sich hinzudösen? Herumlaufen war ihm wegen der Unfallgefahr untersagt worden. Er durfte auch nicht allein zur Toilette gehen, sollte nach der Schwester läuten. Ein Sturz oder ein Zusammenstoß mit einem Türpfosten, weil er sich in Entfernungen verschätzte, könnte katastrophale Folgen haben, hatte der Arzt gemahnt. Und dass ein zweiter Eingriff dann die Erblindung abwenden würde, sei unwahrscheinlich. Dass die erste Operation gut verlaufen war, grenze ohnehin an ein medizinisches Wunder, denn er habe viel zu lange gewartet.

Warum er den Eingriff so lange hinauszögern musste, hatte Clemens dem Arzt verschwiegen. Es war ihm peinlich, seine finanzielle Situation zu erklären.

Er schien eingeschlafen zu sein, denn er hörte jemanden seinen Namen rufen, und als er das Auge öffnete und sich zu orientieren versuchte, sah er, dass Anna neben dem Bett stand.

»Wie geht es dir, mein Liebling? Was macht der Rußregen vor dem verletzten Auge?« Sie beugte sich zu ihm und küsste ihn vorsichtig auf den Mund.

»Kein Rußregen mehr, zu allem anderen frag den Arzt, der ist Spezialist in diesen Dingen«, antwortete er mürrisch.

Anna ging zu den beiden Besucherstühlen am Fenster und zog einen ans Bett. »Schlecht gelaunt?«

»Mir ist sterbenslangweilig, bitte nimm mich mit nach Hause, ich will endlich an die Staffelei zurück.«

»Ich kann mir gut vorstellen, dass Nichtstun schwer zu ertragen ist, aber *du* weißt auch, was der Arzt gesagt hat«, entgegnete Anna und schüttelte ihm die Kissen auf.

Clemens verschränkte die Arme vor der Brust. »Dass ich insgesamt eine Woche im Krankenhaus bleiben muss, der Heilungsprozess bis zu sechs Monaten dauern kann, und wenn ich mich nicht vorsehe, könnte ich alles ruinieren«, antwortete er murmelnd.

»Die Woche ist doch schon bald vorbei«, sagte Anna tröstend. »Du liegst in einem Einzelzimmer, hast Rundumversorgung und Ruhe. Genieße es einfach.«

»Wenn ich daran denke, was das alles kostet, vergeht mir der Genuss. Erzähle mir lieber, was du gemalt hast. Wenn ich schon nicht selber arbeiten kann, möchte ich wenigstens indirekt dabei sein.«

Anna öffnete den Pappordner, in dem sie drei Skizzen mitgebracht hatte. »Hier, die kannst du absegnen oder verwerfen, damit es wieder Gemeinschaftsarbeiten sind und dich keine Schuldgefühle quälen.«

»Wer ist das?« Clemens deutete auf das Mädchen vor einem Spiegel, das dem Betrachter den Rücken zuwandte und beide Hände in den Haaren hatte.

»Elsie, wie sie sich frisiert. Ich dachte, sie als Akt zu malen, aber verfremdet, damit sie keinesfalls als meine Schwester erkannt wird. Dann würde ich gern eine von deinen Kramerladen-Skizzen verwenden, wenn du einverstanden bist. Du hast doch von der Idee einer Serie erzählt, mit der du auch Frau Holzapfel verewigen wolltest. Und dann noch dieses hier …« Anna zeigte ihm eine Skizze von dicht gedrängten Menschen.

»Und was soll das sein? Eine Demo? Damit kannst du mich jagen, diese verdammten Revoluzzer sind schuld, dass ich hier liege.«

»Nein, nein, keine Demo, das sind Gäste auf der Tanzfläche im *Blow Up,* eine total irre Disco direkt am Elisabethmarkt, und ich würde es total bunt und … «

»Du ziehst ohne mich nachts um die Häuser?«, unterbrach Clemens sie. Er wusste, dass er spießig und vorwurfsvoll klang. Aber Anna war eine wunderschöne Frau, die von allen Männern begehrt wurde, nicht zuletzt deshalb war er mit ihrer Arbeit in dieser Spelunke nicht einverstanden gewesen. Wenn sie jetzt auch noch allein zum Tanzen ging, was passierte dann als Nächstes?

»Kein Grund, eifersüchtig zu sein, mein geliebter Einäugiger. Ich liebe nur dich, wir sind Seelenverwandte, du bist meine andere Hälfte, das darfst du nie vergessen.« Anna beugte sich zu ihm und küsste ihn.

Clemens schlang seine Arme um ihren zierlichen Körper und hielt sie fest.

»Ja, was ist denn hier los?«

Erschrocken fuhren sie auseinander. Sie hatten das Klopfen überhört; nun stand eine sehr große, dünne Krankenschwester neben dem Bett und musterte sie mit weit aufgerissenen Augen.

»Das ist meine … ähm, Anna …« Clemens stockte. Er wollte das Wort Ehefrau vermeiden, um sich nicht noch einer Fälschung schuldig zu machen, obwohl bereits alle glaubten, er und Anna wären verheiratet. Die Ringe an ihren Fingern genügten dafür – was für eine Farce.

»Ich bin Schwester Leontine. Und so ist es recht, Liebe ist noch immer die beste Medizin«, sagte die dünne Schwester jetzt und lachte vergnügt. »Leider muss ich mal kurz unterbrechen, Blutdruck und Fieber messen.«

»Soll ich draußen warten?«, fragte Anna.

»Ach was, ich muss den jungen Mann ja nicht auspacken, also meinetwegen dürfen Sie gern zuschauen.« Schwester Leontine schüttelte energisch ein Fieberthermometer und befahl Clemens: »Mund auf und nicht draufbeißen.«

Anna wartete derweil am Fenster. Sie hoffte sehr, dass Clemens sich schnell erholte und bald nach Hause konnte. Seit dem Tag, als sie ihr früheres Zuhause verlassen hatte, waren sie fast vierundzwanzig Stunden am Tag zusammen gewesen. Wenn sie jetzt an der Staffelei stand, hatte sie sich schon dabei ertappt, mit ihm zu reden, um gleich darauf zu merken, dass er nicht da war. Sie vermisste Clemens in jeder Sekunde, die Wohnung war leer, das Atelier vereinsamt, das Bett kalt ohne ihn. Ohne Clemens fühlte sie sich verlassen wie ein kleines Kind, das nicht wusste, wohin. Ein wenig ruhiger wurde sie an der Staffelei, dort konnte sie für kurze Zeit in die Welt der Farben eintauchen und von gemeinsamen Erfolgen träumen.

»So, das hätten wir, alles im grünen Bereich, wenn das so bleibt, dürfen S' bald heim«, verkündete Schwester Leontine, hörbar zufrieden. »Ich schau nach dem Abendessen noch mal rein. Auf Wiedersehn.« Sie lächelte Anna zu. »Gutenachtkuss nicht vergessen.«

»Werd ich nicht«, gab Anna zurück, setzte sich wieder zu Clemens ans Bett und fragte ihn nach seiner Meinung zu ebendiesem Bild mit Tanzenden in der Disco.

»Wenn du meinst, dass es Mazur gefallen würde …«

»Es ist im Moment *der* Nachtclub, in den ganz München rennt. Und komplett anders als andere Discos. Ein Gast im *Chez Margot* hatte darüber geredet, und als ich dort war, kam ich mir vor wie im Hippie-Himmel. Alle sind bunt angezogen, viele haben Blumen im Haar, es riecht nach Joints, die Musik animiert zum Tanzen und die Stimmung ist einfach irre. Das Tollste sind die verschiedenen Ebenen, man kann von oben auf die Tanzfläche schauen, optisch wirklich der Hit. Ich musste es einfach skizzieren.«

»Hast du einen geraucht?«

»Einen Joint?« Anna lachte laut auf. »Du bist so süß, wenn du eifersüchtig bist. Aber keine Sorge, ich war nur dort, um ein paar Skizzen anzufertigen, und bin nach etwa einer Stunde wieder gegangen. Allerdings war mir etwas schwindelig auf dem Heimweg. Vielleicht genügt es schon, die Luft in diesem Laden einzuatmen, um *stoned* zu werden.«

»Ich möchte nicht, dass du noch mal dort hingehst, wer weiß, welches Gesindel sich da rumtreibt«, sagte Clemens mit besorgter Miene, soweit das wegen der Augenklappe überhaupt zu deuten war.

»Sei nicht so altmodisch. Dort sind alle superfriedlich, es herrschen *Love and Peace.*«

Clemens griff nach ihrer Hand. »Bitte, Anna, sei vorsichtig, wie schnell taucht die Polizei irgendwo auf, wie an deinem achtzehnten Geburtstag. Und ehe du dich versiehst, landest du wieder in einer Zelle. Und ich kann dich nicht rausholen, weil ich hier eingesperrt bin.«

»Erinnere mich bloß nicht dran.« Anna schüttelte lachend ihre Locken. »Das war die reinste Schikane. Aber du kannst ganz beruhigt sein, ich habe gar keine Zeit, um mich auf Tanzflächen rumzutreiben. Ich werde Tag und Nacht an der Staffelei stehen, um möglichst schnell neue Bilder liefern zu können.«

»Ich wünschte, es bliebe dir erspart.« Clemens griff nach ihren Händen.

Anna drückte seine zärtlich. »Ich tue es für uns. Sobald du wieder ganz gesund bist, übergebe ich dir Pinsel und Palette, lege mich ins Bett und rühre keinen Finger mehr.«

Was sie Clemens verschwieg, war das finanzielle Problem. Der Vorschuss von Mazur reichte für die Krankenhausrechnung, ein kleiner Rest für einen vollen Kühlschrank. Sie musste schneller malen oder etwas nebenbei verdienen, also bei Margot anfragen, um Miete, Strom und Telefon bezahlen zu können. Und sie hoffte sehr, dass Clemens nach ein paar Wochen Genesungszeit wieder die volle Sehkraft besaß und sie sich endlich ausruhen durfte. Eine Woche durchschlafen, das wäre herrlich gewesen.

Sie verabschiedete sich mit einem langen, innigen Kuss und versprach, morgen um die gleiche Zeit wiederzukommen.

Dann eilte sie so schnell wie möglich nach Hause. Eine gute halbe Stunde dauerte es dennoch, bis sie endlich an der Staffelei stand, um das Bild von Elsie anzulegen.

Während sie am nächsten Tag vorsichtig Strich für Strich setzte, musste sie intensiv an Elsie denken. Manchmal vermisste sie ihre Schwester, auch den schrecklichen Friseursalon und sogar Traudl und Xaver. Aber das fehlte noch, um eine Familie zu heulen, die sie ihr ganzes Leben lang belogen hatte!

Entschlossen nahm sie das halbfertige Bild von der Staffelei – sie würde es ein andermal fertigstellen – und suchte eine noch unbenutzte Leinwand. Eine richtig große für das *Blow-Up*-Bild. Bunt und schrill hatte sie den kurzen Besuch in dieser Disco in Erinnerung, und genau das würde ihre Stimmung aufhellen.

Kurz vor Clemens' Entlassung aus der Klinik war Anna mit den Skizzen für das Discobild fertig, legte eine Musterfarbpalette an, und nach den ersten Strichen überzog ein Lächeln ihr Gesicht. Dieses Werk würde ihr bestes werden, das spürte sie ganz deutlich. Allein das Skizzieren bereitete solchen Spaß, dass sie bis zum letzten Licht arbeitete. Sie benötigte keine Drogen, um in einen kreativen Rausch zu gelangen, sich in die Welt der Farben hineinzuträumen, das Hier und Jetzt zu vergessen.

Am nächsten Tag war der impressionistische Stil schon gut zu erkennen. Anna trat immer wieder ein paar Schritte zurück, um die Wirkung und die Farbabstimmungen zu kontrollieren, und war zufrieden, ja sogar glücklich.

Kurz bevor sie die Palette weglegen und die Pinsel in das Gurkenglas mit der Reinigungsflüssigkeit stellen wollte, klingelte es an der Tür.

Anna erschrak. Sie erwartete niemanden, sie bekamen außer von Jacob auch nie Besuch, und der nervige Vermieter konnte es nicht sein, heute war erst Monatsmitte.

Es klingelte ein zweites Mal, diesmal länger. Die Finger noch farbverschmiert, ging sie öffnen.

Draußen stand ein älterer Herr mit grauen Schläfen, Hornbrille, sichtlich teuer gekleidet, und lächelte sie an.

Anna hatte diesen Mann noch nie gesehen. War das Clemens' Vater?, fragte sie sich. Das Alter stimmte; sie hatte ihn auf der Vernissage ja nur im Vorbeigehen gesehen, ihm weder die Hand geschüttelt noch mit ihm gesprochen und vermochte sich nicht an sein Gesicht zu erinnern. Aber er konnte es durchaus sein.

»Sie wünschen?«, fragte sie höflich.

»Verzeihen Sie, dass ich störe. Bin ich hier richtig bei Clemens Altmann?«

Also doch nicht Clemens' Vater, schlussfolgerte Anna, denn der wusste, wo sein Sohn lebte. Schließlich hatte er einige Zeit die Miete für das Atelier bezahlt. Statt die Frage des Mannes zu beantworten, schaute sie ihn direkt an. »Und wer sind Sie? Und wie sind Sie überhaupt ins Haus gekommen?«

»Es kam gerade jemand raus, da bin ich hineingeschlüpft. Dieter Deinlein, ein glühender Verehrer der Werke von Herrn Altmann.« Er neigte kurz den Kopf, als wolle er eine Verbeugung andeuten. »Ich habe gehofft …«

»Moment«, unterbrach Anna ihn ungehalten. »Woher haben Sie diese Adresse?«

»Ähm … Herr Mazur war so freundlich. Ich bin schlichtweg begeistert und entzückt von Herrn Altmanns Stil und würde mir gern ein Vorkaufsrecht sichern. Ich nehme alles, auch Unfertiges. Sehen Sie, junges Fräulein … darf ich Ihren Namen erfahren?«

»Nein.«

»Verstehe.«

»Dann ist es ja gut.« Anna atmete auf, und um den Mann endgültig loszuwerden, behauptete sie lässig: »Clemens ist nicht da, er ist … ähm … verreist.«

»Verreist? Aha. Dürfte ich denn vielleicht einen Blick auf die in Arbeit befindlichen Werke werfen? Wie gesagt, ich bin ein glühender Verehrer und ich würde …«

»Nein.« Anna wollte diesem aufdringlichen Zeitgenossen die Tür vor der Nase zuschlagen, doch da hatte er bereits einen Fuß dazwischengestellt. »Was erlauben Sie sich? Verschwinden Sie, sofort!«

»Bitte, nicht böse sein. Ich weiß, es ist nicht gerade höflich, einfach so hereinzuplatzen, aber ich komme in friedlicher

Absicht und möchte wirklich nur die Bilder sehen.« Er fixierte Annas farbverschmierte Finger. »Malen Sie auch? Dann würde ich auch Ihre Arbeiten gern betrachten. Ich bin Sammler und immer an neuen Talenten interessiert. Und Herr Mazur meinte, Sie hätten nichts gegen eine Anzahlung.«

Anna schoss das Blut ins Gesicht. »Ja, ich male auch«, gestand sie notgedrungen. Wie sonst hätte sie die Farbe an ihren Fingern erklären sollen?

»Wunderbar. Wenn es etwas zu begutachten gibt, würde ich gerne einen kurzen Blick darauf werfen, wenn Sie erlauben. Ich störe Sie auch nur einen Moment, das wäre sehr freundlich. Dankeschön ...«

Die Erwähnung einer Anzahlung ließ Annas Widerstand schrumpfen. »Na gut ... bitteschön ...« Zögernd trat sie einen Schritt zur Seite.

Neugierig schaute sich Deinlein um. »Was für eine inspirierende Atmosphäre. Ein geradezu geniales Chaos! Genauso stelle ich mir ein Künstlerleben vor ... frei von allen Zwängen, sich nicht um gesellschaftliche Normen kümmern, ganz der Kunst ergeben ...« Er nahm die Brille ab, als sei er zutiefst ergriffen, und putzte sie mit seiner Krawatte. »Und wo ... ah, da hinten sehe ich die Staffelei ...« Forsch marschierte er darauf zu, blieb mit drei Schritten Abstand stehen und betrachtete das darauf befindliche Gemälde lange. Dann drehte er sich um, und sein Blick fiel auf das angefangene Elsie-Bild. »Ist das von Ihnen?«

Anna nickte. Ihr Magen verkrampfte sich. Bis in die Haarspitzen spürte sie, wie gefährlich die Situation war. Sie musste diesen Mann so schnell wie möglich loswerden, ihr fiel nur kein passendes Argument ein.

»Es erinnert mich an das Anna-Porträt, das ich in Mazurs Galerie gesehen ...«

»Moment«, unterbrach Anna ihn geschockt. »Sie können die Bilder noch gar nicht gesehen haben, denn sie sind noch nicht zum Verkauf freigegeben.«

Der Mann nickte freundlich, setzte seine Brille wieder auf und betrachtete erneut die Farbspuren an ihren Fingern.

»Ich weiß, ich weiß, aber ich gehöre seit vielen Jahren zu Mazurs besten Stammkunden und war gerade in der Stadt, deshalb war er so freundlich, mir die Werke vorab zu zeigen. Aber keine Sorge, es bleibt unser Geheimnis.«

Anna war empört. »Herr Mazur hatte keine Berechtigung ...«

Herr Deinlein hob die Hände, als wolle er sie besänftigen. »Nun seien Sie mal nicht so streng, am Ende geht es doch ums Geschäft, oder nicht?« Er lächelte, als führten sie bereits ein Verkaufsgespräch und er böte einen hohen Preis. »Wie auch immer ...« Er wandte sich wieder dem unfertigen Porträt von Elsie zu. »Die Farbgebung, der Stil, die gesamte Anmutung dieses Werks, wunderschön – aber auch sehr ähnlich.«

Anna holte Luft und schaute ihn herausfordernd an. »Ja, und? Was wollen Sie damit sagen?« Verzweifelt überlegte sie, wie sie ihn loswerden konnte. Denn je länger er hier war, umso gefährlicher wurde es für sie. »Ähnliche Farbgebung gibt es in vielen Werken, und wenn Sie so ein bedeutender Sammler sind, sollten Sie das wissen.«

»Ja, ja, das ist richtig«, stimmte er ihr zu. »Aber das hier ist im selben Stil gemalt wie die neuesten Werke, die ich in der Galerie betrachten durfte, und wenn ... das hier von Ihnen stammt, dann ...«

»Sie gehen jetzt besser«, unterbrach Anna ihn, denn sie sah nur noch die Chance, ihn einfach hinauszuwerfen.

»Ihre abweisende Reaktion verrät mir, dass ich richtig vermute. Also, das ist doch ...« Er blickte von ihr zum Bild, dann auf ihre Hände und wieder zur Staffelei. »*Sie* haben die neuesten

Bilder gemalt! Die stammen gar nicht von Clemens Altmann, sondern von … Wie war Ihr Name?«

»Mein Name geht Sie gar nichts an, und jetzt raus hier! Verschwinden Sie, aber dalli.«

Er wandte sich tatsächlich zum Gehen, drehte sich an der Tür aber noch einmal um. »Ich weiß nicht, was hier gespielt wird oder was mit Clemens Altmann geschehen ist, aber das ist Betrug, und es wird ein Nachspiel haben, so wahr ich Deinlein heiße. Verlassen Sie sich darauf, das wird nicht lustig!«

Anna drückte eilig die Tür hinter ihm zu, versperrte sie von innen und warf sich weinend auf das zerwühlte Bett.

40

ÜBER NACHT WAR es Anna gelungen, den rachsüchtigen Deinlein als unangenehmen Zwischenfall zu verdrängen. Bestimmt hatte sich der Mann auch längst wieder beruhigt. Das Ganze war doch lächerlich, was konnte er schon tun? Sie anzeigen? Die Polizei würde fragen, wo denn der Betrug sei, wenn die Gemälde existierten. Mazur hatte Clemens den Vorschuss ja erst bezahlt, nachdem er die Bilder höchstpersönlich gesehen und für großartig befunden hatte. Auch die Signatur war keine Fälschung; Clemens hatte alle Werke eigenhändig signiert. Betrug wäre es gewesen, wenn Clemens Geld kassiert, aber keine Bilder geliefert hätte. Es war also nur viel Lärm um nichts, beruhigte sie sich auf dem Weg ins Krankenhaus. Sie würde Clemens nichts davon erzählen, wozu ihn aufregen, es konnte seine Heilung gefährden.

Aufgeregt klopfte Anna an die Zimmertür und öffnete sie dann vorsichtig.

Clemens stand fix und fertig angezogen am Fenster und drehte sich um, als er sie eintreten hörte.

Anna bemerkte sofort, dass er keine Augenklappe und auch keine Sonnenbrille trug.

»Endlich«, begrüßte er sie mit ausgebreiteten Armen und diesem strahlenden Lächeln, das sie so sehr liebte. Das seine graugrünen Augen zum Leuchten brachte. »Ich dachte schon, du hast mich vergessen. Was würde ich nur ohne dich tun?«

»Das werden wir wohl nie erfahren …« Sie drückte sich eng an ihn, und sekundenlang verharrten sie so, ohne ein Wort zu sagen.

Gestört wurden sie von Schwester Leontine, die mit den Entlassungspapieren kam und Clemens noch einige gute Ratschläge erteilte, während er die Formulare unterschrieb.

»Und du bist wirklich fit?«, vergewisserte sich Anna, als sie die Klinik durch den Haupteingang an der Ismaninger Straße verließen.

»So gut wie neu«, antwortete Clemens und nahm ihre Hand. »Die nächsten sechs Wochen muss ich aber noch vorsichtig sein, keine Überanstrengung, viel Ruhe.«

Anna durchfuhr eine heiße Welle, die ihr das Gefühl vermittelte, sie müsse sich übergeben. Er würde also frühestens in sechs Wochen wieder arbeiten können? Das bedeutete, ihr Programm »Ins Bett legen und tagelang schlafen« wurde auf unbestimmte Zeit verschoben. Im ersten Schockmoment wollte sie in Tränen ausbrechen, doch was hätte es geändert? Schlapp machen durfte sie erst, wenn Clemens ganz gesund war. Also legte sie sich seinen Arm um ihre Schulter wie einen schützenden Umhang, unter dem ihr niemand etwas anhaben konnte, holte tief Luft und sagte: »Dann bin ich für die nächste Zeit deine Krankenschwester und passe auf, dass du keine Dummheiten machst.«

»Ich habe dich so sehr vermisst, ich kann es kaum erwarten, mit dir zu schlafen«, flüsterte Clemens ihr ins Ohr und küsste sie leidenschaftlich.

»Dann schnell nach Hause«, keuchte Anna, als er sie wieder losließ.

In der Georgenstraße angekommen stürmten sie wie zwei Ausgehungerte die Treppen hinauf – und blieben auf dem letzten Absatz abrupt stehen.

Vor der Ateliertür stand der Galerist, in einem dunkelgrauen Regenmantel und einem grauen Hut in der Hand. Finster starrte er ihnen entgegen, sein Gesicht lief vor Wut rot an, als er sie erblickte.

Anna hielt dem Blick des Mannes stand und fixierte ihn ihrerseits wie den leibhaftigen Rachegott. Dennoch kroch die Angst über ihren Rücken wie ein giftiges Tier. Es war alles ihre Schuld, sie hatte diesen irren Vorschlag gemacht und damit Clemens' Karriere zerstört.

»Herr Mazur, wie schön, Sie zu sehen«, begrüßte Clemens ihn arglos.

Mazur kniff die Augen zusammen. »Wenn ich gleich mit Ihnen fertig bin, werden Sie es nicht mehr *schön* finden.«

»Wie bitte?« Clemens hatte den Schlüssel in der Hand, um aufzusperren, doch Mazur blockierte die Tür.

»Ich … ich muss dir was erklären«, begann Anna.

»Ah, die kleine Fälscherin dachte wohl, sie käme ungeschoren davon!«, bellte der Galerist aufgebracht. »Falsch gedacht. Ich lasse mich nicht betrügen.«

Clemens blickte von Anna zu Mazur und wieder zu Anna. »Was ist hier los?«

Anna nahm ihm einfach den Schlüssel aus der Hand. »Bitte, lass uns hineingehen … ich kann es erklären …« Sie drängte sich zwischen den beiden Männern hindurch und sperrte auf.

Clemens ließ Mazur den Vortritt, folgte ihm dann und drückte die Tür ins Schloss. »Also, ich höre.«

»Gestern klingelte ein Herr Deinlein an der Tür, kam einfach ins Atelier und wollte unbedingt …«, begann Anna zu erklären.

»Der Mann ist einer meiner wichtigsten Kunden«, unterbrach sie Mazur. »Und er droht jetzt mit einer Klage.«

»Weshalb will einer Ihrer Kunden Sie denn verklagen?« Clemens hatte seine Jeansjacke ausgezogen und sich auf den Diwan gesetzt. »Ich verstehe immer noch nicht, was passiert ist.«

Anna beobachtete ihn besorgt. Er sollte sich doch nicht aufregen.

»Dann will ich Ihnen mal erzählen, was Ihre kleine Frau angerichtet hat.« Als sei er vor Gericht, schleuderte Mazur ihm die Fakten ins Gesicht und endete mit der Anschuldigung: »Alle Bilder sind Fälschungen, und das ist Betrug!«

Clemens hatte den Galeristen sehr aufmerksam beobachtet und stand nun auf. »Sie haben die Bilder also jemandem jetzt schon gezeigt, obwohl Sie bis zu einer Vernissage warten wollten?«

Mazur hob selbstbewusst den Kopf. »Ja, und?«

Clemens baute sich vor ihm auf und überragte ihn um eine Kopflänge. »Damit haben *Sie* eine Vereinbarung gebrochen! Und da Sie diesem Deinlein meine Adresse verraten haben, sehe ich das als Hausfriedensbruch.«

»Sind Sie irre?« Mazur blitzte Clemens zornig an und deutete dann mit ausgestrecktem Arm auf Anna. »Da steht die Fälscherin! Sie hat doch vor Deinlein zugegeben, dass sie die Bilder gemalt hat, die in der Galerie stehen!«

»Darf ich Sie etwas fragen?« Clemens lächelte Mazur an, der nur stumm aufblickte. »Erinnern Sie sich an Ihre Begeisterung, als Sie die neuen Werke zum ersten Mal gesehen haben?«

»Und? Was wollen Sie damit andeuten?«, entgegnete der Galerist in aggressivem Tonfall.

»Dass Anna auch eine herausragende Künstlerin ist. Von dilettantischen Arbeiten wären Sie wohl nicht so begeistert gewesen.« Clemens berichtete nun seinerseits, wie es durch seine Verletzung überhaupt zu der Situation gekommen war. »Ich litt unter Rußregen, konnte keine klaren Kanten und Linien erkennen und in diesem Zustand nicht arbeiten. Als Anna den Vorschlag machte, ein von mir angefangenes Bild zu beenden, kamen wir auf die Idee mit den Gemeinschaftsarbeiten und beließen es bei der Signatur *CA,* die ebenso für *Clemens und Anna* stehen kann.«

»Nettes Märchen, aber das nützt euch beiden Betrügern gar

nichts, denn ich vertrete *Clemens Altmann* und nicht irgendein Pärchen, wovon der eine Teil auch noch halbblind ist.« Mazur schritt zur Tür, öffnete sie und drehte sich noch einmal kurz um. »Sie haben unseren Vertrag gebrochen, damit ist unsere Zusammenarbeit beendet. Ihre Bilder können Sie wieder abholen.« Grußlos verließ er das Atelier und knallte die Tür hinter sich zu.

Anna und Clemens zuckten erschrocken zusammen und starrten sich entsetzt an.

Anna fasste sich zuerst. »Was machen wir denn jetzt?«

Clemens legte den Arm um sie. »Nichts, wir warten ab, was passiert. Vielleicht beruhigt er sich wieder und überlegt es sich noch mal mit der Kündigung. Er wäre ein miserabler Geschäftsmann, wenn er wegen so einer Kleinigkeit auf den Profit verzichten würde. Schließlich hatte er die Qualität doch bestätigt, und nur weil ich die Bilder nicht allein gemalt habe, sind sie nicht weniger gut. Jedes Einzelne ist großartig, das hat er mehrmals verlauten lassen.«

Anna schnaufte ratlos und schluckte die wirklich brennende Frage herunter wie bittere Medizin. Denn was Clemens nicht zu bedenken schien: Die erwarteten Einnahmen, die sie längst verplant hatte, fielen nun weg.

Als in diesem Moment die Sonne hinter den Wolken hervorkam und das Atelier in gleichmäßiges Nordlicht tauchte, atmete Anna auf. Es war Frühling, das Wetter wurde milder, und sie konnten ihre Geschäfte auf der Künstlermeile wieder aufnehmen. »Trotzdem haben wir jetzt das Problem, die großformatigen Bilder nach Hause schleppen zu müssen, was mit der Straßenbahn nicht klappen würde. Sie auf der Leopoldstraße anzubieten, wird aber auch kaum möglich sein. Also, was sollen wir damit tun?«

»Wir brauchen einen neuen Galeristen!«, antwortete Clemens mit solcher Bestimmtheit, als müsse er lediglich zum nächsten

Kunsthändler marschieren, seine Werke anbieten, und alle Probleme würden sich in Luft auflösen.

Anna teilte seinen Optimismus nicht in vollem Umfang, wollte ihn aber nicht entmutigen. »Dem Mutigen gehört die Welt« hatte sie irgendwo gelesen. »Ja, eine neue Galerie wäre die ideale Lösung. Nur, wo finden wir eine?«

»Morgen fangen wir mit der Suche an, heute hab ich andere Pläne.« Clemens zog sie an der Hand zum Bett. »Erinnerst du dich, was Leontine über die Liebe gesagt hat?«

»Irgendwas mit Medizin oder so«, antwortete Anna grinsend.

»Stimmt, und von dieser besonderen Medizin brauche ich jetzt eine Überdosis, damit ich schnellstmöglich wieder ganz gesund werde.«

Anna ließ sich nur zu gern in die Kissen sinken. Es war einfach zu verlockend, an nichts anderes zu denken als an die Liebe. In Clemens' Armen konnte sie die Sorgen für ein paar Stunden vergessen, die würden auch morgen noch da sein.

Am nächsten Tag kümmerte sich Clemens mit aller Kraft um den Transport der Bilder aus der Galerie. Jacob wollte helfen, doch leider war der Leiterwagen viel zu klein. Er wusste aber von einem Kollegen, der ein Cabrio besaß, mit dem die großformatigen Werke befördert werden konnten. »Tut mir unendlich leid, hab das Teil gerade zu Schrott gefahren«, bedauerte Jacobs Bekannter.

Die Suchaktion ging also weiter. Clemens machte es sich mit drei Kissen im Rücken bequem und verbrachte den Tag mit dem Telefonapparat im Bett.

»Ich brauch ne Pause« stöhnte er um die Mittagszeit und rieb sich die heißen Ohren. Bislang hatte er nichts erreicht, aber sein Problem so oft geschildert, dass er sich wie eine kaputte Schallplatte vorkam.

In der Küchenkommode fand sich noch eine Dose Ravioli in Tomatensoße. Eine bescheidene Mahlzeit, die aber mit zwei Scheiben Brot einigermaßen sättigte.

Auch in den nächsten Tagen hing Clemens stundenlang am Hörer – ohne das erhoffte Ergebnis. Und als wäre das nicht frustrierend genug gewesen, lag dann auch noch ein Brief von Mazur im Briefkasten, den Anna vorlas: »Also, er schreibt: ›Ich fordere Sie auf, mir einen genauen Termin für die Abholung der Gemälde zu nennen. Sollten die Werke nicht innerhalb der nächsten zwei Wochen abgeholt werden, sehe ich mich gezwungen, eine Gebühr für den Lagerplatz zu berechnen.‹ Wie unverschämt kann man sein!« Schnaufend warf sie ihre Locken zurück.

Clemens schnaufte ebenfalls, aber zutiefst erleichtert. »Ich bin froh, dass er nur Lagergebühr androht, ich hatte wirklich befürchtet, er würde uns verklagen.«

»Wir können uns aber keine Lagergebühren leisten«, erinnerte Anna ihn. Die dafür verantwortliche hohe Klinikrechnung musste sie nicht erwähnen, er wusste, was die Operation und der Aufenthalt gekostet hatten.

Am Monatsletzten lag dann tatsächlich eine Rechnung von Mazur im Kasten, für den ersten Tag der überschrittenen Frist: zehn Mark, die sofort zu überweisen wären.

»Der Mann ist vollkommen durchgedreht, erst will er die Bilder unbedingt in der Galerie lagern, und jetzt sollen wir dafür bezahlen«, schimpfte Anna und zerriss das Blatt. »Der bekommt keinen einzigen Pfennig von uns, soll er doch klagen.«

Clemens hatte Anna bewundernd zugesehen. »Weißt du, dass ich dich noch mehr liebe, wenn du solche verrückten Sachen machst?«

Anna lächelte und küsste ihn zärtlich auf den Mund. »Blöd nur, dass meine letzte verrückte Idee uns genau in diese Situation gebracht hat. Mazur ist leider im Recht, wir haben ihn definitiv betrogen«, sagte sie kleinlaut und füllte Kaffeepulver in die Filtertüte. Clemens stellte zwei Tassen und die Zuckerdose auf das große Tablett, mit dem sie gewöhnlich im Bett frühstückten.

Anna schaltete die Kaffeemaschine an. »Mit Mazur als Einkommensquelle können wir jedenfalls nicht mehr rechnen.«

Clemens legte seine Arme um Annas Taille. »Manchmal verkalkuliert man sich eben. Es kommen auch wieder andere Zeiten.«

Anna drehte sich um und schaute Clemens an. »Nachdem ich auch das Rubinherz nicht verkaufen kann, ohne vielleicht verhaftet zu werden, gibt es nur noch die Möglichkeit, Traudl und Xaver um Geld zu bitten oder im Salon zu arbeiten.«

Clemens riss erschrocken die Augen auf. »Nein, das musst du nicht tun. Ich werde Conny noch mal bitten, uns was zu leihen.«

»Hast du vergessen, was sie letztes Mal gesagt hat? Wir sollen ihr erst mal das bereits geliehene Geld zurückzahlen. Nach der Vernissage hätten wir unsere Schulden bei Conny bezahlen und es nicht nur für uns ausgeben sollen.« Anna holte noch etwas Milch für den Kaffee aus dem Kühlschrank.

»Mach dir keine Vorwürfe, es ist *meine* Schwester und ich hätte dran denken müssen«, nahm Clemens die Schuld auf sich.

»Lass uns Kaffee trinken, vielleicht fällt uns ja noch jemand ein, den wir anpumpen können.« Kaum hatte sie es ausgesprochen, lachte sie laut auf. »Als ob wir reiche Leute kennen würden! Nur arme Schlucker.«

»Aber wir sind *glückliche* arme Schlucker«, ergänzte Clemens und schaute sie zärtlich an. »Solange wir uns lieben, sind wir unverletzlich.«

Anna schenkte Kaffee ein, und weil genau in diesem Moment das Telefon schrillte, erschrak sie, stieß mit der Kanne an eine Tasse, und binnen weniger Augenblicke färbte der kostbare

Wachmacher die ohnehin nicht ganz weiße Bettwäsche hellbraun.

»Wer immer das ist, der kann was erleben«, versprach Clemens, als er den Hörer abnahm und sich mit einem schroffen »Wer ist da?« meldete.

»Jacob, und fauch mich nicht so an.«

»Oh, tut mir leid, Alter, ich hab nur eben schlechte Nachrichten erhalten ...«

»Schon gut. Warum ich anrufe ... ich weiß eine Galerie, der du die großen Bilder anbieten kannst.«

Perplex schnappte Clemens nach Luft. »Waaas? Das ist ja der Wahnsinn. Wo, wie, wer?« Gespannt hörte er dann zu, was sein Freund von einem Bekannten und der wiederum von einem anderen Bekannten erfahren hatte. »Danke, Mann, dafür hast du was gut bei mir.«

»Wirklich? Das ist ja echt unfassbar, was für ein Glück!«, schwärmte Anna, nachdem Clemens die Neuigkeiten berichtet hatte. »Jacob ist ein echter Freund. Wenn das klappt, wäre es unsere Rettung«, fügte sie hinzu und schlug vor, sofort loszulaufen.

41

BESAGTE GALERIE LAG am Wedekindplatz, jenem Platz, an dem 1962 ein paar Straßenmusikanten noch nach zehn Uhr gespielt, angeblich einige Nachbarn am Schlafen gehindert und am Ende die Schwabinger Krawalle ausgelöst hatten.

Ein paar Gammler, über die sich schon lange niemand mehr aufregte, saßen rauchend am Brunnen. Ein drahthaariger Mischlingshund zog sein widerspenstiges Herrchen zum plätschernden Wasser. Gegenüber dem Brunnen vor dem *Drugstore* lungerten Jugendliche herum, die Passanten um ein paar Pfennige anschnorrten. Womöglich für ein Wannenbad, das Menschen ohne eigenes Bad für 1,50 Mark in der städtischen Badeanstalt an der gegenüberliegenden Straßenecke nehmen konnten.

Der Kunsthandel lag links neben dem Drugstore an der Ecke zur Werneckstraße. Zu Clemens' Überraschung wirkte die Galerie weitaus größer als Mazurs in der vornehmen Maximilianstraße, zog sich ums Eck und verfügte über zwei große Schaufenster. Aber sie war auch weit weniger exklusiv, denn genau genommen handelte es sich um eine Postergalerie.

»Schöne Überraschung«, murmelte Clemens, als sie den Laden vom Brunnen aus betrachteten.

»Es ist aber eine Galerie«, sagte Anna mit fester Stimme.

»Auch wieder wahr, und deshalb werden wir auch hineingehen, um herauszufinden, warum Jacob sie mir empfohlen hat.«

Der erste Eindruck war ernüchternd. Clemens schaute sich dennoch interessiert um: Die Wände waren zugepflastert mit

Plakaten und Postern aller Art, dazu gerahmte Fotografien, so dicht gehängt, dass kaum noch etwas von der hellgelben Wandfarbe durchblitzte. Die beiden Schaufenster hatten von der Straße aus Größe vermittelt, doch soweit er es von hier aus beurteilen konnte, waren es lediglich zwei ineinandergehende Räume, jeder in den Ausmaßen eines geräumigen Wohnzimmers. Clemens ahnte, dass es keinen Platz für seine großformatigen Gemälde gab, und es war nur schwer vorstellbar, ob der Inhaber überhaupt Interesse an den Gemeinschaftsarbeiten hatte, die hier herausstechen würden wie Orchideen auf einem brachliegenden Acker. Was wiederum ein Vorteil wäre.

Ein etwa dreißigjähriger blonder Mann in einem farbigen Jackett trat aus dem angrenzenden Raum und blieb einen Moment stehen, als er Clemens und Anna erblickte.

»Servus. Wollts euch umschaun?«

»Wir würden gern den Galeristen sprechen«, entgegnete Clemens.

»Steht vor euch, Wolfi Römer. Was kann ich für dich tun?« Römer schaute sie aus braunen Augen neugierig an und kratzte sich dazu an seinen buschigen Koteletten, die ihm fast bis ans Kinn reichten. Sein restliches Gesicht war bartlos und jugendlich glatt wie das eines Vierzehnjährigen, wogegen sein Haar am Oberkopf schütter wirkte und der Ansatz bereits sehr weit zurückgewichen war.

Clemens stellte sich vor und erklärte sein Problem, ohne die angebliche Fälschung zu verschweigen, erwähnte aber auch den Erfolg der ersten Vernissage. »Deshalb bin ich auf der Suche nach einer neuen Galerie, die mich vertreten möchte.«

Römer hatte aufmerksam zugehört und mehrmals vergnügt geschmunzelt. »Spannende Geschichte, und sie passt so wundervoll zu Schwabing, unserem ewigen Wahnmoching, wie es die Franziska zu Reventlow genannt hat. Doch dieser Galerist …«

»Mazur«, sagte Anna.

»Genau … Also, der Mann ist ein Depp, wenn er sich wegen so was aufregt. Ich hab jetzt zwar noch nichts von euren Sachen gesehen, aber bevor ich die Bilder bei dem Galeristen abhole, tät ich mir gern Arbeiten von euch anschauen. Wo wohnt ihr? Dann komme ich die Tage mal vorbei. Bei der Gelegenheit würde ich auch gern das Atelier fotografieren. Wenn das in Ordnung ist.«

»Na klar, warum nicht. Es sind einige angefangene Arbeiten im Atelier, die du besichtigen kannst.« Clemens nannte Römer seine Adresse und betonte, dass die ganze Angelegenheit eilig sei. »Für jeden Tag, an dem die fünf Bilder bei Mazur in der Galerie stehen, werden Lagergebühren fällig.«

»Lagergebühren, wo gibt's denn so was?« Römer lachte kopfschüttelnd und verabschiedete sie mit Handschlag. »Bis morgen oder spätestens übermorgen.«

»Vielleicht hätten wir fragen sollen, ob er manchmal auch Ausstellungen veranstaltet«, sagte Anna, als sie die Postergalerie verlassen hatten und in das helle Sonnenlicht blinzelten.

»Hätten wir.« Clemens fasste Anna an der Hand. »Aber ich wollte ihn nicht zu sehr bedrängen, schließlich müssen wir froh sein, wenn er die Bilder überhaupt nimmt. Dann ist immer noch Zeit genug, über Vernissagen und natürlich über Geld zu reden.«

Wolfi Römer tauchte tatsächlich schon am nächsten Abend auf; über der Schulter eine kleine schwarze Tasche, in der Hand einen Fotoapparat.

Clemens bemerkte Römers verschwitztes Gesicht, vermutlich war er schnell gelaufen, trat einen Schritt zur Seite und bat ihn einzutreten.

Römer schaute sich nicht um, sondern hob sofort den Fotoapparat vor sein rechtes Auge.

Clemens freute sich. Römers Begeisterung war die halbe Miete. Dann besann er sich auf das Naheliegendste: »Magst du was trinken, ein Glas Wein vielleicht?« Es war die letzte Flasche aus besseren Zeiten, die er kaltgestellt hatte und der guten Stimmung wegen öffnen wollte.

Römer nickte. »Gern, wenn er schön kalt ist.« Umständlich, die Kamera von einer Hand in die andere Hand wechselnd, zog er sein hellblau-weiß gestreiftes Jackett aus.

»Das ist er«, versicherte Anna. »Der liegt schon seit Stunden im Kühlschrank.« Sie nahm die Flasche heraus, dazu den Flaschenöffner aus der Küchenkommode und reichte beides Clemens. »Ich schaffe diese Korken nicht, die sitzen immer bombenfest.«

»Ein wunderschönes Atelier habt ihr hier. Aber ziemlich warm im Sommer, oder?«, sagte Römer beim Anstoßen.

»Und ziemlich schattig im Winter«, scherzte Clemens. »Das Dach ist so gut wie gar nicht isoliert, aber das interessiert den Hauswirt null.«

»Kann ich nachvollziehen … Wenn es euch recht ist, würde ich auch gern Poster von den Fotos drucken. Die Atmosphäre ist genauso, wie sich der kleine Michel ein Künstleratelier vorstellt, und wie das Licht auf diesen Diwan fällt, einfach perfekt. Das Teil könnte auch im Atelier eines berühmten Münchner Malers gestanden haben. Franz Marc, Kandinsky und Lenbach oder wie sie alle heißen, die Künstler, die München und vor allem Schwabing geprägt haben … Wie schon Erich Mühsam gesagt hat, ist hier ja eine ganz besondere Boheme zu Hause: Maler, Bildhauer, Dichter, Modelle, Nichtstuer, Philosophen, Religionsstifter, Umstürzler, Erneuerer, Sexualethiker, Psychoanalytiker, Musiker, Architekten, Kunstgewerblerinnen, entlaufene höhere Töchter, ewige Studenten, Fleißige und Faule, Lebensgierige und Lebensmüde, Wildgelockte und adrett Gescheitelte. Und alle sind a bisserl gaga, aber kreativ bis in die Fingernägel.«

»Interessant … aber wieso Poster?«, versuchte Anna ihn auf das für sie Wesentliche zurückzubringen.

»In meiner Galerie verkaufe ich zwar auch Gemaltes, aber hauptsächlich Poster. Die Motive fotografiere ich meistens selbst und lasse auch drucken. Ich beteilige euch mit einhundert Mark, wenn ihr einverstanden seid.«

»Warum nicht?«, stimmte Clemens zu und lenkte Römers Aufmerksamkeit mit einer Handbewegung in den hinteren Teil des Ateliers. »Möchtest du nicht zuerst unsere Gemeinschaftsarbeiten anschauen? Deshalb bist du doch hier.«

»Na klar, schaue ich mir an.« Römer behielt den Apparat in der Hand und folgte Clemens.

»Moment noch«, bat Clemens, während er und Anna die Tücher von den teils noch halbfertigen Arbeiten nahmen.

»Donnerwetter …« Römer hob sofort wieder den Fotoapparat vor sein Auge, und gleich darauf klickte es einmal. »Das ist nur als Gedächtnisstütze«, erklärte er und fügte hinzu, dass er als Fotograf alles besser und genauer beurteilen könne, wenn er es zuerst durch die Kamera und dann als entwickeltes Bild betrachte.

Clemens nickte verstehend, war aber so ungeduldig wie sonst nie. »Aber du wirst doch auch jetzt schon eine Meinung dazu haben.«

»Beeindruckend!«

»Danke.« Clemens atmete lautlos auf. Die erste Hürde war genommen. »Würden der Stil und die Sujets in deine Galerie passen?«

»Na klar, warum nicht?«

»Wie schaut's mit einer Vernissage aus? Veranstaltest du so was überhaupt in deinen Räumen? Ich frage nur, weil die Wände doch ziemlich belegt aussahen, als wir da waren.«

»*Belegt* …«, lachte Römer und trank sein Glas aus. »Da triffst du genau ins Schwarze, es gibt einfach zu viele schöne Objekte, und ich kann mich nie entscheiden, was bleiben darf oder wegmuss. Also hänge ich alles auf, solange ich noch ein freies Stückerl Wand entdecke. Aber es finden tatsächlich ab und zu Ausstellungen bei mir statt. Allerdings nenne ich sie Kunst-Happening, das zieht bei meiner Kundschaft eher. Wie schon gesagt, die Schwabinger sind a bisserl gaga, und Happenings sind grad in Mode.«

Clemens warf Anna einen erleichterten Blick zu, den sie mit einem Lächeln erwiderte. »Das wäre perfekt. Wie schnell könntest du denn eine Ausstellung mit unseren Sachen organisieren?«

»Es ist keine Frage der Organisation, sondern eine der Jahreszeiten …« Römer kratzte sich am Kopf. »Weißt, Clemens, jetzt wirds warm, da fahrn die Leut an den See, abends legens dann die Würstl auf den Grill, trinken drei bis fünf Bier dazu, und danach hat niemand mehr Lust auf Kunst und Kultur. Wir würden allein dastehen. Aber im Herbst, da geht wieder was. Also sagen wir Oktober, nach dem Oktoberfest, da ist die beste Zeit dafür.«

Anna schaute Clemens geschockt an, und als sie sich auf die Lippen biss, wusste er, was sie dachte: Das sind noch fünf Monate, wie sollen wir die nur überbrücken?

»Verstehe«, sagte Clemens diplomatisch, obwohl auch er entsetzt war und überlegte, mit welchen Worten er Römer wenigstens zur Abholung der großen Bilder aus Mazurs Galerie motivieren konnte. Aber er war wie blockiert und bot einfach noch mal Wein an.

»Da sag ich nicht nein …« Römer hielt sein Glas hin. »Aber wennst magst, können wir bis dahin immer mal eines von deinen Werken ins Schaufenster stellen«, sagte er, während Anna nachschenkte. »Um Kunden in den Laden zu locken.«

»Tolle Idee.« Clemens hätte den Galeristen zu gern vor

Erleichterung umarmt, was natürlich vollkommen unmöglich war. Er wollte sich ja nicht mit dem Mann verbrüdern, sondern Geschäfte machen. »Dann bleibt nur das Problem mit dem Transport, wir besitzen nämlich kein Auto.«

»Da sind wir schon zu zweit.« Römer lachte. »Aber ich kenn einen, der einen kennt, und der hat bestimmt einen fahrbaren Untersatz, mit dem man was transportieren kann ... die Bilder aus der Maximilianstraße von dem spinnerten Galeristen und auch neue Werke. Mach dir mal keinen Kopf.«

Clemens war erleichtert und hoffte, die ganze Nummer ließe sich tatsächlich so einfach abwickeln, wie sie für Römer zu sein schien. Soweit er ihn einschätzen konnte, gehörte er zu der Sorte von Schwabingern, für die das Leben nur aus Lösungen und niemals aus Problemen bestand. Doch seiner Erfahrung nach verdarben »zu viele Köche« immer den Brei.

Clemens hatte sich geirrt. Römer hatte binnen drei Tagen jemanden mit einem VW-Bus aufgetrieben, der für einen Kasten Bier bereit war, alle Bilder von Mazur und auch die aus dem Atelier abzuholen und am Wedekindplatz abzuliefern. Wie sich herausgestellt hatte, verfügte die Postergalerie nämlich über einen weitläufigen Kellerraum, der trocken und sogar einbruchssicher abzusperren war. Das Lagerproblem war also gelöst. Das finanzielle jedoch wurde von Tag zu Tag dringender.

»Wenn wir jetzt noch den Goldtopf am Ende des Regenbogens finden würden, wären wir gerettet«, sagte Anna, als sie am frühen Abend neben Clemens im Bett lag. Entgegen ihren Gewohnheit, nie vor Mitternacht schlafen zu gehen, hatten sie heute schon um acht das Licht gelöscht, als sei die Dunkelheit ein sicherer Ort, an dem sie vor allem Unglück geschützt waren. Nachdenklich blickte sie durch das Atelierfenster in den Abendhimmel, an dem die ersten Sterne blinkten.

»Heute ist es ohnehin schon zu dunkel, um danach zu suchen«, flüsterte Clemens ihr zu. »Außerdem regnet es nicht, und wie wir wissen: ohne Regen und Sonne kein Regenbogen.«

»Ein Sack voller Sternenglitzerstaub wäre genauso hilfreich … was ich mich übrigens immer schon gefragt habe, warum glitzern Sterne?«

»Wenn ich in Physik besser aufgepasst hätte, könnte ich dir eine logische Erklärung dafür geben«, antwortete Clemens.

Anna drehte sich zu ihm. Seine Augen glänzten im Halbdunkeln des Raumes, und sie freute sich jeden Tag aufs Neue, dass er bald wieder würde malen können. »Logik ist doch langweilig.«

»Meistens jedenfalls«, relativierte Clemens. »Eine lyrische Erklärung wäre: Sterne sind verstorbene Liebende, die sich am Nachthimmel Liebesbotschaften zublinken.«

»Das klingt wunderschön«, seufzte Anna. »Ob wir eines sehr fernen Tages auch da oben stehen und uns Glitzerbotschaften senden?«

»Selbstverständlich. Aber ich kann dir jetzt schon eine Liebesbotschaft zuflüstern: Ich liebe dich so sehr, dass …«

Clemens wurde von der Klingel und gleichzeitigem Klopfen an der Tür unterbrochen. »Hallo, Herr Altmann, aufmachen!«

»Ruppert!«, flüsterten Clemens und Anna einstimmig.

»Aufmachen«, dröhnte es erneut.

»Der zerstört noch die Tür, wenn er seinen Willen nicht bekommt.« Clemens kroch unter der Decke hervor und ging öffnen.

»Sie sind ja schon wieder in Unterwäsche«, zeterte Ruppert sofort. »Ziehen Sie sich auch mal was an?«

»Und Sie sind immer noch unfreundlich«, konterte Clemens. »Was wollen Sie?«

»Die Miete, was sonst. Falls es Ihnen entgangen ist, heute ist bereits der Dritte.« Ruppert hatte sich bis zum Limit echauffiert, wie an seinem roten Kopf und den Spucketröpfchen zu sehen war.

»Ist mir nicht entgangen …«

»Wollten Sie heimlich ausziehen? Ich habe gesehen, wie Sie am Nachmittag Ihre ›Kunstwerke‹ weggeschleppt haben.«

»Die gingen in eine Galerie …«

»Nicht schon wieder das Märchen von dem Galeristen, mir kommt gleich die Galle hoch.« Er verzog angewidert das Gesicht. »Wenn Sie morgen bis zwölf Uhr nicht bezahlen, lasse ich euch endgültig zwangsräumen!« Wutschnaubend drehte er sich auf dem Absatz um und trampelte die Treppe hinunter.

Clemens schleppte sich zurück zu Anna. So wütend wie eben hatte er Ruppert noch nie gesehen. Es schien ihm ernst zu sein mit seiner Zwangsräumung. Aber wo sollten sie denn hin? Von einem Tag zum anderen ließ sich vielleicht eine neue und sogar preiswertere Wohnung finden, doch auch die hätten sie nicht bezahlen können.

»Irgendeine Lösung wird uns schon einfallen«, sagte Anna leise, als er wieder unter die Decke schlüpfte.

»Die einfachste Lösung wäre, du suchst dir einen Mann, der dir ein sorgenfreies Leben bieten kann.«

42

ANNA HATTE DIE halbe Nacht wach gelegen und verzweifelt überlegt, wo sie fünfhundert Mark auftreiben konnte, um die ausstehende Miete zu bezahlen und weiter über die Runden zu kommen. Fünfhundert Mark war der Umsatz an einem guten Samstag im Friseursalon. Aber in den Salon zurückzukehren hieße, all ihr Ideale und Ambitionen zu verraten, wieder Haare zu waschen, Locken zu drehen und seichte Gespräche zu führen. War sie dazu bereit?

Gegen Mittag erwachte sie aus einem seltsamen Traum, in dem sie mit einem fremden Mann geflirtet hatte. Der Grund dafür war ganz sicher Clemens' Bemerkung vom Abend zuvor.

»Guten Morgen, mein Liebling, gut geschlafen?« Clemens stand an der Küchenkommode und schaltete die Kaffeemaschine ein.

Anna rieb sich die Augen, um die Erinnerung an diesen fremden Mann loszuwerden, und grummelte: »Ja … aber schlecht geträumt …«

»Was denn?«

»Von einer fröhlichen Menschenmenge, vermutlich eine Party«, schwindelte sie, um ihm keinen Grund zu geben, das Thema zu vertiefen. Clemens war ihre große Liebe, allein der Gedanke, in den Armen eines anderen Mannes zu liegen, verursachte ihr Magenkrämpfe. Sie war unfähig, sich ein Leben ohne ihn vorzustellen. Seit sie mit ihm zusammen war, mit ihm lebte, war keine einzige Sekunde vergangen, in der sie trotz aller

Sorgen nicht glücklich gewesen war. Und seit sie gemeinsame Werke schufen, war ihre Liebe nur noch intensiver geworden.

»Möglicherweise hast du hellseherische Fähigkeiten und von unserer nächsten Vernissage geträumt«, mutmaßte Clemens mit zufriedenem Lächeln.

»Ja, das wäre toll, wenn ich in die Zukunft blicken und vorhersagen könnte ...« Anna stockte, denn in dem Moment wusste sie, wer dieser fremde Mann in ihrem Traum gewesen war. Und dieser Fremde konnte ihr vielleicht helfen.

Clemens brachte ihr eine Tasse Kaffee und ein Butterbrot ans Bett. »Nach dem Frühstück rufe ich Gesine an, dann wird alles wieder gut, versprochen.«

»Bestell ihr einen lieben Gruß. Aber angenommen ...«, begann Anna vorsichtig, als sie den ersten Schluck Kaffee genossen hatte, »... wir müssten tatsächlich ausziehen, wohin dann mit all unseren Sachen?«

»Psst, nicht den Teufel an die Wand malen ... Gesine wird uns helfen, ganz bestimmt.«

»Ja, bestimmt. Aber es ist bereits elf Uhr ...«

»Okay, es wird knapp.« Clemens stellte seine Tasse zur Seite und erhob sich. »Ich rufe sie jetzt sofort an.«

Anna ging inzwischen ins Bad, um ihn ungestört telefonieren zu lassen.

Als sie zurückkam, legte er gerade den Hörer auf. »Gesine und Conny sind mit Arnold verreist. Sie kommen aber heute Abend zurück, hat mir unsere Köchin erzählt. Bestimmt kann ich Ruppert überreden, noch einen Tag länger zu warten.«

»Dann werde ich inzwischen bei Margot anfragen, ob sie noch jemanden für den Service brauchen kann. Sie ist oft am Vormittag da und erledigt Papierkram, hat sie mir mal erzählt. Wenn sie mich tatsächlich braucht, werde ich um einen kleinen Vorschuss bitten. Fragen kostet nichts.«

»Bitte, Anna, nicht wieder in diese Spelunke. Wenn ich daran denke, dass du besoffenen Kerlen Bier bringen musst, werde ich wütend.« Clemens' Blick wanderte von ihren wilden Locken bis zu den nackten Füßen. »Außerdem bist du viel zu schön für diesen Schuppen.«

»Du übertreibst. Auch wenn es kein Traumjob ist, gibt es doch jeden Abend Geld auf die Hand, dazu reichlich Trinkgeld von den ›Betrunkenen‹, und wir brauchen jede Mark, auch für Farben und Malmittel. Wir können zwar jetzt wieder in der Leopoldstraße verkaufen, was aber eher einer Lotterie gleichkommt. Hast du vergessen, dass wir an manchen Tagen nicht mal fünf Mark eingenommen haben?« Sie zog eines von Clemens' sauberen Hemden an und ihre geliebte Latzhose, obwohl die eine Wäsche dringend nötig hatte, aber Geld für den Waschsalon war längst blanker Luxus.

»Nicht vergessen, nur verdrängt.« Clemens ließ sich stöhnend aufs Bett fallen.

Anna legte sich zu ihm. »Jetzt mal im Ernst: Was machen wir, wenn du Ruppert nicht erweichen kannst? Vor allem mit unseren Sachen?« Ihr wurde übel, wenn sie daran dachte, mit Sack und Pack auf der Straße zu landen.

Clemens schwieg. Doch dann schnellte er plötzlich hoch und schlug sich mit der flachen Hand auf die Stirn. »Jacob! Ich Schwachkopf, warum habe ich nicht gleich daran gedacht.«

Anna rutschte auf die Bettkante und schlüpfte in die roten Ballerinas, die Clemens ihr in Cannes gekauft hatte. »Jacob wohnt doch zur Untermiete, wenn ich mich recht erinnere. Er wird uns kaum aufnehmen können.«

»Er hat mir mal das Gartenhaus seiner Eltern angeboten. Dort können wir unser Zeug unterbringen und notfalls auch schlafen, wenn alle Stricke reißen.«

»Hoffentlich müssen wir das nie annehmen … Bis später.«

Anna küsste ihn auf die Wange, zog noch einen V-Pulli über das Hemd und verließ das Atelier.

Auf dem Weg zum *Chez Margot* bemühte sie sich, positiv zu denken, aber so recht wollte es ihr nicht gelingen. Sie hatte vielmehr das Gefühl, alles breche über ihnen zusammen, als säßen sie in einer wackeligen Hütte, die beim kleinsten Windstoß in Einzelteile zerfiel.

Der erste Windstoß traf sie, als Margot bedauernd sagte, gerade vor zwei Tagen eine Kellnerin eingestellt zu haben. Es sei sehr schade, dass Anna zu spät käme, aber sie solle doch ihre Telefonnummer hinterlassen.

Mühsam lächelnd schluckte Anna den dicken Kloß hinunter, als sie die Nummer notierte. Völliger Nonsens – wenn sie das Atelier räumen mussten, hatten sie auch kein Telefon mehr. Und wo immer sie dann unterkämen, würden sie eine neue Nummer beantragen müssen, vorausgesetzt, sie könnten sich einen Anschluss leisten.

Nach dieser Absage verharrte Anna noch einen Augenblick auf der Straße, um durchzuatmen, als Margot plötzlich aus dem Lokal kam und ihr einen Zettel in die Hand drückte. Darauf die Telefonnummer vom *Babalu,* einer Disco in der Ainmillerstraße. Dort solle sie es versuchen, das sei ihr gerade durch den Kopf geschossen, die hätten immer Bedarf an Barfrauen oder Kellnerinnen.

Der Windstoß hatte sich in angenehm warme Frühlingsluft verwandelt. In Discos war es zwar laut, aber freitags und samstags sehr voll, was reichlich Trinkgeld bedeuten konnte.

Den Zettel in der Hand bestaunend, überlegte Anna, ob sie zuerst in dieser Disco anfragen oder den »fremden Mann« aus ihrem Traum aufsuchen sollte. Er würde sich freuen und ihr auch helfen wollen, da war sie ziemlich sicher, aber er war kein Samariter, noch nie gewesen, und womöglich knüpfte er seine Hilfe an irgendwelche Bedingungen.

Fünfzehn Minuten später stand sie in der Ohmstraße vor einem imposanten Gebäude mit stuckverzierter Fassade, geschnitzten Lilien an der Haustür und goldglänzenden Klingelschildern. Die Wohnung von Ulli Wegener lag in der ersten Etage.

Anna zögerte, rief sich dann aber in Erinnerung, dass er sie eingeladen hatte, ihn zu besuchen, und drückte entschlossen auf den elfenbeinfarbenen Klingelknopf. Auch nach mehreren Sekunden hörte sie keinen Türsummer. Offensichtlich war er nicht zu Hause, folgerte sie und wollte schon gehen, als der Summer doch brummte. Hoffentlich hatte sie ihn nicht aufgeweckt oder sonst aus einer Beschäftigung geholt, bei der jeder Besucher störte!

An der Wohnungstür wurde sie nicht von Ulli, sondern von einem mageren, langhaarigen blonden Mädchen erwartet, das unter einem dichten Pony hervorschaute. Sie wirkte verschlafen, war barfuß und trug nichts weiter als eine weiße durchsichtige Rüschenbluse, unter der ihre kleinen Brüste gut zu erkennen waren.

»Hallo, ich bin Anna, ich möchte Ulli besuchen. Ist er da?«

»Komm rein …« Das Mädchen drehte sich um und schlurfte träge einen langen, breiten Flur entlang.

Anna folgte ihr und dem Nebel aus Moschus, der das Mädchen umgab, vorbei an weiß gestrichenen Zimmertüren, die teilweise offen standen. Sie konnte in eine weitläufige Küche sehen, in deren Mitte ein großer, runder Tisch mit schmutzigen Tellern beladen war. Die Tür zum Badezimmer war angelehnt, und auch die, auf der »Abort« stand. Anna blickte diskret zur Seite, wunderte sich aber, dass die Stimme von Jim Morrison, dem Sänger von *The Doors,* aus diesem Raum drang. Saß da etwa jemand mit einem Kassettenrekorder auf der Toilette und hörte Musik?

Zwei Türen weiter drehte sich das Mädchen kurz um, als wolle sie ihr etwas sagen, blieb aber stumm und ging hinein.

Anna verharrte im Flur, wartete kurz, wagte dann einen Schritt vorwärts und schaute in den Raum.

Es schien ein Gemeinschaftszimmer zu sein, wie sie aus der spärlichen Möblierung schloss. Sie bestand nur aus Matratzen, die mit hellen Flokatis und unzähligen bunten Kissen bedeckt waren. Schwere dunkle Vorhänge an drei hohen Fenstern waren zugezogen, zwei Wandlampen im orientalischen Stil verbreiteten funkelndes Licht. An einer Wand hingen drei alte Spiegel, darunter halbhohe Bücherregale, gefüllt mit Schallplatten und obendrauf ein Plattenspieler. Über allem waberte eine süßliche Rauchwolke, und Bob Dylan sang *Lay Lady Lay.*

Das Mädchen ließ sich zwischen zwei junge Männer fallen. Wegen des Halbdunkels vermochte Anna nicht zu erkennen, ob Ulli irgendwo auf den fusseligen Teppichen saß. Sie glaubte, sechs junge Männer und drei Mädchen zu zählen. Einige hatten Teetassen in den Händen und aßen Kekse, andere rauchten Zigaretten. Zwei waren knutschend ineinander verschlungen. Ein Pärchen, zwei Mädchen oder zwei Jungs? Unmöglich zu erkennen.

Die Blonde, die die Tür geöffnet hatte, flüsterte einem Typen, der gerade an einem Joint zog und tief inhalierte, etwas ins Ohr. Schließlich stieß er den Rauch aus, reichte die Tüte an sie weiter, erhob sich träge und kam zu Anna.

Es war Ulli, wie Anna jetzt sehen konnte. »Grüß dich, ich war in der Gegend und dachte, ich besuch dich mal.«

»Hey, die schöne Anna …« Er breitete die Arme aus, zog sie an sich und raunte ihr ins Ohr: »Das ist der beste Tag meines Lebens.« Dann ließ er sie wieder los, nahm ihre Hand und führte sie zu den Sitzpolstern.

Anna war froh, sich setzen zu können, fühlte sie sich doch

jetzt schon schwindelig von der schweren, süßlichen Luft im Zimmer. Sie fragte sich, ob hier auch mal gelüftet wurde, wagte aber nicht, es vorzuschlagen.

Bob Dylan hörte auf zu singen. Eine Weile herrschte Stille, in der Anna nach Formulierungen für ihr Problem suchte.

»Hört mal alle her«, sagte Ulli plötzlich mit kratziger Stimme. »Das ist Anna, das schönste Mädchen, das ich jemals gesehen habe.«

Anna erschrak und fluchte innerlich; was für ein verdammter Mist. Das Letzte, was ihr noch zu allen anderen Problemen fehlte, war ein Kerl, der sie anschmachtete und die Situation missverstand. Mit etwas Glück war er nur total zugekifft und deshalb so rührselig, oder *mellow,* wie das auch genannt wurde.

»Es sind fast immer nur drei Gründe, die Menschen zum Handeln oder zu irrationalen Taten veranlassen: Sex, Geld, und Macht!«, meldete sich eine männliche Stimme.

»Nein«, widersprach das Mädchen in der durchsichtigen Bluse. »Es gibt nur einen einzigen Grund: Geld! Hast du davon genug, kannst du dir alles kaufen, auch Sex und Macht. Wie geht noch mal dieser Spruch?«

»Geld regiert die Welt«, sagte Anna, und sie konnte diese uralte Weisheit nur bestätigen. Hätte sie genug davon gehabt, säße sie jetzt nicht auf diesen schmuddeligen Teppichen und müsste keine verbrauchte Luft einatmen.

»Das ist doch kapitalistischer Dreck!«, rief ein anderes Mädchen, das sich bis zum Hals in eine dicke Decke gewickelt hatte. »*Love and Peace,* nur das zählt.«

»Und wer bezahlt dann die Leberwurstbrote, die du so liebst?«

»Ich bezahle, wenn sie jemand macht!«, rief Ulli.

Als hätte jemand ›Feuer‹ gerufen, sprangen alle auf und liefen aus dem Zimmer. Das Mädchen mit der Decke benötigte ein paar Sekunden, bis es sich herausgeschält hatte, stand dann halbnackt da und schlang sie wieder um sich.

Ulli war sitzen geblieben, Anna ebenfalls. Es war die perfekte Gelegenheit, mit ihm allein zu reden.

»Das sind also deine Mitbewohner«, begann sie in beiläufigem Ton.

»Was meinst du?«

»Als wir uns vor einer Weile in der Leopoldstraße gesehen haben, hast du mir von deiner Kommune erzählt …«

»Ach so …« Ulli legte seinen Arm um sie. »Nur drei davon wohnen hier, und Gloria, die vorhin neben mir lag und dir die Tür geöffnet hat, ist meine Freundin.«

»Sie ist sehr hübsch.«

»Sie vögelt gut, darauf kommts doch an. Hast du Lust?« Ulli beugte sich zu ihr und küsste sie zärtlich.

Anna rückte etwas von ihm ab und suchte verzweifelt nach Worten, mit denen sie seine Anmache stoppen konnte. »Also eigentlich …«

»Wenn du nicht in Stimmung bist, drehe ich uns einen super Joint. Oder wir schnupfen eine Linie. Koks macht supergeil, und in der Stimmung vögeln wir wie die Weltmeister. Oh Mann, ich spürs schon … fühl mal …« Er nahm ihre Hand, offensichtlich, um sie auf seinen Schoß zu legen.

Anna entzog sie ihm schnell, setzte sich aufrecht hin und verschränkte die Beine zum Schneidersitz. »Das ist echt nett von dir, Ulli, aber mir ist grad nicht danach, mich vollzudröhnen. In meinem Kopf ›dröhnt‹ nämlich ein extrem dringendes Wohnungsproblem, das ich schnellstens lösen muss, oder ich stehe auf der Straße.«

Ulli schaute sie einen Augenblick lang mit halbgeöffneten Augen an. »Ach so, jetzt checke ich's, du willst hier einziehen?«

Anna nickte. »Falls gerade was frei ist?«

»Aber klar doch, für dich schmeiße ich auch jemanden raus. Du kannst dir alle Zimmer anschauen und eines aussuchen. Auch meins steht dir zur Verfügung, allerdings nur mit mir als Zugabe. Ein riesiges Bett ist schon drin, da haben wir zwei locker Platz.« Er schaute sie unter seinen schweren Lidern an. »Ich kann es kaum erwarten.«

Anna schüttelte sich innerlich. Wie hatte sie nur annehmen können, dieser zugekiffte Irre könnte ihre Rettung sein! Nun, dann wollte sie ihm mal die volle Wahrheit gestehen. »Das wäre wirklich klasse, Ulli. Allerdings käme ich nicht allein, sondern mit meiner Staffelei, zwei, drei Kartons voller Farben, Pinsel, Malmittel und Clemens, meinem Freund. Darf er auch mit einziehen?«

»Na klar, deinen Krempel packen wir in den Keller, da ist massig Platz.«

Anna konnte nicht glauben, dass sich all ihre Sorgen so schnell auflösten. »Wirklich? Du bist meine Rettung.«

»Aber …« Ulli nickte, verschlagen grinsend, als habe er noch eine Überraschung bereit. »… in mein Zimmer kommst nur du. Deinen Typen stecken wir zu Gloria, dann sind wir alle gut versorgt. Und wenn wir mal supergeil sind, machen wir nen Vierer. Würde dir und deinem Typen das gefallen?«

Anna lachte, um eine direkte Antwort zu vermeiden, und sagte: »Du hast ja Vorschläge! Aber darüber reden wir noch. Jetzt muss ich los, meine Sachen packen.« Flüchtig küsste sie Ulli auf die Wange, entknotete ihre Beine, stand auf und verabschiedete sich mit Winken.

43

»PUH«, SCHNAUFTE ANNA, als sie aus dem Gebäude an die frische Luft trat, und schüttelte den Kopf über das gerade Erlebte. Im hellen Tageslicht empfand sie den Besuch bei Ulli als vollkommen surreal, als habe sie sich das alles nur eingebildet. Um sich zu vergewissern, überquerte sie die ruhige Ohmstraße und blickte von der anderen Straßenseite hoch zum ersten Stock. Die Sonne schien direkt auf die Fassade, und an drei Fenstern waren tatsächlich dunkle Vorhänge zugezogen, sie hatte also nicht geträumt oder fantasiert. Ullis Angebot, bei ihm einzuziehen, war real gewesen, auch wenn er eine Menge wirres Zeug geredet hatte. Was Drogen alles bewirkten … unglaublich. Sie ahnte, dass Clemens nicht gerade begeistert auf Ullis Angebot reagieren würde, doch sie hatten keine Wahl. Alles war besser, als auf der Straße oder in einer wackeligen Schrebergartenhütte zu landen.

Auf dem Rückweg lief sie noch am *Babalu* vorbei – das leider erst um zwanzig Uhr öffnete. Ein erfolgreicher Tag sah anders aus.

Deprimiert machte sie sich auf den Weg nach Hause und fragte sich bei jedem Schritt, wo sie sonst noch unterkommen konnten. Die einzige Möglichkeit wäre, dass sie zurück in den Friseursalon und Clemens zu seinen Eltern ging. Doch das hatten sie beide bereits ausgeschlossen.

Als sie in der Georgenstraße ankam und es nur noch wenige Meter bis nach Hause waren, blieb sie abrupt stehen. Was sie dort nämlich erblickte, konnte nur eine Fata Morgana sein.

Vor dem Gebäude auf der Straße, im warmen Sonnenlicht des Mainachmittags, standen Pappkartons, der Diwan und darauf Clemens, der eine Zeitung in der Hand hielt. Aus der Ferne wirkte er mit den schulterlangen Haaren, der Fransenjacke aus Südfrankreich und der Schlaghose wie ein exzentrischer Hippie, der überlegte, ob er ein- oder ausziehen oder noch eine Weile die Sonne genießen wollte. Anna aber wusste, was diese Szene bedeutete.

Ruppert hatte seine Drohung wahr gemacht.

Einen Herzschlag lang starrte sie Clemens an – nein, es war keine Halluzination – und rannte dann los.

Als sie schnaufend vor ihm stand, hielt er ihr die Zeitung entgegen. »Wir sind geliefert.«

Anna durchfuhr ein heftiger Stich; Clemens' tonlose Stimme drückte mehr Panik aus, als es ein Schrei getan hätte.

Sie nahm das zur Hälfte gefaltete Blatt und sank schockiert auf den Diwan, als sie die Überschrift gelesen hatte.

Hippiepärchen wollte Galeristen betrügen

Dazu ein bei der Vernissage aufgenommenes Foto von ihr und Clemens, und eines von Mazur, vor seiner Galerie posierend. Darunter der Artikel, in dem er sich als Opfer darstellte, das dem sauberen Pärchen aber nicht auf den Leim gegangen war.

»Was haben wir nur verbrochen?«, murmelte Anna mutlos.

Clemens ließ sich neben ihr nieder und legte schützend seinen Arm um sie. »Nichts, gar nichts, mein Liebling, der Mann ist ein Idiot. Du hast doch gehört, was Römer gesagt hat, und es stimmt. Wir dürfen uns nur nicht demoralisieren lassen.«

Anna biss sich auf die Lippen, um nicht laut zu lachen. Manchmal kam bei Clemens der Sohn aus reichem Hause zum Vorschein, dem in letzter Sekunde alles glückte. Der sich nie

Sorgen um Finanzen hatte machen müssen. Dem der Optimismus mit in die Wiege gelegt worden war. Doch dieses Mal sah es nicht danach aus, alles würde alles gut werden. »Was ist mit meiner Kette, unseren unfertigen Bildern, den ganzen Farben und den Malsachen?«

»Deine Kette ist hier!« Er klopfte auf seine Hosentasche. »Die Bilder und das andere Zeug hat Jacob abgeholt und alles in das Gartenhaus seiner Eltern gebracht. In den Kisten hier sind nur Klamotten und persönliches Zeug.« Clemens küsste sie auf die Stirn. »Kurz nachdem du weg warst, kam Ruppert mit zwei Möbelpackern, die mich mitsamt dem Diwan und allen Sachen aus dem Atelier geschafft haben. Den neuen Kühlschrank, die Küchenkommode und das Geschirr hat er als Pfand für die ausstehende Miete einbehalten. Den Diwan wollte er auch nicht rausgeben, aber da habe ich gedroht: nur über meine Leiche.«

Anna versuchte die aufsteigenden Tränen zurückzudrängen, doch die Enttäuschung war einfach zu groß. Schluchzend lehnte sie sich an Clemens' Schulter. Alles, was sie sich erträumt hatten, war zum Greifen nah gewesen. »Ich … ich habe mit meiner Idee alles ruiniert«, stammelte sie weinend.

»Quatsch, daran war dieser verdammte Pflasterstein schuld, der mir bei der Demo an den Kopf geflogen ist«, erwiderte Clemens und küsste ihr die Tränen von den Wangen. »Nicht weinen, mein Liebling, wir sind Verbündete, die gemeinsam gegen die Engstirnigkeit der Welt kämpfen. Wir finden eine Lösung für dieses alberne Wohnungsproblemchen, ganz bestimmt.«

»Es gibt eine«, flüsterte Anna und erzählte von Ullis Kommune, seinem Angebot, dort einzuziehen, verschwieg aber sein unmoralisches Ansinnen. Clemens würde sie schon vor Ullis Zudringlichkeiten beschützen.

»Siehst du, schon scheint wieder …«

Das krachende Geräusch der zuschlagenden Haustür ließ

sie zusammenzucken – und eine Sekunde später das polternde Organ von Ruppert. »Wie lange wollt ihr denn noch vor meinem Haus herumlungern? Soll ich vielleicht die Polizei verständigen? Die wird euch schon Beine machen.«

Anna wand sich aus Clemens' Umarmung, stand auf, starrte Ruppert an und spürte, wie sich die Enttäuschung der letzten Wochen in ihrem Magen zu einem Kloß ballte, der eine kleine Explosion auslöste. »Und wie lange wollen *Sie* uns noch drangsalieren? Reicht es nicht, was Sie angerichtet haben? Auch wenn wir mal die Miete schuldig geblieben sind, haben wir irgendwann immer alle Schulden bezahlt. Hoffentlich ersticken Sie an Ihrem Geld, Sie widerlicher Wicht, Sie widerlicher!«

»Was erlauben Sie sich, Sie Möchtegernkünstlerin!«, blaffte Ruppert zurück. »Ich gebe euch noch genau eine Stunde, wenn ihr dann nicht verschwunden seid, lasse ich euch von der Polizei wegen Hausfriedensbruch entfernen.«

Clemens hatte sich ebenfalls erhoben und zu Ruppert umgedreht. »Das versuchen Sie mal, die werden Sie auslachen, denn soweit ich weiß, gehört die Straße immer noch der Stadt, also allen. Oder nicht?«

Knurrend streckte Ruppert seinen dicken Bauch nach vorn, als wolle er etwas sagen, drehte sich dann aber um und verzog sich ins Haus.

»Ha!«, lachte Clemens. »Den Drachen sind wir los.« Er setzte sich wieder auf den Diwan und zog Anna an der Hand zu sich hinunter. »Manchmal bleibt nur Galgenhumor.«

Doch Anna war nicht nach Lachen zumute, sie hatte alle Hoffnung aufgegeben. Es gab für sie und Clemens keinen Topf voller Gold am Ende des Regenbogens, keinen Erfolg mit ihrer Kunst, und wenn jetzt kein Wunder geschah, servierte sie demnächst als Kellnerin in irgendeiner Disco Getränke und musste sich in den Nächten gegen Ulli wehren. Die Vorstellung füllte ihre Augen erneut mit Tränen. Lautlos weinend lehnte sie sich zurück und dachte an den Tag, an dem sie sich zum ersten Mal an diese Lehne geschmiegt und Clemens sie porträtiert hatte. An die Nacht, als sie sich ineinander verliebten. Als die Zukunft wie ein geheimnisvolles Land vor ihnen lag.

»Annaaa! Annaaa! Annaaa!«

Die freudigen Rufe rissen Anna aus ihren trüben Gedanken. Als sie die Augen öffnete, sah sie eine junge blonde Frau von der anderen Straßenseite ihr zuwinken.

»Elsie!«

Anna blinzelte ungläubig, aber da stand ihre Schwester bereits vor ihr. Ziemlich verändert; das ehemals kurze blonde Haar war jetzt schulterlang und rotblond getönt, der Pony reichte bis an die schwarz getuschten Wimpern, die Lippen glänzten perlmuttorange und das rote Minikleid mit dem weißen Bubikragen war extrem kurz für die anständige Schwester. Doch es war Elsie – eine erwachsen gewordene Elsie.

»Endlich«, keuchte Elsie mit hochrotem Gesicht, als habe sie einen Marathon hinter sich, und pustete sich die Fransen aus der Stirn. »Ich suche dich seit Monaten und kann es fast nicht glauben, dass ich dich endlich gefunden habe.« Sie umarmte Anna, drückte sie fest an sich und sagte mit einem Seitenblick zu Clemens: »Servus.«

Anna überfiel Panik. Wenn Elsie sie seit Monaten suchte, war bestimmt etwas Schreckliches passiert. Falls jemand gestorben war, käme sie allerdings zu spät zur Beerdigung. Aber Elsie strahlte über das ganze rund gewordene Gesicht. Das konnte nur eines bedeuten.

»Du bist schwanger und willst mich zu deiner Hochzeit einladen.«

Elsie lachte so herzhaft, dass Anna Freudentränen in den Augenwinkeln erkannte. »Dauert noch ein bisschen mit meiner Heirat, und mit Kindern lassen wir uns auch Zeit … Etwas anderes, sehr Wichtiges ist der Grund, dass ich dich suche. Aber jetzt …« Sie hielt ihr eine gefaltete Zeitung vor die Nase. »Eine Kundin hat uns diesen Artikel gezeigt und gemeint, die Frau auf dem Foto sähe dir verblüffend ähnlich. Du hättest unseren Jubel hören sollen! Ohne dieses Foto hätte ich dich vielleicht *nie* gefunden. Ich hab dann sofort diesen Galeristen angerufen, und mit etwas Überredungskunst hat er mir eure Adresse verraten.«

Anna wusste nur zu gut, um welchen Artikel es sich handelte, nachzulesen war unnötig. Viel interessanter war, warum Elsie sie finden wollte. »Wenn du nicht heiratest, was ist dann passiert?«

Elsie holte einen grünlichen Umschlag aus der schwarzen Umhängetasche und reichte ihn Anna. »Deine leibliche Mutter hat uns geschrieben!«

Fassungslos starrte Anna den Umschlag an.

»Na los, nimm schon und lies, du wirst überrascht sein. Aber wieso stehen dieses Sofa und das ganze Zeug auf der Straße? Wollt ihr umziehen?«

»So ähnlich … lange Geschichte«, antwortete Clemens und entschuldigte sich, Elsie nichts weiter als seinen Platz auf dem Diwan anbieten zu können. »Nicht mal eine Zigarette, tut mir sehr leid.«

»Wenn's weiter nichts ist …« Elsie griff erneut in ihre Umhängetasche und förderte eine Packung *Lord Extra* und ein silbernes Feuerzeug heraus. »Bitte, bedien dich …«

Während Clemens die Zigarette sichtlich genoss, sank Anna neben Elsie aufs Sofa, fischte vorsichtig zwei dicht beschriebene Blätter aus dem Umschlag und fixierte einen Moment lang die Schrift.

Dieselbe Schrift wie auf dem Brief aus dem Babykörbchen, den sie mindestens hundert Mal gelesen hatte.

Tränen füllten ihre Augen, als sie las, was ihre Mutter hatte erdulden müssen. Einiges hatte ja schon in dem ersten Brief gestanden, nun war das ganze Unglück ausführlich beschrieben. Dass sie auf ein Glück mit diesem Maler gehofft, er sie nur schändlich behandelt und sogar eine Abtreibung verlangt hatte. Immer wieder musste Anna unterbrechen, sich die Tränen aus dem Gesicht wischen, ehe sie zu Ende gelesen hatte. Lange noch starrte sie dann auf den Namen des Mannes, der die Schuld am Schicksal ihrer Mutter und auch an ihrem trug.

Gustav Kruger.

Ihr Vater.

Der ihr sein Talent vererbt hatte.

»Mein Vater ist ein Maler«, murmelte sie schließlich so leise, dass Clemens nicht reagierte.

»Wir haben auch gestaunt«, sagte Elsie, die es wohl gehört hatte.

Clemens schaute versonnen einer Rauchwolke nach. »Worüber?«

Anna hatte ihre Tränen mittlerweile getrocknet und konnte wieder einigermaßen normal denken. Auch ihre Stimme war wieder da. »Über meinen Vater, den berühmten Maler Gustav Kruger. Haben wir nicht Werke von ihm in der Alten Pinakothek gesehen?«

Clemens nahm einen letzten Zug aus der Zigarette und erhob sich kurz, um den Stummel in der Straßenrinne auszudrücken. »Ach ja, uns bleibt wirklich nur Galgenhumor«, sagte er mit dem frechen Grinsen eines Lebenskünstlers.

Anna erwiderte sein Lächeln und reichte ihm die beschriebenen Blätter. »Kein Galgenhumor, lies selbst.«

Zuerst überflog Clemens die Seiten und las sie dann noch einmal sehr langsam. »Das ist ja … ich bin sprachlos.«

»Wir waren auch vollkommen überrascht, doch dann wurde uns klar, woher Anna ihr Talent und warum sie gegen alles rebelliert hat«, ergänzte Elsie mit bewunderndem Blick auf ihre Schwester.

Clemens gab Anna den Brief zurück. »Weißt du, dass Kruger als Professor an der Kunstakademie gelehrt hat? Hätten sie mich dort angenommen, wäre ich vielleicht sein Schüler geworden. Irre ... einfach irre ... und jetzt sitze ich neben seiner Tochter ...« Er stockte und musterte Anna so erstaunt, als sehe er sie heute zum ersten Mal.

Anna sprang vom Diwan auf und blitzte Clemens kämpferisch an. »Ich will mit diesem gefühllosen Menschen reden, der meinen Tod wollte. Er soll erfahren, wie es meiner Mutter ergangen ist und dass ich lebe! Die Adresse steht ja dabei. Clemens, haben wir noch Geld für ein Taxi? Dann fahre ich sofort los und stelle dieses Monster zur Rede.«

»Ich begleite dich.« Clemens erhob sich, kramte in der Tasche seiner Fransenjacke und förderte sechs Mark und zweiundzwanzig Pfennige hervor. »Das sollte für einen Weg genügen.«

Elsie bot ihnen zehn Mark an, damit sie auch noch zurückfahren konnten. »Aber was wollt ihr mit dem Sofa und den Kisten machen? Ihr könnt die Sachen doch nicht einfach hier stehen lassen. Sie würden bestimmt geklaut werden.«

Clemens warf einen wehmütigen Blick auf den Diwan. »Dafür wäre ein Möbeltransporter nötig, aber auf die Schnelle werden wir wohl keinen organisieren und davon abgesehen auch nicht bezahlen können.«

Elsie deutete auf die Kartons. »Die könnte Vati transportieren, wir haben jetzt einen Opel Caravan mit großer Ladefläche. Ob das Sofa reinpasst, weiß ich nicht, käme auf einen Versuch an ...« Und an Anna gerichtet, fügte sie hinzu: »Soll ich Vati anläuten?«

»Ist er denn nicht böse auf mich?«

»Im Gegenteil.« Elsie schüttelte die langen, glatt geföhnten

Haare, die im Sonnenlicht schimmerten wie auf einem Werbefoto für *Wella.* »Seit diesem Brief verstehen die Eltern, warum du unbedingt malen willst, und es tut ihnen leid, dir nicht viel früher erzählt zu haben, dass du nicht ihr echtes … ähm, leibliches Kind bist.«

Anna mochte noch nicht so recht dran glauben. »Wirklich?«

»Ganz wirklich«, versicherte Elsie. »Ich laufe schnell zur nächsten Telefonzelle und rufe sie an.«

Spontan fiel Anna Elsie um den Hals. »Das ist sehr lieb von dir, obwohl wir doch keine echten Schwestern sind.«

»Dass wir verschiedene Eltern haben, zählt für mich überhaupt nicht, ohne dich wäre ich ein einsames Einzelkind geblieben, und das stelle ich mir gar nicht lustig vor.« Elsie drehte sich um. »Bin in fünf Minuten zurück.«

Gerührt blickte Anna ihr nach. Wie oft hatte sie Elsie vermisst! Dass sie gerade jetzt in diesem ausweglosen Moment aufgetaucht war und versuchte zu helfen, fühlte sich an, als habe sie doch noch den Goldtopf am Ende des Regenbogens gefunden. Zumindest ein kleines Töpfchen.

44

»MAUERKIRCHERSTRASSE 7«, SAGTE Anna, als sie am Standplatz an der Nordendstraße in den Fond des Taxis stiegen.

Der langhaarige Fahrer um die zwanzig, vermutlich ein Student, der sich mit Taxifahren ein Zubrot verdiente, drehte sich zu ihnen um, wobei er sich mit einem Arm auf die Beifahrerlehne stützte. »Herzogpark, wenn ich mich nicht irre?«

Clemens nickte. »Der kürzeste Weg führt durch den Englischen Garten.«

»Weiß Bescheid …« Der Fahrer tippte sich kurz an die Stirn, schaltete den Taxameter ein, der bei einer Mark startete und laut tickend in Zehn-Pfennig-Schritten zählte.

Anna beugte sich zu Clemens. »Die Kette?«

»Immer noch sicher verstaut.« Er klopfte wieder auf die Hosentasche.

Das Schmuckstück war ihre Abstammungsurkunde. Wenn Kruger seine Vaterschaft anzweifelte, waren das Rubinherz mit den Diamanten und der Brief ihrer Mutter die Beweise für die Wahrheit. Er würde sich daran erinnern, wo und für wen er das Herz hatte anfertigen lassen. Dass sie es nicht zu Geld hatte machen können, musste Schicksal gewesen sein, dachte Anna.

Das Taxi hielt vor der angegebenen Hausnummer in der Mauerkircherstraße. »Fünf fünfzig«, sagte der Fahrer.

Clemens rundete auf sechs Mark auf, während Anna schon ausstieg und zögernd auf das Anwesen zulief. Ein schwarzer Eisenzaun umgab das Eckgrundstück, und die mit Efeu bewachsene Villa wirkte auf den ersten Blick unbewohnt. Ungepflegte Sträucher im Vorgarten und einige große, leere Steintöpfe, an denen grünliches Moos klebte, verstärkten den Eindruck.

Anna war mulmig zumute. Ihr Magen rebellierte, ihre Hände zitterten, und in ihrem Kopf herrschte ein Chaos aus großer Unsicherheit und brennender Wut. Dann wieder überlegte sie, ob sie ein Kleid hätte anziehen sollen, wie eine »anständige« Tochter. Sich schminken und frisieren, um hübsch auszusehen. Oder zumindest die Fingernägel lange schrubben, um die hartnäckigen Farbreste zu entfernen.

Nein, wozu Aufwand für einen Mann betreiben, der ihre Mutter aus dem Haus und zu einer Engelmacherin gejagt hatte? Außerdem besaß sie kein Kleid, das diesem Anständige-Tochter-Klischee gerecht wurde.

»Soll ich klingeln?« Clemens schaute sie fragend an.

»Hoffentlich funktioniert die Klingel überhaupt, das Haus sieht so verlassen aus. Vielleicht wohnt er längst nicht mehr hier. Ich sehe keinen Namen.«

»Könnte ein aufregendes Abenteuer werden …« Clemens drückte auf den schmutzig weißen Knopf, der von einer schwarzen Metallrosette umgeben war.

Die schwere dunkelbraune Holztür öffnete sich überraschend bald. Eine Frau um die sechzig in einer weißen Kittelschürze tauchte im Türrahmen auf und fragte brummig: »Was wollen Sie?«

Anna hob kämpferisch das Kinn. Diese mürrische Frau würde sie nicht von ihrem Vorhaben abhalten. »Ich möchte zu Gustav Kruger, es ist wichtig.«

»Herr Kruger empfängt niemanden. Und wenn Sie von dieser Kunstakademie kommen, sowieso nicht.«

»Nein, ich bin keine Kunststudentin, sondern seine Tochter!«

Die Frau lachte laut auf. »Der Trick ist neu, nützt aber nichts. Verschwindet, aber etwas plötzlich.«

»Das ist kein Trick, ich bin die leibliche Tochter von Gustav Kruger, und ich kann es beweisen. Clemens, zeig ihr das Herz.«

Clemens holte das Schmuckstück aus seiner Hosentasche und ließ es an der Hand baumeln.

»Diese Kette mit dem Anhänger war ein Geschenk von ihm an meine Mutter.«

Die Frau starrte auf die Kette und schien zu überlegen. Doch dann bellte sie zornig: »Das beweist gar nichts. Solche Ketten kann man doch überall kaufen. Und jetzt haut endlich ab.«

»Nein, diese hier kann man eben nicht überall kaufen. Er hat sie extra bei *Juwelier Jahnke* in der Maximilianstraße anfertigen lassen, das wurde mir dort bestätigt.« Anna wollte sich unter keinen Umständen abweisen lassen, und wenn sie auf der Straße übernachten musste, sie wollte mit diesem Mann reden. »Richten Sie ihm aus, meine Mutter war Franziska Bauer und hat ihm vor über zwanzig Jahren Modell gesessen. Wir warten so lange.«

Wortlos drehte sich die Frau um und drückte unsanft die Tür ins Schloss.

»Anscheinend bekommt der große Meister öfter ungebetenen Besuch, und sie ist sein persönlicher Wachhund, der jeden beißt, der zudringlich wird«, bemerkte Clemens sarkastisch.

»Ist mir egal, ich bleibe hier, und wenn es die ganze Nacht dauert.« Annas Zorn auf ihren Vater – die Bezeichnung fühlte sich immer noch fremd an – wuchs mit jeder Sekunde. Sie versuchte sich vorzustellen, wie ihre schwangere Mutter sich gefühlt haben musste, als er sie mit Geld abgespeist und dann aus dieser prächtigen Villa vertrieben hatte.

»Wie wär's, wenn ich über den Zaun steige?«, überlegte Clemens. »Oft kann man vom Garten aus in ein Wohnzimmer schauen … außerdem ist es warm, vielleicht steht sogar eine Terrassentür offen …«

»Tolle Idee.« Anna strahlte ihn an. »Hoffentlich beobachten

dich keine Nachbarn und alarmieren die Polizei, weil sie dich für einen Einbrecher halten.«

Clemens zog seine Fransenjacke aus und gab sie Anna. »Auch egal, bis die Bullen kommen, sind wir doch längst drin, und dann klärt sich alles auf.« Clemens umrundete gerade den eisernen Zaun, als sich die Haustür wieder öffnete.

»Ihr dürft eintreten. Das Gartentürchen lässt sich von innen öffnen …«

Anna langte über die niedrige Tür, während Clemens zurückkam und seine Jacke wieder anzog.

»Wenn Sie mir bitte folgen würden, Herr Kruger erwartet Sie«, bat die Frau plötzlich sehr freundlich und schritt durch eine düstere Diele in ein Wohnzimmer, dem die Bezeichnung »Salon« eher gerecht wurde.

Der weitläufige Raum verfügte an der Stirnseite über einen Kamin, dessen Sims mit Kerzenleuchtern und zwei silbernen Bilderrahmen dekoriert war. Darüber eine impressionistische Landschaft in warmen Farben. Vor dem Kamin ein mächtiges grünes Ledersofa, links und rechts passende Sessel, dazu ein antiker Tisch. An den Seiten antike Kommoden, Beistelltische und Stehlampen. Die Einrichtung wirkte nicht wie die eines Künstlers, eher wie aus einem Museum, das schon lange niemand mehr besuchte. Auf allen Möbelstücken lag Staub, von hellem Sonnenlicht beschienen, das durch ein sehr großes Sprossenfenster hereinströmte.

»Bitte …« Die Frau wies auf die Sitzgruppe. »Er kommt gleich.« Ein kurzes Nicken, und sie verließ das Zimmer.

Anna setzte sich in einen der Sessel, sprang aber gleich wieder auf, um sich die Fotos in den silbernen Rahmen anzusehen. Ob es eines von ihrer Mutter gab? Selbst wenn, sie wusste nicht, wie sie ausgesehen hatte, würde sie also nicht erkennen. Elsie hatte ihr zwar den Brief gebracht, aber nicht das Foto, von dem darin die Rede gewesen war.

»Bist du Kruger schon mal persönlich begegnet, weißt du, wie er aussieht?« Sie blickte zum Sofa, auf dem Clemens saß.

»Nein, ich habe ihn nie persönlich gesehen, nur auf Fotos, aber die stammten noch von vor dem Krieg.« Clemens griff nach der Schachtel *Ernte 23*, die mit einer Packung Streichhölzer neben einem Kristallaschenbecher auf dem Tisch vor dem Sofa lag. Er klopfte eine Zigarette aus dem Päckchen und riss ein Streichholz an. »Zumindest scheint es ein gastfreundliches Haus zu sein. Und nachdem der Zerberus ›bitte‹ gesagt hat, gilt das meiner Meinung nach auch für die Zigaretten. Eigentlich hätte sie uns eine Erfrischung anbieten müssen.«

Anna war viel zu aufgeregt, um an Rauchen oder Trinken zu denken. Sie fand es nur unhöflich, so lange warten zu müssen, und streifte weiter im Raum umher. In einem der Bilderrahmen war das Porträt einer jungen Frau zu sehen, in einem anderen ein sehr junger Mann im weißen Malerkittel vor einer Staffelei. Beides waren Schwarz-Weiß-Fotos, Kruger konnte der im weißen Kittel sein, wie er heute aussah, vermochte Anna sich nicht vorzustellen.

Ein Knarren schreckte sie auf. Sie drehte sich nach links, woher das Geräusch gekommen war, und erblickte einen groß gewachsenen Mann um die sechzig in einer bestickten dunkelroten Hausjacke, zu der er schwarze Hosen und schwarze Schuhe trug. Ein schwarzer Seidenschal mit floraler Stickerei lag locker um seinen Hals. Seine Hände steckten in den Jackentaschen. Das Auffälligste an ihm war das volle graubraun melierte Haar, das in Wellen an seinem Kopf lag.

»Guten Tag«, sagte er beim Eintreten. Die Hände weiter in den Jackentaschen vergraben, schritt er auf Anna zu und starrte sie sekundenlang mit weit aufgerissenen Augen an. Schließlich bewegten sich seine Lippen, als suche er nach Worten.

»Wie bitte?« Anna hielt seinem Blick stand. Sie konnte nichts verstehen, ahnte aber, was er sagen wollte.

»Du behauptest also, meine Tochter zu sein?« Seine dunkle Stimme war unverändert leise, als fürchte er, jemanden zu erschrecken.

Anna schickte einen hilfesuchenden Blick zu Clemens, der immer noch auf dem Sofa saß und Rauchwolken in die Luft pustete. Jetzt drückte er die bis zum Filter gerauchte Zigarette in dem Kristallaschenbecher aus, erhob sich und war mit zwei Schritten bei Anna.

»Und Sie sind?« Neugierig schaute er Kruger an. Selbstredend war er es, aber sich nicht vorzustellen, war unhöflich, das konnte Clemens nicht durchgehen lassen. Nicht zuletzt verbarg Kruger seine Hände unverändert in den Jackentaschen, als wolle er unbedingt vermeiden, jemandem die Hand zu reichen.

»Gustav Kruger. Und Sie?«

»Clemens Altmann, Annas Verlobter. Sehr erfreut, Ihre Bekanntschaft zu machen.« Clemens neigte seinen Kopf ein wenig und streckte ihm die Hand entgegen. Kruger ignorierte sie.

»Nun denn, da den Formalitäten Genüge getan wurde, zurück zum Grund eures Besuchs. Ich habe keine Kinder.« Er verengte die Augen, als benötige er eine Brille.

»Anna *ist* Ihre Tochter, und hier …« Clemens angelte die Kette aus der Hosentasche und reichte sie dem Maler. »… ist der Beweis. Die haben Sie bei einem Juwelier anfertigen lassen.«

»*Juwelier Jahnke* in der Maximilianstraße«, ergänzte Anna mit fester Stimme. Keine Sekunde ließ sie diesen hartherzigen Mann aus den Augen, der seine Vaterschaft anscheinend immer noch anzweifelte.

Kruger fixierte das Schmuckstück mit kritischer Miene und einer tiefen Falte zwischen seinen dichten Augenbrauen. Aber es war ihm deutlich anzusehen, dass er sich genau erinnerte, für welches Schicksal er verantwortlich war.

»Muss ne Stange Geld gekostet haben, das vergisst man doch nicht, oder?« Clemens' Frage klang unverhohlen aggressiv.

Kruger rang sichtbar nach Luft, und nun endlich nahm er seine Hände aus den Taschen. Die Finger waren stark verformt, er hatte Schwierigkeiten, nach der Kette zu greifen und sie festzuhalten. »Woher habt ihr sie?«

»Sie lag in dem Babykörbchen, in dem meine Mutter mich vor einem Friseursalon ausgesetzt hat, sie hat mich nämlich nicht abgetrieben, wie Sie es von ihr verlangt haben.« Anna blitzte den Maler zornig an. Doch leider war es unmöglich, ihm mit Blicken die Schmerzen zuzufügen, die er für sein hartherziges Verhalten verdient hatte.

Kruger atmete keuchend, die Kette glitt aus seinen Fingern und schlug lautlos auf dem dicken Teppich auf. Leicht schwankend schleppte er sich zum Sofa, sank auf das Polster und deutete mit zitternder Hand auf die silberne Tischglocke neben dem Aschenbecher. »Klingelt nach Hilde ...«

Anna ging zu ihm und stemmte die Fäuste in die Hüften. »Wollen Sie uns rauswerfen lassen?«

Kruger schüttelte schwach den Kopf. »Ich brauche ein Glas Wasser.« Er war sehr blass geworden, lehnte sich zurück und schloss die Augen.

Clemens hob die Kette auf, und im nächsten Moment erschien die Haushälterin auch schon. Vielleicht hatte sie hinter der Tür gewartet. Sie erfasste die Situation mit einem kurzen Blick, verschwand eilig und tauchte wenige Minuten später mit einem Tablett auf. Darauf ein Glas, zur Hälfte gefüllt mit Wasser, ein kleines braunes Fläschchen und eine Zuckerdose, in der ein Löffel steckte.

»Sie sollen sich doch nicht aufregen, das ist gar nicht gut für Ihr Herz«, raunte sie beim Abstellen des Tabletts.

Kruger antwortete nicht, streckte nur die Hand nach dem

Glas aus. Hilde reichte es ihm. Er hatte sichtlich Mühe, es festzuhalten und daraus zu trinken. Inzwischen hatte Hilde einen Löffel Zucker mit Tropfen aus dem Fläschchen getränkt, den sie ihm nun in den Mund schob wie einem Kleinkind, das noch kein Besteck halten konnte.

Die Medizin wirkte in Sekundenschnelle. Krugers Atem beruhigte sich. Seine Hand zitterte nicht mehr so stark, als er das Glas vorsichtig auf dem Tisch abstellte.

»Tut mir leid, wenn mein Auftauchen Sie so in Rage bringt, das wollte ich nicht«, sagte Anna, als sie merkte, dass der Mann wieder Farbe im Gesicht hatte. »Ich wollte nur, dass Sie erfahren, wie es meiner Mutter ergangen ist und dass ich lebe.«

»Setzt euch«, forderte er sie auf.

»Nein, danke«, entgegnete Anna und holte den Umschlag aus ihrer Hosentasche. »Ich will Ihnen nur noch den letzten Brief meiner Mutter vorlesen, dann verschwinde ich wieder.« Sie schaute zu Kruger, der ihr kaum merklich zunickte. »›Liebe Frau Sonnlechner, lieber Herr Sonnlechner …‹, das sind meine Adoptiveltern«, erklärte sie und las weiter: »›… wenn Sie diesen Brief erhalten, weile ich nicht mehr unter den Lebenden …‹« Hier stockte sie, um Kruger zu beobachten. Er starrte ins Leere, als stehe er unter Schock, was vermutlich auch zutraf. Absichtlich langsam las sie weiter und legte kleine Pausen ein, Krugers Reaktion abwartend. Mit fortschreitendem Text wurde sein Gesichtsausdruck immer düsterer, ob es Trauer oder sogar Reue war, vermochte Anna nicht zu deuten, sie sah diesen Mann ja heute zum ersten Mal.

Als sie zu Ende gelesen hatte, schaute sie ihn herausfordernd an und bemerkte Tränen in seinen Augen. »Glauben Sie mir nun, dass ich Ihre Tochter bin?«

Kruger starrte schweigend an ihr vorbei, bis er sich ihr schließlich zuwandte. »Ja, ich glaube dir, und es tut mir leid,

Anna, unendlich leid, auch wenn es keine Entschuldigung für mein Verhalten gibt …« Er hob seine verformten Hände. »Ich habe Arthrose in schlimmster Form, kann seit Jahren nicht mehr malen, weil jede Bewegung entsetzlich schmerzt. Ich sitze allein in diesem Haus und verzweifle am Leben, weil es ohne meine Kunst sinnlos ist. Vielleicht ist das die Strafe für alles, was deiner Mutter durch meine Schuld widerfahren ist. Ich wage auch nicht, dich um Verzeihung zu bitten. Aber alles, was du als Wiedergutmachung verlangst, sei dir gewährt.«

»Ich will nichts«, entgegnete Anna trotzig. »Sonst bilden Sie sich noch ein, ich würde Ihnen vergeben, und das werde ich nicht. Eine Bitte habe ich aber.«

»Schon gewährt.«

»Ich würde gern das Atelier anschauen, in dem meine Mutter gemalt wurde, wenn es noch existiert.«

»Ja, es ist fast unverändert und seit Jahren unbenutzt.« Kruger erhob sich mit leisem Ächzen.

Anna und Clemens folgten dem Maler durch den Salon und einen langen Flur, der an einer doppelt breiten Tür aus dunklem Holz endete.

Kruger trat beiseite. »Bitte, öffne selbst, meine Hände schmerzen heute besonders stark.«

Anna legte ihre Hand auf die kalte messingfarbene Klinke, drückte sie sachte nach unten und schob die Tür so vorsichtig auf, als dringe sie unerlaubt in das Allerheiligste des Malers ein. Im Türrahmen blieb sie erst einmal stehen, sah sich orientierend um.

»Bitte, keine Scheu, einfach hineingehen …«, sagte Kruger.

Wortlos tat Anna einige Schritte in das Atelier, das so gar nichts mit ihrem unter dem Dach gemein hatte. Es war mindestens doppelt so groß und verfügte über eine Glasfront zum Garten, die sich zur Hälfte über das gesamte Atelier zog. Große

Palmen in Keramiktöpfen streckten sich gen Himmel, der von jeder Position aus gut zu sehen war. An einer Wand stand ein ausladendes Biedermeiersofa auf dem gefliesten Fußboden. Darauf drei bestickte Kissen und eine dekorativ hingeworfene Decke aus dunkelgrünem Samt. In nächster Nähe zur Glasfront war eine Staffelei aufgebaut, ohne Leinwand, ohne Farbkleckse, ohne Pinsel auf der schmalen Ablage. Die reinste Verschwendung, wenn hier nicht gearbeitet wurde, dachte Anna und schaute Clemens an, der jetzt an ihre Seite trat.

»Deine Mutter saß gern auf dem Sofa …« Kruger wies mit einer Kopfbewegung hinüber.

Anna zuckte innerlich zusammen und starrte wortlos auf das monströse Möbel, wartete darauf, dass ihre Wut nachließ, doch sie wurde nur noch größer, als sie sich vorstellte, wie Kruger ihre Mutter erst gemalt, dann verführt und schließlich in ihrer Not alleingelassen hatte.

Clemens sagte leise: »Es ist mit Abstand das schönste Atelier, das ich je gesehen habe. Schade, dass es nicht genutzt wird. Ich wollte, wir hätten …« Er brach ab.

»Ursprünglich war es als Wintergarten gedacht«, erklärte Kruger und forderte Clemens auf weiterzureden.

Anna warf ihm einen zornigen Blick zu und schüttelte leicht den Kopf. Sie ahnte, dass er hier gern arbeiten und vielleicht sogar von ihrer Situation berichten würde.

Und tatsächlich, Clemens lächelte sie beruhigend an, tastete nach ihrer Hand und erzählte Kruger dann, dass sie beide malten und bis vor Kurzem ein Atelier gehabt hatten, das sie leider räumen mussten.

Anna hatte Clemens' Hand zuerst gedrückt, um ihn davon abzuhalten, an Krugers Mitleid zu appellieren. Doch dann musste sie darüber lächeln, wie raffiniert er die Wahrheit verschleiert hatte.

Kruger hatte aufmerksam zugehört und bot sofort an, dass sie jederzeit über das Atelier verfügen konnten. »Ich wäre glücklich, wenn es genutzt würde und ich damit etwas für dich tun könnte, Anna.«

Anna verzog keine Miene. »Vielleicht kommen wir eines Tages darauf zurück, aber jetzt müssen wir gehen.«

»Moment noch«, hielt Kruger sie zurück. »Wie können wir in Kontakt bleiben? Wir sollten uns unterhalten, denn …«

»Geben Sie sich keine Mühe, ich bin nicht interessiert«, entgegnete Anna unversöhnlich. »Ich wollte Sie lediglich wissen lassen, dass es mich gibt. Wir gehen, Clemens.« Sie riss sich von seiner Hand los und lief aus dem Zimmer. Keine Sekunde länger hielt sie es neben diesem herzlosen Mann aus, der ihre Mutter auf dem Gewissen hatte und jetzt glaubte, sein schlechtes Gewissen mit generösen Angeboten erleichtern zu können. Morgen würde sie überlegen, wie es weiterging. Morgen hatte sie sich bestimmt beruhigt. Heute war sie einfach nur wütend und hätte am liebsten alles kurz und klein geschlagen.

Ohne sich umzusehen, eilte sie durch die Villa auf die Straße, wo sie keuchend stehen blieb, um auf Clemens zu warten, der sich offensichtlich nicht so leicht von diesem Traumatelier lösen konnte. Auch sie war zutiefst beeindruckt, und dort zu arbeiten wäre ein Traum gewesen, das gestand sie sich insgeheim gern ein. Sie und Clemens konnten womöglich auch bei Kruger wohnen, doch dann hätte sich der Maler vermutlich gleich viel weniger schuldig gefühlt, und genau das gönnte sie ihm nicht. Das wäre viel zu einfach. Seine Schuld war zu groß, als dass sie mit einer einzigen Tat getilgt werden konnte.

Clemens trat aus dem Haus und stand mit drei Schritten neben ihr. »Warum bist du denn so schnell abgehauen?«

»Weil … ach, ich wollte einfach weg …«

»Guter Grund.« Clemens legte seinen Arm um Annas Schultern, zog sie an sich und sagte nach einer langen Pause: »Es war einfach ein bisschen viel für dich. So plötzlich einen berühmten Maler als Vater zu haben ist schon heftig. Aber …«

»Stopp«, unterbrach Anna ihn. »Ich weiß genau, was du denkst.«

»Natürlich weißt du das, wir sind schließlich Seelenverwandte, deshalb muss ich es auch nicht aussprechen, wie einfach unser Problem zu lösen wäre, wenn wir bei deinem Vater …«

Anna riss sich los. »Hör sofort auf, diesen Unhold meinen Vater zu nennen!«, fuhr sie ihn zornig an.

»In Ordnung, nennen wir ihn Unhold.« Clemens strich Anna eine Locke aus der Stirn und schaute sie bittend an. »Ich verstehe, dass du momentan nicht klar denken kannst, trotzdem müssen wir überlegen, wo wir bleiben. Im Moment scheint die Sonne, aber heute Nacht könnte es regnen, und dann …«

»Hm … na, dann klingeln wir noch mal«, grummelte Anna.

»Wirklich?«

Anna nickte grinsend, drückte auf den Klingelknopf, und als die Haushälterin erschien, sagte sie: »Könnten Sie uns bitte ein Taxi rufen?«

»Selbstverständlich.« Die Frau trat einen Schritt zurück. »Möchten Sie so lange im Haus warten?«

Anna schüttelte den Kopf. »Nicht nötig.«

Clemens schaute sie fragend an. »Jetzt kapiere ich gar nichts mehr.«

»Wir fahren zu meinen Eltern …«

Epilog

Sommer 1970

ANNA LIESS DIE Farbpalette sinken und trat zwei Schritte zurück, um das noch unfertige Werk auf der Staffelei zu betrachten. Das Licht in dem weitläufigen Wintergarten-Atelier war am frühen Morgen schattenfrei, und sie nutzte diese Zeit, um allein zu arbeiten.

Seit dem vergangenen November lebte sie mit Clemens in der Kruger-Villa. Annas anfänglicher Zorn auf ihren Vater war verblasst wie ein Aquarell in düsteren Farben, das durch direkte Sonnenbestrahlung mit jedem Tag heller und freundlicher wurde. Sie waren glücklich in dem wunderschönen Anwesen, ganz besonders, wenn sie im Atelier arbeiteten.

Clemens kam meist erst gegen Mittag, er war und blieb ein Nachtmensch. Sie liebte es nach wie vor, mit ihm zu arbeiten, war dabei aber manchmal zu unkonzentriert – es fanden sich stets Gründe, über Malerei zu reden und dabei die Zeit zu vergessen.

Die Tür öffnete sich. Gustav trat in den Wintergarten und näherte sich ihr mit festen Schritten. »Guten Morgen, Anna. Schon wieder fleißig?«

»Guten Morgen …« Anna nickte ihrem Vater zu. »Die Stimmung um diese Zeit ist einfach wunderschön, ich kann einfach nicht genug davon bekommen.«

Gustav Kruger lächelte sichtlich zufrieden, als seien ihre

Worte ein Kompliment für ihn persönlich. »Und ich kann gar nicht genug davon bekommen, dich, und natürlich auch Clemens, hier zu haben. Du weißt gar nicht, wie glücklich mich das macht.«

»Doch.« Anna lächelte.

Nach den ziemlich unbequemen Wochen im Gartenhaus von Jacobs Eltern genoss sie das luxuriöse Leben in dieser Villa mit all ihren Sinnen.

»Dein Farbempfinden ist wirklich außergewöhnlich«, lobte er mit Blick zur Staffelei. »Du hast mehr Talent, als ich je bei einem meiner Studenten gesehen habe. Ich bin sehr stolz auf dich.«

»Danke …« Anna senkte den Kopf. Ein Lob von einem ehemaligen Professor der Kunstakademie fühlte sich immer noch ein wenig unwirklich an. »Bist du mir böse, wenn ich heute nach dem Frühstück allein auf den Friedhof gehe?«

»Nein, nein, ich habe schon damit gerechnet, weil es ein ganz besonderer Tag ist.«

Anna drapierte das Herzgesteck aus cremeweißen Rosen in der Mitte des mit Efeu bewachsenen Grabes und stellte das Foto von Franziska dazu.

»Alles Liebe zum vierzigsten Geburtstag, Mami«, flüsterte sie und wischte sich die Tränen von den Wangen.

Sie besuchte das Grab auf dem Ostfriedhof mindestens einmal in der Woche, brachte frische Blumen und erzählte von ihrem Leben in der Villa. Dabei betrachtete sie das Foto ihrer Mutter und hatte so ein wenig das Gefühl, tatsächlich mit ihr zu reden. Oft kamen ihr dann die Tränen, und sie fragte sich, warum ihre Mutter so früh hatte sterben müssen. Warum sie nie den Mut gehabt hatte, sich zu erkennen zu geben. Vielleicht wäre sie gesund geworden und würde heute noch leben.

»Gustav hat mich heute gelobt«, flüsterte sie halblaut, nachdem sie sich umgeschaut und keine Zuhörer in der Nähe entdeckt hatte. »*Wieder* gelobt, muss ich eigentlich sagen, er spart ja nie mit Lob. Ein wenig ist es auch sein Verdienst, ich hab dir ja erzählt, dass er mich unterrichtet und ich sehr viel bei ihm lernte. Gustav meint sogar, dass ich bald ausstellen könnte.«

Anna ging noch einmal in die Hocke, entfernte ein paar welke Blätter und prüfte, ob die Erde Wasser benötigte. Es hatte zuletzt vor einer Woche geregnet, aber der dichte Efeuteppich hielt den Boden auch über längere Trockenperioden feucht.

»Ich soll dich von den Sonnlechners grüßen, Traudl will dir auch bald wieder einen Besuch abstatten. Letzten Sonntag waren Clemens und ich zum Kaffee eingeladen. Die Besuche in regelmäßigen Abständen sind inzwischen fast eine Tradition, Traudl freut sich immer so und ich mich auf die gemütlichen Kaffeestunden.«

Anna kramte eine Packung Zigaretten aus dem Umhängebeutel und schaute sich erneut um. Sie wollte gern rauchen, aber nicht dabei beobachtet werden. Schon einmal war ein alter Mann auf sie zugekommen und hatte sie gerügt, dass es ungezogen sei. Sie steckte die Packung wieder ein, als sie drei Gräber weiter den Mann erblickte, der einen Blumenstrauß ablegte.

»Elsie und Günni werden im August heiraten. Xaver will den Salon dafür sogar drei Wochen schließen! Günni hat seine Meisterprüfung bestanden und will demnächst den Laden seiner Eltern übernehmen. Elsie bereitet sich auch auf die Meisterprüfung vor, und wenn sie besteht, will sie entscheiden, wie es weitergehen soll. Ob sie den Salon übernehmen oder im Elektroladen an der Kasse sitzen möchte. Wie auch immer, sie werden ein bürgerliches Leben führen, das sich kaum von Traudls und Xavers Leben unterscheiden wird.«

Anna nahm das Foto wieder an sich, strich sanft darüber und sagte leise: »Du weißt, dass Clemens und ich nicht von Ehe und Kindern träumen, unser Leben ist der Kunst gewidmet. Sollte sich das jemals ändern, werde ich es dir zuerst erzählen. Bis bald, Mami, ich mache mich jetzt wieder an die Arbeit.«

Nachbemerkung

HERZLICHEN DANK, LIEBE Leserinnen und liebe Leser, dass Sie sich unter den unzähligen Neuerscheinungen für mein Buch entschieden haben. Ich hoffe, Sie hatten viel Vergnügen bei der Lektüre.

Für mich war die Arbeit an diesem Roman nicht nur ein spannendes Abenteuer, wie eigentlich jedes neue Projekt, sondern auch eine Reise in eine Zeit, die ich rückblickend als die aufregendste meines Lebens bezeichne.

Die 1960er waren Jahre des Umbruchs, der Veränderung, mit dem Höhepunkt der Studentenbewegung im Mai 1968 und auch der sexuellen Revolution.

Für mich als damals Achtzehnjährige war es ein spannender Neuanfang, als ich im Mai 1968 mit einem kleinen Koffer und großen Träumen nach München kam. Politik im Allgemeinen interessierte mich nicht besonders, ich war aus der miefigen Kleinstadt in die quirlige Großstadt geflüchtet, wollte in Discos tanzen und vor allem ein anderes Leben führen als meine Eltern. Raus aus der Bürgerlichkeit, einer vorhersehbaren Zukunft mit Hochzeit, Kinderkriegen oder lebenslang in einem Beruf arbeiten. Was mir auch gelungen ist.

In den ersten Wochen wohnte ich zur Untermiete, wurde bald als Model entdeckt und verdiente sehr gut. Ab 1969 hatte ich ein eigenes Bankkonto, eine eigene Wohnung und bekam einen Bankkredit für mein erstes Auto. Offiziell war ich genau wie Anna noch nicht volljährig; erst im Januar 1975 wurde die

Volljährigkeit von einundzwanzig auf achtzehn Jahre herabgesetzt. Aber in Großstädten wurde das eher so locker gehandhabt, wie ich es selbst erlebt habe. Niemand hat mich jemals gefragt, ob ich volljährig bin.

Die ersten Tage in München sind mir sehr deutlich in Erinnerung: das umtriebige Leben im Stadtteil Schwabing, das in diesem Roman eine wichtige Nebenrolle spielt; die italienischen Eiscafés in der Leopoldstraße und nicht zuletzt die Künstlermeile, die sich zwischen Siegestor und Martiusstraße erstreckte. Auch heute noch stellen Künstlerinnen und Künstler dort ihre Werke aus, und es macht Spaß, die unterschiedlichen Stilrichtungen zu bestaunen. Die Leopoldstraße war das Zentrum der Vergnügungen, hier hatten sich die In-Discos angesiedelt, und man saß auf der »Leo« im Eiscafé und beobachtete die Spaziergänger. Die Leo gehört immer noch zu meinen Lieblingsstraßen, mein Stammcafé ist auch immer noch dort, nur am Abend muss man sich nicht mehr durch solche Menschenmassen schlängeln. Nicht zuletzt wohne ich nach einigen Stationen in anderen Vierteln wieder in Schwabing und laufe oft dort entlang.

Über die Jahre hat sich natürlich einiges verändert: Gebäude, Discos, Kneipen und Eiscafés wie das *Venezia* sind verschwunden. Auch das *Chez Margot*, in dem sich die Studenten vor und nach den Demonstrationen im Mai 1968 getroffen haben, existiert schon lange nicht mehr. Das *Babalu* in der Ainmillerstraße bestand noch bis in die 1990er Jahre. Der Designerladen *Sweetheart*, in dem Anna ihr Kleid für die Vernissage kauft, hat in den 1990er Jahren die Pforten dicht gemacht. Aber das Gebäude in der Leopoldstraße 54 steht noch genauso da wie 1968, in den Räumen befindet sich heute ein edler Fahrradladen. 2020 fiel die Postergalerie am Wedekindplatz nach fünfzig Jahren der Coronapandemie zum Opfer. Sie wurde von Wolfgang Roucka eröffnet, der die angebotenen Poster meist selbst produzierte. Der Wedekindplatz existiert noch, in die Galerie ist ein Friseur eingezogen.

Unverändert an Ort und Stelle sind:

- die Studentenwirtschaft *Atzinger* in der Schellingstraße 9, wo man günstig speisen kann.
- das Café *Münchner Freiheit*, heute ein dreistöckiges Café mit großer Terrasse, wo es köstliche Kuchen und im Sommer hausgemachte Konditoren-Eiscreme gibt. Bei gutem Wetter, auch im Winter, immer voll belegt. Nebenan ist ein wunderschöner Kinderspielplatz.
- Das im Roman erwähnte Haus in der Georgenstraße, in dem Kandinsky und Gabriele Münter einige Jahre lebten, steht unverändert an dieser Stelle. Im Erdgeschoss befindet sich ein Restaurant mit gutbürgerlicher Küche.
- Auch das Haus in der Georgenstraße 16 kann besichtigt werden, wo Anton Ažbe seine Malschule unterhielt, in der er auch Kandinsky, Jawlensky oder Franziska zu Reventlow unterrichtete. Durch eine Hinweistafel nicht zu verfehlen.
- Überhaupt war die Georgenstraße eine beliebte Wohngegend für zahlreiche, heute berühmte Künstler. Wer sich dafür interessiert, kann online unter »Georgenstraße München« recherchieren.
- Auf der Steinbank an der Staatsoper kann man sich von einer Shoppingtour ausruhen oder eine Zigarette rauchen, die man bei *Zechbauer* erwerben kann. Ja, auch dieses Traditionsgeschäft besteht noch.
- Das *Hotel Vier Jahreszeiten* in der berühmten Maximilianstraße ist nach wie vor eine Luxusherberge.
- Die Antiquitäten- und Trödelläden im Radlsteg, der unverändert existiert, sind fast alle verschwunden.
- Unbedingt erwähnen möchte ich noch den Künstlerbedarf

Schachinger: Das Haupthaus in der Josephspitalstraße 6 ist seit 1877 die erste Adresse für Kreative. Der Lieblingsladen von Anna und Clemens in der Schwabinger Theresienstraße existierte noch bis in die 1970er Jahre.
- Und nicht zuletzt natürlich der traumhafte Englische Garten, der zu den größten Parks der Welt gehört, mit dem Monopteros, den idyllischen Biergärten und einem See, den man mit kleinen Booten befahren kann.

Den Münchnern werden die meisten Namen oder Örtlichkeiten und ganz sicher der Englische Garten bekannt sein. Die Nichtmünchner verlocken die Beschreibungen vielleicht zu einem Besuch. Womöglich laufen Sie demnächst durch Schwabing und erinnern sich an die Geschichte von Anna und Clemens?

Ihre Lilli Beck, München im Mai 2023